华 文 经 典

HUAWEN

SUPERIOR

吕惠卿

吕惠卿，字吉甫，号恩祖。

王安石变法中的二号人物，为推动变法做出了许多贡献。

司马梦求

司马梦求，字纯父。

文武双全，志向远大，是石越的幕僚之一。

富弼

蔡京

富弼，字彦国。

三朝元老，与韩琦并称「富韩」。是石越的重要盟友。

蔡京，字元长。

真实历史上的大奸臣，在本作中一直被石越防范，到后期才有所成势。

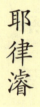

耶律濬

彭简

耶律濬，辽国太子。

幼时就能言善辩，好学习，通书文。

彭简，彭乘族人，彭几族弟。

因诏媚石越不成，怀恨构陷，称『石词案』。

陈良

陈良，字子柔。石越的幕僚之一。为人端直，性格耿介。

桑梓儿

（韩梓儿）

桑楚俞之女、石越之妻。拜韩琦为义父，改名韩梓儿。温柔贤惠，知书达理。

石越大婚图

新  宋

·大结局珍藏版·

关于宋朝的大百科全书式小说

阿越 著

中国致公出版社
——China Zhigong Press——

图书在版编目（CIP）数据

新宋.2 / 阿越著. -- 北京：中国致公出版社，
2018

ISBN 978-7-5145-1181-9

Ⅰ．①新… Ⅱ．①阿… Ⅲ．①长篇历史小说 - 中国 -
当代 Ⅳ．①I247.5

中国版本图书馆CIP数据核字 (2018) 第 001681号

新宋·2

阿越 著

责任编辑：孙兴冉

责任印制：岳　珍

出版发行：中国致公出版社 China Zhigong Press

地　　址：北京市海淀区翠微路2号院科贸楼

邮　　编：100036

电　　话：010-85869872（发行部）

经　　销：全国新华书店

印　　刷：北京德富泰印务有限公司

开　　本：710毫米×1000毫米　　1/16

印　　张：22

字　　数：412千字

版　　次：2018 年 7 月第 1 版　　2018 年 7 月第 1 次印刷

定　　价：45.00元

目 录

○○

第七章　身世之谜

第六章　十字

第五章　汴京·杭州

第四章　匪斧不克

第三章　婚姻大事

第二章　再度交锋

第一章　天下才俊

001　033　069　113　141　195　239

○○

第一章

天下才俊

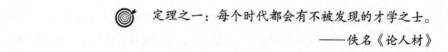

定理之一：每个时代都会有不被发现的才学之士。

——佚名《论人材》

1

虽然文彦博的去职是在意料之中，而且他和石越关系并不好，但是他的罢相无疑使所有新党的反对者们都感到遗憾。连潘照临也不免感叹朝廷中少了一个制衡王安石的重要力量。但也有高兴的人，权知开封府陈绎就是其中之一，少了文彦博，朝中就没有人会追究军器监案，而王韶的大捷又让诸报纸把注意力全部转移了，他迎来了难得的平静日子。于是便连小捕头田烈武也因为陈大尹不再关心军器监案而变得轻松起来。

总是幻想着去西北建功立业的田烈武这几日天天都要在一家叫会仙楼的酒楼听报博士读报，以了解前线是不是又有了什么新的消息。当然，对家里老头子的解释是，"也顺便知道一下我叔的情况"。

三份报纸中，《西京评论》文绉绉的，田烈武听不大懂，就连报博士解说的时候也不一定说得清楚，而《新义报》很多话明显是放屁——新法有那么好吗？田烈武深感怀疑，当然他不敢说出来，只是心里不信罢了。不过他还是很爱听《新义报》，因为他和很多人的想法一样，《新义报》是朝廷办的，状元爷主笔！当然他最喜欢的还是《汴京新闻》。《汴京新闻》什么鸡毛蒜皮的小事都有，而且还有"广告"，报博士有时是连着广告也一起读出来的。会仙楼旁边的"李家老字号"就在《汴京新闻》上打了广告，连着那些伙计都非常神气，整日拿着报纸对客人夸耀："我们这是报纸上登了的……"不过对于《汴京新闻》上的什么"以民为本，民为贵君为轻"之类的话，田烈武寻思道："我一个小捕头，怎么可能比赵官家要'贵'？这不是胡扯吗？"听了好久以后，田烈武才想明白，这是因为桑公子是个读书人，又是个大好人，他这是在帮老百姓说话。

这日约了吕大顺和往常一样踏进会仙楼，田烈武忽然感觉不太对劲——会仙楼客人比平日多了许多，而且看打扮全是些读书人。田烈武很是纳闷，一边上楼一边向吕大顺问道："大顺，怎生多出这些人来？"

吕大顺笑道："瞧你糊涂的，省试就要开始了。各地贡生都来考试，连贡生带书童，得有多少人呀？再加上白水潭学院新年级开学，我们这边还好点，你去白水潭看看，那才是人山人海。"

田烈武拍了一下脑袋，恍然大悟。噔噔噔三步两步挤到楼上，找了个位置坐好，要了一盘豆角，一盘小炒獐子肉，一壶老酒，和吕大顺一边对饮一边听报博士读报。这报博士读的报纸却是《汴京新闻》，他先读了一段关于礼部试的报道。《汴京新闻》

是三大报中最灵活的一份报纸，桑充国特意组织了人手去采访了礼部官员，还采访了以前参加过科举的成功人士，让他们给考生介绍经验，提醒大家考试的注意事项，专门做了个"省试专题"。相比之下《新义报》就死板得多，连三位状元主笔的优势都不会利用，让桑充国等人很不理解。那些考试的注意事项和经验很受参加省试的贡生们欢迎，让《汴京新闻》的销量一路攀升。但是对于田烈武来说，却未免有点儿索然无味。

好不容易把这些东西全部读完，报博士清了清嗓子，拣出一段新闻，摇头晃脑地读道："本报最新消息，白水潭学院第一届技艺大赛定于九月十日在新建体育场开幕，为期十五日……比赛项目分马术、剑术、格斗、射箭、蹴鞠、毽子……单人团体共三十六项，第一名可得金质奖牌与缗钱三十贯之奖励……以上云云。"

这段新闻立即引起了许多人的好奇，吕大顺喝了一口酒，高声问道："报博士，这比赛是怎么个比法？报纸可有说及？"

报博士朝这边作了个揖，笑道："这位官人，这个我也不知道。不过报纸上说欢迎参观……"

吕大顺不以为然地说道："读书公子踢踢毽子，玩玩蹴鞠也就罢了，怎么会去比剑术、格斗呀？"他这句话立即引起很多人的共鸣，连不少读书人也在交头接耳，议论着白水潭搞的这个什么"技艺大赛"是不是有辱斯文。

却听酒楼西边有一个年轻人站了起来，朗声说道："列位不曾读书吗？孔圣人也会剑术的。大丈夫出则将，入则相，须当文武全才。国朝读书之人久不习剑术技击，桑山长的见识，在下很是佩服，届时在下一定要去看看的。"自然没有几个人知道那是石越的主意。

田烈武抬头打量此人，只见他二十二三岁，剑眉星目，脸色略显苍白，身材清瘦，身穿一袭白色棉布长袍，虽然显得很旧，却洗得干干净净，腰间系着一条黑色布带，扎了一个漂亮的结，腰带上插着一根绿色的竹箫，虽然一看就知道不是富家子弟，但是整个人神采飞扬，顾盼生辉，气质清雅得紧。

这个年轻人见田烈武在打量他，便朝这边点头一笑，田烈武也不禁点头微笑致意。又听他说道："白水潭学院乃是天下学院之宗，在下今科若不得中，还要投入白水潭学院读书呢。诸位存有此想者，亦不在少数吧？"

当下很多人轰然称是。除了一些老书生，指望着连试三科不中，朝廷恩赐同出身之外，只怕十个有九个想到白水潭就近读书。

田烈武见这个书生气度不凡，心中顿生结交之意，但是自己终究只是一个小捕头，粗人一个，和读书人结交，未免有点儿高攀的感觉，因此心中迟疑，却见一个身穿白色丝袍的书童走到那个年轻人面前，行了一礼，问道："这位公子，我家主人有请，不知可否赏光？"

那个年轻人怔了一下，问道："不知贤主人是？"他见这个书童竟能身着丝袍，其主人非富即贵，自己是个穷书生，父亲早死，由寡母辛苦带大，自然不会是故交旧识。

书童微微一笑，用手指了一间雅座，笑道："我家主人就在里面，公子见了便知。"

当时读书人入京考试，无不想结交名流以抬高声誉，大部分都是欲求一个引路人而不可得，有这种机会送上门来，这个年轻人即使是清高，亦不能不心动，当下拱手道："如此，有劳带路。"

田烈武自幼习武，听力胜过常人，这一番对答虽然远了一点，却听得清清楚楚。他目送着书童把那个书生带入东边的一间雅座，不禁好奇起书童的主人，正在想着要怎么样去偷听一下，忽然吕大顺捅了他一下："田头，你看……"

田烈武忙循声望去，原来竟是那日在小酒铺插话的年轻人走了上来，今天他一袭白色丝袍，更见飘逸，跟在他身后的，还有四个黑袍儒服的人，两个年纪稍轻，约二十四五岁，两个年轻略大，约三十四五岁。这一行五人走到东边，寻了一张桌子坐下。那个年轻人经过田烈武身边时，嘴角不易觉察地露出一丝微笑。

2

会仙楼东边的某个雅座之内，一身便服的石越向侍剑引进来的年轻人拱手说道："适才见公子气度不凡，大为心折，故冒昧相邀，还望公子恕罪。在下石越，不敢请教公子尊姓大名。"

那个年轻人已然想到这里面的人物必定非富即贵，但是走了进来，还是吃了一惊。雅座内一共七人，除去三个站立侍候的书童，余下四人中，竟有三个佩着金鱼袋！另有一个布衣，虽然神情憨愚，但是一双眸子精光内敛，亦可见其绝非凡品。这时石越自报名号，只有那个布衣跟着站起，另外两个端坐不动，虽然都是常服，但是身份之尊贵由此可见。而以石越之身份，亦已是万千人所仰慕。石越石子明，桑充国桑长卿，是大宋年轻人眼中的双璧，尤其是石越，在年轻人眼中，完全与一串褒义词连在一起。现在这个传说中的人物如此平易地出现在自己面前，年轻人不由一阵激动，他暗暗深吸了一口气，缓和一下紧张的情绪，这才长揖答道："在下高邮举子秦观，草字少游，见过石秘阁。"

石越吃了一惊："这人就是秦观？写过'两情若是久长时，又岂在朝朝暮暮'的秦少游？"心中的历史记忆飞快地闪过脑海，苏门四学士之一的秦观此时肯定还没有拜到苏轼门下。石越依稀记得他是元丰年间的进士，眼下才是熙宁五年，离元丰年间最少也有五六年时间，他这么年轻就考上举子了？历史上的秦观给石越的印象不过是一个词人骚客，但是刚刚却明明听到他谈吐不凡……难道此人不是那个秦观？石越并不知道秦少游年轻时的喜好与抱负，心中不由浮上一丝疑惑，一面笑道："原来是秦公子。我给你介绍一下，这位是冯当世大参，这位是郑州牧刘希道使君，[1] 这位是潘照临潘潜光先生。"

原来这却是石越和冯京在此为刘庠接风洗尘。刘庠虽然被贬，但他于当今皇帝有拥立之功，邓绾一倒台，石越和冯京就为他求情，终于让他改任权知郑州军州事。目下王安石如日中天，刘庠也不愿意声张，低调绕道回汴京一趟，打算悄悄见几个故旧就要赴郑州任上。

秦观连忙一一见礼，他知道冯京是大宋少有的几个三元及第[2] 的人物之一，又是参知政事，富弼的女婿，朝中旧党硕果仅存的旗帜，也是一个传奇式的人物，对于考前能见到此人，秦观不由大感幸运。

石越等他们答礼完毕，便请秦观坐了，问道："秦公子一向做何学问？"

秦观见石越相问，忙敛容答道："学生所习，无非六经，亦读《论语》《孟子》，此外石秘阁的《三代之治》《论语正义》《七书》亦略有涉猎。"虽然秦观年岁只比石越小几岁，但是当时坊间流传四句口号："通达六经王介甫，天下文章苏子瞻，若谓二人皆不足，孔孟之后有子明。"这口号虽然对石越颇有抬高，但在大宋士人[3] 的心中，石越的地位尚在王安石与苏轼之上，却是不争的事实。面对这样的"大人物"，秦观自然得执晚辈之礼。

石越点点头，笑道："秦公子年岁尚轻，能尽通六经，亦很了不起。"

秦观苍白的脸上闪过一丝红晕，忙道："绝不敢谓尽通六经，学生资质平庸，仅于《诗经》略有所得。"

刘庠性格刻薄，否则也不至于当年面辱邓绾，他见秦观拘谨，忍不住在旁边笑道："那亦不错，唐人谓三十老明经[4]，秦公子虽然二十多岁仅能通一经，却还不算太老。秦公子若考明经科，能通《诗经》，足矣。"

秦观听他取笑，不亢不卑地答道："回刘使君，目下省试进士亦要考五经，不考诗赋，明经一科亦已取消，学生已无机会做老明经，不过学生生性愚钝，也比不得使

---

[1] 郑州牧是郑州知州的雅称。使君亦为知州的雅称。刘庠字希道。

[2] 所谓三元，就是解元、省元、状元。三场考试，场场第一，谓之"三元及第"。

[3] 士人，古时指读书人，亦是中国古代知识分子的统称。

[4] 明经科是古代科举科目，内容较浅，所以说三十岁才考中明经，实在是太老了。

君当年'少进士'的风采。"

刘庠虽然少有文名，八岁能诗，但中进士却比较晚，当年因为岳父遗奏补将作监主簿[5]，入仕之后才参加进士考试，虽然终于进士及第，但的确不是少年得志之人。他取笑秦观二十三四岁才通一经，读书不够用功，差一点点就变成"老明经"了，秦观便以牙还牙，骂他中进士太晚。所谓"三十老明经，五十少进士"，秦观这里说他是"少进士"，是语带讥讽。

这等话在座的谁听不出来，冯京皱了皱眉，心里暗道秦观轻佻；石越虽然早知秦观必有书生狷介之性，但也有点儿担心刘庠生气；潘照临似笑非笑地看着秦观和刘庠，摆明了看热闹。

不料刘庠却并不生气，只是嘿然一笑，道："秦公子伶牙俐齿，只怕自己未必不做'少进士'。"

秦观淡然一笑，道："能不能中进士，那自有命数。学生今科不中，便当往白水潭读三年书，三年后卷土重来亦未可知。"他这时少年意气，自然说话间挥斥方遒，总觉世间一切事皆是容易。

冯京心里虽不以为然，但他不喜欢秦观的性子，便自矜身份，不去搭话。石越和刘庠却喜欢他这份少年锐气。刘庠笑道："若能在白水潭学得三年，出来亦不失为一真书生，养好这份书生之气，将来便不能为能臣，也是个好御史。"

石越本来和刘庠并不是太熟，不过出于政治上的考虑，他要为刘庠说好话，以博得旧党的好感，这时听他对秦观的鼓励，不由大起好感。

秦观也有几分感动，起身长揖一礼，朗声道："多谢刘使君教诲，学生自当铭记。"

石越温言笑道："汴京居住太贵，秦公子何不到白水潭附近去住，写点文章给几份报纸投稿，一可扬名，二有稿酬，或者在义学兼份教职，亦可养活自己。男儿大丈夫，不怕出身贫贱，就怕没有志向……"

他的话虽然琐碎了点，却是说得诚恳，秦观更加感动。他此番来京，的确盘缠不多，都是同窗接济，以石越今日之身份，和他说这些话，显见石越的关心。他却不知石越心中本有意让他住在自己府上，但是早有消息石越是钦点的考官之一，他不得不避这个嫌——御史台蔡确蔡司宪正在虎视眈眈地盯着他。

众人又说了些寒暖冷热，石越等人便开始谈古论今。刘庠颇知古今史事，和石越相谈甚欢，而潘照临之广博机敏，冯京之典训雅正，秦观之清新机智，碰在一起便是经常引起众人欢快的笑声。除了石越外，众人对秦观的诗才敏捷，都非常惊讶。

----

[5] 将作监主簿，宋前期为寄禄官，从七品下。无任何实际职掌，只代表官员的品级与俸禄。

3

而就在这间雅座的屏风之外，白袍书生和四个黑袍儒生围成一桌，一齐举杯痛饮。

"允叔，你真的决意去高丽？"一个三十多岁年纪的黑袍人问道。

那个叫允叔的人是一个二十多岁的黑袍人，他微微笑道："已经说好了，我们曹家本来就是商人，我对经书没什么兴趣，诗辞歌赋更加不愿意读。在功名上多半是无望了，不如做个富家翁也罢。"

"总是可惜了，以你的聪明，今年虽然没有考上贡生，但三年后却肯定有希望的。"那个黑袍人遗憾地说道。

叫曹允叔的年轻人豪迈地笑道："子云，你真是个痴人。你考了几科了？连试两科不中，今年再不中，你真指着朝廷赐你个同进士出身？当官当官，还不是为了钱财？我家在钱塘有商行，一船丝绸运到高丽，回国之后，利润有数万贯，你当官若不贪污，得多少年才挣得来？"

"我是痴人不假，可是海上风浪巨大，又有海盗，你一介书生，利润虽巨，风险亦大，怎比得读书挣功名，可以光宗耀祖，报效国家。"那叫子云的中年人显见是和曹允叔极熟。

"就是啊，就算真的无意功名，想做陶朱公[6]，亦不必去远涉风浪，开钱庄、办印书坊、织棉布，怎样不行？就是开家水泥坊，利润亦不在少数，何须自苦如此？"另一个黑袍年轻人也对曹允叔一定要去海外不以为然。

"仲麟兄，你也这么看吗？"曹允叔对那个黑袍年轻人笑道，又转头向另一个黑袍中年人问道："子柔兄，你的意见呢？"

叫子柔的中年人笑道："允叔既然决定了，我有什么好说的？我看你志向虽然不在功名，只怕也未必在高丽的数万贯利润。"

曹允叔抚掌笑道："还是陈子柔知我。"

白袍书生见他如此，忍不住微笑道："你曹友闻曹允叔的志向，谁又不知道呢？读了石九变的书，想看看大海之外的世界，做梦都在说这个，还真以为是什么秘密呀？"

曹友闻笑道："这有何不可？大丈夫当持三尺剑横行天下，埋首书丛，皓首穷

[6] 指范蠡，春秋末期著名政治家、军事家和实业家，后人尊称"商圣"。

经，我可不屑为之。何况出海一次，利润数以万贯计，陶朱之富，不逊于公孙之封。我在白水潭格物院读了一年书，眼界顿开，很多想不明白的事情，现在都无比清晰了。"

众人见他竟然说陶朱公比白衣拜相的公孙弘还要好，不由好笑。叫仲麟的年轻人笑问："既是如此，为何不和同窗一道去周游九州，勘测地形物产，却要出什么海？等到毕业再出海不好吗？"

曹友闻听他如此相问，不由指着他笑道："仲麟，不想你也是痴人。我连功名都不在乎，我要白水潭一纸毕业证书何用？我感兴趣的，是石九变所说的大海之外的世界，大洲大洋，风物百态，而不是在神州大地上勘测地图物产。更何况利之所在，我是个大俗人，不能不动心。"

众人摇了摇头，陈子柔举杯说道："允叔既然决定，我们多说无益，不过海上风高浪险，兼有海盗为虐，一切务必小心。今日在此饯行，明日就不去东门外相送了，免得效小儿女模样，惹人笑话。"

曹友闻举杯答礼，笑道："这样便好，大丈夫相交，贵在知心。我们几个情同手足，何必多言。诸位金榜题名之后，若得闲暇，再来钱塘会我便可。"

众人见他豪气干云，纷纷举杯，一饮而尽。

那曹友闻本来脸色较黑，喝了一杯酒，竟是黑中泛红，只一双眼睛却更是炯炯有神，他放下酒樽，笑道："子云、仲麟这科省试之后，必跃龙门，身价自不相同。子柔和纯父不知有何打算？"

那个陈子柔名陈良，子柔是他的表字，已是三十五六岁的中年人，几科不中，今年更是连贡生都没有考上，早就心灰意懒，绝望功名，因此对曹友闻想出海并不如另外两个人反对得厉害。此时见他相问，便笑道："我虽然没有去白水潭读书，但是石秘阁的书也都读过，以前白首为功名，考不到一个进士出身，总不能心甘。不过我家耕读传家，若说我要去经商，非被赶出家门不可。"

众人听他这么说，相顾一笑，可想到这中间的苦涩，又有点儿笑不出来了。

陈良见众人为他尴尬，连忙转换话题，笑着对白衣书生说道："纯父，你的打算呢？我和允叔都算是功名无望，方存他念。你文章经学、诗词策论，皆是上上之选，若要博取功名，不说状元及第，取个进士出身，那是探囊取物，为何却一直不存此想？大丈夫取功名报效国家，毕竟这才是正道。"

白衣书生微微一笑，轻轻唱道："黄金榜上，偶失龙头望……幸有意中人，堪寻访……"

这两句词虽是一首，却并非连在一起的，他此时故意连在一起唱，调子便显得有几分怪异，引得众人哈哈大笑。柳永的这曲《鹤冲天》，北宋的读书人无有不知，特别落榜书生，更喜欢到勾栏听这曲子，解闷自嘲。白衣书生志向高远，这是四人所深知的，此时用这曲子来回答，不过是书生伎俩罢了。

那个叫仲麟的年轻书生笑道："司马梦求，就你有这么多古怪。黄金榜你不屑一顾，哪有什么龙头望可言？若真要唱这首曲子，我们几个都是不够格的，张淳、李旭辈才真要唱这曲子呢。"

张淳、李旭是宣德门前叩阙的风云人物，这些人自然是知道的。司马梦求听他说到这两人，便笑道："张淳现在变换姓名，在西湖边上教书，我刚从钱塘游历过来，还去看过他们的西湖学院，一切皆是仿效白水潭学院，不过规模尤大，显见其志不在小。你说他偶失龙头望，可他也不见得要去依红偎翠呢，假以时日，不失为江南桑充国，比你考一个进士，放一个从七品主簿，要强得多。"

曹友闻听他说起张淳，连忙竖起手指，摇了摇，放低声音说道："纯父，别在这里说，让人听见，害人不浅。"他和张淳有同学之谊，自然存了维护之意。

司马梦求笑道："允叔倒是稳重人，不过他们在杭州，被人认出也并不掩饰，要不我从何得知？"

叫子云的中年人忍不住插话道："在京师还是小心一点好，朝局波云诡谲，纯父应当知道吧？惹上中间的事情，总是不妙。"

司马梦求见众人如此紧张，便点了点头，笑道："以后小心便是。"

陈良却忍不住感叹："真是人各有命，张淳文章学问，气节操守，皆是上上之选，不料有此大变。不过说来却也不是大不幸，朝局风高浪险，便是我们这些布衣也感觉得到，石秘阁却硬是把白水潭的学生全给护住了，李旭在国子监读书，出身官宦，本是前途无量，结果反不如白水潭的学生。"

这五人里面，只有曹友闻是白水潭学院出身的，听到这些感叹，不由有几分得意，当下取笑道："纯父一向在外游历，自然不必说，你陈子柔我当年可是极力邀你一起去白水潭的，你当时却说什么在哪里读书不是读，在家里读书就可，不必去学院。子云兄当时有大孝在身，也不必说，可你范翔范仲麟却未免好笑了一点，自己明明是陈桥人，却要跑到嵩阳书院去读书，现在羡慕来不及了。"

范翔笑道："我可没有什么后悔的，白水潭是不错，要不然我们嵩阳书院也不会全力学白水潭，可是哪里没有英才？若是学问要在学院读书才好，我看我们几人中间，倒数你曹允叔学问最坏，司马纯父没进过学院，公认他学问最好。子柔兄只是说石秘阁对学生好，偏你就能得意成这样？"

四人见他说得曹友闻黑脸再次转红，不由一起哈哈大笑。他们在此闲聊，自以为没有人注意，却不知道这番对话全部落到了田烈武的耳中。田烈武对白袍书生司马梦求是十二分的留意，在秦观被石越请进雅座后，他就竖起了耳朵听司马梦求等人的对话。幸好他不是告密小人，否则西湖学院难免麻烦缠身。

田烈武暗暗揣测着司马梦求的身份，那日在酒铺，他一语惊醒梦中人。田烈武一直以为这个公子哥肯定和军器监案关系密切，不料这时听他们对答，这个司马梦求倒像是个游历天下的读书人，回汴京城还没有多久，而且听他们说的，似乎身上连个功名都没有，如何就能一口说出军器监案的关键？田烈武是习武之人，更是一眼就看出这个司马梦求步伐稳健，眸子精溢，这个人才是真正的"文武双全"，对于这样的人，他更不敢掉以轻心。

忽然，外面一声炸雷，下起大雨来，把陷入沉思的田烈武给吓了一跳。吕大顺一向知道自己这个"田头"，为人虽然极好，办事也算精干，但就是喜欢胡思乱想，因此见怪不怪，一边喝酒吃菜一边听报博士读报，一个人把酒菜吃了个七八分。这时田烈武突然被炸雷惊得回过神，吕大顺未免有点儿不好意思，连忙笑着搭讪："田头，这真是下雨天留客天，想走也走不了。"

田烈武却没有去注意这些，看了下外面突然黑下来的天空，雨是越下越大，再看看司马梦求那桌人，还在谈些什么，似乎根本没有在乎外面的大雨。他一时觉得自己有点儿好笑，军器监的案子连陈大尹都不想破，关自己何事？却一直操着这些空心。

还在胡思乱想之际，忽又听到有人带着几分醉意呼道："好雨，好雨，实是一扫心中荫翳之雨！"

他这般大呼小叫，未免让全楼人都为之侧目。田烈武循声望去，却是坐在西头角落的一个人发出来的。此人穿着灰色长袍，因为是脸朝窗外背对着自己，所以看不清长相，不过显是一个人独斟，一个简单的包裹放在桌子上，包裹上还放着一把长剑。田烈武在开封做捕头，各地乡音都听过一二，一听口音就知道此人是福建人。

众人看了他一眼，听他酸不溜秋地叫唤着，就知道是个不得意之人，这样的人开封街巷甚多。虽然开封府算是人情高谊，不比千年后大家只爱自扫门前雪，老百姓都乐于助人，但是像他这样的，愿意管的也不多。何况酒楼之上，多是行人旅客，大家看了他一眼，便继续喝自己的酒，吃自己的饭。

田烈武却是天生的好奇心，忍不住要多看他几眼，只听此人忽然举杯高声吟道："迎朔风而爱迈兮，雨微微而逮行，悼朝阳之隐曜兮，怨北辰之潜精。车结辙以盘桓兮，马蹄躅以悲鸣，攀扶桑而仰观兮，假九日於天皇，瞻沉云之泱漭兮，哀吾愿之不将……"声音甚是悲怆，让人闻之动容。

田烈武不知为何，下意识地看了司马梦求一眼，果然见司马梦求已起身走到那个灰衣人面前，抱拳道："这位兄台请了。"

那人头也不回，仰头喝了一杯酒，冷冷地说道："有何指教。"

司马梦求走南闯北多年，见他如此，也不生气，反而微微笑道："指教不敢，方才听兄台吟曹子建之《愁霖赋》，似有伤感之意。在下多事，来请兄台一起喝一杯，所谓四海之内皆兄弟，多个朋友，离愁寂寥之意或许就会冲淡许多。"

按理说他这般折节下交，别人纵使不领情，也不能恶言相向，可那人竟然冷笑道："无事献殷勤，非奸即盗。在下便有不妥，亦不劳足下相问。"

司马梦求不由一怔，这世界上竟然有这样的人，他也真是无话可说。不过他也无意挑起纠纷，当下板着脸，抱拳道："如此多有得罪，是在下多事了。"说完便走了回去，和曹友闻等人说起，众人都觉得此人不可理喻，就连田烈武也觉得这人毛病不小。

差不多就在此时，石越等人从雅座走了出来。石越、冯京、刘庠各自披了披风，把腰间的金鱼袋给遮住了，别人自是不知道他们身份，可是曹友闻却是认得石越的，见到石越，习惯性地站了起来，行弟子礼，把石越给吓了一跳。幸好曹友闻还算机敏，没把"石山长"三个字给喊出来，否则石越等人难免要被当成珍稀动物围观了。

石越在白水潭的学生成千上万，他哪能一一认识，当下朝曹友闻微微点头答礼，目光在几个人身上转了一圈，落在司马梦求身上，忍不住夸了一句："真是气度不凡。"他身份日尊，说起话来自然有了点居高临下的气势。

司马梦求目送着石越等人离去，嘴角亦微露笑意，这是他第一次这么近距离观察石越。

4

熙宁五年九月十日的汴京，晴空万里。

白水潭学院第一届技艺大赛吸引了无数在京学子的目光。体育馆是一座当时的人们从未见过的环形露天建筑，完全免费对外开放。

开幕式虽然简单，但在当时的人们看来，亦是汴京城的一大盛事。权知开封府陈绎、直秘阁石越、白水潭山长桑充国分致简短开幕词。石越和桑充国的配合相当默契，几乎看不出二人之间有什么裂痕可言。然后便是从乐坊请来的五百乐人上演大型剑舞。五百支宝剑在太阳的照耀下发出夺目的光芒，整齐的舞蹈，激昂的节奏，那种宽宏的气势让在场的学子们回味良久。最后便是公布比赛项目与选手名单。小型项目，白水潭学院的学生按年级与系为单位组队排列比赛轮次，大型项目则是自由组队，比如在汴京很流行的蹴鞠，总共就只有四支队伍参赛，全部是自由组合的。

第一天的比赛项目主要是一些单人比赛的预赛。田烈武一大早被吕大顺拖过来看热闹，倒也觉得不虚此行，要知道从他家到白水潭，走路过来可是很有一段距离。

吕大顺是个喜欢看热闹的，一个人跑去看马术、剑术了。田烈武的兴趣却在射箭与枪法上，这时便一个人寻到射箭比赛的场地。

射箭比赛分弓手与弩手两组。有宋一代，弓弩手都是宋军的主力兵种，也是宋军对抗骑兵的主要依靠。而射技亦是六艺之一，古代贵族生子，要朝天地四方各射一箭，以示男儿之雄心，到了宋代，这种风俗早不流传，但是读书人中能挽弓者虽然比率上不多，可绝对人数上并不少。所以在白水潭学院第一届技艺大赛中，参加射箭比赛的人相对要多得多。

田烈武走到射箭场边时，已轮到第二小组十人的比赛了。十个箭靶皆在五十步开外，古制一步约合现在一点三米弱，算起来就有六十多米的射程。射手们手中的弓是典型的中国双曲反弯复合弓。这时十个射手站自己的位置上，左手持弓，搭上箭，用右手戴着指环的拇指拉开弓弦，食指和中指压住拇指，瞄准自己的靶心。

田烈武自己很喜欢射箭，他一向认为射箭之要在于心念专一，身形和步法反在其次。这时看这些学生，有些臂力甚大，弓都挽满，手指拉弓处与弓弦形成一个锐角；有些拉开不过一半，便是射到靶心，只怕亦不过是强弩之末。至于能够心念专一者，他却是一个也没有看见，当时不由轻轻摇了摇头。只见裁判令旗一挥，大喝一声"射"，有七支箭离弦而去，直接钉在靶上，顿时整个射箭场鸦雀无声！田烈武更是张大了嘴合不拢来——因为十个人的比赛，只有七支箭射了出去，还有三张弓竟然给拉崩了，一个射手被弓打在脸上，鲜血直流。如此戏剧性的变故，让第一次主持这样比赛的裁判都目瞪口呆，不知道如何处理。

一个穿着丝袍的年轻人从田烈武身后快步走了过去，捡起残弓看了半晌，上面分明刻着一行隶书："军器监弓弩院督造。"他默然半晌，长叹一口气，对裁判说道："计算前面七人的成绩，这三人换弓重新比试，第一名进入复赛即可。"本来每组只许第一名进入，这一组因为这次偶然的变故，不得不让两个人进入复赛。

田烈武听到那个裁判用尊敬的语调对那个年轻人说道："是，石山长。"这才知道眼前这个人，竟然是名动天下的石越石子明。他不由多看了石越一眼，正巧石越抬起头，目光交集，唬得田烈武连忙低头。

不料石越已走到他身边，微笑问道："这位兄台请了。"

田烈武没想到石越会和自己打招呼，不由吃了一惊，好在他是经常见官的，忙作了一揖，说道："见过石秘阁。"

石越点头答了一礼，笑道："不用拘礼。刚才我见你在摇头，你可是能从他们挽弓中看出来这些弓要坏了吗？"

田烈武这才知道石越来了好久，自己的举动都被他看见了，只是却误会了自己的意思。他脸色微红，答道："回石秘阁话，小的方才摇头，是觉得这些官人射箭不得其要，并非能看出这些弓是坏的。"

"原来如此。"石越对于射箭是超级外行，此时碰上行家，不由饶有兴趣地问道，"却要请教，不知他们射箭如何不得要领？"

田烈武见石越如此平易近人，不由胆子更大了几分，朗声道："射术之要，不在身形与手法，而在心念要专一，我见这些官人虽然姿势正确，但总是嫌不够投入，所以觉得其箭法称不上很高的境界。"

石越听他说得有点儿道理，好奇地问道："你的箭术如何？"

田烈武朗声答道："小的自幼好武，能挽一石五斗之弓，五十步之内，百发百中。"石越吃了一惊，宋代弓弩每石的斗力约九十二宋斤半，约相当于现代的一百一十七斤，一石五斗便是约一百七十六斤，称得上是臂力惊人了，后世岳飞、韩世忠是名将，能挽三百斤不奇怪，可眼前这个人，绝不是什么著名人物，在自己面前自称"小人"，更显见地位卑微。他到宋代已近三年，传说中的武林高手他还真是一个都没有看到过，段子介会武功，但是好是坏石越并不清楚。那些御前带器械侍卫的功夫，石越也没有亲眼见识过，不知端详。这时听田烈武自称能拉一石五斗之弓，自然而然便起了好奇之心，笑道："马上两组比试完毕，会有一段空暇时间，可否试射给我看看？"

田烈武并不傻，像石越这样的高官，便是知开封府陈绎也要给几分面子，那是平素他想巴结都巴结不来的。虽然他心里并没有想过要刻意巴结权贵，但是机会到了面前，凡俗之人，哪能不动心？当下连忙点头答应。

一炷香的工夫，接下来两组射手便比试完了。这些人眼见前车之鉴，一个个小心翼翼，生怕自己被这些"劣弓"给伤了，拉起弓也不敢尽全力，惹得一些懂行的人大皱眉头。潘照临走到石越旁边，更是长长地叹了一口气。

待裁判宣布了获胜的名单，石越叫过裁判，打了声招呼，便让田烈武上去挑弓箭。旁边围观的人听说有人要在石秘阁面前表演箭术，无不好奇，还有几个好胜的，一时技痒，便向裁判说了，要求和田烈武一起比试。连侍剑都忍不住小孩心性，对石越说道："公子，让我也去试试吧？"

石越教过侍剑写字读书，也教过他骑马，潘照临有时候闲着无聊，也会教他下棋、丹青之类，倒从来没有见他射过箭，因此不由有点儿奇怪，问道："你会射箭？"

侍剑望了潘照临一眼，点点头。石越见他这样子，知道也是潘照临所教，不免好笑，说道："那你去吧。"

侍剑和他虽然不是形影不离，但是大部分时候都是待在自己身边的，便是会箭术，也好不到哪里去。不过石越知道他小孩子心性，自然也不会阻拦。说起来同是少年，侍剑跟在石越身边，表面上看来稳重细致，实际上内心却是好玩好动，好奇心特别强；而唐康却正好相反，表面上看来活泼大方，也经常和朋友出去游玩，谈吐风趣，可是内心却是相当持重稳健，心思缜密，和一般少年根本不一样。

侍剑见石越答允，便上前挑了一张弓，他臂力不够，只能挽到一半，可是准头却好，扣箭射出，直中红心。众人见他小小年纪，有这样的准头，不由喝了一声彩。石越也微露赞赏之意。

田烈武等人见侍剑射出，练武之人哪能自甘人后，所谓"武无第二"，争强好胜之心对于武人来说概莫能免。田烈武从箭筒中抽出一支箭来，搭在弓上，"嗖"地一箭射出，正中红心，入木三寸，把箭靶打得直晃。他有意卖弄，连珠价般抽出来三支箭，也不间歇，连续发出，箭箭皆中靶心，顿时喝彩声一片。

另外几个人都是上京参加省试的士子，平时自负文武全才，因此有意想在名闻天下的石子明面前卖弄卖弄，不想碰上田烈武这样的神射手。既然他们敢上来，自然五十步内命中红心，但是如田烈武那样连珠发箭，却是功力不够。而仅仅是射中红心，又有什么好自夸的，连那个小书童也能射中红心呢。

石越见他们垂头丧气，不由一笑。他自然明白这些士子在想什么，当下各自温言勉慰几句，方对田烈武说道："真是神射手！不敢请教尊姓大名？"

田烈武心里颇是得意，见石越问询，却也不敢失了礼数，躬身答道："回石秘阁话，小的叫田烈武，是开封府的捕头。"

石越笑道："原来是陈大尹的人，这就好办了。我想请你来替我教两个孩子箭术，不知田捕头意下如何？"

"这……"田烈武不由有点儿迟疑，虽然是难得的好机会，但是他最想的还是有机会去前线杀敌，并非做高官的护宅教头。

石越见他迟疑，以为他担心的是开封府的差事，便笑道："开封府的捕头你继续做，陈大尹那里我会打招呼，每日抽空过来教教孩子就是，他们也不能全天跟着你学箭。每个月我给你三贯钱补贴家用，可好？"

每月三贯钱绝不算少，最要紧的是巴结上石越，前途自然大不相同。便是没钱，田烈武也会做，当下再不迟疑，立即答应。

5

离开射箭场后，潘照临忽然低声问道："公子，圣上旨意下来了吗？"

"还没有，不过基本上已经定了。常秩、吕惠卿都是考官，主考官皇上钦点冯京、陈绎。"石越淡淡地回答道。

"两个主考官不成匹配吧，陈绎无论哪方面都不足以和冯京相抗。"潘照临皱眉揣摸赵顼如此任命人事的用意。

石越笑道："潜光兄，你不用多想。皇上变法之心一直没有动摇过，因此开科取士，无非还是要为新法简拨官吏，但是皇上英明得很，绝不可能让王安石一人专权，我和冯京插进去，为的就是此事。别的十多个考官，可全是新党干将。"

"不知白水潭能中多少？"潘照临对此十分关心。这也是在情理之中，白水潭学院出去的学生，都有一种强烈的自豪感，他们根本不需要刻意拉帮结派，自然而然就会形成白水潭系。作为学院创始人的石越，进入仕途的弟子越多，自然越有利。

"这就难说了。长卿前一阵子做过统计，白水潭学院取得贡生资格，能参加礼部试的，有一千一百多人。另外皇上恩旨，礼部在白水潭组织考试，院试前五十名可以参加礼部试，称为院贡生，加起来一共有一千二百人左右。至于有多少能中，谁也不知道。"

赵顼算是很给石越面子，但为了以示公允，天下书院都因此得益，嵩阳、横渠、应天等规模在三百人以上的书院，皆恩赐五名院贡生名额，由各路学官组织考试。这项措施极大地促进了各地私办学院的发展，其实这也很接近王安石的理想，王安石一直希望所有参加州郡试的学生，都必须在州郡学校入学三年才能获得资格，但是每每遭到朝野的反对。反倒是这种恩赐院贡名额的做法，后来逐渐发展，在二十多年后，终于变成全国百分之九十以上的省试考生皆出自各大学院的毕业生，不过那个时候，无论是王安石还是赵顼，都已作古。

"今年省试取中名额是三百以上，六百以下，可全国参加考试的士子高达一万多人，考上的一跃龙门，自然身价百倍，但是没有考上的却是大多数，这些人只能等待三年后的机会。年复一年，可多数人到底是一辈子都考不中进士，白白蹉跎一生。"潘照临忍不住感叹道。

"这便是有如千军万马挤独木桥了。考进士做官，也几乎是读书人眼中唯一的正途。世人观念如此，又能如之奈何？白水潭明年的毕业生，除去中进士的，进入兵器研究院的，继续读初等研究院的，被各个学院聘去当老师的，进报馆、印书社的，长卿和程颢先生进行了估算，还有一百多人没什么着落可言。第一届的学生人数不多，还好办。第二届学生毕业，问题就会更明显。"石越面对这个古代的人才闲置问题，也伤透了脑筋。

这些人并不存在失业的问题，一般回家后可以当少爷，最不济的，也可以耕读传家，继续等待下一次科考的机会。但是在石越看来，宋朝受教育的人口并不多，在工业与商业部门，其实需要相当多的受过教育的人才。特别是白水潭学院的学生，头脑灵活，又有算术格物功底，做琐事亦能胜任，即使是普通书院的学生，接受过教育的也比没接受过教育的强得多。但问题的关键在于，这些学生，即使是白水潭学院明理院毕业的，也有着极其强烈的优越感与对工商业的固有歧视。他们宁可回家一边种田一边读书，也不愿意为工为商，更不用说做商人的下属。

提倡士农工商平等吗？口号是喊了，但是当时虽然没有"万般皆下品，唯有读书高"的说法，却已经有了这样的观念。石越看起来理所当然的事情，对于当时的读书人来说，就可能是奇耻大辱。

一方面是人才缺乏，一方面却是人才得不到利用，石越自问不是什么神仙，他也不是那种一呼百应的鼓动家，面对这种问题，他束手无策。等着他们慢慢觉悟，或者有一天，当全国的读书人达到百分之三十甚至百分之五十之时，读书人就不会觉得进入工商业是一种自贬身份的行为了。在现在这个时刻，也只能看到一少部分人去经商或者从事手工业。

潘照临是属于对科举严重缺少兴趣的人物，但他同样不会了解石越的烦恼，觉得工商业要什么读书人？顶多识几个字，会算术记数就行了，因此他也无法理解石越的担忧。只有这种时刻，石越才能体会到和历史车轮作战的无奈。

这个世界上，真正能和石越谈论这些新奇思想，并且理解这些新奇思想的人屈指可数，王安石可以算一个，可却是石越最大的政敌；桑充国算一个，可是自从报道军器监案事件之后，两人虽然依然亲热，却都在刻意回避那件事，都小心翼翼地不去提它；还有一个欧阳发，石越只见过几次，那个年轻人真是相当出色，可惜现在远在家乡居丧。

石越很喜欢去桑充国办的义学，有时候还会即兴给小孩子讲故事。以前他不知道原因，后来他才意识到，也许真正的改变，还得从那些小孩子开始，白水潭的学生们离他的理想虽然更接近，但是真正说起来，还差得远。

"公子，你看。"潘照临打断了石越的感怀。

石越抬起头，这才发现自己和潘照临已经走进了体育馆的击剑馆，此时正在进行剑术组的预赛。比赛用剑是特制的无刃剑，一般不会出现伤亡。但是潘照临显然不是让石越看正在比赛的两个学生，而是看在旁边观战的几个人。那正是前几天在会仙楼见到的司马梦求等人。

曹友闻等不及这次盛会，早就前往钱塘，现在和司马梦求在一起的，是另外三人——吴从龙，字子云；范翔，字仲麟；陈良，字子柔。今天四人都穿着白色丝袍，站在一边观赏比赛，时不时指指点点。这四人站在一起，司马梦求卓然不群，给人一种浊世佳公子的感觉；吴从龙年纪稍大，读书时也稍用功些，眼睛略有近视，而为人端正，倒像极了白水潭程颐的学生；范翔年纪最轻，长得很是清瘦，他是嵩阳书院的学生，骨子中自有一股书卷气；陈良也有三十多岁，他和吴从龙一样，大儿子都有十岁了，自然颇多稳重，不过许是因为绝望功名的缘故，神态中多了一点落拓之气。

石越虽然不认识这几个人，但是对于司马梦求却颇留意。气质与这个男子相类的人，石越也见过，眼高于顶的王雱，不过身上多了暴戾之狂态；晏殊之子晏几道，富贵书生气略重了些；还有欧阳修的长子欧阳发，可惜身体不太好，而且也没有眼前这个人身上的沧桑感。眼前这个男子一眼望去，就知道他去过很多地方，经历过很多事情。

石越正要过去叙话，却见一个穿着青袍的武官带着一个人走到自己面前，行了一礼，道："石秘阁，下官有礼了。"

这个武官石越却是认识的，叫康大同，是熙宁三年的武状元，现官左侍禁[7]，八品小使臣。石越本来就架子不大，加上康大同是武状元出身，又是正儿八经的御林军，更是加倍客气，拱手还礼，笑道："状元公不必多礼，怎么有兴致来白水潭？"

康大同不好意思地笑了笑，道："下官表弟来京赴考，带他来白水潭见识见识。下官那边都是些粗人，待久了于他学问有害。"

石越打量着他身边之人，只见那人一身灰布长袍，虽然也算是生得眉清目秀，但是脸上却冷淡得一丝笑容都没有，嘴角微往上翘，明知道眼前是名闻天下的石子明，却根本是爱理不理的样子。看他的神情，根本是那种把天下人都要拒之千里之外的样子，康大同想让他结交文友，只怕是打错了主意。

石越却不知道这个人前几天就和自己在一座酒楼上，还把司马梦求给呛了个半死，当下朝康大同笑道："这位就是令表弟？"

"正是。镇卿，这位就是名闻天下的石秘阁。"他这个表弟姓吴，叫吴安国，字镇卿。

吴安国看了石越一眼，微微一礼，连嘴皮都没有动，这算是无礼之极了。

石越见他如此，回头看了潘照临一眼，二人相视一笑。石越笑着对尴尬的康大同说道："年轻人性子高傲一点没有关系，你带令表弟到处转转吧。"说完，便辞了康大同，朝司马梦求一行走去。

司马梦求早就注意到石越过来了。他对吴安国印象深刻，眼见石越身居高位，竟然毫不在意这人的无礼，不由暗暗称奇。

"昔日邂逅却未及深谈，足下风姿，常萦眼前，不料今日竟有缘再见。"石越走到司马梦求跟前，拱手笑道。

"不敢，学生何德，竟敢劳石秘阁记挂。"司马梦求不亢不卑地还了一礼。当下按一般礼节，和吴从龙、范翔、陈良一并向石越自报家门。如吴安国那样的人始终

....

[7] 武官阶官，八品，属于三班小使臣。

是极少数，吴从龙等人免不了要说一番仰慕的话。石越又一一还礼。他此时也是个五品官员，又是甚得皇帝宠信，兼之名闻天下，俨然一代宗师，甚至民间有人把他放到孔孟之后来提，但是他却是一点官架子都没有，反差如此剧烈，更让人有如沐春风之感。

司马梦求无意科举，却并非无意功名。中国的"士"，讲究的是得其人而辅，若找不到那个明主，便宁可躬耕乡野，苟全性命，终身做个隐士，这是"士"之一阶层人格上独立的一面。他游历天下，遍览形胜，结交三教，十年有奇，所见所闻，文官只知道贪财好色，巴结上司，钻营升迁；武官们醉生梦死，兵甲不练，坐吃空饷。倒似大宋这棵大树上布满了蛀虫一般，大家都拼了命要吸干这大树的树汁。

好不容易盼来享负天下大名三十余年的王安石，结果他的三大干将，韩绛是世家子弟，眼光看不到一等户以下；吕惠卿三兄弟在乡里就巧取豪夺，变法的结果是国库的钱财大幅上升的同时，他们吕家的田产与钱财也跟着上升；曾布的亲戚们在县里连知县都不放在眼里，欺压良善之事屡屡不绝。其上如此，其下可知。王安石纵使自己清廉，同样也要引荐亲戚，甚至是任人唯亲。他所用之人，如曾布之妹是其弟王安国之妻，谢景温之妹是其弟王安礼之妻，如此种种，不胜枚举。而对于吏治，他根本不敢动一根手指。只知道拼了命地喊"开源"，实则历代苛捐杂税，本朝无一不有，这种情况下还要开源，老百姓也只能苦不堪言。而所谓的旧党名臣，更让司马梦求不知要做何感想，不知道这些人是不是被庆历新政的失败给锉掉了全部的锐气，只知反对不知建树，便是傻子也知道，大宋的情况，不变不行了，但这些君子们却似乎不知。

在《汴京新闻》之前，大宋本来就有朝廷的邸报[8]流传于市坊，虽然不是正式的报纸，但对于关心时政的读书人来说，却是必看之物。因此王安石的一举一动，朝野变化的情况，司马梦求虽在外省，亦了然于胸，但是越了然，越失望。他几乎以为大宋是变亦亡、不变亦亡的危局了，差点想要剃度出家，不再问尘世之事。直到在成都读到《三代之治》《历代政治得失》，读到关于青苗法改良的邸报，他这才又被勾起一丝希望。

司马梦求知道"与其许之空言，不如见之行事"，于是他马不停蹄地出剑阁，顺长江而下，直奔江淮两浙，亲自了解改良青苗法的推行情况，和钱庄借济的利弊得失。在那里待了一年有多，种种利弊，他无不知晓。他在松江边上，看到了机户之家成千上万，官府为了调节棉花的种植和水稻的种植而大伤脑筋，二者的矛盾至今没法解决。他在杭州，看到苏轼浚清西湖，亲手规划杭州市区图，教附近的百姓使用煤

----

[8]　一种主要报道中央大政方针与官员人事变动的早期报纸。最早出现于西汉，至宋朝时，发行时间已趋固定，但北宋时期大多仍是手抄传播。

矿。最让他印象深刻的，是一个叫蔡卞的小官，不过十几岁的年纪，就将一方治理得井井有条，他在治区要求百姓种植棉花和水稻三七分，而新开垦的田地则可以棉花、水稻六四分，把松江边上官员们解决不了的问题轻易解决了。他严打富家私放高利贷，监视钱庄的利率情况，对于一些官府不愿意解决的贫困户的问题，他下令这些五等户中的贫困者可以由县府调查清楚后押结作保，让他们去钱庄借钱买种。司马梦求所过诸县，便是《论语正义》的署名作者唐棣、柴氏兄弟等人所在的县，都没有人能比这个蔡卞做得更好。

这一年多的所见所闻，把司马梦求的希望慢慢点燃。所以他又回到京师，就是想看看这个似乎是突然冒出来的石越石子明究竟是个什么样的人物。

而石越对司马梦求也是印象深刻，颇生招揽之心，寒暄之后，便笑道："想不到今日能见着许多英杰之士。司马公子，今日不便长谈，如蒙不弃，改日可否和你的这些朋友一起到敝府一叙？"

司马梦求也知此处交谈不便，他看了吴从龙等人一眼，见除了陈良之外，吴从龙与范翔眼中都流露出热切的目光，当下也不矫情，爽快答应下来："改日定当拜访。"

潘照临马上又约道："不如约好就在后天如何？"

石越一怔，不知潘照临为何要定好日期，不过马上就转过念头，知道潘照临心思缜密，是担心司马梦求等人或许是贡生，如果石越是考官的旨意下来，再来拜访，就会惹人闲话。当下便微笑着等待司马梦求的回答。

司马梦求淡淡一笑，点点头，抱拳答应："如此便是后日。"

"那么一言为定。"

6

"公子想把那个司马梦求招入幕府？"辞了众人之后，潘照临笑问道。

石越点点头，笑道："我见他人才难得。他不说司马梦求这个名字倒也罢了，说起来，李敦敏和柴贵友都写过信推荐他。"当下便把这人在江淮的事情略略说了。

"看来倒是个有心人。"潘照临笑道。

"我去信给子瞻先生，问了两个人，一个是这个司马梦求，一个是蔡卞。子瞻先生也认识此人，他和灵隐寺一个和尚很熟。后日再看看他的干材器量，就知端详。贡生名单里没有他的名字，当是无意科举。"石越轻轻拨开小路边上的柳枝，此时离开体育馆已很远，白水潭学院里显得很安静。

潘照临沉思了一会儿，方说道："要慎重，如果不是其人，不要轻易招揽。"

　　石越不置可否，他知道潘照临是怕御史说闲话。不过他自小就听闻曾国藩幕府人才的事情，难道曾国藩幕府中的人就全能一一交心？为政之道，有阴谋，有阳谋，关键是要有能力，如果自己明知是人才而不敢用，又能成什么大事？口里说道："我见司马梦求一不求科举出身，二没有结交权门，仅这两点，就显见其志向器量。"

　　潘照临知道石越主意已定，便不再多说，笑道："常言道，物以类聚，人以群分。司马梦求的朋友，应当也不是凡品。"

　　"但愿如此。不过吴从龙与范翔目光热切，他日的助力，亦在朝堂之上，而不在我幕府之中。"石越笑了笑，那种眼光，他看得实在是太多了。

　　潘照临不以为然地撇撇嘴："一个八品进士，搞不好还是个九品，如果不是进士及第的话，到外县从主簿、县尉做起，按部升迁，何年何月才能有机会进入朝廷？新法招致不满的一个原因，就是王安石只要人家说新法好，就加重用，简拔了太多的投机侥幸之人。这两人要想有机会进入朝堂，还早得很。"

　　其实当时朝廷重臣推荐一两个人，根本就是平常风气。王安石以外，冯京、文彦博、吕惠卿、曾布，甚至石越，谁没有做过？吕惠卿两兄弟布列朝廷，又将陈元凤带到兵器研究院，石越也提拔了一个唐棣。而且说起来，进身最快的，当数石越，三年时间，就是五品，历史上不能说没有，宋代还有三日三迁的，但是终究是很罕见的了。

　　石越微微笑道："你说得虽然有理，但是多一些人才，于国家还是有利的。何况如果他们真的有才华，未必就一定要放外任，到太常寺做个奉礼郎以下的官，我就办不到吗？"

7

　　白水潭学院的第一届技艺大赛，在第一天结束之后，所有的人都知道这肯定是一次成功的活动。

　　当时汴京的居民们，文艺生活虽然不能和后世相比，但也不能说不丰富，相国寺的"万姓大会"就是经常有的，但是竞技体育那独特的魅力，和"万姓大会"是完全不同的两种事物。当着数以千计、万计的人击败对手，那种成就感让年轻人们感受到不逊于黄金榜上题名的快意。

　　无论是从马术比赛中从马背上摔下来，还是射箭比赛中弓被拉崩，抑或是二十五里（不足一万米）长跑中差不多有一半以上的选手没能坚持下来，这些都成了汴京街头巷尾津津乐道的话题。最让桑充国意想不到的是，当天下午有许多赴京考试的士子请求参赛，和白水潭的学生一决高下。无论在哪个场合，能够在名动天下的白水潭学院里夺魁，对于这些年轻的士子们来说，都不失为一种乐趣。

桑充国对于这个实际上由"白水潭校运会"转变成的"大学生运动会"，并没有特别的奇怪，当时石越提出的宗旨，就是希望借此吸引更多人的注意，让读书人在读书之余，不忘强身健体。不过石越自始至终也没有说服程颐，伊川先生认为养生之道在于打坐，这个观点也不能说错误，不过按石越的说法，则是两个正确的观点同时存在是可能的。伊川先生当然可以继续打坐，不过让白水潭不愿意打坐的学生练练剑术、跑跑步，也没什么不好。

第一届技艺大会正好赶在省试之前，桑充国并没有刻意如此安排，但石越有没有想过这一点，别人就不得而知了。反正能提高白水潭学院的声誉总是不错的，这一点桑充国也好，程颢也好，程颐也好，邵雍、孙觉也好，大家观点一致。前阵子"四大学院白水潭讲演"被誉为大宋开国以来第一盛事，所以对于和别的学院进行交流，白水潭学院的领导者们都是很开明的。桑充国当天召开的教授联席会议很容易就通过了决议，在接下来三天内，允许白水潭以外的士子组队或者单独报名参加比赛。这个决议只是苦了那些负责组织这次比赛的学生们，如果不把赛程变得具有相当的灵活性，根本不可能适应这份新的决议。

于是比赛从第二天起，也因此变得更有对抗性，更加精彩。连汴京的市民也分成了两派，一派支持本土本乡的白水潭学院，一派支持外来的士子。有两家酒楼公开博彩，赌三十六项的冠军人选，差点被开封府给查封了。

最让石越哭笑不得的是，有个御史居然因此弹劾石越，说他纵容指使白水潭学院办技艺大赛，让天下士子不安心读书备考，玩物丧志，是破坏国家抢才大典的行为云云。此事后来成为熙宁五年第一笑谈，忍俊不禁的皇帝赵顼在弹章上御笔钦批："吹皱一池春水[9]，干石越何事？"

8

但是，在熙宁五年九月中旬，最值得注意的事情，也许是九月十二日司马梦求等人如约拜访石越。

接到司马梦求等人名帖的石越亲自迎到大门外，把四人直接引到花园设宴接待，这让吴从龙和范翔受宠若惊，连陈良都为之动容。毕竟如今石越的名声如日中天，完全可以和王安石、苏轼相提并论，地位也已算是尊贵，寻常士人上府求见，未必能见

[9] 该成语原形容风吹皱水面，波浪涟漪，后作为与你有何相干或多管闲事的歇后语。

到一面，所以，如此礼贤下士，实属异数。

石越赐邸的花园，此时和之前又有不同，因为石安夫妇忙不过来，他又请了几个家丁和花仆帮忙。家丁是唐甘南亲自帮他选的，花仆却是冯京推荐的，有足够的人手与专业人士打理，石府也渐渐有了些豪门大户的气象。花园虽然不大，却也是静中有韵。一股引来的活水，从石眼中涓涓冒出，兼之绿草茸茸，石苔斑斑，竟是颇有山野之妙。横塘曲桥之畔，一座翠亭，亭中自有桌椅酒菜。石越请众人坐下，自己这才坐了主位，潘照临则坐在他的旁边相陪。

石越端起酒来，笑道："越闻司马公子之名久矣，久欲请教，今日终于得偿所愿，吴公子、范公子、陈公子亦皆是大宋英杰之士，今日有幸识荆，真快事也，石某不才，在此先敬诸君一杯。"

众人连称不敢，举杯回敬。

待一杯酒尽，司马梦求方问道："学生一向默默无名，但方才石秘阁所言，却是早已知道学生一般，这中间缘故，学生愚昧，还请石秘阁解此迷津。"

石越笑道："良材美质，断难自弃。君在两淮江浙往来一年，不知道有多少人称赞公子呢。"他故意点到为止，却并不说明，又笑道，"以司马公子之能，必能有所教我，还盼不吝赐教。"

司马梦求不想石越如此开门见山，谦道："学生见识愚钝，只怕让秘阁失望。"

石越却并不和他虚辞委蛇，直言道："身在高位者之患，是不知百姓之疾苦。像我们这些人，整日里穿的是绫罗绸缎，吃的是山珍海味，高坐庙堂之上，坐谈议论，百姓之疾苦，谁能感同身受？上行下效，便是小县知县，真能深入民间者，亦寥寥可数，而敢于据实上报者，更是难有。《汴京新闻》号称能反映民间疾苦，可实则亦不过限于开封一府罢了。朝廷法令行于四方，纵有良吏执行，各地风俗人情不一，守令为求考功升迁，无不讳疾忌医，这是人之常情，而最后吃亏的，是百姓与国家。我虽有亲近百姓，了解法令真正的执行情况之心，但是身在朝廷，往往也脱不开身。司马公子是有心之人，还望能够直言无忌。"

他这一番话说得众人无不动容。司马梦求起身行了一礼，正色说道："石秘阁如此见识，实乃朝廷百姓之福。如此学生便斗胆放肆直言，有不是之处，还请秘阁见谅。"

石越伸手说道："但说无妨。"

司马梦求也不作态，娓娓说道："自熙宁二年，皇帝召王相公入朝主持变法，至今已近四年。所谓变法，其要者有六路均输法、农田水利法、青苗法、免役法、保甲法、保马法、市易法、免行法及置将法等。其他细法，不计其数。而其中青苗法，本是争议极大，秘阁改良之后，又多出三法——青苗改良法、钱庄法、合作社法。不到四年时间，相继推出如此之多的法令，一法争议未休，一法又出，本来就嫌苛急，而地方官吏奉行，多有变样，更易招致反对。但平心而论，新法亦有可取者。譬如免役法，朝野之中反对一片，但学生这几年往来南北，终于发现其中之奥妙。原来免役一法，北方人反对得厉害，南方人却不甚反对。"

石越和潘照临听到这话，不由愕然，三年以来还从来没有人对石越说过有这样的事情，他却不明白为什么南方人反对不厉害，而北方人反对得厉害，便问道："这又是为何？"

司马梦求解释道："因为南方与北方，风俗不同。大抵南方百姓，较北方百姓要富庶，而南方百姓的徭役，亦比北方要重。实行免役法，一般的南方百姓，多能承受，而因此免掉徭役，只要朝廷不是庸外加庸[10]，百姓反而觉得方便。而北方就不同，百姓穷苦，本来就出不起免役钱，而免役法又分五等户征收，原本不要服役的客户与四等户、五等户、单丁户、女户，都要交一半的助役钱和十分之二的免役宽剩钱[11]，这便形同对穷人增税，使贫者更贫，雪上加霜，而国库竟因此富裕。所以北方最穷的百姓，很受免役法之害。特别是十分之二的免役宽剩钱，说是为荒年灾年备灾的，实际上年年征收，几乎变成常赋，有些地方甚至增加到十分之四、十分之五，深害百姓。南方还好，北方百姓则实有不堪忍受之苦，而偏偏北方官户、客户及四、五等户尤多，故此天下沸腾。新法实施以来，北方有些百姓甚至不愿意种桑养牛，因为家里有桑树、有牛，就被视为富户，免役钱就要多出，一岁所得，反不如税钱多。但在北方而论，比贫困之家反对更强烈的，是一等户和官户。很多官户，本来免役，现在同样要交免役钱，自然不愿意；而一等户反对，则是因为他们出钱最多。朝中大臣以北方人居多，利益纠葛，自然颇惑人心，真要说为贫困百姓吁请的，倒不见得有几个，否则也不必全盘攻击免役法，只需改良助役法便可。如果平心而论，对于南方人而言，则免役法就算没什么好处，但至少也不是什么坏法，而对北方而言，如果能取消或者减少四、五等户和客户的助役钱和免役宽剩钱，那么它纵有弊端，也可以接受。"

石越听到此言，想到自己之前在心里一直单纯地认为免役法扰民，甚至想过要联合旧党狙击此法，心里不由一阵惭愧。司马梦求这一番话，让他想起苏轼本来反对免役法，可是到了杭州后就慢慢没有听到他反对的声音了，而韩琦在河北，则对免役法恨之入骨，其中缘由，他终于算是完全明白，不由长叹道："非纯父，他人不能为

[10] 指征庸调制中的庸，即力役。宋代实行的是两税制，并非征庸调制，此处是以庸代指役。意思是只要不是征了免役钱后，又找借口让百姓仍然还要服力役，百姓便觉得方便。

[11] 王安石推行免役法，规定：凡应纳免役钱人户，在交足雇役钱之后，还需再加收百分之二十，以便灾荒年免征役钱时，朝廷仍有钱雇役。这笔钱称为免役宽剩钱。

我言此。"

而潘照临听到这里，见司马梦求如此通达上下情弊，也有点儿自叹不如。

司马梦求继续说道："又如保甲、保马二法，推行皆在黄河以北，黄河以南，对此二法闻所未闻，更无害可言。而青苗法推行得当之处，百姓颇得其利。南方百姓所苦的，反倒是农田水利法。"

这话说出来，众人皆是大吃一惊。陈良等人以前也未曾听他说过这些，忍不住问道："这怎么可能？"毕竟农田水利法可是新法中公认的善法。

"怎么不可能？地方官吏为了邀功，乱开沟渠，胡修乱造，虚报数字，还逼迫百姓向朝廷借钱，虽然利息甚低，却始终是要还的。何况江浙两淮，要修水利，就应当统一规划才能见其利，各县乱修一气，又有何用处？"

陈良等人闻言，尽皆默然。石越点了点头，说道："这些情弊，朝廷却是已经知道了，已打算派使者去江淮督修水利。"

却听司马梦求又说道："至于秘阁所改良青苗法，虽然是善法，情弊减少许多，但也并非全无弊端。一则若非大县，一县只有一座钱庄，而钱庄春季借出，秋季收回，若非富户豪室，断无这许多本金。而富户豪室也有不良之人，宁可钱庄开不成，自己方好偷偷放高利贷。要抑制这种情况，一要靠地方守吏能干，能打击高利贷，让县中富户联合出资办钱庄；二要由外地请来大商大贩兴办钱庄，让本地的富户无利可图。故此，秘阁之法，在富裕之州县往往施行得好，在穷困之州县，却全看地方官的能力。毕竟，仅仅靠着青苗钱收息那一点微利，如何能打动富商去外地办钱庄？何况越是穷的地方，借钱出去风险越高。此外，对于那些极度贫困的农民，钱庄往往并不愿意借钱给他们，官府亦不能强迫钱庄借钱出去。而合作社的推广，也只能说是差强人意，于是，最穷的人，依然还只能去借高利贷。所以改良青苗法，如果摊上一个好的地方官，则可称良法，若是地方官平庸，那么只能说聊胜于无，只不过是不扰民罢了。"

石越默然良久，才说道："南方已是如此，北方只怕更加复杂。"

不料司马梦求却笑道："那却未必。"

"为何？北方可是比南方更穷。"

"北方虽穷，但北方也有有利之处。一是北方人情淳朴，欠钱不还之事要少，借贷风险便小得多；一是青苗钱利息低，北方三等户以下，都愿意借，甚至客户也愿意借。北方借的人比南方要多，钱庄所得利润反比南方高。因为钱庄收息多少，始终是考核地方官政绩的重要一条，地方守吏往往都会很主动地把富户召集起来合伙开钱庄。而地方官为了从钱庄中多收息当成自己的政绩，又会鼓励这些钱庄借钱给商人牟利，从中抽取税金当作青苗税钱交纳。这是李代桃僵之法，却意外促进了北方商业的发展，所以，北方实际上并不比南方执行困难。钱庄自开办以来，借钱给商人做本经商谋利，不分南北，各处都有，甚至已渐成钱庄之主业。这当然也是有利有弊，有利处是钱庄利润变大，商人愿意开办，有利于青苗法之推广；其弊则是钱庄本金有限，借给商人后，反而没有钱借出做青苗钱。这种事情也是屡见不鲜了，而地方官员为了自己的政绩，对此睁一只眼闭一只眼，钱庄更是只要有利可图便可，如此下去，青苗法不免名存实亡，生产需要资金的农民最终还是不得不去借高利贷……改良青苗法之所以朝野一片平静，玄机便在于此。"

"那么……纯父可有何良策，存其利，除其弊？"石越虽然觉得资本追求最大利润根本是正常现象，但是也觉得青苗法积极的一面如果断送，也未必是什么好事。让太多农民破产，而以现在的社会工业化程度又无法吸收这么多劳动力，最后的结果只能是引发社会动乱，从这个意义上讲，石越还是希望青苗法能够切切实实解决农民的一些问题的。但是让民间资本有效地流入农业生产当中，这个难题也不是那么容易解决的。

司马梦求摇了摇头，苦笑道："学生不过是眼高手低，又能有何良策可言？越是穷县越是需要青苗钱，结果却越是穷县钱庄越是不愿意借出青苗钱。人情如此，如之奈何？虽说也不是不能解决，但却要靠地方官吏的良心与能力。或者，可在钱庄法增加一条，农民满足贷款条件而钱庄不放贷者，可以向官府申诉求助。不过依学生来看，这些都是小节，实则王相公变法的路子，整个就走错了，这完全是一个死连环。王相公变法便真能成功，财政岁入真能大增，亦不足以解决大宋的问题。"

他这话实在是惊世骇俗之论。就算是石越，也不曾对王安石变法全盘否定。

石越忍不住问道："纯父何出此言，介甫之新法有不合人情而难以成功处不假，但若是能够成功的话，岂得谓无益？"

司马梦求却是不以为然，慨然道："大宋之弊，在于冗官冗兵。要解决二者，首先就要澄清吏治，不澄清吏治，消除冗官，就不足以宽养民力，不能宽养民力，就不能厚培国本，不能厚培国本，就不足以显耀武功。王相公变法，背道而驰，焉能成功？"

这个道理，石越、潘照临，甚至苏轼、范纯仁都懂，也不算稀奇，但石越却是不置可否，说道："若说冗官冗兵，王相公亦非不曾着意，似不能谓其见不及此，更不足以言背道而驰。"

"王相公的确也在裁撤禁军，然而西北军费所需，数以亿万计，此处裁撤省得一二，彼处所增军费却十倍不止，又有何用？而冗官之多，四年以来，更是愈演愈烈。如嘉祐年间，推恩者不过数十人，治平间增至三百人，而如今则更增至四五百人矣。官员们一个个求田问舍，为子孙谋，谁来谋国？又如王相公立置将法，每将下面各有部队将、训练官一二十人，诸州又自有总管、钤辖、都监、监押，设官重复，平增冗官又是数以百计。为推行新法，诸路增置提举官凡四十余人，各自开府设衙，费用又增。又，国初供奉三班不过三百人，天禧间也不过四千二百多，现在则有一万一千多。景德年间大夫之官不过三十九人，如今达二百三十，增加七倍。朝奉郎以上景德年间不过一百六十五人，现在是六百九十五，五倍于彼时。承议郎一百二十七人增至三百六十九人，奉议郎一百四十八人增至四百三十一人。冗官之势，有增无减！而朝廷厚待士大夫，各项赏赐，曾无止境！王相公只管理财，想方设法替朝廷开利源，但冗官越来越多，便是王相公再能理财，所得亦不足以偿所出，终不过是白辛苦一场……"

司马梦求把这些数字一一说来，如数家珍，显是平时非常留心。吴从龙等人不知道端详，倒也罢了，石越和潘照临却听来惊心。宋代一个官员能享受什么样的待遇，石越是亲身体会的。俸银之外，还有春衣、绫、绵、冬绢，还有粟，还有随身仆人的衣粮，还有薪、炭、盐、纸，还有所谓的"增给""赡家钱""马钱""茶酒厨料"……名目繁多，连石越自己都记不过来。每逢郊天[12]，皇帝、太皇太后、太后、皇后生日，更是各有恩赐。国家从百姓那里聚敛来的钱财，就这么被所谓的"百官"们分走了很大一部分。当然不能说这些冗官是王安石的过错，但是王安石变法完全没有抑制冗官的增长，却也是事实。

司马梦求继续道："本朝苛税，七倍于唐，百姓之苦，谁人知之？天下之财输于京师，而地方不能自留钱财用于建设。朝廷养兵养官之费，占岁入十分之九。不除冗官冗兵，又谈什么宽养民力，谈什么厚培国本？如今国家之事，乱无头绪，便即仓促用兵，更是急功近利之极。"

听到这里，石越算是明白了司马梦求的大概思路，此人虽然算是才华出众，对国事有着深刻的见解，但同样是那个时代的人物，他的见识，依然是以范仲淹的见解为基础的。

石越和潘照临对望一眼，从对方的眼神中，知道对方和自己想的一样。有些事情，不是司马梦求想得那么简单的。除冗官，冗官是那么好除的吗？王安石未必是见不及此，反倒很可能是范仲淹的失败给了他深刻的教训，他是不愿意以一人之力挑战整个官僚阶层罢了。冗官也好，冗兵也好，归根到底，核心问题是冗费。这是一个先有鸡还是先有蛋的问题。王安石选择的解决思路是增加收入，只要国库的钱足够多，那么开支再多也不是问题。而司马梦求则认为，不解决开支的问题，再怎么样增加收入，也赶不上开支的增加……石越不认为王安石的策略能够成功，因为历史已经证

[12]　指祭天仪式。

明过一次了，但是，他却也承认，王安石的策略的确能够避开许多的阻力。可话又说回来，真是想要解决宋朝的问题，三冗的顽疾，迟早都得面对！只不过，王安石甚至还没能走到真正面对这个顽疾的那一步，便已经折戟。所以，虽然石越迟早也避不开这个问题，但他现在还不用太着急。

他笑着结束了这个话题，委婉地说道："纯父所言的确一针见血，不过事有轻重缓急，很多事情，虽然按理要那么做，可是真正实行起来，很多时候却需要多走一点弯路才能达到最后的目的。"

司马梦求本来还有不少的话想说，石越的话却让他怔了一下。他细细地咀嚼着这句话，不由觉得石越的话意味深长。

一旁的范翔突然插道："秘阁的意思，学生大概明白了。"

石越笑着看了他一眼。

"我们要去一个地方，面前有巨石挡道，仓促间不能踢开。这时候花点时间去准备工具，召集人手，一起来搬开巨石，比起用莽夫之勇，一味蛮干，要有用得多。"范翔打了一个比喻。

这个比喻可谓十分生动贴切，石越点了点头，赞道："仲麟说得极好。"

司马梦求也是豁然明白，抱拳说道："学生受教了。"

一直认真旁听着的陈良亦是眼睛一亮，补充道："如果在准备工具的同时，行有余力，还可造一驾马车，这样在搬开巨石之后，便可以加快上路，把时间补回来。"

石越笑道："正是如此。"又对司马梦求道："冗官冗兵冗费，这的确是国朝的痼疾，但仓促间难以解决。所以，不妨先多做些有益于国的事情，待到时机成熟，再去动它们不迟。只要能耐下心来，静待时机，必有成功之时。当今天子圣明，英杰之士，正是大有为之时。"

司马梦求连连点头。

9

严肃的话题既然说得差不多了，众人也就慢慢放开。司马梦求喜欢说些他游历各地时所见的风俗习惯、地方民情、官吏贤愚之类，和潘照临倒是颇有共同话题。吴从龙等人显然去过的地方不多，但他对秦汉晋唐以来的官制礼仪非常熟悉，常能引经据典，说上一番，不过他为人方正拘礼，和范翔恰好性情相反。范翔思维灵活，什么事情都是一点就通，上至朝廷官员，下至市井百姓，各种趣闻轶事，他信口拈来，倒如同自己家后院的事情一般清楚。而陈良此人，竟然是精通刑名钱粮诸般庶政，实在出乎石越意料。

众人交谈颇为相得，而吴从龙和范翔又是刻意巴结，卖弄学问，席间气氛活跃，笑声不断，直到天色渐暗，这才发现时间流逝之快。石越与宋人交游，见过的名士才子，不知凡几，但当时读书人，无不书生气甚重，谈得几句话，往往就是往琴棋诗画引，其中高材之士，也不过谈谈历史上的典故经文，以证其博，石越心里对这些实在有一种厌烦之心，因此他平时倒更喜欢和沈归田这样的小吏说话。今日碰上司马梦求几人，说的当时当世之事，便是说历史得失，品评也是适可而止，绝不肯夸张虚饰。石越本就有招致之意，此时更觉不舍，便吩咐侍剑，让人点起蜡烛，挂上"气死风[13]"，做彻夜之谈。

众人从上午至晚上，边喝边谈，本来各有醉意，石越又说到给侍剑和唐康找了个箭术教练，称君子当文武全才方为上乘。范翔乘着酒意，指着司马梦求笑道："石秘阁，若论文武全才，司马纯父可是上马能杀敌，下马能作赋。其箭法之精妙，非开封府一个捕头可比。"

司马梦求笑道："仲麟不要胡言乱语。"

潘照临却似笑非笑地说道："纯父何必过谦，仲麟岂是乱说话之人？"

范翔也一本正经地说道："潘先生说得是，我范仲麟什么时候会乱说话？纯父兄何必谦虚，干脆表演一下，也给秘阁看看你的本领。"

众人哄然称是，侍剑少年心性，更是想看热闹，也忍不住露出期盼之色。潘照临却依然是似笑非笑的神色，道："纯父兄表演两手，我们以此下酒，岂不也是雅事一桩？"

司马梦求早就看出来潘照临实是石越身边的谋主，对自己的态度相当微妙。他其实早就对石越颇为钦服，而石越言语中也已微露招致之意，心想干脆就一展生平所学，也好给石越一个好印象，同时让潘照临知道他司马梦求的本事。当下并不回答，只是迟疑地看了石越一眼。

石越对于所谓武功，心里本来就很好奇，毕竟他是看着武侠小说长大的，加之大家都在兴头上，便也笑道："纯父何不就露一手给大家开开眼界？"

司马梦求见石越发话，站起身来，抱拳笑道："如此恭敬不如从命。"

侍剑见他答应，顿时喜笑颜开，连忙说道："公子，我去取弓箭刀剑来给司马公子。"

石越心中一动，叫过侍剑，在他耳边轻声吩咐了几句，侍剑似乎吃了一惊，略一迟疑方才答应着，去拿诸般兵器。不多时，侍剑便带着一个家丁取了弓箭和一个大

....
[13] 即风灯，因有护罩，风吹不熄而得名。

盒子过来。

石越先接过弓箭，双手交到司马梦求手中。这是一张犀角弓，石越提举胄案虞部之时，胄案经常会造些好兵器出来送给王公贵人，石越做了那份差使，下面的人要巴结他，自然忘不了给他留一份，他也并不拒绝，只是按价付钱，以免授人以柄。这些兵器放在家里，他也没什么用处，一直是当摆设用。

司马梦求接过此弓，不由赞了一声："好弓！"

弓是好弓，箭自然不会是坏箭，金箭筒内二十支箭，全是雕翎箭。

司马梦求也不说话，走出亭来，就在曲桥之上搭箭上弦，嗖嗖三箭，只听弓弦响过，池塘那边的三枝柳条应声而落，掉在水池之中，而箭势并不稍减，一直钉到花园的围墙之上。众人一齐起身，凭栏而立，齐声喝彩，侍剑更是兴奋得小脸通红。

司马梦求微微一笑，手中却不停留，接连二十箭发出，二十枝雕翎箭在雪白的围墙上，竟是钉出一个隶书"石"字来。这手箭法，连潘照临也望而失色。

石越击掌笑道："司马纯父果然神技！"

司马梦求拱手谦道："雕虫小技，让秘阁见笑了。"说着就要把弓还给石越。

石越摆了摆手，却不去接："所谓红粉送佳人，宝剑赠英雄。这张弓放到我这里，白白蒙尘，不如就送给纯父，明天我再让人去在箭上刻上纯父的名字，纯父不要推辞才好。"

司马梦求心里也很喜欢这张弓，而且他也是豪爽之人，当下恭身笑道："如此学生愧领了。"

石越微微一笑，走到侍剑身边，接过他手中的檀木盒，递到司马梦求前面，笑道："这里有件东西，还要请纯父鉴赏。"

众人见石越如此慎重地取出一样东西，知道必非凡物，不由一道围了上来。司马梦求却抽空偷偷瞄了潘照临一眼，见他眼睛眯成一条缝，嘴角微露笑容，显是早知道里面是什么东西了。当下接过这个三尺长半尺宽的檀木盒，右手轻轻一扣，把盖子打开。

众人一齐把头凑过去，只见里面静静地躺着一把古剑，剑鞘和剑柄皆是黑色，上面刻有简单的花纹，在剑鞘之上，刻有隶书诗句："肝胆一古剑，波涛两浮萍。"宋人文章独推韩愈，司马梦求等人自然知道这是韩愈的名句，用来形容朋友之间的赤诚相待。石越这时候拿出这么一把剑来，背后深意不言可知。

司马梦求拿起剑来，只觉触手生寒，便知这确是一把宝剑。他把盒子交给一个家丁，右手握剑，左手抓鞘，"唰"的一声，将剑拔出半截，便见寒光四溢。他观摩良久，自问见识并不浅薄，却不知道此剑之名，因问道："学生孤陋寡闻，竟不知此剑来历。"

潘照临笑道："这柄宝剑，是有人高价从杭州购得，送与公子。苏子瞻、公子与在下，皆是不识。剑上并无题款，唯鞘上有韩文公诗一句而已。"

范翔伸着脖子看了一回，他本是个儒生，自然也不能识其来历，不过他生性机敏，眼珠一转，高声笑道："何言中路遭弃捐，零落飘沦古狱边？虽复尘埋无所用，犹能夜夜气冲天！这柄剑虽由昆吾之铁炼成，却必是零落飘沦已久，竟至于埋没无名，要待秘阁方能识它，可见也是机缘巧合。此剑之前辗转于俗人之手，自然无名，然宝剑入英雄手，日后必当显名于世。学生以为不如就由秘阁给此剑起个名字，也好别让它埋没了。"

他一番话语带双关，以宝剑暗喻司马梦求，还轻轻拍了石越的马屁一下，便连潘照临也暗赞他的机敏。石越虽然不喜欢别人拍马屁，但是如范翔这般恰到好处，只怕是圣人再世亦不能拒，何况石越一凡人，因笑道："仲麟道这宝剑蒙尘已久，只怕也是事实，否则以苏子瞻那般高才，岂能有不识出处之理？方才仲麟用了郭震的诗句，我就从这诗来名之，称这柄剑为'昆吾剑'，如何？"

石越都把名字说了出来，除非是吴安国，别人又怎么会说不好？自然是哄然称赞。

石越见众人都说不错，又笑道："仲麟方才说宝剑入英雄手，方能显名于世。此话深得我心，在座并无习武之人，文武全才，当数纯父，我便将这昆吾剑赠予纯父，料纯父定不会让它埋没。"

他这话一说出来，除了潘照临，众人都是吃了一惊。这柄宝剑，虽然无名，却必是名贵之物，竟然就此相赠。不过众人都是聪明之人，石越之意，已经非常明显。

司马梦求轻抚昆吾剑，慨然说道："大丈夫在世，能得一知己足矣。学生定然不负秘阁之望，绝不让此剑蒙羞。"

说罢拔剑出鞘，白衣晃动，剑光闪闪，竟是在曲桥之上舞起剑来。只见他出剑之时，有如雷霆之怒，收剑之时，却似江海澄光，白衣寒光，滚滚翻动，看得众人都痴了。舞得兴起处，突然将宝剑掷上云霄，高达数十丈，而司马梦求手执剑鞘，准确地把电闪一样的宝剑接入鞘中。

潘照临看着此景，不知怎的，心中忽有慷慨高歌之意，情不自禁地拍栏歌道："昔闻班家子，笔砚忽然投。一朝抚长剑，万里入荒陬……"

这本是唐人的一首长诗中的几句，潘照临心有所感，此时唱来，慷慨豪迈之意，动人心魄。众人对这首诗都不陌生，此时亦克制不住心中的情绪，一齐跟着拍子，慨然歌道："……岂不服艰险，只思清国雠。山川去何岁，霜露几逢秋。玉塞已遹廓，铁关方阻修……"

当读完"卒使功名建，长封万里侯"之时，便是连似懂非懂的侍剑也心情澎湃不已。众人都在想象着自己就如那把昆吾剑，此时虽然默默无名，但日后建功立业，虽有艰难险阻，而必定终于能显名当世，流芳青史……

也是自此夜之后，司马梦求与陈良一起进入石越的幕府，而吴从龙与范翔日后亦成为"石党"的中坚。

第二章

再度交锋

人贵知过，是因人之不能知过。

——《论语正义》

1

白水潭学院第一届技艺大赛成功结束后不久，石越成为礼部试考官之一的任命终于正式下达，忙碌的日子再次开始了。田烈武虽然是唐康与侍剑的教练，经常出入石越赐邸，也很难见到他几面。让他吃惊的是司马梦求竟然是石越府上的门客。军器监案让他越来越觉得糊涂，直到他最终决定不去想这件事情。但除此之外，唐康与侍剑都聪明伶俐，而石府上上下下，完全没有大官家的架子，这一切，让田烈武感到很舒服。

而且在石府还有一个好处，石府的书很多，无论是潘照临，还是司马梦求，或者陈良，都很愿意借书给他看。田烈武粗识文字，他并不想看那些精深的古文，而是喜欢读兵书。石越是直秘阁，宫廷藏书他多能见到，而白水潭学院又正在进行一个图书馆工程，潘照临便经常去白水潭借书，这个习惯很快又传给了司马梦求与陈良。当时大宋因为大兴武学，正在编撰一套兵书集作为武学的教科书，叫作《武经七书》，虽然尚未成书刊印，但是七部兵书却是早已存在的。田烈武一日见司马梦求借来，他辗转借到，自此爱不释卷。这种书是管制书籍，坊间是买不到的，田烈武也不敢私自给别人观看，竟是用了极大的毅力，一页一页地抄录。若有不懂的地方，碰上潘照临或司马梦求闲暇，还会给他讲解一二。可惜的是，另一部更加有名的《武经总要》他却看不到。这部书是大宋军事百科全书，不是当官的，绝对不可能读到，当然，潘照临和司马梦求自是特例。

不过对于田烈武来说，他已经很满足了，因为有一次石越说过，明年六月的武举，如果他愿意参加，石越愿意找个大官一起保荐他，这是田烈武以前不敢想象的。大宋的武举，需要两个高官保荐才能有参加考试的资格，如田烈武这样的人，以前哪里敢奢望？就是为了武举，田烈武也决定要努力读兵书，这是考试项目之一。

这日下午，田烈武带着唐康在院子里练了一会儿箭术，忽见石越回府。只见石越铁青着脸穿过院子，走回书房，不久就听到书房里传出瓷器砸坏的声音。田烈武的听力实在是太好了一点。

"公子，何事如此？"潘照临也从未见过石越如此生气。

"吕惠卿太过分了，这次我断不会善罢甘休！"石越气愤地说道。

潘照临和司马梦求、陈良都是满头雾水。

侍剑小心地端过一杯茶，石越从离开礼部上马车开始，就没有好脸色，还有一个同样脸色难看的，是参知政事冯京。

石越接过来，喝了一口茶，稍稍平息了一下怒气，方说道："成绩已经出来，是糊名改的。皇上恩旨，这次进士、明经共取士五百九十六人。本来按议定，拟定的进士及第三人中，省元是白水潭院贡生余中，而另两人虽然不是院贡生，但有一个也是白水潭的学生。此外进士出身的白水潭学院学生共六十五名，其中院贡生三十人，同进士出身白水潭学生共四十三名，其中院贡生十二人，另外明经科还有二十一人。白水潭学院的学生这次一共考中进士科的有一百一十名，明经科二十一人，占了总人数的六分之一有余。"

潘照临叹道："这可是大喜事。"

"确是喜事，但是，谁也料不到，吕惠卿、常秩竟然敢冒天下之大不韪，在拆封之后，更改省试名次！"石越一掌击在案上，怒声道。

众人都是一惊，陈良愕然道："这怎么可能？本朝百年以来，未闻有此等事。"

潘照临却是沉吟道："既然吕惠卿、常秩敢行此非常之事，必有非常之理由。"

"理由？理由便是犯忌讳！"石越怒道，"按理说，杂犯[14]举人若要黜落，也应当在揭名之前。吕惠卿、常秩却强词夺理，道杂犯举人便是殿试，亦要黜落。余中本来是定为省元第一，吕惠卿、常秩黄口白牙硬是从中找毛病，子虚乌有说其中有文字犯忌，引喻失当，降至一百一十二名，六十五名原本在进士出身名次下的，都被找出毛病来往下面降，有三十人掉到了同出身。此外，更有二十余人竟遭黜落！"

潘照临顿时愣住了。

石越越说越生气，寒声道："揭名之后竟然还能调动名次，那糊名又有何用？犯忌触讳之事，行文一不小心就会碰到，谁也难免，何况如余中等三十余人，根本不曾触犯历代皇帝名讳！只不过写了一些同音字而已。我和冯参政已经封了原来的判词与名次。明日我们各自拜表向皇上陈说，弹劾吕惠卿、常秩。"

潘照临却是很冷静，说道："公子，若真有犯忌，吕惠卿也不是没有依据。"

司马梦求却道："但无论如何，此事秘阁断无坐视不管之理。御前官司打得赢打不赢，秘阁都要打。摆明了被黜落的都是白水潭的学生，皇上自有分辨。"

石越苦笑道："吕惠卿岂会落下如此把柄？白水潭的学生固然占多数，不过他同时也动了其他二十多个考生，以掩人耳目。偏偏这是朝廷机密，一点也不能外泄，否则他吕惠卿难免千夫所指。"

潘照临皱眉道："如此，这份弹章可就难写了。"

石越恨恨说道："也没什么难写的，所有被调动学生的名次，理由，被黜落的学生的卷子，取代他们的卷子，我一一记了下来。我讨不回这个公道，枉为白水潭山

---

[14] 指犯皇帝名讳等。

长！"他这次对吕惠卿可以说是恨得咬牙切齿，白水潭学院的学生一步步进入仕途，本是大势所趋，而其逐渐积累而产生的影响，必然慢慢浮现。白水潭学院建校后的第一次大比，就面临这样的黑手，石越岂能善罢甘休？

"潜光兄、纯父、子柔，准备一下，共同议定一份奏章出来。写完之后，我要拜访王安石，我倒要看看拗相公是何说法！"石越嘴角露出一丝冰冷的笑容。

2

石越坐着标有自己官职的马车来到董太师巷的王丞相府时，天色已经完全黑了下来。但是董太师巷各大宅院住的都是朝廷重臣和亲王贵戚，各府邸大门之外都高挑着大红的灯笼，倒似一排排路灯，把董太师巷照得灯火通明。

石越在相府门外四五米处下了马车，便有丞相府看门的门子过来询问："这位官人可是来拜会我家丞相的？"

石越微微点头，抽出一张名帖，递给门子，说道："下官直秘阁、中书检正官、同知贡举石越有事拜见大丞相，烦劳通告。"

门子听了这一串官职，他知道石越的名头，不敢怠慢，说声："请石秘阁稍等。"连忙跑了进去通报。

石越在外面等不多时，一身青袍的王雱便迎了出来，挽着手把石越请进府中。

王雱暗暗奇怪石越怎会在晚上来拜访他父亲，看着这个一路高升、仕途得意的石越，他心里不太是滋味，觉得自己因为是宰相之子，所以升迁受制约，到现在都没有机会从事实际政务，一直做皇帝的侍讲，并在经义局修撰、在《新义报》做编辑。对于很盼望能有真正的"事功"的王雱来说，有时候他真是很羡慕石越。"如果我有机会的话，一定能比石越做得更好！"王雱打心里这么认为。不过自从前一次耍手段把石越整得七荤八素之后，王雱算是狠狠出了一口闷气："居然敢嘲笑我，嘿嘿……"想到这里，王雱不由斜着眼看了石越一眼，只见石越脸上挂着一丝不变的微笑。就这么看来，不知情的人会以为这两个年轻人是莫逆之交。"虚伪！"王雱在心里骂了一声，他完全没有意识到自己也是同样虚伪。

王安石已经在客厅等候多时了，他也不知道石越为什么会这么晚来拜会他，因为石越实在很少来相府，此时前来，必有要事。他还不知道吕惠卿和常秩在礼部搞的名堂。

石越进来后向王安石行过礼，分宾主坐下。他和王安石打交道久了，知道王安石的脾气，当下也不客套，开门见山地说道："丞相，下官无事不登三宝殿。这么晚来打搅，是为着省试的事情，非得来和丞相分说不可，望丞相能主持公道。不过明日弹劾的奏章，下官却是一定要上的。"

王安石听到石越这前不着村、后不着店的几句话，真是丈二和尚摸不着头脑，因道："子明少安毋躁，礼部试究竟发生了何事？"

石越便把前因后果说了一遍，然后道："眷录的卷子上的判词，全部由封印官封印了，下官就是不明白，为何揭名之前是'文理俱通'，揭名之后就变成了'文理中平''文理疏浅'？若是杂犯，为何有些便黜落，而有些却只是降低名次？到底糊名眷录有用无用？国家抡才大典，是否儿戏？"

当时宋代进士科判词，分为五等，其中第一等为"学识优长，词理精纯"，第二等为"文理周率"，这头二等便是进士及第；第三等是"文理俱通"，这是进士出身；第四等是"文理中平"，第五等是"文理疏浅"，这算是同进士出身。考官在试卷之上写的判词便是这些，然后再在此基础上议定名次。

王安石听石越说完，就已清楚了事情的原委。虽然石越并没有提受害者是白水潭学院的学生，但是其中玄机，王安石一猜就中。一定是吕惠卿、常秩等人借机来阻止白水潭学院在政治上进一步扩大影响，而这无疑就踩中了石越的痛处。

的确如此，对于石越来说，在新法上的所有事情他都可以妥协，但在白水潭学院的事情上，哪怕是一件很小的事情，都会让他紧张。白水潭学院就是他用来撬动地球的支点，他利用白水潭学院来影响大宋的士大夫阶层，影响汴京的市民阶层，让自己的理念缓慢而坚定地浸透人心。不仅如此，当白水潭学院的学生三年一度地进入仕途之后，在北宋的政府当中，石越就等于拥有了独立于新党与旧党之外的力量。这些学生中的绝大部分都不会和自己年轻时代的偶像为敌，哪怕为了证明他们的正确，证明他们在白水潭所受的教育是最优秀的教育，他们也需要一个正确的石越。单是这一点，就足以让他们中大多数人站在石越这一边，更不用说还有个人所受教育的影响、师生的感情等因素。

对于这一点，无论是王安石还是吕惠卿都看得相当清楚，可唯有皇帝不相信。赵顼在经历过宣德门叩阙、《汴京新闻》批评石越之后，压根就不再相信白水潭学院会是所谓的"石党"。不过，王安石也并不赞成用卑劣的手段来阻止这一切，在他看来，虽然白水潭学院的学生并不是自己的支持者，但是这些学生思维活跃，比起保守的大臣们，更容易支持新法。何况对于用错误的手法来推行正确的主张，王安石比起他的长子王雱来，有更多的道德自律。

"据子明所言，吉甫等人黜落的人数相当多，名次前后调动甚至黜落的考生有七八十人，以此来看，至少吉甫等人并非以权谋私，否则断无必要如此惊天动地地动手脚，揭名后大举变动名次，实犯忌讳，吉甫等人不会不知。"王安石不紧不慢地说道，轻易地揭掉了吕惠卿等人动机不纯的帽子。

石越心里一紧，他马上明白了这中间的关键——王安石这么说，就是料定自己不敢公开指出吕惠卿等人在针对白水潭学院的学生，如果他这么说了，吕惠卿有没有这个想法还没有定下来，他自己心中有一个"白水潭系"的事就已经不打自招地坐实了。那么皇帝对于被石越亲口证实存在的"白水潭系"会有什么样的态度，御史们会借机做什么样的文章，都会很难预料，情况立即就会复杂起来。

吕惠卿敢于这么大动手脚，也是看出了这一点。虽然吕惠卿也不会说"白水潭系"，一说就证明他们在党同伐异，但他们同样也料到石越开不了这个口。

如同电闪雷鸣一般，石越的大脑一瞬间变得无比清晰。"吕惠卿果然厉害！"石越一边在心里暗骂，一边不动声色地回答道："丞相，此事的要点不在于吕吉甫有何动机。他有何动机，下官实在不宜妄加揣测。但是在揭名之后如此大规模地调动考生名次，完全不合规矩。国家抢才大典的公正性，也会因此受到质疑。朝廷亦由此而失信于千万士子，也失信于天下百姓。下官在拙作《三代之治》《论语正义》《历史政治得失》中，都曾提出过'程序正义'之说，此事便是在公然破坏程序正义！"

王安石却不置可否，只是笑道："子明不必激动，此事本相明日自会询问，他们若无理由，朝廷法度俱在，容不得他们乱来。"

石越正色说道："丞相，下官此来，是把情况告知丞相，望丞相能主持公道。至于明日，下官是肯定要拜表弹劾吕惠卿、常秩的。是非曲直，今上圣明，自有明断。"

一直旁听的王雱见石越语带威胁，忍不住冷笑道："既然如此，子明今夜来此，又是为何？"这件事情他完全是事不关己，吕惠卿是死是活，他王雱并不关心，和石越斗个两败俱伤，新法路上正好少了两个麻烦。

石越却不理他话中的讥讽，义正词严地说道："下官来拜会丞相，本来是想知道丞相对此有何章程。按例中书门下有权干预此事，丞相如果愿意主持公道，我们就不必先烦扰圣躬。臣子们做事，是要为皇上分忧，而不是把麻烦全部推给皇上。"

他其实和冯京早已有了默契，此时如果打御前官司，先不管输赢，这么大的事情，必有一方要引咎辞职。皇帝正倚重新党，单是吕惠卿等人还好，但万一王安石突然插进来要扛起所有责任，皇帝最后多半还会和以前一样偏向王安石，那他和冯京就骑虎难下了。这种御前官司，很多时候并不是谁对谁就赢，而是皇帝更需要谁，谁就赢。政治上的事情，一向如此，石越早已看得清清楚楚。比如前一段张商英出外，若论是非曲直，就连赵顼也明白张商英是对的，但是结果张商英输。原因很简单，比起一个监察御史，皇帝更需要枢密使们。

所以石越才连夜来拜访王安石，他知道王安石肯定也不愿意去打御前官司。毕竟揭名后这样调动名次，再多理由也说不过去。王安石虽然与此事无关，但若吕惠卿、常秩等人被赶出朝廷的话，他的日子也不会好过。而另一方面，王安石即使真的硬扛进来，皇帝会不会因此就把石越、冯京赶出朝廷，也不一定。皇帝虽然年轻，却很懂御下之术，他一直在朝廷中留下能制衡王安石的人，就是最好的明证，这一点石越相信王安石也明白。冯京和石越全部走了，朝局就会变成王安石无人可制，年轻的皇帝能不能放心，这一点谁也不能保证。

果然，王安石听了这番话，站起身来，背对着石越踱了几步，好一会儿才说道："子明说的亦有道理。做臣子的不能各司其职，亦非为人臣之理。何况按章程，礼部定下名次之后，中书门下复核也是有前例可循的。再说，冯当世本就是知贡举……明日本相就会同冯参政、王参政，一齐到礼部，将八十余名涉及名次变换的考生的卷子取出来，重新评定。当然，此事依然是以当世为首，若再有争议，将名次报上去后，再分别向皇上陈说，就不至于有骇物听了。"

石越听王安石说完，就知道这已经是最大的妥协，便说道："若有丞相来主持公道，下官亦无话说。冯参政为人温和，常为奸小所轻慢。一切事情，明日之后再说。"此话一出，白水潭那些名次调乱的学生的命运，就只能靠他和冯京去据理力争了。

第二天在礼部的复议，激烈异常，但结果却是极好。

吕惠卿和常秩虽然精通典故礼仪，但冯京也是三元及第，而石越的撒手锏，则是对比判词，因为每一份卷子的上面都有好几个考官的签名，而有些考官明明在一份卷子后写着是第三等，到了揭名之后就指出某处犯忌须当降等，自是难免要被石越大加讽刺。如此一份份卷子的力争，最后终于判定，白水潭学院的学生进士科共取中一百零六人，只有四人最后还是被黜落了——他们在写"曙"字时字迹潦草，被硬指为没有缺笔，犯了宋英宗的名讳。对此，石越与冯京也无可奈何，毕竟严格来说，这个字甚至是同音字，这些学生都不该用的。而进士出身减少到五十八人，有七人掉了一等，同进士出身四十六人。余中的卷子给王安石看了后，提到了省试第三名。王安石暗骂力主把这篇卷子黜落的常秩糊涂，如此文章，有石越和冯京推荐，到了殿试，皇帝照样可能提到前三名，到时候不是自己打自己耳光吗？

到此为止，石越可以说基本上打赢了这一仗。虽然这一仗根本是吕惠卿等人无中生有搞出来的，但不管怎么说，最后的结果总算还是可以接受，特别是院贡生四十三人都保住了，毕竟这都是自己的学生，而白水潭学院也势必因此而声名更加显赫。

只是这中间也有遗憾，比如糊名时是进士出身的段子介竟然被黜落，成为四个不幸者中间的一个。对于这个白水潭之狱的重要人物，甚至连冯京都不愿意替他多说好话。而康大同的表弟吴安国也遭受池鱼之殃，被吕惠卿、常秩误伤了，本来是第三等进士出身，被降到第五等同进士出身。此外秦观秦少游，竟是榜上无名，连被误伤的机会都没有，这也让石越感到有点儿哭笑不得。自己那个时代著名的才子词子，此时却被自己和吕惠卿、常秩、冯京四人一致同意没有资格中进士，这中间绝无半点政治斗争的成分，不能不说有点儿讽刺。好消息则是范翔礼部试排在第三十四名，进士出身；吴从龙排在第二百九十一名，同进士出身。没有人知道他们和石越的关系，所以安然无恙。

3

礼部试张榜的那一天，和王韶红旗捷报，再克瞎木征并擒其妻子儿女押解京师的好消息刚好是同一天。

白水潭学院在那一日再次震惊天下——院贡生五十名，竟然有四十三名取中！虽然殿试还未举行，但本朝已经十多年殿试不再黜落"过省举人"，顶多在名次上有所起伏罢了。但是在白水潭学院全校欢庆之中，免不了也有许多失意之人，其中最沮丧的就是段子介。他自觉几场策论文章做得花团锦簇，而经义对答也颇为精妙，最不济也是同进士出身，怎么可能名落孙山？似乎永远是一袭白袍的段子介，一个人默默地走出白水潭，他不愿意让自己的情绪妨碍到别人欢庆的心情。

此时已是熙宁六年二月，春寒料峭之时，寒风似刀一样地刮在脸上、身上，钻入脖子里。离开白水潭后，段子介顺着白水潭那条著名的水泥路，往南薰门边走去。路上的行人依然不少，可这不关他段子介什么事，也不知道在这寒风中走了多久，迷迷糊糊中他听到有人对他说道："客官，外面天寒地冻的，进来喝一杯暖暖身子吧。"

失魂落魄的段子介就这么走了进去，要了一壶酒，自饮自斟，喝了起来。从来酒入愁肠，更断人肠。段子介想起自己单骑赴京，立志要学有所成，报效君王，做一番轰轰烈烈的事业。在白水潭学院两年多，终日与名师交游，自己也觉得学问突飞猛进，以为今年中进士是手到擒来之事，不料竟然会被黜落……双亲年事已高，白水潭之狱时为自己担心，千里迢迢来到京师，回家之前殷勤致意，只盼着自己能金榜题目，光宗耀祖，早点回去迎娶自小定亲的未婚妻。自己眼见二十有九，一事无成，思来想去，真有万念俱灰之感。

他正在借酒浇愁，醉意微醺之际，忽听一阵琴声传来，一个青年男子和着琴声唱道："黄金榜上，偶失龙头望。明代暂遗贤，如何向。未遂风云便，争不恣狂荡。何须论得丧。才子词人，自是白衣卿相……"正是柳七的《鹤冲天》，那男子唱来，意兴萧条，自暴自弃之意更是牵动段子介心事。

段子介听到这声音是从一间雅座传来，他这时也不怕冒昧，竟然径直闯了进去，却见雅座之内坐了一男一女，女子抚琴，男子唱曲。女子一身艳装，显然是勾栏的歌妓，而男子一身灰袍，脸色沉俊，便如暗夜中冰冷的繁星，虽然一副拒人于千里之外的神态，却也自有其骄傲之资本。此时他显然喝了不少酒，坐得已不是太端正，一只手拿着筷子，和着琴声敲打，一边高歌。

这个男子就是武状元康大同的表弟吴安国吴镇卿。吴安国向来自视甚高，自以为就算不是进士及第，那也是进士出身的前几名之内，不料榜文一出，竟然忝陪末座。虽然还有殿试那个万一的希望，皇帝也许能从几百人中看出自己的才华，给自己应得的评价，但是这种可能性便是骄傲如吴安国也知道毕竟太低。但吴安国高傲的性子又怎么可能心甘情愿做个与"如夫人 [15]"相对的"同进士"？

段子介这么闯进来，把吴安国和那个歌女都吓了一跳。段子介平时虽然冲动，却不太会做失礼的事情，但这时候他却根本不在乎这些，居然拉了张椅子，一屁股坐下，盯着吴安国上下打量。吴安国莫名其妙地被他看了半晌，正要开口呵斥，却听段子介说道："你是何人？在这里唱柳七的曲子，扰人心绪。"

吴安国一向被人说成是不讲理的人，倒也没想到还有段子介这样更不讲理。他打量段子介半天，冷眼说道："你又是何人？我爱唱曲子，关你甚事？"

段子介傲然说道："我是段子介，你要唱曲子，回家唱去，为何在酒楼上唱？"

"段子介？"吴安国本欲发作，却隐隐觉得这个名字有些耳熟，似乎在哪里听过，好半晌才想起，"你可是那个洪州段子介？在邓绾面前拔刀子的段子介？我是吴安国，你敢在邓绾面前拔刀，胆量不小，不知道武艺如何？"

段子介想不到这人知道自己的名字，不由一怔，又听吴安国冷笑道："我在这里唱曲子，碍你段子介何事？触了你的伤疤，自己没本事，休去怪别人。"此人出口若不伤人，就觉得少做了一件事情。

段子介听他讥讽，不由恼羞成怒，反唇相讥道："你吴安国在这里喝闷酒，唱曲子，只怕也好不到哪里去。"

吴安国心里本不痛快，虽然自己在榜上还有名字，但他也羞于提起。站起来看了段子介半晌，最后目光停在段子介腰间的弯刀上，不由哈哈笑道："你段子介想要我不唱歌也容易，和我打一架，你赢了我，我自然听你的，你赢不了我，你就坐在这里，听你家公子唱一天的曲子！"其实以吴安国平日不爱理人的性子，能和段子介吵一架已经是异数了。

段子介见他挑战，哪会退缩？何况他自恃武艺出众，眼见对方不过一介书生，

---

[15]　古代女子称谓，一般用来代指妾。

就算会点三脚猫的功夫，又怎能经得自己几下打？当下傲然道："那就一言为定，我们到街上去打如何？"也不等吴安国答应，就要拂衣下楼。

吴安国冷笑一声："要打架还挑什么地方？"话音未落，一双筷子甩手而去，直袭段子介后脑。虽然被打上了最多也就是疼一下，但是段子介怎么能出这个丑，听到身后风声，连忙闪身，不料喝了点酒，步法不似平时灵活，竟把一面屏风撞倒。

他恼怒吴安国偷袭，纵身上前，手臂如使，攻向吴安国，用的是当时流传甚广的太祖长拳。吴安国本来身法不错，但是此时也过量了，只好用一套军中平常操练的散手应敌。两个喝多了酒的人哪里管什么跳跃避闪，连走路都不见得太稳当，无非是你一拳我一拳，打得酒楼上碗筷齐飞，身上青白一色。二人由散打变成摔跤，由摔跤变成柔道，最后竟然抱成一团，全无体统，在酒楼里滚来滚去。一时段子介压在吴安国身上，大呼："你服不服？"一时吴安国反下为上，把段子介压在身下，冷笑道："你服不服？"

酒楼老板早听到动静，但听说有个客人还带了刀子，哪里敢上楼去？正要出门呼救，刚好看到开封府的捕头田烈武和一个青年公子边说边笑走了过来。他如见救星，大声呼道："田捕头，田捕头……"一路小跑，把田烈武给拉了进来，请到楼上。

田烈武见着二人模样，不由哈哈大笑。他不认识段子介，却见过吴安国。想着这么冷傲的人，居然会和人这么狼狈地打架，实在可笑之极。他正想方设法把二人分开，那个"青年公子"秦观却已经从歌女口中知道了事情的原委。秦观对于名落孙山倒也没什么太多的失望，他早有思想准备，考不上就进白水潭读书。而且石越对他很看重，还能经常出入石府，向名闻天下的石越石子明时时请教，秦观早就心满意足。这日榜一出来，心里只是略有点儿不舒服的秦观在街上散心，正好碰上田烈武。二人在石府见过几面，田烈武因此就向秦观请教兵书中不懂的句子，不料在这里却遇见段子介和吴安国打架。

既已知道原委，秦观笑嘻嘻地走到被田烈武费了九牛二虎之力才分开的段子介、吴安国前面，大义凛然地数落道："两位真是见识浅薄，所谓胜败乃兵家常事，又所谓不以物喜，不以己悲，你二人的作为，实在有辱斯文……"

段子介和吴安国听到这个酸儒居然在这里和他们讲大道理，又好气又好笑，同声"呸"了一声，说道："关你何事？在此聒噪。"

秦观本来就有捉弄之意，他也不生气，笑道："不料二位还这般有默契。不过依我说，二位武功这么好，考不上文进士，何不去考武进士，用得着又是喝酒又是唱曲子又是打架吗？"

段子介和吴安国冷冷地"哼"了一声。当时文人不愿意从事武职，否则段子介早就想考武举了，可是狄青之遇，让人心冷。这两人都自负才学，怎么可能愿意去考武举。就算康大同那样武状元及第，又有何用？

秦观本不过是想取笑一下他们，此时见他们这等反应，心中更觉得好笑，更加一本正经地说道："想不到你们都是庸俗之辈，国家外患不断，若是想报效国家，文进士武进士，又有何区别？何必在意俗人看法？难道卫霍之功反倒不如公孙弘？我是不会武功，否则我才不会固执于文武。石子明石秘阁的著作你们都没有看过？一点道理都不明白，读再多书有何用？我看你们也不用考甚进士了，回家去种田比较好，否则就算中了进士，也是于国无用之辈。"

秦少游不过是逞舌辩之快，田烈武却是正中心事，不由心悦诚服地点头称是。段子介和吴安国哑口无言，干脆不去理秦观，反对田烈武说道："你老按着我们做甚？打烂的东西我们赔，放我们起来！"

田烈武知道二人都是举子，也不能太为难，当下把老板招呼过来，算了损失，先赔后放。

段子介和吴安国好不容易脱了田烈武的掌握后，互相狠狠地瞪了一眼后，不服气地扬长而去。

4

京师里举子们为了自己的前途或悲或喜，而大宋安静没多久的朝廷也突然间再次动荡不安起来。

这又是一个多事的春天。

王韶带来的，不仅仅是捷报，还有死难将士的名单。田烈武此时还不知道，他的叔叔田琼已经战死在熙河。朝廷要追封有功的将士，抚恤他们的家人，还要请和尚去熙河边给战死者做法事，超度亡灵。有司[16]为此忙得马不停蹄，各项开支，都是要钱的。

另一方面，王安石在大宋财政收入变好、王韶接连大捷、新党政治声誉上扬的情况下，终于在中书省提出了他构思的新法中最终极的一项法令——方田均税法。

"以东西南北若干步为一方，量地，验其肥瘠，定其色号，分五等定税数……"王安石在都堂眉飞色舞地说着他的想法。这个梦想，是宋代开国以来，多少有识之士梦寐以求的理想，从郭咨到孙琳，从欧阳修到王洙，多少人想过，多少人面对其困难而终于放弃，而他王安石，在今日将要正面挑战这个难题。只要方田均税法能够成

---

[16] 指主管某部门的官吏。古代设官分职，各有专司，故称有司。

功，那么新法就能克竟其功了。无论前面的种种法令有多少不是，在方田均税法的历史意义面前，都会变得微不足道。"此法以二十年时间推行，厘清天下土地税收，从此国富兵强，指日可待！"

"国朝以来，官户富室，兼并土地，却故意虚报土地，逃避税收，而小民田产已无，税收却依然存在，结果农民破产，豪强得利。行方田均税之法，以每年九月丈量土地，次年三月造册，按此纳税。则被豪强隐瞒的耕地，可以纳入国家的税收之中，而无地的小民，不至于受税收之苦……"同判司农寺的吕惠卿侃侃而谈，讲述着方田均税在道义上的正确性。

如此利国利民之法令，连冯京都有点儿动摇，他疑惑地看了石越一眼，不知道这是对还是错。

"子明，你的意见如何？"王安石主动询问石越的意见。礼部试事件后，他对吕惠卿等人也略有不满。

数道目光投到石越身上，石越想了想，还是决定照实直说。如果现在不说，到朝议上再向皇帝说，王安石就有理由指责自己是两面三刀的小人了。"丞相，方田均税法，立意极善。但下官有三点疑问，请丞相为我释疑。"

王安石笑道："子明，你说来听听。"

石越看了王安石一眼，目光扫过冯京、吕惠卿等人，方继续说道："下官的第一点疑问，是想请问丞相，国朝大小官员上万，其亲戚家属十倍于此。这些人除去职田之外，各有多少田产，又有多少是隐瞒未报的？而其家属亲戚之田产，又有多少？在座的诸位，所谓官户富豪之家，各位自己又算不算？"

王安石怔了一下，很多人立即不自在起来。就算冯京，虽然家道本不殷实，但他三元及第，又娶了富弼的女儿，现在田产也绝对不在少数。再如吕惠卿，他们三兄弟加上亲戚朋友，田产更远在富弼之上。真正没有什么田产的，只有王安石和石越。

石越又说道："丞相，上行下效，其上不正，其下如何能正？我并非怀疑诸位，也不是怀疑国朝数万官员。但是在下以为，若要方田，那么不如要分几步走。第一步，就是丈量评定国朝官员及其亲戚之田产，先清三品以上，再清五品以上，再清九品以上。"

王安石若有所思地看着石越，只听石越继续道："下官的第二点疑问，是方田均税法由谁来执行？各地方田均税，无不由大小甲头与小吏来丈量，大小甲头又无不来自一等户，以兼并富豪之家来丈量兼并富豪之家的土地，虽然有官吏监督执行，但这些兼并之家，哪个不是手眼通天？这方田均税之法，如何保证可以落到实处？"

王安石从未想过这个问题，他似乎过分相信了官员们的能力与操守，这时听石越娓娓说来，连冯京都知道方田均税法可能出现的问题之所在了。

"下官的第三个疑问，是当年九月丈量，次年三月就要立册交税，全国土地数百万顷，而官吏有限。下官请问丞相，究竟有何良法，可以在短短六个月内完成丈量到交税这一过程？"

听完石越的三点疑问，吕惠卿笑道："子明所说虽然有理，但是方田均税，亦有必须推行的理由。"

"哦？"王安石看着吕惠卿，想听听自己这个学生的高见。

吕惠卿说道："去年对全国土地初步清查，豪门隐没的土地就达到数百万亩之多。一方面国家收入不足，一方面大笔税金进入那些富室的口袋中，而许多贫穷的百姓却在卖掉田地之后，还要交纳税金，致使百姓困苦不堪。而且兼并之风至今愈演愈烈，如果放任发展下去，下官恐怕有一天，国家能收税的土地越来越少，而没有土地却要交税的百姓越来越多。唐太宗所谓民者水也，不可不慎。所以下官以为，方田均税法虽然有种种困难，也必须推行。"

吕惠卿所说的原因，王安石早就明白，否则他也不会一定要推行方田均税法。而石越所说的三点疑问，第一点他并不在乎。他的观点是：如果清查，本来有十家隐瞒不报，现在查出了三家，还有七家继续隐瞒，那仍然是对国家有利，总比不清查要好。而专门清查朝廷官员和他们的亲戚，政治压力太大，他王安石也不是不知世务之人。而第三点他也不在乎，因为他自认有一系列良好的手段，可以保证任务能够完成。让他担心的，倒是第二点，要不要派出专门的监察官？

王安石根本没有意识到，很多问题不是监察官可以解决的。小吏们从中做假的方法太多了，不仅仅是田地的大小，还有田地的等级，把给了贿赂的人家的一等田变成下等田，把没给贿赂的人家的差田变成好田，单是这一种手法，就足以让方田均税法把大宋搞得鸡飞狗跳。而这一点，只怕短时间内连石越也没有办法解决。

"吉甫所言的确有理，但子明之虑，也值得慎重考虑。方田均税法既然有其必行之道理，那中间的问题，我们可以再详定条例，加以解决，但是法令的推行，却是不能停止的。我们不能因为困难而不敢有所作为。"王安石坚定的眼神让石越决定停止无谓的劝说，而且，石越的确也找不到很好的理由来说服王安石。

不过此时，无论是正在春风得意的王安石、吕惠卿，抑或是保守派硕果仅存的冯京，或者是石越，都不知道广泛意义上的旧党已经开始了对王安石的逆风攻击。

5

事情的起因是几个月前发生在少华山的一次山崩。

在 21 世纪来说，一次山崩实在无足轻重，但是在 11 世纪下半叶，山崩并不仅仅是山崩，还意味着上天对人们的示警。

《西京评论》几个月来锲而不舍地就此事发表评论，虽然在当时因为王韶的胜利让人们对此不以为然。王安石也毫不客气地反唇相讥，说那的确是上天在警示某些小人，不过那些小人却是攻击新法的人。王雱为此还写过一篇尖酸的社评，讽刺《西京评论》自以为是奉天行道，其实不过是些食古不化的腐儒。

但到了二月份，《西京评论》终于找到了一个突破口。最初倡议市易法的魏泽宗面对着吕嘉问提举市易司的种种盘剥刻敛，愤然感叹自己的主张完全变样了，因向王安石陈说不果，一怒之下，他向《西京评论》和《汴京新闻》同时投稿，愤怒谴责市易法盘剥行商，官府控制货源后，自己取代大商家成为兼并之源，使上下皆受其困，不但汴京城的商贩因此少了三成以上，市易司强买强卖，更是令百姓怨声载道。《汴京新闻》便在汴京，早就曾关注过这个话题，得到机会，立即做成一个专题，批评市易法种种弊端。而《西京评论》更是由市易法而谈到保马法、保甲法、免役法，对新法大加攻讦。

事情很快被每天读报的赵顼注意，他立即命令李向安等内侍去访察民情，又密诏曾布调查吕嘉问。曾布得到密诏，不敢告知王安石，只是详加查访，和李向安证明种种情况属实，并且在回报皇帝的奏章中写道："今日市易法之弊，历历皆如石越当日所言。"明确建议废除市易法！赵顼翻出石越当年的奏章，一一对比，让他觉得不可思议的是，市易法之弊端真似石越能未卜先知一般，全如石越所言。老百姓买东西果然是"买梳朴即梳朴贵，买脂麻即脂麻贵"。

虽然惊叹于石越的见识，但想挽回一点面子的皇帝还是发了一道内批给王安石，要求他督促吕嘉问一切按魏泽宗当初谋划而行。

王安石正准备和皇帝讨论方田均税法，接到内批后便连忙立即进宫。

见到赵顼，他也不客气，竟直接问道："陛下，内批中有'市易买卖极苛细，市人籍籍怨谤，以为官司浸淫尽收天下之货，自作经营'之语，陛下如此说，必有事实，还请陛下明示。"

赵顼见王安石不先反省，反而语带质问，心中已是不喜，让李向安递给王安石两份报纸，嗔道："市易司种种事迹，上皆明列，丞相如何不知？朕又听说市易司竟然立赏钱，抓捕不去市易司进货的商人。这种事情也做得出来，未免离市易法的本意相差太大。"

王安石却只是用眼角扫了一下两份报纸，便亢声说道："若果真如此，则臣便是聚敛之臣，有负陛下。陛下深知臣的为人，怎会做出这等事来？"

赵顼不料王安石竟联系到了对他的信任之上，更觉无可奈何。他凝视王安石良久，叹道："丞相，朕并非疑丞相，朕是怕丞相所用之人未能体会朝廷之深意，只知敛财。"他只差没有点儿吕嘉问的名了。

王安石听到皇帝这么说，知道他怀疑已深，这才说道："此事请容臣详查。若真有此事，必定严加约束。"

但是王安石只是口中答应，却并没有真正详查，他不知道曾布这个三司使已经调查出市易法推行不过一年，居然导致有两万多户商家至少欠市易司共二十余万贯的本钱，而吕嘉问很可能就在其中上下其手。所以曾布才认为市易法非废不可，一年已经如此，还只是在开封府一府，如果推行全国，说不定全国财政就被市易法给拖崩了。王安石更不知道，以此为契机，北方各路州府要求废除免役法、保甲法、保马法的奏折，再一次数以十计地飞到皇帝的御几之上。韩琦几封奏折痛陈新法之弊，几乎到了声泪俱下的地步。而王安石的亲家、枢密使吴充，更是向皇帝说过几次保马法的弊端，几乎也和石越当初料定的一模一样。

6

琼林苑。赵顼与石越席地而坐，正在手谈[17]。

宋代的皇帝，特别是北宋的皇帝，因为自小和士大夫一起长大，大部分都受过良好的教育，琴棋书画，大抵精通，后世宋徽宗那样的才子皇帝出现，并非偶然。赵顼虽然并不以文学上的才华闻名于世，但是诗词歌赋、丹青书法，却也是无一不通，尤其喜好对弈。石越很幸运，下得一手臭棋。即使他拼命和赵顼对攻，使尽全力，也是败多胜少，这种刚好差一点的水平，让赵顼非常喜欢找石越作对手。不幸的是，这个千疮百孔的国家，给这个想要有所作为的青年君主留下的可以用来下棋的时间并不是太多。

"陛下，臣又输了。"石越把手中的黑子投进棋盒中，再次认输。

"不对，卿没有输，这次是朕输了。"赵顼叹了口气，也把手中的白子掷进棋盒。

石越一怔，再次看棋盘上的棋势，的确是自己输了，不由地抬头看了皇帝一眼。赵顼今天穿着一件雪白的丝袍，上面绣着九条黑龙，张牙舞爪，象征着人间的威权，不过他似乎有点儿心不在焉。

"石卿，市易法与保马法之弊，竟然完全如卿所言，当初未听卿言，唉……"听到赵顼口中的叹息，石越倒真的吃一惊。赵顼这个皇帝，是很少会露出这样的后悔之意的。

[17]　围棋对局的别称。

　　石越知道后世之人出于种种目的，为了给王安石辩护，总是说赵顼并没有坚定地推行新法，并且将此当成王安石变法失败的重要原因。这种本末倒置的说法实际对赵顼很不公平，因为即使是王安石罢相之后，赵顼依然坚定地推行着新法，直到他死去。若反过来想想，王安石新法给这个年轻皇帝带来了巨大的压力，他能如此坚持，实在是相当可贵。赵顼真正的缺点，也是最致命的缺点，是他缺少如李世民那样的雄主的才华，而并非他的意志不够坚定。

　　此时面对赵顼的感叹，石越答也不是，不答也不是。

　　"石卿，今日再无旁人，朕希望卿可以无所忌讳地说说新法的利弊得失，变法已有四年多，到如今朝廷中依然吵吵闹闹，难道变法真的错了吗？"赵顼的确很烦恼。

　　石越突然有点儿同情面前的这个同龄人，即使他是皇帝。他知道皇帝对自己的信任感再一次加强了，这是他和潘照临当初想好的策略。但是不知为何，他并没有什么很高兴的感觉，此时，他不过按着和潘照临早就制定好的策略，一步步加深皇帝对自己的信任。

　　"陛下，变法本身没有错。以免役法为例，在王丞相变法之前，韩琦、司马光这两个反对免役法的人，都曾经上过折子，力陈役法之弊。司马光的《衙前札子》连臣也拜读过。可见原来的役法，实在是到了非变不可的地步。"

　　"那又为何韩琦和司马光要如此激烈地反对免役法？若说执行的官吏不好，导致新法走样，以他二人的才干，如果各自掌管一个州郡的话，应当能将那些弊端克服。若多一点能臣干吏来执行，所谓执行走样的弊端，不是可以减到最小吗？"赵顼说出了憋在心中好久的话。

　　石越想了一下，终于还是把司马梦求关于南北方对免役法的看法，与免役法的利弊仔仔细细说了一遍。赵顼专注地听着，似乎非常震惊。除了石越，不会有人和他讲这些。

　　"原来是这样。但石卿为何不在朝会说这些？若有这许多的弊病，其实是可以修改的。宽剩钱可以不征，而助役钱对四、五等户可以减免。"赵顼总以为一道诏书可以解决许多问题。

　　石越苦笑了一下，道："陛下，不是臣顾忌什么，而是这些事情，臣身处京师，也没什么证据，不过从民间听来。若无证据，如何说服王丞相。更何况，免役钱现在是西北军费的主要来源，而宽剩钱和助役钱更是免役钱中的重要部分。陛下想想，北方有多少四、五等户和客户，这些人交的钱虽然少，但积少成多，实际上比起一等户交的钱还要多。"

　　听到石越提到西北军费，赵顼不由怔住了。

　　知道皇帝会很难取舍的石越并没有继续这个话题，他转移话题，向赵顼继续说起新法的利弊。他细细地列出王安石的种种法令，告诉赵顼农田水利法虽然暂时烦琐，却是善政，终有一天国家要从此得利，但也必须禁止胡乱修筑水利设施。置将法、削减禁军人数，也是值得肯定的。保马法和保甲法利弊难知，不过施行的地方有限，只要谨慎，不至于成为大害。市易法却是没有半点好处，祸害无穷，完全应当废除……他做中书检正官已有年头，许多数据说来相当详细，赵顼一边问，他一边答，君臣二人细细推敲，竟然完全忘了时间之流逝。

"朕让王安石详查吕嘉问市易司之事，到现在亦无下文。市易法苦民，朕已深知，此法定要废除。"赵顼轻咬碎牙，抿嘴说道。

石越却知道事情不可能如此简单，从容说道："陛下，市易法是必须废，但又不能废。"

赵顼不由一怔，这说法也太自相矛盾了："怎生是必须废，又不能废？"

"市易法扰民又无益于国家，自然要废除。但是微臣请问陛下，如果废除市易法，王丞相会有什么反应？"

"这……"赵顼确实被问住了，王安石十有八九，是要闹辞职的。

石越知道赵顼没办法把话说出来，便继续说道："王丞相变法，把令行禁止看得很重要，他很在意新法的威信。如果市易法被废除了，就会给反对变法者以鼓励，他们会更加努力的攻击其余法令。这就是王丞相最大的心病。他明知道市易法种种弊病，却也没有办法回头，因为他怕一个口子缺了，洪水会冲垮整座大堤。而陛下若废止市易法，更会让人错误地认为陛下不再信任王丞相，王丞相到时候，只怕不安其位。"

赵顼听他侃侃而谈，便知道石越定有应对之策，他倾了倾身子，问道："石卿可有两全之策？"

石越笑道："臣倒有一个方法。"

"快快说来。"

"陛下可以罢免吕嘉问，将市易司划归三司或者开封府，然后不派官员主持，或者由三司派个小官，密令曾布市易司的任务是在两年内收回借出的本钱，不再进货卖货，如此市易法不废而废。等过两年，此事不再敏感之时，再彻底废掉市易司，为时也不算晚。"石越笑道。

赵顼沉吟了一会儿，点头赞道："好一个不废而废！的确是两全之策。"

颁行一年的市易法就这样死在了琼林苑的围棋案前。但石越的目的并不仅仅是给皇帝心中已经判了死刑的市易法最后一击，而是想趁着这个机会，开始了向吕惠卿的反攻。

"除了市易法之外，军器监亦有相当大的弊端。"

"哦，卿可一一说来。"对于军器，皇帝一向很关心。

石越谨慎地选择着措辞："去年白水潭学院的技艺大赛，陛下可曾听说？"

赵顼不明白石越怎么会突然扯到技艺大赛，不过皇帝倒还真的相当了解，笑道："朕也听说了，三十六项比赛，听说有九项冠军被外地的士子夺走，蹴鞠的冠军是国子监的飞骑队。"国子监后来组织了四个队参加蹴鞠比赛，以骁骑、飞骑、云骑、武骑这四个勋号命名，竟然把白水潭打了个落花流水，这件事被很多人津津乐道。

石越笑了笑，说道："正是。微臣亲眼看了那场比赛，飞骑队的确马术精纯。除此之外，臣最喜欢看的，便是射箭。"

"哦，结果如何？是谁技压群雄？"赵顼也挺喜欢这些轻松的话题。

石越摇了摇头，苦笑道："臣没有看最后的比赛，因为在分组赛中，有件事让臣忧心忡忡。射箭比赛用的弓弩，全部是从军器监租来的，比赛过程中，拉坏的弓有十张，弩有七张。有一场比赛，居然三张弓同时被拉坏，这种事如果在战场上出现，后果不堪设想。别的姑且不论，对军心士气的打击，便不可等闲视之。"

赵顼默然无语，这种事他也是有过亲身体验的。有一次他去军器监即兴抽查，三张弩竟然全部不合格。

"此痼疾朕亦知情，然苦无对策。石卿可有良策？"他突然明白过来，石越提起此事，多半便有办法。

"微臣以为，军器监有必要彻底改革。此事微臣思虑已久，若用臣之法，必可改变军器监所制劣品甚多之弊，以后供给士卒的每一件兵器，都会是合格的。"石越朗声说道。

"哦？卿试为朕言之。"赵顼大感兴趣。

"臣做过提举胄案虞部事，又是兵礼房、工房检正官，对于军器监的弊端，臣思考过很久，终于有一得之愚，还请陛下裁断是否合理。"谦逊几句，石越开始描述他策划已久的军器监改革草案。"现在军器监的情况，是军器监之下有各作坊，而各地又有都作监。但是无论从原料购买，到制造生产，到军器的检验，再到发放军中，几乎一切权力都集中在军器监手中。军器监既是政府的监管机构，又是生产机构。臣以为，所有的弊端皆因此而生……"

赵顼有点儿不解地看着石越，和石越不同，他觉得这是理所当然的事情。

石越知道皇帝一时间不能理解，当下说道："敢问陛下，如果御史中丞归宰相管，三司使也归宰相管，结果会如何？"

"权相为害，君不能保其位。"赵顼毫不犹豫地说道。

"那么敢问陛下，如果没有谏官，没有驳议，宰相对皇上亦唯唯诺诺，天下大权皆集于陛下一人之手，陛下认为结果又会如何？"石越毫不客气地继续追问。

"贤明之主，仅保其身；中主以下，必致昏暴。"和后世想象的不同，古时中才以上的皇帝，对于权力制衡的必要性都有既清醒又模糊的认识。

"陛下圣明，故臣以为权力过分集中，反会为害。为政之道，在于使各部门互相制衡。古人说宰相之职，在于调和阴阳，可谓深得其要。调和阴阳者，使阴不能凌驾于阳之上，亦不使阳凌驾于阴之上，二者互相制约，成其大道。"

"唐太宗分中书、门下，便是深得其要。"赵顼一生最佩服的就是唐太宗。

"正是如此。天下之事，事有大小，理则同一。故军器监之事，臣以为可如此处分：凡各作坊，全部独立，采制原料、生产等，皆独立核算。虽然在军器监备案待查，但不归军器监管辖，反归工部管辖。军器监的作用是管理兵器研究院，协同各作坊研制新的武器装备，同时派人进驻各作坊，监督生产，验收军器，制订标准化数据……"

"标准化？"赵顼有点儿不懂了。

"臣以为各种军器配件，皆可由军器监制订相应的尺寸规格，全国作坊必须严格按此规格生产，如此，兵器若其中一个部件损坏，则随时可以互换修理。同时亦可以提高作坊生产军器的质量。如某些大型的武器，若用标准化生产，可以让生产能力加强。因为各部件按标准化由不同的作坊生产出来，并不需要多年的熟练工人才能完成，而那些经验丰富的熟练工者，只需要负责最后的装配和一些难度较高的部件的生产，这样自然可以将效率大为提高。民间印刷业、棉纺业等，都是用这样的方法，效果相当显著。"商人是接受能力最强的一个阶层，桑、唐两家的成功经验，很快就推广到整个行业。所以石越对于标准化生产，很有信心。

"这的确是好办法。"赵顼点了点头。

石越继续说道："同时军器监还要负责研判朝廷军队需要的各种兵器的数量，再根据需求量，向各作坊事先订购。而各作坊则根据要求去采购原料，生产兵器。如此生产者与监督者分开，生产者想要偷工减料，军器监也不会答应。而最重要的，则是各兵器之上，都要刻上作坊的生产者、监工，以及军器监的验收人员三者的名字，如果出现问题，三者皆要受罚。这样数管齐下，大宋的军器断不至于出现什么问题了。"

赵顼听得频频点头，展眉笑道："好办法，好办法。"

石越心中不禁有些得意，这一次他是一举多得，一方面分了吕惠卿一大半的权，一方面又改革了兵器生产制度，如果成功，将来还能把这个经验用到钢铁行业。可他表面上却不动声色，只是说道："臣的想法尚不止于此，军器监现在的生产能力有限，臣以为很多基本的原料，以及实现标准化后一些不关键的配件，还有诸如寒衣这样的军用品，日后都可以制定规格要求后，或由自己生产，或由军器监向民间采购。可以让民间作坊公开竞争，择其物美价廉者。如此计算成本，比朝廷自己生产要节约得多，还可与民间均分其利，而朝廷又可从中抽取商税。"

赵顼听石越说完，思忖良久，点头赞道："石卿所言甚有见地，但是军器监改革涉及军器监、工部、各作坊，若无人主持其事，只怕未见其功，先见其害。"

皇帝的担心早在石越的预料之中，石越马上顺着皇帝的话说道："陛下，真要做一件事，其中总是困难重重的。但只要谨慎从事，纵有害处，也不用太担心，总有办法解决。而且，臣举荐几个人主持此事，必能克建其功。"

赵顼听了石越的语气，不禁开玩笑地说道："此语听来颇似王丞相所言。"

石越也不由得笑了起来："这可不敢。不过，臣认为若能用苏辙、蔡卞、唐棣负责在工部组建兵器作坊的管理，起用沈括、苏颂，在军器监协同兵器研究院陈元凤与各作坊的官员共同制订标准化规格，加上吕惠卿继续主持军器监之事，只要详定条例，谨慎行事，两年之内可建全功。而且改革之事，亦可以一步一步来，不必急于求成。毕竟兵者，国之大事。可先将问题最严重的弓箭坊分出来试行，等到有了一定的经验，再一个个慢慢分离，到最后，军器监的作坊便可以全部独立出来。如此纵有不妥，影响亦不会太大。"

"这却是老成谋国之言。若一下子全部改革，朕确有不放心之处。然卿所说蔡卞、唐棣又是何人？起用沈括，亦颇有为难处。"

石越这才知道自己糊涂了，皇帝又哪里能知道蔡卞、唐棣？当下又在皇帝跟前大赞这两人的能力，对于沈括，更是赞不绝口道："臣以为沈括在这方面的才华无人可及，若是不用，实是国家的损失……"

7

吕惠卿得到皇帝在琼林苑召见石越的密报之后，心里就隐隐不安。由魏泽宗掀开的口子，王安石虽然没有太放在心上，但吕惠卿却觉得这件事不会那么安稳度过。这种感觉，也许从省试事件开始，就一直存在于吕惠卿心中了。

吕惠卿对于新法并没有很大的执着，但是他已经走上了维护新法的战车，现在下车也来不及了，何况正是新法与王安石，才给了他今天的地位与声望。更何况，年轻的皇帝是想要变法的。而这一点，正是吕惠卿坚持变法的重要原因。

在书房里，吕惠卿提起毛笔，沾满墨汁，在一张雪白的宣纸上写了四个名字：王安石、石越、蔡确、曾布。吕惠卿眯着眼睛审视着这四个名字，沉思不语……

"哥。"喜欢穿名贵的刺绣丝袍，身材矮小的吕升卿有点儿畏缩地叫道。对于自己的大哥，他有着天然的敬畏。

"何事？"吕惠卿没有抬头，只是温和地问道。

"蓝震元悄悄告诉我，皇上和石越在琼林苑谈了整整一天，所有的内侍都被赶得远远的，多半是在说什么机密要事。"蓝震元、王安石、吕惠卿都保持着"良好"的私人交往。

"知道了。"吕惠卿不动声色地应道。

"哥……"吕升卿欲言又止。

仿佛知道自己弟弟要说什么，吕惠卿淡淡地说道："你不用担心，皇上见石越，必定是问市易法的事情，大约也会问问新法好坏，不关我们的事。"

吕升卿这才放下心来，准备出去。

"你有空记得多读点书，别老让人笑话你，少去逛勾栏。"吕惠卿忽然严厉地说道。对于自己两个不成材的弟弟，他实在是伤脑筋，可毕竟是自己的弟弟。

吕升卿小心应了一声，退了出去。

吕惠卿重新把目光投到那张宣纸上，自言自语地低声说道："石越，这次你又有什么应手呢？"

冷笑数声，他终于再次提起笔来，把四个名字涂成一团，扔进废纸篓中。

"哥。"刚走没多久的吕升卿又折了回来。

"又有何事？"吕惠卿有些不耐烦了。

"陈元凤求见。"吕升卿对于陈元凤无好感也无恶感，但是他知道自己这个大哥很看重此人。

"快请他进来。"吕惠卿转过身来，吩咐道。

吕升卿稍稍撇嘴，连忙出去把陈元凤请了进来。

陈元凤脸上的红潮还没有褪尽，显然是刚从兴奋中舒缓过来不久。

吕惠卿笑问："履善，有何事急着要见我。"

陈元凤刚刚坐下，又不由自主站了起来，略带兴奋地说道："恩师，成功了！"

"什么成功了？"吕惠卿虽然看起来无动于衷，但身子却依然情不自禁地向前倾了倾。

陈元凤满脸喜色："是震天雷！我们制造了一种新式的震天雷，体积比石越的小一半还不止，在里面加了铁珠，还有胡椒粉，威力很大，还能发出刺鼻的味道……"陈元凤一边说一边手舞足蹈地比画着。

石越根本没有料到，虽然他隐瞒了最新的火药配方和火药颗粒化制法，但是兵器研究院火药研究组的天才却不止一个。在陈元凤的督促下，对硝、硫、炭进行精制之后，再分别试验其配方，有人试着增加了硝的比例，结果让震天雷的威力大增。而陈元凤又别出心裁地在这种缩小的"震天雷"身上加了木柄，只要点燃引线，就可以让士兵握着木柄投掷。石越断然想不到，就这样，原始手榴弹居然被陈元凤发明了！

吕惠卿听完陈元凤的描述，也站起来，微笑着拍了拍陈元凤的肩膀，赞道："履善，你做得不错。"忽然，一个念头闪过脑海，"但是，这个新式武器，不能叫震天雷！"

陈元凤一时愕然，道："为何？"

吕惠卿微微一笑，道："你试想，若叫震天雷的话，其中就有石越的功劳。天下人皆知震天雷是石越之功。这种武器和震天雷并不相同，据你所说，形状都不相似。故应当重新命名，如此，才是你陈履善发明的，和石越无关。"

陈元凤恍然大悟，暗骂自己愚笨。"恩师所言甚是，就请恩师为它命名如何？"

吕惠卿想了想，笑道："这个名字须和震天雷一样响亮，且不能太雅，倒不好取。"

陈元凤拍马屁道："所以才要烦劳恩师来想名字。"

吕惠卿哈哈大笑，道："便叫霹雳投弹如何？"

"好名字！霹雳投弹……果然是好名字！"陈元凤自然同意。

吕惠卿又笑道："震天雷到现在为止，除了侍卫步军装备了三百枚车掷弹、五百枚手掷弹之外，未曾用于实战。因为投石车在西北王韶那里根本用不上，而手掷弹又太重了，只能用于守城，现在你解决了这个问题。明日我就向皇上奏请成立霹雳投弹院，调集资金人手，专门生产这种武器。"

"不过，这霹雳投弹生产的周期比较长，学生估算，就算尽可能抽调人手，每个月最多制造一千枚左右……"陈元凤头脑还算清醒。

"不要紧，只要尽快用于实战就好，霹雳投弹能在战场上杀伤敌人，你的功劳才能真正显现出来。"吕惠卿毫不在意地说道。他知道"霹雳投弹"怎样使用才能给他带来最大的政治利益。

8

事情总是不尽如人意。

石越向皇帝建议改革军器监，一方面固然是为了一步步实现自己的理想，另一方面也是希望分吕惠卿之权，夺回对军器监的一部分影响力。但是他却无法预料到，陈元凤就在这个关键的时刻改良震天雷，发明了霹雳投弹，而吕惠卿又当机立断，写了一封《建霹雳投弹院札子》，竟然是以宋朝罕见的高效率，要求把这种武器投入生产，并装备军队。因为新式火药要精研细制，加上生产效率所限，霹雳投弹每枚的造价高达两千余文，大约相当于一张弓加十支箭或者一张弩的价格，而弓弩可以使用很久，霹雳投弹却是一次性武器，扔出去就没有了，所以相当昂贵。如果再考虑到运往前线的运输成本，霹雳投弹完全称得上是大宋军队最昂贵的武器。

但是吕惠卿就有这个"魄力"。也许他根本不在乎要花多少钱，反正钱不是他的；也许他就是希望多花一点钱，这样他才有机会从中渔利。但不管是何原因，总之，他一手促成了霹雳投弹院的诞生，并且敢于把这种武器送往战场，让王韶的军队使用。石越完全不敢想象，在没有任何的训练与技术指导的前提下，吕惠卿仅仅是写了一封信给王韶，告诉他这种武器应当如何用，霹雳投弹就算初步列装军队了。

但站在吕惠卿的角度去想，他也不曾预料到石越会突然提出改革军器监的主张。石越的《军器监改良诸事札子》，用一项项颇具说服力的主张，向世人展现了他对于军器监的影响力。与石越想的不同，吕惠卿并不在乎军器监的权力被分掉，虽然在军器监他的确也吃了不少回扣，但他却做得相当隐蔽，他也不怕在改革的过程中会被暴露出来。吕惠卿真正在意的，是石越用他那出色的创意，削弱了发明霹雳投弹所应有的荣耀。对军器监进于改良，无疑就是说军器监之前并不成功，一个运行良好的机构又怎么会需要改良？这中间暗藏着对自己的批评。另外，吕惠卿也很明白，石越每一项成功的建议，都会加重这个年轻人在皇帝心中的分量，在将来争夺一人之下、万人之上的那个位置的战争中，石越的砝码会越来越重。

他知道自己这次是输了一城。当皇帝宣布市易司改归三司管辖，罢免吕嘉问的时候，吕惠卿就已感觉不妙，他注意到王安石对此并没有太大的反应，只是微微地叹了一口气。所有的人都心照不宣，市易法已经名存实亡了。而接下来石越改革军器监的建议很快就获到原则上的通过，只余下实施的细则，以及具体负责官员的人选还需要中书门下仔细讨论了。

9

与此同时，石越的幕僚们对于事情的某些变化也是相当困惑。

"王安石对于市易法的重大变化竟然一点反应都没有，实在有些不可思议。"

"的确，虽然我们提出不废而废的方法，早已预料到可以减少来自王安石的阻力，但是他几乎把市易法当成不是自己提出的新法一样抛弃，却未免太过于诡异了。"

司马梦求和潘照临都绞尽脑汁地揣摩着王安石的想法。对于"拗相公"来说，这实在太反常了。而这两人，却都坚信"事有反常必为妖"。

"王介甫究竟葫芦里卖的什么药呢？"

倒是陈良觉得奇怪，忍不住问道："为何王介甫就非得要有何反应不可？"

"因为王安石的性格……"潘照临脱口答道，但他只说了一半，就闭上了嘴巴，一刹那间，他感觉有什么东西在脑海中一闪而过，却又匆匆溜走。

石越却是比潘照临与司马梦求想得开，他笑道："王安石的性格……也许就是王安石的性格让他不再反对也说不定。皇上说他没有调查吕嘉问，我却以为，他也许是调查了，却又不甘心自打耳光……借着这个机会，让市易法终止，也许同样是王安石的想法。"

陈良的心思要简单得多，笑着点头，道："秘阁说得有理。其实，以学生之见，王安石怎么想并不重要。重要的是，市易法终于废除了，开封府的老百姓也可以松一口气了。"

潘照临闻言不禁自失地一笑，道："竟是子柔说得有理，不过开封府的老百姓可以松一口气，我们却不可以松这口气。王安石的方田均税法，公子须得有一个章程应对。"他心里还有一句话没有说出来——吕惠卿和陈元凤对军器监以及兵器研究院的影响力看样子也在加深。

石越听到"方田均税法"五字，便眉头微皱，说道："只怕不易说服王安石，唉，明年……明年……"石越心里知道一个惊天的大秘密，但是他能说出来吗？唐棣等人相信神秘主义，可潘照临和司马梦求，却是彻头彻尾的无神论者。

陈良见石越欲言又止，便好奇地问道："明年，明年会发生什么事吗？"

潘照临和司马梦求的目光同时汇聚到石越身上，显然他们对此也有好奇心。不过对石越，他们有着相当自觉的主臣观念，不会主动问这种失礼的问题。

史书记载过："熙宁七年，自春及夏，淮南路、京东路、陕西路、河东路、河北路久旱；九月，除以上诸路外，新收复的洮河亦旱……"祸不单行的是，就在熙宁七年，开封府和河北路还遭遇了大蝗灾！换句话说，河南东部、安徽、山东、河北、山西、陕西，宋朝的北方六省全部受灾！石越在心里想着这些很快就要发生的事情。虽然对历史的细节不是太清楚，但是熙宁七年与熙宁九年，造成王安石两次罢相的重要自然因素，却是任何一个学历史的学生都耳熟能详的。实际上从熙宁七年开始，一直到元丰二年，大宋北方国土就是旱灾与蝗灾不断。而偏偏正是因为新法的许多法令，让大宋北方的大部分居民不堪重负，只能勉强生活下去。于是天灾一到，他们根本没有半分自救的能力。也许自己的到来，让这些百姓的情况稍微好了一点，至少青苗法得到了一定程度的改良，而原本几个月前就应当实施的方田均税法，现在依然还在政事堂悬而未决。石越在心里计算着时间，如果九月实行，搞得鸡飞狗跳，紧接着就是三月备案征税，随后，便是整个北方的天灾。

到现在为止，石越并没有见过真正的流民。他生活在 11 世纪全球最富庶的城市，每天交往的不是皇帝高官，就是士子清流，就算桑、唐两家，也都是富商大贾。石越对难民的印象，是来到宋朝之前在电视里看到的那些饿得皮包骨头的非洲难民……那种悲惨，让任何良知未泯的人都要心中愀然。

我一定要阻止这种情况出现！石越抿紧了嘴唇，暗暗发誓。

潘照临等人看着石越突然陷入了沉思，都不敢打扰，互相交换着眼神，暗自猜测明年会有什么事情，但即使他们再聪明，也不可能提前知道下一年的灾情。

突然，石越抬起头来，似乎下定了什么决心，紧绷着脸，一字一句地说道："我担心明年整个北方都会面临旱灾与蝗灾。现在北方的情况，纯父你应当很清楚，如果风调雨顺，那么底层的百姓还能够支持，一遇上灾害，非有朝廷救济不可。可是朝廷把钱粮大部分都集于京师，一旦北方大面积受灾，那么便是有三头六臂，只怕也顾及不过来，何况在这个时候，还要加上一个方田均税法！那是雪上加霜！"

潘照临、司马梦求、陈良顿时面面相觑，他们见石越如此慎重地说一件事情，可整件事情却是建立在假设明年北方全面受灾的情况之上，这实在让他们觉得匪夷所思。

"公子，你说明年北方会全面遭受旱灾和蝗灾？"潘照临小心地重复了一遍。

"不错，如果我没有弄错的话，到今年冬天就可以看出端详了。整个冬天都不会下雨，而蝗灾先起于契丹境内，然后飞向河北，直达开封府。"石越肯定地说道，他需要把这些资讯告诉他的幕僚。

石越如此言之凿凿，更让潘照临等人感到不可思议。

"公子，你是如何知道的？"潘照临问出了三人心中的疑惑。他不是怀疑石越，而是此事令人难以置信，而做任何决断之前，都必须先判断情报是否可信。

石越想了半晌，看了三人一眼，缓缓说道："你们不必管我是如何知道的，我有时候会有一些常人没有的能力。总之，你们只要相信我，此事十之八九会发生。"

他身为主上，将话说到这个份儿上，潘照临等人自然不好再说什么。司马梦求和潘照临迅速对望了一眼，虽然心中依然怀疑，但是从最差的状况来设想行动计划，虽然有可能浪费一些机会，但毕竟不会导致最差的结果，这是二人可以接受的。

"秘阁想要全力阻止方田均税法的通过吗？"司马梦求问道。

石越点了点头。

"我反对，这不是上策。"潘照临毫不客气地提出反对意见。

"这不是上策与下策的问题，这是千万条人命的问题！"石越冷冷地说道。

潘照临略带讽刺地说道："可就算公子阻止了方田均税法，也不能挽救千万条人命。方田均税法不过是雪上加霜罢了。除非公子能说服皇上，从今年开始，免征整个北方的赋税钱粮，同时从南方调粮前往北方，发动军民严阵以待，以图自救。否则的话，做什么都是徒劳！大宋现在的能力，根本无法应对遍及半个国家的灾害。"

石越虽然知道潘照临说的是实话，但是却觉得过于冷血，实在是无法接受。他略有些激动地说道："我会试着说服皇上的。"可这句话说出来，连他自己都不相信。皇帝凭什么要相信他对明年灾害的预言，并且做出如此巨大的调整？王安石与中书诸相、枢相、三司，以及整个朝廷，谁又会相信他的预言？

潘照临脸上又露出那种微微讽刺的笑容，他有意无意地看了司马梦求一眼。

司马梦求也平静地说道："秘阁，学生也反对您阻止方田均税法。"

陈良却是急了，道："为何？就算起的作用有限，但也不能见死不救呀！"

潘照临冷笑道："既然救与不救结果一样，就应当用这种结果为自己争取最大的利益，这样才能避免以后少死人，这才是真正的仁慈。那种妇人之仁，不要也罢。如果公子所说属实，那么到时候新党肯定和旧党互相攻讦，王安石会面临巨大的压力，而公子正好利用这次机会，收取士林[18]与民间的声望。我们应当想一个全面的救灾措施，在流民到达京师，造成惊骇之后，送呈皇上。"

"不错，虽然全面救灾实际上不可能。但是如果秘阁呈上的措施能够成功缓解一两路的灾情，再加上尽力解决开封府的灾情与流民，那么秘阁的政治声望将达到一个新的高峰。王韶在西北打多少胜仗，都比不过秘阁的力挽狂澜。"司马梦求平静地补充道。

陈良似乎有点儿不认识地看着这两个人："放任北方百姓于不顾，解决一两路加上开封府的情况，这就是你们所谓的仁慈？"

"子柔，事有经权。"司马梦求看了陈良一眼，解释道，"救整个北方是不可能的，何必徒劳。但是提出一两路的解决方案，只要我们尽早准备的话，却还是有可能的。而最要紧的是，开封府不能不救，救了开封府，才能让皇上和百官看到秘阁的能力，才能让开封府的士林与百姓们更加支持秘阁。何况以我们现在的能力，能够解决一两路的问题，已经是尽力了。"司马梦求的说辞比起潘照临来要好听得多，但是其本质却一般无二。

心里极度不以为然，可是却无法说过司马梦求和潘照临的陈良，无奈地把目光投向石越。

石越站起来，冷冷地说道："我不需要利用灾民的生命换取什么政治声望。我们可以想一两个解决一两路灾情的好办法，同时我也会试着向皇帝提出建议，争取说服皇上能够及早做好准备。另外从现在起到秋收，隔两个月送封信给韩琦，提醒他早做

---

[18]　指文人、士大夫阶层、知识界。

准备。"

潘照临冷笑一声，道："没有用的，公子。没有朝廷的命令，韩琦身处嫌疑之地，他如果屯聚粮草，被御史一参，说他想谋反，韩琦也受不了这一本。而且以韩琦为人谨慎来看，他根本不会那么做。既然公子这么肯定明年有灾害，那么方田均税法就算通过，灾情一起，也会暂停。又何必在这个时候和王安石为敌？等到明年伺机而动，不是要好得多吗？"

司马梦求也说道："王安石对方田均税法志在必得。极力反对的自有其人，秘阁也没有必要把和王安石的矛盾加大。王安石已经放弃了市易法，步步紧逼，又有何益？"

无论是潘照临和司马梦求，都有一句潜台词没有说出来 —— 石越的最大利益，并不是把王安石赶下台。在石越的政治声望达到可以出任宰相之前，王安石在相位的利益，远远大于换上别人在相位的利益。因此，此时根本不应当与王安石做鱼死网破之搏。

这一点石越并非不明白，但是很多事情，并非你明白就会那么去做的。

10

二月春风似剪刀。

石越和侍剑打着伞走在白水潭的一条小路上，听到雨水从刚刚被春风剪裁过的绿叶尖头滴下来的声音，闻着清新的泥土味，不禁感觉到这大自然的生机扑面而来，让人无比惬意。

想起前几天还和潘照临等人说起大宋北方将要有的大旱，石越不禁有点儿怀疑 —— 从现在的天气看来，和旱灾实在相差太远了一点。这几日他都在中书详议军器监改革的条例，在苏辙被任命为同判工部事后，又和苏辙、唐棣解释改革的意图以及具体执行的方法，忙得不可开交。如果王安石这时候提出方田均税法，石越简直要怀疑自己有没有精力去反对了。

今天抽空来白水潭，也不是因为很闲，而是想和沈括好好谈一谈关于兵器制造标准化的问题。

"天街小雨润如酥，草色遥看近却无。公子，今天我才明白这句诗的妙处。"侍剑心里没有石越那么多心事，这些天他跟着司马梦求学韩愈的诗，居然也能背得几首。

石越笑道："韩文公的诗很不错，不过如果说到咏春雨的诗，只怕比不上'小楼一夜听春雨'。"

"小楼一夜听春雨，那是谁的诗？"侍剑奇道。

"那是陆……"石越立即就知道坏了，此时陆游的爷爷陆佃还是风华正茂的年纪，正在《新义报》做主编，他一时顺口就把陆游的诗吟了出来，当下连忙含糊道，"一时却记不得了。"

侍剑年纪尚小，其实对于诗词的好坏所知有限，听石越这么说，也不怀疑，只是笑道："前几日我去桑府，见到桑姑娘写了一首咏春的诗，桑公子很是夸赞。虽然不是咏春雨的，但是依我看来，也是极好的。"在石越的鼓励与要求下，若无其他人在一旁，他们主仆之间说话都很随便。

石越见他如此夸赞，微感好笑，不过听说是梓儿所写，这才想起来实在有一段日子不见她了，便笑着问道："是什么诗，可还记得吗？"

侍剑其实早知道石越必然要听，就刻意背诵下来，当下摇头晃脑地吟道："道边残雪护颓墙，城外柔丝弄浅黄。春色虽微已堪惜，轻寒休近柳梢旁……[19]"

石越不曾想到梓儿的诗竟然进步至此，左手擎伞，低着头正细细品着"轻寒休近柳梢旁"中那种倔强之意，忽听有人唤道："子明。"石越不用抬头就知道是桑充国，此时和桑充国在一起的，还有程颢。

"伯淳先生、长卿。"石越连忙揖礼道。对于程颢，石越一直很尊敬。程颢最是平易近人，温尔可亲，和石越关系也是极洽，忙还礼笑道："子明，开封府地面真的邪，刚刚和长卿在说你，不料就此碰上。"

石越听他这么一说，不禁和侍剑对望一眼，莞尔笑道："伯淳先生，说到在下，可是有何事吗？"

程颢笑道："自是有事，不过却是一桩美事。"

"美事？"石越愕然道，不知自己有何"美事"可言。

桑充国微笑不语，程颢温声笑道："子明一直未曾婚娶，长卿是央我做月老，来牵这一桩红线的。"

石越对于自己的婚事并不着急。现代社会晚婚是平常之事，石越的年纪根本还不到谈婚论嫁的时候。更何况到了宋代之后，名人倒是见过不少，女子却是认识得不多，来往于朝堂之上，更是谈不上有什么时间谈恋爱。此时程颢突然给自己提亲，石越不由狐疑地看了桑充国一眼，半开玩笑地说道："不知是哪家的千金，只怕我一个大俗人，有点儿配不上。长卿你自己不早点结婚，给伯父添个孙子，怎么倒操起我的心了。"

....

[19]　原作者为刘因。

程颢笑道："这却是真的过谦了。子明和长卿这般人物便是朝廷许个公主，也配得上。事情一桩一桩地来，子明你比长卿大，自然先给你提亲。"

桑充国忽然说道："程先生，在这里提亲，似乎儿戏了点。不如改天到石府再说吧。"

程颢笑道："子明不是俗人，必定不会在乎这些。不过改日再说也好，子明，你就等着我这个冰人上门吧。"

石越并非愚钝之辈，见二人这般神态，心中不由一动，几乎已经猜到这是为梓儿提亲了，否则桑充国何必要请别人代劳？他顿时不由得心里惴惴起来，这些日子以来，潘照临不止一次地向他提及过此事，他虽然嘴上一直不肯松口，但心中还是会念及此事。梓儿的性格俏皮中不失温柔，天真中不失体贴，很容易让与她接近相处的人亲近她、喜欢她，尤其是自己，更是几乎看着她一天天从稚气未除的小女孩长成娇羞妩媚的少女。对于这样一个与自己过往亲密的女孩子，要说从没动过心，自然是不可能的，但若说这就是男女之情，他也觉得难以置信，毕竟现在的梓儿也不过是一个十六七岁的少女。虽说这样的年纪相对于早婚的宋代女子而言已不算小，但对他而言，却还是个未成年的少女。所以他自己也分不清楚，对梓儿的那份疼惜照顾，究竟是男女之情，还是兄妹之情。因此若要答应，未免有几分犹豫；若要拒绝，却又有几分不甘与不舍。见桑充国提议改日，不由得如释重负，连忙抱拳笑道："我还要找沈存中有事相商，改天请伯淳先生和长卿一起过来喝一杯，我们好久没有相聚了。"

"如此一言为定。"

11

专门提供给沈括的研究院在白水潭学院深处的一条流向金明池的小溪旁。整个研究院一共有四座院子，数百间房屋。一百多名格物院学生跟着沈括在做研究，他们现在的课题之一，是制造一架精密化程度相当高的座钟。

当石越怀着一种矛盾的心情走进沈括的研究院时，他真的吃了一惊！大厅之中，摆满了各式各样的零件，一些学生拿着炭笔与尺子在仔细地测量，一些学生拿着笔墨记录着什么，而在大厅之一角，摆好了三个看样子已经做好的木质座钟，中间一座差不多比自己的身高还要高，石越估算着高两米有余。计时的指针现在已经走过了"巳时"（上午九点）。让石越大吃一惊的是，从这个座钟的指时来看，它走一圈是从丑时开始，到子时结束，整整二十四小时，也就是说，它的秒针两分钟才能走上一圈。

看着这座典型中国特色的时钟，石越不由得有点儿哭笑不得。虽然说不出有什么不好，不过看到一座二十四小时一圈的钟表，他心里总感觉有些别扭与怪异。

在这座座钟旁边，有两座小一点的座钟，其中一座为了方便，在刻度上只标了从一到十二的大食数字，而把时辰标在了相对应的木制框架上。

石越正打量着这几座时钟，感觉着秒针那"嗒嗒"的声音伴随着自己心脏的跳动，忽然听人唤道："子明，你怎么来了？"石越转过身去，见沈括站在自己身后，正微笑着和自己打招呼。他手里拿着一个青铜式样的东西，看起来倒像是手枪。

"存中兄，看来你的进展不错。"石越一边拱手笑道，眼睛却好奇地盯着那个青铜制品。

沈括见他注意自己手中的物件，便把它递给石越，笑道："一个铁匠从长平古战场那边捡来的东西，我正在琢磨着是做什么用的，子明看看识不识得。"

石越接来过了，放在手中，看了一眼，不禁失声叫道："青铜弩机[20]！"

沈括惊讶地望了石越一眼，他本想考考石越，却不料他立即就能认出来 —— 此物之上望山、牙、悬刀、钩心、键一应俱全，保存得相当完整，沈括岂有不识之理？他哪里知道石越在博物馆中曾经见过这种青铜弩机，对于其意义更是了解深刻。此时石越强抑住心中的狂喜，故作平静地问道："存中兄，能不能把它复制出来？改用钢铁制品的也行。"

沈括微微笑道："易如反掌。"

青铜弩机之妙，在于设计巧妙，并不在于工艺复杂，其失传的原因已不可知，但其在后世虽然偶有发现，却未被重视，因为很少有人能意识到这种东西对于弩的重要意义。当然，另一个原因自然是因为成本。在弩上装备青铜弩机，在手工业时代需要的成本是惊人的，并非每个政府都装备得起。毕竟对于中原的步兵来说，弩在军队的配置甚至超过了人手一张。

石越自然是知道这些道理的。"那么，若要求每个工匠制造的弩机都是一模一样，这张弩上的弩机可以换装到另一张弩之上，存中兄觉得有多难？"

沈括没想到石越会问出这样的问题，不禁愕然，想了一想，才叹道："难如登天！"

石越笑道："我这次来，就是来请存中兄做这件难如登天的事情！"当下和沈括走进内室，把改革军器监的事情详细说了一遍。

沈括听到标准化的主张，不由苦笑道："子明，此事说起来容易做起来难。比如这弩机，要让它能互换契合，各个部件需要毫厘不差，如此，首先就要重申度量衡之

---

[20] 青铜弩机在宋代早已失传，但史料有载，沈括的确曾经见过青铜弩机，而历史上在他任判军器监时，对弓弩做过改良，不知是否受此影响。

标准，确定精度，才有可能。为了验收，更需要有精确之量具，否则如何检验？这些都是大事，牵涉甚广，非关军器监一监之务。"当时一般能用到的最小长度单位是分，十分为一寸，十寸为一尺。沈括在制造钟表之时，就已经感觉很需要更小的计量单位了。当然，最困惑的问题是没有精度很小的计量工具。

石越知道沈括所虑也不是没有道理，想了一想，笑道："没有精确的量具，可以想办法制造出来，我相信这难不倒你们。至于度量衡推行全国，影响太大，但可以在军器监和各作坊内部先颁行一部《军器制造法式》，规定好度量衡之类，这就不成问题了，一切事情存中兄放手去做，这是不世之功，必能留名千古。"

沈括想了一下，觉得只限于军器监各作坊的话，还是可行的，便点头答应，一边笑道："子明觉得那些座钟如何？"

石越笑道："甚妙，就是有一个缺点。"

"愿闻其详。"

"现在以地支计时，一天是十二个时辰，我觉得粗略了一些，不如在十二时辰之内，再做一细分，分成二十四小时，每一个时辰以初、正为分。以丑时为例，丑时为丑初，而丑寅之间，另有丑正之时。而钟表一圈可以改为六个时辰，这样时辰以下的时刻可以显得更加清晰。"石越为了自己的方便，开始假公济私。

沈括奇道："这又有何必要？"对于宋人来说，如此大费周章，的确有点儿画蛇添足。

石越却另有高论，笑道："我不过是想让大家珍惜时间而已。子在川上曰，逝者如斯夫。存中兄座钟发明之后，人们不必临川，看着时钟指针移动，就可以感觉到时间的流逝。而时间细分，更让人们有清晰的时间感，有更紧迫的感觉，会更加爱惜光阴。"

沈括想了一会儿，也没有感觉到细分小时和时刻会能让人更加惜时。不过分得越细，对人们总是越方便，沈括想到这一节，也就笑道："那就改一改试试，反正现在没有成型，就当给学生们一些机会吧。正好趁此机会，考虑制造一些精密的量具。"

12

汴京外城西墙正中间的一道门叫作万胜门。从白水潭学院顺着白水潭西街往北，蜿蜒可到外城西墙的新郑门外通往郑州的官道。白水潭西街比不上通往南薰门的白水潭东街繁华，但是它却穿过官道，一直通往万胜门官道南头的皇家园林琼林苑，而在琼林苑的对面，隔着一条官道，就是很出名的金明池了。

金明池是一座人工湖，到此时有将近一百年的历史了。当年宋太宗开凿此湖，是为了训练水军，大宋的水军就在此湖中进行对抗演习。但到了宋神宗之时，讲习水军的初意早已荡然无存，金明池也就变成了皇家水上公园。每年的三月初一到四月初八，金明池更是向天下百姓开放。百姓们观看的当然不是水军的军事对抗，而是水军的艺术表演，一切都是为了好看，没有半分实战的价值。但是对于北方的居民们来说，金明池的开放，却不失为游乐的好去处，所以每到三月一日开池，金明池立即人山人海，热闹非凡。

熙宁六年三月一日，为了军器监改革等事情忙得不可开交的石越，竟然也出现在金明池的人群中。这说起来肯定让吕惠卿十分羡慕，他为了军器监改革和霹雳投弹院已忙得恨不得自己有个分身才好。不过石越倒也不是无缘无故来金明池的，他身边除了潘照临和司马梦求之外，还跟着唐甘南。

再次来到京师的唐甘南，向石越介绍了他在杭州与泉州的造船厂的情况。潘照临便告诉他，金明池正在挖"大澳"，建藏船之室，也就是船坞，目的是为了修理一条二十余丈长的大龙舟，实际就是楼船。这条船是宋初吴越王钱俶所献，龙头龙尾，中间有楼台殿阁数重，很受大宋官民的喜爱。此时到神宗年间已有百年，难免老坏，为了修好它，在一名叫黄怀信的宦官的主持下，建造了这座当时世界上最先进的干船坞。

石越对于技术推广一向颇为热心，黄怀信设计的这座干船坞，不仅设计上十分巧妙，而且还采用了诸如起重绞车、悬门等先进技术，便大力鼓动唐甘南将这些技术应用到他的船厂中去。为此他竟然忙里偷闲，陪着唐甘南来看金明池的船坞。虽然这是因为没有石越陪同的话，想要看到黄怀信的船坞并不容易，但其实也是石越找的一个借口，毕竟天天这么忙，他也感到有点儿累了。

船坞在金明池北岸，此时因为大修水利，同时还有一项导洛通汴工程，要将伊、洛清水引入汴河，所以借此机会，赵顼下令开筑一条水渠，从北面引汴水入金明池，为金明池增加新的水源。而这金明池的北岸，也因此游客稀少。人们此时都聚集在南岸，观看水军进行精彩的表演。

看完船坞的整体设计后，唐甘南忍不住赞叹道："真是巧夺天工，如此船就可以直接在江河湖海中建造，得省去多少人力物力。"

石越笑道："方才已给二叔介绍了黄怀信，二叔只管向他贿赂，肯定能买来设计图。"这并非什么军事机密，有人出钱买他的东西，黄怀信断无拒绝之理。

唐甘南眯着眼睛笑道："这是自然。但还有一件事，也想要子明成全。"

石越笑道："二叔请说。"

"我听说沈存中先生设计了一种叫座钟的东西……"唐甘南捏了捏鼻子，笑道。

石越不想他的消息如此灵通，而且竟然敏锐地觉察到了座钟的商机。于是装着糊涂，不着边际地说道："二叔消息倒是灵通，那个物什的确有趣。"

唐甘南笑道："子明，自家人不说两家话。把那个座钟给我来生产如何？"

石越没有答应，反笑问道："二叔打算一座座钟卖多少钱？"

唐甘南想了想，说道："我想卖一百贯应当没问题。"

潘照临和司马梦求倒吸一口凉气，心里面竟是同时说了声奸商。两人也见过那座钟，成本最多三十贯。

石越却是摇了摇头。

唐甘南以为他嫌贵，忙道："子明，太便宜了不好。"

不料石越笑道："一百贯，的确太便宜了。"

唐甘南一怔，半晌才明白过来，不由心里一寒，他一向知道石越精明，没想到居然比自己还黑，当下问道："那子明的意思？"

石越笑道："座钟这种东西，若要拿去卖，便不要将它当成计时的沙漏去卖，而是要当成奢侈品去卖。同是座钟，可以造出许多种类，可以给座钟镀金，可以嵌满各种宝石珍珠，摆在堂上，便显得富丽堂皇……至于定价，几万贯也好，十几万贯也好，几十万贯也好，二叔一定比我内行。"

唐甘南眼睛都亮了，笑道："子明果然是能者无所不能。若如此卖，不只是大宋，辽国、高丽、日本，甚至大食的胡人，恐怕都要趋之若鹜。"

石越笑道："那就要看二叔的了。总之不妨将座钟造成几等，分别定价，贵者价值连城，普通的则几百贯便可。"

唐甘南顿时大生知己之感，笑道："子明说的是。虽然里面的东西是一样的，但是外面的架子却是可以变化的，而价格自然随着外面的架子而变化。"

"不错。"石越点了点头，笑道："反正就算一百贯，一般的百姓也是买不起的，那最差的那一种干脆就卖三百贯好了，大宋的有钱人实在多的是。不过，要卖座钟的话，恐怕二叔还得弄一批人来修理，毕竟这座钟是不可能永远不坏的。"

听着这二人的对答，司马梦求姑且不论，潘照临却是感慨万千——他终于见识到了石越腹黑的一面。

而唐甘南听石越话中之意已是答应了，甚是高兴，笑道："那是自然的，既然子明答应了，我这就去和沈括说。"

石越见他如此着急，不由摇头笑道："二叔莫急。座钟制造并不容易，你便现在去找沈存中，也是无用的。先不说这个，二叔可想过大概有多少人会买这座钟？"

唐甘南怔住了，他知道有很多人会买，但是具体的人数他如何能知道？连潘照临和司马梦求都想不出来。当下便坦白回答："买的人应当不少，但究竟有多少，却很难说。"

石越却肯定地说道："只要运输没有问题，我以为不会少于十万。换句话说，最差也有两千七百万贯的利润，当然事实上肯定不止此数。"

听到两千七百万贯[21]这个数字，别说潘照临与司马梦求，连唐甘南都吓了一跳。

"我绝非是红口白牙乱说大话，二叔只要略微算一算便知。大宋约有三千万户人家，能买得起座钟的一等户和官户中的富豪之家，少说也有五六十万户，只要其中五分之一购买，就有十万之数。这还没有算上辽国、大理、高丽、南洋诸国。故此，我说十万之数，已是保守，而且很多人家未必只买那种三百贯的。"

唐甘南连连点头，实际上他觉得石越认为宋朝有购买力的家庭只有五六十万户已是大大低估。这方面，石越是根据中书门下的官方统计数字估算的结论，但唐甘南却更加明白实际的情形如何 —— 民间的富室远比朝廷以为的要多，只不过为了逃避赋税，很多人家都不惜想方设法贿赂官吏，刻意低报户等。想到这巨大的市场与惊人的利润，唐甘南嘴都有些合不拢了。须知当时大宋一年岁入，上缴中央者总数亦不过约六千万贯左右。

石越接着说道："但二叔也莫要高兴得太早。虽然有超过十万户的市场，但这座钟全靠手工制造，工艺要求又是极高，想造出来并不容易。就算现在开始加紧招收学徒工匠，平均每年能制造一千座，只怕也是很不容易了。"

唐甘南不由点了点头。虽然一千座就是三十万贯的收入，而且他肯定会制造一些豪华座钟，若能卖掉一座十几万贯的，仅一座利润就相当惊人了。想想大宋与各国的王公贵人们，是肯定能卖掉的。但是，石越刚刚才向他描绘了一座巨大的金山，这是几十万贯与两三千万贯之间的差距。不过，他也知道，石越不会无缘无故地说这些，因此只是耐心地听着。

果然，石越又说道："所以，能否收获这座钟所带来的利润的关键，是要想方设法提高生产的能力。要想做到这一点，只靠过去的方式，绝难办到。因此，我建议二叔办一所技术学校。"

"技术学校？"

"不错，这种学校，专门招收培训学徒，让学徒学一点基本的文化基础，然后就

....

[21] 北宋的三百贯，相当于王安石一个月的工资（不包括奖金、福利、津贴），或一个知县十个月的工资（不包括他七顷以上职田的收入），或一个低等厢军约九年的薪水，所以这个时代，座钟是一种奢侈品。但是普通的座钟对于工资收入丰厚的官员与地主、富商来说完全可以购买。沈括所买的著名的梦溪园圃，花了三百贯。当时的士大夫阶层，苏轼时常穷困，但是也有余力用五百贯来购买宅第。所以对于座钟，上层阶级有足够的购买力。

专门学习如何做机械，比如纺纱机、印刷机等，当然也包括座钟。我可以帮忙，让白水潭派一些学生去讲课，二叔也可以让作坊里的熟练工去讲课。那些学徒在学校学一两年，就可以到作坊去做事。通过这样的方式，就能够以最快的速度培训出尽可能多的学徒。"

唐甘南认真想了一下，说道："这的确是好主意。不过有个坏处，这样各种技术很容易泄露。"

石越笑道："有一利必有一弊，也是难免的。不过，这也有办法对付。每个学徒招进学校，你管吃管住，给他们签十年以上的契约，毕业后十年内，专门在你的作坊做事。至于十年后，留不留得住人，我想二叔应当不会太担心。"

唐甘南赞道："这个主意妙极。如此，便依子明的。"

石越笑道："其实十几年后，座钟也好，纺纱机也好，可能都会有改进了。我听说二叔杭州的印书坊把活字改成了铜活字，却不知效果如何？"

"还好，还好。"唐甘南打着哈哈回道，他其实根本不知道这回事，他的生意这么大，哪里处处顾得过来。

石越也猜到他只是在敷衍，笑了笑，又说道："还有一件事要与二叔商议。新的钟表行，包括建学校，都需要白水潭花不少力气。而白水潭以后搞研究、扩建，都需要花钱。因此我想，这个钟表行，就叫作白水潭联合钟表商行，由白水潭学院占三成的股份，他们负责提供技术，帮你建学校，二叔你也占三成的股份，另外沈存中和一起做研究的学生，一共占一成的股份。经营上的事情，由二叔你负责，白水潭学院和沈存中他们只管按利润分红，并提供技术上的帮助。"

唐甘南对此倒没什么不愿意的，三成也不算少了，何况还管着经营。便说道："这是应当的，余下三成，便归子明了。"

石越摇了摇头，笑道："余下三成，一成给桑伯父，另有二成，可用来招募各地的富商大贾一起合作。"

唐甘南眯着眼睛想了一会儿，道："子明，给桑家我没有意见，但是不需要别家加入了，开始的本钱全由我来解决，那二成不如你自己留着。"这是稳赚的生意，唐甘南自然是不愿意别人来分一杯羹，更不愿意别人来指手画脚干涉他经营。他能占到三成股份，每年利润最低也有九万贯，而且肯定大大高于此数，否则他这辈子算是白活了。因此，即使前期投入大一点，但是只要经营得好，两三年就可以收回全部成本，根本没有合资的必要。最重要的是，给石越股份，不但是理所应当的，而且能将他和石越更紧密地捆在一起。

石越笑了笑，二成股权并不是小数目，每年的分红最少都是六万贯。但是对于他来说，金钱的意义不大，唐家和桑家在金钱上对他从不吝啬，桑充国的意外事件，直到现在也并没有让桑俞楚生出什么异心，所以他觉得没必要去沾这个锅。何况宋朝优待百官，石越现在的薪俸赏赐颇为丰厚，养上几十个门客都不成问题。他正要开口拒绝，潘照临却突然说道："若直接划到公子名下，却不太方便，到时候必遭御史弹劾。"他这样说，实际上倒是替石越答应了。

石越诧异地看了潘照临一眼，却见司马梦求朝自己使了个眼色。他知道他们必有原因，便不再说话。

唐甘南笑道："此事我会安排，这个潘先生不用担心。"他一生中做过无数的决策，最正确的一项决策，就是决定永远站在石越这边。

白水潭联合钟表商行在金明池北岸的船坞里敲定，这件事影响最深远之处，莫过于其后在大宋各路州兴办起来的技术学校。第一批技术学校遍布于南方的五十个城市，其后渐渐遍及整个国境。技术学校的出现，渐渐改变了中国传统的技术传承方法，称得上是革命性的转变。虽然其最初的意义，不过帮助唐家等商家控制的作坊迅速培养出一批批出色的工人而已。

另一个怎么样夸大也不为过的重要内容，就是石越分给白水潭学院的百分之三十的股份。这笔不菲的固定收入立即让白水潭学院成为宋朝最有钱的学校，其后白水潭学院各种研究院陆续出现，其经费之保障，全赖于此。

石越主动提出来把白水潭联合钟表商行的总部设在杭州，又提出先期五十所技术学院全部设在南方，连汴京都不开设。唐甘南想也不想就全部答应了，他明白这种做法的用意，也明白这样做对自己的好处是不言而喻的。此时他最大的希望就是快点去和潘照临、沈括等人谈好细节。

金明池的春光，突然间格外美好。

第三章

婚姻大事

1

似乎是为了配合唐甘南愉快的心情，忽然，一阵丝弦管乐之声从湖面传来。众人此时心情都是极好，不由静心来细听歌词，却是从未听过的调子，歌词依稀是："珠泪纷纷湿绮罗，少年公子负恩多。当初姐妹分明道，莫把真心过与他……"歌声也非常侬软。

石越等人谈妥大事，好奇心起，纷纷走出船坞观望。原来金明池北岸正中是依水而建的宫殿，从宫殿正中伸出一座桥来，正好搭在湖心的小岛上面。这座桥叫"仙桥"，每年金明池开放，便有歌女一排排站在仙桥上演唱，给湖中表演的水军和游人助兴。若是游人从南岸或东、西两岸远远望去，只见衣袂飘扬，云发高耸，倒真似仙女下凡一般，让人浑然忘记身处何境。

此时石越他们所处之地就在宫殿之旁，比起一般游人，倒要看得清楚一些。几排数百个歌女，倚栏而立，都穿着彩衣。古代女子盛装之时，往往云发高耸，而身上又系有一根彩带，此时随风飘舞，的确让人观之而心醉神怡。这许多女子各携乐器，一起合奏，或同时轻启朱唇，曼声歌唱，曲子随风送至，中间那温柔婉转之意，又有道不尽的缠绵。

石越、潘照临、司马梦求，都是通晓音律之辈，而唐甘南虽然是不懂音乐之人，在杭州待久了，却也很喜欢这种温柔的曲调，禁不住随着节奏而摇动胖胖的身体。

忽然，这靡靡之音中，闻得几声铁筝之音划过，音调高昂激越，若放在别处去听，自是另有风味，但是在此时，却好比是柔情蜜意之中，有野狼悲吼，不仅大煞风景，而且是让人生厌了。岸边游人，此时已忍不住叫骂，便连石越也微皱起眉头。但那弹筝之人，却似乎毫不在意，音调越发悲壮慷慨，引得那些歌女手中的乐器都不时走调。

石越细听筝声的来源，却是从湖心的小岛上传来。他与潘照临、司马梦求对望一眼，只见对方目光中都有惊讶之意。须知岛上亦有宫殿，虽然金明池对士民开放，那岛上也是不许人去的。

司马梦求轻声赞叹道："此曲慷慨激昂，抚琴之人，必是清高不群之辈。"石越和潘照临听他称赞，也点头同意。不过自古阳春白雪，和者寥寥，那游湖的百姓哪里管得了你清高不群？只觉得这筝声说不出来的刺耳难听，许多人便纷纷叫骂，声音越来越大。

潘照临忍不住笑道："此人筝虽然弹得好，却不看场合，未免自讨没趣。"

"那倒未必,金明池本是演习水军之所,歌女奏郑乐才是不合时宜,而此人不过拨乱反正而已。先生是怪错人了。"一个清脆的声音从四人身后传来。

众人吓了一跳,转身望去,原来是两个青年公子,一个是王安石次子王旁,一个是石越曾经见过的"王方"——王昉此时依然女扮男装,也不知道这两人是何时来的。

石越等人忙与王旁见礼,却见王昉俏脸微扬,而王旁满脸尴尬。众人不免暗暗好笑。此间都是见多识广之辈,王昉一开口就知道她是女子,不过便连着石越在内,因为她与王旁一起出现,却都以为她是王旁的红颜知己。只是石越心里不免暗暗纳罕,当日醉仙楼上的相见,他记忆犹新,此时更是奇怪。这女子若是王旁的红颜知己,却为何要找他麻烦?若她是王雱的红颜知己,倒还容易理解。只是这第二次又见到这个女子,却让他不期然地想起梓儿来,正是因为这个王昉女扮男装给他的启发,让他与梓儿拥有了一个共同的秘密——经不住梓儿的再三恳求,他曾将梓儿女扮男装带出家门玩过一次。这自然是瞒着所有人的,只有侍剑约略知道经过,却守口如瓶。

当时的风气其实远不如后世人所想象的保守,但一个大户人家的女孩子,还是难得随便出门的,就算出门,也有马车丫鬟跟着,于汴京种种风物,不过浮光掠影而过。当时汴京虽然也有许多妇女游玩的场所,但大多都是相熟的妇女成群结伴地去,桑俞楚一家从蜀中迁来,在京师的故友亲朋并不多,所以梓儿也没有女伴可以一起出去参加当时大多数贵族妇女可以参加的娱会。加上桑充国也是个闭门不爱出外的人,所以比石越还先到汴京的梓儿,其实对于汴京的种种繁盛与风物,所知还远远不如石越。每次她听石越提起时,不免充满了羡慕与向望,但她这样年纪的女孩子,却是不适宜由一个青年男子单独带出去游乐的。石越对她的处境实在是充满了同情,因此,在醉仙楼见到王昉之后,他心里就生出了另外的念头,然后大胆地将这个计划付诸实施。

他现在都还能清楚记得,那天他们一齐去了潘楼街看那些珍奇玩物,又去州桥乳酪张家吃了东西,然后游玩了相国寺,听了艺人们说书唱曲,才沿着熙熙攘攘的汴河回桑宅,而同样清楚记得的,还有临别时梓儿依依不舍的神情与挂在眼眶中强忍着不肯落下的泪珠。在那一刻,他心里充满了对梓儿的同情与怜惜。如果可以的话,他真想一直能带着她出来享受这样正该在青春年华时享受的快乐时光。但他越来越忙,事务越来越多,那个少女的愿望便渐渐被抛在了脑后,直到这一刻,他看到了王昉,那一天的惬意时光竟在瞬间全回到了他的心里,哪怕是对于他而言,也是来到汴京后过得最轻松快乐的一天了吧?不再为什么事烦心,只是单纯陪着一个自己所爱护的女孩子欣赏这个令人着迷的城市中的种种精彩之处,简单中却有简单的快乐。他略有些自嘲地想到自己身在名利场中，竟连这些也无暇回味了。

而潘照临因被女人抢白，心里惊讶一个女子有这种见识，自觉不好意思，因此并不反驳，只向王旁问道："王公子，你知道弹筝者是何人吗？"

王旁笑道："京城之中，并无弹筝的好手。在下也不知是什么人在此。"

王昉见无人理她，顿觉无味，忍不住冷言说道："若想知道，过去瞧瞧便是，何必在此猜来猜去。"

她一开口，众人尽皆莞尔。王旁苦笑着努努嘴，说道："那岛上怎生过得去？桥上站满了歌女，难不成我们几个大男人从百花丛中挤过去？"

石越心里也觉得有趣，好不容易忍住笑，正色说道："若能够凌波微步，踏水乘风，也不必去挤那百花丛。"

"都说石子明多谋善断，看来亦不过尔尔。你看那里，不就有人一叶扁舟，欲飘然登岛吗？"王昉冷笑讥道，一面用手指着湖对岸。

众人顺着她纤纤玉指望去，不由哄然大笑。原来那根本不是什么扁舟，而是一只龙舟。龙舟之上，坐着四个云发高耸、身着素裙、腰缠彩带的女子，各抱一把琵琶，这依然是表演的一部分，她们可不是想要"飘然登岛"的。其中一位和石越更是交游甚密，正是碧月轩的楚云儿姑娘。

这四个女子纤手轻拨珠弦，琵琶之声，便似珠落玉盘，却是一曲"玉楼春"的调子，四人一齐曼声唱道："东城渐觉风光好，縠皱波纹迎客棹。绿杨烟外晓寒轻，红杏枝头春意闹……"竟是堪堪将那铁筝之声给压了下去。

岸边的游客一齐叫好。那桥上的歌女得到支持，一齐重调音弦，齐声和唱："浮生长恨欢娱少，肯爱千金轻一笑。为君持酒劝斜阳，且向花间留晚照……"

石越与楚云儿交好，可以说天下皆知，王旁因此笑道："楚姑娘的琵琶果真是京师绝技，难得又很仰慕石兄，才子佳人，堪称佳话，石兄何不为她赎身，收为侍妾，朝夕抚琴为乐，亦是人生一大乐事。"

王昉因为刚才出了个不大不小的洋相，微觉羞耻，将脸偏向一边，装作听楚云儿她们的演唱，此时听到王旁说石越与楚云儿关系暧昧，心中不由大起轻蔑之意。她自小就很崇拜她父亲王安石，而王安石便是坚持不收侍婢的一个人，更不用说和一个歌女关系暧昧了。

石越听到王旁劝他收楚云儿做侍婢，忽地就想起来桑充国和程颢那天在白水潭和自己说的话来。结婚？侍婢？石越苦笑了一下，他有时难免自嘲地想：自己是不是运气不够好，来到另外一个时空，也没有碰见那种让自己一见倾心的女子，那些在他那个时代所盛行的轰烈炙热、率性随意的爱情，与这个时空是如此格格不入。他以前就怀疑过这世上是否真有爱情这种东西，如今更是觉得这东西与自己无缘，只是要让他如同这个时代的大多数男人一样轻贱女人，却又不为他的道德观所允许。加上心里怀抱着远大的梦想，更是很少会想到结婚这件事，直到现在他才发觉，结婚这件本于他似乎并无迫切需要的事，此时却似是迫在眉睫了。这说来倒也不奇怪，毕竟在这个时代，自己这么大的年纪，迟迟不婚也是说不过去的，连唐棣等人也全都成婚了，潘照临这样的榜样，自己却是学不了的。

正在胡思乱想之际，筝声突然高亢，竟似要和这柔软的歌声争斗一般。这筝声与楚云儿等歌女的歌声在这金明池上，便如苍鹰与百鹂，鸣唱争胜，虽然苍鹰一时能压制百鹂，但所谓"柔不可守，刚不可久"，楚云儿等四女领唱下的柔声却始终没有被打乱节奏。

王昉听了一会儿，心里也不禁佩服楚云儿的确精于音律，不过转念一想到宫殿里的几个人，却又有点儿莫名其妙地担心。王旁不知道宫殿里有什么人，她却是知道的。人之一物，最是奇怪，有时候想什么来什么。王昉正想此事，就听筝声久不能胜之下，兀然而止，不久岛中宫殿里就走出来一个八品服饰的侍卫，对一条大军船上的人说了几句什么，军船马上就划到楚云儿等人坐的小舟边上，将她们引去岛上。

潘照临追随石越已久，朝中亲贵，多有相识，远远看到那个武官，似有几分眼熟。这时见石越眼神中露出担心的神色，当下在石越耳边轻轻说道："公子何不借一叶小舟，登岛求见，这是风雅事，无妨。"

石越本来并不想生事，但是楚云儿也算是他红粉之中的知交，每有心情郁闷之意，总是去听楚云儿弹琴，便是他的琴艺，也是楚云儿所教。这时候眼见她很可能是得罪了什么亲贵，自己岂能不管？

唐甘南是知情识趣之人，察言观色，早知道石越想要做什么，他嘻嘻笑道："子明，我和潘先生、司马公子先回去，商量好事情的细节，你去拜会一下弹筝的高人吧。"以他和潘照临、司马梦求的身份，自然是不能同去岛上的。

王旁与其兄长不同，他可说是胸无大志，便也没有妒忌之心，因此心中颇亲近石越。此时也知道石越必定担心楚云儿，便笑道："正好我想去瞧瞧弹筝之人，便一齐登岛如何？"

石越朝他微微点头，笑道："如此正好。"

"一厢情愿，便是上得岛去，人家不一定肯见你们。"说风凉话的人，自然是王昉。

众人也不去理他，当下石越与王旁同一个军士说了。一个是皇帝宠臣，一个是宰相公子，那些军士哪敢得罪，自是立即派船过来送他们登岛。而唐甘南三人也先行告辞回去。

2

石越、王旁、王昉到了岛上，只见岛上遍种柳树，此时柳叶新裁，煞是娇嫩。湖中微风轻轻拂来，柳条迎风轻展，清凉味道，触息可闻。

金明池是皇家讲兵之所，而赵顼在位，皇亲国戚并不敢胡作非为，似楚云儿这等，就算是触忤人意，本也不至于有什么危险。只是石越知道楚云儿外表柔顺，内里其实刚烈高傲，如果言语之中冒犯，她不过是一个歌女，纵然不至于有生命危险，但是皮肉之苦却也难免，而且歌女地位卑下，纵然受责，也无处申冤。念及此处，这风景再好，他也没什么心思去欣赏。

急匆匆走到宫殿之前，见上书三个大字——"凌波殿"，殿门自有门戟排场，外面站着四个八品武官。石越不由愣住了，因为这些武官的服饰，摆明了都是禁中侍卫。而八品武官看门，只有两个可能，一是内里是皇后公主之类，武官是男子，不便入内，所以看门；二就是里面的人，至少是个郡王国公之类。

这些武官职位低微，石越自然不认识。可是王旁却是认识的，他拉住石越，瞅了他妹子一眼，低声问道："是濮国公还是他家的清河郡主在此？"若非石越在旁边，还有半句话他几乎也要说出来了，"怪不得硬拉我到金明池来。"

石越听他发问，心里又吃了一惊。原来当今皇帝赵顼之父宋英宗赵曙，本不是仁宗皇帝亲生，而是濮王之后，仁宗无子，所以过继宫中承绪大统。因此濮阳王诸子，虽然当时最大不过一个濮国公，但是论及亲贵，则无人能比。而濮国公赵宗朴更是非比寻常，他是濮王次子，和英宗最为亲善，当年就是他亲自去劝说英宗入居庆宁宫的。因此他不但是当今皇叔，而且是迟早要袭封濮阳郡王，继承濮王香火的，所以说起来比赵顼的两个亲弟弟还要亲一点。毕竟赵顼与赵颢诸弟虽说友善，但是皇帝之家，始终有忌讳，倒是他这个皇叔，可以百无禁忌。而濮国公却也一向谦退随和，甚少谈政事。他表面上虽然对石越也是很亲热的，但是却从不和任何官员深交。

不过若是赵宗朴在此，倒还好说，毕竟濮国公不是嚣张无行之辈，可是听王旁的口气，如果真是清河郡主赵云萝，那只怕石越也只能束手无策了。清河郡主是赵顼的堂妹，在所有姐妹辈中排行十一，唤作"十一娘"。本来宋随唐制，皇太子之女方能封郡主，诸王之女方能封县主，但是清河以宗朴之爱女，英宗即位后就晋封郡主，实际上却是当公主看的。这个女孩是所有公主、郡主、县主中最漂亮的，也是最受宠爱的一个。内廷中太皇太后、皇太后、皇后、蜀国公主，直至两代皇帝，没有不宠她的，她的身份比起寻常的公主来都要金贵许多，而且因为是个郡主，反倒少了许多拘束。若说她跑到这凌波殿来了，石越一点也不奇怪。本来单单这样一个清河郡主倒也罢了，然而对宫廷亲贵之事并不陌生的石越，自然知道清河郡主的身边永远也少不了柔嘉县主赵云鸾。他实不能不倒吸一口冷气。

果然，便听王昉笑道："自然是清河郡主和柔嘉县主在此，难道似濮国公那样的人也会来这里学弹筝吗？"

石越心中暗暗叫苦。

王旁很同情地看了石越一眼，对王昉说道："不如你和石兄进去，我忽然有点儿事情。"

王昉忍住笑，抿着嘴说道："此事我却管不着，我先进去给你们通传。"说着竟然背着手，大摇大摆地走了进去。那几个侍卫看了她一眼，竟然不闻不问，石越立时明白这两个"主"和王昉必是闺中好友。那么王昉是什么身份呢？石越突然意识到这个问题。王旁的妻子、宠妾，都不可能和清河郡主交情深到这个地步。

王旁见王昉进去了，对石越抱了抱拳，转身便待溜走。石越忙一把拉住，说道："既来之，则安之。"

王旁苦笑道："你岂非害人吗？清河郡主自然是人人都想见，可是十九娘是我们惹得起的吗？"柔嘉县主在姐妹中排行十九，是濮王幼子赵宗汉四个女儿中最小的一个，年方十二，宫里都唤她十九娘。小小年纪，威名远播，勋贵子弟，无不闻之而色变。邺国公赵宗汉是英宗最喜欢的弟弟，因此赵云鸾小小年纪，便封为县主。

石越不怀好意地笑道："刚才那位姑娘肯定会帮你的，你不用怕。"

王旁苦笑不已。濮王二十八子，孙子孙女辈数以十计，十九娘赵云鸾最为出名之事，就是曾经把几个堂兄骗得当马骑，让几个堂兄数月不敢出门见人。有一年冬至，还将大才子晏几道骗到金水河里洗了个澡，让晏几道感冒一个月才好，从此晏几道听到"柔嘉县主"四个字，都忍不住要打个喷嚏。其余自韩琦、富弼、冯京以下，这些勋贵之子，只要碰上了柔嘉县主，难免要上她一个恶当。偏偏她深得赵顼宠爱，连赵宗汉都管不了。太皇太后和皇太后几次管教，最后也是不了了之。就在三个月前，赵云鸾还骗得驸马都尉王诜把醋当酒喝，一口喷在一幅画了几个月的画卷上，欲哭无泪。

这些事迹石越多少也有所耳闻。他和晏几道、王诜不同，他是朝廷重臣，身份体面最重要。那些勋贵子弟出了丑，大家当成笑话趣闻，以助谈资就可以了，但是这种事若出在他石越身上，必定让他为人所轻视，被人当成弄臣不说，他的政治威信也会在瞬间荡然无存。因此站在宫门之外，他多少也有点儿紧张，毕竟石越也不能和十二岁的女孩子计较。

二人各有各的担心，各想各的心事，没多久就听到一阵脚步声，一个婢女走了出来，施了一礼，道："二位是石秘阁和王公子吧？郡主有请。"

石越与王旁忙抱拳说道："不敢，有劳姑娘带路。"

这凌波殿不过一离宫[22]，可也是凤楼龙阙，颇具规模。石越和王旁跟着那个女孩穿过几道门，九曲八弯，眼前忽然开朗，却是一个布置得很精致的院子，院中有一个栽满荷花的水池，池上建了一座水榭。此时已挂上轻纱，里面绰约几个人影。而楚云儿和另外三位歌女，都抱着琵琶站在水榭边，见石越过来，楚云儿俏脸微赫，用目光向石越致意。

石越微微点点头，方朝着水榭和王旁一道行礼，朗声说道："臣石越、王旁见过清河郡主、柔嘉县主。"实则以他的身份，区区一个郡主，是当不起他的大礼的，只不过清河、柔嘉的身份不同，所以当别论罢了。

赵云萝和赵云鸾果然也不敢受这个全礼，在轻纱后还了个半礼，清声说道："久闻石秘阁、王公子之名，果然是人中俊杰。给二位公子看座，上茶。"

二人躬身答道："不敢。"一面接过婢女送来的茶，轻轻喝了一口。石越顿时一阵恶寒，这茶根本不是茶，而是放了茶叶的盐水，又咸又苦——在这个时代，因为没有牙膏，石越每天都是用盐水漱口，这自然不是寻常人家能享受得起的奢侈，不过对于现代人来说，如不漱口，实在也难受了一点。此时的盐水比石越平常漱口用的盐水更要苦咸十倍，他知道已经上了柔嘉的当，却不敢失态被人嘲笑，皱着眉毛勉强吞下。再看王旁，早就"哇"的一声，一口水全部吐在地上。

石越见旁边的人一个个嘴角带笑，他心中一转，早有主意，竟装作什么也没有发生，笑道："多谢县主赐茶。"

只听有个略显稚嫩的女声问道："你怎的只谢我，不谢我姐姐？"

石越微微一笑，风度翩翩地说道："清河郡主断不会赐这种风味独特的茶水，这自然是柔嘉县主的匠心了。"

柔嘉笑道："原来石秘阁这么会说话，难怪皇帝哥哥经常夸你。"

石越笑道："县主谬赞了。"

赵云萝毕竟年长，她知道石越和一般勋贵子弟大不相同，不是可以随便捉弄的，因对柔嘉说道："十九娘，不要胡闹了。石秘阁久有词名，想必是精于音律的，今日机缘巧合，还要请石秘阁不吝赐教。"后半句却是对石越说的。

"方才弹筝之人，胸中颇有清奇之处，若论音律之妙，此人与这位楚云儿姑娘，都远胜在下，石越怎敢班门弄斧。"

"楚云儿？"赵云萝奇道，以她郡主的尊贵身份，方才召楚云儿等人进来，因知是歌女，竟是连名字都没有问。

只见王昉在赵云萝耳边轻轻说了几句，赵云萝抿了嘴笑道："原来如此。原来石

---

[22]　古代帝王在都城之外的宫殿。

秘阁和这位楚姑娘是故识。我也是见这位楚姑娘精于音律，故此才召来相见，并无他意，石秘阁不必担心。"赵云萝虽然号称"解语花"，可毕竟不是老于世故的人，她想什么便说什么，倒把石越和楚云儿的关系说得暧昧了，连王旁都忍不住窃笑，更不用说别人了。那三个歌女用眼睛瞅瞅石越，又瞅瞅楚云儿，要不是这地方不容放肆，早要笑开了，楚云儿更是面红过耳，低头直盯着琵琶。

石越脸上微微一红，顾左右而言他："请问郡主，可否让臣下见识一下方才弹筝的高人？"

赵云萝见众人表情，已知道自己失言，她并无意让石越难堪，便顺着石越的话柔声笑道："哪里是什么高人，不过是我家买的一个奴婢罢了。"

"啊？"石越和王旁一齐吃了一惊。

柔嘉年纪小，没有许多顾忌，忍不住走出水榭来，大模大样地说道："有何可怪的？阿旺，你也出来，给他们看一下。"

"是。"那个叫阿旺的女子说话甚是生涩。

石越和王旁看着走出来的女子原来竟是个二十多岁的阿拉伯女奴。以石越这个现代人的眼光来看，也算得上是个美人，加上穿着汉族女子的服装，更是别有风韵。当时有一些阿拉伯女奴流入中土，倒并不奇怪，毕竟当时开封还有犹太人聚居区。石越专程去看过，那些犹太人汉化得相当严重，相信用不了几十年，根本就和中国人一般无二了。但是一个女奴，能把筝弹到高昂激越，倒似一个久历杀场的壮士一样，却不能不让人吃惊。他不知道这种女奴是一些商人从小培训长大的，小时候教她们学会诸般技艺，长大了再高价卖出，因此这个阿旺甚至还粗通汉语。

石越打量阿旺半晌，见这个女孩虽是奴仆，却有一种寂寞孤高的气质，不由在心里称奇，问道："阿旺，你还会说家乡话吗？"

"会。"阿旺不料这个公子竟然问这样的问题，不由暗暗称奇。她刚才从众人的语气中听到石越的身份不同寻常，但是却并不知道石越的大名。

"能看懂家乡的文字吗？"

"奴婢读过几年书。"阿旺低声答道。

石越点点头。

3

三月初四，垂拱殿朝会。

赵顼坐在高高的龙椅上，听王安石一条一条地读着《方田均税法十八条》，这是王安石最终议定的改良版本。石越在班列中心不在焉地听着。

将唐甘南送走后，钟表行和技术学校很快就要开始运作，再过几天沈括又将回到军器监协助改革。他将一把西晋制造的古琴送给清河郡主，又送了一面上好的铜镜给柔嘉，再用一幅卫夫人的真迹，才从濮国公手里买回阿旺。用唐甘南的话说，这阿旺堪称天下最贵的女奴了。正在胡思乱想之际，却见吴充、冯京等人已经开始慷慨陈词，认为方田均税法"事烦扰民"。王安石、吕惠卿则条条反驳，金碧辉煌的垂拱殿里，顿时只能听见大臣们高昂的辩论之声。不知道为什么，石越忽然心中生出厌烦之意。

争名于朝，争利于市，天下熙来熙往，孰不为名为利？这几年来，他要风得风，要雨得雨，虽然略有风波，却也算得上是青云得意，不到三十岁就官居要津，而且也算是在为一个伟大的理想而努力。但是似这样每日忙忙碌碌，在朝堂上钩心斗角，真的有什么意义吗？自己固然是自认为想把中国引入一个正确的方向，但是王安石又何尝不是如此？自己知道王安石是错了，可是真的敢那么肯定自己做的就一定是正确的吗？面对这个早已改变的世界，也许自己的眼光能透视千年之后，却未必可以正确引导这个文明走过眼下的一百年！如果度不过这一百年，千年之后的事情自己知道又有什么用呢？

石越并没有意识到，政治家永远不可能把民众带到最正确的道路上，次差的道路就是一条好道路了。

很多时候，石越都在希望有一段时间出去走走，可到目前为止，他最远只去过一次江西。他记得千年之后有一位政治家说过，"我的影响力甚至还达不到北京全市"。石越其实也知道，自己真正意义上的影响力，也许不过只是白水潭学院的一部分。三年多的时间，自己做的，可能已经是能力的极限了。

石越再次把目光投向黑黑瘦瘦的王安石，相比之下，冯京与吴充就要显得富态许多。"五十多岁的老人还能有着如此坚定的理想主义信念，想起来实在是不可思议。"石越在心里想。

"公子，方田均税法已经不是重点，如果真有公子所说的天灾，我相信王安石撑不过这一次天灾，我们要早点准备王安石罢相之后的策略……"

"对付灾情已经有了一个大致的方案，我们还应当有一个万全的方案，把这件事告诉皇帝，他无论信与不信，事后都会对秘阁更加信任与倚重……"

"理想的方案，在五年之内王安石继续留在相位，对公子的事业更有利，但是未来的事情总是不断变化的。"

……

潘照临和司马梦求的话依然还在脑海之中，自己的幕僚不希望自己坚决反对方田均税法，石越知道这中间还有别的原因，因为方田均税法是宋代有识之士百年来的梦想，并非王安石一人的冲动。潘照临和司马梦求虽然从理智上意识到这个法令会有巨大的弊端，但出于侥幸的思想，他们也希望王安石来做一次试验，反正失败了，自己正好从中博取政治利益。

即使是很关心民众利益的司马梦求，在必要的时候，也会毫不犹豫地让民众去承受苦难。石越在这两个人面前，有时候真会觉得自己好天真，好幼稚！不过在另一方面来讲，也幸好他还有一点天真与幼稚。为了达到高尚的目的而不择手段，最后很可能会使人性扭曲，让执行者忘记了高尚的目的本身，反而会陶醉在不择手段所带来的一个个胜利中，最后迷失自己。权力对人的诱惑，环境对人的同化，对于意志不够坚定的人来说，是很容易迷失自己的。就算是石越，现在也慢慢变得理所当然地接受别人对自己的尊敬，有时候也会很想用"最简单的手段"打击不合自己心意的人。

石越一直到此时，依然自觉还有一份高尚，其实这种高尚，站在另一个立场不过是对千载流芳、万世景仰的绝世功业的追求罢了。实际上如果是自觉选择研究历史的人，一百个中没有一个能逃出对后世之令名的追求。

"石卿，卿意如何？"赵顼略显嘶哑的声音打断了石越的思绪。

"陛下，俗语有云：小心驶得万年船。方田均税法的利弊，不实行很难体现出来，不如就先在福建路、江南西路试行。"石越此言一出，朝堂当中立即有许多人暗骂他"小狐狸"。江南西路是王安石的老家，福建路是吕惠卿的老家，支持新法的人多半也是这两路出身的官员。你们不是要方田均税吗？先拿你们的老巢开刀。

冯京和吴充意味深长地对望了一眼，眼中微微流露出一丝笑意。

这个方案，吕惠卿岂能接受？若是全国一体实行，他吕家的事情就可以神不知鬼不觉地摆平，一句话下去，哪个县令敢得罪自己？但是如果单单在这两路实行，到时候全国官员、御史谏官甚至过路官员，只怕都会把目光牢牢盯着这两路，吕家强买巧夺来的数千顷良田、庄园，岂不是要暴露在光天化日之下？就在一个月前，自己的弟弟吕升卿还让家里买了几百顷良田。

不止吕惠卿一人如此，王安石自己清廉，可是他的亲属未必就干净。曾布的妻弟魏泰，在县里为非作歹，这些吕惠卿知道得一清二楚。新党如此，旧党亦不干净，只不过这两路旧党较少罢了，所以他们更会盯死。若是新党真的厘清田地，只怕两路田地厘清之日，就是新党身败名裂之时。

石越之前说先厘清官员及戚属之家的土地，吕惠卿心里也知道的确说到关键上了，就算是王安石，也是知道这件事执行起来有多大的阻力。

念及种种，吕惠卿义无反顾地站出来，朗声说道："陛下，臣以为石越所言不妥。"

"吕侍讲，却不知下官所言有何不妥？难不成福建路有何问题？"石越语带讥刺地问道。

吕惠卿冷笑道："恰恰相反，福建路问题不大，黄河以北诸路问题却大得很，所以吕某才说不妥！"

石越略带讽刺地笑道："吕侍讲高见，想必有所依据，下官愿闻其详。"

吕惠卿脸上闪过一丝夹杂着讥讽和恼怒的笑容，他毕竟城府过人，立时冷静下来，从容说道："陛下，臣以为，行大事者，当不避艰难。方田均税之法，其要是在防止豪门大户逃脱税役，使地多的人多纳税，地少的人少纳税，让穷苦小民得以休息。石越所说先在福建、江南西路实行，已经大违方田均税法之本意。因为这两路豪强兼并，是天下各路中比较轻的。真正兼并严重，隐瞒不报风行的，是黄河以北诸路直到开封府。"

赵顼点了点头，这一点他从石越的口中已经知道。

石越见皇帝点头，心知不妙，当下朗声问道："治国如治病，病情严重之处，猛然下药，只怕会医死病人。现在从情况稍好的诸路试行，积累经验，岂不强过骤然在黄河以北推行？"

吕惠卿干笑几声，诘问道："石秘阁此言差矣。所谓头痛医头，脚痛医脚。现在黄河以外兼并逃税严重，而方田均税法本是对症之药，岂有不在此处实施，反而去千里之外的福建、江南西路积累经验之理？各地情况不同，江南的经验又如何可以搬到河北来？"

这番话说得赵顼频频点头，冯京等人暗呼不妙。须知吕惠卿舌辩之能，朝廷之上，只怕无人能及，司马光、苏轼都吃过苦头的。这一节冯京等人想到了，石越也想到了。他知道这样辩论下去，只怕要被吕惠卿说得哑口无言，念头一转，改变策略，向吕惠卿问道："吕侍讲既然如此说，那么不知吕侍讲以为天下兼并隐瞒最重的地方是哪里？开封？河北？永兴军？"

吕惠卿占到上风，心中得意，见石越发问，不急细想，脱口说道："开封、河南最厉害，其次是河北。"这本是新党的共识，公开的秘密，但是共识归共识，公然说出来就是另一回事。朝堂之中，果然如石越所料，顿时一片哗然。石越所举三个地方，这垂拱殿中倒有一半以上来自于此。

石越心中冷笑，继续问道："既是开封、河南为甚，那么敢问吕侍讲，开封、河南兼并土地、隐瞒不报的情况，大致若何？"

吕惠卿背上已经发凉，虽然春风得意，不可一世，但是一句话把满朝文武得罪一半，顺便把皇亲勋贵、内侍外戚全部得罪，他心里也不得不掂量掂量了。

"这等事，当问开封府、京西路、京东路的官员。"王雱虽然暗暗幸灾乐祸，但此时却也不能不出来一致对外。

枢密使吴充厉声道："此言差矣，吕惠卿判司农寺，这等事情都不知道，方田均税之法，岂非儿戏？"

吕惠卿悄悄地瞪了石越一眼，心中已是咬牙切齿。不过吕惠卿终不愧是吕惠卿，他揣测皇帝之意，一狠心，便欲将河南河北兼并事实全说出来，干脆做一把名臣。这样一来固然得罪的人不少，但是在新党中的地位和在皇帝心中的印象都会更加改观，得失之际，其实难说，总好过畏畏缩缩，被皇帝和王安石所轻。吕惠卿很明白，他的一切，都是皇帝和王安石给的，归根结底则是皇帝给的。只要能讨好皇帝，得罪天下人都不怕。他主意打定，正欲开口，不料王安石已经高声说道："陛下，河南河北，兼并之事，多是勋贵官员之家，而隐瞒不报之田地，数以千万计。若要厘清田地，按地征税，则河南河北，将是最困难的地方。吕惠卿、石越所说，大抵便是此事。"王安石不怕得罪人，不过见吕惠卿不能果断地表态，心中忍不住有一点失望。王雱见他父亲如此，暗暗气得直跺脚。

赵顼本是聪明之主，加上石越给他点透了许多东西，内中情况，一眼即明，当下下定决心，朗声说道："朕要做励精图治之主，就不能畏事不敢作为。河南河北诸路，不论谁家，田地一律要厘清。丞相与诸臣工勉力而为。方田均税之法，朕意仓促间不可全国推行，先在河南河北陕西诸地试行。"

吴充和冯京对望一眼，暗暗叫苦，正要反对，突然一个内侍急匆匆走到皇帝身边，高声拜贺道："恭喜官家，王贵妃娘娘诞下一个公主！"

其时赵顼生的儿女差不多有四五个，结果四个男婴全部没能活下来，两个女婴也只有向皇后生的延禧公主存活，子嗣来得如此艰难，便是生个公主，也让人高兴了。王安石立即率群臣拜贺，吴充和冯京纵有再多的话，也只能憋在肚子里。

4

石越回到府上，便连忙准备贺礼，让人送进宫去。他知道古往今来，许多名臣就是栽在一些小人手上，因此这些细节之处，一点也不敢怠慢了。

果然赵顼对这个女儿特别看重，破例在她出生第二天就赐封号"淑寿公主"，特意加上一个"寿"字，为的就是这个女儿能够平平安安长大。借着这个喜事，朝廷百官各有赏赐，而石越和吕惠卿竟然同时博到了最大的彩头——皇帝竟然拜石越为翰林学士，而吕惠卿也加天章阁学士。

自有宋以来，升官少有石越这么快的。翰林学士号称"内相"，他这一入学士院，不知道羡煞多少人。人人都以为石越将延续王安石的升迁之路，做到参知政事是早晚的事。这么一来，到石府来道贺的人竟不知道有多少，几乎把门槛都踩烂了。石府门前两棵大树间牵了一根绳子，为的是平时有人来拜访，就把马系在那绳子上。这一两天间，那绳子上都系满了马。他赐邸这边比不得王安石府所在的董太师巷宽敞气派，因此停的马车竟从石府门口排到巷外。石越对这些应酬不胜其烦，一回府就干脆躲在书房里装病，有客人来全由潘照临和司马梦求接待。

其实石越也在暗暗纳闷，他也不知道皇帝到底是什么想法。因为在拜翰林学士的同时，他被免掉了检正三房公事的差遣，改任权同判工部事兼同知军器监事，负责军器监的改革，而吕惠卿则依然顶着知军器监事的名头。皇帝的意思却是让他把精力放到司农寺那边，并且还同时担任了中书的都检正官，以便于他全力协助王安石推行方田均税等新法。因此，石越这个翰林学士，其实不掌内制，不属两制官[23]，并且也不进学士院轮值。实际上，他这属于以翰林学士兼领他职，权同判工部事兼同知军器监事才是他的正经差遣。

石越就是对此有些困惑，不仅是他，连潘照临和司马梦求也一样猜不透皇帝的想法。因为皇帝这样安排，虽然的确有前例可循，但却不免有骇物听。皇帝若只是想加个学士衔以示恩宠，随便加个馆阁学士都是特别之恩了，毕竟石越此前只是直秘阁，连诸阁待制都不是，不必径拜翰林学士这样显赫的官职。除非皇帝是想循王安石的例，让石越先做翰林学士，然后就进中书做参知政事。可是这时机却有点儿不对，而且石越资历也太浅。

不过，不论赵顼究竟是怎么想的，石越不是司马光，对于大步升官，他没有拒绝的理由。而更让他感到有些意外的，是皇帝的这个任命，竟然几乎没有遇到太多的反对。这也让潘照临与司马梦求又惊又喜，因为这个事实，意味着通过几年的经营，石越在朝廷中，已经不知不觉地积累了相当的威望。否则的话，像石越这样一步登天的超授翰林学士，就算是旧党现在很希望石越能够出任更重要的职务以制衡新党，也不可能压得住朝中的反对之声，甚至很可能直接被知制诰封还诏书。

而现在，对于石越拜翰林学士，新旧两党竟然基本上都默默接受了，除了同样越转数阶的权御史中丞蔡确蔡司宪。尽管自己升官的速度比之石越毫不逊色，甚至犹有过之，但蔡确便似盯上了石越一般，毫不在乎地上书表示反对，批评石越升迁过速。不过皇帝并没有理会他，他将蔡确的奏章留中[24]，结果也就不了了之。

又过了几日，道贺的人终于少了一点，石府好不容易清静下来，石越便在花园里和潘照临等人讨论他和苏辙、沈括商议的军器监改革等事，闲谈中随口抱怨了几句

---

[23] 翰林学士带知制诰，专掌制命，即替皇帝拟诏书等，称为内制。以他职带知制诰，则称外制。合称两制官。

[24] 指将臣子上的奏章留置宫禁之中，不交办。

这些天的应酬，不料潘照临却似笑非笑地说道："公子高升，满朝文武没有不来道贺的，就是王安石，也让王雱过来道了贺，可独独缺了三个人。"

司马梦求也笑道："我只知道两个人，还有一人是谁？"

"那个人纯父不知道，倒不足为怪。"潘照临笑着回道，目光却望向石越。

石越心里一动，似这种应酬，若论本心，他心里也很讨厌，但是事情就是这样的，如果大家都这么做了，偏偏有一两个人没做，那么其中的意思就比较明显了。他本是个明白人，听这两人一说，稍一回想，就立刻知道是谁了，便当下摇头不语。陈良却有点儿好奇，忍不住问道："却是哪三个人？"

潘照临有意无意地又看了石越一眼，缓缓道："权御史中丞蔡确、知兵器研究院事陈元凤、白水潭山长桑充国。"

司马梦求不知道陈元凤的底细，因为陈此时官职卑微，又不出名，因此漏算了。但他知道潘照临颇有心计，竟然把这个叫陈元凤的人算了进来，必有缘故，所以便加意留神听下文。石越心里也已经知道定是这三人。蔡确没来，那是不用说的；陈元凤不来，那意思就很明白了——石越现在同知军器监，是他顶头上司，在军器监低头不见抬头见，并且二人还是故交，此时却不出现，石越不用琢磨也能知道怎么回事；但是桑充国也没有来，他心里却不免有几分不舒服。本来不来也没什么，毕竟桑俞楚是最早来贺喜的人，只是军器监案的报道桑充国一直没有向石越解释，两人到现在在心里还有芥蒂，这时候桑充国若来了，什么都可以烟消云散，毕竟桑充国不是别人可比，但是眼下却是连贺也没有。因此潘照临一提到桑充国，花园里就沉默了。石越沉着脸不说话，潘照临似嘲似讽，司马梦求默默无语，陈良紧闭双唇。

石越却不知道，桑充国本来是想来给石越贺喜，然后趁这个机会好好解释一下以前的事情。但是接连的事情却让他把这件事给忙得忘记了——先是殿试在即，白水潭学院为了扩大影响，把学院出身的准进士们聚集起来举办了一次文会；同时因为这些人中了进士后就要出去做官，便还要在殿试前提前给他们举行毕业考试，只有通过毕业考试的，才能发毕业证。这可是白水潭学院第一批毕业证，他说什么也要做得尽善尽美。然后就是石越和唐甘南搞的联合钟表行，涉及许多学生的问题，事关重要，他也要亲自过问。联合钟表行还打算在白水潭学院建一座大型座钟楼，选址、造型，他都要亲自协调……再加上烦琐的校务和《汴京新闻》的馆务，平心而论，桑充国的确是忙得不可开交，但石府后花园的几位是不可能设身处地地体谅他的。众人沉默了一会儿，司马梦求正想说点什么打破这尴尬，便见石安进来禀道："学士，程颢先生来访。"

石越一愣，连忙说道："快请。"整整衣冠，便和潘照临等人前往客厅迎接。

程颢却是先到了客厅，见石越等人出来，忙起身拱手笑道："恭喜子明了，三十岁不到为翰林学士，国朝前无古人，大概也是后无来者。"

石越忙笑道："不敢。"一边再次请程颢入座。

程颢坐定后，端起茶来轻啜一口，笑容满面地说道："程某此次前来，除了给子明贺喜外，还要向子明提一件喜事。"

陈良插嘴道："提一件喜事？"

"正是，我是受桑员外与长卿所托，来给子明说媒的。"程颢笑呵呵地说道。

潘照临和司马梦求顾视一笑，竟一齐笑道："这个媒说得好，官居三品却未成亲，也有点儿说不过去。桑姑娘才貌俱佳，和公子正是天生一对。"他们心里同时认为这是拉拢桑家的好机会。

石越却是立时脸红了，迟疑道："这……"

程颢笑道："我们都不是俗人，难道还要请媒婆？"

"这倒不是……"

"不是就好，难道子明你不愿意吗？"程颢倒是说媒的好手。

"这也不是……"

"既然不是，那么我算是男家的媒人。"石越话未说完，就听有人大声说着，从外面走了进来。众人一齐望去，原来是苏辙。他本来是有事和石越商量，一路闯进来，见大门二门都无人招呼——石安等人正偷偷赖在客厅，想知道自家主人的终身大事结果如何。所以苏辙在门口居然听到这件事情，当下一口抢着要做男家的大媒。

程颢拊掌笑道："子由来得正是时候。"他和弟弟程颐不同，对苏家兄弟并没太多的成见。

石越心里其实还有颇多顾虑和想法，无论是反对还是答应，心里总觉有些地方没有想清楚。不料这两位就这么着强点鸳鸯谱了。众人却以为他答应了，正要道喜，不料便在此时，又闯进来几个人，却是李向安带着两个内侍进来，往正北一站，高声说道："宣翰林学士石越即刻进宫见驾……"

石越如逢大赦，连忙准备好马匹，跟着李向安进宫。

5

"官家真的打算将清河下嫁石越？"向皇后感觉皇帝实在有点儿戏了，仅仅因为柔嘉的几句话，就打这个主意，那柔嘉是出名的淘气鬼，她说的话岂能相信？

"皇后，你听说过本朝有没有妻室的翰林学士吗？朕见到淑寿，给石越写诏书的时候，就想到这件事了。朕都有两个女儿了，石越年纪和朕相差无几，居然没有成婚，这成何体统？朝中的大臣应当给天下百姓做表率的，臣民们都学他那样，那还了得？"赵顼笑道，"何况石越不是朕的宰相，就是朕儿子的宰相。"

"那你也得看清河愿不愿意？十一娘的性子，外柔内刚，她要是不愿意，那也不成。"

"天下还有比石越更好的男子吗？她怎么可能不愿意？嫁过去连婆婆都没有，朕是体惜这个妹子。柔嘉昨天也说了，清河在金明池见过石越。"赵顼觉得皇后未免有点儿杞人忧天了。"何况太皇太后和皇太后也很乐意这门亲事。"

"单是我们乐意还不成，官家问过濮国公的意思了吗？"太皇太后曹氏问道，她心里倒是乐意这门婚事。

赵顼笑道："娘娘[25]多虑了，皇叔怎么会不答应呢？这个不用问了。这种事情夜长梦多，朕虽然是皇帝，可是石越若是答应了别家女儿，清河也不能强嫁过去的。"

"可清河年纪小了一点，本朝按例要十七岁才出嫁的。"向皇后比较细心。

"这倒是。"赵顼和太皇太后、皇太后全愣住了。赵顼念头一转，笑道："不要紧，先定亲。朕和石越约好就是了，反正只等一两年。"

"那不行，传出去会被臣民笑话的。石越虽然好，可清河又不是嫁不出去，何况清河上面，还有七娘、八娘、九娘，都正好到了年纪。官家是皇帝，对弟弟妹妹就得一视同仁。"皇太后高氏可不愿任着自己这个儿子乱来。

"那朕召清河来问问，她若是愿意嫁给石越，还依儿臣的说法。若不愿，朕另找一家大臣的女儿许给石越。七娘、八娘、九娘就算了，石越的性子朕也知道一二，那几位县主，他受不了的。"

不多时，清河郡主便被召来，没想到柔嘉竟然也死皮赖脸地跟了过来，不过众人倒也见惯不怪了。向皇后一把将清河拉到身边，笑着问道："十一娘，官家想让你下嫁石越，你愿是不愿？"

"啊？"赵云萝全没想到这事，竟羞得脸红到脖子根了，哪里还敢说话。

"姐姐定然是愿意了。"柔嘉在旁边笑道。

"胡说。"赵云萝真有点儿生气了。

"那你是不愿意了？"向皇后笑道。

"王丞相家的小娘子似乎很喜欢石越。"清河垂着头低声说道，她不知道此话一出，太皇太后和皇太后立时都变了脸色。赵顼却非常高兴，石越和王安石、吕惠卿，是现在他最倚重也最信任的三个臣子，因为石越和王安石不和，他心里还有几分遗憾。虽然赵顼也看得出守旧的名臣们对石越很欣赏，因此石越在很大程度上可以用来

----

[25]　赵顼对曹太后的称呼。

调和新旧两党之间的关系，但是对于石越和王安石之间那微妙的芥蒂，赵顼心里还是有几分遗憾的。若不是因为先许了自己这个堂妹，他早就要改变主意将王安石的幼女赐婚于石越了。此时他主意打定，对两宫太后的脸色就假装没有看见，笑道："想不到十一娘颇有侠义之风。"

皇太后高氏却不去理赵顼，追问道："十一娘，你如何知道王丞相家二娘子的事情？"

若是平时，赵云萝肯定知道有几分不对劲，但此时她羞得不敢抬头见人，自是不知众人脸色如何，当下一五一十把王昉和自己交游，女扮男装为难石越的事情全说了。

太皇太后和皇太后脸色愈发难看："王安石家竟是这种家教！"

赵顼却笑道："这倒是桩风雅事，朕有主意了。"

6

石越一进宫，赵顼就沉着脸，劈头问道："石卿，三月初一，卿做了何事？"

石越吃了一惊，不知道出了什么事，当下一五一十，将三月初一游金明池的事情大略和皇帝说了一遍。

"钟表？技术学校？"赵顼不料问出这些事情来了，他不置可否地一笑，也没怎么太在意。"卿现在是石学士了，至今尚未婚配，朕以为不太妥当。朕想加清河郡主公主封号，下嫁卿家……"

石越闻听此言，不由好笑，暗道："难不成今日真是我姻缘星动，在家里有说媒的，皇帝召见，还是说媒。"口里却说道："陛下，微臣何德何能，怎么配得上清河郡主？臣不敢奉诏。"

赵顼将脸一沉："那卿如何送琴给清河？琴瑟琴瑟，卿是读书之人，这点道理都不明白吗？"他今日心情很好，故意捉弄石越。

石越暗暗叫苦，忙道："陛下，这是误会，误会！请陛下明察。"

"朕知道得很清楚，还要明察什么？清河有什么配不上你吗？"

"陛下，清河郡主德识兼备，才貌双全，怎么会配不上微臣。是微臣高攀不上罢了。"

"一派胡言，莫非卿心中另有佳人？"赵顼一面说一面在肚子里窃笑，他以为石越定是喜欢王安石的女儿，所以才不愿意配郡主。

"这……"石越略一迟疑，就听赵顼哈哈笑道："那便如卿所愿，朕将王丞相家的小娘子赐婚于卿，如何？"

石越顿时大吃一惊，不由呆了一下，他偷眼看看赵顼，实在猜想不透皇帝怎么会突然生出这样的奇想？只是皇帝一脸的兴致勃勃，显然没留意到自己老大的不情愿。他连见过面的清河都不愿意娶，何况见都没有见过的王安石家的小娘子，更不会想到那就是他已经见过两次的王昉。

"在金明池卿不是与她一道去见过清河的吗？"赵顼自以为得计，笑嘻嘻地取笑石越。

石越脑中电光一闪，这才明白那个王方便是王安石的小女儿，心里暗道："我要娶了她回家，那真是前世修来的，不知道要有多少架吵。"心急之下，连忙澄清道："臣并不知那是王丞相府上的千金，而且王姑娘是跟王家二公子一起出游，和臣毫无关系。"

赵顼却以为他在假撇清，笑着挥挥手，说道："行了，不管你们认不认识。总之朕的翰林学士不能没有成家，清河还是王家娘子，卿必须给朕选一个。"

事既至此，石越也只有暗暗叫苦的份儿，正不知道该如何回绝，忽然记起家里还有个程颢在提亲。虽然至今还未能确定自己对桑梓儿的感情究竟算什么，但两个人在一起的时候还是称得上非常愉快的，一些日子不见，也总会想念，而梓儿眼下虽然年纪还小，自己却可以耐心等她长大，总比娶一个高高在上的郡主回来要好。若娶了清河，每日请安服侍自不必说，还要忍受那个无法无天的柔嘉县主天天来串门。自己是有大抱负的人，这样不知道会有多不方便。而那位王家姑娘就更不用提了，单想想那个性格，就足够令自己心生畏惧，而她的父亲，更是那个自己无时无刻不在算计的王安石……而且，为梓儿提亲的程颢还等在自己家里，想必梓儿也正忐忑不安地在家里等消息，若等到的是自己答应了另外的婚事，那她又情何以堪？他想到此处，再不犹豫，对赵顼说道："陛下，不敢相瞒，臣已有婚姻之约了。"

"啊？"赵顼怔住了。

石越知道皇帝不肯相信，当下细细说道："其实就是今天上午定的，臣不敢欺君，男家的媒人是苏辙，女家的媒人是程颢，说的是桑俞楚之女，桑充国之妹。"这是箭在弦上，不能不发，也再容不得他思前想后，否则遗恨的就不止他一个人了。

"桑充国之妹？桑俞楚？不是个商人吗？"赵顼这次脸真的沉下来了，"不行，桑家是商人之家，如何配得上卿家？今天早上说定的，那就一定还不曾下文定[26]。卿还得在清河和王家娘子之间选。"

"陛下，桑家对臣，实有救济之恩。若说起来，臣在世间并无亲属，桑家倒是臣之亲人一般，臣焉敢嫌弃门户，做此负义之事？"石越开始抬出大道理来了。

....

[26] 古语，代称订婚。

"便是那贫素之家，也要讲个门当户对，何况卿是朝廷大臣。桑家若对卿有恩，自有报答之法，朕可以赐桑家祖上三代官职。若说卿的妻室，还得娶名门望族之女。"赵顼对桑充国的好感有限得很，加上一意想把王安石的女儿嫁给石越，因此竟是竭力反对。

石越却马上笑道："谢陛下恩典。陛下赐桑家祖上三代官职，桑俞楚自然没有市籍[27]了，臣与桑家的婚姻，也不算门不当户不对了。"

赵顼一怔，忍不住哈哈大笑："好你个石越，算计到朕头上来了。朕小气这功名爵赏呢。这么着，此事先不要定下来，等殿试完了之后，国家要赏赐熙河有功将士臣工，两件事一完，再定卿家的婚事。卿回去好好想想，看样子朕要找个好媒人才成了，总之桑家门不当户不对，那绝对不行。"

石越在此之前，是做梦也料想不到自己官居三品，娶个老婆竟会如此麻烦，更料想不到的是皇帝做媒的执拗态度，心里免不得懊恼。其实若平心而论，三女中固然是桑梓儿最亲近，但是清河也罢，王昉也罢，却也未必就不是良配，只不过人的决心一下，难免会对决心以外的选择加以排斥，尤其这两人。他对清河深怀戒意，对王昉又因为王安石的缘故多有偏见，因此竟是越想越觉得不如意。但皇帝又说得坚决，只能满脸郁闷地回到府中。程颢、苏辙等人正在吃茶等候，听石越把面圣的事情一说，不由全都怔住了。

程颢心里对皇帝颇不以为然，只是不便直说，唯有摇头苦笑道："好在要殿试之后，还可慢慢计议，不过子明，你的章程是什么？"

潘照临和司马梦求对望一眼，不待石越回答，抢先说道："程先生放心，此事先容咱们慢慢计议，再寻个妥当的法子出来。"

苏辙也道："正是这个主意，仓促间也不可以定计。子明的主意，自然是想和桑家结亲的，否则何必烦恼？"他是忠厚君子，因此没听出潘照临话里含混的推脱之意，还只道他们也是真心想要设法成全此事。

程颢想了一会儿，也无可奈何，只好告辞而去。苏辙自从在置制三司条例司时被吕惠卿向王安石进谗言，被赶出中枢，就一直不太得意。这次因为石越的推荐，同判工部事主持军器监改革，虽然不是再入中枢，却也是再次被皇帝重视了，他心里便存着一点感激，对军器监改革事无不尽心尽力，因为蔡卞还未到京，他就日日和唐棣计议。其他工部的郎官，如虞部郎范子渊，是个专门敲顺风锣的家伙，当年便对石越

[27] 商贾的户籍。秦汉时施行"重农抑商"政策，凡在籍的商贾及其子孙，与罪吏、亡命等同样看待，都要服役。汉时又规定凡有市籍的商贾不得坐车和穿丝绸衣服，其子孙不得做官。隋唐以后，对商贾的政策与秦汉时有所不同，但仍沿用"市籍"这一名称。

百般奉承，这时也不免跟着苏辙摇旗呐喊。苏辙这次来，本是和石越有事商量，这时见不是时候，也就随着程颢告辞而去。

二人一走，潘照临就问道："公子却是何主意？"

石越摇头苦笑，还未说话，司马梦求已笑道："其实撇开王家女不论，若娶的是清河郡主，将来必得一贤内助。"说着，便意味深长地看着石越，显然剩下的话，他不便直说出来——娶了清河郡主，石越便等于与濮王一系建立了最亲密的关系。皇帝对濮国公赵宗朴的礼敬与信任自不必说，清河更是自幼曾养于宫中，极得两宫太后、皇后的宠爱，若石越能得她为妻，日后宫里任何风吹草动只怕都能提前知道。

潘照临心里也是这个想法，对王安石之女，作为把一切放到天秤上来衡量的他，是毫不感冒的。但是清河郡主却是一个比桑梓儿更为诱惑的存在。在他看来，娶了清河郡主，石越的地位就更加巩固了，而又因为清河不是公主，石越还要少了很多顾忌。此时见司马梦求先说出来，便立即点头表示同意。

陈良见这二位碰到任何事情都不忘把政治利益的考量放在首位，心里未免有点儿不舒服。对潘照临倒还罢了，但是司马梦求与他算是交情深厚的，以前一直觉得此人颇具正义感，不料自从投奔石越之后，竟然变成了一个自己几乎都不认识的人。司马梦求和潘照临的言外之意他如何听不出来，此时忍不住略带讥讽地说道："早'知道要娶清河郡主，倒不必急着把阿旺买回来了，到时当成嫁妆一并过来，岂不省很多？"

他这番牢骚自是对司马梦求发的，石越却是心有戚戚焉，忍不住拍了拍陈良的肩膀，以示赞同。石越是打心眼里反对把自己的婚姻政治化的，对于他而言，他内心还是希望有一个自己真正爱的人成为自己的妻子，两个人能够始终彼此信任、彼此理解，只是这样的愿望，实在难以实现。在这个时代，他既没有时间也没有条件谈恋爱，但退而求其次，他觉得起码他与自己的妻子，还是要能够彼此了解，彼此喜欢的。但就是这么点要求，竟然也是难以做到。

他其实不是不知道很多事情并不以他的意念为转移，但那种彻底将个人生活牺牲掉取得的政治上的成功，并不是他所追求的。虽然到了他这个身份，想要一场完全与政治无关的婚姻也有点儿自欺欺人，但这超出底线的一步，他也无法再退让，竟忍不住冷笑道："清河的确不错，而且若娶了清河，还有另外的一个附赠品过来，嘿嘿……"

"附赠品？"司马梦求一怔，又是个新名词。不过他也听出陈良和石越的讽刺之意，忍不住摇了摇头，把目光转向潘照临。

潘照临却是听明白了石越的言外之意，那附赠品指的自是柔嘉，不禁苦笑了一下。石越自然不会喜欢柔嘉那样的性情，但从政治上来考虑，柔嘉同样是一位幼时被养于宫中，深得两宫欢心的县主，据说皇帝更是尤其喜爱这个小妹子，这才放纵得她无法无天。她父亲邺国公赵宗汉是濮王幼子，虽然上面还有许多个哥哥，但了然赵宋皇室的人都知道，赵宗汉是英宗赵曙同母幼弟，幼时一直受到英宗的抚育教导，英宗与他几乎是亦兄亦父的，所以他的地位即使是在濮王一系之中也很特殊，当今皇帝更是自幼便与这位小叔叔过往亲密，若能通过柔嘉与他交好，肯定也会大有助益。只是柔嘉那脾气，确实让人头大，今后若是有她在，想要这么安静地商量事情，只怕难如登天。不过瑕不掩瑜，潘照临依然觉得能娶清河真是上上之选。

"虽说这柔嘉县主是难缠了些，但夫妻间闺阁的事，也不是她能时时插足的。而且宗室女十七岁出阁，女儿家嫁人后脾性总会改改，听说邺国公最钟爱这个女儿，嗯，一定……"

他的话还没有说完，石越的脸色已经是越变越难看了。眼看着潘照临竟又开始接着算计通过柔嘉结交邺国公赵宗汉的好处来，他再也忍耐不住，道："无论如何，我不想天天见到柔嘉县主，你没听说王驸马一听到她的名字就摇头叹息吗？"他所说的王驸马就是王诜，蜀国公主的夫君，这位驸马天性风流不羁，偏偏蜀国公主又是历朝历代公主中最贤惠的一位，竟将这位风流夫君的出格之事一一容忍。倒是柔嘉年纪虽小，却大为不忿，三天两头地找上门去将这位驸马捉弄一次，以至王诜有一次向苏轼大倒苦水，连说了三遍"不堪忍受！不堪忍受！不堪忍受！"

潘照临还想再说，司马梦求却是看出石越脸色不对，便先问了一句："学士的心意，难道竟是心属桑姑娘？"

石越被他一口道破心意，不禁有些脸红，嗫嚅道："若在这两人中选，我情愿娶梓儿。"

潘照临看了他几眼，终于不再坚持己见，果断地决定改变观点："呃，纯父，和桑家联姻，也是不错的选择……既然桑姑娘和公子情投意合的话。可是桑家的门户的确是个问题……"

但石越听到他改口，却已经满面笑容地恭维道："以潜光兄之智，必不难解决这个问题！"

7

桑梓儿其实早就知道哥哥要给自己去提亲了。

因为报道军器监案和父亲桑俞楚闹别扭的桑充国，罕见地和父亲商量了半天，桑俞楚当然不会反对。大户人家的仆人偷听主人的墙角，说主人的闲话，这种事情古今中外概莫能免，据说连中书门下省外面都有小吏偷听，以致机密泄露，何况桑家。

所以，自然很快就有丫头来给梓儿道喜。但是，梓儿却一直都没有听到确切的音信，对于未知的忧虑煎熬着她，可她还得努力掩饰着。

终于有一天，她无意中听到桑充国满脸不服气地告诉桑俞楚，皇帝居然干涉石越的婚事……

在那一刻，她的心里实在是很绝望的。没有人会知道，她有多想跟那个石大哥在一起。就算石越自己都不会知道，她曾经多少次偷偷地望着他的身影，然后在静寂无人的夜晚，慢慢地回味他的一言一行。她的心里，总是会不由自主地记挂着他说过的话，很多时候，她都觉得自己离石大哥是很近很近的，近得看得到他的神采飞扬，近得看得到他难言的焦虑与复杂的心事，于是，就很想做那个跟他分担这一切的人。这样的心思，她不能跟哥哥说，也不能跟母亲说，只是自己默默地想，一想起来就脸红。她悄悄地做着努力和准备，她更加用心地学习大家闺秀应该具备的一切，她仔细地阅读石越写的每一篇文章，每天都看《汴京新闻》，甚至她还会认真地听哥哥谈论朝廷中的种种事，然后牢牢记在心里。虽然她对此从不感兴趣，但她还是努力去做了这一切，因为她知道这一切都是石大哥所关注的，那么自然而然的，也就是她所关注的。她觉得自己所要做的，就是努力提高自己，让自己可以离石大哥更近一些。

所以当她知道哥哥去给自己提亲的时候，心里十分高兴，以为心底那个最隐秘最期待的愿望就要成真了，却不料，听到了这样的消息。对于皇帝，她竟生出一种莫名的嗔怪，他身为天子，怎么连这样的事都要管呢？而更让她感到悲哀无助的，是她仿佛这才第一次真正认识清楚自己的身份。一个是金枝玉叶的郡主，一个是丞相家的千金，她们中任何一个的身份都不是她这样一个商人之女可以望其项背的。

唯一让她还留存着一丝隐约希望的，是石越并没有答应郡主与王丞相家的千金，她不知道这究竟意味着什么，却只能以此来安慰自己。而那个决定着她幸福的人，那个本来常常都来看她的人，却在这个她最想见他的时候突然消失不见了，让她更是摸不着头脑，整日里患得患失。

丫鬟们都知道她的心事，却没办法开解。她不知道殿试在即，身为考官之一的石越的确很忙，何况他还要和苏辙忙着军器监改革。这种事情纸面上说来容易，可是做起来千头万绪，事务烦琐。加上石越也有点儿不太好意思见她，自然是消失得无影无踪。

这日梓儿铺了画纸，一面发呆一面磨墨，却见一个丫头慌慌张张地闯进来，气喘吁吁地说道："姑娘，石学士送了个夷人女婢给你。"

"啊？石大哥来了吗？"梓儿眼睛一亮。

"石学士没来，是他送了个夷人女婢过来。"

"哦……"桑梓儿没听见似的，继续磨墨。

几个丫头面面相觑，哭笑不得，一起看着桑梓儿毫无意义地浪费着从黄山张处厚那里买来的上等好墨。

"奴婢阿旺，见过桑姑娘。"不多时，操着并不太流利的汉语的阿旺，被丫鬟领着，来到了桑梓儿的闺房。

对于这个桑家小娘子，她充满好奇。那日跟随清河郡主回去后，就听柔嘉和清河、王昉说了许多石越的故事。虽然从王家小娘子嘴里说出来，多有不屑之意，便连白水潭学院也说成了多半是桑充国的功劳……但听清河的语气，她也知道石越不是寻常之辈。然后不几天，她就被石越用几件稀世之珍换了过去。在石府待了几天，才发现石府是她平生见过的最穷的府邸。显然石越不是没钱，只不过没等她品味清楚，和石越也不过早晚见过几面，略略说过一些家乡"传说"中的风土人情，她这个可能是有史以来身价最高的奴婢，又被送到了桑府。

石越花大价钱买了自己，便是为了送给一个小女孩，她自然会对这个女子产生好奇。阿旺请过安后，好久没有听到回应，只好自己抬起头，却见几个丫头在对自己挤眉弄眼。一个穿着淡绿丝袍、一头乌黑的秀发随意披洒在肩上的女孩，正趴在好大一张书桌上无精打采地磨墨，显然此人便是自己的新主人，桑家的小娘子了。

阿旺迷惑得不知道要做什么才好。一个丫鬟走到她面前，对她轻声地说了几句，她这才知道这位桑姑娘此时心情欠佳，多半是没有听见她说话。她也不敢介意，便自顾自地打量着房间的布置，却也颇见素雅。目光所及，墙上挂着一幅画，从背影看依稀便是石越。心思一转，立即想起在石府听到有关提亲的点滴，她心领神会，马上知道这位桑姑娘为什么事这么郁郁不乐了。

此时正好有丫鬟搬着她的行李从院中经过，阿旺便招手拦住，轻轻走出去，从行李中取出一把半梨形，短颈，附五弦，上端向外弯曲的木制乐器和一根羽管，倚栏而立，在画廊之上弹奏起来。只见素手拨动，悠扬而淳厚的琴声在空气中飘扬。阿旺弹奏的这种乐器，音量变化幅度相当大，时而如怨如诉，时而欢欣喜悦，倒正像极了桑梓儿此刻的心情。

果然梓儿听到琴声，抬起头来，托着腮子听了一会儿，忽然问道："这便是传说中的曲颈琵琶吗？"曲颈琵琶流行于中国南北朝之时，此时早已少有人弹奏，梓儿一眼能叫出名字，若是苏轼在此，必然赞她博学。

阿旺终于听到这个新主人相问，微微一笑，回道："姑娘，这叫乌德。"

"哦？"梓儿听说自己弄错了，不由有几分奇怪，便起身走过去，细细端详。只见这把"乌德"琴面板上有镂花音孔，且用芦荟木制成，果然不是书上记载的曲颈琵琶。这二人都不知道，其实中国南北朝的曲颈琵琶正是这种阿拉伯乐器乌德的中国变种，它的欧洲变种就是所谓的诗琴。

乌德琴在阿拉伯号称"乐器之王"，在古典吉他流行之前，它的欧洲变种曾经风靡整个文艺复兴时期，而乌德琴直到千年之后，也是阿拉伯地区的重要乐器。这种乐器无论音色音拍，都与中国传统的音乐大异其趣，因此桑梓儿对它好奇也不奇怪。当下两个女孩子一边比画一边弹琴，梓儿也把那些烦心事抛到了九霄云外。

这时候梓儿才意识到阿旺是石越送来的，便免不了问起情由，阿旺便把前因后果说了。梓儿听到阿旺竟做过清河郡主的琴师，也见过王丞相家的小娘子，免不了又要勾起心事，忍不住便细细地询问起这两位姑娘的点滴，从容貌打扮到性情言谈，样样好奇。阿旺本不过是一个女奴，辗转被卖，各种各样的主子见得多了，也从未见过如梓儿这般毫无心机，待人诚挚的主人。投桃报李，她知道梓儿的心事，便免不了有意无意地开解，暗示她在石越府上住过几日，知道石越对她颇有情意。实则她根本不知道这码事，不过既然她刚刚在石府待过几天，说出来的话自然颇有权威，倒引得桑梓儿心里十分高兴，二人竟是说不出来的投缘。

梓儿听说阿旺也曾读书识字，便拉着她去看自家的藏书。桑家本是富豪之家，而且还是大宋最大的印书坊的业主，加上石越曾做过直秘阁，而桑充国又是大宋第一大学院的山长，她家的藏书之多，自不是寻常人家能比。桑家在后花园中专门修了一座三层的藏书楼，因为在楼前有一座亭子，亭中放了一把铁琴，大才子晏几道题写的楼名便叫"铁琴楼"。

阿旺虽然出入王府豪门，对钟鸣鼎食之家的排场也算是习以为常，可毕竟身份卑贱，又是女子，哪里有机会见识人家的藏书楼？此时见到铁琴楼的规模，真是吃了一惊，叹道："世间竟有如此多的书吗？"

梓儿长得这么大，平时没什么闺中朋友，似父亲桑俞楚交往的朋友家的姑娘，能识几个字的便已不多，说到喜欢读书且有几分见识的，那是一个也没有。至于丹青音律，更是无人懂得欣赏。号称贤淑的，不过会针线女红，一般的便只会颐指气使，喜欢听听戏看看热闹罢了。因此见到似阿旺这么妙通音律，且又颇解人意，她便迫不及待地想看看阿旺在读书方面的见识了。

她拉着阿旺，径直上了二楼，走到一个房门前，只见门上刻了一个大大的"乐"字，她伸手推开，和阿旺一齐走了进去。

阿旺进门第一眼，便看到两个书架上堆满了书卷，她忍不住走近前去，拾起一本翻开一看，原来是一本琴谱，放下来拿起另一本，却是一部词集，这才明白这个屋里放的全是与音乐有关的书籍。

"阿旺，你来看，这是陇西公的《念家山》曲谱，当时号称'未及两月，传满江南'的名曲……"梓儿自然是捡最好的东西来说。陇西公便是南唐后主李煜，"陇西公"是他降宋后的爵位，《念家山》乃是他在南唐时所写词曲，百年之前，曾经非常流行。

没想到，却听到阿旺一声惊呼："《音乐之精华》[28]！《论音乐》[29]！"

桑梓儿奇怪地向阿旺望去，只见她手里拿着两本书，封皮上写着弯弯曲曲的文字。她这才意识到阿旺原来是个夷人，因好奇地问道："阿旺，这是你们夷人的书吗？"

她心下也有点儿奇怪家里为何会有夷人的书，却不知道这本书本是和大食胡人有过交往的白水潭学院学生袁景文送给桑充国的。袁景文粗通阿拉伯语，却是只会说不认字，勉强知道题目的意思是什么，便送给桑充国，桑充国更是不知所云，随手便丢到藏书楼中。此时却被阿旺找到，自然相当吃惊。在异国他乡，看到用自己家乡的文字写的东西，那种感觉可以让人窒息。阿旺紧紧抱着手中的书册，泪已盈眶。

梓儿忙轻声安慰道："阿旺，别伤心了。先坐会儿。"

阿旺倚着室中一张椅子坐下，轻声说道："奴婢本是黑衣大食[30]人，这两部书中，《音乐之精华》本是我族四五十年前一位贤者所著，这部《论音乐》据扉页上所介绍，其实不是我族人所写，而是很早以前的庚那[31]人欧几里得所著，在一两百年前，这本书被译成我族文字出版。奴婢见此家乡之物，不免触景生情。"

阿旺虽然幼小被卖，却也因此受过良好的教育，对于阿拉伯历史也能略知一二。她口中所说的《论音乐》被译成阿拉伯文一事，便是世界历史上著名的"百年翻译运动"，阿拉伯人用了超过一百年的时间，把古希腊作品转译成阿拉伯文字，这件事对欧洲影响至深。

梓儿这时听阿旺叙说，心中其实不知所云。当时中国人对西域以西完全没有清晰的概念。石越的《地理初步》也不曾叙及当时各国的状况，不过是略言其要。因此在桑梓儿这样的宋人心中，所谓的大食夷人，只怕和契丹人、党项人并无多大分别，反正不是汉人便是了。不过她天性善良，为了安慰阿旺，便指着《论音乐》，说道："阿旺，你翻译几页这本书给我听吧？"

阿旺微微点头，翻开书页。一边翻看一边轻声用汉语读出，不料欧几里得的

----

[28]　《音乐之精华》，即《音乐的精华》，为阿拉伯著名音乐论文，里面有一部分是专门论述各种音乐曲调和艺术风格的，被后人认为是最集中、最深刻地总结和阐述了当时音乐精华的一篇音乐研究论文。作者伊本·西纳，又名阿维森纳（980—1037）。伊本·西纳从外国引入了很多利于改革阿拉伯音乐曲调的新论点，他按照新观点试作了大批乐曲，推动了阿拉伯音乐的发展。

[29]　此书今已失传。

[30]　黑衣大食即阿跋斯哈里发王朝。

[31]　古波斯称希腊为 Yunan，佛经中译为"庚那"。

《论音乐》竟和数学也关系密切，虽已译成阿拉伯文，可真要转译成汉语，对阿旺来说还是十分困难的，她拗口晦涩地译着，梓儿不知其味地听着，竟然慢慢趴在她身上睡着了。

8

数日之后。

赵顼一面浏览手中的卷子，一面对吕惠卿笑道："吕卿，这个佘中，几篇策论做得花团锦簇，倒真是个状元之才。"赵顼抱着一股年轻的锐气想要励精图治，对于人才的选择颇为留意。

吕惠卿听皇帝提到佘中，眼角不由一跳，幸好冯京、石越等人不在，否则的话，冯京和石越不趁机落井下石才叫怪事。他心里转了几个念头，试探着说道："佘中是白水潭学院有名的才子，桑充国的高足。"

"桑充国……"笑容突然僵在了赵顼的脸上。

这个年轻的皇帝对桑充国虽然恶感已经消除不少，但是说好感却远远谈不上。虽然迫于石越的请求钦赐他为白水潭学院的山长，却始终不肯赐一个功名给他。而桑充国虽然名满天下，但是朝中大臣也没有人愿意推荐他。这件事固然是政治现实使然，但还是显得相当吊诡。对于赵顼来说，这次他反对石越和桑梓儿的婚姻，也未必全然是因为他希望石越和王安石联姻。

吕惠卿察言观色，知道"桑充国"这三个字让皇帝听起来心里不舒服。便趁势说道："此次白水潭学院考中的进士有一百多名，五十名院贡生竟然考中四十二名，若说培育人才，白水潭学院的确是天下无出其右。"

已经做到内西头供奉官的李向安偷偷瞄了吕惠卿一眼，且不说他和石越交好，入内内侍省自李宪以下能说上几句话的那十来个宦官，哪个没有收过桑俞楚的礼物？吕惠卿这句话，明里是夸白水潭，实际上还是想把皇帝向"朋党"两个字引。李向安心里雪亮，不由得暗骂吕惠卿阴险狠毒。

吕惠卿见皇帝沉吟不语，又继续说道："陛下，臣以为这件事情，有喜有忧……"

赵顼眉头一皱，摇了摇手，说道："卿过虑了。桑充国一介书生，能有多少作为？白水潭多出人才，是国家之幸事。"

"陛下不见宣德门叩阙之事？书生未必不能没有作为。"吕惠卿这是存心把桑充国往灭门的方向引，他心知真要捣了白水潭学院，石越便不足为惧。

不料赵顼脸一沉，厉声说道："肯在宣德门前叩阙，说到底还是忠臣所为。依朕看来，白水潭的学生见事明白，颇有才俊之士，此是国家之幸事。朝廷若老是怀疑他们，以后如何劝天下人读书？那只会让士子寒心。"

优待读书人，那是宋室的祖训，加上赵顼自知若在这件事上松一点口风，朝堂之上，只怕不知道要乱成什么样子，石越也难以善处。总算他这件事还算果断，打消了吕惠卿的想头。一边的李向安也暗暗松了口气。

吕惠卿见皇帝作色，心里叹了口气，装模作样地叩头谢罪。他认为这完全是因为皇帝对石越的宠信一时间无法动摇。吕惠卿并没有想到，京师的官员在白水潭做兼职做教授的有一百多人，而且个个都是名流。因此白水潭就算没有石越，皇帝也不会轻易去动。

赵顼见吕惠卿谢罪，便把语气缓和下来，道："吕卿须知朝廷要励精图治，便要天下读书人齐心协力，这一层见识，你比不上石越，朕决定就让余中做今科状元，并且要好好奖励白水潭学院。"

吕惠卿万万料不到偷鸡不成蚀把米，他心里悻悻，脸上却是一副认为皇帝无比英明的样子，高声说道："陛下圣明。"

赵顼笑着点点头，又道："说到石越，倒让朕想起一桩事来。朕想把王丞相家小娘子赐婚给石越，石越却说苏辙、程颢为媒，先说了桑充国的妹妹。这本鸳鸯谱竟是还没有写好。"

吕惠卿大吃一惊。他自知石越如果和王安石和好，以后还有自己的立足之地吗？好不容易稳定情绪下来，吕惠卿在心里寻思了一会儿，不禁哑然失笑，暗道："我这却是杞人忧天了。石越和王安石，到了今天这个地步，岂是一桩婚姻可以和好的？他们双方谁又肯让步？王安石和吴充还是亲家呢……况且一门两相，是本朝的忌讳，只要王安石在位，石越身为他的女婿，找几个御史闹起来，只怕他连个正式的职务都不能再担任。而且石越若真成为王安石的女婿，那就得拒绝桑充国的妹妹，正好离间二人关系。旧党一向欣赏石越，若石越变成王安石的女婿，他们对石越只怕平白便要多了一层疑虑……"

他心思转得极快，主意拿定，便笑道："臣以为王家小娘子才貌淑德，无一不备，王丞相与石越又都是朝中重臣，二人门当户对，实在是天造地设之合。臣听说桑充国之父是一个商人，而桑充国虽然名满天下，毕竟也没有功名，与石越门户不对，并非石越的佳偶。"

赵顼笑道："卿家所见，正合朕意。奈何石越这个人重情重义，桑家当初对他有收留之恩，他就念念不忘，一直把桑充国当成兄弟看待。现在桑家提婚在先，只怕很难说服他改变主意。朕的意思便是想让卿给朕推荐一个好的媒人。"

"媒人？"吕惠卿怔住了，想了好一会儿才说道，"陛下，王丞相同意了吗？丞相的脾气……"

"朕已经提过了，以石越这样的佳婿，王丞相自然不会反对。"赵顼说话全然不顾事实。其实王安石也相当矛盾，站在父亲的角度，他当然希望自己的爱女有一个好的归宿，石越前途无量，堪称本朝现在第一金龟婿，他也提不出反对的理由来，而且他心里也未必不希望石越能成为自己的一个臂助。但是另一方面，从政治现实来说，如果石越和自己一直是政敌，那么嫁到吴充家的大女儿就是前车之鉴，那样子完全是害了自己的女儿。这样的情况，王安石怎么可能不犹豫？不料皇帝竟然一厢情愿地认为王安石那一点点迟疑完全可以忽略不计。

吕惠卿并不知道这些情况，想了半天，终于说道："有两个人去做媒，或者有用。"

"哦，快快说来。"赵顼有点儿急不可耐了。

"一个是曾布，他和石越交好，而且口才亦不错；一个是苏轼，他去说媒，比他弟弟苏子由要强，就是远了一点。"吕惠卿倒颇有知人之明。

赵顼本是希望吕惠卿毛遂自荐，不过想想终不可能，便笑道："便让曾布去吧。为此事把苏轼调回来，也太过分了，到时御史又有的说了。殿试一完，便让曾布领了这桩差使。"

熙宁六年的殿试，在历经风波之后，最终以白水潭学院的高才生佘中高中状元，皇帝亲赐白水潭学院"英才荟萃"牌坊，另赐白水潭学院良田二十顷，所有教授每人绢三匹这样的欢喜结局结束。可以说这次殿试正式巩固了白水潭学院在宋朝的地位，随着白水潭学院的学生一批批成为大宋的精英，学院对宋朝的影响只会随着时间的推移而加深。

在殿试之后，宋廷也正式公布了对熙河阵亡以及有功将士的褒赏，田烈武因为族父田琼战死被追赠为礼宾使，朝廷录其子侄四名，他也沾光受封为从九品的殿侍、陪戎副卫，成为大宋朝最低一价的武官。虽然官职低微，每个月的工资只有区区四贯，外加每年春冬绢六匹、钱四贯的年终奖，但对田烈武而言，总算朝着自己的目标迈出了可怜的第一步。

然而抛开这些不说，这一年三月春风之中的殿试与奖赏，却似乎都带着一点桃花的色彩。那些头上戴着金花红花的进士们，私下里议论纷纷的，是各种各样关于石越婚事的传言。新科进士们出于种种原因，大部分在内心都倾向于希望石越娶桑充国的妹妹为妻，但也有不少人坚定地认为，皇帝指定的婚姻，对于大宋的前途更有利。

实际上这件事自从传开之后，上到文武百官，下到市民百姓，都对"石学士"的婚姻大事充满了兴趣。官员们各有各的打算，有些人悄悄地揣测皇帝让石越与王家结亲的目的，有些人暗地里评估着这件事情的后果，虽然传说中石越婉拒了这桩婚事，但是大部分都认为石越最终并不会为了一个女子抗拒皇命。

9

碧月轩。

秦观和段子介这两个莫名其妙凑到一起的人一边喝酒，一边听女孩子唱着曲子。这两个人，秦观基本上是个穷人，段子介家里有钱一点，却也不是喜欢乱花钱的人，何况二人身份也低微得很，自然是请不动楚云儿那样的当家姑娘。不过话说回来，没钱的秦观在碧月轩比有钱的段子介更受欢迎。

"漠漠轻寒上小楼，晓阴无奈似穷秋，淡烟流水画屏幽……少游，这是你的大作吧？"段子介一边学着一个歌女的曲子哼唱，一边笑着对秦观说道。

秦观轻轻斟了一杯酒，端起来在嘴边啜了一口，笑道："段兄见笑了。"

"似少游这样的才气，愚兄自叹不如，假以时日，必成大器。"段子介脖子一扬，自顾自地干了一杯，这几日看到人家进士及第游街赐宴的风光，他心里更是不好受。

秦观自然知道他的心事，笑道："段兄不必灰心。小弟倒觉得考不上进士，也没甚关系，在白水潭学院做个教书先生，每个月的薪水比七品官要高，还能受人敬重。以段兄的才能，这一点完全不成问题。若一心想建功立业，依小弟看，当今官家锐意进取，颇有光复汉唐故土之志，加上有石学士佐辅，必能成功。段兄文武全才，考个武举，如同探囊取物，到时建功立业，强过一腐儒。若二者皆不愿意，再等三年，亦非大事。"

段子介把杯子一放，长叹了口气，道："少游，你可知横渠书院山长张载张先生的故事？"

"我是东方人，却不曾听过。"

"张先生年轻时喜欢读兵书、练剑术，后来见到范仲淹范文正公，范文正自己文武全才，为国家守边，颇立功劳，却劝说张先生弃武学文，所以张先生才有今日之令名。可见文重于武，不仅仅是朝廷的意见，连范文正那样的人物也是这般看法。"段子介对这些故事知之甚详。

不料秦观冷笑道："小弟不才，也喜欢读兵书。汉人投笔从戎，遂有西域，今人弃武从文，昔日关中腹地，今日竟成边塞，孰是孰非，不是一眼即明吗？因此小弟觉得，这文武之道，不可偏废。"

段子介想不到秦观能说出这番话来，倒是吃了一惊，道："少游见识不凡！"

秦观笑道："这倒称不上见识不凡。不过小弟之所以喜欢石学士府上的那个田烈武，实在就是喜欢他这一点。他可是一心想读兵书，考武举，将来边疆立功的。"

段子介叹道："想不到我的见识还比不上一个捕快。"

"今日之事，段兄可曾看清，朝廷四处用兵，那是因为中国对胡夷低声下气太久了，堂堂上国，怎能一直受这种屈辱。石学士让义学的孩子学弓箭、马术，又是为何？技艺大赛，又是为何？段兄在白水潭学院待了这么久，还看不清这些事情吗？其实我倒是很羡慕段兄文武全才，我若有段兄这样的身手，早就考武进士去了。"秦观娓娓说道。

"或许我真的应当去考武举，在沙场上搏个功名。"段子介被秦观说得怦然心动。

"非止是你，那个和你打架的吴安国，同进士出身的功名都不要了，听说已经让他表哥找人保举他去考武举，想夺武状元哩。"

段子介冷笑一声："是吗？这个状元只怕轮不到他。"他被秦观说得下定决心了。

"段兄有意去考武进士了吗？"秦观故意问道。

段子介笑道："我不是去考武进士，我是去夺武状元。"

"那得去找石学士，请他具保[32]推荐才有资格。"秦观看来果真对武举很有兴趣，竟然把这些事打听得一清二楚。

"那倒不必，在学院里找两个有资格保荐的老师帮忙不是难事。听说石山长要成亲了，这种事情，不好去麻烦他。"段子介笑道。他内心是希望石越娶桑梓儿的，不过无论结果怎么样，他倒并不是很在乎。白水潭学院的学生对于他们的前任山长，大宋现在最有名的钻石王老五终于传出来要结婚的消息，都有长出一口气之感。毕竟以石越的身份，老不结婚，在他的学生们看来也不像个样子。估计等石越正式成亲之后，他们的担心就会全部转移到桑充国身上。

"听说是皇上赐婚，王丞相家的小娘子？"秦观风流人物，对于这种轶闻一向很有兴趣，他没注意说到这个话题时，那个在旁边弹曲子的歌女也不易觉察地竖起了耳朵。

段子介却是第一次听到这个消息，很是惊讶："啊？是王丞相家的小娘子？"

秦观见他全无所知，便详细说道："据说太皇太后也想给石学士赐婚哩！濮国公家的清河郡主！但我还听到有人传说，皇太后认为郡主家尚有长姐未嫁，郡主也不到出阁之龄，所以作罢，但太皇太后还让人传谕濮国公，让他自己找媒人去石府提亲。"

段子介这才知道事情错综复杂，自己竟然毫无听闻，便向秦观详细询问起来。秦观听到无数的流言闲语，此时正好卖弄，笑道："我还听说皇上要将王家小娘子嫁给石学士的心意很坚决，已经指了曾布为媒！"

....

[32]　指签署文书，负责担保。

"啊！"段子介却是对王安石不满的，听说自己敬仰的石山长竟然要娶他的女儿，竟颇有几分不乐意，"那也只有娶王家小娘子了！"

"可这也不一定，我听说石学士府上的教习说，石学士心仪的是桑山长的妹妹，桑家小娘子。他不愿娶郡主，也不愿娶王丞相家的小娘子。"这事秦观其实是听田烈武说的，田烈武因为教唐康、侍剑射箭的缘故，常得以出入石府，竟掌握了不少第一手的消息。"不过，不管是谁，有件事情可以肯定。"

"却是何事？"段子介问道。

秦观笑道："那便是石学士要成亲了，这总错不了。"

段子介抚掌笑道："这果然是错不了的。为了这件事，可以浮一大白[33]。"说着举起酒来和秦观碰杯。

秦观也微笑着举起酒来，以示庆祝。这酒尚未入口，就听到那边厢琵琶的声音"铮"地划过一道破音，显然是弹琴者心神不宁，一不小心跑了调。秦少游是何等人物，音律上一丁点事情都逃不过他的耳朵，何况这么明显的错误。他奇怪地看了那个歌女一眼，问道："莺儿姑娘，可是有心事？"

那个叫莺儿的歌女见秦观相问，连忙敛身道歉，低声说道："奴婢该死，请二位公子恕罪。"

秦观笑道："恕罪无妨，不过总得有个缘故。我和段兄听得在理，自然不会怪你。"

"这……"莺儿迟疑地看了两人一眼，不敢作声。

段子介笑道："莺儿姑娘的琴技，也是碧月轩有名的，今日显然是有心事，有什么事情不妨说出来，说不定我们也能帮到你。"

莺儿叹了口气，回道："只怕这桩心事，二位公子也帮不了。"

秦观和段子介对望一眼，更加好奇。秦观心思灵转，想了一下，半开玩笑半认真地取笑道："难不成我们在说石学士的婚事，姑娘心有所感吗？"

他这句话说得莺儿哑然失笑："奴家哪里敢存那个痴心妄想。二位公子相问，倒也不敢相瞒，奴家这桩心事，是为一个要好的姐妹操的。"

"要好的姐妹？"

莺儿苦笑一声，叹道："本来似我们这样的风尘女子，是应当少一点痴心的。不过我这个姐姐，生来高傲，平素便是王孙公子，也未必愿意多瞧几眼，可真要喜欢上了一个人，也就傻得什么都不顾了。也不去论对方身份高贵，并非平常之人，真真如飞蛾扑火一般，到头来只让我们看得心疼。"

秦观和段子介对望一眼，她这番话虽然没头没脑，但二人却也立时便知道她说

---

[33] 原指罚饮一大杯酒，后指满饮一大杯酒。

的正是楚云儿了。京师无人不知碧月轩的楚云姑娘是石越的红粉知己。石越的婚事传出来，桑梓儿还是小女孩的心思，而且还未必没有希望，家里又是千人哄万人疼，更兼有一个石越送去的阿旺专门陪她开解，挂着的心事终究有限。楚云儿却是明知没有希望，但心中却也没办法不去在乎，愁肠百转，整个人都消瘦了一圈。她平时和碧月轩的女孩子相处极好，在姐妹中人缘很好，因此这些女孩子看到她这个样子，心里也不是滋味。

段子介对歌女们的心思不太了解，虽然他不曾刻意歧视这些女孩子，但是在他心里，根本就没有想过这些歌女们也有自己的爱憎，这也是那时候许多男子最常见的心态，因此听莺儿说来，一来理解不了，二来也没觉得是个事情。

秦观却是心思细腻的人，对女孩子的心事知道得多一点，听到莺儿忍不住在这里打抱不平，他就更能够想得到楚云儿的苦楚了，因此不由有点儿尴尬。须知方才他还在这里和段子介举酒庆祝，哪里又知道几家欢乐几家愁，有人却要为此事痛不欲生。当下也只能勉强挤出一丝笑容，道："这等事情，皆是命里定数，也没有办法强求。姑娘回头好好安慰一下你那位姐姐吧。"

莺儿听他这么说，又敛身一礼，柔声道："多谢公子关心。"回到座位上，重新调了一下琴弦，起了个调，娇声唱道："……春风十里柔情，怎奈何、欢娱渐随流水。素弦声断，翠绡香减，那堪片片飞花弄晚。蒙蒙残雨笼晴，正销凝，黄鹂又啼数声……"

这本是秦观一首新词，当时写来，秦观本来也没什么感情，然而此时此刻，见那位莺儿姑娘柳眉微锁，眼中晶莹，却又是另一种感觉了。

10

有人为不能嫁给石越而伤心，有人为石越要结婚了而举杯，也有更多的人为此交头接耳，议论纷纷。但谁也不曾想过，这件事在王家引起了轩然大波。

不同于王安石的犹豫，王雱对这桩婚事却是强烈地反对。而王旁以及两位叔父王安礼、王安国，却是表示支持。可悲的是，王昉虽然受到宠爱，但在这种场合，却几乎没有她说话的份儿——尽管这涉及她的终身幸福。而王夫人则是一个标准的家庭主妇，她完全支持丈夫的决定，不愿意在这些事情上让夫君为难。

王旁因为在家里受的宠爱远不如哥哥王雱，而自己才学也不及王雱，所以一向不敢顶撞王雱，只能默默地听王雱厉声质问着王安石："父亲，这种事情，如何做得？你想让妹妹重蹈姐姐的覆辙吗？"

王安石沉吟不语，用手指不断地敲击桌面，显然心里犹豫得厉害。没有一个父亲不希望自己的女儿幸福，特别王安石这样非常护犊的人。

王旁小心翼翼地轻声说道："大哥，石越真有那么差吗？"

王雱冷笑道："你以为他有多好？我知道你们都是贪图他以后的前途无量，妹子有个好依靠。可你们想过没有？石越现在就推三阻四，显得很不乐意，妹子过去，能有好日子过吗？再说石越对新法是何态度，父亲难道你看不见吗？你让妹子过去何以自处？"

王旁嗫嚅道："这是皇上钦赐婚事，要推辞也难。况且依我看，妹子和石越才学相当，门当户对，如果两家联姻，石越能够帮助父亲，齐心协力，也是一桩美事。"

"原来你们打的这个主意？"王雱勃然大怒，"咳……咳……"他一时气急攻心，连忙用手绢捂住嘴巴，停了好一会儿，待气息平静才继续说道，"我看你们打错主意了，吴充不曾改变主意，石越如何能改变主意？父亲决意变法，便肯定会招到天下人的责难，只有坚持下去，等到云开雾散，事成功竟，才会得到理解。怎可如此天真？"

"依我看，父亲和石越的分歧没有想象的那么大。我读过石越的书，父亲说要法先王之意，不能拘泥于先王之形，如此才要变法图强，石越实际也是如此说的。只不过提法不同，父亲说是'新法''变法'，石越说是'复兴''法古'，表面上不同，实际上说的是一回事。父亲说，只要增加民财，那么不增赋而财用足是可以的，石越在给皇上的奏章中也说过类似的话。父亲说，言利只要便民，便合乎仁者之义，这一点石越也是大加鼓吹的，他说孔子的'仁'的核心，便是爱民利民……况且对于新法，石越也不见得就是一味地反对、要求罢废，而只是要改良。石越和那些旧党并不相同。"王旁说完之后，脸上微红，长出一口气。显然这是憋在心中好久而一直不敢说出来的话。

王安石和王雱惊讶地看着王旁，显然没有想到他能有这般有条理地分析事情的能力，而且一字一句，都未尝没有道理。

王雱皱了皱眉头，语气温和几分，叹道："你说的话虽然未必没有道理，但是有些事情，你还是不懂。现在父亲与旧党，都是箭在弦上，不能不发。我们若退步，最后的结果便是前功尽弃。石越就算和旧党不同，但是冯京在朝，司马光在野，是旧党的两面旗帜，石越与冯京、司马光、韩琦遥相呼应，掣肘新法，他也不可能退步了。他如果退步，那是拿自己的功名前程开玩笑。人心如此，你懂得太少了。"

在王雱心中，虽然同意石越和旧党确有不同之处，但是他却从未想过反省新法的缺点。他的态度，还是希望石越能够"反省"，投到他们这边来。如果不能，就觉得没有可能妥协。王雱如此，王安石又何尝不是如此？他们坚信变法是不能退步的，退步便会导致前功尽弃。

王旁对于政治斗争懂得的确比较少，他怯怯地问道："为何不试一下呢？依石越的为人，我觉得妹子嫁过去，绝不会受什么委屈。何况石家也没有公婆，没有许多亲戚。妹子嫁给石越，就是有了一丝机会吧？若有石越相助，对于新法而言，不是要好得多吗？"

王安石沉默不语，王雱却又气又急，厉声喝道："你到底是不是被鬼迷了心窍，告诉你那根本不可能！最后不过是妹子白白受苦，误了妹子的终身。更何况如果石越拒婚，我们王家颜面何在？父亲，这桩婚事，你万万不可以答应。"

11

王安石与王雱并不知道，在他们还在为这件事情困扰的时候，钦命说婚的三司使曾布已经领了旨意，跨出东华门，预备去石府正式提亲。

对于自己接到的这桩差使，曾布倒没有什么不满。这个世界上真心希望石越成为王安石女婿的人当中，曾布无论如何要算一个，更何况这是皇帝钦命的差使。

自从传来消息说石越婉拒了濮国公的媒人，而程颢也没有再去过石府之后，朝廷中有一定身份地位的官员虽然态度不同，但是似乎都相信石越成为王安石的女婿只是迟早的事情。有些性急的家伙甚至开始准备贺礼。毕竟无论王安石还是石越，都是当今炙手可热的人物。

曾布坐上刻有自己官衔的马车，对随从挥了挥手，道："走吧。"

"省主[34]，是回府吗？"随从恭恭敬敬地问道。

"去石学士府。"

"是！"

马车夫吆喝了一声，长鞭一挥，载着皇帝提亲使者的马车，向南城驰去。车尘后面，李向安一路小跑出来，看到的却只是曾布车驾的背影，他一面跺脚，一面尖着嗓子喝道："备马，备马！"

一个小内侍连忙牵了马过来，李向安跃身上马，催马追去。

可气的是这位大宋三司使的马车夫不知吃错了什么药，跑得这么快，而李向安比不得他的前辈（现任嘉州防御使李宪），他本不是一个善于骑马的宦官，也不敢跑得太快，兼之汴京的街坊道路，十横九纵，顷刻之间，曾布的马车竟然踪影全无。

"没办法了，这个曾布，害我要骑着马跑到石府。"李向安怨声骂道，只好自认

....

[34] 对三司使的尊称。

命苦，一路颠簸，到石越府前去守株待兔。

石越赐府所在的小巷，现在汴京的百姓一般称为"石学士巷"，做了翰林学士之后，赵顼特别赐了十二门戟的排场——这是很了不得的尊荣。十二把门戟分成两列，一边六把，摆在新建的三间五架门屋正门的两侧，任何人来到此处，都会知道此家主人的身份尊贵，更不用说大门正上方有当今熙宁天子亲笔赐书的"学士府"竖匾。当然，这是仿制品，真品是要供起来的。两边内檐下各挑着两个灯笼，上面用浓墨写着两个大大的"石"字。这几样东西，加上学士府的旁边原本就有的几株参天大树，虽然府邸还是那座府邸，在外表看来，却已经全然不同往日的寒素模样。

石安现在做了石府的大管家，同样也以往天天守门的模样不同，除了他婆娘还要负责全府的伙食之外，他已经不需要亲自做事了。本来自从司马梦求等人入府之后，配置的童仆就相应增加不少。再加上唐康除了一半时间住在白水潭学院外，也有一半时间住在石府，也需要有侍奉的下人。石学士府上，现在连上童仆，一起住了三十多人，虽然和真正的钟鸣鼎食之家比起来还相差甚远，但也开始慢慢气派起来。

对于这种变化，如果是三年之前，石越或者会很不习惯，甚至会很不能接受，但是对于熙宁六年的石越来说，这种事情他甚至懒得过问。来往于王侯卿相之府，对于这样的排场，他并不觉得有什么奢侈的。在石越内心深处，一直认为自己还是相当节俭，依然保持着自己不同于一般宋代官僚的本色。

春风满面的曾布和身着一身白色湖州丝袍的石越分宾主坐下之后，曾布端起手中汝窑出产的茶杯，轻啜一口，这才笑容满脸地说道："子明，你可知我的来意？"

石越心里本就在揣测着曾布的来意，实不知曾布能有什么事这么高兴，这时见他相问，突然脑中灵光一闪，莫不是钢铁冶炼那边有什么好消息？想到这里，石越心里不由有几分紧张与兴奋，建立一个初具规模的钢铁业，是他一直十分在意的事。

曾布是老于宦海之人，别人表情的丝毫变化，他都能立即捕捉到。这时见石越神色，心里暗暗好笑，心道："都说石子明少年老成，但终只不过是个少年人。"对于说成这桩婚事的信心，不由又增了几分。

石越也在打量曾布的神色，见他面带笑容，微微点头，心中不由大喜，脱口问道："子宣兄，莫不是……"

曾布见他如此性急，再也忍耐不住，拊掌笑道："正是子明的大喜事到了！"

"大喜事？"石越与在一边相陪的潘照临相顾愕然。

曾布笑嘻嘻地说道："不错，天子赐婚，子明与王相公家小娘子堪称佳偶天成！我却是来说媒的。"

"啊？"石越大吃一惊，目光不由自主地投向潘照临，二人心中都暗暗叫苦。

曾布见二人如此表情，奇道："子明不知道此事吗？"

石越只得苦笑着又把前因后果说了一遍，又故作慷慨地说道："子宣兄，让我做负恩无义之人，实不可能。可否替我向皇上说几句情？"

曾布本不知道这种种情由，心下不由得十分为难。"子明，此事你和桑家毕竟没有婚姻之约，我知道你志向远大，为了一个女子而抗旨，皇上心里会怎么看你，你可要想清楚。且桑家小娘子固然好，但王姑娘亦是才貌双全，未必不是子明的良配。"

他所说的这些，石越心中早就想过了，且不是没有反复计算过利害得失。公然抗婚，不仅皇帝无法下台阶，而且也是摆明了和王安石划清界限，在政治上绝非一个好选择；而委婉拒绝，眼见皇帝兴高采烈，硬要牵这根红线，说什么他也听不进去的，仅仅用桑家先来提婚这一个理由，也很难具有说服力。想到这里，他忍不住又望了潘照临一眼，潘照临很无辜地回望一眼，也很无奈。

但要让他接受一桩毫无感情的婚姻，他究竟还是做不到的。虽然石越对王昉也没有什么恶感，甚至潜意识里未必没有一点好感，但是仅仅见过两面，而且自己和她的父亲、兄长又处在一个非常微妙的关系之中。想到这里，石越毫不犹豫就在心里否定了这种可能。

但另一方面，石越同样很难理解自己对桑梓儿的感情。到底是不是真的爱桑梓儿，他也不是很清楚。婚姻在很多人眼里，可能是一种无趣的东西，其实不仅仅对于古代的男人如此，石越出生的那个时代的男人，同样只需要一个借口就可以把号称伟大的爱情出卖。人与人之间的区别，也许仅仅便是卖价的高低贵贱不同而已。人类最爱做的事情，就是一边歌颂着某件事物，一边出卖它。只不过相应的，每群人中都有另类，每个人都有自己坚守的东西。对于石越而言，也许称不上什么高尚，但如果他能够确定地知道自己在爱一个女孩子，那背叛就不会是他的选择。所谓的理想在某些人的心目中，未必就一定比很多人认为幼稚的爱情更值得坚守。他很可能宁肯背叛自己的理想，也不愿意背叛自己的爱情。

让石越为难的是，他与桑梓儿之间到底有没有称为"爱情"的东西？他不能肯定。或许有，或许没有，所以选择起来更加艰难。但无论如何，那种大哥哥保护小妹妹的怜爱，肯定是存在的。做一件让梓儿伤心的事情，不管出于什么原因，石越在心里肯定会抱憾。

曾布和潘照临看着紧皱双眉的石越，知道他现在的确是很难拿定主意。这两个人对于感情这种东西都是相当陌生。曾布为了追求功名，曾经把新婚妻子扔在老家几十年不闻不问；而在潘照临心中，只有一个所谓的"抱负"，除此之外别无其他。因此，他们也无法理解石越心中的困扰。

曾布轻轻咳了一声，说道："子明，此事无须如此踌躇不决。若你真的喜欢桑姑娘，纳她为妾，也未尝不可。"

这话不说犹可，石越闻言眉头微皱，心中已是老大不满，但又不便训斥。他其实也有几分执拗的性格，不过和王安石不同。王安石剑拔弩张，从外到内，无一处不是拗脾气；石越则是外表温和谦逊，内里才有一种让人不易觉察的拗劲，否则他也不可能高官厚禄三四年，依然还坚持着一些莫名其妙的道德。须知人一处高位，若缺少制衡，逆亡顺昌的心理就会不由自主地慢慢滋养。多少暴虐妄为之人，并非全是性格天生如此。

曾布却不知道石越的想法，在他看来，以石越的身份地位，桑家不过一个商人之家，纳妾也没什么不可以的。他见石越不答，以为他已心动，便继续劝说道："我平素也知道相公很是欣赏子明，若有半子之实，翁婿同心，往大里说，可以报效皇上知遇之恩，中兴大宋朝；往小里说，日后子明封侯拜相，不过等闲事。子明一定要三思而行……"他哪里知道石越之志，王安石亦不过是在他计算之中。

"我一个大男人，连自己的婚事都不能做主，还谈什么扭转乾坤？何况现在事情做到这个份儿上，我若中途变卦，梓儿的性格，虽然口里不说，心里难免伤心欲绝。我石越如果连一个小女孩儿都保护不了，还要靠女人去封侯拜相，又有什么面目再谈雄心壮志？"一念及此，石越几乎忍不住要反唇相驳，总算心中的理智尚存，硬生生把这些话吞在肚子里，便有几分忍不住要在心里责怪司马梦求，"去了这么久了，你也太慢了吧！"

曾布哪能知道石越差点和自己说重话？他兀自在那里口若悬河，委婉劝说石越不要因为一时任性而抗旨不遵，毁了自己的前途，所谓"女人如衣裳"，那样大大不值。谁知道石越竟然变成了闷声葫芦，一声不吭。

说了半晌，曾布见石越只是不说话，也不由有点儿生气，涨红了脸厉声说道："子明，我见你平日行事干练，今日怎的这般婆婆妈妈？不就是一个女人吗？大丈夫行事，一言而决。"

石越闻言一愣，心中也不由有气，暗道："我不娶那个女的，你能把我怎么样？我还真不信皇帝就这样不用我了！"抬起头来，正要不顾一切地断然拒绝，便听到有人尖着嗓子在外面喊道："曾省主，咱家可赶上你了……"李向安喘着气，一步一摇地闯了进来。

潘照临看见李向安进来，眼睛不由一亮，朝石越微微一笑。石越心里也长出了一口气，暗道："总算来了！"

果然，李向安进了客厅，径直往北边一站，尖声说道："皇上口谕，曾布接旨。"

曾布狐疑地看了李向安一眼，见石越和潘照临等人已经跪下，连忙上前跪倒，朗声说道："臣曾布恭聆圣谕。"

"着曾布即刻回宫交旨，不必再去石府。钦此！"李向安原原本本地背着皇帝的口谕，这句话其实就是说曾布不必做这个媒人了。

石越和潘照临顿时长出了一口气，高声谢恩。曾布却傻眼了，不甘不愿地谢了恩，站起来抱拳问道："李供奉，这又是为何？"

李向安回了一礼，笑道："曾省主，可把我一阵好赶，总算没有误了差使。你前脚刚走，后脚韩侍中的表章就递了进来，道是请皇上做主，将他新收的义女许给石越。一面又有太皇太后和皇太后的懿旨，你说韩侍中三朝元老，皇上能不答应吗？连忙叫我过来通知你，要不然就闹笑话了。"

他口中的韩侍中就是三朝元老、策立两朝的韩琦。对英宗与赵顼父子，韩琦都有策立之功。虽然赵顼现在变法用不着他了，但他的声望在本朝大臣中无人能及，而且又是赵顼也心知肚明的忠臣。他提这么点要求，皇帝便冲着"老臣"两个字，也没有驳回的理。更何况还有两宫太后的旨意。

曾布更加莫名其妙了，韩琦什么时候收了个义女？怎么半道杀出来也要嫁给石越？不过他也无可奈何，抱了抱拳，悻悻地说道："既这样，有劳供奉了。"又对石越挤出一丝笑容来，道："子明，你可以不用为难了，不过韩家的女儿未必好过王家的女儿。"

李向安笑道："曾省主有所不知，这个韩家的女儿，便是桑家的女儿，韩侍中在表章中写得明白。"

曾布能做三司使，是新党中除了王安石、吕惠卿之外最重要的人物，自然也不是等闲之辈，心中一转念，事情也能猜出三四分。他的目光在潘照临身上停留了一会儿，笑道："果然是妙计！"

12

无论是吕惠卿这样心怀叵测的人，还是曾布这样虽然有点儿私心，但毕竟还算是真心诚意想让石王结亲的人，之前都绝对没有料到潘照临会有这么一手。

既然石越决定了要娶梓儿，潘照临也只好按他的意愿来做。为了能让婚事得谐，绕开商人之女这块大石头，潘照临就写了一封书信，让司马梦求领着桑家的人，一路护送着桑梓儿往河北大名府去了。这封信是代桑俞楚写的，信中希望韩琦收桑梓儿为义女，好让有情人终成眷属云云，随行的是满满一车队的礼物。而与此同时，有使者带着冯京说明情况的信件到了韩琦那里。

韩琦本来就不喜欢王安石,又极欣赏石越。他在官场上滚打多年,若论到对政治的理解,王安石其实远不如他。他知道年轻的皇帝一心想做番事业,信任王安石,变法图强,对他这样的老臣多有疏远,他反对新法亦是无用。所以他的心思,不过是表明自己的立场,做点明知不可为而为之的事情,聊尽人事。但自从石越突然冒起,迅速成为大宋朝廷中的新贵之后,韩琦就有了新的打算。他想借着石越的受宠,在朝中制衡王安石,以求把大宋引向他心目中的正轨。所以平时便经常和石越书信往来,在地方上也常常呼应石越。如今碰上石越有求于己,这等顺水人情,他怎么可能不卖给石越?毕竟让石王结亲,旧党之中可没有一个愿意的。再加上有司马梦求巧妙周旋,桑梓儿的确也很可爱,又有一车的礼物往韩家这么一送,韩府中竟是没有一个人不为桑梓儿说话的。

韩琦于是一口应承下来,又是正儿八经地让桑梓儿拜了韩家的家庙祖宗,又是宴请大名府的大小官员。没两天,整个大名府都知道韩琦收了一个义女,桑梓儿也就这么变成了韩梓儿。这个时候,汴京城里还没有开始殿试。

但韩琦也很明白,如果这件事情办得不漂亮,是有可能弄巧成拙,惹恼皇帝的。因为韩梓儿就是桑梓儿这件事情,瞒一时半会儿不成问题,但时间一长,自然有人知道。到时候皇帝以为他和石越这是在瞒天过海的欺君,这样的政治风险,韩琦亦不愿承担。所以他一边张罗,一边写了请安的折子,分别递给太皇太后、皇太后和皇帝,说他在京师之时,曾经认识桑俞楚,觉得他这个人急公好义,颇为欣赏,本来打算把他的女儿收为义女,但是因为种种原因,当时便耽误下来了。现在桑俞楚因为自己的门户配不上石越,连累到女儿的婚事,便想起当日之事。因此把女儿送到大名府,希望自己能够替她做主。他因为曾经确实有过承诺,所以也不能拒绝,故而只有厚着老脸请两宫太后和皇帝做主赐婚,了结这桩婚事。他装作对清河郡主与王昉的事情毫不知情,对此一字不提,只强调桑俞楚是因为门不当户不对才来求他,而他也认为应当撮合有情人。

以韩琦的身份,就算皇帝本来想嫁公主,也要考虑一下。赵顼一看到这个表章,就知道自己绝没有理由反对,何况自己不答应,两宫太后也一定会给自己施压,便马上派了李向安去追曾布……

13

大宋朝翰林学士石越的婚事,终于以这样的方法遂了当事人的心愿。赵顼见到石越后,把他笑骂一顿,也并没有太放在心上。但是石越、韩琦都是品官之家,石越与韩梓儿的婚礼便自有一番讲究。龟筮[35]之后，皇帝亲择佳期，就选中五月初一，下旨赐婚。所以诸如纳采、问名、纳吉、纳成、请期，诸般礼数倒也简化了。但饶是如此，也是相当烦琐。韩琦作为女方的父亲，就有特旨回京，为的不过是站在台阶上，穿好吉服，对韩梓儿说一句："往之汝家，以顺为正，无忘肃恭。"

石越也不记得走了多少道程序，才用花轿把韩梓儿迎回石府，拜堂成亲。此时石府已是宾客盈门，苏辙、程颢做媒人，自当上座，这已不消多说。宗室外戚，除英宗的兄弟们只派了使者之外，至昌王赵颢、乐安郡王赵頵以下，朝中大臣，自王安石、冯京、王珪以下，无不亲临到贺。唐甘南早已从杭州赶来，帮忙打点一切。便是唐棣之父唐甘楚，早知消息，也从蜀中兼程赶来，专门道贺。此外白水潭学院的学生，或三三两两，略致薄仪，或数十百同窗，共办贺礼。这场婚礼堪称轰动汴京，开封府的百姓无人不知，无人不晓。

以石越之受宠，韩琦之望重，天下势利之徒，有谁不想攀结？因此，虽然石越本意不想铺张太过，但直到吉礼已成，迎宾使还在门口高声唱名。石越穿红戴花，笑容满面，周旋于宾客之中。他虽然平素里不太喜欢这种交际应酬的场面，但人逢喜事，又另当别论。

就在一片喧嚣喜庆之中，忽然听到迎宾使高声唱道："柔……"之后，便没有声音了。众人正在奇怪，忽听到有个稚嫩的女声高声说道："你到底念不念完？你若不念我自己进去了啊！"

石越听到这个声音，头立时就大了……

赵颢和赵頵嘴边露出古怪的笑容，王雱、晏几道这些知道底细的，无不幸灾乐祸地望着石越。大家都知道来者必是柔嘉县主！果然，可怜的迎宾使结结巴巴地喊道："柔、柔嘉县主驾到……"

石越哪里敢得罪这个小姑奶奶，连忙快步迎出，见柔嘉背着双手，一步三摇，左顾右盼地走过来，心里也不由好笑，嘴上还得说道："柔嘉县主驾到，有失远迎，得罪得罪……"

柔嘉见石越迎了出来，也装模作样地抱抱拳，努努嘴说道："石学士，恭喜你和韩家小娘子夫妻恩爱，百年好合。我今日来，只为看看新娘子的模样，你不会反对吧？"原来柔嘉心里气不过石越为何不娶清河，也不娶王昉，偏要娶个什么桑梓儿。她小孩心性，便以为定是桑梓儿貌若天仙，否则为何如此美貌的郡主不娶，如此聪敏的丞相千金不要。好奇心起，便想来看看桑梓儿长得什么样，到底怎么个好法？于是找了个借口溜出府，跑这儿看新娘子来了。

....

[35] 指占卦。

但这等事情，石越如何可以答应？结婚这一天，新娘子岂是可以随便看的？但是对方是一个十一二岁的小女孩，去和她计较，未免有点儿说不过去。石越赔着笑说道："那自是没有问题，待下官给县主安排雅室，晚上行礼之时，便让贱内给县主请安。"他说的"行礼"，是指揭盖头一事。

柔嘉心思一转，笑道："新郎官，你这明明是哄我。"

石越笑道："岂敢，县主言重了。"二人一边说着话，一边进了礼堂。

"既不是哄我，那为何要等到晚上？我又如何能待到晚上才回去？"

"这……既然县主不能久留，那么改日石某必和贱内一同去邺国公府拜访，到时候贱内一定很高兴认识县主的。"石越口里说得客气，心里却是实在巴望着她能快走。

"你又何必如此小气？我不过是看她一眼，有何要紧？"柔嘉却老大不愿意。

这时候众人已经知道柔嘉此来是为何事了，满座的王公大臣，官职低微者，自然不敢开口，而位高权重者，有些存心想看石越的笑话，有些却是顾忌到柔嘉的性子，若被小孩子没大没小地抢白几句，自己以后难免传为官场笑柄。所谓"各人自扫门前雪，莫管他人瓦上霜"，既然是石越结婚，就让石越操心好了。

石越此时哭笑不得。他自是不能让梓儿受这种难堪，结婚的红盖头，不是由丈夫来揭，却由一个不相干的女孩来揭？日后定当传为笑柄。到了这份儿上，他也没有办法，只得沉了脸道："县主，这恐怕于礼不合，恕下官难以从命。"

柔嘉本无恶意，只是心中不服气。石越有点儿作色，她却是毫不放在心上，反问道："何必这般小气？新娘子有甚看不得的吗？我今日偏要看一看，最多你让官家把我关几天。"

昌王和乐安郡王相顾苦笑，无可奈何地叹了口气。这两人和石越关系虽然都算不错，但毕竟亲王与大臣不得擅交，反倒还不如与桑充国、晏几道情谊深厚。二人轻易也不愿意得罪这个堂妹，若惹恼了她，谁敢保证她以后不会把自己的王府搞得鸡犬不宁呢？

石越见柔嘉这般胡搅蛮缠，一时也束手无策。新娘子自然不能让她见，但也不能对她用强，讲道理又说不通，难道眼睁睁看着她把自己的喜事搅了？真是左右为难。那在场与石越关系交好之人，亦不免替他着急，却一个个苦无良策。

潘照临正在一筹莫展之际，忽然看见田烈武从旁边经过，不由大喜，一把拉住，在田烈武耳边嘀咕几句。田烈武的身份既低，又是个武人，自不足以在这里相陪贵宾，不过是帮着石府打理一下杂事，偶然从此经过，对这礼堂中间的事情并不知情。潘照临故意不说柔嘉身份，只说有个小女孩不懂世故，想要强揭盖头，石越不好和她计较，让他出去解围。

田烈武向来感激石越对自己的赏识，此时未遑多想，便挺身而出，走到柔嘉面前，道："你是哪家的小娘子？如何这般不懂规矩？新娘子的盖头向来都是由新郎官揭的，你要看新娘子，不在此时。"

柔嘉不料半路杀出个程咬金，抬头一看，却见一个浓眉大眼的家伙在和自己说话，语气还颇为不逊，当下又叉着腰喝道："你是何人？怎敢和我这般说话？"

田烈武见这个小女孩这般刁横，不由有点儿生气，却又不便太凶，便弯腰道："想看新娘子，日后你嫁人时照镜子就行了，别在这里捣乱。来，跟大叔走，大叔给你买点心吃。"说到后面，已是哄人的语气。众人听到此人居然自称柔嘉的大叔，便连石越都忍俊不禁。

柔嘉鼻子都气歪了，厉声喝道："我是柔嘉县主，你是哪来的野人，敢这般无礼！"

"什么县主乡主的？"田烈武一时不及多想，也不管三七二十一，一把夹起柔嘉，就往外走去。柔嘉何曾见过这般大胆之人，一面拼命挣扎，一口狠狠地咬在田烈武手臂上，痛得田烈武几乎叫出声来。

就这么一折腾，便听到大门那里高唱："蜀国公主、驸马都尉王公讳诜亲临到贺……"

石越顿时松了口气，忙向田烈武说道："快放下县主。"救兵终于来了，那个温柔贤淑的蜀国公主是少数几个能管住柔嘉的人。

……

把所有的宾客全部送走之后，天色已经完全黑下来了。

两只大红烛映在贴满一对对红色鲤鱼的窗纸上，一跃一跃的烛光让洞房里充满了暖意。服侍的丫头婆子全部识趣地退出，整个房间只留下一对新人。

石越望着低垂螓首、一脸娇羞的梓儿，雪白的肌肤上，分不清哪里是烛光的映耀，哪里是羞红。此情此景，便是毫无感情的人，也会怦然心动。梓儿心愿得偿，能够嫁给自己喜欢的郎君，自是满心欢喜，虽然不敢明言，却是明明写在脸上了。此时她又是紧张又是欢喜，一双小手不停地搓弄着红色的衣襟，连大气也不敢喘一口。

二人默默对视，沉浸在这种无声的喜悦之中，远处隐隐约约传来一曲悠扬婉转的琴声。两人静心听着这首曲子，只觉曲中有祝福，有欢喜，有哀怨，有难过，有自怜，似乎弹琴之人一面哀怨的自怜身世，一面在向人表达着祝福之意，听了之后，让人顿生怅然……

梓儿低声说道："石大哥，这个弹琴的人很可怜。"

石越轻轻握住她的小手，默默点头。他自然知道是谁在弹琴，那琴中的哀伤让他忍不住一阵心疼，把一个视为知交好友的女孩儿伤得如此之深，绝非他所愿意。

"是她喜欢的人抛弃了她吗？她又在祝福谁呢？"梓儿也是颇通音律的。

　　石越把她的手握得更紧了，答非所问地说道："我一辈子都会好好保护你的。"
似乎是对自己说，似乎又是对梓儿的承诺，声音温柔而又坚定。

　　沉浸在幸福当中的韩梓儿，娇嫩的脸上，更加红润。

　　石学士巷的一座酒楼之上，穿着鹅黄色丝衣的楚云儿轻抚着手中的瑶琴。站在
旁边的一个丫鬟轻轻把一件披风搭在她肩上，低声劝道："姑娘，我们回去吧。"

　　楚云儿整个人已消瘦了一圈，她轻轻摇了摇头，一滴晶莹的眼泪顺着脸颊流下
来，滴在衣带上，纤手一抖，一根琴弦断了。

　　楚云儿轻轻拈起琴弦，幽幽叹了一口气，对丫鬟说道："我们走吧……"

　　她今夜来此，不过是用琴声祝福石越终于娶了一个好女孩儿，因为以她的身份，
甚至不能登堂拜贺！

　　再也无心奉承别的男人的楚云儿，自己向碧月轩的妈妈赎了身，带着两个丫鬟，
抱着一把瑶琴，一把琵琶，次日一大早，便租了一只船，飘然东去。在杭州买了一座
小庄园，打算在江南故乡度过余生。

第四章

匪斧不克

伐柯如何，匪斧不克。

——《诗经·豳风·伐柯》

1

大内翠芳亭。

石越夫妇成婚之后，进宫谢恩。韩梓儿说话进退，很讨曹太后、高太后和向皇后的喜欢，被破例留在那边陪这三个号称"母仪天下"的女人说话，石越却被皇帝叫到了翠芳亭闲聊。

君臣谈笑一回，赵顼站起身来，指着亭北三棵合抱大的鸭脚子树，说道："石卿，你看这三棵大树，每岁可以摘的果子有数斛之多，可是那个地方却十分荫翳，没可以临玩的所在。而在太清楼之东，同样有一棵鸭脚子树，却是地方显阔，非常适合赏玩，然而却不曾结过一个果子。这个世界上的事情，总是不能尽如人意呀！"

石越听神宗没头没脑地说了这番话，心里不由十分奇怪，只好笑道："世上之事，总难两全。"

赵顼叹了口气，说道："正是如此，就如石卿你，若论才治，无一不是宰相之材，却偏偏年纪太轻，资历太浅，终是难以服众。"皇帝一边说一边从袖子拿出一本弹章，递给石越。

石越连忙接过来，翻开细读，只见上面写着：

臣御史确稽首言：近闻内议翰林学士石越将受参知政事职。事不下于宰辅，内制已成，外以宣言曰："内上意"也。臣闻成周选士，先以论辩，然后使任，举察良久，方得除职，循范规矩，是予民择贤。及春秋公室衰微，卿门遴择由己，时士只知有其主而不知有其国，谋事但为其邑而不为众庶，移国事家，败矣。自秦汉以降，重简材任人，四百石以上，莫不委议朝堂，论辩公卿。爰乎魏晋而今，铨选举于吏部，悉任酌之宰执，刀笔量才，簿书察行，早有故事。今陛下授意随侍，有此举动，无异端废纲纪，置有司法纪何从秉直哉！臣惶恐，伏请依例行事。

夫石越者，先所授遽乎馆职，原以不妥。是故国朝自淳化以来，未尝不试而授此者，况乎石越本非科道荣身，其经艺见识，博鄙未知；文学考究，精疏待定。而饱学举子，翘首引颈，斠选一再，既而授职，例知杂事，几经课考，方得转升，石越凭幸入馆，已属觊逾，俄而又擢，非之经术之显，非之义理之彰，且无功创之劳，何以从任，而越安敢任此，愧无自知，必是沽名慕流充名士之徒尔。故诏达阁院，下议纷纷。今陛下又欲私予权职，更废典制，臣惶恐慎言，陛下三思！

臣闻荐越者，参知政事冯京也，表有"性行端醇，通诗赋，晓音律，似唐季，五代之风存"语。察其诗文之说，则馆阁偶言一二；观其音律之学，则阊阆时有流传。然道学性理之属，未见论及，醇正与否，尚待揆考。陛下恩幸其人，欲之大用，付之政事堂以常备，臣窃以为忧！是石越者，未劳之部寺，持之州县也，忽而茬揆，何所详能。若之选备，亦当先使州县，烦之以务，以观其能；监之以利，以察其廉。如是数年，政绩之有，方评议中央，可嘱社稷否？此方行例，至是精审人才，甄叙良士，隆重社稷也。臣伏请陛下明辨！

……

最爱和石越过不去的权御史中丞蔡确蔡中丞在这封弹章里，极度反对石越进入政事堂做参知政事，甚至指出他当年做到直秘阁都是违背制度的举动。弹章中说了不少大道理，对石越大加鞭挞，更是义正词严地给石越指出一条明路——想当参知政事，先到地方州县去历练几年。

不过石越奇怪的不是蔡确会上弹章，反对皇帝任自己做参知政事，他也知道自己资历不足以服众。他奇怪的是，冯京推荐他为参知政事的事情，他竟然一点风声都不知道。如果事先知道，他肯定会说服冯京不要做这种徒劳的推荐。

石越揣测着皇帝给他看这封弹章的用意，道："蔡中丞所说的确不错，臣也认为自己资历甚浅，做翰林学士以备咨议，已经是颇有不足了，参知政事是副相之职，非臣敢奢望。"

赵顼微微一笑，说道："卿之才干，朕所深知。只不过一则年纪太轻，二则本朝自有体例，为相者未尝不历州县。朕已请教过太皇太后，慈后和朕的想法一样，决定让卿到州县历练一番，若能有所建树，以后就没有人可以在这个问题上反对卿了。"

石越心里一沉，眼见马上就要有"历史上"记载的大灾到来，这个时候让他出外，肯定会打乱他的全盘计划。但是如果断然拒绝，却和自己一向清高恬退的政治形象反差太大，让人以为自己迷恋权力中心，目光不及长远。

事起突然，石越心知犹疑无用，无可奈何之下，只得叩头谢恩。

赵顼微笑着看着石越谢了恩，对一个内侍招了一下手，便有一个内侍恭恭敬敬地递上一本书来。石越斜着眼偷偷瞅去，却是一本崭新的《白水潭学刊》。他心里立时一跳，心道："不会又出什么事了吧？"好在皇帝脸色温和，这才略略放心。

只见皇帝翻开《白水潭学刊》，从中拉出一张长长的折页来，上面弯弯曲曲画满了东西，石越仔细看去，原来是一幅地图。石越平时公务繁忙，《白水潭学刊》倒有好几期没有读过了，不料那些学生竟然在杂志中画出了大宋的地图。他却不知道，这幅简图，是博物系学生的杰作。虽然不尽完美，但不久之后，待出去考察的学生陆续返回，编撰全新体例的《大宋地理志》，便将成为白水潭学院一项长达二十年的工程。

此时赵顼饶有兴趣地在地图上移动着视线，估计是想帮石越找一处外放的地方。

石越的目光却忍不住随着那道"几"字形的黄河移动，想到次年的灾难，不禁忧形于色。看得起劲的赵顼不经意一抬眼，便发现石越紧锁双眉，他以为石越不愿出外，心里不由有几分不悦。

"石卿何故忧形于色？"

石越一时出神，没有听到，目光却死死盯着地图上的黄河。

赵顼不由有点儿奇怪，提高了声音问道："石卿？"

"臣在。"石越猛地一个激灵，回过神来，高声应道。几个内侍忍不住要发笑，赵顼狠狠瞪了他们一眼，吓得他们赶紧把头低下。

石越这才发现自己失态，连忙谢罪道："臣该死。"

赵顼半开玩笑半认真地问道："石卿可是不想出外吗？"

"不敢。臣受陛下知遇之恩，早已立誓以身许国，效忠陛下，岂敢计较于身在朝廷或地方？臣一时失神，实是忧心于另一件大事。"石越听到皇帝半带认真的质问，连忙解释。

赵顼听了这番话，心里舒服很多，道："那卿家方才忧心的，究竟是何大事？"

石越本不知要从何说起，但是皇帝逼问之下，又不能不答。他心中灵光一闪，忽然想起一策，此时也无暇考虑周详，将心一横，决意不顾后果一搏。于是故作迟疑地说道："臣死罪，陛下不恕臣之罪，臣断不敢妄言。"

赵顼听他说得如此郑重，不由奇道："究竟何事？朕恕卿无罪，但说无妨。"

石越郑重其事地又叩了一个头，这才说道："微臣前天晚上，梦见了太祖皇帝与太宗皇帝……"

"啊？"赵顼不由站了起来。

"太祖皇帝和太宗皇帝晓谕微臣，道是明岁起大河以北，各路皆有旱灾、蝗灾，虽开封府亦不能免。因知臣谨慎忠诚，故特此托梦予臣。又道若不早做打算，天灾必会大伤我大宋元气，祸及子民……"石越撒了这个弥天大谎，虽是面不改色，心中却也惴惴不安。

虽然当时之人，多数都很迷信，特别相信祖宗有灵，但是赵顼听到此事，不免也要匪夷所思，何况太祖皇帝和太宗皇帝不托梦给他本人，却托梦给石越，未免太不知道亲疏了。让他公然不信祖宗有灵，这种话是说不出来的，特别是万一明年真有灾害，那么自己真要无颜见列祖列宗于九泉之下了。何况石越在赵顼心里也绝非信口开河之人。可若是贸然信了石越，万一那不过是石越胡乱做梦，后世史官之讥，他和石越都要成为万世笑柄，而且真到了那个地步，不杀石越，只怕要无以谢天下了。

赵顼是绝不相信石越在胡扯的，因为在他看来，此事对石越只有杀头的风险，却没有一丝眼前的好处。若不是石越"忠心"，一般人做了这样的梦，也断然不敢说出来。但是要就这么相信了……这件事情如果石越在朝堂上公开提出来，那就是要在大庆殿进行讨论的大事，甚至是要拜谒太庙的！

"臣知道此事关系重大，但是断不敢隐瞒陛下，有负太祖皇帝、太宗皇帝之重托。只因此事有骇物听，才不敢贸然说出。方才见到地图上大河以北的江山，不由触动心事，这才忧形于色……"

赵顼挥挥手打断石越，冷冷地对一旁的内侍说道："今日之事，谁敢泄漏只言半语，你们全部不用活了。"吓得那些内侍一齐跪倒，口称不敢。赵顼这才细细问了石越梦中太祖皇帝、太宗皇帝的穿着。石越到宋代已有三年，三年一大郊，一年一小郊，他岂有不知之理？何况读书的时候，还看过历代帝王图呢，自然说得似模似样。而赵顼却未免更加难以决断，计议良久，这才说道："卿与朕一同去见慈后。"这等事情，他不能不跟曹太后和高太后商量。

2

一路之上，石越见赵顼忧形于色，心里不由有几分抱歉。但是想来想去，不借助于鬼神，自己眼见就要离京，那黄河以北千万百姓的生命却也不能不顾。

借着这机会固然能打击王安石，但是同样的，会大伤大宋的元气。石越自认为自己绝非一个政客，断然不会做这种事情。何况他心里还在计议：假托宋太祖兄弟托梦，短时间内，肯定会招致御史的攻击，说他故意惊骇物听，造谣生事。但是只要明年大灾真的到来，他的政治地位更加巩固不说，还会加上一层神秘的光环——太祖、太宗皇帝选中的臣子！到了那时候，他石越身上任何缺点与不足，都会被这道光环给掩盖。

君臣二人各想各的心事，默默不言，一路来到太皇太后曹氏所住的庆寿殿。还没到门口，便听到里面莺莺燕燕的笑声。皇帝和石越自然是不知道那是蜀国公主在讲柔嘉的调皮，顺便取笑一下初为人妇的韩梓儿。曹氏和高氏都出于勋族名门，自小受的教育相当严格，但也并不是严肃枯燥之人。曹太后是名将曹彬之后，在仁宗朝便亲身指挥宫女内侍抵抗叛乱，英宗即位初期曾经垂帘听政，政治才能相当出色。而高太后在石越的时空中，被称为"女中尧舜"，也绝非是没有原因的溢美之词。难得的是，这两个女人都没有过分的政治野心。这时候两位太后听到柔嘉的种种，也不由好笑，不过反应却各不相同。曹太后一边笑一边对韩梓儿说道："这可真难为你夫君了。"高太后却毫不客气地训斥柔嘉："这成何体统。十九娘，以后你不要随便出门。"

韩梓儿连连谦逊，她自然不会知道，曹太后之所以不训斥柔嘉，不过是因为柔嘉是英宗亲兄弟的女儿，对于濮王一脉的皇族，曹太后虽然是大宋地位最高的女人，却从不会厉声训斥。这件事情，通常由高太后来做。

赵顼听到里面的声音，对石越勉强挤出一丝笑容，说道："卿先等一会儿，朕先进去。"说完也不等石越回话，便快步走了进去。

石越知道他是外臣，自然不可能随皇帝一起进入，只好老老实实站在外面候着。不一会儿，听到里面一阵响声，然后便是蜀国公主、清河郡主、柔嘉县主，还有自己的夫人韩梓儿从庆寿殿的偏门退了出来。石越见韩梓儿投向自己的目光中流露出关切之意，心中不由一暖，对她微微一笑，示意没什么事情。不过这场景下，两人也只能用眼神远远地打个招呼罢了，便连柔嘉也不敢放肆。

又过了好一会儿，才有内侍走出来，尖声唱道："宣翰林学士石越觐见。"

石越连忙整了整衣冠，随着内侍走了进去。这时候曹太后、高太后已坐在珠帘之后，皇帝却站在珠帘之外。待到石越见礼完毕，曹太后温声问道："石学士，卿家说太祖皇帝、太宗皇帝托梦与卿，个中详细，可否为我再说一次？"

石越知道这个太皇太后是个精明的角色，丝毫不敢怠慢，当下依言重叙一遍。

曹氏听石越说完，思虑良久，才开口说道："如此说来，真是祖宗庇佑。官家，依我看来，祖宗托梦给石学士，应当是可信之事。"她这话说出来，众人都不免大吃一惊，石越也想不到太皇太后如此支持自己。他却不知道这正是曹氏的聪明之处。

高太后看了自己小姨一眼，她一向信服自己小姨的才干，既然曹氏表了态，她也说道："官家，宁可信其有，不可信其无。敬祖宗白做事，也不失为孝。若因不信祖宗有灵，而误了天下苍生，这个罪过就大了。"

听到这番话，石越顿时一个激灵。高太后故意强调"敬祖宗"与"不信祖宗"，只怕不单单指眼下这件事情。他突然间有一个预感：这件事情，只怕不会这么简单解决！他当然知道自己这样做的风险，因为他不知道在蝴蝶效应的影响下，熙宁七年的旱灾会不会如期而至，若是不来，在掀起轩然大波的情况下，他的政治生命就不用说了，哪怕宋廷有"不杀士大夫"的祖宗之法，只怕也保不住他的命。

3

非常讽刺的是，石越关于不好事情的预感往往很准。

虽然鬼神的说法在宋代的中国有着巨大的市场，但真正受到儒家纯正教育的士大夫往往是不信鬼神之说的。因为孔子曾经说"天道远"，又曾经说"敬鬼神而远之"，又有一种说法，说孔子"不语怪力乱神"。从哲学意义上来说，儒家是典型的不可知论者，他们认为人类的渺小，不足以解释鬼神这么复杂的事情，于是心甘情愿地表示回避，而期望人类能把精力转向于"人事"。然而矛盾的是，同样是儒家，他们也承认鬼神对政治生活的重要。所以他们拜祖宗，敬天地，视之为政治生活与伦理生活中最重要的事情之一。解释他们的动机可能相当复杂，但是肯定包括这样的理由：他们想借着鬼神之力来压制高高在上的君主，不要胡作非为。所以当王安石、吕惠卿向年轻的赵顼灌输无神论思想之时，不止一位士大夫急了。虽然他们本人并不相信鬼神，但是他们却希望皇帝对鬼神有着应有的敬畏。

石越曾经对这种事情啼笑皆非。但是这一次，他却希望大家都能相信一下"祖宗有灵"这种荒唐的事情，毕竟这关系到千万无辜百姓的生命。垂拱殿上，三品以上的官员，石越可以感觉到没有一个人真正相信"祖宗有灵"，更不用说相信祖宗会托梦给他了。但是这种话却没有人敢说出来。说宋太祖和宋太宗是没有灵的吗？石越心里几乎是带着恶意在想，看看谁有这个胆子！

吕惠卿本质上是个不折不扣的无神论者，他心里是不可能相信宋太祖、宋太宗会托梦给石越的。可他却非常疑惑，石越从这件事情得不到任何好处，却有着显而易见的风险。石越是烧糊涂了？现在又不是昏君当政的时代。可石越不是白痴，难道……真的"祖宗有灵"？

同样的问题在王安石、冯京、王珪、蔡确、曾布、王雱，以及许多大臣的心中徘徊，一时间，整个垂拱殿竟然静得可以听见银针落地的声音。

过了好久，王雱苍白的脸上露出一丝讽刺的笑容，他相信石越已经疯了。王珪和蔡确则认为，石越肯定能预知到明年的大旱与蝗灾！他们自己没有疯，自然也不会认为石越会疯。

石越能有这种能力？王安石和吕惠卿的这种想法在心中一闪而过。他们是饱学之士，定然不会相信鬼神。两人同时得出一个可怕的结论——石越或者略通星象之说，又或者是身边有此能人，他这是在依靠那些虚无的东西进行一场政治赌博！虽然他们并不知道有什么星相家能预知下一年的灾害。

王安石不由皱起了眉头。石越这次赌博的代价，是让大宋整个财政政策向救灾转移，而方田均税法更是不可避免地要暂停，免役法也肯定要调整！吕惠卿心里已经在暗笑，他和王雱、王珪、蔡确的分析结果虽然不同，但是结论却是一样的——让石越去疯狂，自己走向坟墓！连冯京和曾布这个时候也不敢开口，任何支持石越的言论，一旦预言失败，自己肯定会遭到空前的政治攻击，这个后果他们很清楚。

如果王安石是一个政客，此时他会主张把这件事交给钦天监以及太清寺的道士和相国寺的和尚们来负责。然后和吕惠卿所想的一样，他更愿意放任石越去自掘坟墓。他打破了垂拱殿的沉默，用略带江西口音的官话高声说道："陛下，臣有一事不明。上有陛下和两宫慈后，下有元老大臣，为何太祖皇帝、太宗皇帝单单托梦给石越？"他这句话其实说出了许多人的困惑。

石越自然知道这是问他的，便非常诚恳地说道："陛下，此事臣亦不知。"若真有宋太祖、宋太宗的鬼魂，谁又知道他们怎么想的？

王安石正要继续追问，却见一个人横里出列，亢声说道："陛下，臣以为这是石越在妖言惑众，妄图扰乱新法，侥幸求进！"

满朝文武大吃一惊，顿时一个个侧目而视，原来却是同知谏院唐坰。此人一直想做御史中丞，奈何半路杀出个程咬金，竟然被蔡确捷足先登，而且皇帝与王安石还对蔡确信任有加，他心里既怨恨又羡慕。这时见到王安石反对石越，他便强行出头，希望讨好王安石，给他留下一个好印象。

石越见是他，不由冷笑道："唐谏官，你道我妖言惑众，有何证据？"掌管纠察殿中礼仪的御史也立时出列，弹劾唐坰失仪。

不料唐坰昂然不惧，反而厉声说道："陛下，臣要当庭弹劾石越诸罪！"正义凛然地指着石越，喝道："石越还不跪下听劾！"

这下事起突然，连王安石都措手不及，冯京、王珪、曾布目瞪口呆，吕惠卿、蔡确、王雱微微冷笑，诸大臣都不知道如何是好，只是心中都暗道唐坰强横。

赵顼自登基以来也没有碰上过这种事，他驭下温和，一时竟也不知如何处置。石越心中倒是明白，唐坰不过借此求名。他是谏官，再大不了的罪过，也不过是贬官而去，而这么一闹，立时名满天下，是非曲直先放到一边，都得赞他一声"不畏权贵"。想到自己竟然变成了"权贵"，石越心里也不由好笑，一念及此，他不由微微一笑，不置一语。

不料唐坰竟把这当成一种蔑视，更加怒气上冲，当下厉声说道："石越假托祖宗之名，妖言惑众，意图扰乱变法，冀求非分之福，不敬祖宗，欺君瞒上，其罪当诛！其平时在朝，外示清高，内则首鼠两端，执政有过不能面争，故意言于陛下之前以邀宠，此犹小人之心也。又以学校之名，聚朋结党，心怀叵测，使士子聚议朝政，石越实为幕后之主使！又以朝廷重臣而下节[36]结交商人，贿赂内侍，其心尤不可问！入仕三年，于国无尺寸之功，年不及而立，却官至三品，古今无有，此亦石越狡黠深谋所致。陛下不宜受此奸人所惑，应即刻将其逐出朝廷，永不叙用，遣御史穷治其罪，发其奸谋，以绝天下侥幸之路！"

他这番话说出来，赵顼不由愕然道："卿未免言过其实。"

唐坰听到皇帝这句评语，不免心中一冷。他本来是行事冲动之人，未及深思，

---

[36] 原意指节操低下，此处意为放下节操、不顾礼法。

做出这等事来，这时候更是干脆把心一横，一不做二不休，昂然质问皇帝："事到今日，陛下还受石越蒙蔽，臣只怕他日白水潭的学生布满朝廷之日，便是这垂拱殿易主之时！"

他把这等话说出来，立时满殿皆惊。这分明和石越势不两立了。石越立时拜倒，摘下帽子、玉带、鱼袋，把紫色官服脱了，自请处分。冯京、曾布、苏辙以及平时一干和石越交好的人，也全都跪下，力保石越的忠心。冯京本是讲究宰相风度的人，平时行事，绝不激动，这时也不由有些动容，厉声说道："臣敢以身家性命保石越对陛下与朝廷的忠心！唐坰狂妄无礼，构诬大臣，分明是想借机求名，此人留在柏台[37]，是柏台之污，请陛下明察！"

王安石和吕惠卿也不想唐坰居然把话题引到石越要谋反上面去了，吕惠卿心里暗骂唐坰笨蛋，他和蔡确有意无意地对望一眼，两人默不作声。倒是王安石也出列说道："唐坰此言太诬，石越不失为忠臣。"

赵顼本来不信唐坰之言，只不过他说得厉害，历来君王，最忌讳的是朋党满朝，若石越真有作曹操之心，他心中也不能不惮。这时见王安石、冯京一齐都说石越是忠臣，那一点点疑虑倒也烟消云散。他是很知道谏官为求一个"死谏"之名，经常会故意夸大其词的，这本也是他们赵家的家传秘法，用谏官爱虚名的心理，来制衡执政大臣，保持朝内的政治平衡。若是谏官做得过火，便把谏官或罢或贬，安抚大臣。此时赵顼不免故伎重施，厉声喝道："唐坰，回去听候处分。"竟是把他当庭逐出垂拱殿。

唐坰冷笑半响，指着王安石叹道："王公，王公，不料你亦为竖子[38]所误！他日竖子必取公而代之，那时一生事业，付之东流，只怕悔之晚矣。"说完朝皇帝叩了三个响头，缓缓退出垂拱殿，回家自听处分去了。他这么一闹，后来果真名动天下，不几日自有旨意下来，罢官为民。他却不甘寂寞，典卖家产，又纠集了几个人，在汴京自创《谏闻报》，一份报纸，四处树敌，被人讥为"反对报"，专门以反对石越和王安石、冯京为己任，不料也不是全无市场。

垂拱殿上，经唐坰这么一闹，赵顼少不得又要温言安抚石越几句，然后便宣布退朝，却单单留下王安石、冯京、王珪、吴充、曾布，以及石越。吕惠卿见皇帝没有留他，心里满不是滋味，但他也乐得不去沾这件事的锅，用复杂的眼神看了石越一眼，随班退出。石越却装作没有看见，重新穿上衣冠，静听赵顼说什么。

这时候垂拱殿上的七个人，便堪称大宋最高权力中心的七人了。

赵顼目光一一扫过这几个臣子，说道："诸卿，石越为人，朕所深知，非胡言乱

---

[37]　御史台的别称。

[38]　童仆、小子。古时对人的蔑称。

语，侥幸取宠之辈，此事诸卿有何看法，不妨一一直言。"

王安石见皇帝目光停在自己身上，当下揖了一礼，朗声说道："陛下，以臣之见，天道远，人道近，国家大事，岂可寄托在一个梦之上？若是无稽之事，岂不贻笑天下？"

他这番话说得众人深表赞同，便连冯京、吴充，也不太愿意在这件事上站在石越一边。

赵顼又看了这几个人一眼，说道："诸卿之意，皆如丞相所言？冯卿，卿的看法呢？"他点名问道。

冯京迟疑半晌，勉强说道："陛下，臣也以为单凭一梦而决国事，失于草率，后世之讥，不可不虑。"他在这件事上，很难和石越取得一致。

赵顼不动声色地点点头，把目光移到王珪身上："王卿，卿意如何？"

王珪小眼睛眨了眨，义正词严地说道："臣之意，则以为以一梦而决国事，失于草率；但若然置之不理，万一真是祖宗托梦，则上则愧对祖宗，下则害死千万百姓。此事当持重而行。"

赵顼不由一愣，半晌才明白他原来竟是什么也没说，心里不由哭笑不得。他又一一问过吴充、曾布，二人都主张不能因为一个梦就决定什么。

石越心知冯京和吴充不站在自己这一边，完全是因为在政治上风险太大，不敢冒险，否则以他们的精明，如何不知道这个"梦"是可以阻挠新法的。不过到了这时候，他才知道想凭着一个梦来左右国家决策是何等不切实际。他几年辛苦建立的政治形象，亦不过勉勉强强保护他不会被治一个"妖言惑众"之罪罢了。碰上这样的情况，石越也不知道自己是应当高兴还是应当烦恼……

"陛下……"石越想起日前两宫太后的支持，还打算尽力争取一下。

不料赵顼挥手止住了他，叹道："石卿先不必说，容朕三思之。"又对王安石说道："朕欲召回韩绛、孙固，以韩绛为同中书门下平章事，集贤殿大学士，孙固为翰林学士、知制诰，丞相以为如何？"

这两人都是戴罪之身。韩绛有兵败之辱，孙固有军器监之案，但却都是赵顼藩邸旧人，如今碰上难事，赵顼便想起他们来了。趁着这个机会，要把他们召入朝中。

石越听王安石点头答应，而众人皆不反对，心中一时没有反应过来，还颇觉奇怪。因为韩绛本是支持新法的，王安石能为相，大半是他的功劳，平时为相，也和王安石互为表里。他回来冯京和吴充多半不会太舒服，但孙固却是明确反对王安石的，他回来做知制诰，按理王安石应当不会高兴的……他心思转了几转，忽地明白，原来皇帝还是在玩弄平衡之术，这垂拱殿上站立的众人，看来对此都心知肚明。

4

接下来几日，石越颇为清闲。他这个翰林学士并无职掌，虽然主持军器监改革之事，具体事务，却自有苏辙、沈括等人操心，二人都是深具干才之辈，他的日子自然省心，倒是吕惠卿创办的霹雳投弹院进展迅速。石越暂时取回军器监的主导权后，便开始下令推广被封在资料库里的火药颗粒化制法，使得霹雳投弹的生产更加迅速，这种新式的火器，终于开始向前线运输。按吕惠卿当初的规划，是以"西七北三"的分配方法，每生产十枚霹雳投弹，则往河北、河东两路运送三枚储备，向王韶军中运送七枚使用。石越本来有意在河北以及长安各建一处霹雳投弹的作坊，以降低运输成本，不料这件事被赵顼亲自否决。原因倒很简单，主要是因为熟练的工匠不够，在京师禁军不能大规模装备的情况，皇帝绝对不会允许边防军在拥有一种先进武器的同时，又拥有这种武器的制造能力。这种对武人根深蒂固的防范思想，主宰着大宋每一位皇帝的大脑，让石越亦无可奈何。

这一日一大早起来，石越见梓儿还在熟睡，便不忍惊动，轻轻披了衣服出来，用盐漱了口，信步走到前院，却见唐康穿了一身蓝色劲装，正和侍剑在那里练习击剑，潘照临和司马梦求两人都是一身黑袍，在旁边微笑指点，陈良和秦观却在一边轻声谈论什么。

众人见他出来，正要打招呼，石越轻轻竖起手指，摇了摇，不让惊动两个练剑的少年。不料二人早已看到，一齐过来给石越请安。

石越笑道："你们好好练剑，不须管我。"

唐康因为认了石越为兄，便笑道："今日学院没课，难得大哥也休息，就带我们一起去外面玩玩吧。"

石越想了一下，点头笑道："也好，那你们等一会儿。"说着便跑入内院，不多时候便出来两个人，跟着石越后面的那个年轻男子，长得甚为清秀，众人却非常面生，不由大奇。

好半晌，唐康吃惊地指着那个男子，结结巴巴地说道："你……你是……"

那人微微一笑，并不作声，石越笑着拍了一下唐康，说道："小子，别多嘴。"

这时候潘照临和司马梦求早已看出来，那个"男子"，乃是石夫人假扮的，二人大吃一惊。司马梦求慌忙回避，潘照临却和石越打交道久一点，知道他脾气，这时也不顾尊卑之礼，不由分说把他拉到一边，低声说道："公子，此事万万不可。"

石越奇道："有什么不可？"

潘照临也奇了，挑起眉毛问道："公子真不知假不知？让御史知道，弹劾一个闺门不肃，公子成为天下士人的笑柄还是小事，于前途也颇有妨碍的。"

他这一说让石越也呆住了，他听说唐康想出去玩，心里便不免想到可以带梓儿一道去逛逛街，如今结了婚，自然是夫唱妇随，名正言顺了，因此便又给梓儿换了男装，没料到竟会吓了潘照临和司马梦求一跳。司马梦求不好直说，潘照临却是毫不避讳，警告他"闺门不肃"的弹词很可能就由此种下。

石越本是没有想到这么复杂，这时虽然知道，却是已经把韩梓儿拉了出来，看她兴高采烈的样子，要这么扫了她的兴致，那是无论如何都不愿意。

秦观冷眼旁观，早知端的。他瞧见石越神色，便猜了个八九，便也凑过来，低声笑道："潘先生何须紧张，这不过是小事。"

潘照临脸上作色，冷笑道："似秦公子这般模样，自是小事，风流倜傥，少年俊彦呢。若是公子，却是大事，轻易授人以柄，还嫌麻烦不多吗？"

秦观虽恼他说话无礼，却也知潘照临在石府的身份只有司马梦求勉强可比，不同寻常门客，当下强忍这口气，只半带讥笑地说道："都说潘先生足智多谋，难道不知道给夫人备上马车吗？这样携眷出游，难不成还有哪家御史来弹劾？总好过扫人雅兴。"

石越听他如此说，虽然和自己本意差得太远，却也好过扫韩梓儿的兴头。他正是疼爱娇妻的当儿，听到这个本是平常的主意，也不由大喜，拍拍秦观的肩膀，笑道："少游果然是个解人。既如此，干脆把阿旺也带上，让人越发没话说了。"

5

石府自梓儿嫁过来后，内宅外院，渐渐森严，僮仆奴婢也增多不少。别说桑俞楚没有慢待爱女佳婿之理，便是唐康结上石越这门远亲，心里也是乐意万分，何况还有韩琦也不肯低了勋族的排场，石越想要不奢华，都有点儿身不由己。

这时既是夫人出游，虽号称是轻车简装，却也非一般人家可比。石夫人韩梓儿的马车是石越前几日亲自吩咐制造的，假公济私，托大宋最好的工匠特制了四辆四轮马车，除了自己老婆外，另外三辆是分赠蜀国公主、王安石夫人、冯京夫人的，而他自己不想太招摇，也就没有自留。这辆崭新的马车，朱壁绿顶，光彩照人，外表就煞是漂亮，内里布置更是堂皇。石越亲自挽着韩梓儿的手把她送到车上，看着几个服侍的奴婢也上了车，又见唐康、侍剑、秦观也各上了马，潘照临和司马梦求、陈良却是不愿意去。石越上了马，按辔缓行，一行人浩浩荡荡出了学士巷。

众人本是没有什么目的可言，无非哪里热闹去哪里。唐康和侍剑到底年纪不大，一路兴高采烈，秦观也乐得陪他们说说话，指指点点。他为人也算风趣，读书也不少，引经据典，引得唐康和侍剑十分钦佩。石越却是紧紧跟在马车之旁，偶尔低头和娇妻说几句话，生怕她坐在车中无趣。

一行人这么边说边笑，缓缓而行，也不觉时间流逝。石越和梓儿说得开心，更是连东南西北也没有注意，忽然就听车夫"吁"的一声，把马车停了。石越吃了一惊，猛地抬头，原来是到了一个所在。

梓儿在车里问道："大哥，这是到了何处？"他们夫妻平素叫惯了，梓儿却并不叫他"官人"或"郎君"。

石越应了一声，挥鞭笑道："似有点儿眼熟，就是一时想不起地名来。"正说着，唐康、秦观等人拍马过来，正好听见。唐康笑道："大哥真是贵人事忙，武成王庙就在前面哩。"

石越虽然在军器监做过官，也做过三房检正官，按理说见识应当不少了。可偏偏却不知道武成王庙里供的是哪路神仙。他心道："《封神演义》是明朝的，此时还没问世，莫非真有黄飞虎不成？"只是心里纳闷，却不敢说出来，怕惹人笑话，说名满天下的石郎石子明连个武成王都不知道是谁，因只说道："走，过去看看。"

秦观笑道："学士，本朝武学就一向建在武成王庙，王相公欲重兴武学，现在那里住的都是武学的学员。带着夫人，只怕多有不便。"

石越这才恍然大悟，心道："这武学建在武成王庙应该是听说过的，多半是忘记了。"秦观一提到武学，倒勾起石越一桩心事，不由坐在马上开始出神。

秦观和唐康见他蹙了双眉，不知道在思虑什么事情，不敢打扰，便静静立在周围。半晌，忽听到有人大叫："秦公子，是你吗？"

听到这大呼小叫的声音，秦观便知道是田烈武。循声望去，果然不错，不过却不是田烈武一人，数着人影，一共是五人。不多时这几人便到了近前。此时石越早已回过神来，和秦观相视一笑，下了马迎上前去。连唐康和侍剑也下了马。

田烈武不料石越也在，而且又亲自迎了前来，倒吃了一惊，虽然知道石越最是礼贤下士的，却依然一半受宠受惊，一半心里不安，躬身行了一礼，口称："拜见石学士。"

石越知道他的性情，受了这一礼，才笑道："不必拘礼。"一边打量边上四人，那四人中有三人早已拜倒，口称"拜见"，有一人却只微微欠身。那个不曾拜倒的，石越倒是认识，正是康大同的表弟吴镇卿。他早知此人心高气傲，听说只因考进士名次靠后，便弃官不做，决意改考武举。石越平时和潘照临、司马梦求谈起，还赞此人气度不凡，只不过脾气太傲，只怕难以容于世俗中。石越一早就有意抬举他，对他这点脾气倒并不介意，便也只微微一笑答礼。

拜倒的三人中，有一人石越也是认识的，便是白水潭的学生段子介，算起来是桑充国的好门生。他见到石越，依旧是称"山长"，并不称官职。另两个人石越却不认识，听他们自报家门，一个叫文焕，一个叫薛奕。文焕倒也罢了，薛奕却是世家子弟，他曾祖薛峦、叔父薛利和都曾在朝廷为官，薛利和还做过屯田员外郎，现今依旧在工部当差，和石越也曾打过交道。石越知道这薛家和大宋朝有名的种家一样，都是以武传家的世家，只不过门第声名比不上种家罢了。这两人也是武学的生员。

石越心中虽然奇怪这五人如何能凑到一块，面子上却不免着意结交。他一向知道北宋一代，武人中没什么名将，便是一个狄青也多是演义小说夸饰。他曾见过狄青的二子狄谘和三子狄咏，但仓促不及深交，只是觉得三郎狄咏长得非常帅气，是他平生所见第一美男子。传闻也就只有王韶有个儿子在西北军中，还有点儿父风。石越既是有意做大事业的人，对武人之中的杰出之士不由加意留神。此时一边打量这几人，一边和他们交谈，只见文、薛二人谈吐气度，颇为不凡，特别是薛奕，生得猿臂蜂腰，高大威猛，说话条理清晰，清简不烦，更让石越喜欢，不免几个人多谈了几句。

文焕也是个有眼色的人，他斜着眼睛看见一辆四个轮子的马车纹风不动地停在那里，几个石府的家人恭恭敬敬地围在马车周围，就猜到这是石越携眷出游。武成王庙本也是开封城里一个热闹的所在，想来石越夫妇是来看看热闹的，因笑道："石学士的风采，晚生平素久仰得很了，便是众同窗提起石学士来，也仰慕得不得了。今日难得到此，武成王庙就在左近[39]，石学士虽是文官，可晚生读学士的大作，一向是说文武不可偏废的。平日见惯了孔圣人，今日何妨见见姜太公，也可让武学的同窗们一睹学士的风采。"

石越这才知道原来武成王竟然是姜子牙。他本来就有意去见识见识，又见文焕说得十分得体，更不好拂他面子，笑着点了点头，道："诸位可愿一齐去瞻仰一下武成王？"

田烈武读书少，此时早已不敢多说，吴镇卿却是不乐搭理人的，也不说话，只余下段、文、薛三人抱拳道："只怕扰了学士的雅兴。"

石越笑着告了罪，一面回去上了马，隔着窗帘和梓儿说了。韩梓儿只要陪在石越身边，便是再脏再臭的地方，只怕她也能当成人间乐土，哪里会有什么不乐意？何况又知道丈夫只怕还有图谋，自是满口答应。于是一行人竟是直奔武成王庙而去。

石越在马上一面和文焕、薛奕交谈，一面打量众人的行当。田烈武自恩荫了官职，石越便送了一匹马给他，因此胯下的马倒是极好的一匹，不过鞍就未免差了一点，想是田家一向持家谨严，小户人家，奢侈不起使然。虽然如此，但此人心眼实

---

[39] 古语，意思是附近、邻近。

诚，又不乏精细，且上进好学，长得也是高大修长，武艺又好，倒似一块天然璞玉，这个人只需略加恩威，便是自己彀中之物。段子介依旧是一身素袍，腰佩弯刀。较之几年之前，脸上更见沧桑之色，就是胯下的那匹马似乎消减不少。石越知道这是他虽然满腹之才，却命运坎坷，不能大用，故此销神。他以前脾气冲动，路见不平就欲拔刀而向，现在稳重不少，也算是可造之才，只不过要让段子介成为自己缓急可用之人，却是难了一点。此人对桑充国的忠诚要高于对自己的忠诚，不过他可能更忠于自己的主见也说不定。至于眼角向天的吴镇卿，穿着灰色的袍子，五花马上挂着一张雕弓，一把弩机，一副爱理不理的脾气，连向自己这边看都不看一眼。但此人虽然驯服不易，只要驭之以术，倒不怕不为己用，毕竟他这样的脾气，只恐当世也只有自己愿意用他。文、薛二人衣着光鲜，浑身上下都透着活力，刀、剑、弓、弩，全是新的，似乎文焕也是大户人家的子弟。二人谈吐之间虽然不亢不卑，却处处现着名利之心，更是不难笼络，只不过要看看他们有多少真才实学罢了。

不多时便到了武成王庙。文、薛二人说声"怠慢"，便先进去通知回避出迎，被石越一把拦住，笑道："不必兴师动众。平日里我去白水潭，亦没有多少排场。似白水潭学院，那是供着孔圣人的地方，我便觉得凭你多大官威，到了学院，就得敬孔圣人几分，安心做个平常的学子模样。因此便是昌王那样的凤子龙孙去了，也并不讲阶级之分的。武学虽然不供着孔子，却供着武圣，也是一样的道理。"

薛奕和文焕相视一笑，薛奕便笑道："说起来，晚生倒也算是白水潭的半个学生，晚生平素是在博物系听课的。只因现在博物系的许多学生都出京游历了，沈存中先生又办了研究院，又要去工部军器监帮办公务，晚生最近才去得少了。不说晚生，似文兄、武学里的学生十个里倒有五个去过的，余下没有去听课的，也去玩过的。要不然晚生也不能认识段兄这样的人物。因此，学士的规矩，晚生们倒也知道一点，只是这是学士第一次来武学，再者，夫人来游玩让众人回避一下，也算是我们知礼。"

石越想了一下，笑着点了点头，说道："也不必多事声张，让众人回避一下便可。有劳二位。"

薛奕和文焕答应着进去，通知众人回避了。石越这才让阿旺扶着梓儿下来，只让唐康、侍剑跟了进去武成王庙参谒。只见正庙供的姜子牙一身戎服，一手按剑，一手捧着一本书，倒也栩栩如生。韩梓儿读杂书甚多，拜谒完毕，因笑道："大哥，你可知道古来大将成千上万，为何偏选着吕太公做武圣？"

石越心道："这我怎么知道呀？我们那时的武圣可是关羽，哪里轮到了姜子牙。"嘴上却笑道："惭愧，正要向妹子请教。"

唐康忍不住捂着嘴偷笑，说道："大哥博古通今，岂有不知之理？明摆着哄嫂子开心，倒真个是相敬如宾。"他和石越熟了之后，知道石越平素脾气比自己老子还好，因此便敢开玩笑。

梓儿啐了他一口，笑骂道："没上没下的。小心回去罚你抄《仪礼》一百遍。"

唐康朝侍剑伸伸舌头，立时做出垂首低眉可怜兮兮的模样，说道："嫂子，再也不敢了。"

连石越都忍不住笑了，韩梓儿笑道："认错了还不行，你说说为何把吕太公奉为武圣？说得出道理来，自然饶你这次，不然，加倍罚你。"

唐康笑道："这却容易，孙子云，将有五德，智、信、仁、勇、严也，凡为将者，以智为先。吕公辅佐文王、武王平定天下，创周天下八百年之基业，入则相，出则将，又有《六韬》六十篇传世，以智而论，后世无出其右者，单是这一点，便足以为武圣。而且他五德皆备，不负文王之托，辅武王成大业，堪称'信'；以有道伐无道，救民于水火，堪称'仁'；亲率六军，冒敌矢石，自可当'勇'；至于'严'字，《尚书》有《牧誓》篇，虽是武王之口，然当时军令，皆出于吕太公，亦不能瞒了他的功劳。五德俱备，称为武圣，自是天经地义。"

石越夫妇见他小小年纪，有这般见识，自是欢喜。石越赞道："康儿的书倒没有白读。"韩梓儿见夫君夸她表弟，也是非常高兴。

唐康少年心性，见石越夫妇夸他，便忍不住卖弄道："当年文王问治道于太公，太公回道'王者之国，使人民富裕；霸者之国，使士人富裕；仅存之国，使大夫富裕；无道之国，国库富裕，这就是所谓的上溢而下漏'。我观太公的见识，倒和大哥平日说的一般无二。若似本朝人物，变法之前，不过是仅存之国，充其量不过是霸者之国；若王相公所行之法，倒似是无道之国了。太公到了齐国后，精简礼仪，重视工商，以利字言仁义，似乎也与大哥平日说的不谋而合，这个武圣人，他自是当得的。"

石越夫妇万料不得他说出这番话来。韩梓儿女孩子家倒还罢了，石越却真是吃了一惊，左右看时，幸好没有外人，因沉了脸问道："这番话你哪里听来的？"

唐康不料石越作色，也不敢隐瞒，说道："前半段话，平日在学院，多听到一些同窗这么言语。后半段话，是我自己这么想的。"

石越脸色稍霁，心里赞叹："难为他有这般见识。"嘴上却正色说道："以后这些话，你不可以乱说。别人说得，你是我兄弟，却说不得。否则传到御史耳中，必有是非。就算是别人说，你也要走得远远的。这些道理，你以后自然能理会。"

唐康点了点头，答应道："我理会得。平时并不敢乱说的。"

韩梓儿看着这一大一小两个人的模样，忍不住笑道："看看康弟这样，倒不像大哥的义弟，倒是亲兄弟一样。"她自是说唐康是个小大人，惹得石越和唐康都笑了。

四人又看了一会儿陪祠的武将，无非是韩信以下诸朝名将，石越和韩梓儿一边瞻仰，一边和唐康、侍剑讲这些人的事迹。石越是学历史的，韩梓儿读书又博，倒也说得津津有味。好一阵子，梓儿才笑着对石越说道："大哥，你不可让那些人等太久了。我和阿旺去车上等着，有阿旺陪我聊天便可，你们慢慢谈正事要紧。若是要谈得久了，打发侍剑出来说一声，家丁自会送我们回去。"

石越心里知道这是梓儿体谅自己，笑着轻轻握了娇妻小手一下，答应着把她送了出来，又亲自扶她上了车，这才带了唐康、侍剑，折回武成王庙。那文焕、薛奕远远见到石夫人出去，便一齐迎了出来。石越见到吴镇卿老大不耐的样子，心里知道怎么回事，倒不在意。他却不知道若非段子介的面子，他早就走了。段子介和吴镇卿不打不相识，莫名其妙成了朋友，这中间种种，连段子介本人也觉得奇哉怪也。

此时文、薛二人把石越请了进去，早有武学的教授出来迎接，陪着石越参观武学。当时武学的规模并不大，不到百人，所有学生都是世家子弟，似田烈武这样的出身都没有资格入学。教的课程除了兵法阵图弓马之外，还有五经。石越一边听教授介绍，心中暗道："这武学多有可改革之处。"不过转念想到现在自己身上的麻烦，心知一时也是有心无力。自己出守外郡，是迟早间的事情，现在朝政说得不好听一点，那是一地鸡毛，眼见明年更有大灾，千万百姓不知如何救助，又哪有心思有机会来改革武学？

在石越看来，这武学之中可以改革的地方多不胜数。在田烈武看来，这里却是羡煞人的地方，只是自己没有这个福气进来。因此，一边看一边将羡慕之情全都写到了脸上，惹得秦观在旁边偷笑。文、薛二人却只顾看石越的反应，见他脸上并无嘉许之意，心里不由有点儿失望。两人对望一眼，互相使了个眼色。文焕趋前几步，抢先说道："学士不妨到这边来看看。"一边说一边把石越引到一个房子里。

进到屋中，石越顿觉眼前一亮，让眼前的东西给吓了一跳。他揉揉眼睛，几乎怀疑自己看错了——出现在自己眼前的，是摆在五米长桌子上的沙盘，上面山脉、河流、城堡，一应俱全。

石越吃惊地望了文、薛二人一眼，见二人脸上带有得意之色，便猜到可能是这二人的手笔。果然，文焕介绍道："这是薛兄的杰作，乃是西北边防地形图，如此制成，一目了然，于用兵行军，颇有助益。"

石越对薛奕不由要刮目相看，赞道："果真了不起。薛世兄是如何想到这样做地图的？"他一个现代人，在电视里见惯了沙盘，若能想到，倒不以为意。只是古代，石越却似乎没有听说过有这样的东西，其实他不知道，实际上沈括的确有过这样天才般的设计。

薛奕有点儿不好意思地笑道："这并非晚生想到的，沈存中先生在讲博物学时，曾经用木屑、面糊、熔蜡做成地形图，讲解各地地形。晚生受此启发，便用此创意，做了这个西北边防地形图。平时演兵之时，同窗也好更加方便。这地图也非晚生一人之功劳，若无白水潭的同窗，以及文兄、段兄，晚生便有此心，也无此力做成。"

石越这才知道端倪，他点了点头，赞道："薛世兄不必过谦。似这个想法，没有过人的才智，断难想到。我有意向陛下举荐世兄，不知世兄之意如何？日后无论大内、枢密院，甚至都堂，都需要有这样的地图，以方便执政者决策。"

薛奕笑了笑，婉言谢绝："晚生之志是想去疆场挣功名。多谢石学士厚爱，晚生愧不敢受。"

文焕在旁边解释道："薛兄已经打算参加下个月的武举，他素日也是心气高的，还请学士见谅。"

石越哪里会见怪，心里更加喜欢薛奕，连连赞道："薛家子弟果然名不虚传，他日必能成就一番功名事业。"又转头问旁边的人："诸位也有意参加武举吗？"

有几个人便答应了。文焕笑道："非止这几人，便是吴兄、段兄、田兄，还有晚生，都有此意。不过不知道下月武举录取人数有多少。"

石越见他提到段子介和田烈武，便用目光去寻这二人，却见段子介倒是倾心在听自己说话，而田烈武显然是第一次见到这样的沙盘，正在那里感叹不已，心驰神移。

石越虽然心里知道皇帝决定本次武举录取人数不能超过三十名，甚至连直舍人院、集贤校理刘攽与馆阁校勘黄履主持考文墨，龙图阁直学士张焘与权枢密副都承旨张诚以及吕惠卿三人主持考武艺的事情都早已知道，不过此时自然不能乱说，只温言勉励几句，又想起左宗棠的名言，便借着"前人"的牙慧说道："中国强盛之时，无不掩有西域。今河西李家叛逆已久，实是本朝武人之辱。诸君皆当勉之，今上是大有作为之君，良材美质，不可自弃，国家若有缓急，便是诸君出鞘之时！"

众人听了这话，无不凛然答应，连吴镇卿也不禁眼角一跳，回想起当日秦观和自己说过的话，这才知道国家果然有意用兵进取。王韶今日之事，不过是大战略的第一步而已。

石越又和众人说了几句闲话，无非是些勉励之词，眼见天色已晚，便告辞而去。那些武学生员，若论年纪，倒没有比石越小的，不过地位悬殊，倒是石越老气横秋地说话，那些人也只能自称"晚生"。不过众人皆不以为意，以石越今时今日之声望，在一般士人眼中，自然当得起"前辈"二字。

6

一行人在外面转了一天，回到府中，石越把梓儿送到内院，才出来和潘照临、司马梦求、陈良打招呼，却见秦观早在眉飞色舞和三人讲述今日所闻。他因今天出去，结识了几个出色之人，便趁着这机会羞惭一下潘照临，以报白日言语不逊之辱。不料潘照临见石越出来，不冷不热半讥半讽地说道："虽是如此，只怕秦公子却不知道，得之东隅，失之桑榆。"

石越知道他的脾气，笑着望着司马梦求。果然司马梦求老老实实地说道："今日学士出门，有几个故交来访不遇，说是去了桑府。"

陈良早翻出拜帖，石越拿在手里翻看，不由吃了一惊，原来是柴贵友、柴贵谊、李敦敏等人三年任满，回京述职。他一面翻看，发现有份名帖上，赫然写着蔡京的名字。石越心里奇怪："这个奸臣怎么和他们三人到一块了。"因一边细问。

司马梦求笑道："是桑充国、唐棣、蔡卞陪着来的，那个蔡京，听说是去见王介甫，却被拗相公羞惭了，因和蔡卞是兄弟，便一道来此，多半是盼着学士提携。众人因见学士不在，都去桑府了。"

潘照临冷笑道："长安路上，来来往往，孰不为名，孰不为利？我看这蔡京谈吐之间，倒是又有干才又有文章的。"

石越心道："若蔡京没本事，徽宗那样的才子皇帝能看中他？"不过这番话却不便说出来，只笑道："改日看看他的情况再说。三年一任，回来若不能试馆职[40]，不过由县尉而主簿罢了。倒是如今李敦敏和柴氏兄弟，须得好好想个法子。"

司马梦求听到这话，正色道："学士，这不是正理。让他们进馆阁，有害无益。便留在京师，得个美职，又何益于事？学士岂可和那些庸官一样？"说话间已有责难之色。

石越见陈良也点了点头，便笑道："纯父不要误会。我和潜光兄早就计议过，他们安置在朝中，并不能为国家百姓做点什么，于他们倒也没有好处，反倒我石越真变成结党营私的小人。君子爱人以德，况且李敦敏和柴氏兄弟也是深明事理之辈，我不过是想着给他们谋一个大县知县、主簿罢了。"

潘照临却知道石越向来意志坚定，当日既然定策，让王安石争馆阁，他们自己则争取在地方做点实事，并不会轻易改变。因此这一科的白水潭学员，还有范翔等人，若留几个人在京师，本不困难，石越始终是一个也没有留，全是派到地方上做县尉、主簿去了，只有状元公余中按例是试大理评事[41]。这时见石越一边说，一边起身吩咐侍剑备马，便知道他是想连夜去会旧友了，忙说道："公子且别忙，今日刚得消息，韩绛和孙固都见过皇上了。明年灾荒之事，只怕明日皇上就会诏见，且先议定个章程。"

他话音未落，石越已到了前门之外，口里说道："那事不急于一天两天。"一边

---

[40] 指参加选任馆阁官职的考试。

[41] 大理评事，为从八品下阶官，无实际职掌。北宋制度，余中以状元入仕，直接就是从八品下，但带个"试"字，表示还只是预备官员，需要再进行一次遴选，实际只是形式而已。

上了马，扬长而去。

似李敦敏、柴氏兄弟、唐棣、桑充国，本来是他初到这个世界结识的几个朋友，感情不同一般，何况大家还算志同道合。现在桑充国虽然说是自己的大舅子，却是不可避免的一日比一日疏远，不过看在梓儿的面子上，桑充国这段时间来往石府才多了一点。唐棣倒没话可说，可他是直性人，毕竟不惯于钩心斗角，很多话也不好多说，只任他在苏辙手下做事，实实在在做点事业，他反而心里踏实。因此若论石越的内心，倒颇有点儿想念李敦敏和柴氏兄弟。特别是李敦敏，当年就十分仰慕自己，心眼又灵活，又能死心塌地地支持自己，石越本是有意把他留在京师的。只要他向皇帝推荐，应个馆阁试，得个清职，自是易如反掌，不料被司马梦求一说，他也知"自在不成人，成人不自在"，自古以来，纵性妄为能成大事的人，那是绝没有先例的，他只好收拾这心思，好在想想自己说不定马上出外了，倒也不是十分耿耿。

一边想着，一边轻骑到了桑府。他刚跃身下马，桑府的门人早已看见，连忙过来接过马去，口称："姑爷。"就要着人进去通报。

石越忙笑着止住，径直走了进去。只见里面灯火通明，大堂之中，觥筹交错，依稀便有李敦敏和柴氏兄弟的声音。石越大步进去，高声喊道："若是喝酒，怎少得了我？"

里面早有人笑道："我说石子明岂是朱门先达笑弹冠[42]之人？他知我们在此，今晚必来，怎样？"听声音便是李敦敏。说话间，众人都迎了出来。

石越见桑、唐、李、二柴、蔡卞之外，另有一人，长得修长挺拔，皮肤白净，非常英俊，心里便知道那是蔡京了。当下一一见礼，和众人一起重新进了大堂，论了座次坐定。

蔡京见石越一口就能叫出自己的表字，真是又惊又喜，几乎高兴得坐定不安。他是功名心极重之人，有机会巴结上石越这样的人物，岂能不殚心竭智？

李敦敏等人和石越一别三年，这时石越已非吴下阿蒙，虽然平日书信往来，都是平辈论交，但毕竟心里还是担心石越在他们面前摆长官的架子。想想一个是官居三品，参议军国重事的翰林学士，天子近前的红人，自己几个人不过是七品不到的小县主簿、县尉，有种种顾虑，更是难免。这时见石越连夜赶来，竟无一点拿腔作势，几人不仅脸上自觉有光，心里也甚是舒畅。

李敦敏是三人中最坚信石越不会变的人，这时更觉得自己果然没看错人，不由

---

[42]　出自王维诗句"白首相知犹按剑，朱门先达笑弹冠"，弹冠出自《汉书·王吉传》"王阳在位，贡公弹冠"，指汉代王子阳作了高官，贡禹掸去帽上尘土，等着好友提拔，是"弹冠相庆"的意思。此诗反用其意，指世态炎凉，人情淡薄，有些人一旦先显达了，就笑侮后来弹冠（出仕）者，轻薄排挤，乃至落井下石。

取笑道："子明今日倒是风雅得紧。"柴贵谊也笑道："才子佳人，自然比不得市井庸人。快说，今天到过哪里，做了何事？可又有佳作？"

石越老实笑道："佳作一点也无，倒是去了武成王庙。"说着便把在武学的见闻说了一遍，惹得众人感叹一番，李敦敏半开玩笑地说道："想不到有此人物。不过此事长卿可不能在《汴京新闻》上登了去。现在《汴京新闻》卖得好红火，别说江浙，听说契丹河西都有的卖。让夷人知道了，岂不让他们学了这个乖？"他本是无心调侃之语，不料竟不小心碰上桑充国和石越的心病。桑充国勉强干笑道："那是自然不敢的。"石越装作没觉察，自和柴贵谊说些没要紧的话。

蔡京是个伶俐之人，这些微小举动，自逃不出他的眼睛，察言观色，想起种种传言，便知道是怎么回事，于是配合石越岔开话题，笑道："说到报纸，我倒听到一个笑话，说是唐坰正在变卖家产，打算办一份报纸，真是不自量力。"他知道唐坰得罪石越，趁机便来贬损几句。

不料桑充国冷笑道："也未必是不自量力，若依我的本心，却是希望办报纸的人越多越好。"

石越看了桑充国一眼，淡然一笑，道："长卿说得是。"桑充国不料他如此，倒不好意思起来。

蔡京却是脸皮极厚的，丝毫不以为意，笑道："那自是学生见识浅了。"

李敦敏见气氛有点儿尴尬，知是自己说错了话，暗暗后悔，此时便有意想把话说开了，又不便太露痕迹，便顺着这个话题说道："子明，我看邸报，说是唐某人当庭弹劾你，所幸天子圣明，没有受此小人所惑。这究竟是怎么一回事？"石越做的梦虽然在垂拱殿上说了，却是不许公开报道的，怕的是人心动荡，因此连邸报上也语焉不详。不过官场没有秘密，李敦敏等人虽然官职低微，又是初到京师，也已略略听到风声。

石越却也不便多说，只说唐坰因事弹劾自己，把那弹词挑着说了一遍。休说李敦敏等人，连蔡卞这样觉得事不干己的人，也以为唐坰这样是想置人死地，未免过分了。

李敦敏叹道："子明和白水潭学院是一根绳上的两只蚱蜢，便是没事，人家也要把你们往一块儿想。"说完意味深长地看了桑充国一眼。

桑充国想想这句话，倒真是百感交集，又想自己没做错什么，的确有点儿对不住石越。他一边想，一边酒尽杯干，竟是存心把自己灌醉。石越见桑充国如此，心里也似打翻了五味瓶，一时觉得桑充国其实没错，觉得是自己小气；一时又觉得桑充国的确有不够意思的地方。虽然在和李敦敏、柴氏兄弟、蔡京说些外地的风光人情，京师的逸闻趣事，边说边笑，却也是酒尽杯干，存心一醉。

这三年多时间，自从入仕之后，石越竟是一次也没有醉过，做什么事都小心谨慎，虽然说一半是性格使然，一半也是环境所迫。这一晚上，酒遇故交，又夹不住几分心事，满桌人都喝得大醉。

7

次日一大早，天就下起蒙蒙小雨。侍剑急匆匆跑到桑府，不由分说，吩咐丫头用冷水把石越弄醒了，整好衣冠，便催着他进宫，原来真不出潘照临所料，皇帝要召见石越。

石越被冷水一淋，倒是清醒过来了，知道众人都尚未醒，自己却要急急忙忙去见皇帝，不由自嘲道："果然是富贵闲人最难得。"

侍剑一边服侍他换上官服，一边冷笑道："公子也别抱怨富贵闲人，昨日岂不是闲人了？结果醉成这样，夫人一晚上让丫头出来问了不下十次，我们也不敢说。"

石越听他数落，不由笑骂道："臭小子胆子就大成这样了。"

入了宫来，才知道皇帝是在集英殿召见，石越连忙跑了过去。进殿一看，连同韩绛在内，二相三参，外带其他几个翰林学士，加上枢密使、三司使、御史中丞，以及吕惠卿都在场，石越知道那多半是特旨，都来了。他告了罪，便听吕惠卿笑道："陛下，依臣之见，应当给石越赐一座离大内近一点的宅子才好。"

冯京知他这是讽刺石越来得晚了，不待石越分辩，也笑道："吕学士说的也是正理。石越的赐宅离大内太远，因为是陛下所赐，所以他也不敢置办新宅。何况平日清廉，京城房价贵，也不见得就能说买便买。碰上今日这样不该他当值，但有急旨要商议军国大事的日子，便难得及时赶到。"

吕惠卿见冯京强出头，干笑道："冯执政对石学士的事情倒是了如指掌，只怕比韩侍中还知道得多些。"他这话说得厉害了，分明是说冯京与石越结党。冯京勃然变色，枢密使吴充已先说道："为人臣者，要有人臣的体统。"

这三人在皇帝面前夹枪带棒，王安石不以为然，蔡确却幸灾乐祸。在他看来，这无非是"狗咬狗"，曾布虽是新党，心里只怕也是盼着吕惠卿吃亏要多些。韩绛和孙固却是木人一样，不动声色。

赵顼心里明白，可也无可奈何，只好装作糊涂，笑道："这些事现在不必议。先说正事，石卿不久就要出京替朕牧守一方，京师的宅子，等他回京后再赐不迟。"这话说出来，王安石、蔡确、石越不为所动，显是早已知道。此外众人却无不吃了一惊。冯京、吴充眼见着韩绛回来，以后中书的事情更加难办，还盼着借石越为助力，因此冯京才不顾成例，力荐石越为参知政事，哪知道荐章上去没几天，反倒说让石越出外了。

赵顼却不去管他们想什么，只向韩绛、孙固问道："韩丞相，孙卿，对太祖皇帝、太宗皇帝托梦之事，二卿有何意见？"

韩绛和孙固对望一眼，心中暗道："果然问及此事。"他二人在进宫之前，早已猜到皇帝必问此事，二人互相探过对方口风，只是两人的嘴都非常严实，不知道对方想的是什么。韩、孙虽然同是戴罪之身，但一日召回，便各居显职。韩绛为次相，孙固做的翰林学士、知制诰亦是最为机要之官，国家军机，无不与闻。但是韩家是北宋官品世家，可以说是冠带满朝，在宠信上孙固也不能和韩绛相比，且韩绛又是次相，这时自然是韩绛首先开口："臣以为若以此事做决断大事的根据，必为后世所讥。请陛下三思。"

对于韩绛的态度，众人倒并不奇怪，韩绛外号"持法罗汉"，要他和王安石生分，只怕难了一点。殿中众臣，都把目光投在孙固身上。

石越心中此时也忐忑不安。他知道孙固的态度极为重要，此时连冯京都不能对自己有坚定的支持，孙固是皇帝特意召回的，若能得到他的赞成，那么说不定有希望说服皇帝早做一点准备，但是如果连他也反对，那么大事去矣。他心中实在无法不顾那千万百姓之生死，这时几乎要忍不住抢先说服孙固，好让他在皇帝面前赞成自己。

孙固并不理会众人的反应，趋前一步，亢身说道："陛下，臣以为此事，全由石越年轻孟浪而起，实不足以在朝堂之上讨论！"此言一出，众人顿时相顾愕然。"年轻孟浪"四个字，对于资历不深、骤然窜起的石越来说，堪称政治上最忌讳的评语。孙固与石越并无公怨私仇，竟然如此不留情面，不由得众人不吃惊。

石越因为是说到自己，不好反驳，冯京却忍不住说道："石越一向谨慎老成，孙学士似乎用词太苛了。"

孙固斜着眼睛看了冯京一眼，厉声说道："执政此言差矣！今日所议之事，无论是与不是，都不足为后世之法。若石越所做之梦为虚妄，明年并无旱灾，那么于石越是欺君大罪尚还是小事，辱及列祖列宗之灵，才是大事。石越身为朝廷重臣，便真有其事，也不可妄言，他应当知道万一不中，太祖、太宗皇帝于九泉之下，何以心安？到那时候，石越纵是万死，亦不能偿其罪。"

冯京心中十分不服气，但他一向拙于言辞，不知如何应对，只好诺诺退下。

石越万料不到孙固不仅不支持自己，反而倒戈一击，此时已知事情不能挽回。他自恃皇帝的宠信，倒不太害怕皇帝的处分，只是心中对孙固已十分不满，暗暗骂道："忽起忽落，想在皇帝面前表现自己不偏不党吗？"其实此事孙固并无不是，但精神紧张之下突然觉悟自己的挫败，石越自己的心态，已很难保持公正。

吕惠卿与蔡确对望一眼，心中无不大喜。他们万万料不到孙固会攻击石越，如此天赐良机，岂能放过？

"孙固所言有理，石越此事，确属轻狂，且累及祖宗，宜交有司论处。请陛下明断。"蔡确迫不及待地发难。

吕惠卿却是大义凛然地说道："石越之肺腑，实不可问。今日他假天下百姓之名，道祖宗托梦报灾，其所言不中，于祖宗大不敬；万一不幸而言中，他日他说祖宗托梦于他，要石越行伊尹之事，陛下信是不信？"这话从吕惠卿口中说出来，连皇帝都悚然动容。殿中群臣，更是惊心动魄！伊尹是什么人？伊尹表面是古之圣相，实际上却是可以废立帝王的权相！吕惠卿是要置石越于死地了。冯京和吴充对望一眼，心知不妙，正要说话，蔡确已抢在前面，道："石越所言，确已近乎妖言，有辱斯文，重失大臣之体。"

石越听到这两个人交相攻击之词，脸色也不由变得非常难看起来。吕惠卿所指之事，虽无任何证据，却是诛心之罪，句句惊心动魄。他一瞬间就想起太平天国杨秀清降神之事，那后果，便是东王府最后在政治斗争中被杀得干干净净！宋代虽然号称不杀士大夫，但若论及谋反大逆之事，却同样是毫不手软的。一念及此，他已不能不辩，不免以手指心，声色俱厉地说道："吕惠卿，欲用谗言杀人吗？石某对大宋、皇上，忠心可鉴日月！"

坐在龙椅上的赵顼，听到殿中这句句要置石越于死地的话，心里镜子似的明白。他知道若自己再不说话，惯于附风而动的臣子们就会一个个跟上来，狠狠往石越身上砸石头了，到时候不怕列不出"十大罪状"。

年轻的皇帝对于石越，还有着甚多的期望，绝不愿意就这样把他牺牲掉。他无意识地看了王安石一眼，见他欲言又止的样子，生怕他说出对石越更不利的话来，连忙摆了摆手，温言说道："石越一向忠贞体国，断不会有那等事情，众卿不必过虑。"

听到皇帝这么说，蔡确犹豫了一下，便立即乖觉地闭上了嘴巴，不再说话，便如从没有发生过这件事情一样。

蔡确能够在几年之内，由一小官而蹿升至权御史中丞这个全国最高监察长官之职，自然有他的心得，这可不是只靠着如疯狗一样咬人便能做到的。他的秘诀，一是揣测皇帝与王安石的心思，一是在皇帝面前树立孤臣的形象，甚至和王安石也维持一种微妙的距离。况且他心里是欲置石越于死地——他与石越的恩怨太多，从邓绾被贬逐开始就结下了，既已得罪了对方，他便不去指望再修好，只一心想彻底搞垮石越。而且，他也是极有野心的人，石越无疑是他将来位极人臣的障碍，更何况他隐隐觉得，皇帝对于他不断攻击弹劾石越，恐怕也抱着一种微妙的心理，所以，无论出于哪方面考虑，蔡确都有理由将石越当成他最大的政敌。但即使如此，一觉察到皇帝有意保全石越，他便绝不肯轻易做让皇帝生厌的事。

吕惠卿见蔡确这样子，心里暗骂道："真小人也，此时不把石越彻底击倒，若让他缓过劲，有朝一日，邓绾就是我辈的前车。这蔡持正真是无见识之辈，不可与之谋大事！"他心念既定，便不依不饶，用手指着石越，厉声说道："陛下，王莽、曹操，初仕之时，未必不是忠臣！此时若不防微杜渐，他日必开侥幸妖言之门。"他明知现在集英殿上二相三参都有点儿不耐烦，一个个缄默不语，但所谓箭在弦上，不得不发，一时之间，也顾不上许多。

石越环视殿中，孙固已经不可能帮自己直言了，冯京、吴充，一时间也指望不上，曾布断不肯做王安石反对之事，其余诸人，只要不落井下石，已是谢天谢地。此刻他已不得不自辩了，当下凄然说道："陛下，臣自知有罪，不敢再辩。只是罪臣之荣辱不足道，所念者，万一罪臣所言为真，望陛下与诸公顾念千万百姓之生死，略做准备，如此上不致有负祖宗之托，下则显陛下爱惜元元[43]之心。"

吕惠卿心中暗骂："以退为进，转移话题，真是虚伪小人！"但是眼见皇帝、王安石都为之动容，心里已知道要彻底击垮石越，不说皇帝那一关依然难以撼动，便是王安石，可能也并不想置石越于死地，心中不免又是嫉恨，又是害怕。和石越既然脸皮撕破，那就是势同水火了，不能扳倒石越，总有一天，他会转过手来对付自己。

他正欲措辞把话题拉回到攻击石越上，便听皇帝温言说道："今日不必议论石越所做之事的是非对错，朕以为，万一他说的是真的，实在不可不防。因此朕欲暂免河北诸路免役宽剩钱，而且略略酌情削减赋税，再下令各地提举常平使检视仓储，以备万一。同时凡往河北贩卖粮食者，一律免税。外示无事，内为之备。丞相与众卿之意如何？"

石越听到这些话，就知道皇帝有意保护自己，加上皇帝提出的方法无疑可以大大减轻灾情的危害，不禁大喜过望，立时拜倒，高声说道："陛下圣明。"

冯京、吴充对于这件事，本来已经没什么主张可言，但眼见对石越有利，又是皇帝亲口提出来的，不用怎么样权衡，也就立即随声附和。

王安石和韩绛却不免蹙起眉头。方才之事，韩绛深知皇帝的脾气喜恶，因此他倒并不想太得罪石越了，做人要给自己留条退路，不宜赶尽杀绝，这是他一向深信的持身之道。王安石心里也觉得若要置石越于死地，未免过分了，因此二人倒都有意替石越求情，不过二人都想等皇帝迫不得已要处分石越之时再出头做个好人，示恩于石越。虽然二人是宰相，但是若能让石越受自己的恩惠，对于这个前途无量的年轻人进行一

---

[43] 指平民百姓。

点感情投资，就算是王安石，也不会拒绝的。不料说了半天，皇帝竟然是十分明显地眷顾石越，如此处分，实际上根本是相信石越的判断了。二人在心里计算了一下，正要表明自己的意见，就听到今日自从石越踏进集英殿之后，就一直攻击石越的吕惠卿竟出乎所有人的意料，朗声说道："陛下如此处分，不失为万全之策。"王安石对于自己这个学生顿时大跌眼镜，他第一次发现，自己根本不知道吕惠卿在想什么。

孙固厌恶地看了吕惠卿一眼，心里骂道："小人！"但是他毕竟不是言官，皇帝没有问到，不能随便攻击大臣，因此并不作声。蔡确心里一面冷笑，一面暗暗把这件事记下，留着以后对付吕惠卿时翻老账，好说他希合上意，左右摇摆。蔡确现在却也并不说话，到了这个时候，他要等着听王安石说什么再判断自己怎么做了。

只有韩绛悄悄打量吕惠卿几眼，暗赞一声"精明"。他用眼角偷觑皇帝，果然赵顼在轻轻点头，显然心里赞赏吕惠卿果然不愧"贤人"之称。攻击石越，自是为了赵家的江山，而赞成早做准备，同样也是从公义的角度来考量……

知道皇帝心思的韩绛正在考虑是立即附议，还是等王安石表态之后再说话，却听到一直沉默不语的三司使曾布酸溜溜地说道："陛下，如果不征收免役宽剩钱，国库要少一大笔收入，西北军费日费千万，若不从内库借点钱，入不敷出，只怕难免。"他公开叫苦，完了还不忘揶揄一下吕惠卿，"吕学士同知司农寺，居然一力赞成，看来司农寺以后不必向内库借钱了。"

吕惠卿暗骂曾布，却只管做出充耳不闻之状。石越心里暗暗叫苦，不管出于什么样的原因，曾布这时候在操作层面叫苦，必然再次打击自己提前救灾的主张，引出来的连锁反应现在已经难以预料了。他自然知道曾布这个三司使做得相当拮据，因为国家本来收不抵支，加上宋代财政有一个非常吊诡的事情——皇帝另有一个内库，和三司使、司农寺同管天下财政收入。虽然宋代的皇帝并不乱用钱，这个金库的钱主要是用来做军费，而且国库用度不足时可以向皇帝"借钱"，但是在账目上，号称"计相"的最高财政官曾布却是不知道国家到底有多少钱的。因此他计算起国家的收入之时，未免更显得少了。有点儿心痛银钱的曾布一方面顾及皇帝的态度和石越的私交，不愿意鲜明地反对，一方面却不能不表明态度。但客观上，对石越却是非常不利。

王安石暗暗点了头，心里十分赞许曾布说了很实在的问题，但同时他不免也有点儿伤脑筋，理财，理财，帮国家理好财是他一生最大的政治抱负。用一个子虚乌有的东西，打乱既有税收政策，直接影响国家大笔的财政收入，对于王安石来说的确难以接受，但是皇帝的态度也不能不考虑。沉默良久之后，王安石终于开口说话："陛下，臣以为此事影响太大，要么相信石越，暗中准备救灾，要么就不要相信，不要打乱变法的进程，拿定一个主意，方好办事。臣是不信怪力乱神之语的，太祖、太宗皇帝，没有托梦给一个臣子的道理。"

王安石话音刚落，蔡确也立即跟进，说道："陛下，臣也以为此事亦有欠周详。若依陛下所言行事，那么无疑是说石越所讲都是真的。万一不中，史官之笔，后世之讥，不可不惧！"

孙固也断然说道："若真如此，臣不敢草诏！"

石越眼见又是一片反对之声，终于按捺不住，对着蔡确愤然说道："中丞奈何只惧后世之讥，而不顾百姓生死？"

蔡确冷笑道："我非是不顾百姓生死，只是不愿因为妖言而动扰朝政。"

"万一明年真有旱灾，不知道中丞对遭灾的百姓心里会不会有愧！"石越的这些话明着是对蔡确说，实际上却是说给王安石听的。他看着比自己矮了一个头的王安石，心里很清楚，无论多少人反对或支持，关键还在王安石。只要拗相公点点头，万事自然通行无阻。

但王安石却默然不语。石越不由有些急了，也不再去理蔡确，直视王安石，说道："相公，国家之财，取之于民，用之于民，岂能不顾百姓之生死，只管做守财奴？"

王安石淡淡地看了石越一眼，对皇帝说道："臣岂是守财奴？臣只是幼守圣人之训，不敢语及怪力乱神。若能确知明年有旱，便是暂停新法，也在所不惜。"

孙固不待石越相问，也朗声说道："守道而死，好过无道而活！"

石越冷笑一声："好个守道而死！可惜若真的要死，死的也是无辜的百姓！"他说话也越来越加辞色，惹得孙固脖子都红了。

冯京眼见事情刚有挽回的余地，不料曾布一开口，事情又是急转直下，心里也不知做何想法。他小心地说道："现在要断定真假，实在不可能。臣以为陛下所言，外示以宽，内为之备，最是英明。这种种措施，假各种名义颁布便可。财政之拮据，朝廷节省用度，未必不能支持。"

"执政此言，是没有是非曲直的说法。臣以为石越上此言语，不能不处分。而这虚无缥缈之事，也不必去信。检视仓储，以备非常，是有司之责，亦不必特意申明。实则臣以为，石越所料如果真的中了，本朝祸乱，才只是开始！"孙固冷冷地反驳。

这句箴言背面的含义，让石越都打了冷战。

集英殿外，雨越下越大，哗哗的雨声传入殿中，所谓"大旱"的说法，愈发显得遥不可及。赵顼用目光巡视自王安石以下诸臣，眼见本朝最高权力中心的臣子们大部分都是反对石越的主张，仅有的几个支持者也是信心不足的样子。那真的不过是石越的噩梦吗？赵顼不知道自己不知不觉已经习惯了"石越总是对的"的思维，这时候让他做出一个和石越的主张完全相反的决策，竟不由得要犹豫不已。然而此时集英殿内，无声地回响着孙固那固执的声音："臣不敢奉诏……"

第五章

汴京·杭州

欲求非常之功，则无务为自全之计。

——苏轼《晁错论》

1

学士府。

早上的蒙蒙细雨到了下午，一直不肯下大。天气显得极为阴沉，学士府中，气氛十分压抑。自从昨日在集英殿石越的主张受挫之后，要处分石越的谣言就悄悄传开了。石越那一片金光灿烂的仕途，顿时阴云密集。已经有御史闻风上书，弹劾石越。但是究竟是为了什么事情，却是不能知道的。《新义报》的编辑们虽然知道真相，却不敢报道。《汴京新闻》一向消息灵通，这次也只报道了石越受弹劾的事情，但是什么原因，却是既不知道也不敢说。普通的人们对这种弹劾早已习以为常，以为凭石越所受的信任，是绝不会有什么事情的。

"我已和冯参政说过，修文兄调杭州仁和县知县，景初兄为福州签书判官厅公事，景中兄为潭州安化县知县。"石越的语气非常平静。

李敦敏与柴贵友、柴贵谊兄弟都有点儿兴奋。宋代县分八等，仁和县和安化县都是三等县，一等县和二等县分布在京师周围。所以在外地来说，这些县实际上就是最好的县了，一般都有四千多户，比起他们自己以前所在的县来说，不知道大了多少。

"仁和是个大县，自不必说，修文兄正好可以大展拳脚，在地方上历练经年，下次回来，就可以试馆阁了。"

李敦敏点点头，道："我更愿意做地方官，为百姓干点实事。县官虽然是小官，却是亲民官，对国家、朝廷，实是很重要的。"

"这话说得对，修文有这番见识，已出于众人之上。"石越微笑着点头赞许，一边又对柴贵友说道："福州知州和通判，都是冯参政门生，应当还好相处。景初兄去福州，留神看看青苗法和钱庄在那边的情况，若有闲暇，写封信给我。"

柴贵友微笑着点头答应。

"景中兄去的安化县，是刚刚置县的地方，收服蛮夷，聚集人民，开垦土地，都是要务。章惇现在经略[44]荆湖，此人面善心狠，景中自己多加小心。也望勿以地方荒远，而不肯安心为政。"

"断不敢误了国事。弟心所想，与修文兄是一样的。"柴贵谊欠身回道。

石越一边和三人叮嘱，一边不时用眼神向外瞟，仿佛在等什么。司马梦求和陈

[44] 筹划治理之意。

良虽然一起陪客，也不时会往门外看上一眼，只有潘照临安之若素，细细品着贡茶。李敦敏最是细心，立时知道石越虽然看似平静，但心里依然悬着担心。他本来想替蔡京问问前途，这时也不好开口了。

2

内东门小殿。

"韩丞相以为当如何处置？"赵顼背着手，踱来踱去。外面的细雨真是不太合时宜，颇扰人心绪。

韩绛叉手侍立一侧，见皇帝发问，连忙说道："陛下欲保全石越之意，臣心里知道，陛下对臣下如此仁厚爱重，臣下焉有不感恩戴德的？"

站在韩绛下首的一个人不易觉察地冷笑了一下，此人是遥领嘉州防御使的李宪，当朝真能带兵的宦官。虽然谈不上名将之材，但比起听到西夏兵一到，就进退失措的韩绛来，实不知强了多少倍。因此，他心里不是很看得起韩绛这个世家子弟。这时听到他口出谀辞，虽然自己也是靠拍马屁讨皇帝喜欢起家的，但是丝毫不会妨碍他嘲笑韩绛。

心里明明知道韩绛说的是奉承话，但是赵顼苍白的脸上，也不由泛起一丝笑容。"朕想让石越在京师附近，择一善地，出守大郡，也好时时咨议。卿意如何？"

韩绛迟疑了一下，小心说道："陛下圣明，不过如此只恐不能让孙固辈心服。臣以为孙固必然不肯奉诏草制。"

赵顼听他说得委婉，不由问道："卿的意思是……"

"臣有一点想法，要么陛下对石越降职、罚俸，留在京师，委一个部寺之责，也算是惩处了。要么就远放外郡，一来锻炼石越，看看他在州郡任上治民的能力，将来若进中书，也能让人心服；二来也是告诉群臣，已经惩处了石越；而且还看看石越的肚量，是心存怨望还是处变不惊。如此处置，比起置于京师附近要好得多。陛下英明，必有决断。"

赵顼想了想，点头道："卿说得有理。不过石子明非百里才，既是翰林学士出外，须得稍存体面，又不使掣制太多才好。"

"臣以为，不若暂且罢翰林学士……"

"也好。苏卿，便由卿来草制。"赵顼对站在一边的知制诰苏颂笑道。

韩绛心里暗暗好笑，皇帝不叫孙固来，单叫苏颂，这意思简直是路人皆知。

一旁的内侍不待吩咐，立即摆好文房四宝，赵顼想了想，道："写两道制文，第一道，授石越宝文阁直学士，晋朝奉大夫。"

苏颂应声提笔，写道：

翰林学士礼部郎中石越可宝文阁直学士制

敕：祖宗之设阁院，则奉先崇敬，以训承资后嗣；则优选贤良，以备佐翊政纲。翰林学士、朝请大夫、礼部郎中、骑都尉、新化县开国男、食邑五百户、食实封二百户、赐紫金鱼袋石某，顷以经艺入侍，量储顾问之职，建议表疏，多有助裨；应和文章，谐合义理，内外相闻领，无不赞盈。朕嘉才猷，庸劳阁院，故特授宝文阁直学士，晋朝奉大夫，依前翰林学士、礼部郎中，勋封赐如故。

然后轻轻吹干墨迹，双手呈奉皇帝御览。

赵顼看了一眼，点了点头，以示认可。他知道苏颂在白水潭学院兼课，和石越私交良好，果然一篇制文里，找不到石越半句坏话。

韩绛却有点儿莫名其妙，忍不住问道："陛下，怎么给石越授宝文阁直学士？他是翰林学士，正三品，宝文阁直学士是从三品。这个任命……"

赵顼看了韩绛一眼，笑了笑，没说话，又对苏颂说道："第二道制文，除石越两浙路转运副使兼提举常平使兼知杭州军州事，罢翰林学士。"

苏颂答应一声，铺开黄绫，提笔立就。韩绛略带惊讶地凑过去，轻声读道：

除宝文阁直学士礼部郎中石越充两浙路转运副使兼提举常平使兼知杭州军州事并罢翰林学士制

敕：漕司之效，厘乎使副；仓司之烦，劳于监佐。夫一路钱粮之政，最系紧要。而之慎选不能率尔。又昔古之都国，今之州县也。临民亲近，朝夕不绝；法令闻转，上下凭祥。盖治乎始于此，乱乎视于此，谓之固重，朕最攸紧。而之选任，未不慎重。学问疏达，干力遒举，皆之度虑。具官某，行之有典刑，学之素师法。庶务推明则称于实；文章论议必造于理，斡旋内外，蔚然得体。《书》曰"建官唯贤，位事唯能"，朕深知之。畴若三任，我图兼才，则以问谙试习之效，故去荐付使委之烦。朕赖于贤臣，牧巡一方，纳宣忠力，授之两浙路转运副使兼提举常平使兼知杭州军州事。依前仍宝文阁直学士礼部郎中。卿钦服予命，益厉乃诚。可。

韩绛这才明白皇帝的意思。

3

"一日之内，连降两道制文，似升似降，看来皇上为了处置公子，也是煞费苦心。"潘照临笑道。

司马梦求这时也长出了一口气，笑道："至少圣眷未衰，不过谢表就一定要写得感恩戴德才好。"

陈良却还有点儿不明白，问道："为何先加宝文阁直学士，后罢翰林学士？"

"皇上是想对学士略加薄惩，又怕直接罢翰林学士惹人误会，引起百官弹劾学士，因此又特意加授学士宝文阁直学士。那些希合上意的御史，看了就明白是什么意思了。"司马梦求笑着解释。

"原来如此。"陈良算是又上了一课。

"不过这封谢表用词一定要恭顺，万不可流露出半分怨望。不仅对皇上不能有，对别的大臣也不能有。"潘照临一面说一面看着司马梦求，道："纯父，这就由你来动笔吧。"

"这个我理会得。幸好学士不再填词写诗，否则文句一定小心。日后不在朝廷，奸人构隙的机会就更多了。吕惠卿、孙固在朝堂上说的话，皇上恩宠正浓之时，自然不以为意，但是若有人天天进谗言，禁不住日销月损，有朝一日，必成大患。今日既已受命出外，这等事不能不事先预防。"

说到这里，陈良也严肃起来，道："不错，历史上多少备受宠信的大臣，一朝出外，就渐渐疏远了。学士在朝中政敌不少，吕惠卿、蔡确辈更是深受重视。有这二人朝夕进言，实在可怕。"

石越点点头，思忖一会儿，笑着望了望潘照临。

潘照临会意地一笑，轻轻说道："吕惠卿、蔡确吗？"

"学士，夫人想见你。"一个叫牵儿的丫头站在门外禀道。

司马梦求和潘照临、陈良相视一笑，三人便告了退，去商量写谢表以及离京之前善后处置之事。

石越想到马上要离京，的确也应当告诉梓儿一声，立即随着牵儿走进后院，却见梓儿和阿旺正坐在亭子里边说着话。

石越接过一把伞，踏着青石路悄悄走了过去，笑道："妹子，找我有什么事吗？"

梓儿把他迎进亭子，接过伞来顺手递给阿旺，一面笑道："只是听说外面有圣使到来，有点儿担心。"

"没什么事情，不过有件事要告诉你，我加授宝文阁直学士，进朝奉大夫，准备出知杭州了。"石越怕老婆担心，轻描淡写专拣好事说。

"大哥要去杭州吗？听说苏子瞻也在杭州。那个地方，风景很好吧？"

"上有天堂，下有苏杭。怎能不好？"石越笑道，"我估计过不了几天就要出发，这之前，你回去和父母、哥哥道个别。我只怕不能陪你回家了，要陛辞[45]，还有同僚的饯行，还要去一次白水潭学院……"说到这里，石越忽然怔住了。

"怎么了？"

"妹子，我要先去见一下你哥哥，有事晚上回来再说。"石越轻轻握了一下桑梓儿的小手，也不顾外面正在下雨，快步走了出去，叫了马车，直奔白水潭学院。

桑充国万料不到石越会冒着大雨来找自己，更料不到石越不动声色把旁人都支开，显然是要和自己密谈。

"长卿，已有旨意，我要出知杭州。"石越凝视着更显清瘦的桑充国，轻声说道。

桑充国一时没有反应过来，不知道是应当道贺还是应当如何，更不知道石越来找自己究竟是为了什么事情。

"西湖学院在杭州，格物方面一直没有名师，进展缓慢……"

"你的意思，想从格物院调一些先生过去？"桑充国立时明白石越的意思了。

"不错。"

"为何？我不太能理解。白水潭学院本身格物院的力量就不足，等到学生们正式毕业，再请几个人过去，那倒不成问题。"桑充国不解地问道。

"你还记得叩阙之事吗？"石越盯着桑充国问道。

"当然记得。"

"我有我的担心。白水潭学院现在虽然根基渐渐牢固，但是我离开京师后，不知道京师会发生什么事情，我怕有个万一……所以我要把格物院的一些先生请到杭州去，不仅仅是想增加西湖学院的力量，也是想要分散风险。"

"分散风险？"听到石越这些可托肺腑的话，桑充国心里不由一热，嘴上却说得非常平淡。

"不错，把鸡蛋放在两个篮子里，虽然打了一个，可另一个篮子里还有，若是放在一个篮子里，打碎了就全没有了。"

桑充国低着头踌躇良久，才说道："按照山规，须由教授联席会议决定。同时去的人员要由他们自愿。"

石越点了点头，半晌，又说道："长卿你的意见是赞成还是反对？"

桑充国迎上石越的目光，抿着嘴唇说道："我会投赞成票。"

---

[45]　指朝官离开朝廷，上殿辞别皇帝。

4

白水潭学院教授联席会议很顺利地通过了帮助西湖学院建立格物院的决议，这一点也不奇怪，因为两所学院实际上血脉相连，联席会议的许多教授都心知肚明——西湖学院有自己以前的爱徒高足。这件事情在《汴京新闻》上占据了一小块版面，报道说："卫朴先生、袁景文等三十名师生自愿前往……前山长宝文阁直学士礼部郎中石公讳越缺席会议云云。"

"此地无银三百两！"丞相府王雱的住所内，谢景温冷笑着放下手中的报纸，望着王雱，脸上肌肉不住地颤动。

王雱却似乎心情不错，笑道："这是石子明学乖了，特意声明此事和他无关，免得被蔡确说他结党，那才是一波未平一波又起。"

"不过说起来，石越也不过如此。正所谓自作孽不可逭，他竟然糊涂到这种地步，如此自寻死路，若非皇上宽容，他早掉脑袋了，哪里还能去杭州……"一边的王子韶却是有些不以为然，他一面嘲笑着石越，只是目光中却掩饰不住羡慕的神情。

看到王子韶这副样子，王雱心里有点儿不屑，不由得感到一阵没来由的烦躁。有些事情，他虽然不太愿意承认，但心里还是隐隐有所感觉的。

他知道，无论他再怎么样聪明能干，可因为他父亲王安石是当朝的宰相，为了避嫌，他就很难担任真正显要的职务。如此一来，即使他在皇帝与王安石面前都有举足轻重的影响力，但毕竟是名不正言不顺。朝廷中真正有分量的大臣，或者对自己真正有信心的青年才俊，甚至是一般比较自矜名望的士大夫，都会和他刻意保持一定的距离。更有一些人，比如现在炙手可热的权御史中丞蔡确，在未显达之前与他过往甚密，可一旦权位渐重，便会有意无意地慢慢疏远他。聪敏如王雱，心里面当然知道，这是蔡中丞在顾虑他的名望。但是他性情高傲，却也不屑于放低身段去屈就蔡确。而且，只要蔡确还是新党，还是忠于他父亲，那他也懒得去与他计较许多……

可也因为这样，虽然巴结他的人很多，但他真正能够引为心腹的人，却屈指可数。每当他真的想做点什么事情时，朝廷中缓急可用的人更是少之又少。眼前的谢景温能算一个，他是王雱现在最信任的人。他既是王家的姻亲，又支持新法，并且很有吏材，在朝廷中也已有了一定的资望。本来能够成为王雱难得的臂膀，但是，谢景温却因为李定的案子闹得灰头土脸，里外不是人，在新党内部也受到一些人的排挤。再加上其他的一些矛盾，罢知杂御史之后，谢景温竟是已经有点儿心灰意冷的意思，多次流露出想要出外的想法，远离汴京的是非。王雱好不容易才勉强劝服他打消这个想法，又在王安石面前说了不少好话，才让王安石举荐他改任直史馆[46]兼侍读。那可是正儿八经的华选清途[47]，是无数官员梦寐以求的。侍读能够经常随侍皇帝左右，备皇帝顾问经史诗赋，既超然于朝局，又能对皇帝产生潜移默化、不容低估的影响，而且还可与身为天章阁侍讲的王雱互相呼应，对谢景温以后的前途也很有利。王雱觉得这是一个非常理想的安排，然而，让他意外的是，谢景温却对新的官职毫无热情，还经常在他面前表达经史文学非己所长，不愿意任此职的想法，这让王雱非常困惑。

王雱并不知道谢景温心里的想法。谢景温对自己的长处与短处都非常清楚，他之前对于知开封府一职非常热衷，不仅是因为知开封府地位显赫，更是因为他知道自己在那个位置绝对能干得很漂亮，进而赢得皇帝的赏识，将来就有入中书的机会。而现在开封府已经没有希望，其余能做实事展现他吏材的位置，三司有曾布占据，部寺中重要的部门如司农寺有吕惠卿占据，他也基本没有机会。甚至于退而求其次进中书做都检正官、检正官的可能性如今也几乎为零——那些职位基本被受王安石赏识的新党成员占据，因为李定之事，不少人都与他有矛盾，而且王安石又不看重他，不可能将他置于中书。他谢景温也没有石越那样的能力，能让皇帝亲自将他安插进去……所以，在谢景温看来，中枢他已经没有机会了，倒不如去地方上做出点政绩来，等待时机。知杂御史罢不罢，他都不太想继续在汴京待着了。他现在还留在汴京，完全是出于王雱的挽留。他对王雱还是颇为感激的，也知道王雱的处境有些尴尬，不忍就此弃之而去。而王雱也的确对他不错，只是在旁人眼里的华选清途，对谢景温来说却一文不值。他知道自己虽是进士出身，经史文章也不算差，但担任此类职位的大多是些天才般的人物。以他的能力，勉强厕身其列都比较吃力，一不小心就可能出乖现丑，对自己以后的前途是利是弊还很难说。就算他每天小心谨慎，维持住在皇帝心中的形象，可每天那种沉重的压力，也是他不愿意承受的。

但谢景温再怎么样也不可能和王雱直说自己的想法，而王雱这样天生聪慧的人也根本无法理解谢景温的压力。谢景温虽说过经史文学非己所长，但王雱却只当是推辞，在他看来这有何难呢？一个中过进士的人，说自己不懂经史文学？这说出去谁会相信？

值得信任的谢景温不安于位，但好歹现在他还留在汴京继续帮自己。更无奈的，是除了谢景温外，王雱身边的可用之人就只有王子韶这样的人了。与一心想出外的谢景温正好相反，王子韶却是一心想要留在开封。他之前谋求提举两浙常平的职位，不过是想谋得一次皇帝单独召见的机会。他果然也在召对时使出浑身解数，只是最终的

---

[46]　熙宁朝直史馆非史官，而是馆职。

[47]　宋人以两制、经筵、制科出身为华选清途。

结果有些讽刺 —— 皇帝的确将他留在了开封府，只不过是因为皇帝对他的字学很是赏识，留他在京修订《说文》。毫无疑问，这绝对不是王子韶的初衷。

王子韶留在汴京后，与王雱的交往倒是更加频繁了。他凡事都唯王雱马首是瞻，替他打听各种事情，事无巨细地禀报，也算是帮了一些忙。只是，让王雱有些瞧不惯的，是自打留京之后，王子韶对所有获得皇帝赏识的人，都是一副愤世嫉俗酸溜溜的口气。王雱以前愿意结交王子韶，是因为他觉得王子韶还是有些才学的。没有才学的人，就算是再怎么样拍马屁，王雱也是瞧不上的，但现在王子韶这个样子……

不过他也不愿意因此影响到自己良好的心情，不去理会王子韶的语气与表情，只是笑道："只要石越离开汴京就好，吕惠卿和蔡确一定会想方设法寻找他的不是的。只要他离开京师，谗毁之言就会堆积成山，石越的前途，嘿嘿……"

谢景温却似乎没有听到二人的话，沉吟了一会儿，低声说道："元泽，桑充国与石越交恶的传闻已传了许久，此次《汴京新闻》替他掩饰，难道二人和好了？"

王雱倒没想到这一节，不由一怔。"二人和好了吗？也未必没有可能。"想到这个可能，又不由得剑眉深锁。

王子韶忍不住笑道："元泽何必如此过虑？区区一桑充国，就算和石越和好，又能如何？再说桑充国已是石越的大舅子，二人和好是迟早之事。若是吕惠卿能在皇上面前扳倒石越，到时候便可顺便将桑充国一起除去，不知省却多少麻烦，免得他那份报纸天天在那里说这不好那不好的。"

王雱摇了摇头，鄙视地看了王子韶一眼，忍不住讥道："除去桑充国？然后呢，是不是还要除去有富弼背后支持的《西京评论》？连唐坰这种人都开始办报纸了，除掉一桑充国能有何用？桑充国这种人，可以利用，不可以硬来，否则偷鸡不成蚀把米。"

谢景温根本不想理会王子韶，目光只是放在报纸上，又不解地问道："奇怪，石越为何要将卫朴这三十余人送到杭州去？"

王雱对此却并不担心，略想了一会儿，便展颜笑道："管他为何，石越尚且自身难保，皮之不存，毛将焉附？且看吕惠卿和蔡确如何演戏便好了。少去石越在京师碍手碍脚，我们就可以好好做一番事业，方田均税法的推行也会更加顺利。"

"正是。"见王雱心情甚好，王子韶忙顺着他的话，涎着脸道，"元泽，军器监改革现在是由苏辙在主持，此人是石越的羽翼。元泽可否向丞相说说，让在下去工部或军器监兼个差使？顺便也能监视苏辙。"

谢景温闻言，顿时心中冷笑，他知道军器监改革实际上是个大大的肥差。多少利益关系牵涉其中，经手的物件、银钱，随便捞一点，都骇人听闻。苏辙持身尚正，那还好说，若这个王子韶进去，那就不知道要做些什么了。不过这等事情他却不会说出来，千里求官只为财，他没必要阻别人的财路。

王雱却没去想这一节，他只是觉得王子韶说得也不无道理，正待满口答应，却突然想起一事，忙改口道："家父很看重蔡卞的能力，此人能够同时得到家父和石越的器重，实非常人。工部与军器监那边，只怕不太方便安插人进去了。"

王子韶不由有点儿失望，略带酸味地说道："蔡卞那个黄毛小子吗？"蔡卞十二岁中进士，此时年不过十五，居然同时得到石越的举荐和王安石的认可，在当时的确是个不大不小的奇迹。王安石对蔡卞如同对吕惠卿一样，当成自己的弟子看待。而石越不知为何，也对他青眼[48]有加，因此不知惹来多少人的嫉妒。

谢景温有点儿同情地看了王子韶一眼，笑道："蔡氏兄弟同年中进士，和唐棣、李敦敏、柴贵友、柴贵谊是同榜，透过这层关系，让石越青眼有加，也不是难事。听说他兄长蔡京，最近也常在石越门下行走。"

"那又何用？只需石越敢荐他们试馆阁，蔡确和吕惠卿定会找出毛病来。"王雱不屑地说道，"那个蔡京，一看就两面三刀，不是好人。"

"元泽，你看是否要在《新义报》上轻描淡写地写上几笔？石越年纪轻轻，做到宝文阁直学士，已经是异数，怎么还敢援引党羽？"王子韶酸溜溜地说道。

听到"宝文阁直学士"这六个字，带着"天章阁待制兼侍讲""《三经新义》编撰""《新义报》主编"……这么一长串官衔的王雱，心里就觉得有些不舒服，不过石越总算去掉"翰林学士"了，否则他一听到这个官衔，真就如同有根刺插在心头一般。似乎是为了消去这种不快，王雱故作洒脱地挥了挥手，道："石越现在已是在外侍从官[49]，荐士举官是他的权责，我们不用去理会了，现在就让吕惠卿和蔡确闹吧。"

谢景温也点了点头，有些不怀好意地笑道："元泽说得是，嘿嘿……明日石越叩阙之后，众官会去城外相送，我也颇想看看吕惠卿和蔡确与石越相别之景。这时候，我们何苦去惹这个麻烦？"

5

夏季并非是一个辞别的好季节。

雨停之后，已经连续几日烈阳高照，因为集英殿中放着几块大冰，因此较之外

---

[48] 青眼指对人喜爱或器重的意思，与白眼相对。

[49] 宋制，带诸阁学士、直学士、待制者，称在外侍从官，有权举荐台谏、馆职、监司、郡守。

面，自是凉爽得多。一出来，石越几乎有了从空调房出到街道外的错觉，一时间几乎忘记自己身处 11 世纪末叶的中国。

细细回味刚才的召见，年轻的皇帝眼中似乎流露出一丝不舍之意。帝王的权威与尊严，纵然让他把这丝真情压抑住，却也免不了在言辞之中流露出关爱之情。石越并不太担心自己的命运，因为吕惠卿眸子中不经意流露出的欲望，与他平时温文尔雅、机智善辩的形象相差太远，自己现在未必会是吕惠卿的主要对手吧？石越有点儿讽刺地想道。不过这时候他也没有精神思考太多问题了，因为天气实在是太热了。他忍不住有点儿担心娇弱的妻子能不能在这种酷热中远行，也许把她留在开封更明智，只是梓儿有时候实在比他想象得要固执……

一边用手绢擦着汗一边胡思乱想的石越，这时候深深体会到统治阶层的好处。他只盼着快点离开禁中 [50]，回到马车上喝一口酸梅汤。不过事情总是不能遂人愿，眼见快到东华门了，天知道为什么竟然会在第二道横门前碰上那个黑黑瘦瘦的老头 —— 王安石没事上东华门这边来做什么？

心里暗叫倒霉的石越，迫不得已也只好上前行礼，强打精神说道："石越拜见丞相。"

王安石似乎也没有想到会碰上石越，不过一转念就知道定是来陛辞的。欠身把石越扶起，王安石好久以来第一次细细打量石越 —— 头上并没有如一般的官员一样戴着乌纱幞头，也没有戴官帽，而是如古人一样插了一根玉簪把头发束起来，显得格外英气。他忍不住将石越与他儿子王雱比较，石越的这种装束习惯和他儿子完全相反，王雱也不喜欢戴头巾幞头，但他却喜欢把头发披散，而石越却总是把头发梳理得整整齐齐；肤色已没有三年前那么白净，浓眉之下，一双眼睛炯炯有神却是光芒内敛，并无那种慑人的气势；嘴唇轻抿，并没有留胡须，这个爱好也挺像自己的儿子，到底是年轻人；身上穿着一袭紫色丝袍，腰束玉带，右腰侧挂着金鱼袋；石越的衣服并不如一般的宋人一样，以宽松简约为尚，反倒略裁剪得紧身，更显英武。

王安石平时既不太注意自己的仪容，也不太关心别人的穿着，这时候才猛然发现，石越浑身上下和普通人的穿着打扮乍看起来并没什么特别的不同，可略一仔细端详，竟是没有一处地方和常人相同。他心里一动，似乎觉察到什么，却一瞬即逝，这时候也不便多想，口里很客气地应承着："子明不必多礼。"

"方才下官去政事堂告辞，恰逢丞相不在，只向韩相公他们告辞了，不料在此碰上丞相。"石越虚伪地笑道。

王安石点点头，问道："这是陛辞出来吧？"

[50] 指皇帝、后妃等居住的地方。这也是宋朝对皇宫的特指。

"是。正欲往东门外，有同僚在那里设席饯行。"石越这是不欲与王安石多说。

但王安石却似乎没有注意到这一点，依然很和气地问道："子明此次是初次出守地方，皇上交代了不少事情吧？"

石越怔了一下，不知道王安石吃错了什么药，他心念一动，说道："皇上并没有说什么，倒是下官依然深以明岁旱灾为念，又有一些国事，向陛下进了三策，希望能于国家有所裨益。"

王安石也略怔了一下，似乎没有想到石越如此固执，但他今日心情却似乎格外平和，竟然只是淡淡一笑，道："子明倒真是固执，你我同殿为臣三年，很可惜从来没有过深谈。此次子明出守外镇，再会不知何期！"

"下官岂敢和丞相谈学问？丞相的大作，下官大抵都拜读过，非下官所能及。"石越半真半假地说道。

"哈哈……若子明不配和我谈学问，天下似乎没有人可以和我谈学问了。子明的佳作，我也是全部拜读过的。可惜三年之间，竟白白错过，可叹，可叹。"

石越越听越觉得奇怪，不由打量王安石几眼，暗道："这是当我永别给我送行呢，还是拗相公吃错药了？"嘴里却不过诺诺而已。

王安石表情颇为奇特，似乎是犹豫半晌，终于下定决心，略带严肃地说道："子明，某家有一事不解，不知子明是否可以坦诚相告？"

石越心里暗暗称奇，忙欠身拱手，道："丞相但有所问，敢不尽言。"

王安石点了点头，神情却有些不置可否："其实，我是很想知道子明为何坚信明年必有旱灾？按理说，梦中之事，真假难料，而子明如此坚持，必有原因吧？"

石越没料到王安石会问这个，不由惊讶地抬头看了他一眼，心中这才知道王安石是真的精明。不过他在此时相问，未免又透着政治上的幼稚，石越别说不能说，便是能说，亦不会对自己的政敌坦诚相告，当下敷衍道："此事谁又能肯定，不过防患于未然罢了。"

王安石倒是坦率得出奇，不信地笑道："此事风险如此之大，岂能是防患未然就可以轻率开口的？子明既不肯相告，我也不便勉强。不瞒子明，此事若放到另一个人身上，我便要怀疑他是故意阻碍新法。"

"丞相明鉴，下官绝无此心。"

"这我自然知道，子明和那些徒知祖宗之法不可变的流俗之人毕竟不同。三年前读君之著述，我就明了，否则三年之前，便不能容子明厕身朝堂之列。"王安石言语之中，带着几分傲然。

石越再也料不到王安石和自己说出这种话来，看看王安石的神色，绝不似作伪，他不禁说道："以丞相之明，自能知下官之心与丞相无二，都是为了天下百姓与大宋的社稷，但是下官所不解者，似司马君实、范纯仁之辈，何尝不是为了百姓社稷，丞相奈何不肯相容？"

王安石苦笑了一声，道："彼辈便是存了好心，奈何学问迂腐。司马光精通各朝典故史事，却不知变通；范纯仁不及乃父多矣，他们又如何可以与子明并论？若是他们如子明般，虽然不是全然同意新法，却能拾阙补遗，于新法多有补益，某何至不能相容？子明今日虽然出外，他日却必定会坐上今天我的位置，到那时候，子明才会真正知道某的苦衷。他们今日不能助我，他日亦不能助子明。"

石越心里虽然不能尽然同意，却也只有默默不语。

"子明少年得意，锦衣玉食，民间利弊困苦，难以尽知。此次出外，一定要四处走动，不必以官场逢迎为意，把时间花费在交游之中。皇上以漕司、仓司、知州三职付于子明，便是希望子明可以不必把时间用在逢迎往送之中，可以四处巡视，胸中抱负，也只管在杭州大胆施行，积累经验之后，他日方可行之于天下。我今日为国家理财，施行新法，皆是在地方官时所得，若是一直做京朝官，也不过一俗吏罢了。"王安石语气谨慎，倒似长辈在叮嘱一个大有希望的晚辈一般。

石越这时候才知道王安石和自己说的是肺腑之言。想到自己一开始就利用王安石，慢慢巩固培植自己的政治力量，而王安石对自己却一直没有太大的恶意，心里又有点儿惭愧和感动。又想到二人只要同殿为臣，"相逢一笑泯恩仇"，终究是个幼稚而且风险极大的想法，又不禁有点儿遗憾。

"多谢丞相教诲。"石越恭恭敬敬行了一礼。

"后生可畏，我又岂能于子明有什么教诲！少年俊杰之中，唯子明、桑充国及犬子三人而已。"

"丞相……"王安石如此大反常情，真情流露，石越心中实在不能不感动，他终于忍不住说道，"明年灾害之事，朝议已定，绝不可违。孙固执难辩，吕惠卿、蔡确于下官多有成见，朝议纷纷，下官几乎为天下之罪人，此时再说，已是徒劳。不过下官向皇上已献数策，他日万一不幸而言中，盼丞相能以天下苍生为念，体惜无辜元元，助皇上通过救灾诸法，则下官受恩实多。"

王安石正色道："此是何语？若真有灾荒，我岂敢不顾百姓之生死？子明尽可放心。"

"另有二事，下官亦曾与皇上言及，但恐到时朝议反对者太多，皇上不能采用，丞相若能嘉纳，亦是大宋之福，百姓之幸。"

"哦？却是何事？"

"下官陛辞，向皇上上三策。其一为救灾，其二则是下官料定王韶此后必有大胜！王韶统军严明，深知羌人之情，又有勇气，本是不可多得的良将。有他在西边，诸夷心服，不敢妄动。但是本朝成例，一旦王韶大胜，羌人略平，必有大臣向皇上进言，召回王韶，酬以高官，这是防范边臣之意。下官以为此时王韶一旦回京，边事必有反复，在荡平瞎木征、彻底平定熙河之前，万万不可召回王韶。"

王安石叹道："子明所说虽然有理，但是只怕……"

石越心知宋人防范边臣，几乎草木皆兵，当下也只是默然，半晌方继续说道："第三事，是下官听说交趾[51]不稳。现在朝廷正在四处用兵，上有所好，下必甚焉。边境知州以为交趾小国可欺，为求边功，必定有人进言求对交趾用兵。今日国家之患，在西北与东北，交趾小国，胜之不足以偿所失，败则颜面无存。何况国家财政本来紧张，同时与两国开战，更是大忌！下官已向皇上进言，交趾现在可抚不可攻，待李家归服，幽燕光复，再徐图之不迟。"

王安石点点头，悠然叹道："之前以犬子与子明相提并论，今日方知，犬子不及子明多矣。子明但可放心，交趾必不至于再兴边事。"

石越见王安石点头答应，心中不由大喜。他知道大宋之事，只要拗相公和皇帝都答应了，基本上就定了，这时连忙拜谢。

王安石忍不住取笑道："公家之事，有何可谢之处？难道就你石子明一心为国的吗？"

石越这时几桩心事勉强放下，似乎天气都没有这么热了，笑着拱手告辞道："丞相，下官先告退了，不便让臣僚久等。"

王安石微微点头，也拱手说道："我就不去相送了，子明多加珍重。"

给石越饯行的酒会就在东城汴河之外的一个山坡上举行。石越将从汴河坐船，东下扬州，再转道杭州。石越本来想低调出京，所以才让白水潭的师生先一日出发，但是盛情难却，此时也只好让司马梦求等人护着夫人先行登船，自己带着侍剑前去赴会。而潘照临按着事先的商议，留在京师"照顾"石越的义弟唐康。

当石越赶到之时，不仅韩绛、吴充、冯京、王珪、曾布、苏辙等人都来了，王雱、吕惠卿、孙觉也赫然在列，比较显眼的是，权御史中丞蔡确没有来。

所谓的饯行，无非是赋诗壮行，叮嘱道别之意。韩绛和石越平时交往不多，这时甫登相位，石越就要出外，官场之人，就算心里恨得要死，脸上也是嬉笑如故，何况他一向深知赵顼的心意，知道石越前途无量，哪里愿意和石越结怨？所以才不惜以次相之尊亲来送行，更是请来几个歌女，唱着石越的曲子词，以为助兴。

"荆吴相接水为乡，君去春江正渺茫。日暮征帆何处泊？天涯一望断人肠。"

[51] 指统治范围为今越南北部的李朝，其曾受宋朝册封为交趾郡王。

王雱手持金樽，走到石越跟前，假惺惺地叹道："子明此去，可惜汴京城中再无知音。"

石越不怀好意地笑道："元泽何出此言？似吕吉甫，非君知音乎？一向听说元泽兄有横戈荡平诸夷之志，奈何今日竟然效小儿女状？"

王雱干笑几声，道："子明责备的是，飞蓬各自远，且尽手中杯，那就先饮此杯，为君饯行。"说罢一饮而尽。

此时吕惠卿也微笑着走近来，笑道："我无德无能，哪能敢充元泽的知音？天下也唯有子明能配。不过以子明的才华，声闻宇内，倒真说得上是莫愁前路无知己，天下谁人不识君。子明此去，多多珍重才是。"说到后来，虽然脸上还勉强带笑，声音却已哽咽。

他如此神态，看得侍剑暗暗纳闷："都说吕惠卿欲置我家公子于死地，怎么竟如此舍不得我家公子，似是多年知交好友一般？"

石越心里暗骂，却不能不佩服吕惠卿这份拿得起放得下，装什么像什么的本事。昨日白水潭三十余师生东行，吕惠卿亲自骑马在岸边送出十里，待这些师生船只走远后，又派人快马沿岸追上，赠上三十多把雨伞，道南方多雨，恐众人未备，特意送上，倒比石越更透着几分关心，惹得白水潭那些送行的学生回校后，纷纷都说吕惠卿爱惜人才，不愧"贤人"之称。

石越虽然知道吕惠卿虚伪，却也半分发作不得，否则倒显得自己气量不足了。因此尽管知道对面这个家伙心里恨不能置自己于死地，却也不得不笑着应酬，道："多谢吉甫关心。"

"子明此是第一次去江南之地，一定要为皇上爱惜身体。路途不可太赶，以免过于劳累，便是子明受得住，夫人也受不住，因此不妨缓缓行之。三个月到任，时间尽是来得及的。"吕惠卿强忍着眼泪，拉着石越的手叮嘱道。他这么一做作，便是连韩绛也不能不佩服他了。那些官品稍低，不知内情者，更是以为石吕二人关系不同寻常。

石越见众人都点头附和，也只好随声答道："不劳吉甫与诸公牵挂，在下理会得。"

吕惠卿又道："这几天天气酷热，坐在船中，更是闷气。我知子明必无远行的经验，因此着人准备了一些避暑与旅途必备之物，已让人送到船上去了，或有用得着之处。"

饶是石越在官场之中混了三年，也没有碰上过吕惠卿这样的人物，他几乎是苦笑着道谢："多谢吉甫如此关心。"

吕惠卿点点头，长叹了一口气，道："虽然说子明此去是为天子牧守一方，又能造福一方百姓，三年任满，皇上必有大用。但是毕竟自此之后，有很长时间再不能听到子明的清音，以后又有谁能在朝堂之上为介甫丞相拾遗补缺？为朋友则是诤友，为天子则是诤臣！唉，子明一去，再也听不到新奇的议论了。于私心，我的确是希望车轮四角，多留一留子明，然而子明之身，竟已是皇上的、朝廷的了，为了公心，我却是希望子明在杭州能有一番作为，造福一方百姓！"

"吕天章说的是，我辈见识不及此处呀。"除了少数官位较高者，许多职阶较低的官员，都不禁要点头附和，私声窃语，以示赞成。

王雱和谢景温见此情景，实是大出意料，对视一眼，谢景温轻轻用手在王雱手心写下"可惧"二字。王雱脸色已是微变。去了一个石越，新法的路上，说不定这个吕惠卿才是最可怕的敌人！

这时只听吕惠卿带着几分慷慨说道："君将远游，子明非常人，惠卿不敢以常礼相送。为君引歌一曲，以为壮行！"说罢击掌数声，便有仆人送上一把古筝。吕惠卿轻引筝弦，便闻吭吭之声。

"卧病人事绝，嗟君万里行。河桥不相送，江树远含情。别路追孙楚，维舟吊屈平。可惜龙泉剑，流落在丰城……"他的声音清朗而略显低沉，一首唐诗之中的惋惜与赞赏之意让他演绎得淋漓尽致，连石越都不禁要为他叫好。若不是还保持着几分清醒，也许石越自己都要怀疑吕惠卿竟不是自己的政敌，而是惺惺相惜的故交知己！

吕惠卿一曲奏罢，划弦而断，长叹道："此曲不复弹矣。"这酷暑炎热之中，平添几分萧索之意。

石越同众人再次道别珍重，带着侍剑翻身上马，又回顾众人一眼，抱拳道："诸公，后会有期！下官就此告辞了。"说罢也不回头，驱马往码头而去。

6

当时在位的辽国皇帝叫耶律洪基，在另一个时空的历史中被称为辽道宗，是辽国历史上倒数第二位皇帝。作为一个君主来说，他绝对称不上一个明君，但是同样，他也并非无能之辈。这一年他三十九岁，即位已经十五年，在这十五年当中，耶律洪基最大的爱好便是打猎。他甫一即位，便信任皇太叔耶律重元，加封其为天下兵马大元帅，后来耶律重元谋反，耶律乙辛平叛有功，即加封魏王，事无大小，皆得专决。而身为皇帝的耶律洪基本人，则把自己的大部分精力用于从一座山到另一座山的围猎。这位皇帝，将辽国的"四时捺钵[52]"制度发扬得"淋漓尽致"。

....
[52] 辽帝保持着先人在游牧生活中养成的习惯，居处无常，四时转徙。因此，皇帝四时各有行在之所，谓之"捺钵"，又称"四时捺钵"。

七月，辽国大熊山，萧佑丹有几分无奈地看着骑在名为"飞电"的骏马之上，兴高采烈地射杀一只野兽的皇帝。自从出使南朝归来之后，他心里一直就有深深的忧虑。身为皇后萧观音的远亲，他心里非常明白太子耶律濬现在的处境。太子今年十六岁，再过两年才能成人，正式出掌大权。到那时候，耶律乙辛的权势真不知会是什么样了。现在国内大小事情几乎都由耶律乙辛一人说了算，有时候连皇帝都不需要通知。唯一能与之对抗的，也就是后族萧氏几百年来的势力，但是皇帝对耶律乙辛非常信任，根本听不进任何话语。

他忍不住把目光投向那个十六岁的少年。耶律濬长得非常清秀英俊，可能是更像他母亲的缘故。他母亲萧观音是辽国所有皇后中的异数，她诗词歌赋无所不通，一手琵琶绝技号称天下第一。辽国自从诞生在这个世界上以来，就从没有过这样的皇后。太子耶律濬兼得父亲的英武与母亲的清秀，是很多魏王反对者心中的寄托，包括萧佑丹在内，都知道皇帝是不能劝说了，只有等待耶律濬快点成人。

从南朝回来后，萧佑丹每次看到耶律濬，都会想起南朝那对年轻的君臣。他经常在梦中惊醒，被震天雷那种巨大的声响和石越那冷酷的笑容所惊醒！大辽朝野上下都以为宋廷依然是真宗那种软弱无能的皇帝在位，都以为可以每岁安享岁贡，时不时再恐吓一下宋朝君臣，就能让契丹人永远在北方称王。自从澶渊之盟以来，大辽君臣早已把宋人对燕云十六州的企图当成了一个笑话。现在朝廷中，只有自己和太子知道这件事不再是一个笑话。也许魏王耶律乙辛也是知道的，不过他现在心里想的，恐怕是怎么样登上九五之尊的大位吧？

辽国宫廷的斗争远比宋朝要残酷血腥，夺位、叛逆，自从契丹建国以来，就从来没有停止过。胜利者能够主宰天下，失败者满门皆死——这是血的法则！所以这个太子非常明白，自己的地位一直有无数人在觊觎，而值得信任的臣子中，萧佑丹算是一个。他从宋朝一回来，耶律濬立即和他谈论宋朝的种种。辽国贵族们都对石越充满好奇，当他从萧佑丹嘴中听到石越对燕云、辽东的野心之时，耶律濬几乎是立即意识到，自己在国内与国外，都已经有了强劲的敌人！

虽然他意识到遥远的汴京中那对年轻的君臣可能是自己最危险的敌人，但是现在来说，自身难保的情况下，他首先是要保住自己的太子之位不被动摇。

"濬儿，射那只獐子！"耶律洪基大声喊道。

萧佑丹和耶律濬这才发现一只獐子慌不着路，窜到了离自己几十米远的地方，他也不及多想，摘弓搭箭，羽箭如闪电般射出，正中獐子大脑。几个武士见太子射中，欢呼一声，跑过去捡了猎物，抬到耶律洪基面前，禀道："陛下，太子勇力惊人，一箭竟然将獐脑射穿！"这些武士也非常吃惊，毕竟耶律濬只有十六岁。

"果然是朕的好儿子！"耶律洪基跳下马来，拍了拍耶律濬的肩膀，以示赞赏。

"儿子这是遵父皇的教诲，契丹的男人，一定要成为能够上马打仗的男子！"

"说得不错！我就是怕你被你母后带坏了，所以才把你带出来。若是你去学着作诗画画，日后和那些南人一样，必然坏我契丹大事。"耶律洪基笑道。

萧佑丹听到这父子的对白，却不免又喜又忧。喜的是太子尚还得宠，忧的是皇后似乎不太讨皇帝欢心。自古以来，皇后若不受宠，太子能安其位的，虽然不能说没有，却总是不多。

正在患得患失之际，远远一人身披重甲而入，高声喊道："报——"

萧佑丹移目注视，他知道此人叫萧忽古，本是原西北路招讨使耶律萨沙部将，能够披重甲跃驼峰而上，耶律洪基特意招他为护卫，宠信有加。这时只听萧忽古说道："陛下，南院大王耶律哈哩济遣使来报，道南朝王韶军前月攻克河州后，降羌忽然叛变，王韶不得不回师平叛，现在不知所踪，细作有言其全军覆没者。"

"好！"耶律洪基听到这个"喜讯"，不由喜动颜色，"让那些羌人给南人一些苦头吃吃，他们必能安分许多。"

耶律濬和萧佑丹对望一眼，两人心里都不由流露出一丝苦笑，心知天下事哪能这般如意，这不过是没有证实的消息。不过这时节，却也不敢扫耶律洪基的兴致。

萧忽古也不置可否，只继续报告："敢问陛下要不要接见使者？"

"不必了，赏了他让他回去就是。"耶律洪基挥挥手，就准备继续上马打猎。

萧忽古却似没看见一样，又道："又，陈国公、参知政事张孝杰遣使来报。"

耶律洪基不耐烦地说道："又有何事？"

耶律濬和萧佑丹心里却不由紧张起来，张孝杰是兴宗年间的状元，辽国汉人最得耶律洪基宠信者，和魏王走得很近。他又有什么事来报告？

"有两件事，一是乌库德奋勒统军上报，道部人杀节度使叛乱！"

"这是什么大事！让魏王分兵进讨！另一件呢？"耶律洪基根本不以为意。

"遵旨。另一件是南京来报。之前南京连续数月不雨，蝗虫四起，近日得报，道归义、涞水两县蝗虫已飞入宋境。"萧忽古报告事情永远是公事公办的语气，若换上别的臣子，必然大赞一番耶律洪基的圣德，张孝杰言事的札子上便有十分之九的话在干这件事情。

耶律洪基听到这个消息，哈哈大笑，喜道："妙极，妙极！"

辽之所谓"南京"，便是北平。若说那里的蝗虫曾经让耶律洪基困扰过，只怕没有人会真正相信。但是蝗虫能飞入宋境，让宋人也苦恼苦恼，耶律洪基却是免不了要龙颜大悦的。他见耶律濬脸上没有高兴之色，忍不住笑问道："太子可知此事妙在何处？"

"让祸水南流，自是妙事。"

耶律洪基大笑摇头，道："你只知其一，不知其二。蝗虫南飞，朕料定南人明年必然大灾，到时候南朝灾民聚集，朕再集师二十万于边境，遣一使者至开封，让宋人割地赔钱。宋人内忧外患，必然不敢不从。本朝不费吹灰之力，又得土地又得钱粮，正好补上今岁蝗灾的损失。真是天助大辽！"耶律洪基越说越得意。

耶律濬和萧佑丹却已是忧形于色，又不敢直言，只能顺着耶律洪基的意思赞道："父皇英明！"

"陛下英明！"

7

七月份辽国蝗虫入境的事情却并没有及时反馈到大宋朝廷。

地方官员不知道朝中曾经发生过一场重大的讨论。蝗虫这几年几乎年年都有，只要为祸不大，便没有人上报。官场的常态一向是报喜不报忧。

七月份的宋廷，赵顼忧心的是突然失去一切消息的王韶军。当然，也许现在有消息了，只不过传到京师来，必有延时。此外，自石越走后，近一个月的时间里京师滴雨不降，也已是铁一般的事实。这样下去，石越预言极可能成真！而这一季的收成，算是没有了。赵顼对此充满了担心，王安石和几个宰相的脸色也一天比一天难看。老天爷似乎已经在验证石越的话，但是每个人心里都存着一分侥幸——也许明天会下雨。现在的情况虽然对生产会有影响，但并不致命。没有人愿意去想，可等到"致命"的时候，是不是有点儿迟了？

潘照临心里亦不禁苦笑，六月份的时候，时不时下着小雨，在雨中讨论旱灾，的确缺少说服力。没想到一个月过去，天象就表露得如此明显！如果改成这个时候说旱灾，很多人心里只怕就会相信了。不过说什么都迟了，石越此时已经快到杭州了。

自从石越离开汴京之后，新党们一时间变得非常活跃，又是吕惠卿提请在各路增设钱监，多铸铜钱，又是王雱提出重划行政区域，又是详论方田均税法……整个朝廷似乎在自欺欺人地忙碌着。

潘照临留在京师本来负有重要的使命，但现在看来，他自己都有点儿怀疑这个使命有无必要。

现在京师的气氛的确有点儿怪异。就连一向充满活力的白水潭学院，这时候也因为接近毕业考试与期末考试，加上悼念大学者周敦颐逝世，变得非常安静。秦观有一次甚至开玩笑说："现在白水潭学院唯一的声音，就是建造钟楼的声音。"

潘照临一边想着这些事情，一边跨进一间酒楼。酒楼外有一面旗子，绣着"唐记迎宾楼"五个大字。

店小二看到潘照临进来，轻车熟路地把他引进一间雅座，这显然是熟客了。

"先生，今次要点什么？"

"还是老样子。"潘照临眯着眼睛答道，眼角向隔壁的雅座一瞥。

"那位官人已经来了。"店小二压低了声音说道。

潘照临点点头。店小二不再说话，悄悄退出。潘照临拿起一份《汴京新闻》，慢慢看起来。

和潘照临隔了一个雅座的包厢之内，有两人用不大不小的声音在交谈。

"供奉，听说朝廷最近在诸路增设钱监。家兄想谋个差使，想请供奉指条明路。"一人谄笑着说道。

"哎哟，鲁二，你这不是害洒家吗？若是现在得宠的李中尉、李向安、张若水他们，或者还能偶尔向外面的诸公说个情，我若是干请，官家非斩了我不可。"一个声音尖声说道，显然是个内侍，他口中的李中尉便是李宪。

"瞧您说的，小人哪敢乱了国法呀？不过都说现在朝廷之中，有王衙内、吕学士、曾计相、蔡中丞四人说话最有用，供奉这么疼小的，若能告诉小人和哪个求告最好使，小人便感恩不尽了。"

"嘿嘿，你都打听清楚了，来问洒家做甚？你老哥是想找谁说呢？"

"别人我们也巴结不上，王衙内那里，小人可以找人说说。吕学士的两个兄弟，隔上几转找个故交同年说说，也是能的。"这人说话倒是老实。

"这不结了，这两家答应了，哪有事不成的？你问我做甚呢？"

"供奉见笑了。嘿嘿……这两家也不是轻易孝敬得起的，所以小人才想问问供奉一个准信……"

"依我说，哪家都成。左右小小一个钱监，哪用得着惊动他们两位。"

"供奉明鉴。"那人赔着笑说道。

"洒家知道你家老兄的算盘，想傍上一棵大树了，以后就一直顺着往上爬。是不是这个主意？"

"嘿嘿……有什么事能瞒过供奉呀。"

"依我看，趁早不用打这个主意。"

"怎么说呢？"

"俗语说，花无百日红，人无百日好。现在风高浪急，不知道哪天谁翻船。"

"还盼供奉明示。"

"和你说说也无妨，当初我进宫，还是托了你家老爷子，否则这话我不敢乱说，传出去就是杀头的罪。"

"供奉尽管放心，小人定不敢乱传。"

"依洒家说，王衙内也好，吕学士也好，你家老兄现在只好赌命。这二虎相斗，必有一伤，至于谁胜谁负，洒家也不能未卜先知。"

"这……"那人显然有点儿不相信，"一个是丞相公子，自不消说，吕学士和王相公不也是号称孔颜孔颜[53]的吗？"

"孔颜孔颜……你可知道伯鱼和子路联手害颜子的故事？"

"啊？！这个……小的读书少……"

"嘿嘿……这个典嘛……"

两人声音越来越小，几不可闻。

潘照临把手中最后一份报纸放下，这是新办的《谏闻报》。

"已经走了？"

"全走了，先生。"回话的是店小二。

"赏那两个伶人，把他们送到南方去，不可让人知道他们二人和我或者唐家有什么关系。"潘照临嘴角露出一丝冷笑。

"小的理会得。"

8

吕府。

"哥，你可知道伯鱼是谁？"吕升卿回到家里时，吕惠卿正在和陈元凤闲聊。他和陈元凤随手打个招呼，就迫不及待地向吕惠卿问道。

吕惠卿皱了一下眉头，又好气又好笑，自己这个弟弟真正的不学无术，还不怕丢脸，哼了一声，也不去理他。倒是陈元凤笑道："伯鱼是孔子的儿子，子思的父亲。"

"啊？"吕升卿一下愣住了，"那么伯鱼和子路联手害颜子的典故，又出自哪里？"

这一下陈元凤怔住了："伯鱼和子路联手害颜子？这个学生倒没有听说过。惭愧。"

吕惠卿却是素知自己这个弟弟的，便问道："你是在何处听来的村言野语？"

---

[53] 孔子与其弟子颜渊的并称。

"我刚刚在酒楼里听隔壁的人讲话听到的。"

吕惠卿和陈元凤相顾一笑，不由来了兴趣，笑道："他们都说了什么？"

吕升卿瞥了陈元凤一眼，不肯便说，吕惠卿早知他意，笑道："履善是自己人，不妨事。"

"既是如此，我便说了。"吕升卿也不隐瞒，把他在酒楼听到的对白一五一十全部学了一遍。话未说完，陈元凤和吕惠卿脸色已然变了。吕惠卿对王安石执弟子礼，好事者说王安石是孔子，吕惠卿是颜子，也不是一天两天了。伯鱼自然就是王雱，子路就是曾布，那个内侍说的什么，简直呼之欲出了。

"他们真的这么急不可耐了吗？"吕惠卿苦笑着对陈元凤说道，"新法大业未成，相煎何太急！相煎何太急！"

陈元凤道："恩师，这位伯鱼兄一向心胸狭窄，不能容人。只怕不可不防。"

吕升卿似懂非懂，一肚子的莫名其妙。

"只怕是他人设计离间，亦未可知。"吕惠卿皱着眉，依然保持冷静。

陈元凤冷笑道："恩师只管仁义待人，哪知他人阴险呢。请看这个……"一边说一边从袖子中抽出一封信来，递给吕惠卿。

吕惠卿接过来，略略扫了一眼，脸色越发难看。

"这是晋江知县给学生的一封信，他说最近有人在那边打听恩师的家产田地之类的琐碎事，有认得的说此人也在'伯鱼'门下行走过。"陈元凤缓缓说道，"学生此来，本就是想给恩师提个醒的。"

"我行得正，坐得直，不怕别人用这鬼蜮手段。"吕惠卿冷笑道，"只不过现在朝中老朽之辈守旧迂腐，能助相公者没有几人，凡事总得以公事为重。"

陈元凤却是知道吕惠卿绝对没有他说的那么行得正，宋代官员都有限田，吕家田地数千亩，早已远远超过规定的数目，而且其中还有许多田地是强买来的。吕升卿、吕和卿受贿之后，便寄往老家广置田地家产，在吕惠卿的特意关照下，一族人都从中受益。做过晋江判官的陈元凤自然是知道这些陈年故事要被翻出来，对吕惠卿的影响多大，因笑道："虽说如此，但是贵族中人多事烦，若有一二人做事不够周详，被别有用心的人放大，亦不可不防。"

"石越前脚刚走，他们便后门操刀。竖子真不足与谋！"吕惠卿长叹了一口气。

陈元凤又说道："福建路提点刑狱检法赵元琼前日离京，与'伯鱼'通宵达旦欢聚，外人均不知他们说了什么，这种种事情联系起来……"

吕惠卿摆了摆手，面有难色，沉吟良久，才轻声叹道："投鼠忌器。"

"人为刀俎，我为鱼肉。这时节还能管什么器不器的？那政事堂之位，难道是有种的吗？"陈元凤轻咬碎牙，狞笑道，"不如先下手为强！夫子虽贤，难道'伯鱼'

便清如水吗？”

吕惠卿心如明镜，他知道陈元凤自然是盼着自己早登相位，他作为自己的心腹，便可水涨船高，好出一口一直被桑充国、唐棣等人盖过的恶气。宰相之位，自然是他吕惠卿梦寐以求的，但是此时……

“履善，做事不可冲动，一定要耐得住性子。”吕惠卿抬起头来，跃入眼帘的是一幅自己的手书——小不忍则乱大谋！

9

石越从汴河坐船，直抵扬州。一路上淮南东路的官员士子们早已得讯，想要沿途邀请，会一会儿名满天下的石子明。但是低调而行的石越，自离开汴京后，就没有摆官船的架子，一路静悄悄地顺流而下，顺利到了扬州。然后石越便不肯继续坐船，改行陆路，想要过一番微察私访的瘾。

直到此刻，石越才深深明白自己是中了武侠小说的剧毒。在汴京、扬州这样的大城市倒还不觉得，客栈酒楼遍地都是，但是一出了这些大城市，要找一家客栈，那就纯粹要碰运气。石越这才知道，原来古代的庙宇竟然还有旅店的功能，一路上除了住沿着官道的驿站之外，多半是住在庙宇里。

“大哥，为何过了太湖之后，你似乎心事一日重过一日？”韩梓儿终于忍不住相问，石越的眉头紧锁也不只一天了，连司马梦求和陈良也心事重重，一点儿也不似在扬州之前谈笑风生的样子。

石越驱马近前，勉强挤出一丝笑容，说道：“也许我只是杞人忧天，妹子不用担心。”

“学士，只怕不是杞人忧天。”司马梦求适时泼了一盆冷水。

“子瞻应当不至于瞒报灾情，我读过之前的奏章公文，都说两浙路旱灾已经得到控制，本路无一个流民。”石越也不知道是在替谁宽心。

“没有一个流民并不难，两浙路本是产粮之区，自钱氏起，这里太平之世便远长于别处，百姓家家都有余粮，一岁之灾，再加上官府赈济，断不至于有流民的。”

“子柔说得不错，何况子瞻只管杭州，这里还不到杭州境内。只是自过太湖以来，田地里庄稼稀零，许多的田地干枯，那么灾情就算得到控制，情况也绝不乐观。”

“不错，学士，你看那边，若在彼处蓄水，自可以灌溉这一片田地。如此放任，自是百姓已无余力，而官府却殆于组织之故。”陈良一边说一边叹气，若非在马上，几乎要跺脚了。

"大哥，天子既将这一方托付给你，你须得救这一方的百姓。"梓儿一向深信石越无所不能。

"放心吧。不过眼下也只能到了杭州再做打算。"石越不知道是安慰自己还是在安慰韩梓儿。

其时杭州户口约二十万。石越早先查阅典册，知道全国户口千余万，成年男丁三千余万，平均每户男丁将近四人，而杭州虽然有户二十万，男丁却不到三十万，平均每户不到两人。因此知道此处风俗与中原北方不同，百姓往往以小家小户立业，又民间风俗趋利，富庶虽然不及扬州，却也往往过于北方。石越本以为苏轼在杭州为官几载，据说浚清西湖，兴修水利，简政宽民，颇有治声，唐家在淮浙一带也是经营数年，自己上任之后，便可有一个好的基础，真正有一番作为，不料人还没有进杭州，眼底所收，已不容乐观。

众人一路行来，杭州城北门终于渐入眼底，官路上行人也渐渐熙攘。司马梦求知道一行人既带着女眷，似石夫人这样的身体，断然耐不得紧赶的，因挥鞭指着前方一酒旗飘扬之处，笑道："学士，我们不妨在那边歇歇马。"

石越点点头，道："也好，只不过不要惊扰了百姓。"

"我们理会得。"一边约束了家人，一行人便往那个路边的小店赶去。

到了酒旗之下，石越这才发现杭州毕竟不能和汴京比。汴京城外，特别白水潭学院一边，酒楼林立，繁华不逊城区，而这里距杭州城不过数里，却不过简单地搭了一座草屋，沽些酒水给行人解乏罢了。如石越这么一行浩浩荡荡的，别说不惊扰，就算把别的客人都赶跑了，也是坐不下的。

那店主却是一对年轻的夫妇，江南人氏，虽然是市井小民，长得也清清秀秀。二人见到四五辆马车，外带十数匹人马停在店前，连那些仆役打扮的人都衣着光鲜，自然知道非富即贵。店主连忙小跑过来，对跑在最前面的侍剑作了个揖，说道："官人可是要歇马吗？"

侍剑闻言一怔，杭州官话与汴京官话大不相同，他半晌才明白过来，原来这个店主把自己当成了主人，不由笑道："我可不是什么官人，我是书童，来你们这儿自然是要歇息的，不过……"见惯了动则占地数亩，楼上楼下内房外房这样的大酒楼的侍剑，看到这个店子，不由直皱眉。

店家虽也听不懂侍剑的话，但察言观色，便知道自己弄错了，憨憨一笑，不住搓手，看看这一群人，又看看店里坐的客人，脸上也有难色。

这时石越已驱马过来，看了一眼店子，笑道："贤主人贵姓？"

店主愣愣地看着石越，不知道他说什么。

司马梦求知道他不懂，笑着用杭州话说道："我家主人问你叫什么名字？"

"小的叫苏阿二，官人叫我阿二就是。"

"阿二，你不必为难，只需找一两张干净点的桌子，给我家主人坐下就是，坐不下的，你打了酒送到他们手里，倚着马休息一会儿就好，我们坐一会儿便要进城的。"

石越听到二人的对白，笑道："纯父的越语说得不错呀。"

"见笑了，此前亦曾游历至此。这边的百姓，若非士子官吏，十之八九是不会说官话的，便是听也听不太懂。"

二人说笑之间，苏阿二已经收拾了一张桌子，把石越一行人引到桌边坐了。司马梦求点了几个菜，石越随便吃了几口，便把苏阿二叫了过来。

"这位官人，可是饭菜不合口味？"苏阿二怯道。

石越看了司马梦求一眼，司马梦求微微一笑，道："饭菜甚好。叫你来只是想问你几件事，你尽管直说，只要不撒谎，完了便赏你。"

"官人要问什么只管问便是，小的无有不说的。"

"那就好，我问你，今年田地收成如何？"

苏阿二顿时脸色一黯，答道："哪里有什么收成呢，过节以来几个月没有下过雨，除了沟渠边上的地，六成以上地方的稻苗都干死了。后来下了一点雨，苏知州从淮南买回来'百日熟'叫我们补种，还是死了一半以上。大伙全指着剩下的那点收成，还不知明年一年要怎么过日子。"

"明年？我说店家，你用不着担心。你看这份报纸上说的什么……"旁边一个客商显然是听到二人的对话了，忍不住插嘴说道。

"怎么能不担心呢？报纸上说什么也不能变成粮食。"苏阿二叹了口气，他倒是见过报纸，倒也并不觉得稀奇。

石越和司马梦求相顾一笑，司马梦求对那个插嘴的人笑道："这位仁兄，你那是什么报纸？"

"我这个是中书省政事堂亲办的《皇宋新义报》，你看这里，说苏公即将调任岳州知州……"那人洋洋得意地卖弄着。

"啊？"旁边不少人听到这个消息都有点儿坐不住了，"苏知州可是好官，调走了明年的日子只怕更加艰难，你居然还说不用担心！"

"瞎……你们知道什么，你们知道新任知州是哪位吗？"

"是谁？"

"小石学士！"

"怎么可能，造谣！"

"就是，小石学士是天子身边的红人，怎么可能来杭州？"

"分明是乱说！"

不信任的声音此起彼伏。

那人涨红了脸，冷笑道："你们知道什么，乡野村夫！这是《皇宋新义报》的消息，白纸黑字，三个状元公主笔，还会是假的？"一面对石越和司马梦求、陈良远远行了个礼，说道："这三位官人一看就是读书公子，你们做个证，说我说的是假的不？"

石越和司马梦求、陈良三人相顾莞尔，这些人只顾高声争辩，石府的家人、随从、女眷，老成的尚能端正，忍不住的早已笑成一团。

陈良忍住笑，说道："真假且不论，只是为何说小石学士来了，就不用担心了呢？"

没等此人回答，早有旁人说道："这位先生可就问差了，若真的是小石学士来了，自然不用担心。小石学士是左辅星下界，要风便有风，要雨就有雨，区区小旱，算得了什么？怕的就是官家怎么肯放小石学士来这东南边远之地。"

石越等人闻言，不禁绝倒。

不料苏阿二也正色说道："几位官人莫要不信，二十多岁做到学士，就是文曲星也没这般厉害的。"

"不错，不但文章学问好，而且还能做震天雷。我听说在汴京演武，当场炸死几百个契丹人，辽主吓得要写降表！"这人一边说一边咂舌，以示惊讶佩服。

石越见到此人形态，再也忍俊不禁，一口酒全部喷了出来，司马梦求和陈良还能端庄，侍剑却早已笑得打滚。那些家人彼此传话，这里面说的话早已传了出去，店外官道之旁，已是笑成了一团。

最先发问的那个人见到这个情景，心知古怪，又听众人说话口音明明是汴京口音，因试探着问道："几位官人都是从汴京来的吧？难道这说的是假的吗？"

司马梦求笑道："我们可不知道真假。只不过震天雷并不曾炸死几百个契丹人便是……"正说话间，忽然听到外面马声嘶鸣，又有人叫道："还不回避？彭使君驾到，闲杂人等让开！"

石越讶然望了陈良一眼。使君是宋人对知州的别称，这是在杭州境内，前任知州是苏轼，现任是他自己，又哪来一个彭使君？

却听陈良低声笑道："这多半是有人过称官职。学士有所不知，其实本朝官员过称官职也是常事，只不过此前朝廷曾经严令禁止过一次，所以在东京官员们还比较收敛，不过地方上，却依旧是屡见不鲜的。有些是下人谀称，有些干脆是官员自己要求如此，这种事也不算少，所以即使是上官听到，也不以为怪。这'彭使君'的话，新任杭州通判倒是姓彭，叫彭简，仁宗朝翰林学士彭乘之族弟。"

司马梦求哑然笑道："可是'当俟萧萧之候'的彭乘？"

陈良点头笑道："正是。"

石越不知道二人说的是仁宗朝的一个典故，彭乘做翰林学士时，有边臣希望回朝见见皇帝，仁宗答他等到秋凉就可以动身了，彭乘代皇帝草诏批答："当俟萧萧之候，爰堪靡靡之行。"故作酸文，一时之间哄笑士林，被天下人传为笑柄。似司马梦求等人对这种事情自然知之甚详，石越却未免要不知所云了。

司马梦求知道石越对这些不太熟悉，笑道："公子和彭乘相交泛泛，自是不知。若是说到彭几彭渊材，想必是知道的，这三彭正是一族，彭渊材似是族叔。"

"彭渊材，可是剃眉之彭渊材？"石越忍不住扑哧一笑。

原来彭渊材以布衣游历京师，最有意思的一个人，他和曾布颇有交游，石越自是知道此人。这位仁兄在庐山太平观看到狄青像，大起仰慕之心，竟然吩咐家人把自己的眉毛剃成狄青一模一样，为人最是滑稽迂阔。曾布因为他通晓诸国音语，向石越、桑充国推荐，让他在白水潭学院讲博物，他却常常喜欢谈兵事，讲大话。一次和人说："行军驻营，每每担心没有水，近日我听到一个开井之法，非常有效。"当时他住在太清宫，人家就逼他一试，结果无可奈何之下，这位仁兄便在太清宫四周挖井，挖了无数个洞，一滴水也没有出来，让太清宫的道士们哭笑不得。又有一次去某人家里，自夸有咒语驱蛇之法，不料话音未落，就出来一条大蛇，某人便让他驱蛇，他流了半天的汗，被蛇追得到处跑，末了不忘告诉人家："这是你们家的宅神，驱不得。"于是白水潭学院的学生每每嘲笑他说："先生虽然是布衣，却有经纶之志，谈兵晓乐，文章都不过余事罢了，只是挖井、驱蛇这两件事，实非先生所长。"彭几怒目相向，道："司马迁以郦生事事奇，独说高祖封六国事不对，竟不在其本传里记载，而在子房传中记载，这是隐人之恶，扬人之美。有这样的好样你们不学，反来说人挖井、驱蛇之事！"如此种种笑谈，传遍京师。当日范翔在石越门下行走之时，经常拿来做笑柄，所以石越一听到彭渊材之名，便忍不住好笑。

这种种事情，司马梦求等人自然也是知道的，一齐笑道："正是此君。"

石越心里不禁起了好奇之心，一来想知道这彭简是不是和他族中二彭一样有趣，二来杭州通判在此一郡，实是要职，任何公文，若无他的副署，都不能生效，实际上是和自己这个知州互不隶属的并列行政首长，因此他也有意打好关系，正欲起身相迎，不料外面竟然传来吵嚷之声，其中还有几个人的哭声。

石越不禁脸色一沉，对侍剑说道："去看看怎么回事。"

司马梦求怕侍剑少年生性，反滋事端，连忙站起身来，道："让我去看看便是。"整整衣冠，便往店外走去。

待他出得店来，大吃一惊。石府所有家人一个个脸有怒色，张弓搭箭，瞄准一个穿绯色官服的中年男子，那边的官兵也已执刀在手，虎视眈眈。

"石梁，怎么回事？"跟随石越来杭州的家人，为首的叫石梁。

石梁走过来，行了一礼，兀自满脸怒容，道："先生，这个官儿不讲道理，竟敢要我们回避，险些冲了夫人的车驾。那些百姓回避迟了，便挨了鞭子，连我们的人也挨了两下。这是官道上，哪能容这么横冲直撞的！"

司马梦求听到冲撞到石夫人，不由吃了一惊，连忙问道："夫人没事吧？"

"没事，小的们护住了。"

"那就好。"司马梦求放下心来，冷冷地喝道："让我们的人把兵刃放下，光天化日，成何体统，又不是贼匪，怎么敢和官兵动兵刃！"

石梁虽然心有不甘，却也不敢顶撞，策马过去，高声喝道："收起兵器。"

石越府上一向由潘照临管治，御下颇严，这时既然传下令来，众人心里虽然愤恨，却也不敢说什么，只得依言收起兵器。

那边那个官员却以为这边毕竟是怕了官府，不禁脸上又有得意之色。不料司马梦求却不理他，只冷冷对石梁说道："石梁，府上的规矩，你懂是不懂？"

石梁这时才醒悟自己做的事犯了规矩，跃下马来，跪倒在地，道："请先生恕罪。"

"你保护夫人，本没有错。不过事情既然过去了，就应进来通报，居然敢和官兵对阵，你好大的胆子！家有家规，要么你自己认罚，要么把你开革了，你所作所为，与石府无关，你自己选吧！"

"小的甘愿认罚。"

"那好，来人啊，先把石梁给我绑了。"司马梦求喝道，便有两个家人过来，把石梁给捆结实了，拖到一边。

那个官员看到这边做作，摇头晃脑地笑道："你倒是个明白人，既然你如此知情识趣，只要把这个没法没天的小子交给本官，本官看在你是个读书人的分儿上，也不为难你。"

司马梦求抱了抱拳，笑道："不敢请教席下^[54]名讳。"

"大胆，我们家使君的名讳也是你问的？你眼睛瞎了，看不见吗？还是不识字？"

司马梦求冷笑一声，找到仪仗中写有官职的牌子，果然是"通判杭州……"

"原来是彭监州，失敬了。"

监州是对某州通判的简称，听到对方如此称呼，彭简心中不悦，用鼻孔"哼"了一声，骑在马上，眼睛望天，微微抬了抬手，以示还礼。

司马梦求也不管他，又彬彬有礼地说道："彭监州冲撞本府车驾，想来我家主人

---

[54] 宋时下位者对上位者的常用尊称。

不会见怪，只是如果一直骑在马上，不肯下马，只怕多有不妥。"

"冲撞你们的车驾？"彭简想不到司马梦求说出这样的话来，脑子里电光火石般闪过两个字，眼睛往那边马车望了一眼——四轮！汴京来的，姓石，彭简几乎吓得从马上跌了下来。他慌忙翻身滚下马来，问道："可是石学士尊驾在此？"虽然说通判可以与知州抗礼，但是像石越这样的知州，只怕不在其中。

司马梦求依然客气地笑道："不敢，我家学士在里间小憩，不知道席下官甫……"刚刚问话被人驳回，这时候他明明知道，却又依然客客气气再问了一次。

彭简焉能不知其意，满脸通红，臊道："适才多有得罪，下官通判杭州彭简，拜见石学士，烦请这位先生通报一声。"说着抽出一张名刺，恭恭敬敬地递给司马梦求。

"好说。"司马梦求接过名刺，走进店中，不多时候便折了出来，把名刺还给彭简，笑道："我家学士说，今日在此相会，多有不便，明日到官邸再会不迟。"

彭简讪讪收起名刺，抱拳道："还盼先生代为转致，今日实是无心之过，下官改日必当登门谢罪。"

"彭监州不必介怀，区区小事，一笑便可。只是我家学士有一句话要转告彭监州。"

"请说。"

"亲民官若不亲民，有负此称。为官者不可使百姓惧之如蛇蝎。"

彭简满脸通红，说声"受教了"，便率众悻悻离去。

这时候，小酒店里已是静得能听下一根针落下的声音。传说中的左辅星突然出现在自己面前，这件事足以成为许多人一生的谈资。苏阿二慌得手足无措，倒是有个客人提醒道："店主，石学士来你这店子吃酒，这是你几世修来福缘，还不快求一幅墨宝？"

有客商立时说道："我这里便有文房四宝！"

石越这时候想溜，实在是来不及了，这些市井小民殷切的眼神，实在让人无法拒绝，但是自己这"墨宝"若真的留下来，不免又要成为杭州士林取笑的对象。思前想后，知道逃不过这一劫，也只能咬咬牙，勉强提起笔来，留下了他在杭州的第一个印记——"仁者爱民"。

而石学士已至杭州的消息，也随之传开了。

十日之后。杭州所辖州县大大小小的官员们齐聚"九思厅"，一个个交头接耳，等待传闻已久的新任知州石子明到来。

这个石九变自到杭州后，即刻颁下命令，九天之内，不见任何官吏，第十日在"九思厅"召见所有官员。这九天之中，除了苏轼为他接风和替苏轼送行的两次宴会中能见到他的身影外，别的时候根本不知道他身在何处。但各官员所送"薄礼"，他却一并"笑纳"了。想到这里，彭简安心不少，毕竟得罪石越这样的人物，绝非他愿意的。为了挽回双方的关系，彭简一咬牙，赠出价值五千两白银的礼物，特别是一大堆给石夫人"压惊"的东西，更是费尽心思。不过记得那个司马梦求收礼的时候，连眼皮都没有抬一下，彭简未免又有点儿放心不下。

通判如此，其他各个官员大抵差不多，谁也不知道这个负天下盛名的石学士是什么样的脾性，巴结好了，以后自然鸡犬升天，若是给他留下不好的印象，只怕以后仕途也会加倍艰难吧？俗话都说"新官上任三把火"，就是不知道石知州要向哪里烧了。

巳时钟声响过之后，身穿紫袍、腰悬金鱼袋的石越，笑容满面地走进大厅。众人连忙参拜，石越笑着一一见礼，自彭简以下，张口便能叫出每个人的官职表字。寒暄半晌，众人这才落座。石越又特意走到一个二三十岁的官员面前，抱拳笑道："张监盐，别来无恙，不料在此相遇。"此人正是监两浙路盐税的前御史张商英，他和石越交情泛泛而已。张商英不料石越竟然特意和自己打招呼，几乎有点儿受宠若惊，也抱拳说道："石学士，别来无恙。"

石越点点头，走到厅首位置上，朗声说道："在下奉圣命，牧守杭州，日后还盼能与诸位同僚同心协力，治理好这一方土地人民，上不负皇上重托，下不负百姓之望。今日便在此略备薄酒，邀诸公前来，一来是大家见个面，略表在下思慕之情；二来却是有一件大事，要与诸公商议。"

"不知是何等大事？"彭简心里有点儿不舒服了，心道："虽然你是知州，但若有大事，怎可不和我商议？"

石越转过身，朝彭简微微笑道："彭监州不必着急，稍候便知。我们先上酒菜，吃完之后，再谈正事不迟。"说罢击掌三声，便有仆人把酒菜端了上来。自石越以下，每人桌上各有糙米饭一碗，无盐无油的青菜一碟，再加一大碗水。

众人面面相觑，不知道石越闹何玄虚。石越却不答言，只说声"请"，便坐了下来，端起糙米饭便大口大口地吃起来。吃一口饭，又把青菜往那碗水里一浸，原来那却是一碗溶了一点盐的水，青菜这么一沾，才算是略带滋味。石越自己吃完，往众人看时，却只有张商英、李敦敏、蔡京全部吃完了。他之前听闻蔡京吃东西最是讲究，不料吃这种难以下咽的东西，居然也甘之如饴。李敦敏默不作声，张商英脸上却略带冷笑。此外诸人，或者略略动了动，或者根本没有去碰。

石越把脸一沉，寒声说道："诸位是觉得本官请客太过于寒碜吗？"

"不敢……"

"既是不敢，为何不吃？谁知盘中餐，粒粒皆辛苦！浪费粮食，死后要下阿鼻地狱的。"石越冷笑道。

"这……"富阳知县刘非林壮着胆子说道，"石学士，这实在有点儿难以下咽。"

"嘿嘿！"石越脸色已沉得如九九寒冬之冰，"皇上是九五之尊，九重之内，若知道百姓受苦，便会忧形于色，经常吃不下饭。"

"圣天子天生仁爱，此天下百姓之福。"众人齐声颂道。

"以皇上九五之尊，尚能为元元罢膳。诸位吃一吃各位治所之下的百姓平日所吃的东西，焉有难以下咽之理？咱们杭州的百姓，还有许多未必能有这么一顿吃呢。"石越一边说，一边把目光投向彭简。

彭简自生下来何曾吃过这种东西？但他不愿意公开得罪石越，这时候也只好咬咬牙，拼命把这一碗糙米饭给吞了，心里已是把石越的祖宗十八代骂了个遍。众人看到彭简也吃完了，心知眼前摆的便是砒霜也得吃了，一个个心里骂娘，苦着脸硬生生吃下这顿饭。

石越待众人全部吃完，这才笑道："诸公，味道如何？"

"还好，还好。"刘非林习惯性地随口答道。

石越冷笑道："既然还好，那么只需我们杭州治下，还有百姓吃这种东西，那么每月十五，本官便请诸位来这九思厅，领略一下百姓们的家常饭菜。"

众人不禁叫苦不迭，有人心里已是暗骂富阳知县："刘非林，多嘴的猪！"

不料刘非林却丝毫没有自觉自己多嘴，道："石学士，若是我富阳县没有百姓吃这种东西了，总不能也叫我来吃吧？"

"那当然，若是你治下的百姓能不用吃这种东西了，那么刘知县来时，你桌上摆的应会可口得多。"

张商英笑道："如此倒是公平，这个饭，应当有个名目，便叫'亲民饭'如何？"

彭简心中虽不乐意，不过此时饭也吃了，乐得做个好，也笑道："石学士这个主意果然不错，这也是与民同苦的意思，各位心里万不可怨怪的。"

"岂敢，岂敢！"众人言不由衷地应和着。

"既然诸公都深明大义，那就再好不过了。"石越正色道，"本官在汴京之时，以为杭州是富庶之区。虽然春夏有旱灾上报，公文邸报，却都说已经控制了。不料到杭州之后，才发现远不是这么一回事。诸位，今日汴京之安危，全仰仗于东南之漕运，朝廷的粮食，全指望着淮浙蜀三地供给，两浙路大旱，是能动摇国家根本的大事！"

"回学士，旱灾其实已经过了，现在也已下雨，应当不至于有大事。"刘非林倒是个老实人，心里想什么说什么。

"是吗？这几日我调阅了各县案卷，又遣人分往各县查访，各县补种'百日熟'，能够成熟的不到一半。请问各位，到明年收成时为止，百姓的口粮要如何保证？明年的种粮，又要如何保证？灾害之年，只靠青苗法又如何能解决问题？"

"这……"杭州的大小官吏们，一时被问得说不出话来。

石越却是知道这些官员们各有各的想法。有些人是接了前任的烂摊子，有些人却是自以为自己马上就要三年任满，以后的事情不关己事，有些人则是得过且过，只需百姓不造反，自己并不算有罪过……

石越的目光一一扫过在座的官员，众人都把眼皮垂下，不与他对视。当他目光落到富阳县刘非林身上之时，刘非林却满不在乎地笑道："石学士，别的县我不知道，富阳县只需学士一纸公文，许我开常平仓，这些都不是难事！"他话音一落，立即有不少人随声附和，点头称是。

石越一边打量着众人，却见座中不过彭简、张商英、李敦敏、蔡京四人不动声色。蔡京脸上更是微露讽刺，石越心里不由对这个"历史上"著名的奸臣刮目相看了。本来他以为蔡京不过是以书法文才得到宋徽宗的宠幸，加上勾结童贯，所以才能擅权，因此心里虽然不愿意因为目前还不存在的历史就把他打入另册，但是说到重视，蔡京在他心里根本不能和蔡卞相比，但这时开始，他却不能不加倍留意起此人来。

"自古大奸大恶之人，必有大智大勇。"石越一边心思转动，"岳不群的这句话，自有他的道理……"一边却是离席走到刘非林面前，冷笑道："刘知县，你们富阳县常平仓现在实有余粮三百石，你想靠这三百石余粮去救济百姓？本官就给你这一纸公文，你可有办法？"

"三百石，怎……怎么可能？"

"你是富阳县知县，不知道常平仓里有多少余粮？"石越一边说，一边从陈良手中接过一本账册，扔到刘非林桌上，"还要请刘知县过目！"

刘非林和众官员哪里知道，这十日之内，石越以常平使的身份在杭州建府悄悄调了一些平素得到苏轼认可的小吏，加上从唐家临时借来几十个账房先生，从杭州开始，重新清查两浙路常平仓的账目，结果发现仅仅账目上的存粮，就已经少得让人不敢相信了。其中因为以前青苗法借出去没有收回的，"依法"挪作他用的，救灾用的，这几项几乎便把现在统计出来的几个州的常平仓储粮耗光了，余下的那点粮，别说救灾，连给老鼠吃都不够。石越又派人去悄悄检视，发现有不少州县，更是有官员把常平仓的储粮借出获利，实际储粮又不及账目的一半！可笑杭州至两浙路大小官员，自以为天高皇帝远，又以为这里素是产粮之区，一个个想当然地认为粮仓的粮食必然不少。这时候石越把统计出来的各县账簿一一分发到各县知县的手中，而给了彭简一份总册，立时众人脸色都变得难看起来。

特别是册中详列账目储粮几何，实际储粮几何，在座官员没有私借常平仓牟利的，十无一二，这时哪里还能坐得住？若石越是一般的官员，只怕众人早已打好回去写弹章、构陷长官的主意了，偏偏石越又是天下都知道的大红人，这个事实，总算压住了不少人心中的蠢动。

九思厅内，此时静得只听见翻动账册的沙沙声。

杭州通判彭简脸上红一阵白一阵，这常平仓账目与实际的亏空，他只怕要占一大部分。若以常理而论，他并不受知州节制，但是石越在账册上用的印，却是提举两浙路常平副使的大印，这个印，却算是他的上司了。

"本官本来想的主意，却是平常，不过是'以工代赈'四个字，用常平仓之余粮，雇用受灾百姓，修水利，建驿道，恢复生产。不料这常平仓所余之粮却未免过于触目惊心了，因此不得不召诸公前来，一起想个主意，总得把这个难关过了。"石越回到座位上，徐徐说道。

"除去常平仓，州县还有备三年用度之钱吧？"刘非林飞快地瞥了石越一眼，小声说道。

宋朝财政上也是行强干末枝之策，各州县钱粮，都是计算好只留三年用度，甚至一年用度，多余的全部转往京师。杭州毕竟也算富庶之地，特别是唐家等大商家在此设商行之后，棉布行销天下四海，单单是商税已经很是可观，因此三年用度之钱，的确也不算太少。

但是他不说还好，一说更有不少愤恨的目光投来，常平仓的粮食都能借出，政府的储钱，贪污、挪用、拿去放高利贷的，更不知道有多少，而且钱上面的账目更好做手脚。

"嘿嘿……"石越干笑几声，目光逼视着刘非林，厉声说道，"备三年用度之钱，你富阳县有吗？"

不料刘非林这时却并不示弱，朗声道："三年之钱是没有，朝廷诏令救灾、修水利，已用过不少。苏使君在时，浚清西湖，重修六井，虽然是惠民之举，也是要用钱的。州府也因此问各县借调过一些，借据尚在，学士可以查证的。"

石越见他如此，倒不由一怔。他本意并不是想打贪官，现在首要之任务还是恢复生产。天下承平已久，清廉的官员不能说没有，但官员们绝对是鱼龙混杂。贪污腐败是很难一时彻底解决的问题，他就算用自己的威权压得属下暂时清廉，但是只要他前脚一走，后脚必然死灰复燃，这种人治下的清廉，意义相当有限。至少以轻重缓急而论，现在的确不是追究这些的时候。他不过想借此一面威慑群僚，让他们对自己有所畏惧，一面引出自己的办法来，以减少反对之意见。

他见刘非林倒还磊落，微微一笑，借势转换话题，道："本官自然是信得过刘知县和众位的。"

　　众人心里暗骂："只怕未必，要不然如何派人偷偷查常平仓？"可是听到石越这么一说，知道他至少暂时无意追查，心里也可以把心放下一会儿，算是略略出了一口气。

　　这口气刚刚出完，却又听石越朗声说道："不过本官也希望诸位信得过石某才好。在下给诸位十天的时间，各位把本县钱粮，受灾情况，恢复生产状况一一如实报来，若有良策，亦可附上，只需不加隐瞒，有什么事情，本官都替大家一一承担了。不过若是有人有所隐瞒，他日被本官知道，那便是祸福有命，还请自求多福。"

10

　　"此次多亏了二叔帮忙。"石越笑着亲自给唐甘南敬上一杯茶，一边温言说道。

　　唐甘南连忙站起来，忙不迭地说道："不敢当，不敢当。"一面小眼珠溜溜地打量着石越知州府内的客厅——很宽敞的大厅，陈设得很雅致，完全是苏轼之前的布置，没有改动分毫。十天前，当石越差陈良问他要人的时候，他二话不说，便把最好的账房给派了出去，要说普天下最高兴石越来杭州的人，绝对要数唐甘南。

　　"此次请二叔来，一来叙叙旧，二来是有事想请教二叔。"石越自己回座坐了，笑着望了司马梦求和陈良一眼。

　　司马梦求笑着点点头，对唐甘南说道："学士本来想用州县储钱去外路买粮，再以粮食为工钱，招募百姓兴水利，修驿道，恢复生产。托杭州大小官员所送礼金的福，去两淮福建路买早熟稻种的队伍已经出发了，但是买粮食的事情，却不免有种种顾虑。一来财力不足，算上运粮路上消耗，回来后也不过杯水车薪；二来以两浙路产粮之区，学士一上任就出境买粮，只怕会有种种议论，也不可不防。"

　　唐甘南听他说完，立时笑道："其实不必出境买粮。两浙路并非无粮，各地士绅大族藏粮之多，只怕大宋无出其右者。不过他们不肯出卖，有些人就是想坐待高价罢了。"

　　"这个我也有所听闻，二叔可有良策？"

　　"子明，此事我也没有办法。士绅豪族的势力根脉联结，上可通天，下可入地。他们既然不肯贱卖，谁又有办法让他们卖？除非出他们想要的高价，可那样一来，和往外地买粮，花费上也就相差无几了。"

　　"哼！"石越把茶杯往桌上一顿，冷笑道，"国家还有和买之律，我倒要看看他们怎么个上天入地之法。"所谓"和买"，就是政府以强制性的价格购买百姓的物品。

　　"万万不可，学士。"司马梦求和陈良几乎是同时出声劝阻。

"有何不可？理在我这里，怕他们何来？还是杭州两浙有什么了不起的皇亲国戚？"

"学士，天下士绅皆是一家，兔死狐悲，狐伤同类。学士方上任地方，如果强买士绅的粮食，必然让天下人侧目。万一激起大变，悔之无及。如今羽翼未成，就算是得不到士绅的支持，也断不可招致他们的反感。那样做是因小失大。"

"纯父说得不错，学士是为了百姓，百姓还不领情呢。山野草民之是非，便是当地德高望重的士绅所讲之是非。和买之令出自朝廷则可，出自学士则万万不可。"

连唐甘南也说道："司马先生和陈先生所言不错，此事还当慎重。实在不行，子明还可以往各地钱庄借点钱，明年大熟，就可以还钱了。为这件事并不值得大动干戈。"

石越闻言不禁莞尔，果然无商不奸，唐甘南明知自己断不能赖唐家的钱，这时放心借钱给官府生息，还能卖个人情给自己。他正待说话，抬眼却瞅见一个门房拿着帖子站在外面，便招手说道："进来吧。"

那门房连忙应了，快步走进客厅，递过帖子，说道："钱塘尉蔡京求见，说有要事禀报。"

石越皱了皱眉毛，说道："请他进来吧。"

身着青色官袍[55]的蔡京走进客厅，给石越见过礼后，又和司马梦求等人一一见礼完毕，这才侧着身坐在下首宾客之位。

石越打量着蔡京的仪态，见他身材修长，须发梳理得整整齐齐，一身青袍并不太新，却是洗得极干净，往那里一坐，倒真是个美男子。虽然明明知道这是个著名的奸臣，心里却也不禁起了几分好感，因见他嘴唇微动，欲言又止，便笑道："元长此来，必有教我之事。"

蔡京连忙抱拳说道："不敢。不过下官确有一点想法，想向学士讨教，不知道是否可行。学士名闻天下，能谋善断，下官也好从中有所长进。"

石越明知道这等话不过是乖巧的谀辞，却也颇觉顺耳，笑道："元长不必谦虚，请说无妨。"

蔡京又抱拳行礼，方说道："那就恕下官放肆了。那日在九思厅，学士摆亲民宴后，下官大胆揣测，料得如今州县府库银钱必然所余无几。学士心存爱民之念，上欲报效皇上，下欲体惜元元，既然牧守一方，如今万事，以下官之浅见，必是要从恢复生产开始。唯百姓安居乐业，温饱无虞，方可兴礼义教化。"

石越见他侃侃而谈，所谈尽中心事，不禁点头赞许。

---

[55]　宋朝前期，八九品官员穿青袍。

蔡京得到鼓舞，精神更振，继续说道："而要恢复生产，如今却先有两难，一是钱粮不足，二是境内无粮。下官见识不及学士万分之一，自然知道这种解决之法，学士必然早就胸有成竹。不过下官回去后仔细思索，却也有一得之愚，特不揣冒昧，来向学士请教，不知是否可行……"

石越此时已略知蔡京实非无能之辈，因此也知道他既然敢来陈说，必是有良策，否则自暴其丑，他必不肯为。所谓向自己请教云云，却是不敢居功之意。他正为此事而苦恼，不料立即有人来献策，不免喜出望外，因说道："元长有何良策，但请说来。若是有用，便是大功一件。"

"下官以为，杭州境内，并非无粮，而是士绅有粮不肯出卖，要坐沽高价。如若是要买粮，若出境买粮，一来财力不支，二来恐有无知之辈议论。无知者只说学士治理地方无方尚不足道，就怕有居心不良之人，说杭州本是产粮之区，而学士往外路买粮，广蓄粮草，是有非常之心。虽然圣上圣明，却也不可不防。"

他这番话说得众人悚然动容，石越几人，却也没有想到还有这种可能。

"那么依蔡少府[56]之见，是不能出境买粮了？"陈良忍不住问道。

蔡京微微一笑，说道："不是不能，是不能买得太多，而且事先须向皇上奏明。"

陈良疑道："若是不多，又济得何事？"

"下官有一策，不仅府库缺钱粮之事可以高枕无忧，连出境买粮一事，也可省了。"

"哦？愿闻其详。"石越对蔡京的认识不禁又有改观，自己和司马梦求、陈良研究了几天没有结果，连唐甘南这样的老狐狸也束手无措，他竟然可以轻易解决。

蔡京站起身来，走到唐甘南面前，笑着问道："请问唐员外，两浙路的商家认为利润最大的行业是什么？"

唐甘南略略想了一会儿，说道："这却不少。出海贸易、棉布、丝绸、瓷器、香料是比较大的。"他却少漏说了一样，刚刚兴起的钟表行，无疑也是利润很大的行业。

"哦？没有了吗？"

"恕我孤陋少闻了。"

"茶、盐，这两样在唐员外眼里，竟然不算是利润最大的行业吗？"蔡京不禁有点儿奇怪。

唐甘南笑道："茶、盐一向是官府专卖……"他说到这里，不由一顿，已经知道蔡京想要做什么了，便是石越、司马梦求、陈良心中也差不多明白了。

"不错，茶、盐一向是官府专卖，而行商购买茶、盐也受到严格的控制。若是学士下令，三个月之内，出售今后三年杭州茶场、盐场的茶、盐之全部配额，若想购买

----

[56] 对县尉一职的雅称。

者，只能用粮食平价来抵换，单是昌化县紫溪盐场一处所得粮食，便已相当可观。如此外地行商，自然会乖乖押着粮食入杭换得茶引、盐引，而杭州之士绅、商人，哪里又肯让这个机会被外地人独占？"

唐甘南笑道："若真是如此，只怕我也想来分一杯羹。"就算他这种豪富巨商，对于茶、盐的利润也会垂涎。

"不仅可以如此，学士甚至可以下令，允许百姓用粮食购买三年煮盐权，只需限制盐产量。这样一来，下官敢保证杭州境内，没有一个士绅能不动心。而三年之后，开发好的盐场又可收归官府，此官民两便之事。"

石越此时已是频频颔首，心知若行此策，区区赈灾恢复生产的钱粮决然不在话下。连唐甘南也兴高采烈，如果石越采纳此策，他们唐家就不会稀罕那盐引茶引之配额了，非得竞标开发一个盐场不可。

陈良却没有这般高兴，道："新开盐场倒勉强还可以请中书三司同意，但卖掉诸盐场、茶场三年配额，这是相当于预支三年的盐税、茶税，如今一次用尽，日后欠缴朝廷的税款如何偿还？别说御史们不会放过，便是三司使也会追问，丁吃卯粮，须三思而行。"

蔡京不料被陈良浇了一盆冷水，不禁有几分没趣。他偷看石越的神色，却见石越沉吟一会儿，说道："此亦不可不虑，纯父你的看法呢？"

"学生以为可行。至于盐税、茶税，日后再想办法便是。非常之时，不能事事求善美，子柔说出来了，咱们以后记得想办法，便不怕了。"

石越笑道："我的意思也是如此。日后之盐税、茶税，我自有办法。"一面又向蔡京笑道，"元长果然是干练之材，日后前途无量！本官亦会向皇上推荐。"

"多谢学士栽培。"蔡京得到石越一言，忍不住喜动颜色。

虽然知道这件事最后的通过不免还要得到彭简和张商英等人的同意，但是石越以宝文阁直学士的身份，身兼漕司、仓司之职，再加上他现在牧守杭州，虽然在中书政事堂并不那么顺畅，但是到了地方上，却是用十足的威势压人。地方官吏若没有铁硬的后台，谁又敢和石越争短长？

果然不几日之内，不单张商英毫不迟疑地同意，连彭简也爽快地答应副署，他哪里敢得罪石越半句。虽然对石越如此专断独行心里颇为不快，但是毕竟"识时务者为俊杰"，和自己的乌纱帽过不去，委实没有必要。

让司马梦求看过之后，石越便吩咐侍剑用火漆封好写好的奏章，抬起头来，这才发现天已微亮，几只蜡烛都快燃到了尽头。司马梦求告了退，回房小憩，石越吩咐完侍剑盖好印信，安排差人送往京师，自己这才起身，走到走廊之中，享受拂晓的清风。

一面向皇帝说明情况，一面在杭州大小州县的照壁[57]上贴满告示。如果一切顺利，那么至少目前的难题可以解决了，接来要思考的问题是什么呢？把这些钱粮用到哪些工程中才是最好呢？水利也是一门学问，沈括远在京师，自己看来只能依赖地方上的人物。也许把那些老农叫来，一起商议一个对策，也不失为一个办法。而这之后呢？这之后我在杭州又应当做些什么？石越又沉浸在对未来的思索中……

"大哥。"梓儿轻轻把一面披风搭在石越肩上，一面轻声说道，"外面风大，还是进屋吧。小心感了风寒。"

"妹子，你还没有睡？"石越吃惊地望着妻子。

"我昨晚看这本书，太深奥难懂了，结果睡着了，是方才突然醒来的。"梓儿略带娇羞地掩饰着。

石越用披风把她裹入怀里，接过她手中的那本书一看，竟是欧几里得的《论音乐》。

"这本书是哪里来的？"石越吃惊地问道，"是阿旺带来的吗？"

"不是，是我哥放在铁琴楼里的，我见阿旺喜欢，就送给她了。她说见到了，可以多少联想到家乡，一面又译成中华文字给我看。你看，这里是她译的。"韩梓儿仰起小脸，轻声答道。她眼中能看到石越脸上惊喜的神色，她委实是不能明白，一本根本看不懂的小书，为什么会值得石越这么兴奋。

"没错，就是这样！百年翻译运动！我可以翻译！加速交流！"石越兴奋得有点儿语无伦次，他紧紧抱着韩梓儿，使劲地在她小脸上亲着，一面大声说些韩梓儿根本听不懂的话语。

"我石越能带来的东西有多少？如果我提前把希腊、罗马、阿拉伯的文化引入中国，让异国文化在中国交流碰撞，中国不乏智慧之人，这岂不比我在那里写什么'石学七书'要好得多！"石越心里早已经沸腾开了！

"妹子，你真是我的福星。"石越又狠狠地亲了梓儿一口，抬起头来，对着东边太阳将升时炫红的天空，高声说道："这才是最有意义的事情，我要亲手开始中国的百年翻译运动！这件事情一旦开始，历史前进的方向就会彻底改变。我接下来的使命，就是保护她渡过最脆弱的萌芽状态！"

韩梓儿依偎在石越怀中，如石越那么伟大的理想，实非她所能理解，但是她却比世界上任何一个人都更清楚地感受到自己依偎的这个男子那颗心脏跳动的声音。

....

[57]　照壁是中国古代传统建筑特有的部分，即所谓的"萧墙"，具有挡风、遮蔽视线的作用。位于大门内的，称为内照壁；位于大门外的，称为外照壁。

11

曹友闻挤在一面照壁前，仔细读着官府发布的告示、抄录的朝廷邸报以及《皇宋新义报》。这类地方一向是大宋各地方的"新闻发布中心"，还有专门的差人和好事者在旁边大声诵读。

曹友闻到了杭州后，本来是想去高丽的，不料父亲突然得了急病，不得已只能在家静养，而一切事务便交给了曹友闻打理。他并不知道司马梦求和陈良已经入了石越的幕府，只是在白水潭学院养成的习惯，让他每天必然看报纸，并且到照壁这里了解当天的新闻。

"宝文阁直学士礼部郎中权知杭州军州事石越谕杭州军民……"

一道告示跃入曹友闻的眼帘，"为了募款赈济灾民，恢复生产，石学士决定预售杭州所辖盐场、茶场三年产盐、产茶，并公开竞标拍卖盐场开发权，只是所有款项，一律要用粮食或者粮八钱二的比例支付。"

"石山长果然名不虚传。"曹友闻在心里感叹道。

"公开竞标拍卖却是何物？"旁边一个穿着湖丝袍子的胖子高声问道。

"你不会自己看吗？这下面有解释。"旁边人没好气地说道。

"我……我……"那胖子涨红了脸。

曹友闻知道他肯定不识字，忍不住笑道："所谓公开竞标拍卖，这石学士告示上说得明白，是所有想买盐场开发权的官民都先缴纳三百贯定金，然后聚集一堂，对盐场进行叫价，价高者得，如果叫了价最后不想买，三百贯定金罚没，并另有处罚，如果没有购买，那么三百贯定金依然退回。"

"这样倒是公平合理。"那个胖子感激地望了曹友闻一眼。

"石学士是左辅星下凡，哪里能不公道？何况这样做，也全是为了杭州的百姓。"有人以先知先觉的口气很不屑地对胖子说道。

曹友闻不禁莞尔一笑，对胖子抱拳说道："这位仁兄不必介意，石学士这样做，正是要示人以公正。这是告诉某些奸商，你们没有必要行贿官府了，也不必请托关系，就凭价格来竞标便是。"

"正是，正是。"胖子忙不迭地点头，"若是天下官府都这么清廉公平就好了。"

"那只怕难了点。石学士可是五百年一出的人物。老兄若是有意，不如回去打点打点，竞标可是要用粮食的，若没有粮食的话，还知不道那些地主怎样哄抬粮价呢，而竞标的粮食却只能是平价。"曹友闻笑着对胖子说，他自己倒不用担心，曹家有满满几仓粮食，只需粮八钱二，他相信区区一个盐场不在话下。

那个胖子一怔，说道："若是如此，在竞标之前，粮价岂不是反而会居高不下？谁都知道盐场之利呀。"

曹友闻笑道："老兄，你不会去外路运粮进来吗？粮价再高，也不过是外地粮价加上运费了。从两淮沿运河运粮，从福建走海路运粮，都不算太麻烦吧？何况如果价格涨得太高，石学士不会坐视的。"

"就是呀，到时候借几个人头来示威，也未必没有可能。"旁边有人半开玩笑地说道。

胖子点点头，抱拳对曹友闻说道："在下姓甫，大号甫富贵。这位官人仪表不凡，想来不是一般人物。"

曹友闻抱拳回礼，笑道："我和甫兄一样，也是做点小生意。小姓曹，曹友闻，表字允叔。"

"原来是曹兄，在下来杭州之前，听闻杭州有三大船行最有名，曹、唐、文，特别曹家有位公子，就是石学士做过山长的白水潭学院的学生，不知曹兄可否相识？"其实曹家本来是排名最后，根本不可能和唐家相提并论，唐家单是机户织棉一项，便可以抵曹家全部收益。船厂、贸易行遍布杭州、明州、泉州、广州等口岸，真正是富可敌国，岂是曹家可比。这胖子不过是故意抬高曹家罢了。

曹友闻自是知他有意结纳，也笑道："不敢，正是区区。"

"原来真是曹公子，失敬、失敬。"

旁边有人听他们对白，若说曹家，倒也平常，但是"白水潭学院的学生"，却也不能不让人高看一眼。众人立时围了上来，七嘴八舌地向曹友闻打听石越的相貌行止，曹友闻措手不及，几乎被吓得拔脚欲跑。幸好此时有个差人拿来一张告示，贴上照壁，然后提着铜锣用力一敲，"铛"的一声，大声吆喝道："石学士有令，凡懂治水利、知农桑者，可以揭榜拜见，若是建议采纳，赏钱三十千。"曹友闻见众人注意力又被吸引过去，顿时松了一口气，哪里敢再停留，连忙溜之大吉。

刚刚走出两条街，忽听有人在背后喊道："允叔。"曹友闻回头望时，不禁大吃一惊："子柔兄？"

"你如何来了杭州？纯父他们还好？"

"此事说来话长，先找家酒楼坐下慢慢说。纯父几次想去找你，不过以为你已去高丽，加之事务太忙，总不得机会。不料竟在此巧遇。"陈良一边说，一边和曹友闻走进路边一家酒楼。

两人刚一落座，曹友闻又忍不住相问。陈良也不隐瞒，便把分别后发生的事情详详细细说了一遍，末了笑道："如今子云、仲麟已经释褐[58]，前途不可限量。我和纯父便在石学士幕府参赞，允叔若是有意，我相信石学士一定会折节下交的。"

曹友闻笑道："众位都能有机会成就一番事业，我也替你们高兴，不过男儿不可中道而改其志。"

"如此也不敢勉强，不过我相信允叔非一般商人可比，他日石学士若有事相托，还望不要推辞才好。"

"石山长高居朝堂，有何要用我的地方呢，子柔说笑了。不过若有那么一天，小弟断然不敢推辞便是。"曹友闻笑道。

"如此便好。"

"那个公开竞标的方法，可是纯父的主意？"曹友闻对这件事颇有兴趣，既然碰上石越幕府中人，哪里能忍住不问。

"这是石学士的意思。学士远离庙阙，行事不能不慎，这是示天下人以公正的方法。"陈良笑着解释。其实他也有所有隐瞒，石越根本是害怕有御史弹劾他假公济私，种种措施不过是为了收受贿赂，或者帮助唐家谋利，为了堵住京师里政敌的嘴，石越才想到了公开竞标的办法。但是这些话，却是不可能和曹友闻说了。

"真是别出心裁，这两天尽是听说石山长设亲民宴等事迹，杭州百姓都传为佳话。"

陈良微微一笑，颇有几分自豪地说道："日后必然有更多的佳话流传。石学士数日后将接见所有大食商人，以及与大食商人有往来的中华商人。想来曹兄也在受邀之列。"

"这却是为了何事？"

"你再也料不到是为了什么事情……"

12

石越接见所有在杭州的大食商人与外贸商行的地方，是在西子湖畔的西湖学院大讲堂。

西湖学院单从建筑物的规模构建上来看，比起白水潭学院占地更宽，建筑更加不惜工本。学院正前，跨湖架桥，桥旁荷叶，清风袭人，更有大小几座凉亭点缀其中，让人置身其中，脱然忘俗。大讲堂也是傍桥而筑的一座建筑，宽长皆是三百步左

----

[58] 古语，意思是脱去平民的衣服，始任官职。

右。朱墙之外，左右竟是荷叶的海洋。石越一见之下，不禁连连感叹江南人之匠心果然与中原不同。那些商人到此，竟有自惭形秽者。

在几年经营之后，西湖学院已经毫无疑问成为两浙路最大的学院，学院的《西湖学刊》也颇具声望。这次石越守杭，卫朴等人追随而来，随着执天下学问之牛耳的白水潭学院第一线的主力教学力量加入，更让西湖学院实力大增。此时白水潭十三子依然在斯，学院既由这些激进的学生所主持，而协助的苏轼也是最洒脱不羁之人，因此西湖学院的风气竟是比白水潭学院还要开放。石越要借他们的大讲堂接见商人，若在白水潭，只怕教授联席会议会一点面子也不给就否定了，而西湖学院却满口答应，丝毫不以为异事。

不过更觉得奇怪的是那些装束奇异的大食商人。杭州并不是大宋最主要的对外贸易港口，因此，杭州的阿拉伯商人远远不及泉州与广州，主要的夷商不过七十余人。这些人自入中国以来，官员们态度各异，或者满脸不屑，不耻与言，视他们为禽兽一般的野蛮人；或者笑容可掬，却明摆着是想要收受贿赂，他们的笑容，是为了银钱而发。像石越这样，一次齐聚所有商人，在一所著名的学府接待，那是谁也没有听说过的事情。他们听说这位石学士是中国皇帝面前的红人，是中国最有权势、最有学问的年轻人，他的召见究竟会有什么事呢？众人都不免心怀惴惴。

曹友闻也是非常好奇。出乎他意料的是，那个甫富贵居然也在被邀之列，而且就坐在自己旁边。他记得杭州与夷人通商的著名商行中，似乎并没有姓甫的一家。甫富贵见到曹友闻，却是非常兴奋，不住地嘘寒问暖。

石越与一般官员的作风不同，他并没有让众人久等。所有人刚刚坐定，立即就有人清着嗓子大声喊道："石学士驾到——"话音落下，又有一个人用夷语喊了一句什么。曹友闻却识得那个学生，是在白水潭学院风头甚健的袁景文。他连忙中止了和甫富贵的寒暄，随着众人一齐站起，迎接石越的到来。

石越在彭简、蔡京、司马梦求、李治平等官员、幕僚和西湖学院山长、教授的陪同下，走进大讲堂，在上首居中坐了。众人之中，李治平等学院教授习惯于此，倒不以为意，彭简却未免有几分不自在，忍不住扭怩不安，而蔡京以区区钱塘尉的身份与会，也让人觉得奇怪。

"诸君请坐。"石越环视全场，朗声说道，"今日本官召诸位前来，实是有要事相商。"

自古以来，官为虎，商为羊，老虎与羊又有什么好商量的？听到石越说出"要事相商"，下面的商人便有一大半不安地扭动身子。

"本官久闻黑衣大食是西域之大国，物产文明，相侔于中华，不知在座的，谁是黑衣大食的臣民呢？"

这些阿拉伯商人有些来华日久，本已略通汉语，又有袁景文翻译，听到石越竟然夸赞黑衣大食可以与中华相提并论，不免大吃一惊。一向以来，华夏文明都是高高在上，哪里肯平等待人？而彭简等官员与一些西湖学院的教授、学生心里却都不免要不以为然了。

当时阿拉伯世界一分为三，在伊比利亚半岛者为白衣大食（后倭马亚王朝），在北非者为绿衣大食，在中东者为黑衣大食。以地域远近而论，自是黑衣大食与中国更近，因此在座的阿拉伯人，十之八九是黑衣大食之人，此时便又纷纷站起，举手示意。另有少数夷人，或者是绿衣大食人，或是久居中华的犹太人，脸上不免就有不平之色。

石越却不可能顾及这些人的感受，见在场的人大部分是阿巴斯王朝的阿拉伯人，心里更加高兴。他轻轻击掌，便有一些差人出来，给每个商人分发数张写满了字的纸。曹友闻接过手中的几张纸一看，只见上面竟然密密麻麻全是书目，他略略一看，有《形而上学》《理想国》《天文大集》《动物志》《金色格言》《逻辑学》《地理学》《几何原理》《解剖学》《定律》《波斯列王记》《卡里莱和迪极》……所有闻所未闻之书目，达百余部之多。而在书目之旁，另有弯弯曲曲之夷文所标书目，似乎便是这些书目之夷名。他自是不知道这是石越绞尽脑汁回忆起来的古希腊、波斯著作，包括医学、星象学、天文学、哲学、数学、物理学、文学等各个领域，从亚里士多德、柏拉图、托勒密这样的著名人物到玻菲利、阿波罗尼罗勒斯这样相对不那么出名的人物，几乎要把阿拉伯百年翻译运动译成阿拉伯文字的各种著作一网打尽了。只是阿旺毕竟不过是一歌女，她从中文译回阿拉伯文字，未免水平略逊，很多书名和原书之阿拉伯名相距甚远，害得不少大食商人要极尽猜谜之能事。

"本官自幼好学，喜欢博览群书，曾听一西域回鹘商人言道，黑衣大食曾有数位哈里发极崇文教之功，自极西庚那诸国译介诸贤之书为大食文字书稿，前后历有百年，这百年所译之书，大抵便是这几张纸上的书目了。本官当时便立下心愿，要将这几位贤王所译之书延至中国，再译成中华文字，供我大宋皇帝御览……"

听石越说到这里，彭简不由恍然大悟："怪不得你石子明这么费心尽力，原来是想讨好皇上。嘿嘿，这种大事，我彭简也不敢后人的。"彭简立时精神大振，认真听石越继续说道："恰好天子遣本官牧守杭州，而杭州又有众位黑衣大食之臣民，这是上天叫本官了此心愿。因此烦劳诸君在此相会，助本官一臂之力。书单上所列诸书，各位若能罗致，送交西湖学院，只要裁定为真本，每本书本官赠予白银五十两，一人若能献上八十本，两年之内，杭州市舶司不收他分文关税！"

石越此言一出，底下立时一片哗然。当时阿拉伯帝国黄金五百年虽然已过去，但是文明之花并未遭到太大的破坏。虽说印刷术不及中华发达，而大宋也严禁印刷器械、工人出境，但是手抄本之流传，毕竟也不在少数。搜罗八十本书并不容易，但是也不会太难，却可以免除两年关税，那些拥有几条船的商人，此时心里已经盘算如何去买那些书了。

有一个夷人立时站起来，学着中国人的样子向石越长揖为礼，用生涩的官话说道："石学士，我不是黑衣大食人，如果可以献上八十本书，也能一样免税吗？"

"当然可以！并且本官将在西湖学院建西夷译经楼，在各处发布榜文，凡是通达华文、大食文字者，可揭榜入译经楼译书，每月俸银十千钱，一切食住由学院供给。待书译成之后，本官进献皇上，别有封赏，而其后由印书坊颁行天下，译书者皆可署名其上，随书而流传千古！"

曹友闻听石越所说诸事，隐约感觉似乎背后皆有深意，而目光更是长远。但是他毕竟限于所见，哪里又能知道自己所参与的这次会见对中华文明有什么样的影响？他只是觉得石越所说之事，其实与自己这些中华商人无关，不知道把他们也一同召来，又有何事。而见识更差一层的，不免觉得石越爱书成癖，白白便宜了那些夷人许多关税钱。只不过便是彭简也知道，御史们绝对不会拿这个弹劾石越，因为就算弹劾，也不过徒为石越增添一个佳话，皇帝与中书最多也不过是一笑置之。

然而接下来石越所说的话，却如平地惊雷一般，让彭简与曹友闻心惊肉跳。

"此外，本官在此公布一事，本官已向朝廷荐钱塘尉蔡京为提举杭州市舶司，一年之内，将造三十艘战船，组成船队，保护商船通往南洋诸国之安全，凡本埠欲与海外贸易之商行，皆可交纳一定之保护费用，跟随船队前往。船队之建成经费，亦有赖于在座诸君之资助……"

"万万不可！石学士，万万不可！"石越话未说完，彭简已经吓得脸色苍白，惨无人色，连声制止。

石越转过头了，望着彭简，从容问道："彭监州，有何不可之处？"

"私建军队，形同谋反，守臣掌军，大违祖制，这是灭门之罪！石学士万万三思。"彭简激动得手舞足蹈，似乎想拼命制止。毕竟这件事情，如果他不表明态度，一定会牵连到他身上。

"私建军队？"石越一脸疑惑，半晌才恍然大悟，笑道，"彭监州不要误会，这三十艘战船，其实是商船，本官不过是下令市舶司不仅仅要征收关税，管理贸易，同时也要主动去贸易。蔡县尉已经算过，快的话，一年往南洋往返两次，利润可达百万贯，慢的话往返一次，亦可得数十万贯。有这些收入，茶盐税引之缺，便可补上，同时亦可顺便招致夷商，说明本官奖励贸易之意。"

彭简惊魂稍定，颤颤地问道："那为何要建战船贻人口实？"

"彭监州有所不知，海上盗贼甚多，既是官府之船，就要有一定之武力加以威惧，因此这支船队还需亦军亦商；且官船去往南洋诸国，就要扬我大宋之国威，示皇帝陛下威加四海之武功，若非战船，不免为夷人所轻。"蔡京向彭简揖了一礼，代石越答道。

其实造成战船，根本还是为了找个借口让外贸商人们出钱，毕竟现在府库根本没有本钱去建大船。建三十艘大船，加上召集水手，平时供养，那笔开销是相当惊人的，不让商人们出点血，怎么能尽快挣回就要预支掉的三年盐茶之税？不过这些话，当着众商人的面是说不出口的。

"这……这……总是不妥，石学士，千万要三思。"彭简心里是绝对无法安心的。

石越笑道："彭监州不必担心，本官必会请旨。若有干系，本官一人承担，绝不连累彭监州就是了。"

他口头说得轻松，心里却也是惴惴不安，不知道皇帝和朝廷会怎么样处置这件事。其实司马梦求已经谏过这件事情了，当时石越倒是慷慨得很，回道："事有可惧者，有不可惧者，若事事皆惧，则一事无成。"而司马梦求也实在想不出上哪儿找一笔钱来补上三年的盐茶之税，只好勉强同意。就为此事，石越写了几封奏章信件，分别递呈皇帝、王安石、冯京等决策人物，盼望能得到支持。

蔡京心里，却也充满着紧张、兴奋之情。他明明知道这件事风险极大，弄不好，他和石越一起就会被弹劾得永世不能翻身，却依然顺着石越的思路帮他想点子，因为他知道一旦成功，他必然能成为石越的心腹，又为国家打开巨大的财政来源，循此之蔓，一路上爬，前途真不可限量！在他眼里，那支船队实在是一条从杭州钱塘尉通往汴京禁中政事堂的金光大道！

13

汴京城，大内。

赵顼身着明黄的龙袍，坐在偏殿中小憩。

刚刚在崇政殿亲试武举，一口气点了文焕、薛奕、吴镇卿、段子介等七人武进士及第，亲授左侍禁。田烈武以下二十余人武进士出身，依例都授右侍禁之职。这是赵顼登基以来的第二次亲试武举。熙宁三年，他曾经亲取康大同为武状元，那时并无半点疑虑，但是今年的武举，却让几个主考官十分伤神，众人意见不一。原来文焕、薛奕、吴镇卿、段子介、田烈武五人，若论武艺弓马，兵法阵图，竟是相差无几，根本分不出高下来，权枢密副都承旨张诚和龙图阁直学士张焘虽然均说这五人都是良将之材，但对于谁高谁下，却各执一词，互不相让。

试文辞之时，田烈武文理稍拙，自然难以进士及第，其他四人，竟又是相差无几。吴镇卿本是文进士，段子介是白水潭的学生，文焕、薛奕是武学学生，四人的策论各有所长，让主持文试的刘攽、黄履等人又争执不下。最后不得已，只好把这四人并列一纸，请赵顼亲自裁断。

这四人本来就难断高下，不料到了崇政殿殿试，王安石又为田烈武打抱不平，说道："武进士要文辞何为？能武艺、通兵法、晓阵图足矣。田烈武是功臣之后，当赐武进士及第，以示朝廷奖励死节之意。"

此言一出，立时引来枢密院官员群起反对。张诚立即反驳："丞相所言诚为至理，然不在武举之前定下制度，考试之后再为此言，如何示天下以公正？"

赵顼当然不可能知道张诚不惜得罪王安石，实是因为张家与文家世代交好，而他亲自主持武试，自然心里明白，若论武艺，这些人中倒是田烈武最高，这时若用王安石之策，那么田烈武只怕就不是"进士及第"，而是"进士及第第一名"了。赵顼觉得张诚说得在理，最终还是没有采纳王安石的意见，只不过为了照顾王安石的面子，便把田烈武放在进士出身第一名，又亲自下令，编入殿前司捧日军[59]，而以文焕为第一名进士及第。

这么着一天下来，年轻的皇帝身子已略觉疲惫了。他毕竟是个太平天子，整日养尊处优，哪里比得上马背上的皇帝身体好？他父亲宋英宗的身体就不太好，留给赵顼的朝廷，又有处理不完的国事，加上一直无子，不免又要格外努力。即位不过六年，年纪不过二十有四，身体却比不得在藩邸之时了。

但是隐患重重的国家社稷之托，是不能让赵顼一直休息的。这偏殿里亦分门别类，堆满了奏折。苏颂、孙固、刘攽三个知制诰恭敬地坐在下首，根据引黄[60]整理着奏折，把中书的急务和一些认为皇帝会比较关心的，先递到皇帝跟前，若皇帝要批答，则把意思说明，由知制诰执笔书写，谓之"内批"。

"陛下，这是石越五天来的第三封奏章。"刘攽轻轻把一封黄绫封面的奏章递给皇帝，他知道这几天赵顼读石越的奏章读得津津有味。从到杭州开始的第一封谢表起，石越递上来的奏章，根本就不像是奏章，倒像是一篇篇游记。他在奏章中历叙出京开始沿途所见所闻、在杭州的施政要略、心中构思，又有对官员的观感，事无巨细，都写在奏折中，又胜在文辞情理，颇能引人入胜，种种有趣滑稽之处，连孙固那样正经的人读了也不禁要忍俊不禁，经常逗得皇帝哈哈大笑。

刘攽很难理解石越这么老成的人会在皇帝面前如此自在洒脱，一般人写奏折，

---

[59] 捧日军为宋朝组建的一支军队，是宋初上四军之一，主要由具装骑兵组成。

[60] 指奏章前面所附的摘要，因多用黄纸书写，故称引黄。

都是"顿首[61]""死罪""诚惶诚恐"，其中歌颂皇帝之圣明，表明自己之渺小的内容充斥全篇，伴君如伴虎，生怕一个不小心得罪了皇帝。像石越这样一篇奏章，洋洋洒洒数万字，每次都是厚厚一本，几乎是到了不厌其烦的地步，放在别人身上，是不敢想象的，而皇帝却偏能看得开心，丝毫不以为意。对此刘攽只能理解成"天授"，是他们君臣相得的缘分，换成他自己有朝一日出外，是绝不敢如此的。

"这个石越，真是胆大包天。"赵顼一边看奏折，一边笑骂，"等一会儿丞相过来必要说他。"

刘攽、苏颂、孙固都停止了手中的工作，望着皇帝，一面好奇石越又在奏章中写了什么。前天的奏章说预支三年盐茶之税，拍卖盐场，种种出人意料之举，皇帝和王安石都已经同意，批复的公文都到了路上，今天所说，不知又是什么惊世骇俗之事。

赵顼笑着把奏章递给刘攽，道："刘卿，你们自己看吧。真是恃宠而骄，竟然要造战船，还说不用花朝廷一文钱，每岁可多收数十万贯。让朕准他试行，若是成功，将来广州、泉州也可以造船队出海。"

刘攽接过奏章，细细读完，又递给孙固，一面笑着对赵顼说道："陛下，石越现在倒不像个儒臣，倒像个商人了。"因为王安石执政，刘攽虽然对石越牧守一方，不讲文治教化，却专门追逐利益之行不以为然，却也不便明说。

孙固看完之后，却没有那么客气，道："前次石越还是劝农桑，循的是圣人之道，这次却是本末倒置了。他大谈通商之利，通商有何利可言？只会败坏风俗道德。何况私造战船，实在大胆，臣以为应当严加训斥。"

苏颂不动声色地看完，把奏章递还皇帝，这才从容说道："孙公此言差矣。孰为义，孰为利，石越在《论语正义》中说得清楚。臣以为是深得孔孟之要义，为国逐利，是大义！为民逐利，是大仁！通商海外，如石越奏折中所说，以中国泥土烧制之陶器，棉花织成之棉布等无穷无尽之物，换得海外之特产、金、银、铜，甚至粮食，岂不远胜于加赋于百姓？何况船队又不花朝廷一文钱，以兵养兵，若其成功，朝廷坐享其利；若其不成，于国家无丝毫损害。这等事情，何乐而不为？"

刘攽想了一会儿，也点头说道："苏颂所说也颇为有理。若能以兵养兵，建成水师，他日国家若有意于燕云，进可联络高丽，夹击契丹，退可巡逻于辽东沿海，使辽人首尾受敌，此亦一利。不过朝廷自有祖训，船队既有水师之实，石越所荐蔡京固然可用，前日里预支盐茶之策，石越也说是他所出，想来是个人才。但是为防微杜渐，朝廷需派一使臣持节节制。"

---

[61]　顿首即叩首，九拜之一。古人写表章、奏折、信件等时，常用于结尾，表示致敬。

赵顼笑道："这个蔡京确是个人才，不知道是哪里人，家世如何？"

"据说是蔡襄族人，熙宁三年与其弟蔡卞同中进士，当时传为佳话。不过那一科人才辈出，似唐棣、李敦敏、陈元凤辈都是一时俊彦。蔡卞现在工部，协助军器监改革诸事。蔡京的升迁倒是比较迟滞的，一直是做钱塘尉。"刘放随口答道，身为皇帝身边的机要秘书，对于种种事情必须要广博多闻。

"原来是蔡卞的兄长，那么就依石越所奏，让蔡京提举市舶司。只是船队之事，须得先问问丞相、枢使的意见。便是可行，节制的使臣，也需使一得力之人才行。"赵顼脸带微笑，目光忍不住又投向石越那本厚厚的奏章，"李向安，去传王丞相，吴枢使。"

"遵旨——"侍立在一旁的李向安柔声应道，面朝皇帝，缓缓退出殿中。不料刚到门口，未及转身，竟撞在一人身上。他定睛一看，赫然竟是丞相王安石和枢密使吴充。二人联袂而来，正欲通传。王安石性急，走快了两步，结果被退出来的李向安一屁股撞上，吓得李向安连忙跪倒，口称："死罪！"

不料王安石竟是依然满脸春风，毫不介意，只是整整衣冠，就和吴充一起拜倒，大声说道："臣王安石、吴充求见。"再看吴充，也是掩饰不住的喜色。

"传。"

王安石、吴充皆身着紫色官袍，喜气洋洋地大步入室，一齐拜倒，高声贺道："臣王安石、吴充拜见吾皇万岁！吾皇大喜！"

赵顼与刘放三人见到这个情形，心中都不由一动。赵顼强抑住冲动，问道："丞相、枢使，有何喜事？"

"启奏陛下，岷州首领摩琳沁以其城降，叠、洮二州诸羌尽皆俯首。王韶部行军五十四日，涉地千八百里，平定五州，斩首数千级，获牛、羊、马以万计！瞎木征主力尽皆击溃，灭亡已是迟早之事！"王安石激动地报告着西北传来的大喜讯。

刘放、苏颂、孙固乍闻此讯，也忍不住喜形于色。王韶军失去音讯非止一日，有谣传说已经全军尽没，汴京君臣为了此事五内惧忧，非止一日，这时猛然听到大捷的喜讯，如何能够不高兴？

"报捷文书何在？"赵顼握紧了拳头，声音都有些轻颤起来。

王安石从袖中取出一本红绫奏折，双手递上。

赵顼打开奏章："……臣已复河州，不意降羌复叛，瞎木征趁机占据河州，臣遂引兵攻诃诸木藏城，托陛下洪福，一战而破。遂穿露骨山，南入洮州境，道路狭隘，军士释马徒行，遂失音讯。瞎木征以其党守河州，自率军尾随臣军，军士苦战数日，复平河州，再攻宕州，拔之，洮州路遂通……"其后正是盖着王韶将印。

"好！好个王韶！果然未曾辜负朕望！"赵顼连连赞道。

"此皆是陛下英明，祖宗庇佑，至有此胜！"王安石率诸臣贺道。

赵顼喜动颜色，笑道："这也是前线将士奋战之功，才有此本朝数十年未有之大捷。朕意，进王韶左谏议大夫、端明殿学士，以赏其功！"

14

坐落在董太师巷的丞相府车水马龙、冠盖如云。从丞相府往北走约五百步，就是吕惠卿的府邸，相形之下，却要冷清许多。

吕惠卿一大早起来，抬头看了看天，感觉阴得很，一阵阵风吹得街上的树叶哗哗响。这样的天气有几天了，但是雨却是一丁点也不曾下过。吕惠卿身兼司农寺，自然知道黄河以北诸道到如今一直没有下过雨，石越的预言不知怎么的，不时会在吕惠卿耳边响起，让他难以安心。最近不顺心的事情特别多，王雱派人刺探自己私产的事现在还没有结论，而他在朝堂上，已经几次阻挠自己的建议，看来空穴来风，必有其因。如今王韶大捷，除了前线的将士之外，争功争得最厉害的，倒是朝中的文官。王安石不去说他，吕惠卿自知拗相公圣眷尚在，皇帝说他有立策之功，他也不敢去比，可是王雱又是什么东西？吕惠卿想起这几天的议论，冷笑一声道："黄毛小子，居然拟授龙图阁直学士！还假惺惺地拒绝。"他脱口而出，立时自觉失言，左右一看，所幸无人，不由一笑，大声喝道："备车。"

"学士！"背后猛地传来小厮的声音，吓了吕惠卿一跳，他回头一看，原来是自己的家人吕华。吕惠卿眼中刀子般的冰冷一闪而过，脸上堆起温和的笑容，和蔼地问道："你来多久了？怎么没声没息地站在这里？"

吕华打了个躬，回道："小人刚来，听到学士喊备车，不过小的进来，却是通报学士，兵器研究院陈知事在前厅求见，一同来的还有一个叫邓绾的官人。"

"邓绾？"吕惠卿一怔，一面向客厅走去一面寻思，"他来做什么？"

来到前厅，见陈元凤和邓绾正在那里正襟危坐，他哈哈笑了几声，大步过去，笑道："是哪阵风吹来了邓文约？"

邓绾不意吕惠卿如此亲切，连忙起身行礼，口称："惭愧。"

陈元凤待他二人寒暄过了，轻咳一声，说道："恩师，你可知道王元泽授龙图阁直学士的事情？"

吕惠卿目光流动，看了邓绾一眼，笑道："我当然知道，元泽已经推辞了。元泽身为丞相之子，倒是颇知谦退之道。"

陈元凤冷笑道："他假惺惺推辞一次，皇上自然要再授一次，然后他勉为其难，就成为龙图阁直学士，这可是大宋朝开国以来最年轻的龙图阁直学士！"

"履善不可胡说！"吕惠卿脸一沉，厉声喝止。

邓绾瞅这模样，便知道吕惠卿有不信任之意，他淡然一笑，道："吉甫朝不保夕，却不肯信任我吗？"

吕惠卿嘿嘿一笑，说道："文约何出此言？"

"王元泽遣人往福建，在朝堂上屡沮吉甫之议，你且看看这是何物。"邓绾一面说一面从袖中抽出一张《皇宋新义报》，递给吕惠卿，"连续七期，都说的一件事，限制官员名田，重新清量土地。项庄之意，吉甫当真不知？"

吕惠卿看也不看，把报纸丢到一边，冷笑道："此事也是区区的主张。"

"那么这件事呢？"邓绾又抽出一张纸，递给吕惠卿，"这上面写着令弟明甫[62]收受贿赂、强买民田、陷人死罪等十三事。"

吕惠卿接过纸来，略略一看，铁青着脸，勃然怒道："全是血口喷人！"

"虽然是无稽之谈，却也未必不能蛊惑人心。何况这是区区在谏院某位故旧家不小心看到的底稿。"邓绾缓缓说道。

吕惠卿站起身来，背着手看了看外头，沉吟半晌，说道："大丈夫做事，只求心之所安。何况今上圣明，必不至于受小人蒙骗。"

陈元凤急地站起来，红着脸说道："恩师，真的要我为鱼肉吗？人家已经步步紧逼了！如今王韶大捷，朝廷论功行赏，王元泽不可一世，一旦父为宰相子为学士，盛极之时，便是他下手之日了。如今却有一个机会摆在面前……"

吕惠卿的瞳孔骤然缩小，却一直背着手望着外头，并没有回头。

陈元凤继续说道："前几日我无意中听智缘和尚说，他曾给王元泽诊脉，说王丞相此子风骨竦秀，是非常之人，可惜却有心疾。学生去相国寺听说书的说《三分》，有说书的讲到孔明三气周瑜，虽是村言野语，学生却寻思，王元泽或者竟是和周郎一个毛病，因此天不假年……"

邓绾也笑道："因此履善和我，便想出一个主意来……"

吕惠卿听他二人陈说，不禁冷笑道："文约如此热心，想必绝非无因吧？"

"吉甫果然通达，犬子释褐已久，仕途艰难，若得吉甫提携，授一大郡，于愿足矣。"

与此同时，崇政殿内。

石越组建船队的想法，并没有受到政事堂和枢密院太大的阻力，争议的焦点倒

---

[62] 吕升卿，字明甫。

是派谁去节制那只船队。一方面，石越既然说要经商，那么任谁都知道利益极大，是一个肥差；另一方面，这只船队肯定要出海，那远离中华，渡过凶险的海浪，和蛮夷之人打交道，在大部分官员看来，简直便是比被贬到崖州还要惨。权衡利害，倒是害更甚一些，这个节制使臣，反倒成了烫手的山芋。但是若说不派人去节制，让石越放手施为，却没有人敢开这个例。最后冯京想出来一个万全之策，就是从今年武举进士及第七人中，挑一个自愿前往的，提升一级，加西头供奉官，持节节制船队。

解决掉这件事情后，韩绛上前欠身说道："陛下，王韶既已取得大胜，朝廷又加其左谏议大夫、端明殿学士，就当召其回朝，参加庆功大典。其军可由总管高遵裕、河州知州景思立节制。"

他话音刚落，吴充等人纷纷附议道："本朝之法，不可使将领久统大军，五代之鉴未远，韩相公所言极是。"

王安石心中虽然不愿意，但是他本是荐王韶之人，此时独存异议，岂不要让人怀疑他有异心？当下也只得勉强附议。

群臣纷纷要求召回王韶，恰巧王雱、吕惠卿都不在殿中，而王安石却要避嫌疑，赵顼此时早已把石越临走之前"瞎木征未擒，不可召回王韶"的诚言扔到了九霄云外。而王安石心中，也不自禁地苦笑，想起石越临去前和自己说的话，也只有摇头暗道"惭愧"而已。

第二天吕惠卿刚刚入朝，便得知朝廷已下旨意召回王韶，他立时大惊失色，连声跺脚直呼："失策！真是失策！"

赵顼却不以为然地笑道："瞎木征已不足虑，召回领军大将，是祖宗制将之法，卿何谓失策？"

"陛下，臣料瞎木征虽败，然高遵裕、景思立皆非其敌手，王韶召回，李宪又在朝中，只恐王韶未到京师，西北败讯已经先到。"吕惠卿虽然知道高遵裕是高太后家人，此时却私毫不留情面。

"卿不必多虑，石越数月之前已有此虑，不过朕与诸位丞相，都以为无事。"赵顼依然没有放在心上，笑道，"且说说封赏之事，朕欲加王雱龙图阁直学士，王雱却道不敢奉诏。卿意如何？"

皇帝如此，吕惠卿亦无可奈何，在心里叹了口气，转过心思，从容说道："臣以为加龙图阁直学士，是恩宠太过了。王元泽受丞相家教，深知谦退恭让之道，断然不敢接受，莫若就拜龙图阁待制。"

赵顼诧异地望了吕惠卿一眼，说道："王元泽于西北军事，是最先立策者，又有参赞之功，自古以来，军功最重，龙图阁直学士，朕以为并不为过。"

吕惠卿淡然一笑，欠身答道："陛下所言极是，不过一来以丞相家教，臣料元泽不敢拜受，二来元泽毕竟未曾亲历军功，若以功劳而论，元泽于国家建树似乎不及石越，石越为宝文阁直学士，等而下之，元泽为龙图阁待制，也是名至实归。"

"卿所言亦有理。如此，便改授王雱龙图阁待制。"赵顼想了一想，终于也觉得王雱之功的确比不上石越。

赵顼和吕惠卿都料不到，当天的对答，被侍立在一旁的李向安不动声色地透露给张若水，张若水又一句不改地告诉了王雱。

可怜这几日一直卧病在床的王雱，本以为自己终于超过了石越，拔到先筹，结果吕惠卿一席话，由龙图阁直学士连降三级，变成了龙图阁待制。更可恨的是，授龙图阁待制的理由，是他的功劳不及石越。

"福建子，真是可恶！"王雱恨声骂道，一时又气又恨，血气上涌，几乎晕去。

谢景温也忍不住在旁边恨声骂道："福建子，真是小人！早知就当趁早除去，今日如此忘恩负义，他有今天，也不想想是靠了谁！"

二人正在切齿大骂，王雱冷眼看到外面人影晃动，厉声喝道："何人在外面？"

一个家人探进头来，恭声说道："公子，邕州知州萧注来给公子探病。"

"是萧注呀。"王雱略为松弛了一点，"请他进来吧。"

萧注与王雱一向交好，此时因为来京述职，也常在王雱门下走动。这几日他在京师，见到王韶开拓熙河，立下好大功劳，王韶自己晋封端明殿大学士，几个儿子都受封赏，当真是备极荣耀，回京之后，只怕是做枢密使如拾芥，萧注在心里头已经是羡慕得几个晚上睡不着觉了。

这时见了王雱，略略问了几句病情，便忍不住滔滔不绝地说起交趾之事："交趾自黎桓篡国，丁氏一脉便绝了，朝廷不遑[63]讨罪，只封黎桓为交趾郡王以为安抚之意。黎桓死后，交趾国内几度夺位，李公蕴又夺黎氏之位，传到今日，是李乾德在位，今上封为南平郡王，却不知交趾虽奉朝贡，实包祸心久矣。当日侬智高[64]之叛，便曾连结交趾，是前鉴不久。不久前交趾为占城所败，其军队已不满万人，数日之内，便可平定。若今日不取，必为后忧，悔之无及！"

谢景温见他滔滔不绝，丝毫不顾王雱的病情，心中颇不耐烦，正欲用言语堵住他的话头，不料王雱却丝毫不以为意，反而颇有兴趣地问道："当年狄青狄武襄平定

---

[63] 指没有时间，来不及。

[64] 侬智高（1025—1055）是北宋中期广西广源州（今靖西、田东一带）的少数民族首领，侬智高起事的发动者。

侬智高之乱，岩夫^[65]颇立功劳，又久在南边，想来是颇知情弊的。交趾之众，果真不满万人？"

　　萧注见王雱有了兴趣，他知道王韶平定熙河，王雱正是主要的倡议者，立时情绪高昂，慨然道："那是自然，谍报皆如此说。南交趾，跳梁小丑而已，宋朝大军一出，弹指可平。"

　　王雱听萧注如此有把握，虽是病体，却也不由精神一振，转过脸来对谢景温一笑，咬牙说道："若是再平了南交趾，看福建子还能说我功劳不及石越否！"

---

[65]　萧注，字岩夫。

第六章

十字

❀ ❀ ❀

命运处于变化之中时，人们不得固守一法。

——马基雅维利《君主论》

1

冬天的运河两岸显得格外萧索，几只寒鸦飞过天空，哇哇的叫声划破冰冷的空气，让人越发觉得天气寒冷。

离开汴京，一路都是取水道往杭州，坐船已坐得让人腻味了。不过自己的未来，大部分时间是笃定要在船上度过了吧？薛奕自嘲地想道，现在他已经开始奇怪自己为什么会要求来杭州担任这个西头供奉官、节制杭州市舶司水军事了，也许是因为这支军队与那个叫石越的年轻人有关吧。总之薛奕成了七名武进士及第中唯一一个愿意来指挥这支陌生水军的人。

那支水军现在应当还不存在，不过既然与石越有关，一定会很有意思就是了。薛奕一路以来，都在胡思乱想着关于那支甚至不能称为"水师"的船队。他并不知道，自己的这个决定完全改变了他生命的轨迹。如果按照石越所来的那个时空的历史，他应当是熙宁九年的武状元，几年后英勇地战死在与西夏交锋的战场，但是现在，他的生命已经向另一个方向走去。

"公子，马上快要到余杭了。"书童薛戟轻声提醒着，他的脸已经被朔风吹得通红。

"嗯？"薛奕随口应道，不解地望了薛戟一眼。

"船家说，刚刚泊岸时，听一条余杭来的船上人讲，昨天在余杭看到石学士的仪仗。"

"哦？"薛奕点点头，想了一下，高声向船家喊道："船家，你过来一下，我有事问你。"

船家是个四十来岁的中年人，听到薛奕叫唤，连忙答应了过来，道："官人，不知有何吩咐？"

"你说石学士在余杭？你可知石学士在余杭做什么？"

船家憨厚地一笑，回道："那怎能不知道呢？石学士来杭州后，为了咱们一州的百姓，卖掉了盐引、茶引，还有几个盐场，当时全杭州的老爷、员外全去了……"石越拍卖盐场的事情，薛奕在汴京早已知道，这时听到船家答非所问，又翻出来讲一遍，不由又好气又好笑，笑骂道："我问你石学士在余杭做何事，你扯这么远做甚？"

"官人有所不知，这原是一件事。"船家嘿嘿一笑，不急不慢地回道。

薛奕苦笑一阵，摇摇头，说道："那你就继续说吧。"

"是，官人。石学士卖掉这些东西后，便说是有了粮食和钱，于是一面在各地分发稻种，一面开沟渠。今年冬天前好不容易有一熟，全是石学士的功劳，要不然我们百姓可就苦了……"薛奕原料不到这个船家啰唆到这个地步，这时又不好发作，只好勉强听他叙说石越的政绩。"后来石学士又下了令，说靠那一熟的收成，百姓就是吃个半饱，也等不到明年收获。于是石学士叫来各地耕种三十年以上的老农，还有几个懂治水的和尚商量办法。最后说要是疏通了盐桥河和茅山河，再从浙江上游石门开一道二十多里的运河连通钱塘江，就能让我们杭州从此没有水害，只有水利。这件事对百姓有好处，迟早要做，不如现在做，让百姓去那里做工，管饭，还能发点粮食回去给老婆孩子吃。"

薛奕听他事情倒是说得明白，就是答非所问，不得要领，又忍不住好笑，说道："船家，那钱塘江在南边，关余杭何事？"

"官人莫急，且听我说完。那富阳、钱塘一带的人，都可以做这件事，现在还在忙乎。此外几县的人，石学士便让各县的父母官召一批人去圩田，又召一批人去修路，州内各县官道重修一下，该建桥的建桥，往北连到湖州，往南连到明州。还有一些人，就许去盐场帮工煮盐。"

薛奕笑道："这倒是德政，强过一味赈灾。不过要组织如此多人做事不出乱子，却也极难。"

"旁人自然难，石学士是星宿下凡，那便不难了。"船家一副理所当然的神气。

薛奕知道这些事和他也分扯不清，便也不分辩，只笑道："依船家你的意思，是说石学士在余杭巡视修官道、圩田这些事？"

"官人猜得不错。不过听说昨日在余杭，今日便不一定了。我听往来的人说，石学士这几个月来，每个月只在初一、十五各在杭州住五天，处理公事，别的时候都在各县巡视。"

薛奕掐指一算，回首对薛戬笑道："既是初一、十五各有五天在杭州，那就好办。只需到时候赶到杭州便可。我看余杭也不必停，一路顺流而下，在杭州守候便好。"

2

那船家说的果然不假，薛奕十三日到杭州之时，石越并不在杭州。他对政治民生并无兴趣，虽然出身世家，却也不太喜欢交际应酬，于是也不住驿馆，反倒是自己找了家客栈和薛戬一起住下，心里算计：石越既要造战船，想来此时船尚在船坞中，尚未完工，不如自己先去看看。主意打定，竟是连薛戬也不带，自己一人一路打听着杭州知名的船坞寻去。不料这些船坞都在钱塘境内濒杭州湾的地方，好在钱塘离杭州并不远，租了一匹马，用不多久便到。

到了钱塘，薛奕问明所在，便牵马寻去，不想离船坞尚有约莫一里路远，便被差人拦住。任他如何分说，也不准接近，远远看去，里面也无人出来。一日之内，一连换了几个船坞，皆是如此。最后惹得他心头火起，向拦截的差人怒道："本官是钦命节制杭州市舶司水军事，难道看不得吗？造个战船，又有何秘密？"

不料那差人冷笑道："凭你是谁，小的只是钱塘尉蔡少府的手下。若要进去，须得蔡少府手谕，否则上头责怪下来，小的担当不起。官人若真是圣上派来的，何不去市舶司找蔡少府要个手谕？"

薛奕听了这话，当真是无名火起，也不答话，只问了市舶司所在，勒马便冲了去。他是西头供奉官，论品秩比蔡京要高，又是钦命的节制使臣，居然报明身份还进不了一个船坞，少年新贵，如何不气？何况大宋金明池内造船，也不曾防范得如此严密，真不知蔡京在搞什么鬼了。凭了他薛奕的性子，今天非得弄明白不可。

一路纵马急驰，没多久便到了市舶司开府所在，定睛望去，原来便在一个港口旁边。薛奕在府前跃身下马，连马也不拴，只把金牌往守门的差人眼前一亮，牵着马就闯了进去。那守门的半晌才晃过劲儿，跟在后面喊道："不得乱闯！"

薛奕进了大门，才发现市舶司与一般官府建筑不同，大门之内，是好大一个院子，院子里有七八十人正拿着刀枪在操练。这些人听到外面有人叫唤，又见薛奕竟然是牵着马闯了进来，立时一阵大喊，把薛奕团团围住。

薛奕一手牵马，一手按着腰中佩刀，冷笑不止。那群人见薛奕神态高傲，一身黑色湖丝长袍，剪裁合体，做工极其精细，腰间悬着绿色佩玉，佩刀刀鞘竟然还镀着金，只要不是瞎子，便能知道此人非富即贵。因此倒也不敢乱来，只有一个教头模样的人出来问道："你是何人，为何擅闯市舶司衙门？"

"西头供奉官、钦命节制杭州市舶司水军事薛奕，求见提举杭州市舶司蔡提举！"薛奕仰着脸，冷冰冰地说道。

那帮人听到薛奕自报家门，倒是吓了一跳，心道："原来是顶头上司来了！"有人咂咂舌，立时便去通传。这些人原来是蔡京从越人中招募的水手。虽然越人大都精通水性，但是农民、渔民和军人毕竟不同，因此蔡京趁着两浙路被灾还没有恢复元气，百姓乐意从军混口饭吃之际，提前招募了不少精壮的汉子，分别编成数队，在市舶司内外训练。本来市舶司一向是知州兼任，并没有单独的衙门，为了安置这些亦兵亦民之人，又特意盖了这座与众不同的衙门，一半倒是充作水手营用。

薛奕见这些人听到自己通名之后，便有一人进去通报，另有两三人陪着自己，半是监视半是作陪，其他人等便自觉回去继续操练，一切颇有章程，心里倒也佩服蔡京颇有御众之能。他是世家子弟，官场中的许多轶事听得多了，曾听说吕惠卿驾驭家人，数百人之众大白天经过一座城市，能够不发出一点声音，今日蔡京的手段，倒也可以和吕惠卿相比了。转念又想起那些守护船坞的差人，丝毫不敢违拗一个小小的钱塘尉的命令，也真是要一些手段才行。一念及此，便不由渐渐把心头的火气变成了对蔡京此人的好奇。

约莫半炷香的工夫，远远听到有人亲热地笑道："薛将军，下官可把你等到了，未曾远迎，还望恕罪则个。"一边说着，一边走出一个二三十岁的年轻人。此人身材修长，面容极是英俊，让人一见之下顿生好感。薛奕暗赞一声："好个倜傥人物！"也迎了上去，说道："是下官来得唐突了。"一面从怀中抽出枢密院的敕令，递给蔡京。

蔡京双手接了，满脸堆笑，细细看过，又还给薛奕，一面笑问："薛将军可见过石学士了？"一面便要把薛奕往里面请。

"听说石学士要十五日才回杭州，在下有点儿等不及，便先来这边看看。"薛奕淡淡地回道，身子却一动不动，"蔡提举，在下有个不情之请。"

"但请吩咐便是。"蔡京倒是答得爽快。

"我想先去看看我们的战船。"薛奕一边漫不经心地说道，一边留心观察蔡京的神色。

果然蔡京眼中掠过一丝惊诧之色，又看了看薛奕，笑道："薛将军果然了不起，才到杭州，竟然知道下官已经造成十艘战船了。下官本还预备再赶出五艘来，元春佳节时给石学士和薛将军一个惊喜。"

薛奕不由吃了一惊，诧道："十艘战船？前后不及半年……"

蔡京见他神色，奇道："薛将军不知道吗？那刚才所问……"

这时候薛奕早已把船坞之事抛到九霄云外，目光炯炯望着蔡京，道："且烦劳蔡提举带我去看看十艘战船！"

蔡京上下又打量了薛奕一眼，不料这个新任薛节制竟是有几分痴气的，忍不住扑哧一笑，把手一抬，笑道："那就这边请了！"

十艘大船似海怪般静静地潜伏在杭州湾内。船上人来人往，却悄无声息，有人挥动着旗帜指挥一切。薛奕这才知道蔡京招募的水手基本上已经齐备，心里不由更加赞叹此人的才干，一面认真观察自己未来的船队。

十艘大船中八艘是普通的"福船"，长达二十六米左右，宽亦有十米许，船尾有当时世界上最先进的平衡舵设计，并且是大小二舵，可随水之深浅不同而更换使用——中国是世界上最早发明舵的国家，欧洲最早见到此物，已是 12、13 世纪的事情了。这种船的船底是尖的，便于破浪，船首高翘，帆樯三座，帆四面，中部上层建筑四重，舵楼三重，旁设护板，可载人达三百之众。似这种普通的福船往来于大宋东南沿海绝不在少数，薛奕往日游历之时，倒也见过，真正让他大吃一惊的，是另外两艘"怪物"——那是长达五百尺的超大型船只，设计与福船相似，不过尾舵是采用绞盘的升降舵，樯杆高达十丈，头档高八尺，论体型，几乎是普通福船的三倍之大！

蔡京察见薛奕颜色，不禁面有得意之色，指着两艘大船笑道："这种大船，风正之时，可张布帆五十幅，风偏则用利篷，左右张翼以利用风势，樯之巅更加小帆十幅，谓之野狐帆，风息时用之，设计之妙，可谓巧夺天工。"

薛奕注目良久，叹道："这种大船，真是蔚为壮观，只是舟底不平，若是遇上潮落，只怕大事去矣。"

蔡京满不在乎地笑道："世事难两全，既要运货多，吃风浪，又要能在浅水中行，哪有这便宜事？各船既要装矢石、火器、粮食、淡水，若不造大一点，三年盐茶税挣不回来，石学士一定怪我办事不力。"

薛奕这才想起来，自己这只船队，主要是经商的，想到蔡京为了多载货，竟造出如此大船来，也不禁莞尔。

蔡京又笑道："待到明年开春，还有几艘船可以下水，船队便先行扬帆出海，现在只怕要辛苦薛将军多多操练水手们。下官已从各地募来有经验的舟师近百人，反正不急着打仗，只要水手可用，便无大事。将来船队建成，算有大船十艘，小船二十艘，水手数千众，薛将军纵横海疆，扬威异域，为期不远了。"

"使李将军，遇高皇帝！使李将军，遇高皇帝……"薛奕轻轻地念着"石越的诗句"，目光远远地投向大海深处，右手紧握佩刀，心里激动不已。不管怎么说，他知道他找到了自己的舞台！

3

第二天，杭州知州府衙。

"胡闹！他眼里还有没有王法！"提前回来的石越铁青着脸，端着茶杯的手气得发抖。

"这其实是平常事。"司马梦求沉吟道，"不过手段的确是过于激烈了。"

"平常事？只是平常事？把十多家船厂团团围住，不给一文钱就强行要求开工，人家先预订的船，强行就抢了过来，这简直形同强盗！"石越怒道，"我听说他半年不到，便造出十艘大船，心里就知道不对，果然不出所料！”

“既要办大事，偶尔就要用点非常手段，若依常规，一年之后，船才造好，再训练水手，又要半年，时间上如何来得及？”司马梦求低着嗓子反驳，“蔡元长只是手段不够柔软罢了。”

“不够柔软，我看是不想柔软吧！”陈良冷笑道，“我问过钱塘县令周邠，蔡京勒令钱塘县内的船厂加紧开工，凡是预制的大船，先行征用改造，有不服的厂主，立时锁拿杖责。为了防止告状，一面又威逼百姓，一面把船厂附近严加看守。两浙路提点刑狱晁美叔的衙门就在杭州，他胆子也真是够大的。”

“唐家不是也有船厂吗？唐甘南能受这个气？”石越突然想起一事，这些情弊，唐甘南不可能不知道。

司马梦求冷笑道：“蔡京前途不可限量，在学士面前也是受宠的，唐甘南没事断不敢得罪他，何况蔡京这样处置，也不是没有原因的。经费既然不足，钱塘县外的船厂他管不着，只能先行交一部分银钱，唐家的船厂半在余杭，半在萧山，更不曾吃半分亏。蔡京要在学士面前显示自己的能力，倒霉的自然就只有钱塘的船厂了。”

“经费如何会不够？各个商家不是都有捐纳吗？”石越在这件事上一直做甩手掌柜。

“同时造三十艘大船，又要备火器弓矢，还要招募数以千计的水手，那点钱哪够用的？”司马梦求细细说道，“子柔想必不明白我为何为蔡京说话，其实我不是为蔡京说话，我只是站在他那个立场想罢了。既要讨上司喜欢，做出成绩来，用点子非常手段，也是平常得紧。一个人功名利禄心重了，眼里只有上司没有百姓，是再平常不过的事，天下官吏，大抵如此。看他这个样子，明春就可以扬帆出海了，府库可没有为此出一文钱。”

石越默然良久，叹了口气，一心想做个好官，到头来，还是免不了有如同明抢一样的事情发生。

陈良也无可奈何地摇摇头，他知道司马梦求说的毕竟是事实，发生这种事情，固然可以说是蔡京不体民情，急功近利，为达目的，不择手段，但何尝又不是因为石越意图在短短的时间内做太多的事情而引起的呢？如果要说急功近利，应当是石越急功近利才是。上有所好，下必甚焉！

“而且，学士实际上也不能处罚蔡京的。蔡京是学士亲自推荐的人，若不几个月便有过错，御史趁机说他贪酷虐民，学士荐人不当，这是自己打自己的脸。如今之计，也不必责怪蔡京，只需想个办法帮他善后便是。”

石越苦笑半晌，说道：“纯父你亲自去办一下这件事，和那些船厂重立债券，约定一年后还钱，息钱高于钱庄青苗钱一倍，同时免掉船厂三年之税。”他府库里现在粮钱都等着要用，无可奈何之下，也只能先打打白条了。

司马梦求答应一声，正要退出，就听家人进来通报："有自称西头供奉官、钦命节制杭州市舶司水军事薛奕求见。"

薛奕在武成王庙见到石越之后不久，石越便奉旨出外，不料没几个月，二人又在杭州相会。薛奕见了石越，立即拜倒，口称"山长"。

石越知道薛奕算是沈括的学生，因此也算是白水潭的编外学生，因这层关系，才对他执弟子礼，当下起身一把搀起，笑道："薛世兄别来无恙。"

薛奕站起身来，又躬身笑道："山长叫学生世显便是。"

石越上下打量着薛奕，见他较上次相见更加神采奕奕，一边让他坐了，一边笑问："世显来杭州有几日了？我今日方回府，想来不会这么凑巧的。"

"也是昨日才到。"薛奕欠了欠身，答道，"前几日在船上之时，已听到山长的德政，昨日到杭州后来府上拜问，因山长不在，便先去了市舶司。蔡元长果然好本事，十艘大船半年即成，水手也招募齐全，训练亦颇得法。以前在白水潭听山长说起南海诸国，大洋之外诸洲种种故事，或许不久便可亲往异域。"

石越回首与陈良对望一眼，不自禁苦笑一声，不过这种事情，却也不便在薛奕面前表露，只是勉励道："他日世显便是我大宋的博望侯[66]。"

"若得如此，亦全是山长之功。现今的确是大丈夫建功立业之良机，此次朝廷决意对交趾用兵，学生此来，也是想和恩师讨教一下方略。"薛奕说起这话时，目光中飞快地闪过兴奋之色。

石越愕然道："世显说朝廷决意对交趾用兵了？"

"山长不知吗？"

"之前只接到京师的消息，说王元泽举荐萧注，萧注上书言事，请皇上对交趾用兵，说交趾旦夕可平，这是约一个月前才到的消息。"石越当时接到潘照临的书信，还不以为意，想来自己切切叮嘱王安石，又再三向皇帝谏言，应当不会有事。

薛奕却兴奋地说道："原来如此，毕竟京师与杭州隔得远了，讯息迟滞。那萧注其实却不足道，虽然当年狄武襄时也是颇有勇略之人，现在却是老了。他上书言交趾可击，可是皇上召他问方略，却说不出个所以然来。最后倒是度支判官沈起主动请缨，现在皇上任命沈起做了桂州知州，眼见明年就要大举用兵。"

"那么世显要问我方略又是何事？"石越已隐约猜出何事。

薛奕环视厅内，见只有陈良在侧，其他家人都站得远远的，他知道陈良是石越心腹之人，便不忌讳，压低了声音说道："若沈起在桂州进攻交趾，学生再以水师自

---

[66] 博望侯是西汉著名外交家张骞的封爵。

交趾海岸登陆，突袭其国，神兵天降，交趾不足平！如此便是奇功一件。这里有学生搜罗到的交趾地图，原以为派不上用场，但是不料蔡元长如此能干……"

石越知道王韶平定熙河之后，赵顼亲往紫辰殿受贺，王韶进端明殿学士、左谏议大夫不提，从军中的长子，到家里几岁的小儿子，都受世职之封，又追封祖宗三代，真的是天下为之侧目，多少人想立军功想红了眼。薛奕年纪轻轻，有些想法亦是正常。只不过这只船队他是用来挣钱的，却不是用来打仗的，至少暂时不是用来打仗的。

他装作沉吟良久，长长叹了一口气。

果然薛奕紧张地问道："山长，有何不妥吗？"

"此事有三不可。"

"三不可？"薛奕反问道。

"李乾德一向修朝贡，事我朝甚恭，兴无名之师，诛无罪之人，纵是得利，李乾德只需退兵防守，遣一使臣至汴京，向皇上哭诉，只道沈起擅兴边事，到时候只恐满朝大臣都要无言以对，那时也只好罢沈起以为搪塞之言。我料定沈起此人，不懂得栽赃嫁祸，寻找开战的借口。我宋朝是礼仪之邦，能架得住对方责以大义？若是蛮不讲理，以后不免为众藩国所轻，此其不可者一。"

"昔日太祖皇帝时，南唐乞缓兵，太祖皇帝说'卧榻之侧岂容他人酣睡'，遂平江南。这不是理由吗？"薛奕对答。

"交趾非卧榻之侧，而是南方偏远之邦。"

薛奕默然不语。石越知他心中不服，又继续说道："便不论这些，只说一旦与南交征战，若用土人为兵，则绝难取胜，最多破城掠夺，想全其国，绝不可能。若用中原禁军，则不免转运千里，难以持久。加之中国之人，不习水土，南蛮瘴疠之地，未及交兵，十之二三，已死于疾病。因此攻伐交趾，仓促之间，难竟其功。此时非唐宗汉武，国力极盛之时，中原对彼处，只能鞭长莫及。此其不可者二。"

薛奕沉思良久，点头叹道："山长所说有理，可叹满朝大臣，智不及此。"

"那倒未必，似吕吉甫，心中必是知道的，不过别有怀抱；蔡确蔡中丞，也是知道的，不过又不敢说；冯参政、吴枢密，也未必不知。"石越冷笑，"尚有不可三，便是船队刚刚组建，未占天时地利人和，不宜轻启战端，便是作战，也要尽量海战，避免步战。否则不免全军覆没，画虎不成反类犬。"

薛奕连连点头，叹道："若非来问山长，几乎坏了大事。"

石越笑道："年轻人心怀壮志，不是坏事。只是行事当谨慎，须知世间无后悔药。明春出海，往来南洋诸国，一面贸易牟利，一面留心各地地理、风土、人情、物产，将来未必没有从海上进攻的一天。早有谋划，积累经验，日后便事半功倍。"

薛奕听石越口气，不禁大喜，连忙点头答应："学生理会得。"

"不过……"石越又沉着脸，肃然道，"这一两年之内，世显若是不听忠言，擅兴战端，便是有陈汤斩郅支[67]之功，你上岸之日，我亦要斩你之首，以明国法！"

薛奕站起身来，抱拳为礼，朗声答道："学生断不敢擅动干戈！"

4

熙宁七年，春暖花开时节。

杭州刚入春天就已经下过几场雨了，各地的官员大都松了一口气，他们"亲民宴"上的伙食也终于慢慢变好了。这几天大家谈论的话题，变成了即将扬帆出海的船队。

这是大宋历史上规模最大的一次海上航行。市舶司所属战船十五艘，其中三艘被称为"神舟"的超级大船，十二艘"福船"，水手便多达两千余名；另外还有随船队同行的各个商行的船只八十余艘。所有船只上都装满了瓷器、丝绸、蜀锦、棉布、座钟等中国的特产，只不过他们首航的目的地，并不是南洋，而是高丽与日本。

表面上看来，这并没有什么特别的原因，只不过因为第一次进行这样大规模的航行，便是船队的补给，也会成为沿岸巨大的麻烦，因此决定选一条航线较短的商路进行首航。但实际上，却有更深层的原因，当然这些原因，也不过石越和他的幕僚们知道罢了。

曹友闻站在自家福船的甲板上，暗暗感叹自己的理想以这样的方式开始。他远远望着隔了几艘大船的旗舰，身着轻铠，肩披黑色披风，腰间别着大理宝刀的薛奕站在船首甲板上，威武非凡。而让他意外的是，站在薛奕身边，负责官船贸易事务的，竟然是自己结识的那个胖子甫富贵！

当薛奕挥出手臂，指向前方的大海之后，所有的船只都同时打出了"出发"的旗语。曹友闻不禁喃喃自语道："这是第一步！"

此时站在港口送行的石越，也轻轻说道："这是第一步！"

同一天，大宋的船队在杭州起航；同一天，回到汴京不过几个月的王韶，又骑上了战马，只不过这次同行的，多了一个李宪。

果然不出石越、吕惠卿所料，王韶回到京师不久，瞎木征就死灰复燃，扰攻河

[67]　汉西域都护骑都尉甘延寿、副校尉陈汤击灭郅支单于于康居。

州。河州知州景思立轻兵出击，在踏白城被瞎木征部将青宜结、果庄伏击，兵败自杀。瞎木征复围河州，为防岷州总管高遵裕相救，瞎木征又佯攻岷州，高遵裕遣包顺出击，瞎木征一触即撤，高遵裕却也不敢追击，坐视河州之围而不敢相救，只是把报急文书像雪片一样发到汴京。

王韶心里不住地苦笑，他想起皇帝连夜召见自己时，一个劲跌脚后悔道："悔不听石越、吕惠卿之言，悔不听石越、吕惠卿之言……"其实他来之前，他儿子、军中将领都劝过自己，让他请表留下，剿平瞎木征再回京不迟，但是可能吗？别说被人诬成谋反，便是"跋扈"二字，他便已担当不起。高遵裕做岷州总管，是做什么用的？那是监视自己的！临走之前，千叮万嘱，要景思立不要出战，善修守备，不料还是战败身死！

"卿此次去河州，不彻底剿灭瞎木征，绝不班师！"尽管皇帝如此信誓旦旦，但是王韶吃一堑长一智，为了避免皇帝不放心，他主动要求李宪跟自己同行。李宪是皇帝信得过的宦官，又真会打仗，比起什么也不懂乱指挥的监军要好得多，这样也好让皇帝少一点疑心。

熙河不可丢！有了熙河，不仅断掉西夏一臂，宋军也可与效忠宋朝的青唐吐蕃连成一体，互相呼应，直接威胁兰州乃至凉州、灵州，而且每年还可从熙河地区得战马二万匹，这都是将来恢复河西的资本。可惜自己年纪已越来越大，不知道还能征战多少年，不知道能不能亲眼看到平定西夏的那一天。

"端明[68]，你又何苦非得把我拉上呢？"李宪苦笑着打断了王韶的思索，"你就不能让我在汴京享几天清福？"

"有了李中尉，活捉瞎木征不难。"王韶半开玩笑半认真地回道。

"罢！明人面前不说暗话，平定熙河，最重要的就是得吐蕃部落之心。端明能孤身冒险，武艺超绝，兼之胆色过人，吐蕃各部落又敬又畏，所以往往愿听驱使，瞎木征既失人和，便绝不是端明对手。我去又有何用？不过守守城罢了。"

王韶语带双关地笑道："有中尉坐镇，在下方无后顾之忧。"

李宪听出话中之意，不由得哈哈大笑，旋又忧形于色，说道："不知河州现在如何了？"

"回京前我生怕河州有失，把军器监送的震天雷、霹雳投弹一半都留在了河州城，贼子想攻破河州城，也不是那么容易的！"王韶咬着牙冷笑道。

李宪也不由略觉宽心："你把震天雷留在河州了？这就好，这就好。不知河州现是何人守城？"

....
[68]　端明殿学士的简称。

"河州守将倒也罢了，倒是大相国主持智缘大师也在河州。大师颇有谋略，河州至今不失，我料定是他的功劳。"李宪也知道这个智缘和尚是佛门中了不起的人物，与王安石、王韶交好。王韶平熙河，便是智缘以讲佛法为名，在前面探路，带着金银，贿赂各部落首领，因此王韶才能入熙河如入无人之境。这时听说有他在河州主持大局，倒也放心得下。

又听王韶冷笑道："中尉也不必过于担心，瞎木征敢围河州，无非是自恃有西夏为外援罢了，此次去救河州，可从熙州调守兵二万，往定羌城，攻破西蕃、结河川族，断了瞎木征与夏国的通路，再进临宁河，遣偏将入南山，断他回老家的后路。瞎木征那狗贼，别说围河州，我让他有来无回。"

"果然是妙计！"李宪不由感叹万分，心中暗道："王韶真名将也！"

然而，当王韶、李宪一路急驰熙州，调齐熙州全部二万守军，正欲依计行事，兵发定羌城之际，京师的使者就持着使节后脚赶到，口称敕令："诫王韶持重用兵！"

顿时诸将面面相觑。王韶冷着脸，沉吟半晌，寒声说道："将在外，君令有所不受！诸将依令行事！"

使者尚欲多言，王韶按剑怒视，冷笑道："军中自有军法，使者勿乱我军心，否则休怪本帅用使者来试军法！"

使者吓得面如土色，望着李宪，嚅嚅说道："中尉……"

"军中自有军法，细柳营的事情，你不曾听说吗？且回去吧，不必多言，皇上不会怪罪的。"李宪温声说道，把使者赶出了军营。

不料大军刚到定羌城，竟又有使者持节赶到，依然是一模一样的敕令——"诫王韶持重用兵！"

气得王韶钢牙一咬，怒目圆睁，沉着脸怒道："将在外，君令有所不受！使者请回，但听捷报便可！"不由分说便着人把使者哄出军营。

数日之内，使者两至，李宪忧形于色，道："端明，京师必然有事，否则皇上不会万里之外，遥下诫令。两位使者全是金字牌急脚递[69]，日行五百里加急，大宋输不起这场战争了！"

王韶冷笑道："中尉，正是因为知道京师必然有事，大宋输不起这场战争，我才要按计行事！若是兵败，我王韶绝不生出熙河！"

----

[69] 宋代创制的一种传送公文的驿传。

5

几乎在一夜之间，大宋就变得输不起一场战争了！

不久之前，赵顼与王安石还沉浸在开拓熙河的喜讯之中，好消息一个个传来，梓夔察访司熊本以民兵讨平泸夷，去掉大宋西南地区百年之患；章惇完成对南江蛮的最后一击，克日便可回朝；石越奏两浙路元气渐复，杭州市舶司船队首航，这更是可比之张骞通西域的大事！

志得意满的赵顼整日在御案之间，探讨形势，布置方略。只待沈起攻破交趾，收复此汉唐古郡，然后挟四面告捷之余威，大力推行方田均税之法，彻底改革唐德宗两税法以来几百年间积累的税法沉弊，为大宋奠下万世之基。如此将养数年，一面使百姓休养生息，一面积蓄国家财力，勤修将兵、保甲之法，修缮战备，只待夏国有可乘之机，便数路大出，恢复河西；西夏平定，挟得胜之势，再攻燕州……赵顼几乎已经可以看到自己将来在历史上的评价，会比唐太宗还要伟大！每次想起这些，他苍白的脸上便不自禁地泛上一丝红晕，呼吸也变得微微急促起来。"若真能如此，朕一切辛苦费心，皆是不枉！"这是赵顼每次看到内库的封椿钱和挂在寝宫的天下郡县图时，都会不由自主泛出来的想法。

然而自从河州被围，瞎木征死灰复燃的消息传来之后，当真祸不单行，更大的噩耗从北面传来。

王安石这日自起床之后，右眼皮就跳个不停，一大早刚刚走进禁中政事堂的院子，冯京就焦急地迎了出来，道："介甫，河北西路诸州公文，道该路各州自去年入秋以来，滴雨未降，不料又有蝗虫成灾，常平仓无粮可济，道路上已经开始出现流民！"

王安石脸色立时惨白，他阴着脸看了冯京一眼，冯京已是手足无措，而政事堂的官员，无论大小，一时都变得异常沉默。

旱灾不算什么，几个月来，无论是汴京的天气，还是各地的报告，都在说明旱灾很可能会发生——问题是石越！托梦竟然是真的？！所有人心里都不由自主地泛起这个念头，但是没有人敢说出来。而更让人心惊胆战的，是蝗虫！一般人会认为，蝗虫是上天对朝廷不修德政的惩戒！几个检正官心里已经在嘀咕："老天爷真不给人好日子过，没省心几天，又送来了攻击新法的借口。"按惯例，拗相公要请求辞职以应天象。

王安石还没来得及说话，又有人拿着文书闯进院子，禀道："河东路蝗灾！"

冯京身子不由一颤，虽然他和王安石政见不合，灾情严重的确是攻击王安石很好的机会，但是这种延及数路的大灾，万一处理不当，激起民变，是足以动摇大宋国本的！河北流民要逃灾，一路南下，自然而然是汇集开封，而开封也好几个月没有下雨。如果流民要在京师闹起事来……冯京想到这个后果，就不寒而栗。

河北诸路，绝无赈灾的能力！

然而事实无比残酷，接连半个月内，黄河以北地区，报告灾情的文书如雪片一样飞入汴京。每份文书上，都无比清楚地告诉政事堂的大臣们，本州已经有百姓开始逃灾，流民们的目的地，十之八九，都是汴京！

政事堂取消了轮值的制度，所有宰执每天都必须到齐。而赵顼现在接到的文书，凡是黄河以北来的奏章，几乎毫无例外是报告灾情的严重性。官员们的语气诚惶诚恐，但是却也无比清晰地告诉赵顼与王安石——"我们无力赈灾，也无力阻止流民的出现！"

"丞相，如今要如何处置方是？"赵顼这个时候，已经没有心情去后悔了，他并不是昏君，深知此时的情况，只要处理不当，必然动摇国本。因此他才断然拒绝了王安石的辞呈。

"方今之计，只有仰赖东南漕运和开封的积蓄了。"王安石也没有什么良方，"还有一个月，东南种两季稻的地区，早稻可熟，加上各州的存粮，应当可以渡过这个难关。"

"陛下，臣有一言！"知制诰苏颂略有迟疑地望了王安石一眼，咬咬牙，终于出列说道。

"苏卿有何建议？"赵顼用期望的眼神望着苏颂，似乎是希望他嘴里能蹦出一个奇迹来。

"臣以为事属非常，当诫王韶持重用兵。行军打仗，最难预料后果，万一前线有失利的消息传来，被流民中别有用心的贼子利用，祸事非小！臣以为河州便是舍弃了，也是枝叶之地，不得已之下，两害相权当取其轻！"他话一说完，不少人立时点头称是，连韩绛也说道："此言有理，河州之地，就算暂时舍弃了也不要紧，朝廷此时须冒险不得。"

吕惠卿鄙夷地看了韩绛一眼，心道："舍弃河州？被围的军民，就这样被丢弃了！这些君子们……"他心里只是不住地冷笑，却不置一言。此时他脑中想得最多的，是石越为何能料中这次大规模的旱灾，以及皇帝对王安石的态度。"应该把握好每一个机会，哪怕那看起来是个坏消息。"吕惠卿似乎敏感地嗅到了什么，静静地退到一边，故意默不作声。

王安石却无法保持沉默，他无法同意舍弃河州的议论，急道："陛下，河州绝不可弃。"

苏颂却毫不相让，冷笑道："陛下，万一王韶战败，这个后果谁来承担？"

王珪是老于政治之人，苏颂一开口，他便知道苏颂为何要坚持放弃河州。开拓熙河是王安石最重要的军事主张，一旦放弃熙河，等于向全国宣告"西进政策"完全失败，不管是什么原因，都等同于王安石的政治自杀。苏颂此时借机发难，无非是要报儿子在太学被逐之仇。

对于朝中这些所谓"君子""名臣"们在冠冕堂皇的语言背后的想法，王珪心里比谁都清楚。他想了一下，欠身说道："陛下，河州若放弃，是朝廷置被围的河州军民于不顾，这会让天下人失望，更是示人以弱。不若只遣使节诫王韶持重用兵，只需不打败仗，便可无碍。"

曾布也趁机说道："若贸然放弃河州，也相当于一个败仗，只怕也会让人心不稳。"

"朕知道了，此事枢密院派使者便是。"赵顼心烦意乱地挥挥手，"众卿且退下，尽快想一个安置流民、赈灾的法子。"

众人正要退下，突然听到赵顼迟疑了一下，又补充道："同时也派使者告诉沈起，不得轻启边衅。"他这时候突然想起石越反对对交趾用兵的事情，虽然心有迟疑，还是下达了诫令。在场的大臣，别人只道皇帝是由苏颂之谏举一反三，只有王安石在心里微微叹了口气，他知道，皇帝此时心中是在后悔。

6

这是桑充国在马车上第五十次掀开帘子了。

从河北四路逃荒的灾民，流入京师的，他粗略估计了一下，至少有二十万之多！"死于道路，困死乡里的，不知道又有多少！"桑充国摇头叹息不止，白水潭学院因为本来就有官赐田产，再加上钟表业带来的分成、校营印书业等产业，在经济上颇能自立，仓库储粮可供学生们三年之用，因此倒没有受到太大的影响。

"可恨那些粮商，虽然官府三令五申，依然要抬高粮价。这些灾民衣不蔽体，哪里又有钱去买粮？"郑侠愤怒地指责着，全然不顾桑充国的父亲也是一个大粮商。

桑充国叹道："我已经劝家父不许提高粮价了，不过一家之力，也济不得甚事。这二十万灾民流入京师，根本无处安置，现在大相国寺以下，各寺院、道观、庙宇都挤满了灾民，可是大部分依然只能露宿街头，幸好现在是夏天，否则真不堪设想！"

"饿——娘亲，我饿——"一个孩子的哭声传入马车，桑充国再也按捺不住，大声喊道："停车！"

车夫也不知何事，连忙停下马车，只见桑充国掀开帘子，跳了下去。一同坐车前往学院的郑侠和晏几道，不得已也只得跟着他跳下马车。

桑充国循着刚才听到的声音找去，却看不到那个孩子在哪里。只见坐在沿街墙角下，有无数衣衫褴褛的母亲，有无数瘦骨伶仃的孩子，一个个都睁着无助的双眼，伸出又黑又瘦的双手，向街上的行人乞讨。

一种强烈的无力感顿时涌上心头。"我能帮得了谁？"桑充国站在街边，第一次觉得自己的力量真的微不足道。

几个灾民可能是看到了桑充国的同情心，立时一拥而上，把桑充国三人团团围住，一个妇人把一个面黄肌瘦的小丫头推到桑充国面前，用半生不熟的官话乞求道："公子，求你行行好，买下这个女孩吧！她再跟我们，就要饿死了。"话未说完，已是泪流满面。立时众人都把孩子推到他面前，跪下苦苦哀求。

桑充国一生都没有见过这么凄惨的景象，他手足无策地望着这些灾民，只要目光一触碰到那些瞪大双眼，跪在地上，虽然默不作声，却已在眼中写满了哀求的孩子，他的心便如被刀割一下，连忙把目光移开。晏几道是前朝丞相之子，虽然平时任侠纵性，挥金如土，却从来没有碰到过这样的场景，一时竟是被惊呆了。只有郑侠出身较低，他一面默默地把身上带的钱全部掏了出来，散给灾民，一面摇头叹息。桑充国这时才反应过来，他俯下身子，轻轻地摸了摸那个小丫头的脸，学着郑侠的样子，把身上的钱全部掏了出来，散给灾民，又从腰间取下一块玉佩，塞到小丫头手里。那个小丫头显然是惊呆了，竟是忘记了叩头道谢。晏几道也连忙依样散尽了身上所有的铜钱。然而纵是三人把全部的钱都散尽，又能济得几何？反倒是吸引了愈来愈多的灾民。车夫拼命挤进来，一把拉住桑充国，苦笑道："公子，你这样济得甚么事？这种事，还是要靠官府。"

"天下兴亡，匹夫有责！怎么能只靠官府？"桑充国满腔的郁闷，倒被这车夫一句话激发出来了，不由激动地大声说道。这是石越以前常说的。

晏几道和郑侠是第一次听到"天下兴亡，匹夫有责"这句话，郑侠击掌赞道："说得好，天下兴亡，匹夫有责！"晏几道却带着几分无奈地摇摇头，叹道："肉食者鄙，人微言轻，终是管不了的。"

桑充国再也控制不住自己的情绪，握紧双拳，抿着嘴无比坚定地说道："这件事情，我非管不可！"

回到马车上，郑侠一拳砸在车厢侧壁之上，怒声道："朝廷的大臣们都在做什么？！数日以来，所见惨景让人心悸。单将军庙[70]附近，每天都有数十饿死的百姓被拉去火化，公卿们真的不管吗？"

"介夫，有些事情你不知道。如今庙堂之上的公卿们，已经吵得不可开交了。"

---

[70]　纪念单雄信的庙。

晏几道摇摇头，无可奈何地说道。

"吵？吵什么？"桑充国无法理解这种事情。

"还能吵什么，旧党趁机攻击新党，无非是说天降大灾，是新法触怒上天，才使得上天降罪。又说正是因为新法，使各地常平仓空虚，才让流民聚集京师。要求皇上罢免王安石，尽废新法的奏章，比报告灾情的奏章还要多！"晏几道毕竟对这些事情知道得比较多，"我还听说皇上去太庙谢过罪。"

桑充国冷笑道："此时首要的是赈灾，大臣们吵一团，又有何用？罢了拗相公，废了新法，老天爷就会下雨？何况就算下了雨，也不能立即长出粮食！"

"长卿，你毕竟不懂朝堂之上的事情，若是子明在此，必有良法。"晏几道仰着脸冷笑着，"赈灾是河南府、开封府的事情，关三公九卿们何事？且罢了新法，一出胸中恶气，管灾民们死活？这可是千载难逢的机会呀。"

7

"大哥。"王昉轻轻扶起王雱，这个往昔风流倜傥，聪明过人的大哥，已经被病魔折磨得不成样子了，现在整日都是用药来支持着。偏偏王雱又闻不得药味，只好在四角都点起檀香。

"二弟呢？"王雱勉强坐起，强打精神问道。

王昉抿着嘴，默不作声从桌子上端了药过来。

王雱立时便感觉不对，又厉声问道："二弟他去哪里了？"

"他出去了。"王昉心虚地回道。

"出去了？外面饥民遍地，他出去哪里？如今老天爷不长眼，让石越那厮蒙中，我料到朝中那些满口仁义的小人必然借机攻讦父亲，他此时还出去游玩，也不怕给父亲招致物议吗？"王雱心中气恼，越说语气越是严厉，只是身子不由己意，声音却也不免越来越微弱。

"你别说这许多话。先歇会儿，二哥并非出去游玩。"王昉一边说一边把药送到王雱手中。

"不是去游玩你如何不敢说？"王雱却是不信。

王昉垂首想了一会儿，抬起头，强笑道："你先喝了这药，我便和你说吧。"

王雱皱着眉头，微微摇了摇头，道："我不喝这劳什子药，喝了再多的药，也不得好。生死有命，只可惜大事未成，父亲少有助力，二弟终不成气候，你又是女子。"说到后来，语气已是凄恻。

王昉心里一酸，眼泪顿时涌了上来，连忙低下头去擦了，勉强笑道："你别胡思乱想，吃了药，病好之后，父亲还要你帮忙呢，你现在可是龙图阁待制了。"

王雱心里叹气，龙图阁待制本来也不错，不过既有了石越的宝文阁直学士在前面，又有何可稀罕的？不过此时他不愿意多说，接过药来，勉强喝了，苦笑道："不知道这药还得喝多久。"

"很快便会好了。"王昉接过碗来，放到一边，微笑着岔开话题，"其实二哥是去白水潭学院了。"

"他去那里何事？"王雱不易觉察地皱了一下眉。

王昉却没有发现他这细微的动作，用带着一点兴奋的语气说道："因为桑充国公子组织白水潭学生赈济灾民，二哥也过去帮忙。听说桑公子把家里的粮食全部捐了出来，大设粥场，又让白水潭的学生暂时腾出一部分校舍，把一些身体弱的灾民都移到校舍里和体育馆居住，学生们上午上课，下午就去帮着救济灾民。"

"沽名钓誉！"王雱冷笑道，"桑长卿这次可想错了主意，要是有小人在朝中说他收揽人心，有非常之志，只怕画虎不成反类犬。"

"我瞧桑公子是赤诚之心，大丈夫若要做有利于百姓的事情，哪能怕小人陷害就不去做了？自古以来可没有这个理的。"王昉噘着嘴，不以为然地说道。

王雱摇摇头，道："妹子，朝堂之上的险恶，你毕竟不懂。"

"大哥，此事你却是想岔了，我敢打赌，断没有人会去害桑公子。"王昉星眸流转，开玩笑似的说道。

"哦，愿闻其详。"

"其实原因很简单，现今朝廷之上，旧党正想尽全力攻击父亲，而支持变法的大臣们，则不免都想保住父亲的相位，在这个时候，没有人会愿意节外生枝，去攻击桑公子，平白无故地把桑公子背后的石越推到敌人那一边去；且如今二十万灾民聚集京师，桑公子救济灾民，让灾民们感恩戴德，若攻击桑公子，必然招致众怒，朝廷为了稳定民心，只怕就要拿此人之头来安抚百姓。大哥小看了白水潭背后的力量，当今朝廷的公卿，有几个人家里没有子弟在白水潭上学？有几个人没有去白水潭讲过课？陷害桑公子，不吝于同时得罪天下所有的读书人。如今白水潭可以说是羽翼渐成，无论是谁，都应当知道白水潭只可倚之为援而不可图。"王昉娓娓说道。

王雱听到这番议论，惊讶地张开了嘴，半晌才叹道："妹子，可惜你不是男儿之身，否则你定能胜过石越。"

王昉见自己这个哥哥时时刻刻都忘不了石越，心里也不由叹惜，道："石越或许了不起，不过未必是真英雄。我虽在闺阁之中，也听说过他不少行事，总觉得他少了那种虽万千人吾往矣的决然。"

王雱听到这话极是顺耳，不禁笑道："若说那种义无反顾的决然气概，当今天下，也便父亲一个人有。纵然天下人都不能理解，但父亲却是从没有退缩妥协的。"

王昉略带自豪地点了点头，不过她的心中，却还有个念头："有这种决然气概的男子，未必只有爹爹。"

王旁并不知道此时他哥哥和妹妹在谈论着什么，在王家众兄弟姐妹之中，他是属于较简单的一个人。

此时开封府，除了官府设的粥场之外，影响最大的，就是设在白水潭学院和大相国寺的粥场了。而一般的灾民更愿意去白水潭学院。因为伴随着灾荒而来的，不仅仅只有饥饿，还有疾病。在白水潭，学生们会相对比较认真地照顾病人，毕竟很多师生都同时粗通医术。因此白水潭一地聚集的灾民几乎有两万多人，占到汴京灾民的十分之一，学生们大都忙忙碌碌，白水潭附近的居民也往往主动前来帮忙。不过除了学生之外，像王旁这样愿意来帮忙的官宦子弟却并不是太多。

王旁并不在乎别人怎么看他，他觉得在这里帮助那些灾民很有满足感，但也不是没有委屈的时候。有一次，几个灾民知道他是王安石的公子后，竟然扑通跪下，哭着求他："公子，您回去求求丞相，不要变法了！不变法，老天爷就不会怪罪了！"他当时就满脸通红，不知道怎么办才好，幸好晏几道过来，把那些灾民拉开。以后他再也不敢轻易让人知道他是王安石的幼子了——这是他第一次要刻意隐瞒自己的身份，他一直以来，都为自己的父亲感到自豪。

不仅仅是灾民，有些学生，甚至连那个郑侠，都会用异样的眼睛看他。这些读书人自然不会像那样灾民一样跪下来哭着哀求，但是他们会用眼神和神态来表示他们的意见，这更让王旁受不了。

"天下兴亡，匹夫有责！"这是桑充国与程颢提出来的口号，他能够清楚地记得那一天，桑充国满含着眼泪，要求白水潭的学生们有一颗仁者之心，去主动帮助那些受灾的百姓。"我们不应当把责任推给朝廷，不必去问官府做了什么，而要先问我们自己做了什么！我们有自己的责任！天下兴亡，匹夫有责！读圣人之书，要有圣人之心，我们白水潭的学生，要对自己的良知负责！"在那一刻，王旁觉得桑充国真的很了不起，难怪有人把他和石越并称之为"双璧"。他曾经听到过程颢对桑充国的评价——"勇于有为！"

"小心点儿，老丈。"王旁把一碗粥递给一个老人，暂时收回自己的胡思乱想。

老人挣扎着想要起来给他叩头。"折福呀，折福呀，让这些天上的文曲星来送东西给自己吃。"旁边有人喃喃说道。王旁又觉好笑，又觉可叹，一面拦住老人，轻声道："老丈，不用起身，坐下喝吧。等会儿我过来拿碗。"说完便连忙走开。凭经验知道，如果他不走开，这个老人是非要叩完头才敢吃的。对读书人的敬畏，在老百姓心中根深蒂固得超出人的想象。

因为桑充国要求所有的碗筷都要用沸水煮过才可以再用，他便准备去另一个地方收碗筷，不料刚刚走了几步，便见桑充国和晏几道联袂而来，身后跟着一个面黄肌瘦、怯生生的小女孩，一步不离桑充国左右。桑充国显然是几天没有睡了，眼窝深陷。

"长卿、小山，有礼。"

"二郎，有礼。"桑充国笑道。

"你们这是去何处？"王旁随口问道。

桑充国和晏几道对望一眼，苦笑着摇摇头，晏几道从袖子中抽出三份报纸，递给王旁。

王旁每天都过来帮忙照看灾民，已经几天没有看报纸了，这时候伸手欲接，却发现手上沾满了米浆，不由不好意思地笑着伸出手掌，在二人面前晃了晃。桑充国和晏几道不由哈哈大笑，二人也学他的样子，伸出手掌来晃了晃。这些公子们平日里白净如玉的手掌，竟也沾满了米浆之类的东西。王旁再看二人的袍子，更全是汤水的渍迹，也不禁大笑，心里更不顾忌，用沾满米浆的手打开报纸，原来是《新义报》《西京评论》《谏闻报》各一份。他略略一看，便知道又是那些互相攻讦的把戏，只不过此次是《西京评论》和《谏闻报》细数王安石执政以来的天灾异象，把这次天灾的责任全部推到王安石身上，似乎只需罢王安石、废新法，那么一些问题便迎刃而解。《谏闻报》更是强烈呼吁召韩琦、富弼、文彦博、司马光回朝。而《新义报》又免不了对此冷嘲热讽一番，嘴仗打得不亦乐乎。

王旁撇撇嘴，不屑地说道："满篇骂来骂去，没有半句提到如何救灾。"

桑充国苦笑道："灾民每天都在增加，朝廷再不想办法，迟早会出大事。"

"这也无法可施，长卿你也已经尽力了。"王旁安慰道，站在他的立场，的确认为桑充国做到这个份儿上，已经很了不起了。

"长卿和程院长商议了一下，《汴京新闻》也要表个态。我和长卿现在回报馆写评论。"晏几道解释道。他其实更无主张，不过以他的性格，桑充国既然是他的朋友，做的事情又是对的，他也就没什么选择了。

8

赵顼无力地坐在龙椅上，失神地望着门外的天空。

今天早上给太皇太后、皇太后请安时，两宫太后突然哭了起来，原来是两宫太后已经知道现在京师流民聚集，黄河以北地区的灾情愈来愈严重了。

"官家，当初祖宗托梦，没有采信，已是大错。自古以来，上天降灾，必是政事有不对的地方，如今之事，除了新法，还有何事？何况百姓流离失所，一半也有新法刻薄百姓的原因！官家，你就废了新法吧！"

"官家，新法已经使天怒人怨。如今灾民聚集京师，百姓们都认为是新法的过错，万一有人挑唆，以清君侧为名，激起大变，那该如何是好？不若先罢了王安石，给他一个大郡做地方官，安抚百姓要紧！"

"官家，为了列祖列宗的江山社稷……"

"官家……"

"废掉新法，罢掉王安石就能没有天灾吗？"赵顼喃喃自语，他心中充满了迷惘。"朕也是为了江山社稷呀！"在太庙祷告时，他曾经很坚定地相信太祖、太宗皇帝是支持变法的，否则二圣为何会托梦给石越提醒灾害的到来呢？他只恨没有听石越的话，没有做到有备无患。

但是现在他又有点儿觉得新法可能的确错了，如果真是如王安石所说，新法尽是利民的，那么百姓们的储存应当增多，即使是灾荒，哪里又会有这么许多的流民出现？攻击王安石的奏折堆满了御案，《谏闻报》公开请求召回司马光等人，罢免王安石；《西京评论》列举了王安石执政以来的种种天象示警，似乎也不是空口白牙——新法真的惹得天怒人怨了吗？

"朕，错了吗？"赵顼的信心堤防，已经渐渐松动。

"官家！"李向安蹑手蹑脚地走过来，打断了皇帝的思绪。

赵顼心里一个激灵，立时恢得了皇帝的威严，冷冷问道："有何事禀报？"

"王丞相、韩丞相求见，还有，今天的报纸……"李向安一面说一面把一叠报纸双手递到御案之上。

赵顼微微颔首，道："宣两位丞相进来吧。"说完顺手拿起一张报纸浏览，李向安因为和石越交好，又经常得到桑俞楚的孝敬，因此每次送上一叠报纸，总是会刻意把《汴京新闻》放到上面。果然皇帝每次顺手拿起的，首先总是《汴京新闻》。

赵顼本来不过是想随便浏览一下，他深知自己知道民间之情才不会受大臣蒙蔽。不料几篇文字跃入眼帘，立时吸引了他的注意力。

"……有徒知议论而不知事有轻重缓急者，《西京评论》《谏闻报》诸君子也。诸君子陈义甚高，不意董子春秋繁露之学，光大于今日，而不知国事艰难，百姓旦夕不保，社稷可危矣！今之要务是何事？今日之急务，非罢丞相、废新法也！二十万流民聚集京师之地，若官府不加体恤，万一有陈胜、吴广之徒，追悔何及？……丞相是否有过、新法是否当废，待灾情控制，百姓安顿，朝堂之上，再议论未迟。今日之大宋，须当官民一心，共体时艰；朝野共弃前嫌，赈济灾民！而非互相攻讦，推卸责任也……"

这段话可谓深中赵顼之心，他心里微微赞叹："这才是识大体的话。"又继续移开视线，去看另一篇文字，全然没有注意王安石、韩绛已经进来，躬身站立在下首，只是不敢打扰皇帝的兴致。

"……充国布衣也，尚知天下兴亡，匹夫有责。其位虽卑，其心不敢忘国忧。诸大臣皆食朝廷俸禄，深受皇恩，岂可不知此意？诸大臣之荣耀，皇上所赐也；诸大臣之衣食，百姓所供也。唯此国家艰难之际，百姓流离失所、朝不保夕，皇上心念黎民之疾，睡不安寝、食不知味，诸大臣若不知体惜圣心，同心合力，赈灾救民，不知于心何安……"

赵顼一口气读完，不由暗暗叹道："事急见忠臣，桑充国如此痛责朝廷大臣，是为国而无暇谋身了！可惜满朝大臣，却没有几个识得大体的。"他抬起头来，发现王安石和韩绛已经进来，当下便把报纸递给二人。

二人读完之后，王安石却不便说话，只韩绛道："桑充国确是至诚之人，他捐出家中全部存粮数万石，在白水潭学院开设粥场，救济灾民。又亲自带着一干学生去游说开封府的富豪贵人，要求有钱人捐粮捐钱，齐心合力救济灾民。有小人竟然在臣面前说他有非常之志，被臣痛声驳斥……"他知道赵顼此时对桑充国颇有好感，便顺着皇帝的意思，夸赞起桑充国来。

"非常之志？"赵顼不由一怔，冷笑道，"别说桑充国一介书生，单论白水潭数万学生，便没有谋反的理。自古以来，一群书生忠君爱国是有的，一群书生谋反？那是闻所未闻之事！只有恒、灵那种昏君，才相信那样的事情。"

韩绛对皇帝的这种历史观心里颇不以为然，嘴上却道："陛下所说，自是正理。似这种为朝廷分忧之事，少不得便会有小人看不过眼。"

赵顼点点头，转过头问王安石道："二位丞相一起来见朕，想是有事？"

王安石正要答话，忽见一个宦官走进来，叩首禀道："陛下，银台司急奏！"

"呈上来。"

那个宦官连忙把一份奏章和一个卷轴高高捧起，恭恭敬敬递上。

赵顼让李向安接过来一看，却是监安上门郑侠所写。他心中奇怪，不知道银台司急急忙忙递上一个小吏的奏章是何用意。当下将前后文略去，只挑着紧要的句子看："……去年以来，秋冬亢旱，兼以蝗灾，麦苗焦槁，五种不入，群情俱死……灾患之来，莫之或御。乞陛下开仓廪、赈贫乏，取有司掊克不道之政，一切罢去……臣仅以逐日所见，绘成一图，但经眼目，已可涕泣，而况有甚至此者乎？如陛下行臣之言，十日不雨，即乞斩臣宣德门外，以正欺君之罪……"原来却是道灾情、要求救灾的奏折，所谓"取有司掊克不道之政，一切罢去"，乃是要求废除新法的委婉说法。赵顼本来看这样的奏折已经看得烦了，心下倒也不以为意，不过这次上书之人，却颇有胆色，说什么"行臣之言，十日不雨，即乞斩臣宣德门外"！而且区区一个监安上门，更让赵顼有点儿另眼相待。

他不自禁用眼角看了王安石一眼，拿起卷轴，打开一看，却是一幅数米长的图画，图上画了许多灾民，尽是衣衫褴褛，形容枯槁。这些灾民，有些在吃树皮，有些趴在地上哀号，有些在卖儿卖女，有些惨死路边……画家工笔极为传神，每幅图画之旁，都有小楷注释，图画之右，赫然写着《流民图》三个字的行书。

赵顼才看到一半，就已经感觉惨不忍睹，再也看不下去了。他强抑着情绪，看到三分之二，终于控制不住，将图一把抓起，丢给王安石、韩绛，颤声问道："此图的内容，可是真的？"说完之后，眼睛死死地盯着王安石。

王安石默默打开《流民图》，注视了几秒钟，便把《流民图》递到韩绛手中，韩绛才看了一眼，冷汗就冒了出来。他正欲设辞分辩，不料王安石已经跪下，惨然说道："陛下，此图所绘，的确就是外间百姓的惨状。"

韩绛绝对没有想到王安石会一口承认，大吃一惊。天子在九重之内，外面是个什么样子，还不是大臣们说了算？现在虽然有报纸了，但是巧言设辞，也并非难事，他实是不知王安石为何竟要一口承认。若是石越在此，必然也要吃惊的。因为他所学过的历史书，是说新党百般抵赖的。

赵顼见王安石承认，又惊又怒，道："丞相，你，你……"皇帝用手指着王安石，却说不出一句话来。

王安石微微叹了口气，沉声说道："陛下，臣深负圣恩，万死不能赎其罪。现在既知事事属实，断无欺君之理！"

韩绛听到赵顼和王安石的对话，心里却也乱成一团，完全失去了分析后果的能力。

赵顼瞪视王安石良久，又是失望又是焦虑，最后终于把手放下，一屁股坐在龙椅上，闭着眼睛，一字一句地说道："既是属实，这幅《流民图》，就挂在内殿中。也好让朕天天记得，朕的子民们现在是什么样子！"

王安石心中的灰心其实比皇帝远甚，负天下之望三十余年，一旦执政，数年之内，先是士大夫沸腾，议论纷纷，自己平素所看重的人，似司马光、范纯仁辈，根本不愿意与自己合作；好不容易国家财政渐上轨道，各处军事上也接连取得胜利，却来了一场大宋开国百余年没有的大灾！

"陛下，王丞相执政之前，曾经上《本朝百年无事札子》，内中言道一旦有事，百姓必然不堪。今日之事，实非新法与丞相之错，而是替百年之沉疴还债！还望陛下明察。"韩绛终于理清了思绪，战战兢兢地说道。

王安石望了韩绛一眼，他不知道新法到现在为止，已经造就了一大批既得利益者，无论他他自己怎么样想，这一批人却是肯定要一直打着新法的旗帜，来在政治上争取主动，维护自己的利益。一旦王安石罢相，万一皇帝变卦，不再变法，这一群人的政治权益就会立时失去，从这些人的角度来说，是无论如何都要尽力保住他的。王安石却只道韩绛是因为他们几十年的交情，竭力为他掩饰，心里不由也颇是感动。

"子华……"王安石叫了一声韩绛的表字，沉默半晌，方对皇帝说道："陛下，臣并非是为推行新法而向陛下谢罪。大宋国势，不变法不行，这是陛下也深知的。臣向陛下谢罪，是因为六年来，陛下对臣的知遇之恩旷古绝今，信臣用臣，而臣的新法，却没有办法应付一场大灾，致使百姓流离失所！"赵顼见王安石眼中已经满含泪水，心里也不由动容。又听王安石说道："方才看到桑充国的文章，臣才知道臣身为宰相，器量竟不如桑充国一介布衣，心下惭愧万分。但是臣的本心，可鉴日月，绝对是对大宋、对皇上的赤胆忠心，绝对没有想过要盘剥百姓来敛财邀宠！"

赵顼微微点头，这一点上，他绝对相信王安石。

"虽然如此，但是错了毕竟是错了，为相五年，却是今日这样的局面，臣非但外惭物议，内亦有愧于神明。石子明离阙之时，嘱臣数事，备灾荒、缓召王韶、不向交趾用兵，臣没有一件事做到了。石越回京之日，臣若还在相位，实在羞见石郎！因此臣请陛下许臣致仕！"

"致仕？"赵顼和韩绛不由大吃一惊。

"万万不可，陛下，介甫，此事万万不可！"韩绛这个号称"传法沙门"的韩相公几乎有点儿语无伦次了，"陛下，新法不可半途而废，否则必然前功尽弃！王丞相若罢，新法必然更加艰难！"

9

桑充国的呼吁、郑侠上《流民图》、王安石自请致仕，汴京的政局却并没有因此而变得清晰。想要旧党放弃这千载难逢的机会，实在是有点儿一厢情愿，局势反而更加复杂化了。

朝廷与地方的旧党，平素与王安石不合的大臣，借着《流民图》的机会，一波一波地要求皇帝罢王安石、废新法；连一向不干预朝政的两宫太后，也天天向赵顼哭诉。赵顼被这件事情搞得晕头转向，偏偏蔡确这时候却做出了一件更加激化矛盾的事情来，他带着御史台所属兵士，一纸行文，将郑侠捉住，关进了御史台的牢狱之中。此事立时在朝堂上掀起轩然大波。

"陛下，臣以为此事或有不妥。"连吕惠卿也对蔡确的做法不予认可。

苏颂更是直接质问道："蔡中丞，不知郑侠所犯何罪？"

蔡确冷冷地望了二人一眼，根本不屑于回答，只是冷笑道："二位不会连大宋的律令都不知道吧？"

赵顼此时实在是伤透脑筋，蔡确也不请旨，直接将郑侠系狱，结果当日营救的疏章就达到二十多份。他下旨让蔡确释放郑侠，蔡确毫不客气地顶了回来："祖宗自有法度，陛下须做不得快意事！"

"郑侠到底是犯了何事入狱？"赵顼不得不亲自开口询问。

蔡确见皇帝发问，这才躬身回答："回陛下，是擅发马递[71]之罪！"

"哦？"赵顼没有明白过来。

"臣听陛下说，陛下接银台司急奏，却是郑侠所上《流民图》，不知确否？"

"正是。"

"臣当时便想，郑侠一个监安上门，上《流民图》，如何能得银台司急奏？"蔡确这么一说，赵顼才想起来，自己当时的确也奇怪过。

苏颂等人听到此处，也已经略略猜到事情的原委了。原来皇帝所阅奏章有缓急之别，其中最急者，便是密报，直接由银台司递进，且绝不敢延迟，而递交密报，就需要发马递。想是郑侠急欲皇帝知道，便不顾后果，兵行险着，利用监安上门的权力，竟然假托密急，骗过银台司把《流民图》递了进去，不料却被蔡确一眼就瞧出破绽来。

果然蔡确把原委一一道来，这是证据确凿之事，不仅众臣，连皇帝也哑口无言。宋代的君权本来就没有后世的霸道，大臣把皇帝驳得气结于胸，无可奈何的事情，史不绝书。此时既然被蔡确抓住了把柄，赵顼虽存着息事宁人之心，却也不能不好言相劝，道："念在郑侠是一片忠心，此事不如罢了。"

蔡确冷笑道："此次若是放过，下次人人都会发密急，谁又不是忠心？陛下要为郑侠说情，先请罢了臣这个权御史中丞。否则臣既然掌纠绳[72]百官，区区一个监安上门，还不必劳动天子说情。"

赵顼不料碰了好大一个钉子，却也只能摇头苦笑。

吕惠卿心里奇怪，他远比他人了解蔡确，知道蔡确虽然时不时刻意在皇帝面前

---

[71] 宋代驿传三种传递方式（步递、马递、急脚递）之一，由驿站派马递送官府文书。

[72] 指督察纠正。

表现得甚有风骨，但凡是重大事情，其实倒多半是希迎皇帝、王安石之意的，此时为了一个郑侠而如此大动干戈，难道是王安石的意思？吕惠卿摇摇头，否定了自己的想法，他可以明显感觉出王安石最近心情颇异于往常，而且对郑侠并没有特别怀恨。

"这个蔡持正，究竟是何主意？"吕惠卿心里嘀咕着。

然而大部分的新党，便没有吕惠卿这么多心肠，韩绛、曾布、李定等人，心中直呼痛快！"丞相对郑侠不薄，把他从光州司法参军调到京师，本来欲加重用，不料他却对新法全盘反对，不得已安置他为监安上门，谁知此时却来反噬！"这本是新党许多人心中的想法，蔡确一定要治郑侠的罪，不由让这些人也对蔡确多了一份亲近感来。

相比韩绛等人眼中的赞赏，冯京眼中却不免多出许多疑虑。"那么蔡中丞打算如何发落郑侠？"平素温和的他，此时却是用明显的讽刺语气发问。

蔡确丝毫不以为意，只向赵顼说道："臣以为郑侠当落职，安置一个小县，交地方看管，以使后来者知戒。"

"这……"赵顼面有难色，如此处置，朝中必有大臣不服。

果然，他话音未落，冯京就愤然说道："蔡持正未免处置过重了！"

连王安礼也反对道："若郑侠上《流民图》而遭黜，是朝廷无公理！请陛下三思！"

刘攽、苏颂、孙固等人，更是同声反对，而似曾布、李定等人，却不免又要一致支持，只有韩绛知道皇帝心意，便默不作声。

吕惠卿见到这种情形，立时恍然大悟，原来蔡确竟然是想趁机树立自己在新党中的领袖地位！他心里道："蔡持正未免操之过急了！"当下再不迟疑，朗声说道："陛下，臣以为郑侠擅发马递，自然是有罪，但是他一片忠心，而且便是几位丞相都能体谅，并没以为郑侠是在妄言。因此臣以为，有罪虽不可不治，但法理亦不外乎人情。郑侠本来是光州司法参军，王丞相曾称赞其能，不若再放回光州，依然任司法参军，同时记过。一来以示惩戒之意，二来示天下朝廷之宽仁美德。"

他这番话，却是两面顾到，打太平拳的意思，旧党的感受，吕惠卿本来并不太在乎，但他知道皇帝心中此时必然抱着多一事不如少一事的想法，只不过若是完全不给郑侠一点颜色看，只怕新党中人也要视自己为异类了，当下才说出这么一个办法。

果然赵顼听完，立即点头同意："吕卿所言有理，便依如此处置便可。"而韩绛、冯京、曾布等人觉得这个方案也可以接受，也就不再出声反对。

蔡确知道这个方案提出，别人既无异议，自己便也不便再过分坚持。他万万料不到自己一腔心血竟被吕惠卿卖了个乖，低下头狠狠瞪了吕惠卿一眼，无可奈何地说道："臣遵旨！"

10

桑充国既料不到郑侠会不和自己与晏几道商量，就假托密报上《流民图》，也料不到朝廷的公卿们此时没有去想怎样救济灾民、恢复生产，反而在争论着如何处置郑侠的事情。不过他也没有心思去多想，官府虽然也设了粥场，但是却严格控制府库的存粮，根本无法满足这么多灾民的生活之需。白水潭粥场吸引的灾民越来越多，而仓库中的存粮却一日比一日少了，桑充国虽然有心买粮，可在汴京城，上哪里能一次买到这么多粮食？

在众多的灾民之中穿行，望着那一双双充满了期望与信任的眼神，桑充国实在不敢去想象彻底无粮的那一天。他下意识地想避开那些眼神，忙抬起头来，却发现王旁正陪着一个老人在灾民间穿行。桑充国连忙信步走过去，招呼道："王兄。"

王旁见桑充国走过来，低声对老者说了几句什么，这才笑着回道："长卿，现在情况如何？"

桑充国皱眉道："情况实在很糟，得病的灾民越来越多，人手不足，粮食也快没有了，朝廷再不想办法，我不知道还能支持几天。程先生和邵先生几位，已经想办法去了。"一边朝那位老者行了一礼，招呼道："老丈，这里礼数不周，还望恕罪。"

那个老者微笑着点点头，说道："不必多礼。"却是公然受了桑充国这一礼。

桑充国不由一怔，须知他毕竟也是名满天下的人物，一般人便是长者，也不至于见到他连一句客套话都没有。王旁知他心思，连忙低声解释道："这是家父。"

桑充国随口应道："原来是令尊……"说到这里，不由一顿，这才反应过来，王旁的父亲，不是王安石吗？

"您……您是王相公？"桑充国有点儿失礼地问道。

好在王安石却是个不太拘礼法的人，当下微微点头，笑道："正是某家，久仰桑公子大名，不料今日才得相见。"

"不敢，不知相公驾到，学生实在失礼了。"桑充国一面说着，一面就要下拜。

王安石连忙止住，道："今日野服相见，桑公子不必多礼。"王旁也笑道："长卿不要太声张，家父是想来看看白水潭是如何救济灾民的。"

听到王旁提到灾民，桑充国看了王安石一眼，叹道："不瞒相公，如若朝廷再不设法，我们也要无可奈何了。相公是饱学鸿儒，岂不知绿林、赤眉，皆是饥民吗？"他说的虽然委婉，却隐隐有责难之意。

王安石见他初次见面便如此坦然，不由暗暗称奇。他自是不知道白水潭学院一向颇为自矜，平时便是昌王来此，也并不拘礼。因此，白水潭学院的人对于公卿，实在是看得太平常不过，而对所谓的尊卑之分，除了君臣父子师生这些之外，比起别处的人来，倒要淡了几分。

"某岂有不知之理，不过谈到救灾之法，却是苦无良策。"王安石摇了摇头，回道。

桑充国毫不客气地说道："相公如此说，学生不敢苟同。岂能用'苦无良策'四个字来推卸责任？若绿林、赤眉贼起，饥民们可不会听'苦无良策'四字。"

王安石不由有几分尴尬，王旁有点儿担心地望着父亲，若是往常，只怕王安石早已发怒，今日不知为何，脾气却格外好，只是苦笑道："那么桑公子可有救灾之策？"

桑充国说完之后，其实也自觉颇有过分，只是这几日急火攻心，猛然碰到王安石出现在自己面前，却不自觉地要嘲讽几句解气。这时候见王安石竟是丝毫不以为意，心里也不由奇怪，暗道："王安石人称拗相公，说是脾气易躁的，难道传闻有误不成？"嘴上却回道："学生不过一介布衣，才疏学浅，又知道什么国家大事？不过这救灾之策，自古以来无非是开仓放粮，使百姓不必流离失所。"

王安石不禁哑然失笑。他虽然并不指望桑充国有石越一般的政治才能，但也没料到桑充国原来竟是书生气这么重的人。他苦笑道："若是如此简单，那便好了。似如此大规模的灾情，本州本府，再如何开仓放粮，也不敷所用。何况重要州府的军粮，更是一点都不能动。故而一切只能靠外郡运粮救济，而运粮所费，更是惊人。因此似这种大灾，除非百姓本来殷实，或者早有准备，否则无法杜绝流民出现。"说到后面，王安石眼神不由一黯，本来大宋朝是有机会早点准备的。

桑充国其实并非不明白这些道理，道："相公说的自是实情，但如此放任流民聚集京师，终究不是办法。"

"可又能如何？若阻止流民来京师，立即就会官逼民反。自古以来，百姓没有心甘情愿背井离乡的，迫于无奈之下，也只有让灾民去他们想去的地方了。"王安石无可奈何地说道，"桑公子莫以为朝廷坐视不理，从各地调粮往京师、受灾州郡的文书，催粮的官员早就出发了。不过这种事情，归根到底，却只能等待老天爷下雨。"

桑充国摇了摇头，道："相公，学生虽无良策，但是却相信肯定有一个办法存在，只不过学生想不到罢了。"他立时想到了石越，也许石越应当有办法吧？

王安石悠悠道："若石子明在，不知道是否有良方？"二人默默望着东方许久，好一阵子，王安石才说道："桑公子，我会通知开封府给白水潭五千石粮食，或者可以多支持几天。"

桑充国万万没想到王安石会送粮食给白水潭，虽然五千石粮食的确不够几天用的，但是却总是聊胜于无，连忙谢道："充国替灾民们谢谢相公。"

王安石微微苦笑："灾民们便是骂我，也没什么。"

11

杭州。

一场大雨过后，西子湖显得更加妩媚。沿岸的游人，把伞拿在手上，尽情地享受着雨后湿润的空气。一年之前，两浙路大旱，就在此时，大宋黄河以北的地区也是赤地千里。想想这些，这大雨就不知道有多么珍贵了。因为远离灾区，加上丰收的喜悦，杭州的老百姓今年走路都会显得特别精神。

开春前往高丽的船队在前不久顺利返航。这支史无前例的巨大船队的到访，轰动了整个高丽，近百只船的货物，一时间充斥着高丽那尚未开发的市场。大宋商人用瓷器、丝绸、棉布、座钟等换购药材、白银甚至粮食等高丽商品，在返航时，更是带上了高丽随行使者，以及几艘相形之下小得可怜的船。因为高丽市场一时间根本接纳不了如此规模船队的货物，为了保证利益，薛奕与甫富贵并没有直接回国，而是在高丽使者的向导下，转道去了日本。把余下的货物以及一部分在高丽买来的商品全部倾销在日本的市场，又换回大量的日本特产以及黄金。此次贸易的总利润，因为一些奢侈品全部脱手的关系，竟然高达一百多万贯，而官船的收入，占到将近三十万贯。当时大宋各市舶司每年总关税亦不过六十多万贯，这还没有算要上缴朝廷的市舶司关税，什一[73]之税便有七万贯。如此，把欠船厂的钱全部还清后，还能余下二十来万贯。

一次如此大规模的航海，只有一艘商船在途中不幸触礁沉没，还不是市舶务的官船，而利润却如此之高，石越笑得嘴都合不拢。可惜接下来是台风季节，出海远航风险太大，否则一年之内，便能把三年茶盐之税全数挣回了。

除了船队的开门红之外，石越主修各项水利工程都已竣工或者接近竣工，包括新开发的数万顷圩田在内，在灾年过去之后，竟然有了一次大丰收。石越亲自巡视各县，几乎带着强制性地推行合作社制度，让农民互相帮助，以充分利用牛力，保证土地的肥力，又派人去淮南、福建选种，贷给百姓，花费偌大的精力，终于保证了这次丰收。虽然到目前为止，杭州府库所存钱、粮，实在只能勉强度支，但是以民间而论，杭州却是一派繁荣景象。

表现最为明显的，就是商业的繁华。邻近州县的商人，已经开始渐渐把杭州当成一个地区性的商业中心了。由于石越下令把用官价强行征购民间商船的高利润商品

....

[73]　古代赋税制度，十分税一，称"什一"。

的比例下调到百分之二十，而余下百分之八十允许商人在杭州就地出售，立时大大刺激了商人们的神经。于是最典型的交易行为是，外地商人把本地货物运往杭州，卖给杭州的外贸商人，又从杭州买回高丽、日本的特产，以及杭州本地的一些物品，贩运回乡，牟取利益。托赖杭州的交通发达，各官道修葺一新，沿途皆有驿站，出入杭州又只要交纳一次关税，石越又严禁小吏勒索商人，这里简直就成了商人的天堂。

当潘照临进入杭州府界之时，就被驿道上往来的商贾吓了一跳。而进入杭州城后，更是被市面的繁华所震惊。他以前来过杭州，那时候的杭州，虽然也是大城，但若论繁华，不用说与汴京比，就是比之扬州，也相差甚远，而眼见所见之景，倒俨然是个"小汴京"了。不过汴京此时却是饥民遍地，而杭州虽然一样也有乞丐，却保持在一个正常的范围之内。

漂荡在西子湖上的一艘画艇之中，潘照临眼睛迷离地望着远处翠碧荷叶之上点点晶莹的水珠，忽然赞叹道："公子真是非常之人，一年之间，便能使大灾过后的杭州有如此景象，只怕古之管仲，亦不过如此。"

司马梦求笑道："难得潜光兄开口赞人，不过比起管仲来，却还是差得远哩。打开杭州的府库，什么底都露了。现在通判彭使君，心里可从来没有安稳过，整天拐弯抹角来找石学士，说来说去，都是一句话——快收税吧！"

一句话说得众人哈哈大笑。

石越轻轻把玩酒杯，望了潘照临一会儿，悠悠问道："潜光兄快马急驰，兼程而来，想必不是为了来夸赞我在杭州的治绩的。"

司马梦求和陈良、李敦敏立时都止住笑容，望着潘照临。侍剑默不作声地走出船舱，到外面监视。潘照临亲自赶来，众人都知道这是有大事要相议了。

潘照临笑眯眯地说道："公子说得不错，眼下有了千载难逢的机会！"

石越默不作声，只是望着潘照临，等他的下文。他们都知道河北诸路大旱，流民聚集京师，只是不知何故，石越临行前向皇帝所献诸策，赵顼却至今没有采用。虽然知道种种措施只怕有骇物议，但石越也认为的确是行得通的办法，虽然不可能完全救灾。

"王安石已经不安其位了。"潘照临淡淡地继续说道，"郑侠上《流民图》，王安石已经有灰心之意，现在勉强继续视事，却不过只在政事堂处理公文罢了，隔不几天就托病一次。有人看到他经常微服在灾民中行走，我看拗相公良心发现，自己已经坐不下去了。而各地攻击新法的奏章没有一日停止过，最致命的是，两宫太后不断地请皇帝罢王安石、废新法，这个消息居然被人传了出来，更增加旧党的气焰。王安石能不能撑过这次旱灾，完全在于皇上的心意……"

陈良不禁问道："如果此时王安石去位，学士远在杭州，又怎么称得上是机会？"

"正为了远在杭州，才是机会。若在京师，反有许多麻烦了。"潘照临斜着眼睛看了陈良一眼，又继续说道："最有意思的是桑长卿……"

"长卿，他怎么了？"石越奇道，不明白这些事情怎么和桑充国又扯上关系了。

"嘿嘿，'当日爱王相公亦切，今日责王相公亦过'，任谁也料不到，《汴京新闻》与桑充国这个时候替拗相公打抱不平起来了。"潘照临讽刺地说道，一面把几份《汴京新闻》发到众人手里。

众人接来，略略一看，石越和李敦敏默默摇头，司马梦求叹道："长卿真是天真了。"陈良心里却觉得桑充国也没什么不对。

"其实长卿这样也是示天下以公正，对《汴京新闻》的威望颇有好处，听说范纯仁就很欣赏桑充国。"潘照临冷笑道，"而且这样做，对公子也有好处。"

石越"噢"的一声，有点儿摸不着头脑，连司马梦求都奇道："对学士又有何好处可言？"

"新党都知《汴京新闻》与学士关系密切，如今桑充国替王安石说话，免不得缓和的关系，有一半要算在公子身上；旧党这面，自冯京以下，却是知道这件事与学士没甚关系，以学士的声望地位，他们不愿意视之为敌，自然若有怨望，也全记到桑长卿身上了。"

石越苦笑着摇摇头，想不到潘照临连这都要算计。他说自冯京以下，都知道这事与石越无关，背后的文章，就不知道有多少了。

"可笑的是桑长卿，这时候还妄想让众朝臣捐弃前嫌，真是缘木求鱼。现在朝廷之中，连新党也知道王安石必然不安其位，韩绛、吕惠卿、蔡确、曾布，个个都想取代王安石的地位，再也安分不起来了。"

"啊？"司马梦求听到这句话，不由猛地站了起来，问道："此事当真？"

"岂有假的？"潘照临脸上也慢慢泛起了红晕，瞳仁中闪过晶莹的光芒，不过一瞬而过，立时便又黯淡下来，继续说道："韩绛不足为虑，虽然他现在地位最高，但是吕、蔡、曾三人，说起来他一个也斗不过。因此他是希望王安石留下的，这样他就安心做他的相爷，位居王安石之后，也可以心安理得。"

司马梦求点点头，冷笑道："韩家是本朝巨族，三兄弟这次各有立场，总之无论哪派得志，庙堂上都少不了韩家的人，真不知道是巧合还是故意。"石越心里对此也是雪亮，如果旧党当权，韩缜就肯定要上台；如果自己或者中间派执政，韩维也一定会官居显职，否则河北士绅绝对不会善罢甘休。韩家这样的布局，有时候不能不让人怀疑是老谋深算的结果。

"此次河北受旱，韩家只怕又要得不少便宜。灾民背井离乡，韩家焉有不趁机占据田地的。到时候灾民能平安回来的，也只有一部分，略略还一点，做个样子就可以了。河北地主士绅的心里，是盼着流民出现的，这样他们才有利可图。"陈良愤慨地说道。

潘照临轻轻摇了摇头，把话题转回来："吕惠卿这次走的是温和路线，有意无意地与王安石保持距离，向旧党示好。此人颇能揣测上心、迎合圣意，虽与王安石保持距离，但所作所为，却还能让王安石放心，真是不可小视。蔡确过于急躁，一心想领导新党，吕惠卿在，他机会不大。但是韩绛这只老狐狸心里明白得很，他宁可与蔡确、曾布合作，也不会愿意和吕惠卿合作，因此也未必没有机会。曾布羽翼未成，因此退而观战，此人与公子交好，除了王安石之外，我相信他最愿意追随的人，就是公子。此人既然与吕惠卿、蔡确关系都不好，必然不愿意见他们得意，可以成为公子他日之助力。"

司马梦求听他说完，沉思一会儿，突然问道："王元泽呢？他坐视不理吗？"

"嘿嘿……"潘照临禁不住冷笑，"王衙内重病缠身，否则有他在，必然能坚定拗相公的意志，哪里轮得上韩吕蔡曾辈来登场？王衙内太过于争强好胜，我看他性命早晚要断送在交趾一事之上！"

"交趾？皇上不是下诏不得擅开边衅了吗？"石越吃惊地望着潘照临。

"所以我才说他的性命早晚间断送在此事之上。"潘照临冷笑道，"王元泽来往桂州的书信使者，达到五六次，虽然不知所谋为何，但是我料他必是不死心。"

石越腾地站起，道："南交之战，绝不可开，这件事情，得想个办法阻止！"

"阻止？公子如何阻止？写信给沈起还是王衙内！"潘照临嘲讽地望了石越一眼，停了一会儿，又缓了语气说道，"何况我们根本不知道他们信里写的是何内容，不过推测而已。"

石越心里知道潘照临所说有理，怅然良久，无可奈何地坐下，叹道："但愿王元泽不要发疯，否则倒霉的是国家。"

李敦敏眼见石越伤神，便笑着岔开话题，向潘照临笑道："潘先生刚才说了许多，道是千载难逢的机会，在下却只看到对朝局的分析，实在不知道机会究竟是什么。"

司马梦求笑道："自然是机会。王安石去位，如果新党诸大臣能够一心一意拥立一两个继承者，分配权力，那么学士暂时就没有机会进入政事堂，只好继续在地方积经验，攒资历。但若是他们居然内讧，那么不仅可以得到旧党的声援，连他们内部的矛盾也可以善加利用，到时候反对的声音就会很小了。"

"不错，比如蔡确与吕惠卿不和，那么若吕惠卿进入政事堂，蔡确就会害怕吕惠卿趁机报复，如此蔡确虽然平素与公子不和，可照样也会希望公子进入政事堂，制衡吕惠卿，让他无法为所欲为。而他以御史中丞的身份，无论是公子和吕惠卿，都会希望他能成为自己的助力，他的地位在二虎相争之中，就可以得到巩固了。"潘照临举杯饮了一小口，微笑着解释，"不过，想要这个机会能够被利用好，还要做许多事情！"

12

汴京的天气一日热过一日。

自从太皇太后、皇太后哭诉于皇帝面前，要求废新法、斥王安石的消息传出来之后，王安石更加知道自己已处在风雨飘摇之中，但是对于这些，他已经完全看淡。只是让人瞒着王雱，怕这个消息让儿子病情加重，吴夫人以要安心静养为借口，更是连报纸都不让王雱看了，每天不过读些诗词解闷。王安石一面不断地上请求辞相的奏章，一面却照常视事，他此时根本不在乎别人说他矫情恋栈，只希望能够尽自己的力量，略微缓解灾情。

到了六月二十日，赵顼终于召见政事堂诸大臣，下罪己诏，又诏令暂罢方田均税法、免役法、保马法、保甲法等新法，令黄河以北受灾诸路开常平仓赈饥民，沿途官吏戒饥民不得入京，又诏川峡诸路府、东南诸路，就近运粮至受灾诸路赈灾，不必再转往京师。六月二十一日，赵顼再次下诏，令受灾诸路长吏从饥民中挑选强壮者募为厢军，赐军号为威边军，驻扎各路州训练。王安石自然知道这是皇佑年间富弼曾经用过的办法，把灾民中的强者壮者召入军中作为安抚。这样受阻不能离乡的饥民，即使心有不满，却也无力暴动。六月二十二日，赵顼令枢密使吴充亲自主持，从在京灾民中募强壮者两万人，组成四十指挥，赐军号忠锐，兵士待遇虽然同厢军，但是训练、差使却一切依禁军之例。

三日之内，犹豫不决的皇帝连下数诏，王安石知道赵顼是打算吞下苦果，以求尽快渡过眼前的难关了。

这三天之内所下的诏令，的确取得了一定的效果。至少前往汴京的流民已经不再增加了，各地灾民，在官府三分劝导七分威逼之下，不得已苦苦地死守乡土，等待官府的救济。人类的生命力愈是卑贱便愈是顽强，黄河以北众多的灾民们，每天仅仅靠着一碗粥度日，顽强地延续着自己的生命。

而在汴京，桑充国终于可以略略松一口气了，组建忠锐军的消息公布之后，各个募兵处排起了长队，每个招募入伍的士兵都会在额头刺上"忠锐"二字，与此同时，也意味着他们可以用教阅厢军[74]那每月三百到五百文的俸禄，勉强养活家人。

然而这并不能从根本上解决问题，消除掉饥民暴动的隐患，不过是使政府今后

....
[74]　宋制，厢兵有两种，一种形同杂役，为不教阅厢军；一种如禁军一样接受训练，名为教阅厢军。教阅厢军俸银较一般厢兵要高，但待遇不及禁军。

背负更沉重的财政负担而已。饥民始终存在，不过存在的是一群失去了有组织性暴动能力的饥民。

13

大宋熙宁七年六月二十五日，崇政殿。

王安石、韩绛、冯京、王珪、吴充、曾布、蔡确、吕惠卿，以及诸翰林学士、知制诰，默默地传阅着一份奏章。赵顼眼窝深陷，用忧郁的目光望着他的臣子们。等到最后一个人看完，赵顼才开口问道："丞相以为石越所奏诸事，是否可行？"

众人的目光都集中在王安石身上，所有的人都知道，五天前皇帝几乎是罢尽新法，王安石的政治生命在那时候，便已经结束了。皇帝顶住巨大的压力，把王安石留到现在，也许不过是念及君臣相知之情罢了。

但是皇帝的态度也颇值玩味，无论是韩绛、吕惠卿、曾布、蔡确等人连篇累牍分析说明新法与这次灾情无关，请求赵顼坚定意志，继续推行新法，还是一些旧党大臣乘胜追击请求皇帝罢免王安石，斥吕惠卿、蔡确，召回文彦博、司马光、范纯仁等人，赵顼都不置可否，只用朱批写上"已阅"二字，照样发回。也许王安石还有翻盘的机会？这也是不少人心中的疑惑。

"陛下，石越条奏诸事，事事牵涉过多，臣实在不知道后果会是好还是坏。"王安石坦然答道，顿了一会儿，又补充道，"不过臣认为，或者可以一试。"

赵顼沉默良久，转过脸来，对众人问道："众卿的意见呢？"

韩绛想了一会儿，道："陛下，石越所说救灾诸法，第一条是他在杭州的故技，用茶、盐、酒以及香料等奢华之物的专卖权为饵，引诱南方商人运粮入黄河以北诸路，平价卖给官府常平仓。这样做本来也并无不妥，朝廷以前为了充实西北军粮，也用过这个法子。但是这次受灾面积太广，商人运粮往灾区，只怕都会挑近的地方运，结果可能不尽如人意。"

韩绛话音刚落，苏颂便朗声说道："陛下，韩丞相所虑虽是，却并非没有办法解决，只需按就近之原则，规定某路商人只能运往某路，便可解决了。何况往灾区运粮，石越也说始终必须以朝廷为主，商人私人运粮，不过是弥补官府运粮能力之不足。微臣以为，这一条实是可行的，朝廷过去又实行过，颇有成效，一切驾轻就熟，事情亦不烦苦。"

赵顼想了一会儿，点头赞许道："苏卿说得不错，这一条朕亦以为可行。"

韩绛见皇帝表态，便不争论，心里对苏颂虽然不满，却不便公然发作，只得隐忍不发。蔡确见韩绛不再作声，便接过话头说道："第一条犹可，第二条，诏令灾区各路州县，若百姓受灾逃亡，其田地暂由官府看管，若灾后归乡，则赐还田地，若再无音讯，则充为公田。此条虽然在理，但是只怕事情烦苛，流弊转多，小吏乘机敲诈牟利，本为爱民，反而害民。"他这话说出来，别人犹可，吕惠卿心里立时就暗骂蔡确无耻。蔡确对石越这一条提出异议，摆明了是讨好家在河北的大臣，特别是韩绛，不过吕惠卿同样不愿意在这时得罪韩绛，便紧闭双唇，不表意见。

他不说话，却自有人说话，又是苏颂出来质疑道："陛下，蔡中丞此言差矣，乡土自有册簿，各家产业记载甚详，此等事有何烦苛可言？何况纵有小吏乘机敲诈百姓，也好过那土地全部被豪门大族兼并了。"

吕惠卿实在不明白苏颂为何如此活跃，竟是不惜得罪韩绛、蔡确。他哪里知道苏颂的心思。苏颂既然知道自己得罪王安石，新党迟早要对付自己，此时不趁机倒向石越，结援自固，更待何时？得罪王安石也是得罪，加上一个韩绛、蔡确，又有什么了不起？

石越与潘照临商议之后用快马密急送达赵顼御几之前的这份奏章，一方面是说高丽使者抵达杭州，请皇帝决定何时让他入京；更重要的一方面是再次陈述救灾之策十余条。这十余条对策，包括开放矿山，由政府出卖许可证，让富民招募灾民入山挖铁、锡、煤矿等矿产；凡商民献粟一万石以上给灾区州县，即由太常寺颁授"仁爱功臣勋章"，佩此勋章者，见三品以下官员，可以不必参拜，子孙参加科举考试，视同官宦出身等充满了争议的措施。

这种种措施，若在平时提出来，立时就能掀起轩然大波，而皇帝也绝对不可能加以考虑。因此石越临去杭州之前，虽然献有救灾数策，但一来不够系统周详，二来便是因为种种手段，实在让赵顼难以放心，所以赵顼一直压住不提。但是事情的发展，却渐渐迫使赵顼不能不考虑一些可能存在风险隐患的手段了。此时石越与幕僚们商议的救灾之策送到赵顼手中，正是恰到好处，赵顼也没有多做犹豫就召见高级官员廷议。

然而石越的许多主张，却不可避免地要触犯到一些人的利益。每个有资格来议论这份奏章的人，心里都有自己的算盘。

吕惠卿在心里盘算许久，皇帝的意思已经渐渐明了，那是倾向于接受石越的方法了。王安石虽然不再能让皇帝言听计从，但是他的态度依然颇为重要，只要王安石还在汴京一日，吕惠卿就会充分考虑王安石的态度。而从王安石短短几句话之中，吕惠卿也可以感觉到王安石实际上也是倾向于接受的……"我应当表明意见了！"吕惠卿立即做了决定。

"陛下！臣观石越之策，其实是从几个方面入手来救灾。其一，保持运输的通畅，使粮食能够源源不断地运往灾区。围绕这个方面，除了朝廷的转运之外，石越的方法一是鼓励商民运粮进入灾区，以减轻朝廷沉重的运输负担，为此朝廷要付出的代价，是所谓的'勋章'，这便相当于古时的入粟买爵，历代以来，都是行之有效的办法。观石越所说，勋章一物，与朝廷之功臣号相似，更似一种荣誉。臣以为虽然古今所无，却也是可行的……"吕惠卿说到此处，顿了一顿，见赵顼微微点头，方继续说道："……以上是诱之以名，二则是用盐、茶、香料等物的专卖权为饵。此是诱之以利。如此数管齐下，只要能够保证有足够的粮食进入灾区，粮价就能保持平稳，民心便可安定，确是救灾之良策。"

赵顼和王安石听得频频点头，众人心中都知道吕惠卿与石越常有不和，此时见吕惠卿说来，竟然是极力支持石越的主张，而条条阐述，倒似说得比石越的奏章还要简单明晰，不由尽皆诧异。

"石越救灾之策，其二是引诱、迫使受灾诸路豪强主动拿出家中的藏粮。臣敢断言，受灾诸路，绝非没有粮食，而是许多富家大族家中有粮，却不愿卖出，他们是想趁机大发国难财！"吕惠卿此言一出，许多河北出身的官员脸色立时变黑，便连皇帝的脸色也难看起来，只有王安石、蔡确等人微微点头。吕惠卿却毫不在意，继续朗声说道："石越的办法，一是保护灾民的田地免遭兼并，尽量让一些富豪之族无利可图，而朝廷、南方商人的粮食又源源不断地运进灾区，打击他们高价卖粮的企图。此时朝廷再开放矿山之利，自古以来，矿山之利最厚，朝廷许可富民用钱粮购买矿山五年或十年的开发权，各地富民，岂能有不心动之理？如此一来朝廷不但立时可以得到一笔巨款与粮食，而一些灾民更可以借此谋食，避免私自聚啸山林。若用此策，想来那些富豪之家，也是乐意的。"吕惠卿说到这里，心中不由一凛。他这才发觉，石越的建议表面上充满了争议，但在利益上，却几乎谁也没有得罪！河北的大地主大富豪们从这矿山之利中不知道能得多少好处，难怪没有人反对这一条。

赵顼听吕惠卿说完，不由站起身来，背着手走了几步，问道："矿山一事，朕以为颇为可虑，一是怕奸民私铸钱币，二是防日后有人借此机会聚集流民，图谋不轨，此不可不防。"

吕惠卿上前一步，道："陛下，人不可因噎废食。黄巢可不曾开得矿山，照样谋反。要使四海晏平，还是要使百姓安居乐业。何况五年、十年之后，若国家无事，再收回也不迟，一时权宜之策，不必立为永久之制。"

……

崇政殿廷议五天之后，赵顼再次颁布诏令救灾，石越的主张几乎被全部采纳，大宋终于开始真正动员起庞大的国家机器来对付这场建国以来最大的自然灾害。然而讽刺的是，就在这一天下午，诏令刚刚发出不到一个时辰，从开封以北，大宋境内各路州府几乎都下起了倾盆大雨。

在汴京城西南的白水潭学院，数万名师生不由自主地扑进雨中，欢呼雀跃。桑充国、程颢、晏几道、王旁，甚至于邵雍、程颐，都忍不住随着学生们走进雨中，张开手掌，捧着珍珠般的雨水，激动得热泪满眶。那些还没有离开的灾民们默默地仰起脸，任雨水打在干枯的脸上，水沟纵横，分不清是泪水还是雨水。这场该死的旱灾，终于要过去了！

类似的场景，从南薰门到新封丘门，从万胜门到新宋门，从开封到河北，无数的人们在苦苦挣扎数月乃至于一年之后，终于看到了希望。

然而在禁中政事堂，中书的官员们却一个个面面相觑。他们根本不知道自己是应当喜悦还是要诅咒——人人都盼望着下雨，但是这场雨却不应当是在今天到来。

王安石走到院中，院中的大槐树被雨水打得沙沙作响，他把给自己打伞的下人推开，任凭雨水淋在自己身上，良久才苦笑道："天意！真是天意！"

吕惠卿轻轻跟了过来，心里忍不住一阵窃喜，脸上却有不以为然的神色，咬牙道："天命不足畏！巧合罢了，何曾有甚天意！丞相不必介意。"

王安石转过脸来，犀利的目光在吕惠卿脸上停留良久，见吕惠卿眼中闪烁的尽是真诚与信任的光芒，王安石的眼神终于黯淡下去，伸出手来轻轻拍了拍吕惠卿的肩膀，温声说道："吉甫当自勉之！"

与此同时，赵顼站在集英殿的正门外，喃喃说道："真的是天意吗？"

侍立身后的韩绛、冯京、王珪面面相觑，不敢作声，孙固微微冷笑，接过话茬说道："也许真的是天意！"

赵顼转过头来冷冷地望了孙固一眼，孙固却昂然不惧，直视皇帝的目光。良久，赵顼叹了口气，道："十日不雨，斩臣于宣德门外。十日不雨，斩臣于宣德门外……"

苏颂轻声说道："自六月二十日诏罢新法至今日，整整十日！"他的话音虽轻，却是轻轻地捅破了那层窗户纸。韩绛狠狠地瞪了他一眼，再看冯京与王珪，二人竟是装得一脸的木然，他在心底叹了口气，知道王安石的相位已经被老天爷推了最后一把。

14

河州踏白城。

天降大雨。

王韶披着铠甲，骑在一匹白马上，铁青着脸望着雨中的踏白城。数日前，在成功切断瞎木征的退路之后，果然不出王韶所料，在攻河州城时被震天雷、霹雳投弹炸得损失惨重的瞎木征军，知道自己的退路被切断之后，立即撤了河州之围，退守踏白城。不料王韶已料到瞎木征必然退保踏白城，早就率军绕到城后，出其不意，突击瞎木征大营，焚帐八十，斩首七千余级，把羌人杀得胆战心惊。瞎木征无可奈何之下，只得率领残军龟缩进踏白城中。王韶与李宪亲率两万宋军，会同赶来的河州守军把小小的踏白城围了个水泄不通。

"几个月前，景使君就是战死在踏白城！"骑马跟在王韶身后的河州尉悲愤地说道。

"阿弥陀佛！"骑在一匹白马之上，身披袈裟的智缘禅师低声念道。

王韶转过脸来，与他对视一眼，默默无言。那些普通的将领是不会明白他心中的想法的。"这一战的胜利，能与以前一样帮得了王丞相吗？"王韶用目光询问智缘。

仿佛看懂了王韶眼中询问的内容，智缘微微点头，沉声说道："无论如何，这是熙河地区的最后一战。"

王韶收回目光，环视左右，见手下将领尽皆跃跃欲试，李宪却勒马停一边，目光远远地望着踏白城，他心中一凛，拔出宝剑，厉声喝道："攻城！"

"攻城——"

"攻城——"

号角齐鸣，响震天地。数十架抛石器把石块铺天盖地地砸进本就低矮的踏白城，冲车与云梯已运到阵前，作势欲发。便在此时，一面白旗从城墙中竖起……

"投降了！"

"瞎木征投降了！"

……

士兵们传出阵阵欢呼。

王韶与李宪对视一眼，虽然瞎木征的覆亡已经注定，但二人都没有想到最后的胜利竟然来得如此轻松，兵不血刃便彻底平定了瞎木征之乱。王韶远远望着缓缓打开的踏白城城门，见到几十个穿戴白衣白帽的人从城中走出，终于不易觉察地吁了口气。智缘轻轻念了一声佛号，目光若有所思地投向东方……

15

汴京大内。

赵顼的目光在巨大的天下郡县图上停留良久，沙着嗓子说道："丞相，当朕还在藩邸之时，便时常听说你的大名。那个时候我常想，你就是朕的魏征、诸葛亮，得丞相相助，朕终有一天能成就唐太宗也比不了的事业。"他的目光从河套地区移到了幽燕，热切的光芒一闪而熄。

王安石静静侍立一旁，低声道："臣有负……"

赵顼挥了挥手，苦笑道："丞相不必有自责之语。桑充国说得有理，当日爱丞相亦切，今日责丞相亦过。朕即位已经七年，国家的财政较之仁宗时、先帝时，都要好得多了，无论如何，这是不争的事实。这，是丞相的功劳！"

"陛下！"

"丞相一意求去，朕慰留不得。只是丞相虽去，但变法却绝不能中道而废。继丞相之位的人选，不知丞相以为何人最当？"赵顼终于委婉地接受了王安石的辞呈，他们两人这时候并不知道王韶的胜利，但是即使知道了，事情也未必会有改变。

王安石如释重负地舒了一口气，拜谢道："谢陛下隆恩。"

赵顼走到王安石跟前，竟是亲自弯腰扶起，温声说道："丞相快快平身。"

王安石站起身来，沉吟良久，方说道："韩绛、吕惠卿，当可不负陛下之望。"

赵顼低头思忖一会儿，道："韩、吕二人，的确可以不变新法之意。吕惠卿既有才干，又识大体，不记私怨，事事以国事为先，尤是难得的人才。只是得罪的人太多，且资历终是浅了，只恐有骇物议。"

王安石略有不解地望了赵顼一眼，说道："当初陛下用臣之时，臣之资历，亦远不及韩琦、富弼、文彦博。"

赵顼背着手，微踱两步，又说道："丞相所言是，那么蔡确此人如何？"

"蔡确亦是人才，只是略嫌急躁了，且不如吕惠卿能容人。"

赵顼点点头，又问："曾布呢？"

"才有不足。"

赵顼转过身来，冷不防问道："那……石越呢？"

王安石不由一怔，这才明白原来皇帝竟然是想要石越入政事堂。他想了一会儿，终是摇了摇头，说道："陛下，石越的才华，只和吕惠卿相差仿佛，但是若论远见卓识，臣也自愧不如。说是宰相之才，的确当之无愧，只是毕竟年纪太轻，资历太浅。这个人，陛下不如给子孙留着用吧。"

"朕以为石越年纪虽然轻，但是颇为老成，似乎可以补此不足。"

王安石默然良久，缓缓说道："陛下若一定想用，臣也不会坚持己见。不过若以臣之愚见，则以为让石越在地方做六年地方官，再回朝廷择一部寺做三年主官，然后再做两年翰林学士，十一年之后，此人便是宰相的不二人选。少年骤贵，升迁太速，有时候并非好事。"

赵顼微微点头，良久，才说道："容朕三思。"

熙宁七年七月，为相五年的王安石终于被皇帝批准了辞呈。但是皇帝也并没有许可他致仕，而是让他以观文殿大学士、行吏部尚书、位特进、上柱国、太原郡开国公的身份，权知江宁府事。

虽然王安石的罢相是旧党们孜孜以求的，但是这件事情却不值得他们多么高兴，因为仅仅在一日之后，皇帝即任命韩绛为同中书门下平章事、昭文馆大学士、监修国史，以吕惠卿为翰林学士，几天之后，又进为参知政事，以此向他的臣民们宣告，他变法的决心并没有改变。

然而赵顼与王安石都没有意识到，三司使曾布与御史中丞蔡确是不可能承认吕惠卿的权威的，而旧党中人，痛恨吕惠卿更甚于痛恨王安石，这项任命对于汴京复杂的政治局势而言，毫无缓和之用。

16

"你说什么？"王雱不知从哪里来的力气，猛地从床上坐了起来，死死地抓住谢景温，厉声说道，"父亲找苏子由替妹子向桑家提亲？"

谢景温被王雱吓了一跳，王安石罢相的消息也不过让王雱稍微咳了两下，淡淡地说了一句："退一边看看，也未必是坏事。"不料他妹妹的亲事竟然把他紧张成这样。谢景温连忙温声说道："元泽，你先不要激动。"一边轻轻掰开王雱的双手，扶他慢慢躺下，这才继续说道，"平心而论，这是一桩好婚事。"

"好婚事？"王雱冷笑道，"不行！桑家是商人之家，桑充国的父亲还是个商人，女儿嫁给石越，那已经是石越不长眼，儿子还想娶宰相之女？"

谢景温笑道："元泽，你想偏了。桑充国也是个读书人，还是白水潭学院的山长，《汴京新闻》的社长，眼下大宋也就是他能配得上令妹了，相公的眼光，你我皆不及呀。"

"父亲那是鬼迷心窍，要不然不会推荐福建子进政事堂。"王雱却一点也不买账。

谢景温微微摇头，笑道："元泽，此次福建子进政事堂，可以说是得意忘形。他两个兄弟神气得如同村牛，摇头摆尾，不可一世。那个陈元凤也人模狗样的，嘿嘿……若依我的浅见，福建子是一屁股坐上了火坑而不自知。"

王雱轻咳几声，不解地望着谢景温，道："如今父亲罢相，政事堂韩、冯、王三人，论舌辩机智，引经据典，皆不及福建子，加上皇上信任，如何说是坐上了火坑？"

"元泽，你是没有见到曾布和蔡确的神态。"谢景温冷笑道，"如今一相三参，韩、冯、王哪个心里会服福建子？相公在位之时，这几位对相公还有几分敬畏。韩绛与相爷交好，冯京与相公是同年进士，王珪靠的就是资历老，也毕竟要服膺于相公的盛名，可福建子又凭何事让他们服气？"

王雱垂首想了一下，也不禁点头道："倒是有理。福建子这一进政事堂，等于是把天下的怨望聚于一身，我倒要看看他怎么去长袖善舞。"

谢景温干笑几声，又道："所以说，相公虽然罢相，但未必没有复出的机会，只要元泽你养好身体，帮助相公振作起精神来便可。元泽你没有看报纸，不知端详，此次桑充国可是为相公说了公道话。反倒是《新义报》的人，自你病后，便尸位素餐[75]，不知所谓。相公马上要去金陵，吕惠卿必然在《新义报》安插心腹，日后是很难指望得上了。"

王雱已猜到谢景温要说什么了，他心中不喜，便皱了眉，冷冷地问道："你的意思是……"

谢景温说得得意，全然没有注意王雱的神态，见他相问，立刻不假思索地说道："现在笼络住桑充国，日后必是一大助力！"

王雱脸色越来越难看，他盯着谢景温，冷冰冰地说道："你的意思，是把我妹子当工具？"

谢景温这才发觉王雱语气不对，忙不迭地解释："元泽，你不要误会，我并无此意。"

王雱狠狠地盯了谢景温几眼，寒声说道："我们王家，不需要女人做工具！我父亲也不会有那种想法。"

"是，是。"谢景温赔着笑脸答应着，心里却不怎么相信。不过，这些也与他无关了，随着王安石罢相，谢景温的去意也更加坚定。他已经下定决心要离开汴京了，奏章都已经写好，只待王雱身体稍稍好转，就马上递上去。

与谢景温一样认为王家打算通过婚姻笼络桑充国的不在少数。

吕府的夜晚，灯火通明，笙歌不绝。吕惠卿身穿上好的湖丝道袍，与邓绾、陈元凤等几个亲信围坐在后院水上凉亭中，每人面前，都放着一只口大底深、黑色润泽的兔毫盏。吕惠卿将御赐的龙凤茶团轻轻碾成细末，然后取一点香料，一道放入盏中。这龙凤茶团，在茶芽采回后，要先浸泡水中，挑选匀整芽叶进行蒸青，蒸后又用冷水清洗，然后小榨去水，大榨去茶汁，去汁后放在瓦盆内兑水研细，再放入龙凤模压饼后烘干。前后经六道工艺方能制成，乃是皇家珍品，非巨宦显贵之家绝对用不起。因此陈元凤等人都是瞪大了双眼来欣赏吕惠卿的茶艺。

---

[75]　比喻空占着职位而不做事。尸位，指空占职位，不尽职守；素餐，指白吃饭。

吕惠卿略一伸手，旁边侍立的侍女连忙将一个小小的铜壶递过来。吕惠卿接过铜壶，微挽长袖，站起身来，向盏内倒入少量沸水，将茶末与香料调匀。一阵浓烈的茶香顿时扑鼻而来，陈元凤与邓绾都不禁闭目深吸一口，陶醉地点了点头。这才睁开眼睛，欣赏分茶艺术的最高潮。只见吕惠卿左手执壶，右手拿着一个似小勺的茶笼，一边量茶注水，一边用茶笼击拂，茶叶的泡沫随之出现各种各样的颜色和起伏。吕惠卿一面变动手法，那汤纹水脉时而如花草，时而如飞禽，时而似走兽，时而类游鱼……所有幻象须臾即灭，却又层出不穷，当真是如梦如幻，如诗如画。

陈元凤等人不禁大声击掌叫好。当时人们上至天子，下至贩夫走卒，无不喜欢斗茶——也就是分茶。吕惠卿本就是其中的高手，但是因为皇帝赵顼对这种犬马声色之事总是刻意避而远之，因此吕惠卿也极少在人前卖弄。今日之事，可以说难得一见。

吕惠卿见众人叫好，微微一笑，淡淡地说道："天下之事，理归于一。人生与斗茶也是一样的，当真是如梦如幻。一个繁华去了，另一个繁华来了，替代无穷，大家所斗的，所争的，便是那片刻繁华时间的长短。"

陈元凤与邓绾不由一怔，不料吕惠卿在此志得意满之时，竟然发出如此感叹。

吕惠卿一面轻轻击拂茶水，一面又叹道："你看这幻象，若以这茶比作人事，那么它们当以为是久了。可在我们看来，却不过一瞬之间，停得再久，也是一瞬，停得再短，也不过一瞬。以茶及人，真感觉一切争斗毫无意义。"

陈元凤笑道："恩师志节清高，非我等俗人能及。"

吕惠卿微微摇头，对陈元凤说道："听说王相公想把幼女许给桑充国？"

"应当不会错了，是苏子由亲自说媒。"陈元凤笑道。

"苏子由是蜀人，桑家也是蜀中迁来的，苏氏兄弟在蜀人中威望极高，王相公倒会选人。"吕惠卿漫不经意地笑道，"桑家答应了没有？"

陈元凤嫉妒地说道："桑家不过一个商人之家，宰相家下嫁，焉有拒绝之理？桑俞楚满口答应了，双方已经订下婚约了。"

"哦？"吕惠卿手下一点也不停顿，一边击拂一边思量，过了一会儿，笑道，"如此说来，桑充国也并非仅仅是一个书生这么简单呀。"

陈元凤冷笑道："桑充国无可无不可，是程颢极力劝说他答应的。何况他父亲既已应允，婚姻大事，双亲尚在，又岂容自己做主？"

吕惠卿微微抬头，望了陈元凤一眼，应道："原来如此，程颢这个老狐狸。"顿了一会儿，又笑道："如此说来，桑家不经意间，竟成为大宋最显赫的家族之一了。我的恩师可不简单呀。"

陈元凤眼皮一跳，小心翼翼地问道："恩师是说，王安石是结桑充国为援？"

"白水潭学院、《汴京新闻》、魏国公韩琦的义女、姑爷石越、桑家的财力，再加上王相公的女婿，桑家的力量在不知不觉间，几乎可以与河北韩家比肩了。韩家为本朝巨族，靠的是什么？一是人才辈出，二是门生故吏，桑家迟早会走到这一步的。"吕惠卿放下茶笼，背着双手，轻踱到凉亭边上，冷笑道："我的恩师是害怕罢相之后有何不测，预先埋下一队伏兵呀。"

邓绾凑上来，笑道："我看，不足为惧。"

吕惠卿不屑地看了他一眼，转过身，对陈元凤说道："我也需要一些人才了。《新义报》一定要由自己人控制，履善你也要到地方上去，再积累点资历。"

"多谢恩师栽培！"陈元凤喜出望外。

吕惠卿轻轻拍了拍陈元凤的肩膀，语重心长地说道："记住，做官要清正，有了官声，回来便可以进御史台。"

"学生谨记恩师教诲。"

吕惠卿望了热切的邓绾一眼，心里冷笑一声，脸上却温和地笑道："邓公子亦可以趁此机会在地方谋一优差。"

"多谢相公。"邓绾谄笑道。

一声"相公"把吕惠卿捧得身心飘然，浑身舒泰无比，为了这一声称呼，他奋斗了几十年。他温言道："如今河北各路救灾，一切有条不紊，正是建立政绩的好时机，所以履善与邓公子都会派到河北去。我会挑两个有矿山的州县。"

他看似不经意地说了这句话，陈元凤还不知道深浅，邓绾却不禁大喜。如今朝廷出卖矿山开发权，在有矿山的地方做守令官长，不动声色之中，发财致富如探囊取物。他却不知道，吕惠卿自己也想买一个矿山，下面有几个亲信，自然方便得多。

17

在给女儿定下这桩出乎许多人意料的婚事之后，王安石立即替王雱告了病，一家人乘船静悄悄地离开生活了五年的汴京，前往江宁任上。至于为什么王安石要把女儿许给桑充国，尽管外人有许多的议论，但是王安石心中的想法却已经没有人知道。两个当事人平静地接受了这场父母之命，媒妁之言的典型中国古代婚姻，甚至连相亲这一道程序都省掉了。

就在王安石离开汴京三天之后，也就是熙宁七年八月十九日，李宪押解瞎木征回到汴京城，枢密使吴充奉诏迎出西城外十里。赵顼喜出望外，御殿受俘，封瞎木征为营州团练使，赐姓名为赵思忠，授王韶观文殿学士兼礼部侍郎，进枢密副使。王安石开拓熙河的政策终于取得了最后胜利，然而此时王安石却已经不在相位。

在这个时候，眼看着熙河靖平、天已降雨，受灾地区救灾有条不紊地进行，运粮的商人们络绎不绝地来往于大河南北，多数的流民们也陆续返乡。几乎所有的人都相信，大宋的局势在经历了最艰难的时期之后，应当有一个缓和与上升了。大宋国也该否极泰来了。

至少到熙宁七年十月三日之前，这一切亦完全如人们所料。这一天晚上，潘照临在汴京石府，提笔写信给石越：

"公子动止万福。某观京师之事，暂不可为，公子安心于杭州开拓，立下政绩，一切功勋，自有人报与上知。 某以为政局之平稳，最多半年，迟则明春，必有机会。吕惠卿辈，不过为王前驱者……"

写到此处，突听到一阵急匆匆的脚步声靠了过来。他连忙把信压好，抬起头定睛望去，却是秦观闯了进来，也不待他相问，秦观便上气不接下气地说道："先生……出……出事了！"

潘照临轻轻做了个请坐的手势，说道："少游，不要急，慢慢说，出何事了？"

秦观深呼了一口气，走到潘照临面前，端起茶杯，也不管是谁的，全无风度地一口喝了，这才说道："方才听苏子由的消息，辽人陈兵十万于边境，要求重订边界，增加岁币！还道十日之内，我大宋使者不到代州境上会议，便要兴兵进犯！"

"啊！"潘照临不由站起身来，他脸上的神情却让人分不清是高兴还是愤怒。

此时屋外的世界，月光如洗，星辰寥落，光芒隔着窗子，洒落在潘照临与秦观的身上，但是却无法照见他们的内心。同样的，从这皎洁的月光中，也没有人能看见大宋的前途究竟是什么样子。

第七章

身世之谜

 不打无准备之仗，方能立于不败之地。

——民间谚语

1

代州是宋朝河东路重要的边防州郡。在雁门山古长城一线以北，它与辽国西京道辖下的朔州、应州、蔚州三州接壤。在民间传说中，代州是"杨家将"抗辽的主要场所，杨五郎出家的五台山，也就在代州境内。所谓的"杨家将"虽然多属传说附会，但代州于大宋边防之重要性却并非虚构。代州失守，则太原可危；太原失守，则关中、洛阳震动，大宋形胜之地，都将沦为战场。

因为代州如此重要，所以宋朝沿代州边境由东向西修筑了瓶形寨、天石寨、雁门寨、西径寨、阳武寨、楼板寨等数以十计的军事据点。而在其辖境内的禁军、厢兵、乡兵，亦是数以万计。各种忠烈社、弓箭社，更是遍布各乡各村，民风之剽悍，殊不可轻侮。

自从王安石执政以后，除了置将法、保甲法之外，更是在代州边境修缮要塞，增建军事据点，以巩固边防。辽人对于此事实是隐忍多时，但因当时河北诸州守臣皆是宋朝一时的名臣，而辽国的实力也支撑不起一场与宋朝举国相争的战争，因此一直只能静待机会。

到了熙宁七年十月，也就是辽国耶律洪基在位的咸雍十年之时，眼见宋朝大灾之后元气大伤，兼之王安石罢相，政局不稳，辽主耶律洪基与魏王、枢密使耶律乙辛相议，要趁火打劫一番，遂下令枢密副使萧素坐镇西京大同府，遣林牙萧禧往代州，诬赖宋人修城寨侵入朔、应、蔚三州境内，意图不善，要求宋国停止修筑城寨、重议辽宋边界，并赔偿白银二十万两、钱二百万贯、绢二十万匹，且扬言已屯兵十万于边境三州，若宋人不予，则是自坏和议，辽军当自己来取。

这是宋朝二十六岁的皇帝赵顼第一次面对强大北邻的军事威胁。虽然自小心怀大志，锐意收复幽蓟，但当敌人在一个不是由自己选择的时机发出恐吓之时，赵顼却显得有点儿色厉内荏。连羌人那种小小的反抗都会让这个皇帝寝食难安，何况是自五代以来就让中原谈之色变的契丹人。偏偏在此之时，他的政事堂与枢密院的主要成员们，没有一人有过与契丹人打交道的经验。

这一次，是赵顼很无奈地前往庆寿宫。太皇太后曹氏的智慧，很多时候是赵顼所必须倚重的。

"辽人如此蛮横无理，实在可恶！"赵顼向曹太后介绍完事件的大概之后，犹自显得愤愤不已。

曹太后却只是平静地望着赵顼。皇帝的生气，在多大程度上只是为了维护天子的尊严，又有多少是为了掩饰自己心中的恐惧？她把一切都收到眼底，只是用安静祥和的目光凝视着自己这个贵为天子的孙儿。宫女乖巧地将从江西上贡来的金橘用玉盘盛着，小心地放到赵顼伸手可及的地方。赵顼此刻哪有心思吃东西，不耐烦地挥了挥手，吓得那宫女脸色苍白，大气都不敢喘一口，连忙退到一边。

高太后忍不住轻轻皱眉，用略带责怪的口吻道："官家亦是已为人父了，遇事须要沉得住气。"赵顼在熙宁六年两子夭折后，终于得第三子，取名赵俊，就在熙宁七年二月，赐封永国公。

赵顼听到高太后斥责，忙红着脸起身恭聆。

曹太后用眼色止住高太后，又叫赵顼坐了，道："官家既知契丹索求无厌，又有何计议？"

"这等要求，实是答应不得，但若不从，不免兵祸连结，因此不若继太祖、太宗皇帝遗志，挥师北伐，先发制人。"赵顼说得非常豪迈，却始终有点儿底气不足。

曹太后不置可否，只问道："既如此，那么官家，而今国家储蓄赐予，可曾备足？士卒甲仗，又是否精利？"

赵顼被问得一怔，寻思这话中深意，只觉得便似一盆冷水迎头浇下来，呆了一会儿，方勉强答道："这些事，现在筹办也不迟。"

曹太后在心中微微叹息了一声，委婉地说道："官家，先圣有言，吉凶悔吝生乎动。一旦兴事，结果是好是坏，将来是否感到后悔，会否遭受耻辱，都难以预料。便以用兵而言，若北伐得胜，官家不过是南面受贺，而万一挫败，所伤实多。我想那辽国若容易打败，那太祖、太宗之时，应当早已收复，何必等到今日？幽蓟之事，不若缓缓图之。"

当此国家元气大伤之时，赵顼心中又何曾真有战意？只不过种种不甘、屈辱、冲动，在心中交织，又碍于皇帝的脸面，一时犹豫难决而已。他虽然贵为皇帝，但此时的心态其实与那些怀着雄心壮志却又缺少实力的普普通通的年轻人无异，不过是自己无力面对这一切，所以需要得到可以信赖的长辈的帮助，仿佛这样做了后，那巨大的责任就不再由他一个人来承担了。

曹太后又道："而今两府诸公，都难问北事。我不过一妇人，见不及长。官家何不召魏国公韩琦问策？其余富弼、文彦博、曾公亮等一干老臣，亦可备询。古训有云，兼听则明……"

河北大名府。府衙。

白色的布缦结满府前，进出之人皆披麻戴孝，在街上都能隐隐约约听见自内宅传来的哭声。

潘照临日夜兼行，当他在大名府府衙前滚身下马之时，已是筋疲力尽，然而没有什么比眼前的景象更让他心惊胆战的了。

"韩琦，你可不能死！"潘照临在心中不停地祈祷，疾步走向门房，递过名帖，道："学生潘照临，求见侍中，劳烦通报。"

不料那个门房接过名帖，便放声大哭："侍中……侍中他仙游了！"

"啊？"眼前之情形，虽让潘照临早有不好的预感，但他还怀着万一的侥幸，可事实却是如此残酷。任谁也没有想到，历事三朝的元老重臣，魏国公、侍中韩琦竟然在这关键时刻死了。

"人算不如天算呀。"潘照临心里泛起苦涩的感觉，"看来，只有去洛阳了。"

代州城，寒风萧索，落叶纷飞。

太常少卿[76]刘忱与代州知州吕大忠坐在同一辆马车上，闭目养神。他一闭上眼睛，就不由自主地想起崇政殿中皇帝召见的情形。

那天是在崇政殿，皇帝对他说道："朕已命秘书丞吕大忠知代州事，大忠正逢父丧，朕不得已方夺情起复，卿往代州，当与大忠齐心协力，断不可轻启边衅，有负朕望。"

他还记得自己当时答道："臣既受命，便往枢府考核文据，未见本朝侵辽人一寸之地。臣既为使者，必当据理力争，若辱使命，臣当死在代地，以报圣上。"

然而就在启程前，皇帝内降指挥，给他的手诏上写着："辽理屈则忿，卿姑如所欲与之。"

一个使节，临行前居然收到一份如此让人灰心的手诏，刘忱百感交集。到代州后，他一直把手诏深藏，绝口不提。这几天揣见吕大忠为人，倒也是志节慷慨之辈，但知人知面难知心，他依然犹豫着要不要和吕大忠说明情况。今日是辽国枢密副使萧素亲自前来，自己和萧素的第一次交锋，若告诉吕大忠，万一挫了锐气，反为不妙。他咬咬牙，暗道："罢了，不奉诏的罪名，我一人担了便是！"

不多时，马车便到了驿馆。二人下了马车，便见辽使萧禧早已在门口迎接。见着二人下车，萧禧忙拱手相揖，笑道："刘少卿、吕使君，请。"二人亦自揖逊回礼。这是宋辽之间通用的外交礼节，这简单的揖逊之礼，亦表示两国是平等的外交关系。刘忱因见萧禧一身戎装，不由得轻轻冷笑一声。吕大忠却是神色自若，竟似是浑然不觉。

入了大门，辽国枢密副使萧素已率众随从在中门相候。刘忱远远打量，见那萧

---

[76]　文臣寄禄官，正四品上，无职掌。

素约是四十来岁，方额浓眉，双眸精光内敛，一看就知道是个厉害人物。站在他身后的却是一个身披镀银铁甲、腰佩长剑、相貌英俊的年轻人，曾经出使过大宋的萧佑丹，竟然还站在少年之后。刘忱心里一惊，不由得多留意了几眼，再看吕大忠，却见他也有诧异之色。

当下双方又行过揖逊之礼。萧素拱手笑道："刘少卿、吕使君，远来辛苦。"吕大忠亦拱手回礼，淡淡回道："萧枢副说错了，此是宋境，是萧枢副辛苦。"

萧素哈哈一笑，抬手道了声"请"，将刘忱、吕大忠等人迎入厅中。

刘忱等人走进大厅，却见厅中早已布好酒宴。萧素往主位上一站，高声吩咐："奏乐，请刘少卿、吕使君入座。"有侍者立即走了上来，把二人往客位上引。

刘忱与吕大忠对视一眼，却都不肯动身，刘忱凝视萧素，道："萧枢副，你又弄错了！"

萧素一脸愕然，问道："萧某哪里弄错了？"

刘忱缓步走到萧素面前，昂然道："此处乃大宋国境，驿馆亦是大宋欢迎邻国使节的驿馆，于情于礼，应当请萧枢副坐客位。"

萧禧在一旁听到这话，不由勃然大怒："岂有此理！既是我大辽设宴，焉有反坐客位之理？刘少卿莫非是有意轻慢？"

刘忱却不看他，只盯着萧素，从容道："若是私宴，自然能坐主位，不过萧枢副代表大辽皇帝，在下代表大宋皇帝，这是两国之宴，既然在宋境，自是宋使坐主位。"

萧禧却不答应："刘少卿莫要逞苏秦之辩，天下之事，理为同一，我等设宴，自然是我等坐主位。"

刘忱知道这第一次交锋，事关双方锐气，如何肯退让半步，当下冷笑道："大宋的国土，大宋的驿馆，若要设宴，自然由它的主人来设，这宴会所费几何，不必由贵国出。"

萧禧趋前几步，声色俱厉，道："刘少卿这等小节都一步不让，如此不近情理，可是没有诚意谈判吗？"

"本使千里迢迢持节而来，如何说没有诚意？想辽国亦是大国，岂能不顾礼义，为天下所笑？天下万事万物，都抬不过一个理字。鹊巢鸠占，反宾为主，到底是本使缺少诚意，还是贵国缺少诚意？"

刘忱舌辩滔滔，萧禧一时竟被他驳得说不出话来。那银铠青年多看了刘忱几眼，刘忱回视之时，却见他眼神中竟有赞赏之色，不由得一怔，却听萧素笑道："既是二位定要争这个主位，我看两国七十余年交好，亦不必为些些小事伤了和气。只不过本使设宴，客位也是断然不坐的。素性明日在雁门山古长城以北重新设宴，再请二位与会。未知意下如何？"

刘忱与吕大忠对望一眼，道："如此，明日必准时赴约。"

次日，辽国朔州马邑边境。

刘忱骑在一匹黑马上回头眺望，险峻的雁门山已被远远地抛在身后，跟着自己的只有几个幕僚与三十名军士。为防不测，吕大忠并没有随行，而是在雁门山以南的西径寨接应。刘忱不禁又一次想起身上肩负的使命，既要维护国家的利益，又要不至于引起战端，而面对咄咄逼人的辽国，自己身后的国家与皇帝，都显得孱弱了一点。

刘忱乃是进士出身。此时连朱熹都未出生，科举的内容更没有限制于四书五经之内。宋朝建国一百年来，能考中进士的，都称得上是一时一地之人杰，对于华夏族之典章故事，自然都是非常清楚的。这马邑之地，纵是昔日匈奴强盛之时，也一直在汉朝的疆域之内，当年汉武帝曾经在此伏兵三十万，以待匈奴。此时身临其境，而境遇不同如此，刘忱环视四野，不由怀古慨今，抚绺长叹："未知要何时，我大宋方能有三十万雄兵，再临此地，以邀单于！"

他话音刚落，便听得一阵号角长鸣，北方的原野上扬起一阵灰尘，轰隆的马蹄之声由远及近而来。刘忱心知这是迎接他的辽人来了，忙挥令属下军士勒马列队，向前迎进。果然，不多时，远方便出现了百余骑辽人。辽人占据幽蓟之后，虽渐染汉化，但毕竟是马背上的民族，素重骑术，非宋人能比。这百余骑是从萧素的亲兵卫队中挑出来的佼佼者，其军容气势，更是令人见之夺魄。

刘忱心知这是萧素在炫耀军威，隐隐含有威胁之意。他回头见属下军士，都有畏怯之意，不禁眉头一皱。他素有智略，此时便佯为不经意，勒马停步，扬鞭指着辽军，嘲笑道："契丹素称善战，然亦中衰矣。某看这些骑兵，较我大宋捧日军差得远了！"

这些军士何曾知道上四军之一的捧日军是何等军容？只是人人都知道上四军的兵都是禁军中千挑万选的。这位刘少卿从京师来，既然说捧日军强悍，心里不免就信了七分。虽说捧日军再强，也远在千里之外，所谓远水难解近渴，但众人却感觉有了依靠一般，士气竟为之一振。

刘忱见计策奏效，立时寒下脸来，扫视众人，厉声道："诸君随某出使敌国，国体便系于诸君，若畏惧怯敌，非止是君一人之耻？亦是堕了我大宋国威，祖上宗族亦要蒙羞！刘某来此之前，便听说自古代地多慷慨之士，诸君能让契丹胡虏笑我大宋无人吗？"

这些军士见刘忱不过一介书生，却如此慷慨激越，胸中无不热血沸腾。一个士兵忍不住高声回道："刘少卿放心，代州军队也没有孬种！绝不敢有堕国威！"

其余众人也紧跟着高声答道："绝不敢有堕国威！"

刘忱满意地看着众人，高声道："果然都是好男儿！待见到辽人，不论文武，若有胆怯畏惧者，回代州之后，某必以军法处置！若不辱使命，某亦将给诸位请功！"说完勒转马头，厉声喝道："列队前进！"

也不过几瞬的工夫，辽人便已到面前，刘忱定睛望去，领头的人却是萧禧。萧禧见着刘忱，远远便哈哈笑道："刘少卿，一路辛苦！"

刘忱便在马上回了一礼，道："有劳贵使远迎。"

萧禧看了一眼刘忱身后，见随从军士都精神抖擞，士气高昂，不由得对刘忱又高看了几分。又看他身旁，见吕大忠不在，当下故作惊讶地问道："吕使君如何没来？"

"吕使君乃代州知州，守土有责，不可轻出辖区。本使是大宋皇帝钦命的谈判使者，出国会议，本使一人持节便可。若在代州境内，则由吕使君会同谈判。"刘忱不亢不卑地答道。

萧禧已知此人词锋甚健，再说下去自己也讨不了好，只怕还会自取其辱，便哈哈一笑，不再纠缠此事，引了刘忱向北而行。

然而没走多久，萧禧便按捺不住，自矜地看了身边的精骑一眼，又问道："刘少卿见我大辽的军容如何？"

刘忱笑道："契丹骑兵，天下闻名，然亦不过与我代州之军相差仿佛。若较之诸班直、上四军，只怕要大辽皇帝的御帐亲军方得比拟。至于震天雷、霹雳投弹之神威，则是古今所无，只恐贵国无器可比。"

萧禧也曾听说过震天雷、霹雳投弹之名，这两种武器若真论威力，倒也不至于能左右胜败，只是当时之人，却不免要骇于物听，为传闻所误。加上河州之围，瞎木征在震天雷、霹雳投弹之下大吃苦头，更被人传得神乎其神。吕惠卿正是以此为借口，给陈元凤述功。萧禧因只是闻名，不知虚实，却不愿堕了自家威风，只好强梁着说道："似震天雷、霹雳投弹之类，只怕多有夸大。"

刘忱微微一笑，道："贵使哪日出使汴京，问问瞎木征便知虚实。"

萧禧被他说得脸上一红，连忙纵声大笑，掩饰自己的窘状："刘少卿词锋之利，真是不亚苏秦。在下以前只听说南朝石子明、司马君实、苏子瞻的大名，不料刘少卿之才，似不在此三位之下。"

刘忱哈哈大笑不止，却不作答。

萧禧明知若是相问可能会被他讥笑，却又忍不住好奇，脱口问道："刘少卿为何发笑？"

刘忱摇头笑道："某笑贵使不知我大宋之能人贤士。似石子明、司马君实、苏子瞻，那是天纵之才，刘某岂能望其项背？石、马、苏之辈，在大宋也就只有三人而己，若以刘某之才，大宋以车载，以斗量，不可胜数。"

萧禧心知他故作夸大之语，不由得嘲笑道："石子明、司马君实、苏子瞻，确是天纵之才，不过一在杭州、一在洛阳、一在岳州，却不知大宋朝廷为何如此处置天纵之才？若是三人在大辽，必然官居二府。"

刘忱脸上微红，嘴上却毫不示弱："古来贤君用人，必先试之州郡，再劳之部寺，进退以观其志，三人各居州郡，又何足为怪？"

萧禧明明占理，却被他说得哑口无言，心里也不得不佩服。二人便这么一路唇枪舌剑，边谈边行，没多久，登上一道小坡后，萧禧执鞭指着前方，笑道："大营便在那里了。"

刘忱闻言，连忙眺目远望，这一看，不禁大吃一惊。只见眼前契丹的营帐，竟是连营数里，旌旗密布。他曾与吕大忠商议，以为辽国十万大军之说，不过是虚张声势，但眼前此景，单在马邑，便至少有五六万的大军。

他脸上依旧素然自若，与萧禧一路谈笑，心里却暗暗思忖："辽人如此劳师动众，怎么可能是为了争这数百万贯的钱财，数百里的疆域？难道他们竟另有所谋？吕大忠道细作全然不知辽人十万大军在何处，却又为何突然出现数万之众于距雁门寨不过百十里的马邑边境？"他左思右想，却总是不得要领，只觉种种不合情理之处令人生疑。自古以来，都是知己知彼，百战不殆。谈判之先，能多知道对方一些底细，至关重要。此时突然见到这连营数里的大军，刘忱不得不三思。

但辽人却不肯给他细细思考的时间。萧禧不断和他东拉西扯，大营越走越近，没多久，数百号角齐鸣，声彻原野。只见营门大开，两列甲士荷戈而出，森严立于营门两侧，萧素一身戎装，率领帐下之官员，迎至营门。刘忱只得收回思绪，翻身下马，整整衣冠，迎上前去。

萧素如逢故交般地将刘忱等人迎入帐内，分宾主坐下。刘忱打量辽国众人，却还是萧素为首，那个银铠青年为次，其次方是萧佑丹与萧禧等人，心里不禁暗暗称奇。他与吕大忠猜测了许久，一直没有弄清楚那个青年的身份。

简单的寒暄过后，萧素突然便收起一直挂在脸上的笑容，劈头道："贵使奉大宋皇帝之命前来，想是已答应敝国的要求了。却不知何时交接银钱，何时划定边界？"

刘忱愣了一下，随即知道这是萧素先声夺人之计，当下微微一笑，缓缓说道："某奉大宋皇帝之命而来，乃是不忍两国七十年之邦谊毁于一旦。凡北朝先前一切指责，皆属无中生有，索赔银钱之事，尤为无理！愿北朝皇帝陛下毋受兴事之臣所弊，听信谗言，启无穷之祸。"

萧素登时把脸一沉，寒声道："南朝在边境修缮城寨，侵占我疆地，还说什么两国七十年邦谊？我主本欲兴兵讨伐，念及先帝之盟，又以为南朝皇帝会念在两国交好，停止挑衅之举，才遣使交涉，不料贵使之意，竟是全不认账！既是如此，又有甚好说的！"说罢，作势便要翻脸。

刘忱却毫无惧意，从容道："枢副不必动怒，大宋若不重视两国邦谊，何必遣某前来？只是北朝所求，绝无道理。北朝说大宋修缮城寨便是挑衅，天下实无此理。各国修缮城寨，以备盗贼，不过平常之事，百年以来，宋辽两国都未曾间断。以北朝所言之事，雄州外罗城已修了十三年，昔日既无一言及之，今日如何便成挑衅？北朝既然不欲，吾主念及邦谊，已下诏停止修筑，白沟馆驿之箭楼城堡，亦已拆毁，屯兵亦已撤回。北朝何至咄咄逼人？"

萧素一时语塞，不好再说此事，只厉声问道："那贵国侵入我大辽疆界，又要如何说？"

刘忱冷笑道："宋辽两国，向来以古长城为界，如何说侵入大辽疆界？大宋未曾占北朝一寸之地。"

萧素却是知疆土之事最可以混赖不清，当下道："公莫要混赖，辽宋之界，一向以各山分水岭土垄为界，未曾听说以古长城为界。若以古长城为界，我武州岂不归南朝所有了？"

刘忱看了萧素一眼，回头对随从道："取地图来！"左右连忙取出地图打开，刘忱指着代地边界，对萧素道："枢副请看，此乃仁宗之时的地图，当时两国疆界如此。"

萧素哂然一笑，看都不看一眼，也喝道："取地图！"

不多时辽人也摊开一幅地图，萧素道："刘公请看，此乃本朝十年前地图，当时两国疆界如此！"

刘忱凑上前一看，辽人竟是在地图上将代州与朔州交界的西部边境，前推到了黄嵬山，与旧地相距数百里！这黄嵬山正当要冲，在代州境内西边一条官道附近，可以据此俯视阳武寨和楼板寨，直接威胁宋朝之原平乃至忻州。辽人之居心实不可言。

刘忱见这地图纸张甚新，显然是新作，自是辽人故意混赖。他本欲断然拒绝，可转念一想到这数里连营，却只得强自忍耐，道："这图只怕不是十年前之物。但既是疆界有争议，倒不难解决，枢副只消遣一胥吏来代州，会同代州守吏一同勘察疆界，便知是非。"

萧素见刘忱语气放缓，得势更不饶人，道："如此可是缓兵之计吗？我大辽十万大军，每日空耗粮饷，哪里经得起慢慢勘界？"

刘忱正要说话，却见身后一个士兵动了动嘴唇，欲言又止。他心上一动，走到那个士兵跟前，问道："你可是有什么要说的吗？"

那士兵上前一步，躬身答道："少卿，小人是代州土著，代州北部诸山，多数有分水岭而无土垄，黄嵬山更是没有土垄的。"

这士兵声音虽然不大，却也是满帐皆可听见。萧素等人只顾漫天要价，想当然地以为凡山皆有土垄，却不料黄嵬山偏偏没有，这时被人揭破，好不尴尬。好在萧素颇有急智，他不待刘忱说话，便抢先说道："咳！我方才一时口误，黄嵬山的确没有土垄，而是以分水岭为界。"

刘忱岂能相让："只怕黄嵬山本不是北朝土地，历来分界，毕竟是古长城为准，若不然，为何又怕勘界？"

萧素恼羞成怒，拍案高声道："足下一步不让，竟是为何？勘界亦是分水岭为界，不勘界亦是分水岭为界！"

刘忱昂然冷笑："有理不在声高，足下又岂能指黑为白？"

双方谈到此处，皆不愿意相让，眼见就要谈不下去了。

雁门山以南，西径寨。

夕阳西斜，似火烧的云霞挂在雁门山的那一头，吕大忠不安地在寨中走来走去，探马报告马邑一夜之间出现数里连营之后，吕大忠已经下令代州各寨加强戒备。西径寨中更是如临大敌，士兵们手中的弩，都已装满了箭矢，全神贯注地盯着北方。这里扼住了雁门山通往代州的大道，如若有警，必然是西径寨最先燃起烽火。

"那数万大军，究竟是从哪里冒出来的？究竟是疑兵之计，还是实有这支军队存在？"这个问题不断地折磨着吕大忠。刘忱去了一天了，还没有回来。虽然吕大忠相信不会有太大的意外，但肩负守土之责，却不能不防万一。

"再派一拨人马去五十里外接应刘少卿！"吕大忠向西径寨寨主吩咐道。

"末将即刻派人前往。"

话音刚落，瞭望的士兵便大声呼喊起来："刘少卿回来了！刘少卿回来了！"

吕大忠快步登上瞭望台，远远望见果然是刘忱一行人。他忙不迭地吩咐道："快，开寨门，迎接刘少卿！"

宋辽在马邑的第一次谈判没有取得任何成果，双方不欢而散，只好约定择日再谈。但为此感到困扰的，却绝不仅仅是刘忱和吕大忠。

当晚，马邑城。

萧素对银铠青年恭敬地说道："殿下，这个刘忱实在难缠。"

他口中的"殿下"便是太子耶律濬，便听耶律濬笑道："此人胜在颇有胆气。这本是父皇投石问路之策，试一试南朝皇帝究竟是何等人物，所得多少，倒不必在意。"

萧素却心知并非如此简单。朝中耶律乙辛原本是希望借机挑起战端，以便他进一步掌握兵权的，不过辽主耶律洪基却否定了轻率用兵的建议，定了一个投石问路之计。这个计策虽然未必是太子耶律濬献的，但多半与耶律濬身后的萧佑丹有关。

萧禧却不知道这中间种种的钩心斗角，只笑道："可惜了布的那个疑阵，数里空帐，佑丹兄的妙策却没有吓倒刘忱。"

萧素笑道："那倒未必无效，南朝一向畏惧我朝，便明知是疑兵之计，心里却总怕是真的。有了这番做作，刘忱虽然强梁，别人未必能如他强梁。"

萧佑丹背着双手，心里苦笑。这投石问路之策，无非是虚张声势，大声恐吓，趁火打劫捞些好处，又可看看南朝君臣有何等的胆色器局，最主要的则是防止耶律乙辛借机加深他对军队的控制，称得上是一石数鸟之策。以萧佑丹对宋廷的了解，他也知道好戏才刚刚敲锣，但不知道为何，他心里总有隐隐的担忧，却又不能明确知道自己在担忧着什么……

与此同时，汴京皇城。

当赵顼看到韩琦的儿子、户部判官韩忠彦一身孝衣走到自己面前之后，终于不得不接受魏国公、侍中韩琦已经死了的事实。国失社稷臣啊！仿佛一根顶梁的柱子就这么轰然倒掉了。赵顼在这个时候，才真正感觉到韩琦对于宋朝是何等重要。他心里回顾着韩琦的一生，仁宗朝抵御西夏，主持庆历新政，力保先帝承嗣；先帝英宗朝时，更是忠心耿耿，不惜得罪曹太后，强迫曹太后归政；虽然在自己继位后，他反对新法，自己不得不加以贬斥，但韩琦对大宋朝，对赵家社稷，对濮王一系，都是有大功劳的。

尤其在大宋朝遇到危机之时，如韩琦这样才能与忠诚都无可挑剔的老臣，便是他赵顼可以信赖的对象。太皇太后还说让他咨询韩琦，但诏书尚在路上，斯人却已西归。赵顼极为伤感，既是为韩琦，也是为了他自己，为了他苦苦支撑却依然孱弱的大宋朝。

韩忠彦低泣着递上韩琦的遗表，道："先父临终之前，知道北面胡虏挑衅，陛下或会下问，留下遗表令臣代呈，盼能于国事有所裨益。先父遗言：不能再为陛下分忧，有负陛下之恩，请陛下善自珍重。"

赵顼戚然动容，接过韩琦的遗表，恸声道："韩琦三朝老臣，他的死是朝廷失一梁柱，社稷失一忠臣，朕失一肱股！"

"陛下！"韩忠彦又是悲痛，又是感动，竟已是泣不成声。

赵顼默然提笔，沉吟了一会儿，写下"两朝顾命定策元勋之碑"，十字篆文，令人赐给韩忠彦，沉声道："国难思良臣，唯韩琦当得起这十个字。"又对侍立一旁的韩绛、吕惠卿等人道："追赠故司徒兼侍中、太师、魏国公韩琦尚书令，配享英宗皇帝庙，发丧之日，朝廷为之辍朝一日，以示哀悼！韩琦的丧典、谥号，交有司详议，要备及哀荣。"

韩、吕诸人连忙躬身道："遵旨。"韩忠彦更是哭泣着拜倒在地，呼道："谢主隆恩！"

待韩忠彦退下之后，赵顼这才翻开韩琦的遗表，细细览读。韩绛在一边窥见皇帝脸色，却是眉毛时皱时缓，脸色似喜似忧，也不知道韩琦在表中说了什么。差不多一炷香的时间，赵顼才放下韩琦的遗表，顾视众人，道："故韩侍中在遗表中说，北虏不足为虑，朝廷只需不亢不卑，既不示弱，也不逞强，从容以对。又荐石越、司马光、范纯仁等数人。辽人素重司马光之名，遣之使辽，必能不辱使命；又荐范纯仁志虑忠纯，可为御史中丞、知制诰；石越稍加磨砺，可为……"赵顼说到这里，想起韩琦在表中是说石越"可为宰相之备"，这时说出来却多有不妥，忙改口道："……可当大任！"

赵顼从容说来，韩绛倒还无事，吕惠卿的脸色却顿时微微变了一下。韩琦的遗表，分明是要把旧党与石越结成更紧密的同盟。司马光如若出使辽国，解决了当前的边界纠纷，那么以他的名声，皇帝再把他召入朝中，委以重任，就是顺理成章的事。而石越到目前为止，仕途之上几乎是一帆风顺。在新法遭受重大挫折之际，这两人若同时入朝，皇帝会不会因此变心，那真的难说了。更何况司马光与他是冰炭不相容。一念及此，吕惠卿立即出列，委婉道："陛下，臣以为方今刘忱、吕大忠正与辽人会议，临阵换将，实是兵家大忌，请陛下三思。"

他话音方落，便见吴充已出列道："陛下，臣闻'人之将死，其言也善'。故韩侍中遗表所言，愿陛下听之信之。司马光便不为使者，亦不可闲置西京。"

吕惠卿正要驳斥，却见蔡确已出列，亢声道："陛下若欲变法，召回司马光亦不会受命。况未闻司马光有通晓北事之名，朝廷何至于无人？"吕惠卿正奇怪蔡确为何替自己抢着出头做这招人忌恨之事，却听蔡确又道："至于石越，素为朝野称誉。陛下使居州郡，是试其之能，察其之志，而今一届之期未满，便召回京师，恐遭物议，臣以为亦非石越之福。陛下何妨一纸诏书，问他对策？若有良策，再召未迟。"

众人都吃了一惊。蔡确一向和石越不对眼，忽然委婉同意召回石越，其心思实让人捉摸不透。唯有吕惠卿知道他的想法，世上没有永远的朋友，也没有永远的敌人，蔡确这是欲借石越来抗衡自己。

冯京却知机会难得，也出列附和道："石越之能，为陛下所深知。愿陛下三思。"

韩绛低着头，张嘴欲言，却终未说话，王珪也默默不语。吴充从眼角瞅见二人神态，知道韩绛是顾念王安石的面子，他与吕惠卿同是新党，吕惠卿入政事堂不久，二人还没有大的矛盾，因此不愿意表态；王珪却是明哲保身，不愿意卷入吕、石两个新贵的冲突之中。他心里颇为不屑，正要发表自己的意见，赵顼却已先开口了："前者石越于救灾诸事上，颇有功绩，有功不可不赏。朕意先加石越龙图阁直学士，超转左谏议大夫，晋爵开国子[77]，食邑五百户，实封一百二十户，再遣一使者，咨以北事。众卿以为如何？"

赵顼这番话淡淡说出，许多人的眼睛都红了。按宋代之制，龙图、天章、宝文三阁，龙图最居前，由宝文阁改龙图阁已是恩宠；而石越本是礼部郎中，礼部郎中待制以上职当转右谏议大夫，而右谏议大夫中资历浅者，再转左谏议大夫。石越的所有官秩，几乎是数级数级地跳，但是他既有这样大的功绩，杭州考绩又皆在优等，兼之还有圣眷，谁又能阻挡？蔡确若在平日，或还会加以阻挠，但是此时却不欲与石越为敌，因此竟缄口不言。吕惠卿心里虽然不乐，但是此时情势，他也不愿与石越结下深怨。

反倒是吴充道："臣以为石越晋升太速，于国于身，皆非幸事。"

"国家名器，朕亦爱惜。但若是有功之臣，朕又何惜爵赏？赏功罚过，要在公正。有功而强抑之，何以激励后进？于国家朝廷，所得者少，所失者大……"赵顼的辩护冠冕堂皇，但他的臣子们却早已心不在此。皇帝突然找借口给石越加官晋爵，究竟是什么意思？左谏议大夫是四品官，按惯例，参知政事的本官最低一般是右谏议大夫，也就是说，经过皇帝这道看似不经意的任命，石越担任参政，在资历上已经不存在任何障碍了，这真是偶然吗？

西京洛阳。

韩国公富弼的府邸，是洛阳人人皆知的所在。在富府的后花园，有凌霄花攀延所成的大树，亭亭玉立，纵在大街上都可望见。这棵大树也成为富府身份地位的象征。但富弼在洛阳，有的绝不仅仅只是尊重与荣华。从潘照临留意的消息而知，河南府知府李中师与富弼有着极深的宿怨。当年富弼在皇帝面前揭穿李中师结交宦官，导致李中师一直无法升迁。不料怨家聚首，富弼致仕定居洛阳，李中师再次为河南府知府，趁着王安石变法的机会，要报那一箭之仇。免役法颁行后，他便要求富府与普通官户一样按例份缴纳免役钱。无论是李中师还是富弼，都不会把这点钱放在眼里，富弼每年资助《西京评论》的钱，是这笔钱的百倍不止，可要紧的是面子难堪。偏偏富弼还不可能为这等小事向皇帝诉苦。堂堂的韩国公，真是憋了一肚子的恶气。潘照临时常带着恶意地猜想，富弼如此激烈地反对免役法，也许不过是想为自己挣回这个面

---

[77]　爵名，晋代始置。

子而已。

一面想着这些有关富弼的故事轶闻，一面牵着马穿过洛阳的大街，感受着这座与汴京完全不同的城市。"卖报！卖报！韩侍中病逝，谥号忠献，备极哀荣……石学士救灾、治杭有功，加官晋爵……最新的《西京评论》……"一个男子背着个大竹篓，放满了报纸，沿街叫卖。

潘照临数日来都在马上度过，忙叫他过来，要了一份《西京评论》，又道："《新义报》和《汴京新闻》我也各要一份。"

卖报的竟是愣了一下，半晌才笑道："这位官人，俺这里是西京，官人要买《嵩阳学刊》，小的这里倒是有几本，《新义报》和《汴京新闻》不去驿馆事先订购，却是没的卖。"

潘照临不由怔住了，洛阳与汴京相距并不远，不料《西京评论》在汴京可以沿街叫卖，而《汴京新闻》在洛阳却是这般光景。他无奈地笑了笑，打开手中的报纸，当街浏览起来。只见整整一期报纸，有一半是在追悼韩琦。由《新义报》转载来的韩琦遗表节略，更是在极显著的位置。潘照临匆匆读过，见韩琦推荐司马光、范纯仁、石越三人，不禁心中暗喜，笑道："天助我也！"又找到石越加官晋爵的报道，一眼扫过，微一沉吟，不由大喜，心道："此事已成了五分。"本是疲惫已极的人，精神一振，脚步都变得轻快起来。

不多时便到了富府之前。富弼府宅之大，让潘照临都不觉慨叹——整整一条街道，便只住了富弼一户人家。粉壁朱墙，高高耸立，大门之前，门戟森严，共有八个家丁穿着一色衣服，守在门口。见潘照临牵马过来，一个看门的家丁立时喝令一个小厮去给潘照临牵马，自己整整帽子，迎了上来。

"久闻富弼善治产业，有良田数千顷，看来所言不虚。"潘照临暗暗思忖，一面递过自己的名帖，对家丁道："在下真定潘照临，奉龙图阁直学士、杭州知州石公之命，求见韩国公，烦劳通报。"

那家丁听到"龙图阁直学士"几个字，不敢怠慢，只欠身回道："这位潘先生来得不巧了。我家相公抱恙在身，不便见客。相公早有吩咐，凡来的官人，皆要小的说明原委，得罪之处，还乞恕罪则个。"却不敢去接名帖。

潘照临早知富弼致仕后罕见外客，未必便会接见自己。这时连忙取了一小锭碎银，悄悄塞进家丁手中，笑道："原是不当打扰，但念我远道而来，还要劳烦通报一声。韩国公断不至于见怪的，若是韩国公果真不愿见了，我亦不敢打扰……"

当时通用铜钱，银价甚贵。那家丁接过银子，不由喜笑颜开，这才接过名帖，笑道："但我家相公见与不见，我却是做不得主的……"

潘照临笑道："只要劳烦通报一声，便感激不尽了。"

那家丁听他这么说，方欠身笑道："如此请潘先生稍候。"说罢从偏门急急进去通报。

潘照临便在门前静候，不多时，便见那家丁一路小跑出来，对潘照临笑道："先生请，我家相公有请。"一面又打量潘照临，咋舌笑道，"先生定不是常人，我家相公素不见客的，今日竟是为先生例外了。"

潘照临方才松了口气。他知道这个家人并非虚言，富弼交接宾客，无论贵贱，一律一视同仁。致仕以后精力不济，不能尽数接待宾客，又不愿厚此薄彼，竟是干脆闭门谢客。自己这次来，若非赶在一个极为敏感的时刻，只怕也只能吃闭门羹。他随着家人从偏门进去，豪门大宅，不比寻常，走了百余步，方到中门。一个三十来岁的中年人在中门相候，见潘照临过来，抱拳彬彬有礼地说道："绍庭久仰潘先生之名，不料今日有幸得见。家父腿脚不便，不能出迎，还望见谅则个。"

潘照临已知他是富弼之子富绍庭，连忙还礼，道："不敢，有劳德先兄。"

富绍庭又客套了几句，便将潘照临引至后院内室。方进了厅门，潘照临便闻到一股浓烈的檀香味，富弼须发皆白，一身道袍，坐在主位，见潘照临进门，勉强站起身来迎接。

潘照临连忙拜倒参见："晚生潘照临，拜见司空[78]。"富弼是仁宗朝的名臣，三朝辅臣。年轻之时才量俱佳，他的许多举措，一出台就成为宋廷的典范。虽与王安石政见不合，但致仕退居洛阳之后，赵顼也经常遣使者问起居，有时还会召往京师相见；而富家更是《西京评论》的最大后台，对大宋的政局依然保持着巨大的影响力。潘照临心高气傲，但对富弼却是十分服气。

富弼微微抬手，笑道："不必多礼，早就听说过潘潜光的大名，后生可畏，后生可畏。"

潘照临笑着起身落座，又问富弼起居。富弼叹道："韩稚圭[79]已经去了，接下来，轮也当轮到老夫了。"

潘照临笑道："朝廷正当多事之秋，司空是天子素所敬重的重臣，当为朝廷保重身体。"一面说一面打量四周，室内最显眼的，便是一幅旌旗鹤雁降庭图。他心里不由微微一笑，这幅图是说富弼出生之日，其母梦见旌旗鹤雁降到自家庭院之中，其后富弼果然贵达。

富弼老眼迷蒙，笑道："不在其位，不谋其政。老夫自归故里，也就天天念佛诵经，或炼丹求仙而已，朝廷之事，哪里是老夫应当管的。"

....

[78] 宋代三公之一，无职掌，不预政事，仅示优宠。

[79] 韩琦，字稚圭。

"果然是老狐狸。"潘照临心道，口里却笑道："司空过谦了，便是司空有南山之志，皇上、朝廷毕竟是不许的。"

"朝中有韩绛、吕惠卿、蔡确，又有石子明这等奇才，哪里还用得着老夫。老夫老矣，只愿悠游林下，不问世事。"富弼笑眯眯地说道。他知潘照临前来，必是石越有求于己，他便耐心等着对方先开口。

潘照临望着富弼，半晌，忽笑道："我家学士论及本朝人物，以为故韩侍中、司空皆为本朝第一流人物，但却都还不及范文正公，嗟夫！予尝求古仁人之心，或异二者之为。何哉？不以物喜，不以己悲。居庙堂之高，则忧其民；处江湖之远，则忧其君。是进亦忧，退亦忧。然则何时而乐耶？其必曰：先天下之忧而忧，后天下之乐而乐……"

范仲淹《岳阳楼记》中的这一段话，道出了当时多少士大夫的抱负。而范仲淹于富弼，更是有过知遇之恩、同志之义的。当年范仲淹便曾亲笔誊写《岳阳楼记》一篇，勉励富弼。此时潘照临慷慨吟来，富弼隐藏于心中至老不死的理想抱负，那些历经宦海生涯而不得不深埋于内心深处的书生意气，都不由得翻腾起来。他回想自己的一生，因范仲淹之推荐而试茂材科及第入仕，而后昭雪刘平之冤，以一书生游说辽主却十万雄兵，与范仲淹共同推行庆历新政……

"唉！当年之事……范文正公的确是本朝人物第一。"富弼几乎微不可闻地叹了口气，却被敏锐的潘照临捕捉到了。他凝视富弼，正色责怪道："范文正公以天下之己任，故进亦忧，退亦忧。司空岂得以不在其位、不谋其政而推卸肩上之责任？学生随石学士游，常听学士言：天下兴亡，匹夫有责！况司空三朝元辅，为天下士大夫所寄望者？"说罢，顿了顿，又慨声道，"司空当年以一书生游说北朝狼主，却十万雄兵；与文正公辅佐昭陵[80]，推行新政，慨然欲澄清天下……'富韩'，'富韩'，侍中临死尚不忘国事，遗表无一言及于私。司空如此，却是富不及韩矣。"

富弼久经宦海，人老成精，早已看出潘照临是在用激将之法。他眯着眼睛，叹道："人老万事空，什么雄心壮志，数十年岁月，都足以消磨得一点踪迹也不见。争强斗胜的心，也早没有了。烦潘先生转告石学士，好好辅佐圣主，江山社稷，毕竟要靠年轻人。"

他倚老卖老，打了个太极，竟是滴水不进。潘照临不由得在心里叹了口气，知道富弼非言语所能动者。但他绝不相信富弼是死心塌地地不问世事。他资助《西京评论》，接见自己，还有那旌旗鹤雁降庭图，这些都证明富弼的心还热着呢。他心中一转念，既不能动之情，便只得诱之以利。当下心一横，开门见山地说道："司空虽如

----

[80]　指宋仁宗，其陵名为永昭陵。

此说，但姜毕竟是老的辣。如今便有一桩大事，非得请教司空不可。"

富弼知道潘照临终于忍不住了，捋须笑道："潘先生言重了。"

潘照临道："司空可知辽人提兵十万于边境，要求割地赠款？"

"略有耳闻。"

"昭陵时，司空主持北事，深知契丹虚实。恕晚生冒昧，敢问司空，而今朝中有何人可当北事？"对于辽国，的确是"富"胜于"韩"，只不过富弼反对新法，却让他很难成为皇帝心目中真正值得信赖的对象。

"朝中可当北事者……"富弼微微摇头。

"今日北边之事其实不及庆历时严重。庆历时，辽主屯兵边境，索取关南，当时又有元昊为祸，朝廷汹汹不知所为。司空以一书生，主动请缨出使北朝，辞折辽主……学生遥想当年之事，心折不已。便我家公子也以为，若能请司空复出……"潘照临毫不吝惜地加高帽子。

"一个七老八十的人复出，岂不让辽人笑我大宋无人？"富弼摇头，"辽国所谓十万之兵，依老夫看来，多半是虚张声势。辽主虽昏庸，却非无能之辈，彼亦自知并无实力与我大宋进行举国之战。契丹一向自许大国，节制着众多属国部落，若蛮不讲理地开战，会失信于天下，所得不足以偿所失。况契丹内部，岂能没有矛盾？当年契丹要的是关南之地，要的是增加岁币，而今却不过争边境之地，赔款数百万贯，更可见他们底气不足。只要朝廷稳住阵脚，一面暗加戒备，一面遣一硬气能言的使者向辽主说以利害，最多给一二十万贯钱，为辽主留点面子，便可解决。"

"可侍中遗表却是说……"

富弼摆摆手，道："韩稚圭还是存了一个怕的念头。对契丹人，不能怕。他们也害怕和我们打仗。一要讲理，以礼义折服之，契丹非不讲礼义的胡狄可比；一要气壮，气壮则人不敢欺。若非朝廷元气大伤，无力北伐，否则竟是可寸步不让。"

"朝廷今以刘忱、吕大忠为使，司空以为如何？"

富弼说了这么久的话，气力已有点儿不继。富绍庭忙递过一碗参汤，富弼轻轻啜了一口，笑道："这高丽参还是你家石学士托人千里迢迢从杭州送来的，可生受了。"其实当时并无吃参的习惯，便连以人参为补，也是石越告诉富弼的。"刘忱、吕大忠，若两府胆小怕事，使者又有何用？"富弼一针见血地说道。

"执政如此，使者再佳，亦是白费力气。"潘照临附和道，又试探道："侍中荐司马君实为使，司空以为？"

富弼的眼睛眯成一条线，他自然知道，潘照临名义上是问司马光，实际上却是在问石越。

"韩稚圭举荐的人，自然是不错的。"富弼模棱两可地答道。

潘照临微微一笑，道："学生也觉得侍中为国远谋，不可谓不深远。不过司马君实在朝中得罪的小人太多，只怕终难如愿。我家公子常说，范家三杰，皆是朝廷栋梁，只是范尧夫持身清高，皇上亦不能屈其志，可惜了。"说完，意味深长地望了富弼一眼。富范两家交情非比寻常，范仲淹四子，长子最佳，可惜早死，其余三子，各有才具，以范纯仁最为出名。

富弼是何等人物，闻弦歌而知雅意，潘照临是石越府中的重要人物，他刚刚看到皇帝对石越加官晋爵的报道，潘照临就来求见，虽然言语谨慎，但是绕了无数个弯之后的本意，富弼又岂能不知？石越是韩琦名义上的女婿，虽然石韩关系并不是十分紧密，但怎么说也要略胜于旁人，外人更不可能知道内中虚实。富弼再精明，也想当然把韩琦上表推荐石越这些事情都联系起来了——石子明这是要向庆历老臣示好！

"范家三子，皆有乃父之风，老夫并不替他们担心。似老夫到了这把年纪，深受国恩，若说还有担心的，便是盼皇上不要受奸人所骗，乱了国事。"

富弼开始还说"不在其位，不谋其政"，一下子又变成了担忧皇帝为奸人所骗了。潘照临笑道："我家学士也常说，当今是大有为之主。凡有雄才大略的君主，若只知谏止，这也不成，那也不行，反为不美。君子不能见容，小人自然乘虚而入，国事就这样坏了。似比干死谏自是忠臣，但进谏应有许多种，死谏直谏之外，还当有智谏。如今的朝局，不变法已是不可能之事，但是这个法，如何变，由谁来主持变，变的是什么，不变的又是什么，却是大有文章之事。国事的兴废，便全在其中了。"

富绍庭听到这番话，不禁插嘴赞道："这却是高论！"

富弼瞪了他一眼，笑道："石子明之志，果然了不起。"

"司空过奖了。我家学士还说，司空平生所虑之事，其实也可以解决，且正在解决。"

富弼诧道："老夫有何平生所虑之事？"

"我家学士说，司空平生所虑者，是人君权力太大，唯有用天命才可以制约。但有些人却鼓惑圣主不惧天命，司空最担心将来人主为所欲为，无所约束，害了国事。所以《西京评论》常常说天命，并非无因。"

富弼真正吃了一惊，这的确是富弼最重要的政治主张之一——以强调天命来制约皇权。虽然他在奏疏中常常直言不讳，却一向没有引起别人的重视，想不到被石越注意到了。"石子明倒是老夫的知己。"富弼忍不住叹道，"不知又有何良方可以解决？"

"清议、报纸、礼制、法律。"潘照临吐出四个词。

"这些有用？"富弼怀疑地问道。他的政治智慧让他敏感地注意到了报纸的作用，于是断然出资创办《西京评论》，但是说要用来制约皇权，却从来没有想过。

"天命虚无缥缈，难为人主相信。清议与报纸，代表的是民意，明君要尊重民意是天经地义的；而礼制与法律，代表的是习惯、经验，与圣哲的主张，也应当为明君所尊重。若能让国家形成一种习惯，无论是皇帝或者宰相，都尊重民意、习惯、经验与圣哲，岂非远胜于天命？"潘照临说这些的时候，感觉自己像桑充国。

但富弼却不是那些容易接受新主张的学生，他不置可否地一笑，道："老夫宁可希望皇帝畏惧天命。不过石子明能想到这些，那他便不是一个一味逢迎人主的人。潘先生请回去替老夫问候石学士，便说老夫对本朝贤士的看法，与韩稚圭完全相同。"

代州边境的谈判经过几次拉锯之后，陷入僵局。

耶律濬的金帐中生着一盆巨大的炭火。耶律濬一身戎装，与萧佑丹、萧素、萧禧等人围坐火边，商议对策。这些天来，虽然谈判没有取得进展，但耶律濬却颇有收获。他对人和蔼，体恤士民，朔州守军将士对这位太子都非常爱戴，甚至连萧素，对他的好感也与日俱增。若他一直身处耶律洪基身边，或者在孤立无援的朝廷上，是绝对得不到这些人心的。

"刘忱一直不肯让步，诸公以为应当如何是好？再拖下去，这虚张声势的疑兵之计，就要被揭穿了。"耶律濬望着萧佑丹与萧素，问道。

"殿下说的是，十万人马空耗粮饷却无所作为，宋人也不是傻子。"萧禧笑道。

萧素道："但也不能真的杀过去，刘忱风骨这么硬，实是棘手。"

"与南朝开战，是两败俱伤之局，只能让夏国得利，万万不可。前几日有公文，道效忠朝廷的生女直部节度使阿库纳重病，万一死掉，而朝廷又与南朝开战，好不容易镇压下来的生女直，只怕又要有反复。其他各部落也是蠢蠢欲动，反叛此起彼伏，这几年都没有停过。而且……"萧佑丹这么顿了一顿，众人都知道他想说当权的魏王耶律乙辛，不过此时却不能明言。萧佑丹又道："南朝王安石方罢，又经大灾，刘忱不过书生意气，不肯相让，但其两府中，首相韩绛是最胆小的，枢密使吴充亦无过人之才，吕惠卿、冯京、王珪据说颇有矛盾。既然主上本意是投石问路，问的也是南朝皇帝和他两府大臣的路，不若我等干脆避开这个刘忱，借口谈判僵持不下，派使者入汴京，试试南朝皇帝的胆色器局。"

萧素听他说完，赞道："好计！我也让三千兵马盛布旗帜，每日东出西入，西出东入，在马邑大布疑兵之计，让南朝更摸不清虚实。"

耶律濬也笑道："既是十万大军久驻边关，要价太低，未免让人小瞧。让使者见机行事，再增加岁币十万贯、绢十万匹！"

"殿下英明！"萧佑丹赞许地看了耶律濬一眼。这段日子以来，耶律濬处事的才干明显有所增长，决断事务也更加果断。更可贵的是，太子以前虽然勇武，但是处事却颇有书生的温文，而现今却多了几分武人的豪气。

"那……派谁去汴京呢？"萧素笑问。

萧禧对耶律濬笑道："殿下，这个差使便给我吧。"

"好！"耶律濬点点，拿来一皮袋酒来，递给萧禧，道，"便以此酒为君饯行！"

萧禧接过酒来，喝了一大口，还给耶律濬，耶律濬也喝了一大口，二人相视，哈哈大笑。

刘忱与吕大忠坐在马车上，相视无言。久议不决之下，辽人突然要求进京觐见皇帝，刘忱只好急报朝廷。朝廷立时答应了，且让他与吕大忠一同回京。吕大忠本想在代州监视辽人，但接到诏命，也只好安排防务，与刘忱一同返京。二人想着各自的心事，刘忱抗诏谈判，早将荣辱置之度外，但想到有可能前功尽弃，心里也不禁颇为沮丧。吕大忠却是担心着代州的防务。

耶律濬派来的使者是萧佑丹与萧禧，名义上萧禧为正，萧佑丹为副。此时，萧佑丹也在想着自己的心事……

那天晚上众人散去之后，萧素留下耶律濬和萧佑丹，跪在耶律濬面前，以刀刺臂，发誓效忠。萧佑丹知道，萧素是在赌博，他把自己的前程压在了耶律濬能战胜魏王耶律乙辛，顺利登基之上。只要耶律濬顺利登上大辽皇帝的宝座，他萧素的前程也不可限量，但若失败，必是族诛之罪。这个选择，辽国的重臣们都要做，迟早要做。在这个时候，能够有萧素这样的重臣投入自己的旗下，可以说是耶律濬的一大胜利。考虑到耶律乙辛绝无可能在这个时候生变，为了显示对萧素的信任，萧佑丹干脆决定离开一段时间，再次前往大宋的京城。

萧素与耶律乙辛的关系并不好，他投入太子这一边，应当是可以相信的……

萧佑丹一面担心着国内的局势，太子的地位，一面随着摇摇晃晃的马车，经过陈桥驿驰入了汴京城。

2

杭州。知州府九思厅。

石越、彭简、薛奕、张商英、蔡京……杭州的重要官员，几乎都到齐了。

蔡京向石越汇报着市舶务的情况。"……台风季节过后，新船加入船队，下官与薛世显商议后，分成两支，又走了高丽、日本国两趟。托赖学士洪福，一切顺利，收益颇为可观。虽然途中撞礁折损一只大船，损失了一百单三名水手，但除去抚恤之后，盈余亦将近七十万贯。两国对大宋的物产非常渴慕，只是……"

"只是什么？"居移体，养移气。石越在汴京之时，可以说只有上司，没有下属，而到了杭州后，却是只有下属，没有上司。近两年的时间，高高在上，言谈举止中便多了几分威严，少了几分谨慎。

蔡京笑道："只是朝廷有严令，儒教经典、重要的政令史书典籍不可卖给夷人。便是契丹求书，或靠走私，或求恩赐，法令上是不准卖的。而民船之中，因为两国对大宋物产的渴慕，其贵人往往以数百金之高价求书，私自贩书者因此屡禁不绝……"

石越怔住了，他只知道千年后各国恨不得把自己的文化推销给别国，还称之为"软力量"，哪里还记得中国古代曾经有这种禁令？ 他想了想，笑道："高丽使者金德寿曾屡次求书，今竟在西湖学院乐不思蜀了。朝廷对高丽一向另眼相待，想来卖给高丽《九经》、子、史等书，必会恩准。市舶司事繁任重，元长似不必为此小事伤神。"

蔡京揣摸石越所言，倒似颇有放纵之意，连忙答应。彭简也咀嚼着这番对话，不由得看了石越一眼。通判一职，本有监视知州之意，实际上宋朝州郡政务，究竟是由知州做主还是通判做主，完全是因人而异，他彭简不过是倒霉，碰上了一个位高权重，还勤于政务的知州，所以才于杭州政务几乎等同于看客一般。但若是石越公然违背朝廷法令……彭简不由想起家里吕惠卿那封充满暗示的书信。不过，对于高层的权力斗争，彭简还是有点儿投鼠忌器，他并非傻瓜，亦不愿被人当枪使。

石越却根本没有理会彭简，对众人笑道："七十万贯，除去本钱之外，补足盐茶之税，绰绰有余了。某已向朝廷给蔡元长、薛世显请功，皇上特旨，蔡、薛二人本官各两转，赐绯，以为奖励。"

众人立时啧啧称羡。所谓"两转"，就是本官升两级。连升两级已让人羡慕，而皇帝特旨、赐绯，则更是极为难得的恩宠。蔡京、薛奕都不由得喜出望外，连忙拜谢。

石越又道："于有功之臣，朝廷向来不吝爵赏。众位当自勉之。"座中顿时一片附和之声。他偏过头，对薛奕道："世显，明春出海，你有何建议？"

薛奕正感恩戴德之时，忙道："夏、冬二季在港操练水手，春、秋二季出海经商，正是以兵养兵之道。下官以为，往高丽、日本国的航线，往返数次之后，已算是熟门熟路，自不能放弃。然而末将以为，这两国国穷民贫，贸易之量有限，若还似今年这般，则是涸泽而渔，非长久之道。然而节流不若开源，明春之后，下官请自领一队，前往学士著作中所说的南洋诸国，开拓新的航线。但高丽、日本国这边苦于无得力之人主持，水手若无人节制，难免上岸滋事。甫富贵虽晓夷语，能经商，却少威严，且无朝廷之令，亦不能让其领军。”

石越疑道："船队中的船长竟无一个可用之才？"

"彼辈领一只船尚可，若要率领船队，代表朝廷与海夷交涉，却是不成。"

"此事再议吧。"石越心里也明白，人才的确是可遇而不可求。

薛奕又道："此外官船水手挟带私货屡禁不绝。下官与蔡元长商议，以为既然禁之不绝，不如干脆允许水手携带定量私货，亦得提高水手士气。还要请学士示下。"

石越道："这等小事，你们两个决定便可。"他说完，正要继续处理公务，便见管家急匆匆地跑了进来，禀道："学士，有圣旨！"

众人不由一怔，忙一齐站起，石越整整衣冠，大声喝道："开中门接旨！"

赵顼一脸愠色。吕惠卿低着头，装作没有看见赵顼的脸色，继续转述接见刘忱、吕大忠的情形。韩绛满脸尴尬，怨恨地望着吕惠卿。

刘忱、吕大忠回到汴京，席不暇暖，便被召至两府问事。

二人先至枢府，见了枢使吴充、副枢使蔡挺等人，汇报过情况后，吴、蔡等人亦不问二人意见，便点汤送客。二人又到了中书，结果中书诸相问了出使谈判经过后，韩绛、王珪、冯京都口口声声"不宜轻启战端"，唯有吕惠卿一人闭口不肯表态。

刘忱据理力争，以为黄嵬山以北至古长城的土地，代州都有档案，枢府亦有存档，本是宋朝土地，绝无割让之理。结果反被一心想做太平宰相的韩绛训斥，还说"将欲取之，必先予之"。中书诸相一味地怕事求和，听得吕大忠与刘忱怒不可遏，二人在中书省当场发作。吕大忠对着韩绛冷笑，道："相公好一个'将欲取之，必先予之'！辽人派个使者来我汴京，便可索我五百里之地，数百万贯赔款；若是魏王耶律乙辛亲来，岂非要给他关南之地！"刘忱更是尖刻，道："将欲取之，必先予之，反正关南之地，乃周世宗所恢复，给辽人又有何妨！只不过下官既为使者，纵死不敢奉诏！诸位相公先请皇上收我使节，再去欲取先予吧！"

二人将中书诸相骂了个狗血淋头，然后竟扬长而去。韩绛等人可以说是颜面扫地。

听到吕惠卿转述刘忱那可以说是极为无礼的话，赵顼苍白的脸孔瞬间变成通红，好不容易才没有立时发作，只问道："辽使那厢如何？"

因为这是枢府的事情，吴充忙回道："辽使甚是无礼，萧禧甚至说，若无结论，他便不回辽国，是战是和，全由我朝决定。"任凭韩绛、冯京等人拼命使着眼色，吴充也自低着头，权当没有看见。

"混账！"赵顼的怒气终于不抑制地暴发了，"那便告诉他，他们要战，朕便和他们打一仗！朕受够了！朕要亲征北伐！"

崇政殿中，顿时死寂般沉默，只有赵顼的咆哮声在殿中回荡。

"刘忱、吕大忠便是慷慨的大丈夫？他们这是讥刺朕甚至比不上周世宗！契丹人咄咄逼人，是可忍，孰不可忍！传诏，召回王韶！召回王韶！"

"哗"的一声，崇政殿中跪倒了黑压压的一片。韩绛连声道："陛下息怒！陛下息怒！北伐之举，万万不可！便是辽使不恭，陛下决意断交，也只需诏大臣议边防，亲征北伐，不可不慎！请陛下先息雷霆之怒，三思而后行！"

"请陛下息怒，三思而后行！"众人也跟着一齐劝道。

赵顼望着跪拜在地上的大臣们，心里忽然生出一种极度抑郁的感觉。他突然想起石越、王安石，若这两人在，又会怎样呢？北伐，北伐，那只是一时气愤之言罢了。良久，赵顼无可奈何地叹了一口气。"敕枢府议边防战守之策！王韶为枢密副使，即日回京，熙河军事暂由高遵裕代理。以韩维为翰林学士，章惇为知制诰兼判军器监。"

皇帝一口气连下数诏。韩维是韩绛的弟弟，按例韩绛本当拒绝，但他抬头看到皇帝的脸色，竟是不敢说半个"不"字。嘴唇张了半天，终于吐出一句话来："遵旨！"

赵顼面无表情地抛下他的两府大臣们，朝着殿外走去。"起驾——"内侍又尖又长的声音在崇政殿中响起。在踏出崇政殿的那一刻，赵顼忽然咬了咬牙，沉声道："遣使者问富弼、王安石、石越、文彦博、曾公亮、司马光、范纯仁边防之策！"

朱雀门附近的夜市，人声鼎沸，灯火通明。

"南朝繁华，真令人称羡。"萧禧感慨道。

为了防止辽使刺探国情，刘忱与萧禧、萧佑丹一直寸步不离。他听萧禧感叹，笑着指着前面一家酒楼，道："那家店子的沙糖冰雪冷丸子味道最佳，二位可要尝尝？"

萧禧望了萧佑丹一眼，见他点头，便笑道："那真是大有口福了。"

刘忱笑着引二人进了店，除沙糖冰雪冷丸子外，又顺手点了旋炙猪皮肉、野鸭肉、滴酥水晶鲙、野狐肉等几样下酒之菜，要了几壶黄酒，三人竟是在夜市上对酌起来。

萧禧待菜上来，便迫不及待地夹了一粒沙糖冰雪冷丸子，放入嘴中，闭着眼睛细细咀嚼品味，半晌，方赞道："果然美味。"

刘忱劝了二人一杯酒，又给自己满了一杯，举杯一饮而尽，叹道："今日能与二位在此饮酒，全赖两朝通好七十余年，至今未绝，他日一旦断交，便为寇仇，那是誓不两立之局了。"

萧禧与萧佑丹不禁一怔，不料刘忱突然说起这些话来。二人这些日子与刘忱朝夕相对，都很佩服刘忱的风骨才学，虽是各为其国，亦有点儿惺惺相惜。萧佑丹是契丹第一智士，此情此景，顿时让他想起庆历时富弼使辽，辽国接待他的使者竟然对富弼惺惺相惜，帮助他促使辽国退兵的故事，心中暗暗警惕。

萧禧却没这多心机，只问道："南朝真要为区区数十里之地，自绝两国欢好？"

刘忱正要说话，忽听到街中有人吆喝："卖报，卖报，《新义报》最新报道，枢密副使王大将军奉诏回京！朝廷诏准高丽使者来京进贡！《汴京新闻》专题报道，通商高丽百利无害……"

萧佑丹脸色一沉——难道南朝皇帝真的不惜一战？高丽为何在此时遣使入贡？

偏偏便在此时，又听旁边有人隐隐约约说道："故韩侍中临终前荐司马君实、范尧夫、石子明三公……"

萧佑丹心中一凛，假意向刘忱问道："听闻故韩侍中故世之前，荐司马、范、石三位，不知在刘少卿看来，三人之中，以谁最贤？"

"这三位之学问品行，非在下所能评判。"刘忱不假思索地答道。

萧佑丹见刘忱没有否认韩琦推荐三人，心里不安的感觉越来越强烈了。"石越！石越……"萧佑丹在心里暗暗计算着。

不仅萧佑丹不希望石越进入宋朝决策层，在宋廷中，抱这种想法的人也大有人在。

"听说皇上下诏问元老重臣边防之计，富弼自韩琦之后，又向皇上推荐石越，相公不可不防！"邓绾似只哈巴狗似的跟在吕惠卿身后。吕惠卿不置可否地"嗯"了一声，自顾自地逗着笼中的鹦鹉。邓绾继续道："石越此人，阴险狡诈，虚伪矫情，真是个活王莽。当今皇上最信任的人是谁？是相公吗？恕在下直言，皇上对相公的信任，还不及皇上对王安石的信任，而皇上对王安石的信任，绝对不会高过对石越的信任。"邓绾提到石越的名字时，便不由自主地咬着牙，仿佛要把那两字咬碎一般。

吕惠卿的手忽然停了一下，他想起冬至郊祭之时，为了试探皇帝心意，他故意援引郊祀赦例，荐王安石为节度使，不料立时被皇帝训斥："王安石并非因罪去职，何故用赦复官？"可见在皇帝心中，对王安石依然有很深的感情。这个邓绾，说得倒并没有错。

邓绾知道吕惠卿已被说动，又道："为相公计，要固宠，一是要斥王安石、石越于朝廷之外，时日一久，什么样的恩信都会淡忘；一是要在皇上身边有人，能影响皇上，当年王介甫用的就是此策。"

吕惠卿缓缓转过身来，看了邓绾两眼，忽然笑道："邓文约，你以为我和你一样吗？皇上是英明之主，王介甫与我有师徒之谊，石越是朝廷栋梁，为了争宠固权，你就劝我去陷害自己的老师，朝廷大臣，欺骗皇上？你看错人了。"

邓绾料不到吕惠卿大义凛然地说出这番话来，一时竟不知道说什么。"相公，我，我……"

"你回去吧，以后做人做事，持心要正。"吕惠卿沉下脸来，训斥道。

邓绾还想再说什么，吕惠卿已背转身去，不再理他，他只得垂头丧气地告辞而去。邓绾才出门，吕升卿便从屏风后面闪了出来，笑道："大哥，为何要把邓文约给赶走？"

吕惠卿头也不回，逗弄着鹦鹉，不去理他。

吕升卿道："一只哑巴鹦鹉，有什么好玩的？"

"但哑巴鹦鹉绝不会出卖你。如邓文约那种小人，若引之为心腹，将来只需有个好价钱，他便能毫不犹豫地卖了你。"

吕升卿似懂非懂地望着吕惠卿。

"可惜我不该把陈履善派到地方上去，否则……"吕惠卿叹了口气，又问道："和你交情最好，学问也最好的朋友，是谁？"

吕升卿愣了一下，回道："是沈季长。"

"沈季长？王安石的妹婿？"吕惠卿皱了皱眉。

"对，就是他。"

吕惠卿道："既如此，我就向皇上推荐沈季长与你为崇政殿说书。皇上聪明好学，你的学问应付不了，两个一起，若有疑难，或可由沈季长替你回答，遮掩一二。"当年王安石为相，就是把他安排在崇政殿说书的位置上，来代替王安石影响皇帝，但是如今他的周围，除了陈元凤外，已找不出一个像样的人才安排在那个位置上了。

"太好了！"吕升卿不禁喜上眉梢，崇政殿说书是一个极受人尊敬的位置。

"好什么好？多少人在那个位置上被皇帝问得汗流浃背，你以为那是个好待的位置吗？"吕惠卿训斥道。

吕升卿不敢回嘴，忙转换话题，道："大哥，朝廷对辽国的战和，究竟是个什么章程？"

吕惠卿横了他一眼，冷冷道："你关心这个做什么？"

"大哥，你忘了，石越向皇上提出那个什么法子后，我家在河北买了一座矿山，亲戚中在那边或合股，或自己出钱买矿山的都不少，万一打起仗来，岂不什么都完了？"吕升卿讪讪笑道。

"求田问舍，胸无大志！"吕惠卿忍不住骂道，顿了一会儿，才道，"朝廷元老上书，或主战或主和，纷纷不决。蔡挺、王韶、富弼和石越主张对辽人强硬，一面修战备一面谈判。司马光、王安石之辈，皆支持和议……"

"那太好了！司马光和王安石都主和，那定是打不起来了。依我说那几百里无主之地，有什么好争的。"吕升卿笑道，心中放下一块大石头。

"你知道什么？见识还不如邓绾。"吕惠卿对这个弟弟真是失望之极。若两府没有一个有分量的人主张强硬立场，那朝野之中那些主张强硬的"清流"们，必会自觉不自觉地去寻找一个有分量的代言人，当今天下，这个代言人除了石越还会是谁？到时石越进中书，可真的要成众望所归了。

"我不会让这种局面出现的。"吕惠卿轻轻地对那只哑巴鹦鹉说道。

好不容易被激起了一丝豪气的赵顼，在王安石、司马光、范纯仁异口同声地反对开战的奏疏前，彻底动摇了。王安石与司马光无论在朝在野，在那个世代的大臣中，是赵顼心中最信服的臣子，这一点，也许连赵顼自己都没有意识到。

"除了武臣之外，没几个人支持打仗。"赵顼似乎在喃喃自语。

新任的知制诰兼判军器监章惇低着头，答非所问地说道："陛下，苏辙、唐棣、陈元凤、蔡卞以及沈括等人之前一直负责着军器监改革，今已初见成效。标准化生产逐步推行，改良弩机也试制成功，若要说到军器的准备，现在唯一缺少的就是钱。弓、弩、箭、震天雷、霹雳投弹等军器成本高昂，是一笔不菲的开销。陛下若给臣足够的钱，臣与苏辙合作，两年之内，臣便能让禁军装备精良！"

"两年？那也还要两年！"赵顼立时就听出了章惇的言外之意，这是在委婉地劝他，不要急于开战，再等一等。

"武臣想建功立业，自然不怕打仗。国家战和之策，臣妄言，似不应当以武臣的意见为主。其实富弼、石越，也并没有主张与辽国开战，他们不过是认定辽人是虚张声势，不敢开战，所以才主张强硬。"章惇又说道。

"但王安石与司马光都以为不必激怒辽人，辽人生性蛮不讲理，万一恼羞成怒，反坏国事。文彦博、曾公亮等人也说要争取谈判解决争端为上策。"赵顼犹疑道。

章惇眼中闪过一丝不以为然的神色，欠身笑道："陛下是觉得王安石、司马光、文彦博、曾公亮懂辽务，还是富弼、石越通辽务？"

"这……"

"石越姑且不论，富弼在昭陵时主持北面防务，出使北朝，此老的意见，微臣以为陛下应当重视。石越自侍奉陛下以来几乎是算无遗策，臣的愚见，石越的建议，陛下不可以等闲视之。"

一直站在旁边侍候的李向安猛地听见章惇竟然偏向石越，不由暗暗称奇。章惇奉旨招抚荆湖，可以算是王安石新党中的重要人物，王安石倒台之后，章惇不助吕惠卿、蔡确、曾布等人也就罢了，居然倾向于石越。李向安虽然见惯了权诈之术，也觉得匪夷所思。不过以李向安的见识，自然也无法理解章惇这种人的心理，更不会懂得何谓政治投机。在新党排位战中靠后的章惇，自有他自己的考虑。

赵顼听章惇的话，觉得颇有道理，正要说话，一个内侍走了过来，叩首禀道："陛下，吕惠卿求见。"

"宣。"

内侍答应着退去，不一会儿，吕惠卿便在内侍的指引下走了过来。参拜之后，赵顼便道："朕方才与章惇论及北事，卿以为要当如何应付？"

吕惠卿用眼角瞥了一眼章惇，笑道："臣以为，天下之物，什么都割让得，就是国土割让不得！"

他小心看了看赵顼的神色，又正色道："昔日匈奴有冒顿单于，为强邻所迫，强邻索以美女财货，冒顿皆如其所欲，而当其索要荒土之时，冒顿竟斩许割地之臣，断然拒绝，引兵开战，终成霸业。冒顿，不过一胡虏，尚知土地人民为国之根本，虽荒野之地尺寸之微，仍不可与人，陛下不可不察。"

赵顼沉吟道："此事朕已知之。不过勾践亦曾有卧薪尝胆之日，大臣们多以国力不足、战备未修，反对开战。"

吕惠卿笑道："陛下可知箭在弦上不能不发之理？当年景帝平七国之乱，何曾准备充分？澶渊之役时，又何曾准备充分了？况且臣之主张，也不是要立即绝关市，拒使者，伐幽蓟，臣是主张断然拒绝辽使的无理要求，同时内修战备，以防万一。"

自契丹启衅以来，赵顼几乎每日都要接见两府大臣，商议对策。吕惠卿之意见，他原也问过，当时吕惠卿亦是说过国土不可割让的话，只是他那时回答得极为委婉，远不如今日之坚定明快。赵顼用吕惠卿，看重的原只是他在内政上的才能，于外事上并无寄望，因此也不曾放在心上。其后政事堂以首相韩绛为首，屡次奏对，在此事上亦无分歧，无非是让他学勾践。这番吕惠卿的对答，实是大出赵顼意料。

吕惠卿又道："得陇望蜀，人心苦不知足。今日若轻易许了契丹，日后索求无厌，中国更无宁日。还望陛下三思。"

赵顼默然不语。吕惠卿与章惇的回答，并不能帮助他下定决心，反让他更加犹豫。朝野当中，畏惧怯敌主张顺契丹所请的，慷慨激昂主张强硬拒绝的，叫嚣着北伐决一死战的，都是大有人在。如韩绛之流，一味畏敌怯战，只想多一事不如少一事，赵顼觉得面子上过不去，且如吕惠卿所言，担心契丹人得寸进尺，开了头没法收场；至于兴兵北伐，那更是所谓的"孤注一掷"，拿社稷存亡开玩笑，赵顼自然不会采纳，他容忍这些声音的存在，不过觉得这股士气民心甚为难得；但果真如富弼、石越、吕惠卿等人所请，拒绝契丹所请，后发以制人，赵顼也觉得底气不足。章惇就说得明白，至少两年之内，宋朝没有与契丹一战的本钱。而如韩绛等所言，万一真的激怒契丹兴兵入侵，河北、河东都沦为战场，即使最终能击退契丹，也是两败俱伤之局。宋朝的损失，也不是现在契丹所要求的这点东西所能比的，而且这会让西夏坐得渔翁之利，王韶在熙河的经营，甚至赵顼先西后北的策略，都可能毁于一旦。

皇帝不说话，吕惠卿与章惇也不便说话，二人便又手侍立，各自想着心事。

两天前，章惇便听说有御史弹劾韩绛，指责他之所以怯敌避战，是因为韩家产业都在河北，害怕一旦发生战争，其家产玉石俱焚。虽然这份奏章被皇帝压了下来，但是韩绛在陕西遭败仗，居相位又碌碌无为，现今又传出这种诛心之论，韩绛的圣眷显然是要到头了。章惇甚至还听到一些小道消息，说弹劾韩绛的御史是得到了吕惠卿的暗示。他又联想刚刚吕惠卿的对答，心里瞬时明白——只要皇帝最终没有采纳韩绛那一味畏惧求和的主张，那么依照宋朝的惯例，韩绛就要主动辞职。如果他恋栈，皇帝只要将那些被压下来的奏章发给他看看……章惇心中犹豫，他现在所做的一切，岂非正好是在帮吕惠卿的忙？他用眼角瞥了吕惠卿一眼，不料吕惠卿也在偷偷看他。四目相交，一闪而过，章惇一咬牙，便打定了主意——便是被吕惠卿利用了，也只能一条道走到黑。他正琢磨着要怎么样向皇帝开口，却听赵顼忽然说道："昨日朕召见韩维，他却是个糊涂人，没甚么主张。朕在东宫时，韩维是记室参军，无论诗文时务，他都没甚主张，凡事必引王安石之见，这点毛病七八年了都不曾改过。如今朕问他北事，他便只知道向朕推荐石越……"

章惇心中一动，忙笑道："臣以为这正是韩维之长处，懂得藏拙，不妒贤嫉能，单这两条，便甚为难得。臣还是那点愚见，石越非百里才，不宜久居外郡。朝廷日前已准高丽使者金德寿入京，陛下何不下诏，令石越将郡务暂时移交杭州通判处理，陪同金德寿一共赴京。待事毕之后，是留之于京师，还是回杭州，陛下尽可从长计议。"

吕惠卿心中一凛，正要择言阻挠，却听赵顼已说道："韩维也是这么个主意，朕昨日已令人传旨了。"

章惇忙颂道："陛下圣明。"

吕惠卿竟似嚼了一口黄连，张了张嘴，终是什么也没有说。他却不知道，此时高丽使团早到了应天府，距汴京不过数日之程。是冯京暗中让应天府留住高丽使团，等待石越来"陪同"进京的。

3

熙宁八年正月。汴京城万家同喜，举城欢庆。在普通的老百姓看来，大旱过去，灾民留在汴京的已经非常少了，物价也渐渐平稳，一切又回到了太平盛世的模样。至于宋辽边境纷争，因为宋廷对谈判的进程严格保密，禁止报纸报道，普通的老百姓只知道辽国的贺正旦使照旧来到汴京，大多数人都相信战争还是一件很遥远的事情，但事实却是大战在即。

先是契丹副使萧佑丹不知什么原因忽然提前回国，然后自代州传来消息，辽主对萧素十分不满，已经将其召回，令另一个枢密副使杨遵勖来主持谈判。随后，萧禧便向宋朝下达了最后通牒，要求宋朝在两个月内做出最后的决定。

与耶律乙辛关系密切的杨遵勖，对于挑起一场战争没有任何顾虑。耶律乙辛利用辽主对萧素久而无功的不满，进言换上杨遵勖，其目的就是要将"投石问路"之策演变成双方都骑虎难下的局面，最后挑起一场宋辽之间的战争。若非耶律濬的制约，这最后通牒的时间绝不会有两个月那么长。

但宋朝君臣并不清楚辽国内部的权力斗争。便如萧佑丹所嘲笑的，在契丹大军未打到黄河之前，宋朝君臣都很难下定任何决心。而更难以料到的是，一场针对石越的阴谋，正在悄悄地发酵中……

吕惠卿闭目养神着。他并不介意是战是和，那不会动摇到大宋的根本。与石越不同，当时的精英们国土观念并不强烈。不论是韩绛们，还是富弼们，他们从来都没有国土神圣不可侵犯的观念。他们的分歧，在于种族荣誉感的强弱不同，对形势判断的不同，以及各自的政治利益不同。不过吕惠卿也清楚，史官会赞美种族荣誉感更强的人，但他也无暇为此感到高兴——石越即将抵达汴京。皇帝日前突然问起王安石的幼弟王安上，若皇帝重用王安上，那无疑就是皇帝想重新起用王安石的信号，形势会更加复杂。

一阵急匆匆的脚步声从外边传来，吕惠卿睁开眼睛，见吕升卿已经到了门外，手里捧着一叠东西，一脸兴奋。"进来吧，又有什么事？"

吕升卿应了一声，掀开珠帘，快步走了进来，笑道："大喜之事！大哥看看这个。"一面说着，一面将手中的东西放到吕惠卿身边的案上。

"这是何物？"吕惠卿瞥眼望去，却是一张揭帖，还有几本小册子。小册子有一半旧得发黄，另有一半却是新印的，封面上都写着"石氏家谱"四字隶书。他心中一凛，打开揭帖，细细看去，不由大吃一惊："这是哪来的？"

"汴京大街小巷，随处可见。这新的《石氏家谱》也到处都是，倒是这份旧家谱是我费了点心思才从一个姓石的手里买回，为的是和这些新的对证一下前面的，看看是不是伪造……"吕升卿面有得色地笑道。

"这竟是想置石越于死地！"吕惠卿悚然道，"这会是谁做的？"

"管它是谁做的，这揭帖是说石越是石敬瑭之后，一份族谱造得滴水不漏，在这节骨眼上，真是天赠大礼！"

"石敬瑭之后并没什么了不起的。五代十国之后，不见得是天生的罪过，反而让石越的身份更加尊贵。"吕惠卿指着揭帖，叹道，"最狠最毒的乃是这一段，说石越来大宋之前，先拜会过辽国贵臣，密约复国，为辽人所拒，才来大宋；又说石越之志非止是光复祖宗帝业，而是想建立一个括有汉唐疆土的强国，辽人识破其志，才会拒绝，不料大宋竟为所欺……奇才！真乃奇才！石越为大宋尽心尽力，若说他私通外国，皇上如何肯信？他所作所为，哪一样不是为了大宋好？这写揭帖的看到了这关键，反说他要做曹操、王莽，如此一来，石越的尽心尽力，反倒成了他的罪证了。此人才华，不在我之下，究竟会是谁？"

吕升卿笑道："既如此，那明天我便上呈皇上，再找人参石越几本，石越定然熬不过这一关。"

吕惠卿听到这话，霍然一惊，盯着吕升卿，见他兀自洋洋得意，不由叹了口气，道："万万不可！"

吕升卿愕然道："为何？"

"此人竟是将我也算计在内了。我若出头攻击石越，人家定怀疑是我在陷害石越，他诚心让我们二虎相争。"

"难道，难道是王……"吕升卿跳了起来。

吕惠卿点点头："十之八九便是王元泽。除了他，还有谁有这种能耐，有这种毒辣？还有谁同时忌恨我与石越？又知道我素来忌惮石越？想不到他大病之中，竟还能……仅凭这无凭无据的揭帖，皇上未必会杀石越，可纵然不杀，将来用起石越来亦难免会心存疑虑，不敢大用，如此便是绝了石越的晋升之路。同时又给我下了一个饵，我若上钩，借机对付石越，是使天下人疑我。以石越之能，临死前反咬我一口，只怕我也就从此完了。"他以己度人，越想越觉得是王雱所为，不禁恨得咬牙切齿。

"那我们就这样放过石越？"吕升卿有几分不甘心。

吕惠卿思忖一会儿，忽问道："你说这种揭帖遍布汴京？"

"单相国寺就发现数十张，其余各地，到处都有，开封府几乎全部出动了，正在收缴。韩维刚刚回任开封府，便碰上这档事……"吕升卿幸灾乐祸地笑道。

"抓到人没？"

"一无所获。"

吕惠卿笑道："那就不用担心。事情闹得这么大，怎可能不传到皇上耳中？这件事情，你切记不可以出面。只要辗转托人去找邓绾或唐坰，把这些东西交到他们手中。这两人自会找自己相熟的御史去对付石越。"吕惠卿轻轻啜了一口茶，闭着眼睛，悠悠道："这次我不仅不攻击石越，还会不痛不痒地保他一本。"

　　唐康和秦观几乎是一路闯进桑府的，进到客厅，却发现厅中除了桑充国外，还坐着几个人，都是平素认识的。东边第一个座位坐的是明理院院长程颢，旁边坐着的是守孝完毕刚回汴京的欧阳发，西面坐着格物院的正副院长沈括与蒋周。五人正谈笑风生，似乎在聊什么高兴事，见二人不请而来，众人都不由怔了一下。因有师徒名分，唐康二人也不敢怠慢，忙先给五人行礼完毕，唐康便道："表哥，揭帖你可曾见到？"

　　他没头没脑这么一句话，众人都是一怔，桑充国愕然道："什么揭帖？"

　　唐康与秦观对视一眼，知桑充国等人还不知此事。秦观便从袖中抽出一张纸来，递给桑充国。桑充国连忙接过，只看了一眼，不由倒吸一口凉气，又递给在座众人，传阅一圈。众人都知此事非同小可，皆沉默不语，只有程颢道："这是陷害！"

　　唐康点点头，他年纪虽小，但行事已非常果决。此时只是目不转睛地望着桑充国，等桑充国说话。桑充国知道唐康是石越义弟，对石越非常敬服，这般作为，是对自己有见疑之意。他心里也不禁苦笑，他妹子嫁给石越，若石越要谋反，族诛之罪，他这"妻族"岂能逃脱？但唐康却有不放心的理由——谁知道桑充国会做出什么事来？表兄弟俩默默对视着，室中的气氛顿时变得异样起来。沈括与秦观都是所谓的"石党"，此事牵涉身家性命，自然关心。便是程颢、欧阳发、蒋周，都是聪明剔透之人，立时便明白了这依然是此前的心病所致。这时一句话不对，唐康这等年轻气盛的人，真不知道能干出什么事来。

　　欧阳发轻咳一声，打着圆场笑道："这不过是奸人陷害子明，《汴京新闻》断不会是非不分的。长卿，你明日要去接新娘，报馆之事，有程先生与我在，尽可放心。"

　　桑充国摇摇头，苦笑道："我的事不要紧，王旁会护送妹妹来京，我让家里再多派人去便是了，这次我一定留在汴京，为子明辩污。只可惜，我没个好弟弟，否则倒可替我跑这一趟。"

　　唐康听到这酸溜溜的话，总算是放下心来，笑道："弟弟替哥哥迎亲，于礼不合，这程先生是知道的。小弟还有要事，就此告辞了。"说罢团团一礼，扬起衣袂，与秦观转身离去。

　　桑充国望着二人的背影，长长叹了口气。欧阳发知道他的心事，轻声道："但凡坚持理想者，难免被人误会。"

　　"我明白。"桑充国摇摇头，"我只是担心子明。"

　　"但愿他能挺过这一关。"

　　"一定能的！"桑充国对石越的信心，可能比石越自己还大。

　　陈留附近的汴河之上，几艘官船逆水而行。岸边行人远远望去，官船的仪仗上，隐隐约约写着"龙图阁直学士石……""高丽国……"这样的字迹。

再有一天，便可以到汴京了。石越陪着金德寿站在船头，无限感慨："我又回来了，汴京！"

金德寿是高丽国中受汉化较深之人。高丽国自五代时建国，便依着传统请求中原王朝敕封，其遣使者来往宋朝，自建隆二年起便开始了。而大宋皇帝也不断赐高丽国王国书、文物。此时的高丽国王叫王徽，赵顼在给王徽的诏书之中，称其为"权知高丽国王事王徽"，视同藩属，而王徽也居之不疑。可以说四夷之中，宋朝对高丽格外另眼相看，而高丽也是最心慕中华的。但饶是如此，高丽使者在宋朝境内逗留之久，也要以金德寿为最。他在杭州与官员唱和，在西湖学院与学生一起听课，穿汉服，讲汉话，俨然便是一个汉族士大夫。而对于石越这个不到三十岁的龙图阁直学士、杭州郡守，金德寿更是非常钦服。能够与中原王朝声名鼎盛的人物同船，对于区区一高丽使者来说，本身就是一种荣幸了。而大宋皇帝特意让石越陪他入京，不知内情的金德寿，更是受宠若惊。

"大宋山河的壮丽，真是让人赞叹！真不愧是中土上国。"金德寿站在石越身旁，指点两岸风光，大发感叹。

石越微微颔首，想起千年以后韩国与中国，不由平兴感慨，便向金德寿询问高丽国的风俗、历史、政事，石越或有所问，金德寿几乎是知无不言，言无不尽。交谈正欢之时，忽听到岸边有人呼喊道："那是龙图……学……石……送高……者……船……吗？"声音略显稚嫩，随江风传来，隐约听不太真切，但又似乎颇为熟悉。石越连忙走到舷边，循声望去，却见岸边有二三骑随着船前进。

石越忙叫过护送的指挥使，指着岸边，问道："你听得清岸边那人在喊什么吗？"

那指挥使连忙侧耳静听，半晌，方说道："听得在问是不是学士的船。"

"问问他们是谁。"

那指挥使忙叫过几个士兵，一齐喊道："这是石学士的官船，你们是谁？"一连喊了几遍，才停下来，听岸上的人喊道："我……康……"

石越吃一惊："唐康，是唐康！快，把船停下来，划个小舟过去，把他们接过来。"

那指挥使答应一声，连忙派人去办。石越却在心中暗暗疑惑，不知道唐康来此做什么。

过了一会儿，小舟把唐康等人接上船来，石越定睛一看，是唐康、秦观，还有几个仆人。唐康一见到他便道："大哥，借一步说话。"

石越心中一惊，却依旧从容不迫地等秦观等人参拜完毕，这才向金德寿告了罪，将唐康与秦观叫进船舱，问道："康儿，出什么事了？"

秦观从袖中取出揭帖，递给石越，道："此事非同小可。"

石越见秦观都说得慎重，心中更是惊疑，接过揭帖，细细读了，背上不觉冒出冷汗。"这是要置我于死地！这是自何处得来？"

唐康道："昨晚一夜之间，此物遍布汴京城。大哥，此事当如何是好？皇上若有疑心，今日不死，迟早也是灭族的大罪。"

对于后果，石越知道得比唐康更清楚。自古以来，皇帝最忌讳的就是曹操、王莽，虽然赵顼断不会为了这无凭无据的揭帖而杀自己，但是想想自己在朝中政敌林立，若有人再构陷其中，后果便不堪设想。石越背着手踱了几步，一个念头浮上脑海：若此时折转船头，或投高丽，或者干脆夺薛奕之印，或往冲绳，或往台湾，击破土人自立为王，毫不困难——这念头一闪而过，竟是把石越自己给吓了一跳。"我两世为人，有什么可怕的？我若这样一走，谋反之名坐实，一切心血立时就要全毁了，还不如一死，成全一个好名声……可是我死了不要紧，梓儿呢，她岂不也要……未必会有那么严重吧，宋朝有不杀士大夫的祖训……"一时之间，各种念头纷至沓来，他不知道如何是好。

石越知道在此时是一点也犹豫不得的。其实宋朝的祖训只是不杀言事者，但因宋朝的确甚少诛杀士大夫，所以这当儿石越竟是记混了。他想来想去，赵顼毕竟也不是昏君，他最多也就是罢官流放的罪，既是这样，真到了海南岛再另做打算也不迟。当下道："皇上自会还我清白。如今之计，是以不变应万变。康儿，你怕不怕死？"

唐康与秦观哪里知道石越一瞬间转过如此多的念头，见石越顷刻之间便从容如此，心中更是佩服。唐康握了握腰间剑柄，笑道："兄长不怕，我也不怕。"

"少游，你呢？"石越把目光转向秦观。

秦观笑道："我也是读圣贤书长大的，成仁取义，当能从容应之。"

石越走到二人跟前，笑道："你们都是好男儿，日后必是我大宋的栋梁。放心，绝不会有事的，你们就随我一道回去，平日如何，日后依然如何，就当这件事没有发生。"

石越抵达汴京之后，刚刚将金德寿送至驿馆，甚至没有来得及回府，就接到旨意，宣他立即晋见。

在东华门前下马，便碰上不少官员。若是往常，这些官员必然亲切地招呼，但碰上这等时候，人人对他避之唯恐不及。官员中间较好的，也只是淡淡地打个招呼，便匆匆走开。他虽然知道世态人情本就如此，实不足深怪，但一直少年得意，几曾有过如此光景？心中亦不免有郁郁之意，只是强打精神，装出笑容，不肯让人小觑了自己。他刚刚要进东华门，一个人满脸笑容，朝他走来。他定睛一看，原来是吕惠卿。

吕惠卿远远便拱手揖礼，亲热地说道："子明，你终于又回来了。"

此时石越纵明知他虚伪，却也生不出半点排斥之意，只是答礼道："吉甫参政，久违了。"

吕惠卿走近来，在石越耳边放低声音，笑道："奸人陷害，子明不必介意。今上是英明之主，断不会受人挑拨。某已在皇上面前力保子明忠心。"

石越大出意料，亦不觉感动，连忙道谢，又道："皇上召见，不便久留，请恕罪。"

如此入了东华门，直趋崇政殿。所谓"千条弱柳垂青琐，百啭流莺绕建章"，琼玉的台阶，镏金的檐壁，石越在内侍此起彼伏的"宣石越入见——"的声音之中，万分感慨地拾阶而上，进了崇政殿。

"罪臣石越，叩见吾皇万岁。"

"爱卿免礼平身。"熟悉的声音中，似乎有一点情绪的波动。

"谢陛下。"例行公事的参拜之后，石越终于站起身来，打量皇帝。赵顼今年已经二十有七，脸色依然苍白，毫无血色。赵顼也在打量着石越，石越的脸上，有三分憔悴，七分成熟……

"子明，你在杭州做得不错，朕很欣慰。"赵顼突然叫着石越的表字，夸奖道。

"全赖陛下之洪福。"

"朕知道外面有人陷害你，你不必放在心上，朕已着韩维缉拿歹人。"

石越连忙拜倒："臣粉身碎骨，亦不能报此知遇之恩。"

"谁是忠臣，谁是奸臣，朕心中清楚，别人想离间，也离间不了。"赵顼亲手挽起石越，温声笑道，"卿在杭州，朕听说市舶司官船通商高丽、日本国，获利倍于盐茶之税。高丽使者前来，除入贡之外，卿可知他还有何事？"

石越忙答道："国朝与高丽交通、海道已经熟悉，据海商所说，从四明或杭州，若得顺风，二三日入洋，五日抵达墨山入高丽境，自墨山过岛屿，七日至礼成江，又三日抵岸，再四十余里，便至其国都。往返一次，约四五十余日。而日本国，向来倭人至我大宋者有之，而大宋至其国者少，海道风险略高。但高丽国所产，是人参、水银、石决明、茯苓、鼠毛笔等物，获利远不及日本国。日本国有丁八十八万三千余众，多金矿，生丝、糖贩至彼国，获利近十倍。故杭州市舶司官船往往分走高丽、日本国两处，往返一次，获利超过杭州府一年茶盐之税。杭州市舶司行此事之后，臣思逐年减少百姓科赋，使两税法名副其实。至于高丽使者来华，除了朝贡之外，主要是求皇上赐书。"

"赐书？"

"高丽国一向心慕汉化，臣以为不妨许其国使者买《九经》、子、史类书，而陛下可以要求高丽国贡马，或许可让大宋官民从高丽买马。"石越答道。

"高丽也有马？"赵顼奇道。

"高丽国产马，日本国产水牛……"

石越回到府邸之时，天色已经全黑。

君臣二人相谈如此之久，在外人来看，那也许是证明石越恩宠未衰，但石越自己却非常明白，赵顼已经有猜忌自己之意。几个时辰的交谈，全是说石越在杭州的政绩，与外国交通的利弊，没有一个字涉及与辽国的边境纠纷，更没有对石越的任何任命，皇帝召他回来，难道是在乎他在杭州的政绩吗？

下了马车，管家石安早已率领家人在门口恭候。侍剑见着石安，便问道："安叔，房间收拾好了吗？"

"已经收拾好了。"石安笑着迎石越进府，一面说道："最近桑府又送来了一个厨娘，竟是张八家的庶支，端的好手艺，小的已叫她准备了晚餐……"一面走着，两旁的家人纷纷请安，丫鬟婆子等女眷则在中门以内给他请安。石越心里不甚喜欢这些排扬，进了中门，也没有注意看，就随口说道："不用多礼，都散去吧。"

不料回答他的，竟是一阵莺声燕语："谢学士。"

石越愕然抬头，这才发现跪在他面前的，除了几个熟悉的丫鬟婆子外，更多了一群红绫绿衣的歌姬，一个个都长得美艳动人。当时官宦之家，便是个县官，蓄养歌姬也不过平常之事，但是石越府中却从来没有养过这些人。石越的脸顿时沉了下来，指着那些歌姬，冷冷地对石安的老婆问道："安大娘，这是怎么回事？"

石安家的见到石越动气，忙道："学士，这些婢女是石安叫养在内院，等学士回来再处置的。奴家便拨给她们一座院子，平时并不许她们随便走动的。"

石越见她说得不明不白，更加恼怒："这事潘先生可知道？"

"这是潘先生出门之后的事……"

"二公子呢？"石越说的二公子，是府内对唐康的称呼。

"二公子一向不进内院的。"石安家的见石越生气，声音越来越小。

石越冷笑道："好本事，潘先生不在倒也算了，二公子就在汴京，为什么不问过他？你去叫石安来见我。"说罢也不理会，便往厅中走去。石安家的从来没有见过石越发这么大的脾气，连忙跑出去叫石安。

不多时，石安便急匆匆走了进来，侍剑知道石越动气，忙抢先道："安叔，那些歌姬是怎么回事？内院怎么可以养来历不明的人？"

石安看见石越脸色阴沉，也吓了一跳，忙赔笑解释道："非是小的敢乱招人进来。学士的家规，小人是明白的，平时便有人送礼都是一概拒绝。便有人丢下礼品，小人也一定会找到府上，给他送回去，绝不敢乱收人家东西。"

侍剑见他说得明白，道："既然如此，那些歌姬又是怎么一回事？瞧着这些歌姬，至少也要几千贯钱，难道是自己跑进咱家的？"

石安笑道："倒也不是自己跑进咱家的。她们也是一位官人送的，送来还没有几天。那位官人留下名帖，还有一封信。只是小人坚拒不受，送的人却不闻不问，丢下便走。小人按名帖上留的姓名打听，却说不是京官，只好养在府内，等学士回来定夺。"一面说一面递上一份名帖与信函。

侍剑接了过来递给石越。石越听他这么说，脸色稍霁。当时官员之间，互相赠予歌姬是十分平常之事，甚至不被人当成贿赂，他自己也是经常要给一些重臣们送礼，只是一向以来，却并不怎么收礼。当下随手打开名帖，看见上面的名字，却不由一皱眉："彭简？"石越万万料不到，这批歌姬竟然是彭简送来的。他也不知道彭简葫芦里卖的什么药，连忙把信拆开，细细读去。侍剑在一边瞧见他的神色，却是一边看一边不住地冷笑，待看完之后，石越随手把信揉成一团，往地上一丢，低声咒骂道："狗拿耗子！"

"公子，我在杭州时，和彭家的书童说过话，知道彭简有个表亲在京师，开了一间大酒楼……"侍剑随石越多年，主仆之间颇有默契，早知石越心意，便轻轻笑道。

石越不待他说完，便举起手，略带嘲讽地说道："明天你们寻着那家酒楼，把这些歌姬给我送回去。告诉彭简那个什么表亲，让他转告彭简，这等粗陋的女孩，还入不得我的眼！以后别往我府里乱塞。"

侍剑和石安都不由一怔，不料石越居然说出这种不给人台阶下的话来——须知石越平日对人，都是非常懂得留余地的。彭简与他在杭州同僚这么久，表面上并无矛盾，不过送几个歌姬给他，也是一番好意，如何便说出这种重话来？

侍剑迟疑道："公子，这……这话似乎不宜说得太过……"

石越瞪了他一眼，沉了脸，喝道："照我的话去办便是，有什么过不过的？"

侍剑与石安见他发作，也不敢再说，连忙应道："是。明日就去办。"

石越这才不再说什么，吩咐道："等一会儿让人把最近的报纸送到我卧房，侍剑，你也累了一天了，早点休息。"说完，转身便往卧室走去。他也自知心绪太乱，需要好好休息一下，才能更好地迎接这次的挑战。

石安连忙答应，出去吩咐人进去服侍石越睡觉。待人手安排妥当，这才又回到厅中，却见侍剑站在那里，拿着石越揉烂的信在看。他便凑了过去，问道："侍剑，你说姓彭的究竟怎么惹我们家学士了？生这么大脾气，以前也不是没有收过歌姬的，都是客客气气地送回去……"

"安叔，有些事你不知道，也别问。公子最近心情不好……"

石安又试探着问道："是不是外面传的那码事？"

侍剑眉毛一挑,问道:"外面传的什么事?"

"说学士是石敬瑭之后……"

"安叔,你乱说什么!"侍剑厉声斥道。石安虽然是管家,但是在仆人之间,到底只有侍剑是石越最亲信的人。

石安笑道:"侍剑,这不是我乱说,外面满大街在传,有些人更是说得天花乱坠。信的人也有,不信的人也有……"

"这种谣言,也有人相信?真是无知!长了眼的人都知道有人在陷害公子!成百上千的揭帖,攻讦朝廷大臣,他们以为皇上会相信吗?"侍剑愤愤说道。

"皇上信不信倒也难说。"一个声音从厅外传来。侍剑与石安转身一看,原来是唐康与秦观,二人连忙行礼:"二公子、秦公子。"

"我大哥呢?"

"公子已经休息了。"

唐康与秦观对望一眼,笑道:"大哥倒真有几分谢安的风度。"秦观也笑着点头。他们没有看到石越方才恼怒的样子,倒以为石越根本没把这么大的事放在心上。只是石安却茫然不知所谓,而侍剑虽然也读过一些书,却同样不知道谢安是什么人物,二人也不敢多问。

侍剑想起方才唐康所说之话,便笑问:"二公子,为何说皇上信不信也难说呢?我听说皇上是英明之主,这种事情,皇上能相信吗?"

唐康年纪虽小,但是他的师长朋友,都是石越、程颢、苏辙、桑充国、晏几道、秦观这样天下一等一的人物,加上生性聪明,论到见识,远非一般人能比,平时行事果决,有时候竟让人觉得便是石越也颇有不如。这时候见侍剑追问,不由叹了一口气,说道:"隋文帝杨坚何尝不是英主?不过因为一句童谣,一个梦,就诛杀了多少姓李之人?身居高位者,对能干的下属,有几人能没有猜忌之心?"

隋文帝的典故,侍剑与石安倒是都知道,坊间评书常讲那一段。石安不由就紧张起来,小心翼翼地问道:"那……那学士会不会……"

唐康望了他一眼,心中一动,嘻嘻笑道:"安叔不用担心,我大哥圣眷未衰呢。我方才看到那边院子里有十来个歌姬,若是咱们家有事,别人避之唯恐不及,能有人来送礼吗?"

他提起那些歌姬,石安与侍剑不由相对苦笑。唐康见二人神态甚是古怪,不由笑问:"这又是如何?那些女孩子有什么古怪吗?"

石安便笑着把经过说了一遍,唐康听完,便问道:"侍剑,信中写了什么?"侍剑脸色尴尬,却不说话,只把信递给唐康。

原来彭简以为石越入京必然会被皇帝加以大用,他便想趁机巴结石越。自来少年新贵没有几个不好色的，而且韩梓儿与石越成婚经年，却一直没有生育。若在杭州，碍着韩梓儿的面，还不好贸然送歌姬。此时他们夫妻相别两地，石越枕边寂寞，他便让京师的表亲买了十几个色艺双全的女孩子，抢在石越回京之前送到他府上，料想必能投其所好。但是他却不太懂得含蓄之道，石越与韩梓儿结婚两年多，虽然谈不上如漆似胶，却也是恩爱非常，他在信中隐约暗示韩梓儿没有生育，对梓儿已是颇有不敬之意。平日对梓儿百般维护的石越看到这些话自然非常生气，所以才说出那等话来，意思是告诉彭简："那些女孩子没有我老婆好。"

侍剑看到这些，本来就非常尴尬了，事涉他的主母，哪怕是转叙别人的话，说出来也是不敬，何况韩梓儿素对下人非常和气，在仆人中也颇得好感；而站在他面前的唐康，更是韩梓儿的嫡亲表弟，唐康平素与梓儿感情最深，是石府众所皆知的事情。

果然，唐康接过信来，略略读了一遍，不由怒从心生，恨声道："大哥骂他已是客气了，真是小人。明日便照样告诉他就是了。"

秦观凑过身子，看了信一两眼，便已知端倪。他却毕竟是旁观者清，笑道："贤弟，石学士此时似乎不宜过多树敌，把这些女孩子好言好语送回便可以了。"

唐康毕竟年纪还小，心里虽然知道秦观说得有理，却依旧气鼓鼓地说道："就这样送回，实在难消我心头之恨！"

"二公子，俗语说，宁得罪君子，莫得罪小人。"石安虽然不知道详情，但也是不主张做得太过分的，只是石越有令，他却不敢违拗，便盼着唐康出来做主。

秦观见唐康还有不平之意，当下微微一笑，走到茶几边上，用手指蘸了剩茶，在几上写了几个字，笑道："明日便把这几个字交给彭简便是。"

三人上前一看，秦观写的却是"燕婉之求，籧篨不殄"八个字。

唐康熟读《诗经》，看到这句话，不由一怔，转念一想，才明白秦观的意思，不由莞尔，击掌笑道："妙哉！如此才算出了我胸中的恶气。"侍剑与石安却是莫名其妙。他们自是不明白，秦观引了《诗经・新台》中的这句诗，也是在嘲笑彭简——"你给我送枕边人，鸡胸驼背之人我可不喜欢。"

杭州，早春。

留连戏蝶时时舞，自在娇莺恰恰啼。

彭简一身便服，带着两个小厮走在杭州南郊的田间小道之中。江南的田野风光让彭简亦忍不住赞道："真是好所在！"

两个小厮却是一脸茫然："这又是什么好所在了？杭州十里八郊哪里不是这样的地方？"

彭简笑骂道："你们又懂什么，风雅之地，有风雅之人。龙必潜于深渊，兰必生于幽谷。我们可是来找一个兰心蕙质的美人儿。"

"什么美人？还用得着使君您亲自来寻？"

彭简笑道："你们不知我费尽辛苦才找到她隐居之所，若非我亲来，必然请不动她。"

一个小厮咋舌道："难不成是什么公主娘娘，哪有这么大的驾子？官府相请，也敢不来？"

彭简显得心情极好，笑道："倒也并非什么尊贵之人，不过却是子明学士的红颜知己，以前也是京师有名的歌姬。我听说她脱籍回了杭州，便让人查阅户薄，终于找到。"

"那怎么竟住在这种地方？难道是什么屋藏什么？"那小厮奇道，另一个小厮啐骂道："那叫'金屋藏娇'。"

"可我听石府的下人说，石夫人最是好脾气的一个人，怎么还用……"

"你懂什么？石夫人这么久都没有一儿半女的，将来若一直不生育，便难免犯了七出；要是石学士收了小妾，后来先有了儿子，难免有一天她的诰命不保呢……便是不被休出，恩情转薄，妇人哪有不妒的？"

两个小厮竟是你一句我一句地说起石府的家事来。彭简的心思却早已转到了别处，他托表亲送歌姬巴结石越，那边托驿馆送来急信，说石越把歌姬送还，还有"燕婉之求，蘧篨不殄"八字回复。彭简也是读书之人，马上便想到石越毕竟是有名的才子，寻常女子入不得他的法眼。恰好有门客提起石越在京师结识名妓楚云儿，而这个女子也听说已经脱籍回了杭州。彭简巴结上司倒有一种锲而不舍之心，非要把楚云儿寻出来，好从中给他们做一个冰人。由此不仅一举博得石越的好感，更可以让楚云儿一生都感谢自己，留下一个大大的内援。只是他那表亲却忘记在信中告诉他，京师有关石越的流言……

彭简一行出了田间小路，又穿过一个村庄，便见眼前出现好一片翠绿竹林，郁郁葱葱，一条石径小道，直通幽微之处，彭简已知这便是楚云儿隐居之所。他知楚云儿艳名冠于一时，既然能自赎其身，想来积蓄不少，购下这片竹林田产倒也并不稀奇。只是一般女子谁不愿得嫁有情郎？此次前来，只要动之情，必有希望。

他令小厮在林外等候，自己整整衣冠，沿着林间小道，一路逶迤前行。这片竹林甚大，走到深处，已是非常幽静，只隐约听到有泉水流动的声音，伴着自己踩着竹叶发出来的沙沙声，真是雅致之极。若不是知道楚云儿是石越旧人，彭简几乎便想将此处夺为己有。

走了数百步之后，便到了竹林的尽头，眼前豁然开朗，一座好大的院落，便座立在离竹林约百步的地方，一条小溪绕着院子流向远方。院子后面是一望无垠的田地，此时未到农忙，田地里并无农人的身影。彭简朝院子走了几步，见一个十五六岁的少年正在井边吃力地打水，忙走过去，抱拳问道："敢问小哥，这里便是杨家院吗？"

那少年扭过头来，瞥了他一眼，反问道："你是外地来的？找亲还是访友？"语气虽然生硬，声音却极是娇软。

彭简吃了一惊，细细打量，不觉好笑，原来这少年竟是个小女孩，长相清秀，一双漆黑的眼珠咕溜直转，透着几分江南人特有的灵气。他既不知这女孩和楚云儿有什么渊源，此时为博得楚云儿的好感，便加倍客气，笑道："原来是位姑娘，多有得罪。在下前来，是想访一位芳名楚云儿的姑娘……"

那女孩听到"楚云儿"三个字，却将水桶放下，转过身来，对彭简笑道："这位官人，我看你是找错地方了，这里是杨家院，哪有什么楚云楚雨的？"

彭简笑道："姑娘莫要诳我，我若非打听清楚了，怎敢贸然来访？实是特地来告诉楚姑娘一位故人的消息，且有重要事情相商。若是姑娘与楚姑娘有什么渊源，还劳烦通报才是。"他说完，见小女孩依然在狐疑，又笑道："楚姑娘改了姓，现时叫杨云，不过杭州户薄上，两个名字都标着，断然错不了的。"

那女孩显得有点儿吃惊，上下打量了彭简一番，狐疑道："你又是什么人？官府的户薄你怎么知道？"

彭简嘻嘻一笑，捋须道："在下彭简，现任杭州通判。"

这女孩叫阿沅，原是楚云儿在杭州旱灾时收养的孤儿。楚云儿回杭州后，已寻不着亲人，便用积蓄购置了一些产业在此安身。待听说石越来杭做知州后，她便让人去户薄上改了名字，怕的是石越检视户薄时看到自己的名字。她却不知凡是改名的都会留下档案，若是石越细查户薄，焉能不知？那改名之事，实是多此一举。因此彭简轻易便能从户薄中寻出她下落。楚云儿在京之事偶尔也和阿沅说起过，兼因阿沅聪慧可爱，楚云儿也教她些文字歌赋之类。平时楚云儿总要让人去杭州购买或抄录邸报，凡与石越有关的报纸、书籍，必要珍重收藏。阿沅视楚云儿为亲姐姐一般，便常常主动替她关注这些，因此这杭州通判彭简的名字，她倒并不陌生，只是却不知道这么大官前来找自家姑娘，所为何事？难道是石越托他前来？

想到此处，阿沅心中一动，脸上却假装迷糊，道："杭州通判是什么呀？"

彭简却以为她是乡村的小女孩，不知官职，笑道："便是杭州的父母官，和杭州的知州一起，管理杭州百姓的官。"

阿沅装得吃了一惊："原来你就是官呀？"

彭简见她如此不知礼数，几乎要笑出声来，笑道："对，我就是官。可肯替我通报？"

阿沅却摇着头，道："你要告诉我有什么事才可以通报的。我家姑娘说，她从来不认识什么官的。"

彭简见她言语中已承认是楚云儿的家人，心里暗喜，笑道："我的事必须和你家姑娘当面说。你说你家姑娘不认识官，那可未必，石学士和你家姑娘便是旧识……"

"什么石学士木学士呀？我家姑娘哪里便认识这么大官，我看官人是找错了。"阿沅依旧摇头，转身作势欲走，连水桶都不管了。

彭简忙道："断不会找错人的，你快去告诉你家姑娘，以免误了大事。"

"我们乡村之人，哪有什么大事可误？这样，官人，我帮你说一声，你在这儿等着，找没找错人，得问我家姑娘才知道，对不？"

彭简是有求于人，忙点头道："正是，正是。姑娘通报时，切记转告你家姑娘，此事与石学士有关。"

"知道了，你等着便是。"阿沅笑着答应了，也不再多言，转身往院中走去。

彭简背着手，在井边等了好一阵，阿沅却一直没有出来。他正心急间，却见一个男仆模样的人走了过来，对他揖了一礼，道："我家姑娘有请彭使君，不便亲迎，还望使君恕罪。"

彭简见楚云儿没有亲自出来迎接，心中微觉不快，却又不便发作，只好略端着架子，道："无妨。"

"那使君这边请。"

随着男仆进到院落之中后，彭简才发现这个院子并非普通的农家院落。院子的西北角盖满了一座座类似于作坊的房子，时时能听到牛骡驴等牲畜拉磨的声音，而作坊中，堆满了甘蔗与甘蔗渣。彭简这才知道楚云儿还经营制糖业。制糖业在当时本就是高利润行业，自从石越通商日本国之后，因日本国不产糖却需求极大，糖更一跃成为可以与丝绸相提并论的暴利产业。当时台湾被称为琉球，并未正式纳入大宋行政版图，大陆种植甘蔗，首推广东、福建、成都三路，唐家更是在老家蜀中大力发展制糖业，只是当时生产效率低下，产量远远不能满足需求。两浙地区的甘蔗种植虽然比不上三地，所制之蔗糖质量亦显低下，但是因为节省运输费用，卖到高丽、日本国，其利润也相当可观，因此民间颇有百姓以此为业。彭简料不到楚云儿竟然颇善经营，已是吃惊，而杨家院外示清幽，内实热闹，更出乎他的意料。他哪里知道，楚云儿一颗痴心寄托在一个不可能的人身上，再也没有办法接受别的男子，若是隐居山林，不与人来往，整日无所事事，胡思乱想，便不早夭，亦是生不如死，她实是刻意寻一个避世而又热闹的所在，给自己找点事情做，来打发难捱的光阴。因相思而寂寞的时候，最怕一个人独处。对于楚云儿来说，若能看着旁人的热闹，虽然不能减相思分毫，却至少可以让自己感觉到世界的生气。

那仆人见彭简打量院子，忙解释道："西北角是作坊，做的蔗糖产量并不太大，不过略略可以让村里补贴家用。我家姑娘却是住在东南角竹泉旁。"

彭简"唔"了一声，拿腔道："某也料到你家姑娘本是清洁高雅之人，毕竟不与群芳相同，怪不得石学士与她相善。"

那仆人见他说话文绉绉的，便有几分听不懂，只是猜到是夸奖的话，因笑道："使君过奖了。"他却也不敢再说话，默默地把彭简引到院中东南角溪边一处宅前，道："便是这里了。"

彭简定睛打量这座宅子，却见粉墙柳树，虽然不大，却也非常幽致。不由暗暗点头，见那仆人不进去，不由奇道："你不进去吗？"

那仆人笑道："我们是不住在府里的。"

彭简若有所思地点点头，却见大门"吱"的一声开了，阿沅换了一身光鲜的男装，走了出来，对他笑道："彭使君，我家姑娘有请。"

"有劳。"

彭简随着阿沅走进客厅坐下，打量客厅，却见西面墙上挂着一幅字帖。他不由站起身来，细细欣赏，只见虽然是龙飞凤舞的狂草，但是字迹中却自有妩媚娟秀之意，显是女子所书。上面写的是一首词，彭简不由轻声读道："梦绕神州路。怅秋风、连营画角，故宫离黍。底事昆仑倾砥柱。九地黄流乱注。聚万落、千村狐兔。天意从来高难问，况人情、老易悲如许。更南浦，送君去。凉生岸柳催残暑。耿斜河、疏星淡月，断云微度。万里江山知何处。回首对床夜语。雁不到、书成谁与。目尽青天怀今古，肯儿曹、恩怨相尔汝。举大白，听金缕。"

再读落款，却是"调寄《贺新郎》，某日楚云儿醉书石词"。彭简不由心中暗喜，石词流传甚广，这阕词外间却从来没有人听说过，可见石越果然与楚云儿交情匪浅，而楚云儿对石越，也绝未忘情。

正在想入非非之际，却听身后有人柔声道："彭使君远来，多有怠慢，还请恕罪。"

彭简忙转过身去，见一个眉目如画的美丽女子正朝着他盈盈下拜，他已知是楚云儿到了，连忙还礼，笑道："冒昧打扰贤主人，还望见谅。"

楚云儿又还了礼，请彭简坐了，方才问道："贱妾何人，敢劳使君枉驾，不敢问使君屈尊，有何赐教？"

彭简却不回答，只指着那幅字帖，笑道："方才读到一首好词，敢问姑娘是何人所作？下官竟是从未听过。"

楚云儿瞥了那幅字一眼，淡淡地回道："彭使君见笑了，那不过是一个故人所作，不足为外人道也。"一面对侍立一旁的阿沅道："阿沅，把那幅字收起来。"

彭简看着阿沅去取那幅字，一面笑道："这字倒是可以收起来，可心里的人，又如何能收得起来？"

楚云儿身子一震，旋即笑道："贱妾听不懂使君在说什么？使君若是没什么事情，奴家一个妇道人家，不便留客……"

彭简却端坐不动，笑道："楚姑娘不必急着下逐客令，下官这次前来，全是为了姑娘好，你就真的不想和写那首词的人再见上一面吗？下官不妨直说，若是姑娘答应，在下愿意做个冰人……"

"彭使君。"楚云儿背转身去，打断了彭简的话，"若是没有别的事情，恕贱妾不敢留客。"

彭简不料她不问情由便如此断然拒绝，不禁愕然，道："下官可是一片好意，错过这个机会，只怕姑娘后悔。"

"奴家后悔不后悔，不敢劳彭使君费心。"

彭简只道马到功成，却不料碰了个钉子，不禁有点儿恼羞成怒，正要发作，转念又想到她与石越的关系，总算硬生生地忍住，又道："姑娘三思，只要你应允，某保你们有情人终成眷属，胜过两地相思，整日守着空闺……"

"彭使君美意，我心领了。阿沅，替我送客。"楚云儿竟是不容他多说，说完便往内房走去。

彭简一脸尴尬，发作也不是，不发作也不是，也不待阿沅相送，站起身来，哼了一声，甩袖而去。

阿沅也顾不得彭简，连忙往内室走去，却见楚云儿坐在铜镜前发呆，她轻手轻脚地走过去，搂着楚云儿的肩膀，笑道："姑娘，我看那个姓彭的也是好意，为何……"

楚云儿勉强一笑，淡淡道："阿沅，你还小，不懂人间的险恶。若是他果然于我有意，他知道我的性子，自会亲自前来，便不能亲自前来，也会有一纸手书，何必去托别人？姓彭的不过是看他青云得意，想拿我做工具罢了，我又岂能在他面前自甘下贱，为他所轻？"

"姑娘，他真有那么好吗？不就是官大吗？既然他这么无情无义，不如另找个人嫁掉便是。天下未必没有好男人。"

楚云儿听她说得轻松，不禁苦笑："有些事情，不碰上是不会懂的。我也不必嫁人，现在这样，一样挺好，不是吗？"

阿沅嘟着嘴，摇了摇头："我看你心里苦得很，有什么好的？我听说石夫人一直无子，或许……或许有一天，他会念着旧情吧？"

楚云儿微微摇了摇头："傻孩子……你不明白他的心有多大。比起他的理想来，就算他喜欢我，也不会娶我，何况他对我，不过是朋友的感情罢了。况且，我也不能和桑家小妹妹去争……"楚云儿淡淡地说道，嘴角竟还挤出一丝微笑来，似乎在说别人的事情一般，但便是阿沅这样的小姑娘，也知道她的心，此时是碎的。

在痛苦的时候强颜欢笑，其实是一件最容易不过的事情。

彭简郁郁回到府中，一肚子的闷气无处发泄。似他这种人，若是吃了上官的脸色，还能若无其事，但若是吃了下位者的脸色，却不免要百般的烦闷与气恼。

气冲冲地走进中堂，管家小心翼翼地凑上前来，禀道："使君，有京师的来信。"

"什么京师的来信？别来烦我。"彭简没好气地喝道，寻又对管家喝道，"把家里的那些歌姬，每人打十板子。"

管家完全不知道那些歌姬怎么就惹着彭简了，只是当时家养的歌姬地位低下，被主人打骂，实在是寻常不过的事情。管家也不敢触彭简的霉头，连忙答应："是。"弯着腰便要退出去。刚刚走到大厅门口，却又听彭简喝道："回来。"他连忙又跑了回去，听彭简训道："你跑什么跑？"

管家一面暗叫倒霉，一面给自己打了几个耳光，低声下气地说道："小人知错。"

彭简皱眉看了他几眼，不耐烦地挥了挥手："罢罢，方才你说京师的信，什么信？"

"是京师表舅爷的信。"管家连忙把信递上。

彭简接过信来，拆开细读，才读到一半，脸上已是由阴转晴。"原来姓石的竟然也有倒霉的一天。哈哈……"彭简几乎畅快地笑出声来，"石敬瑭之后，有异志……"突然，他脑中闪过一个念头，他连忙冲到书房，铺开一张白纸，也来不及磨墨，便用墨笔蘸点唾液，将在楚云儿家看到的那首石词默了出来。写完之后，彭简又细细读了一遍，他的脸上不由露出了一丝惊喜之色。"好你个石越，难不成真是石敬瑭之后，居然敢写反词！"一面又取出一支朱笔，在石越盗用的张元幹的那阕《贺新郎》上圈点。

"故宫离黍？谁的故宫？这兴亡之叹，从何而来……昆仑倾砥柱？我大宋还好好的，石越到底在感叹什么？什么又叫天意从来高难问……什么又是万里江山知何处？"

彭简越圈越惊，越点越喜，惊的是石越写出如此词来，只怕当真是什么石敬瑭之后，喜的是这么一宗大富贵，竟然落到了自己手上。

喜不自禁的彭简一面叫来心腹手下暗暗监视石越家眷和楚云儿住所，一面赶忙写了一份弹劾石越的奏章，用加急密报，连夜差人送往京师。

4

汴京大内。

赵顼受到的压力越来越大。诚如《汴京新闻》所说，这次的事件，肯定就是有人在陷害石越。但是是谁在陷害石越是一回事，陷害的内容有没有可能是真的，是另一回事。若石越真的是石敬瑭之后，即使他本人没有野心，但是这种谣言出来之后，若是石越权势日重，就难免有一天某些贪图富贵之辈，给石越也来一次黄袍加身。这种谣言只要存在，总会有人想让它变成真的。但是赵顼也不愿意就这样杀了石越或者不再重用石越，他可不希望遭到后世的讥笑。况且君臣之情，人才难得。思前想后，无尽的思绪都让赵顼不愿意贸然做出任何决定。

这些天他几乎每日都要召见石越，君臣纵论古今四海，了解石越对一些政务的想法，更让赵顼越发珍惜石越这个人才。但是关于辽事，他却不愿意问石越的意见。战争是野心家的机会，赵顼不希望石越在这件事上，加重自己的疑惑。

"国家现在的状况，臣自出知杭州后，感受实深。朝廷养兵百万，却常患无兵可用；赋税多如牛毛，却常患国用不足；官吏十倍于古，却常患无官可用；百姓便遇丰年，也往往今日不知明日的死活……"

"卿有无良策以救此弊？趁着还来得及，咱们君臣合力，还可以改，可以变……"

赵顼闭着眼睛，回想着和石越的对话，眉头锁得更紧了。忽然，听到内侍报道："启禀官家，韩丞相与三位参政求见。"

"宣。"赵顼霍然睁开双眼。

未多时，韩绛与吕惠卿、冯京、王珪联袂走了进来，叩拜见礼。

"丞相，有何要紧事要禀奏吗？"赵顼看着他们的表情，便知道出了大事。

"陛下，这里有杭州通判彭简的急奏……"韩绛双手把一份奏疏托过头顶，恭恭敬敬地递上。

赵顼接过内侍递来的奏折，奇道："彭简？什么事值得惊动卿等四人一起前来？"

韩绛苦笑道："这件事，臣等有争议，故此要请陛下圣裁。"

"唔？"赵顼一面打开奏折，才看了几眼，脸就沉了下去，奏折中所叙，正是弹劾石越写反词，而且说石越通商高丽、日本国，是欲结外援以自固；训练水军，其心更属难测。字字诛心，直欲置石越于死地。

"臣认为，本朝一向恩遇士大夫，例无以言罪人之事，似彭简折中所说，一来并无实据，二来多属附会，实在不足以惊动圣听，本欲对彭简严加训斥，但是吕参政却颇有异议……"韩绛一面说，一面把目光投向吕惠卿。

赵顼"嗯"了一声，望向吕惠卿。

吕惠卿连忙出列，朗声道："陛下，若在平常时候，这等折子上来，的确不必深究。才子词人，自写自的兴亡之叹，本也平常……但这个时候，臣虽然相信石越是个忠臣，只是众口铄金，臣以为还是应当问明石越，或使御史查明此案，使清浊自分……"

"问明石越？"赵顼意味深长地问了吕惠卿一眼，反问道。

"正是。"吕惠卿一时竟拿不定皇帝打的什么主意。

赵顼冷笑一声，把奏章丢到一边，对韩绛厉声道："丞相可去告诉彭简，人家自写自己的词，干他甚事？石越通商与练水军，是朕知道的。水军提辖，是朕亲派的，那些捕风捉影的话，不是他彭简身为朝廷大臣所应当乱说的！"

吕惠卿听到皇帝声色俱厉、几近于训斥的话，已知皇帝对石越还有保全之意，但是如此千载难逢的良机，他怎肯放过，连忙跨出一步，说道："陛下——"

"吕卿还有什么要说的？怀古之词，实在不必大惊小怪。"

"陛下圣明，但臣也有疑惑的地方。依彭简所说，这首词是在石越交好的歌妓楚氏处寻着，而偏偏此词，坊间流传的几种《石学士词钞》，皆无收录；教坊歌女，亦从无传唱者。若是平常之作，为何又秘而不宣？陛下可以细读这首词，实在是不可多得的佳作。"

冯京忍不住说道："一首小词，未流传于坊间，也是平常。"

"若是我与冯参政的词，不能流传，倒并不奇怪，但这是石九变的。"

赵顼细细思量吕惠卿说的话，不由也有几分疑惑起来。冯京见皇帝犹疑，急道："陛下，本朝祖宗以来，未尝以言罪人，况且石越一介书生，若说有反意，他又凭什么造反？"

吕惠卿看了冯京一眼，徐徐道："现在不能，不代表将来也不能。臣也以为石越人才难得，因此要尽量保全。但他牵涉这么多事情，若不辩明，就难以大用，用之也不能服众。陛下或者就此一切不问，让他去太学做教授、白水潭做山长，或者给一散官闲置，不使他掌大权；或者就要让他辩明一切，使清浊分明……"

韩绛本来并没有想为石越分辩的意愿，但他十分恼怒吕惠卿风头太健，这时候忍不住道："陛下，臣看彭简亦不过是在一个歌女家看到这首词，是不是石越写的，都还难说。许是彭简与石越在任上有隙，怀恨构陷，也未尝没有可能。若就这样捕风捉影让石越自辩，形同污辱，不如先遣人去审那个歌女，看是否真有其事，再问石越不迟。"

赵顼想了一想，点头道："丞相说得有理。"

吕惠卿见皇帝认可，不敢继续争辩，忙道："陛下圣明，臣以为可让彭简去查明证据，也可稳妥。"

冯京冷笑道："让彭简去查，又如何能公正？不如由两浙路提点刑狱公事晁端彦去查。"

吕惠卿却故意迟疑了一下，摇头道："臣听说石越在两浙路官员中威望甚高……"

王珪见二人争执，韩绛又朝自己打眼色，知道自己终究是不可能置身事外了，只得出来折中道："陛下，臣以为可着晁端彦将那个歌女提来京师，令韩维审理，再钦点两个御史去旁听。如此该回避的人都回避了，若有人想污蔑石越，石越就在京师，也可以对质……"

赵顼心里苦笑："弄清楚了又怎么样？若真的是石越所写？朕还能杀了他？这些东西，又算得了什么真凭实据？徒乱人意罢了。"但他此时已听出几个宰执之间的争执，想想这也是折中之计，也不再多问，点头道："就依此言。这件事情，要快点弄清楚。"

杭州钱塘，市舶司。

"你说什么？"蔡京腾地站起来，犀利的目光逼视着他的家人蔡喜。几个歌姬被吓坏了，一下子都停止了弹唱，不知所措地望着蔡京。

蔡喜望了那几个歌姬一眼，又望了望蔡京。

蔡京把袖子一挥，对那些歌姬喝道："都退下去吧。"

蔡喜望着那些歌姬都退了下去，这才低声说道："提举，断不会错的，小人在迎春楼与彭简家的两个家人喝酒，听他们说的……"

"彭简敢派人监视石学士家眷？"蔡京站起身来，背着手思忖。

"不只是石学士家眷，还有杨家院的，一个叫楚什么的女子。"

"楚……楚云儿？"蔡京突然想起楚云儿的名字，追问道。

蔡喜忙不迭地点点头："正是，正是楚云儿。"

"姓彭的想干什么？"蔡京凭直觉就知道彭简敢这样做，一定有大问题。

蔡喜却以为蔡京在问他，小心答道："依小人之见，一定是不利于石学士。"

"难道朝中有什么不对？"蔡京心道，但他马上就打定了主意：大丈夫不能五鼎食，便当五鼎烹。他被石越举荐的那一刻起，就已经是石党了，这时再犹疑，也来不及了。他走到蔡喜跟前，压低了嗓子，沉声说道："我亲自去石府和陈先生商议，你立即安排心腹差人，多带人手，赶去杨家院，说楚云儿涉及市舶司一桩走私案，将那个地方看管起来，把彭简的人全部赶走。我见过陈先生，再去那里计议。"

"是，小的立即去办。"蔡喜连忙答应。

蔡京点点头，寒声道："你知道我的规矩，不要怕什么，把彭简的人全部赶走，不许他们带走杨家院的任何东西，有什么事情，我来担着。"

"提举放心，小人是办惯事的人，岂能不知道轻重？"蔡喜答应着，作了个揖，便匆匆退了出去。

蔡京目送着他离开背影，忍不住冷笑道："彭简这个蠢货！既然要对石学士不利，却又如此束手束脚、瞻前顾后，不管你有什么打算，蔡某也能让人证物证一齐消失！"一面高声喝道："备马，去石学士府！"

蔡京刚刚在石府前下了马，未及让差役通传，忽然听到北边一阵急促的马蹄声由远及近而来，转瞬的工夫，一白两黑三骑呼啸而至，"吁——"的一声，勒马停在石府大门前十步左右的地方。马上的三个骑客熟练地翻身下马，箭步直奔石府大门而来。

"侍剑？"蔡京望着为首的那个少年，不禁失声唤道。这时候遇上石越的心腹书童，真的是又惊又喜了。

侍剑听到有人叫他，向这边转过脸来，见是蔡京，急忙走近，笑着行了一礼："蔡提举。"

蔡京却不敢受他的礼，不待他拜下，便已经扶起，问道："你怎么回来了？不是随学士去京师了吗？"

侍剑笑道："我是特意回来报平安的。"一面高声向另外两个家人说道："你们先进去，告诉夫人和陈先生，我回来了。等会儿就去参见。"

这会儿工夫，蔡京的心思已转了几转——石越特意让亲信的书童回来报平安，可见京师里一定发生了什么不平安的事情，否则的话，石府多的是人差遣，怎么可能让侍剑受这来回奔波之苦？

他看了一下四下无人，不由低声问道："京师里一定发生大事了，是不是？"

侍剑淡淡一笑，道："蔡提举不用担心，没什么大事。若有大事，我还报什么平安？"

蔡京见他如此神态，不由也放了几分心，他知道侍剑做事老成，多问无益，便不再追问，转过话题，说道："没什么事便好。杭州却是出了几件怪事，我来此，正是要找陈先生商议。"

侍剑眉毛一挑，道："怪事？"

蔡京点点头，却不再多说，道："此处不是说话之所，先进府再说吧。"

"也好，我去叫了陈先生，到他的书房说话。那里很幽静。"侍剑听蔡京的语气，知道必是有秘事相商。

　　石越入京后，杭州石府的事务，一向便由陈良负责打理。这时候见侍剑与蔡京竟联袂而来，陈良心中便已有了不祥的预感。待听蔡京说完蔡喜报告的事情，侍剑毕竟年岁还小，对于事情所见未深；而陈良又不太懂得权谋机变。二人听说彭简如此大胆，竟是一时都呆住了。

　　蔡京一向自视甚高，对二人如此反应，倒也不以为怪，他只望着侍剑，再次追问道："侍剑，你在京师，果真没有听到一点风声？"

　　侍剑这时知道已不能隐瞒，思忖一会儿，方道："京师的确有谣言，但是皇上极信任我家公子，几乎每日都会特意召见，这样的恩宠，天下少有。"说着，便把京师发生的事，简略地说了一下，不过他出发时，彭简的奏折还没到汴京，他也不知道更多。

　　蔡京低着头想了好一会儿，才抬起头来，道："依在下之见，必然是彭简也听到了一些风声，在搞什么古怪。而这个古怪，又必然与楚姑娘有关……"

　　"可是他又能玩出什么花样来呢？"陈良疑惑地问道。

　　蔡京微微一笑，道："他能玩出什么花样来，我们在这里想是想不出来的。但不管他玩什么花样，我们都要抢得先手。彭简心怀忌惮，所以不敢乱来，这就给了我们机会。我已经嘱人，说楚姑娘涉及市舶司一桩走私蔗糖案，去杨家院将彭简的人赶走，把杨家院控制起来。等一会儿，我再自己去一趟，看看能不能从楚姑娘口中探听出点什么来。"

　　侍剑与陈良见蔡京如此胆大妄为，又是吃了一惊，但此时他们却也没什么更好的办法，只得依他行事。侍剑知道石越与楚云儿交情非比寻常，生怕蔡京乱来。想了一想，说道："蔡提举，楚姑娘与我家公子交情非同寻常，提举若是探不出什么话来，便让小的去一次，或者更容易让楚姑娘相信些。"

　　蔡京岂能不明白他的意思，虽不以为然，却亦笑道："如此甚好。"

　　"那，这些在本府周围的人，又要如何处置才好？"陈良问道。

　　"很简单。"蔡京望了屋外一眼，冷笑道，"胆敢监视朝廷重臣，他们是御史台还是皇城司？统统抓起来，严刑拷问，拿到证据，凭此一条，日后便能让彭简吃不了兜着走。"

　　陈良与侍剑听到他的话，都不禁心中一寒，蔡京却若无其事地继续说道："杭州的情况，要修书急送京师，报与石学士知道。我们三个，都在石学士的船上，有些事情，石学士不方便做的，我们要替他做了。似彭简这样的蠢货，本来就不配做石学士的对手……"

　　侍剑低着头，想了半晌，抬头望了陈良一眼，咬咬牙，道："陈先生，这件事情，就照蔡提举的主意办了，我看这样处置，再差也不可能给公子惹麻烦的。"

陈良沉默良久，终于也点了点头，表示同意。这两件事情，的确都有冠冕堂皇的理由。

蔡京见二人答应得勉强，不由暗暗冷笑，心里便有几分看不起陈良，当下略带嘲讽地说道："若是陈先生觉得下不了手，其实倒有更好的办法。陈先生只需将这些人抓起来，送给晁美叔，然后自己亲自去看晁美叔审案——自然有人替我们用大刑的，到时候，还有一个人证在那里，看彭简如何脱身。"

侍剑却没有听出来蔡京嘲讽的语气，拍手笑道："这个计策好！既然说定，我们就分头行事，先辛苦蔡提举去一次杨家院；陈先生去安排官兵抓人；小的还得先去见夫人，想来夫人已经等得不耐烦了。"

侍剑刚出了西花园，就被一个丫头一把拉住，嗔怪道："侍剑，你跑哪去了？让我好找，夫人等你好久了。"

侍剑连忙赔礼，笑道："姐姐容我去换件衣服。"

"哪还顾得了这么多呀？先去见夫人吧。"丫头也不容分说，拉着他便入内院走去。

侍剑心里暗暗苦笑，不管他在外面怎么样，到了屋里，却始终是个书童。被丫头连拉带扯，到了后园，也来不及整整衣冠，就听那个丫头高声叫道："夫人，侍剑来了。"

"让他进来吧。"却是梓儿的声音。

侍剑连忙随便拍了一下衣服，快步走进后堂，见梓儿坐在厅中右侧上首的椅子上，手里拿着针线和一只未绣好的香囊，却是一直没有下针。侍剑叩了个头，道："给夫人请安。"

"嗯，你起来吧，一路辛苦了。"梓儿柔声道。

"谢夫人。"侍剑站起来，拆开随身带着的包裹，取出两封信来，递给梓儿身边的丫头，笑道，"公子让小人回来，给夫人报个平安，京师一切安好，请夫人毋念。这里有公子和舅爷的家信，另外老夫人给夫人带了一些东西，不知道已经送进内堂没有？"

梓儿从丫头手中接过信来，笑道："已经送进来了，我让他们两个去休息了，你再辛苦一会儿，我还有话问你。给侍剑看个座。"她后一句，却是对丫鬟说的。

"不敢，夫人吩咐便是，小人站着侍候就行了。"

梓儿一颗心思早已飞到石越身边去了，哪里还听得见他在说什么？先拆开石越的家书，默默反复读了几遍。石越却是尽拣好的说，无非是一切平安，好得不能再好，让梓儿在杭州好好照顾自己，不用挂念之意，除此之外，便是些夫妻之间的相思情话。梓儿读完之后，张嘴欲问侍剑，想想不妥，将石越的书信珍重折好，交给丫头，又拆开桑充国的家书，细细读来：

"……近日朝野间虽有不利于子明之谣言，但以愚兄之见，则子明圣眷未衰，不足挂心。且奸人陷害之意甚明，皇上圣明，当不会为宵小所欺，贤妹大可放心。开封府已经通缉奸人，愚兄与《汴京新闻》亦全力为子明辩污，便是《西京》报，亦难得深明大义。愚兄相信不久一切将水落石出，子明必受大用，贤妹在杭，须得保重身体，勿为流言所扰……"

桑充国对自家妹子的了解，根本不及石越十分之一。虽然他信中是关切之意，却全然没有想到，梓儿远在杭州，高门大院，虽然自有丫鬟婆子多嘴，可也不可能这么快听得见什么流言。反倒是他这封家书，让梓儿的心一下子就悬起来了。

"侍剑，公子在京师，究竟怎么样？"梓儿一面把桑充国的信收起来，一面装作漫不经心地问道。

侍剑瞅见梓儿读信的神色，心里早已惴惴不安，这时也只得硬着头皮道："一切都好。"

"你是大哥用惯了的人，若是一切都好，为何让你千里迢迢跑回来？"梓儿一下子就发现了其中的破绽，她心里一急，张口便把"大哥"给叫出来了，脸上不由一红。

侍剑赔着笑回道："夫人想想，若是有什么事，公子怎么会让小人回来呢？那边不更需要人吗？让小人回来，是公子顾念夫人之意。"

"那京师朝野的谣言，又是怎么一回事？"

"这……"侍剑知道瞒不过了，他立时想到必是桑充国在信里说了什么，心里一面暗暗怨怪桑充国，一面避重就轻地说道，"那是小事，公子说怕夫人担心……夫人尽可放心，小人回来之前，皇上几乎一日一见，君臣之间相谈甚欢，绝不会有什么事的。"一面又略说起揭贴的事情，梓儿听得胆战心惊，直到知道皇帝并没有降罪之意，这才稍稍放心，但心里却忍不住感到一阵难受。她知道石越关心自己，不愿意让自己担心，所以瞒着自己，那不过是一种体惜之意。可她终究是不能为他分忧，不免觉得自己竟是多余，甚至是石越的累赘。心思百转，不免平添自怨自艾之意。

梓儿性子温柔，遇上不开心的事情，也断不肯迁怒别人，却又没什么闺中密友能够倾诉，又要顾着在众人面前不要失态，眼泪涌上眶来，也只得生生忍住，低声对侍剑道："你休息几天，还是辛苦一下，赶回京师。京师气候比南方要冷，我缝了件貂袍，你替我带过去。替我告诉公子，我只要他平平安安便好。"

侍剑连连点头答应，欲要宽慰她几句，却有身份之隔，正要告退，一个女子掀开珠帘，闯了进来，看见侍剑，劈头就问："侍剑，你回来了？"

侍剑抬头见是阿旺，忙笑着答应，一面打着招呼。

阿旺走到梓儿身边，将手里一堆东西交给一个丫头，笑道："夫人，这是给您买的颜料与笔、纸，还有琴弦。"

侍剑吐吐舌头，笑道："这些东西还要你亲自去买？"大户人家，丫头侍女亦有大小之别。

"别人买的不合适。"阿旺却是转过头，向侍剑问道："刚刚进府的时候，看到府中的官兵在外面抓人，听说竟是胆敢觊觎咱们府上的，不料天下竟有这么傻的贼——太岁头上动土！你知道是怎么回事吗？"

侍剑不由暗暗叫苦，支支吾吾说道："我，我也不知道怎么回事。"

梓儿见他这神态，一颗心又提了上去，问道："侍剑，你老实告诉我吧。"

侍剑见梓儿问得虽然温柔，但是神色却甚是坚定，他知道这个夫人颇有点儿外柔内刚，不能相瞒，只好说道："夫人，这件事情……"说着往左右看了一眼。

梓儿见他如此，心中更是担心，往左右看了一眼，对丫鬟婆子们说道："你们都下去吧，阿旺，你去外面看着点。"

待众人一一退下，侍剑这才把事情详详细细说了一遍，末了，又叮嘱道："这件事本不当告诉夫人，但小的又怕夫人心担心，想得太多。只是此事，便是再亲密的丫鬟婆子，亲戚朋友，都不可以说的，否则公子就麻烦了。"

梓儿这时却早已听呆了——她还是第一次知道有楚云儿这个人的存在。"我理会的。"梓儿勉强一笑，说道，"你说那个楚云儿姑娘，现在在杭州？"

"是啊，在杭州杨家院，我们也不知道彭简要搞什么鬼。"

梓儿想了一想，终于下定决心似的，说道："我想去见见她。"

"夫人？"侍剑吃了一惊，他哪里能明白女人的心事？

梓儿柔声说道："你放心，我没有别的意思。只是依你所讲，以前大哥烦恼的时候，也常去她那里，我猜大哥没有娶她，也不过是因为身份地位不相配。既是她能明白大哥的心思，替大哥宽心解闷，我又有什么舍不得把她收进府中呢？"梓儿说到此处，心中一痛，脸上却依然装出极其勉强的笑容。

"这，这……小的以为公子绝对没有这种意思才对。"侍剑碰上这种事情，不由有点儿语无伦次了。

梓儿强笑着看了他一眼，把头转过一边，道："你说我是那种只会妒忌，不识大体的女子吗？"

侍剑慌得连连摆手："不、不是，夫人温柔贤淑，上上下下无不知道的。"

"那就行了。我帮不上大哥什么忙，反累得让他替我操心……"梓儿说到此处，神情黯然，转又强笑道，"你不知道，但凡一个女子，都是唯愿她喜欢的人好的。我去见见她，有些事情你们男人说不通，也许我就能说通了。"

侍剑知道梓儿真要主意拿定，再也阻挡不住，只好说道："那夫人容我去安排一下。这件事，要隐秘一点好，也不能带太多的人，到时候，只说去拜佛。"

"你去安排吧。"梓儿微微点头，柔声答道。侍剑是什么时候离开的，那些丫鬟们是什么时候进来的，她都没有注意。她坐在那儿，望着绣包上的鸳鸯发着呆。凭着直觉，梓儿知道石越遇上了大麻烦，她其实是个很聪明的女子，岂能看不透事情？只是一直被呵护，没什么太多的世事经验罢了。她担心着石越的安危，责怪自己不能够为他分忧，特别是当她想起那个叫楚云儿的女子之时，心中更是一阵阵的刺痛。没有人愿意和别人分享自己喜欢的人，但是如果自己的丈夫真正喜欢的，竟是那个叫楚云儿的女子呢？一直以来，石越有什么烦恼，从来不会向自己倾诉，自己只是如一个小妹妹一样被呵护，连称呼也是"大哥""妹子"……

如果真是那样，也许自己能做的，是悄悄地躲在一边吧？梓儿终于控制不住自己的眼泪……

杨家院。

蔡京赶到之时，杨家院之外方圆三里的地方，都已在市舶司的控制之下。

蔡喜给他牵了马，笑道："彭简的人都是饭桶，一直在旁边转悠，根本不敢光明正大地出现，一来就被我赶跑了。"

蔡京冷笑道："人家没犯什么事，他就敢光明正大地围村？不怕官逼民反？楚云儿呢？怎么样？"

"小人没敢惊动。"

"你引我去见见她，我们终不能一直围着这个地方，久了必生事端。"蔡京一面走，一面说道。

楚云儿早就意识到不对。

自从彭简来过之后，十几个陌生人便在杨家院附近鬼鬼祟祟地出没。杭州现在虽然也是人来人往，商贾云集的地方，但在杨家院这样的乡下，若有陌生人出现而不立时被乡民们知道，那才真是奇怪之极的事情。到了今天，事情更是越发闹大了，杭州市舶司的差役，也不说缘由，如狼似虎地把杨家院围住，说是要办什么案子——她却不知道那些鬼鬼祟祟的陌生人也被这些差役给赶走了。整个杨家院的百姓都惴惴不安，奇怪的是，那些差役却并没有入院子里骚扰。

"姑娘，有个官儿在外面求见，自称是提举杭州市舶司公事蔡京。"阿沅走到她身边，轻声说道。

楚云儿望了阿沅一眼，见她脸上有担忧之色，便轻轻拍了拍阿沅的小脸，微微笑道:"别担心,他们不敢乱来的。去请他进来吧。"她言语之间,竟隐隐有一种傲然之气,几乎让人不敢相信,这个女子以前竟是一个歌妓。

阿沅强压住心中的忧虑,笑道:"我有什么好担心的?"不知为什么,她心里有一种不好的预感。

"去吧。我在大厅里等他。"说罢,楚云儿随手往肩上搭了一件披风,往客厅走去。

没多久,便见阿沅领着一个俊雅的年轻官员走进客厅,楚云儿早早站起身来,敛身说道:"奴家不便远迎,还请蔡提举恕罪。"

蔡京抱拳还了一礼,淡淡地说道:"是蔡某打扰。"

二人说了几句客套话,分宾主坐下,蔡京却不说话,只是静静打量厅中陈设。却见客厅布置,虽然精雅别致,却也没什么特别出奇的地方。

楚云儿对石越这两年在杭州的事情了若指掌,自然听说过蔡京是石越跟前的红人,只是她见惯了各色各样的人,却绝不会对人轻易相信。见蔡京如此,便试探着问道:"不知蔡提举枉驾前来,所为何事?奴家听说,市舶司的官差已将敝府团团围住,却不知又是为了哪桩?"

蔡京见她语气温柔,词锋却是犀利,不由一笑,道:"蔡某前来,便是为了解释这件事情。"

"解释?不敢当。"楚云儿的话中,已略带讽刺之意。

蔡京是何等聪明之人,哪里听不出她话中之意?这时却只装作听不懂,他不敢贸然相信楚云儿,也不肯以实言相告,抱拳笑道:"有人举报说,杨家院涉嫌走私蔗糖……"

楚云儿不由一怔,再也想不到竟有这个罪名,不由反问道:"走私蔗糖?"

"正是。"

阿沅见蔡京说得郑重,不由在一边冷笑道:"蔡提举,可有证据?"

蔡京也不看阿沅,只盯着楚云儿,淡淡笑道:"下官正是来取证了。"

"那蔡提举是取到了,还是没有取到?"楚云儿向阿沅使了个眼色,制止她再说话,淡淡问道。

"差人还在外面做事。"蔡京随口答道,顿了一顿,突然笑道:"我特意来此,其实是想问问楚姑娘,外面那些鬼鬼祟祟的家伙,是怎么回事?"

楚云儿奇道:"蔡提举,贱妾还以为他们也是市舶司的呢。"

蔡京眉头微皱,追问道:"楚姑娘真的不知道?"

"不知道。"

"那彭简彭使君，楚姑娘你总知道吧？"言色之中，蔡京对楚云儿已有疑忌之意。

楚云儿微微点头："他前一阵子来过一次。"

"敢问楚姑娘，他来此与你说了什么？"蔡京紧紧盯着楚云儿，追问道。

楚云儿不由微觉愠恼，那天彭简和她说的话，她怎么可能向蔡京转述？"蔡提举，这些与走私案有关吗？"

"有没有关系，要说了才知道。而且这件事多半与另一个人有关。"

"与谁有关？"楚云儿冷笑道。

"楚姑娘冰雪聪明，心里自然明白。心照不宣吧。"

楚云儿站起身来，冷冷地说道："蔡提举，民女没有做过作奸犯科之事，要如何处置，悉听蔡提举之便。若想问彭使君的话，何不自己去找彭使君？"

蔡京见她发作，也不生气，只站起身来，抱拳说道："楚姑娘实在不肯说，也罢了，想来我自有办法知道……下官告辞，这几天便请姑娘留在府中，不要到处乱跑，以免下人不识，多有得罪。"说罢竟是扬长而去。

楚云儿哪里知道，蔡京在这一瞬间便已定了一个釜底抽薪之计。若是万一不行，便要将她构以重罪，用刑伤于大堂，再让她死在狱中，报一个染病而死，也是事属平常。然后将她家产充没，让彭简无论是玩什么花样，都死无对证。

一个歌女的生命，在蔡京眼里，根本不值几文。

5

汴京，石府。

田烈武加入禁军上军之后，俸禄已经比较优厚。禁军诸军将校，分为二十三等，最高的每月俸禄为三十贯，最低者与士兵一样，只有三百文，相差一百倍。田烈武现在的身份不高不低，做了一个小小的指挥，管着四百骑兵。他是忠臣之后，皇帝钦点，又是武进士，而且又是石府二公子的武术教头，晋升起来，自然比旁人快一些。

石越的谣言传开之后，《汴京新闻》与《西京评论》在客观上帮了石越的倒忙——虽然这两份报纸竭力为石越辩污，但反而吸引了东西两京的人们来关注这件事情。相对而言，老百姓更愿意相信石敬瑭之后这样有传奇色彩的传说。人类有时候，是不喜欢讲证据的。

因此当田烈武去石府给唐康教骑射的时候，总有同僚好心地劝他："你是上军的指挥，避避嫌对你和石学士都有好处。"田烈武却总是置之一笑，照常来往于石府。

他也不懂怎么样辩驳，像他这样的人，只会做自己认为是对的事情。

不过田烈武也能看到一些人情世故：来往于石府的官员急骤减少，石府前人来人往的，大部分倒是白水潭的学生。而另一方面，石越也很少出去拜客，除了进宫见皇帝外，连白水潭也不去讲课，只是在家里与唐康、秦观谈古论今，有时候田烈武也会坐在旁边静听。

田烈武对石越有一种发自内心的钦慕。有一次，石越看到他在那里招呼人削马掌，便立即叫来一个铁匠，仿着马蹄打制了一块铁块，将铁块烙在马掌之上——铁块比马掌谁更耐磨，是显而易见的。田烈武回营后，立即命令本营军马，全部烙上铁马掌。没几天工夫，京师的禁军，甚至民间，都知道了这个方法。

而当石越和他们讲海外的奇谈之时，讲薛奕带回来的高丽、日本国见闻之时，不仅仅唐康、秦观，便是田烈武，都有点儿羡慕起薛奕那小子起来。虽然他更喜欢的，还是骑在马上奔驰的感觉。

这一天，田烈武便和秦观、唐康一起坐在院子中，听石越讲异国的奇闻物产。

"……猫儿睛这种宝石，一般都是如同拇指大小，莹洁明透，像猫儿的眼睛，所以叫猫儿睛，它的产地，主要是南毗、锡兰等国……"

"学士，南毗、锡兰又在哪里？"田烈武这是第一次听说这两个国名。

唐康从袖子中掏出一张老大的地图来，铺到桌面上。一面对地图指指点点，一面对田烈武说道："田教头，你来看，这里便是我们大宋中土，这下面，这，便是锡兰，那便是南毗……"

田烈武望着那张地图，不由大吃一惊："我们大宋西边还有这么大的地方？"

秦观笑道："这是石学士在杭州时，汇集了大食商人的海图，加以自己的见闻画的。你看，东边这两块大陆，还有南边这个大岛，是大食人也不知道的。"

田烈武不可思议地摇着头，感叹道："可惜隔这么大的海，要不然就不愁穷人没有田耕了。"

众人听他说得天真，不由莞尔，正要说话，却见石安急匆匆地走了进来，笑着向石越禀道："学士，潘先生回来了。"

石越霍地站了起来，与秦观、唐康对望一眼，三个人的心中，竟是闪过同一个念头："他终于回来了！"

石越的书房布置得非常简洁。北面靠墙，是一个很大的檀木书柜，上面摆着各种各样的书籍、文卷、笔墨纸砚；书柜前面是一张黑色的书桌。东北角斜放着一个架子柜，上面摆着各式各样的玉器。在玉器架旁的东面墙上，挂着一把宝剑。东墙正下方，摆着两张椅子和一只茶几，坐在椅子上，可以看到西边墙上，挂着苏轼手书的

"君子自强不息"六字草书条幅。

石越坐在书桌后面，无意识地看了那幅草书一眼，叹道："潜光兄，世事变化无穷，真是不可逆料呀。"

潘照临微微一笑，又看了门外一眼，秦观与田烈武早已经相约去喝酒了，唐康在书房外二十步远的亭中读书，实际上是为了防止下人打扰。潘照临确认无人靠近，这才说道："公子，不必过于忧心，这个世界上，岂有解不开的结？"

石越这些天来，一直装作若无其事，其实心中根本没有底。他见潘照临一副胸有成竹的样子，这才稍稍放心，道："京师揭贴的事情，想必先生是知道了。彭简上书一事，先生还未知吧？"

潘照临苦笑道："《汴京新闻》与《西京评论》连篇累牍，我岂能不知？用不多久，必然传遍大宋。不过彭简上书，却又是何事？"

石越将事情详细地说了一遍，道："现在京师知道此事的，不过皇上与宰执而已。这还是李向安悄悄传出来的消息，我也不好上章自辩。"说罢，又苦笑道，"那首词的确是我送给楚姑娘的，不知为何竟为彭简所知。其实倒没有必要去提楚姑娘来京，实是多此一举。"

"公子自然不能上章自辩，这种事情，说不清楚的，有罪没罪，全在于皇上。皇上不直接降诏问公子，而是千里迢迢去提楚姑娘，那是不相信彭简，至少是不愿意相信彭简。"潘照临沉吟了一会儿，问道，"现在给晁美叔下诏的使者出发了没？"

"三天前出发的。"石越对这件事，只能淡然处之。

潘照临又思忖了好一会儿，才说道："此事说大不大，说小不小。其根本，还是因为有公子身世的谣言，这首词才会成为问题。我既然不能抽身去处理这件事情，侍剑又已经走了，如今只有辛苦二公子了。"

石越奇道："辛苦他做什么？"

潘照临微微笑道："当然是让他去杭州。一来和陈良、侍剑说一下京师的情况，再则让他抢在晁美叔之前，见一次楚姑娘。如果可能，让楚姑娘销毁证物，来个死不认账。到时候，我们就可以反攀彭简诬告，至少可以加重皇上对彭简的怀疑。"

"这……"石越不由有点儿迟疑，"若是死不认账，只怕会受刑，她一个弱女子……"

潘照临望了石越一眼，知道石越顾念旧情，便笑道："公子不必担心，只需销毁证物，没有物证，韩维自会给公子几分薄面，不至于让楚姑娘受苦的。"

石越心里依然犹疑，道："可是……"

"公子，这件事情，我们也不过是尽尽人事罢了，若能够从源头上击败彭简，我们的胜算就多一分；反过来，若是唐康去时，一切都已经晚了，那么到时候公子就直承其事，把一切交给皇上来处置。至于皇上到时候是信公子，还是不信公子，就看皇上圣明与否了。"

"只是……只是……如果皇上在楚姑娘来京之前，突然问我呢？"

"那也简单，公子就承认是自己写的。到时候即使楚姑娘说不是公子写的，皇上也只当是一件风流佳话。楚姑娘有情有义，不肯连累公子，所以矢口否认，想来皇上也未必会责怪。"

石越站起身来，走到玉器架前，信手拿了一件玉器把玩，定睛一看，却是一只玉玦。他心中一震，终于点头，道："如此，我便修书一封与楚姑娘……"

"不行。"潘照临立时制止，"公子想想，彭简如何知道楚姑娘那里有公子的词？没有了解真相之前，便是楚姑娘也不能相信，焉知她不会由爱生恨？公子只让唐康带一件信物去便可，绝不可再授人以柄。"

"她应当不会……"石越虽不相信，却也收起了写信的念头。

潘照临也不愿再去纠缠这件事情，轻轻啜了一口茶，正色说道："公子，此事就这样处了，等会我和二公子说明关键，他聪明果决，自然会处理好。我们现在应当想想如何应付那铺天盖地的谣言。"

石越沉默良久，摇头道："我已经想了很久，终无良策。也许只能用时间来解决这个问题了，等到尘埃落定，一切自会水落石出。"

"那不是好办法。"潘照临抬起眼皮，断然否定，道，"我们等不起，再者问题始终存在，并没根本解决。"

石越无可奈何地说道："那又能如何？"

潘照临抿着嘴，右手紧紧握着茶杯，沉声道："公子，你真的不记得自己的身世了？"

石越脸上泛起一丝苦笑，转过头来，看着潘照临，道："不记得了。"脑海中，却如电影一般闪过现代生活的种种画面，父母、亲人、女友、师友……每个人的面孔竟是特别清晰，他又怎么能真的不记得了？

潘照临眯着眼睛望着石越，也默不作声。

二人相对无言，沉默了许久，潘照临突然咳了一声，用极低的声音，一字一句地说道："既然如此，我们就行一险计！"

"险计？"石越眉毛一挑，冒险实在不是他的性格。

"不错，若是成功，公子的身世日后不仅不再是阻碍，反而将成为一大助力；若是失败，就是欺君之罪，公子最好的下场，就是发配边州看管。"潘照临脸上的表情有着从未有过的郑重与严肃。

"到底是什么计策？"石越紧紧地握着玉玦，手心里沁满了汗。

潘照临凑到石越耳边，用极低微的声音细细说着。石越一面听，一面已是目瞪口呆。

"这……"

"此计成功的关键，全在于富弼。若是富弼肯合作，那么便是弥天大谎，我们也能圆了它！而这件事，从头到尾，也可以只有我们三人知道。"潘照临仿佛没有看见石越吃惊的表情，说完之后，竟从容地品起茶来。

石越又望了一眼手中的玉玦，问道："富弼凭什么要帮我？"

潘照临点点头："不错，也许富弼的确不会帮我们。"

"那么……"

"但是富弼也有要帮我们的理由。"潘照临不待石越说完，继续不紧不慢地说道。

"他有什么理由？"石越奇道。他完全想象不出来，有什么样的利益和大义，值得富弼去平白冒这么大的险。

"公子可知道富弼这个人的生平？"潘照临突然问道。

"富弼是本朝名臣，我当然知道。"

"我在洛阳，和富弼前后见过三次面。"潘照临缓缓地说道，"此公给我的感觉，是四个字。"

"哦？哪四个字？"

潘照临嘴角一动，微微笑道："不甘寂寞。"

"我所听到的传闻中，富弼是个忠直的人，他曾经当着仁宗的面，直斥自己的岳父晏殊为奸臣。"

"我还没见过完美无缺的圣人，公子。"潘照临恢复了他似笑非笑的表情，"富弼从小家贫，因为范文正公举荐，试茂材制科出身，其后在危急之时，出使辽国，脱颖而出，从此出将入相，为国家栋梁。若观他一生的所作所为，称得上是才华出众，胆色非常。"

"但是从另一方面来说，富弼少年时代依附范文正公，后来又娶晏殊的女儿，听说他少年做举子时，王冀公以使相的身份镇守洛阳，他去围观王冀公车驾，曾感叹，王公也是个举子呀。我这次去他家里，他家中还挂着旌旗鹤雁降庭图，可见富弼一生，都是名利中人。"潘照临口中的王冀公，是指宋朝名臣王钦若。

石越也点头笑道："我送给富弼的礼物，他从没拒绝过。"

潘照临莞尔一笑，道："我观富弼一生之中，有两件事可以说是纠缠他一生。其一是边事。他以边事而发迹，但若别人说他是因为出使辽国而发迹，他却会引以为耻。虽然他暗暗得意于出使辽国，折服辽主的壮举，可心里又对于达成增加岁币的和约深以为耻，所以他曾劝朝廷斩元昊的使者，对西夏采取强硬的政策。他劝皇上二十年不言兵事，绝非是因为他不想一雪朝廷的耻辱，只不过是想学勾践之事罢了。富弼一辈子都没有真正看得起辽国过，若是有人能够替他达这个心愿，富弼未必不会对此人另眼相看……"

石越把玉玦放回玉器架上，摇摇头，道："富弼绝不可能为了这个理由而冒此大险。"

潘照临点头道："不错。若只有这一个理由，富弼毕竟不再是侠气的少年，断不可能为此冒大险。但还有另一件事……"

石越信手拿起另一件玉器，细细观赏。

"富弼位列两府，三朝元老，与韩魏公同时在朝，二人又是数十年的交情，可是为什么韩魏公死后，富弼既不遣人吊祭，也不在洛阳遥祭？又者，富弼与欧阳修，交非泛泛，为何欧阳修死后，他也不去吊祭？"

"他的理由，是老病吧。"石越放下手中的绿玉老虎，淡淡地答道。

"那不过是向世人的交代。富弼不去吊祭这两个人，是因为刻骨铭心的怨恨，若公子是韩魏公的亲女婿，只怕他会连公子一并恨上。这中间，涉及仁宗、英宗及至本朝三朝的宫廷政治，富弼毕竟不过是一个贫家子弟出身，在这些政治角力中，他根本比不上世家子弟的韩琦，若非资历才望超过欧阳修，甚至可以说他连欧阳修都比不上……"

"若论治民的能力，治军的能力，出将入相的本事，韩魏公不如富弼。但是若论说到政治角力，富弼因为仁宗朝废后之事，替范文正公说话，而间接得罪如今的太皇太后；至和年间，仁宗病危，立英宗为储，本来也有富弼参与，富弼召韩魏公入枢府，本想共谋其事，不料富弼丁忧[81]，韩魏公早早议立英宗为皇子，独享其功；其后英宗朝，英宗得病，当今的太皇太后垂帘，英宗待内侍甚严，内侍怀恨构隙，富弼竟然谏英宗，说'伊尹之事，臣能为之'，英宗不得已忍气吞声，而韩魏公因此对富弼颇有疑惑，一日趁英宗病愈，当着百官之面，用智迫使太皇太后撤帘归政，而身为枢使的富弼事先竟不得商量，他以为韩魏公欲置他于族灭，由此对韩魏公恨之入骨。其后又有濮议[82]，欧阳修首议追尊濮安懿王，富弼竟断然反对……"

潘照临如数家珍一般，向石越讲述着富弼在仁宗、英宗两朝废立大事中的立场与结果。石越以前虽然听说富弼的事迹，又如何能明白这许多的内情？不由叹道："难怪皇上对韩家与对富家，有两种截然不同的态度。"

....

[81] 丁忧是指官员遭遇父母去世或祖父母去世时，必须解官行服，五服之内其余亲属遭丧时，需请丧假奔丧。北宋时期文武官员的父母丧假规定是不一样的：文官遭遇父母丧，普遍都要求解官行服，服丧二十七个月；武官的实际服丧期为一百天。

[82] 宋仁宗无嗣，死后以濮安懿王赵允让之子赵曙继位，是为宋英宗，当时朝中围绕着如何尊礼生父濮安懿王赵允让，引发朝臣的对立与冲突，成为当时一个重大政治事件。此事被称为"濮议"。

"不错。英宗策立、亲政，韩魏公居功至伟。而当今皇帝之立，也有韩魏公的功劳。两代策立之功，岂同寻常？所以皇上无论如何，也要和韩家约为婚姻，而韩琦再怎么样反对新法，皇上也不会将他真正罢黜。所以夫人一旦成为韩魏公的义女，便是郡主，也要退让三分……所以皇上才会给韩魏公亲写碑词，所以富弼，虽然与韩魏公一样的资历，却只能提前致仕，退居洛阳。若再对比一下富弼之子富绍庭与韩忠彦如今的身份地位 —— 以富弼对功名的垂意，他心中若不介意，岂非咄咄怪事？"

"都说'富韩''富韩'，不料富韩竟然相差如此之远！"石越感叹道，"可是，这与我们计议的事情，又有什么关系？"

"大有关系！"潘照临脸上泛起一丝冷笑，"富弼若不介意，便罢了。若是介意，那么他想要儿子辈孙子辈，都能使富家赶上韩家的话，现在就是一个机会。"

"机会？"石越转过身来，望着潘照临。

"不错，就是机会。"潘照临冷冷地说道，"这件事情，富弼若是做了，即使事情败露，毕竟不是谋反，最多不过是流放安置，他富弼反正也没有几年好活了；若是成功，谁都知道公子前途无量，公子又岂会亏待他的儿孙？何况这件事情，只有我们要担心他富弼出卖我们，他富弼根本不用担心我们会出卖他……风险对富弼而言，如此之低，而却可以为子孙保几十年的平安富贵，我想不出他富弼有什么理由去拒绝。"

石越想了一会儿，突然笑道："富弼难道不担心我们有一天对付他的儿子，杀人灭口吗？或者等他死后，我不再照顾他的儿孙？"

"这些事情，就取决于富弼对公子的印象了。不过富弼也应当知道，我只要去找他开了这个口，那么他与公子，就只有两条路了，非友即敌，富弼若是聪明人，自然就会懂得怎么选。"潘照临将茶杯端起，笑道，"天下哪有什么绝对会成功的事情？公子你也需要早下决定。"

石越垂下头，反复思忖，许久，终于抬起头来，说道："我只希望富弼能将这个秘密带进棺材之中。"

潘照临嘴角似乎隐隐露出一丝笑容："我想他会的，除非他认为他儿子的智慧，能够用好这个秘密。"

"我记得富弼自己也曾经被流言所攻击，历史真是讽刺。"石越走到东墙边上，取下宝剑，拔出剑来，顿时寒光四溢。"天下的确没有绝对能成功的事情，这次若是失败，也许就真的用得着你了……"石越望着手中锋利的宝剑，暗暗想道。

杭州杨家院。

楚府的男仆们一大早起来，便看到一个身着白素羽衣、盘着一头乌黑的秀发，约二十来岁的少妇站在楚云儿的幽居之前。这个女子身后还跟着四个丫头，全是一身

白衣；另有一个身材高挑，身着白衣，丫头打扮的女子，在大门之前，轻轻地叩响门
环。这些仆人们虽然看不见那个少妇正面的模样，但在众人环簇当中，都能感觉到那
少妇有一种别样的气度。若是他们知道世间有雪莲花这一样花儿，必定感叹，那个少
妇便如同雪山上的雪莲花一样，冰清玉洁，让人见之而生怜爱，看似柔不禁风，实则
坚韧非凡。若他们能从正面再看得一眼，一定能从她闪烁的星眸中，读出一种聪明狡
黠的可爱处。这个少妇，与他们的主人楚云儿，是两种完全不同类型的女子。

　　这些男仆们正踌躇着，未及前去询问她们的来意——便听"吱"的一声，大门
开了。阿沅睡眼朦胧地把头探出门缝，柔媚地嘟噜道："是谁呀？这么早——"

　　她这副神态，不由惹得那四个女子都掩袖偷笑，白衣少妇也不禁肩头微耸，显
然也是忍俊不禁。敲门的女子更是放肆地笑出声来，柔声道："姑娘，我家主人特意
前来，求见楚姑娘。"

　　阿沅听她说的一口汴京官话，不由一愣，睡意也消了半分。她勉强睁开眼睛，
上上下下打量了敲门的女子一眼，又望了一眼那边站立的五个女子，不自禁打了个小
小的哈欠，才问道："你们又是谁呀？"言语之中，依然带着几分将醒未醒的样子。

　　来访的女子，几曾见过这样天真烂漫、毫不掩饰的女孩，她们自小秉承的教训，
都有诸如"笑不露齿"等维持淑女风范的礼仪教条，那个少妇虽然少女时代，也是个
调皮淘气的女孩子，可毕竟也不会如阿沅这般，毫不介意地在客人面前打着哈欠。众
人不由都忘了自己的来意，轻轻笑了起来。

　　"不知这位姑娘怎么称呼？"白衣少妇的声音，非常清澈。

　　"我叫阿沅。"阿沅丝毫没有意识到她们在笑什么，随口答道。

　　"原来是阿沅姑娘，可否劳烦你通报一声，就说石夫人求见楚姑娘，盼她能赐
一见。"

　　"哦，石夫人——"阿沅心中一个激灵，睡意顿时全消，她张大了嘴，看着眼前
这个不施粉黛、温柔可亲的女子，呆道，"你就是石夫人？石学士夫人？"

　　"正是妾身。"梓儿微微颔首，笑道。她正在孝中，所以一府皆白，不施粉黛。
这次前来，也不敢太过张扬，只带了阿旺和四个心腹的丫头。侍剑等人则远远地在村
外等候。

　　不料阿沅知道是石夫人之后，反倒将脸一沉，冷冷道："你们能不能给人过一天
安稳的日子？不见。"说罢，也不多说，将门一合，又关上了。

　　梓儿料不到这个阿沅会如此讨厌自己，心道："若是我石大哥前来，只怕便不会
如此了……"心里不由又有几分莫名的刺痛。

　　她见阿旺脸上有不忿之色，抓紧门环还要敲门，连忙止住，道："阿旺，你
过来。"

阿旺心不甘情不愿地走过来，愤愤道："那个小丫头太无礼，便是蜀国公主，对夫人也是礼敬有加的。"

"说这些做什么？"梓儿淡淡地说道。转过头，对一个丫头吩咐道："去将阿旺的筝取来。"

那个丫鬟答应着，走到十数步远的马车之前，从车上抱出一把十三弦的秦筝，交给阿旺。

"阿旺，你替我在此奏一曲吧。我记得你曾编过一曲《望月怀远》……"

阿旺点点头，找了块青石，席地而坐。将云筝架在身边，又在琴边燃了一个香炉——这是宋代大户女子出行必备之物。这才俯首轻调琴弦，素手翻转，鸣筝弄响，兹弦一弹，筝声含着一种哀怨相思的婉转，一种无可奈何的期待，所谓"弦凝指咽声停处，别有深情一万重"，所有的人，竟都要被这筝声中洋溢出来的情绪所感染。梓儿默默地站在阿旺身边，听着筝声，不由想起远在汴京的石越，不知祸福，心头亦不禁相思百转，又不知道自己深爱的人，爱的究竟是自己还是在眼前这宅子中的人？心中抑抑郁郁，竟似要把心都想碎一般。她不欲多想，便在心里默默念道："海上生明月，天涯共此时。情人怨遥夜，竟夕起相思。灭烛怜光满，披衣觉露滋……"

阿旺一曲终了，楚宅内外竟显得格外寂静，仿佛所有的人都还沉浸于这筝声之中。过了好一会儿，宅中忽然传出一阵清澈的琴声。琴声清韵如风，让人们心中刚才的郁郁，顿时消散，而那表面的淡然恬静之中，更有一种落拓的骄傲。梓儿与阿旺细听一阵，不由相视一眼，见双方眼中，都有诧异之色。阿旺精通音律，梓儿悟性本就极高，与阿旺相处几年，于音律也颇有领悟。这时听到这琴声，二人竟都有似曾相识之感。

"这是由王相公的《暗香》改编的曲子，我曾经在京师听人弹奏过，但是没有人能在这位楚姑娘之上。"阿旺轻轻地赞许道。其实她和楚云儿倒是见过的，只不过一时没有想起来罢了。

但梓儿心中却是另有所思："新婚之夜的琴声，原来便是她所奏。"梓儿在心里摇摇头，悲伤地想道，"大哥，你明明知道，为何却要瞒着我？"

然而这曲《暗香》，楚云儿终是没有弹完。阿旺的话音刚落，便听到"铮"的一声，琴声截然而止，显是琴弦断了。

"心境若不能融入琴境之中，琴弦难免折断。"阿旺惋惜地叹道。

"有些事情，阿旺你是不明白的……这个楚姑娘，一定是个倔强的女子。"梓儿淡淡地说道。她话音未落，"吱"的一声，楚府的大门终于打开了。一个身着淡黄色丝袍的女子，亭亭走到门口，敛身说道："石夫人，多有怠慢。"

"是你？"梓儿望着亲自出门来迎接的楚云儿，惊讶得说不出话来。

"不错，是我，数年之前，大相国寺，我们曾有一面之缘。"楚云儿微微笑道。

梓儿摇了摇头，自嘲地笑道："原来大家都知道，就我一个人不知道。"难道幸福真的是建立在谎言之上的吗？梓儿已经不愿意去想这个问题了。

"知道了未必是好事，不知道未必是坏事。"楚云儿幽幽叹道。

梓儿默默地摇了摇头，良久，才对楚云儿笑道："可以让我进去吗？"

"请进来吧。"楚云儿微微笑道。不知为何，她心里面对梓儿，竟没有一点的怨恨。迎着梓儿进厅中落了座，楚云儿问道："石夫人来找贱妾，是有什么事吗？难道……"虽然明明知道会惹起梓儿不快，可是语气中，毕竟有掩饰不住的关心。

梓儿微微点头，柔声道："我来找楚姑娘，的确是有事情。不知可否屏退左右，我们单独说说话？"

"有什么话是见不得人的吗？你们只知道欺负我家姑娘。"阿沅不知为何，心中突然泛起一种强烈的不祥之感，她爱护楚云儿心切，竟是不顾礼貌，出言相斥。

她这话说出来，梓儿倒还罢了，阿旺和几个丫头，脸上就难看了。只是石府平素家规甚严，在外人面前，颇知进退礼数，也不敢随便口出恶语。

梓儿望了阿沅一眼，苦笑着摇了摇头，又转过头去望着楚云儿，脸上尽是殷切的期望。

楚云儿对着梓儿微微点了点头，对阿沅道："阿沅，不可无礼。你出去招待一下这几位姐姐，我与石夫人说会话。"

"姑娘……"

楚云儿把脸一沉，喝道："快去。"

阿沅无可奈何，只得退下。阿旺等人在梓儿示意下也一一退下。楚云儿见众人走了，方又问道："石夫人……"

"楚姑娘，我想先问你一件事？"

"请说。"

"你平素怎么称呼我大哥，我大哥又怎么称呼你？"梓儿望着楚云儿，很认真地问道。

楚云儿不由一怔，待要拒绝回答，望见梓儿那双清澈剔透的眼睛，心中又着实不忍，迟疑好久，才叹道："我也叫他石公子、石大哥；他有时候叫我楚姑娘，有时候叫我云儿……"

"他叫你云儿吗？"梓儿又似问楚云儿，又似自语，不由痴了。

"石夫人，你别误会，他的心里，只不过当我是个朋友一般。"楚云儿黯然道。

"朋友？"梓儿不由一怔，终是不愿意多想，因为每想一次，都是让自己的心痛一次。她也不愿意在楚云儿面前显出自己的软弱来，便勉强笑道："楚姑娘，你……

你喜欢他吗？"

楚云儿万料不到梓儿会这么直接地问自己这样难堪的问题。若说喜欢，是当着人家夫人的面，何况她始终是个女子，如何说得出口？若说不喜欢，不免又是自欺欺人。

好在梓儿并没有一定要她回答的意思，又继续道："我是想问楚姑娘，若我想把接你进府，侍候他，你愿不愿意？"

这次却是轮到楚云儿愣住了，她望着梓儿，见她脸上虽然勉强笑着，可在眉尖，在眼中，都有一种说不出来的痛楚。楚云儿岂能不明白那种难受的感觉。她缓缓走到梓儿身边，柔声道："石夫人，我可不可以冒昧，叫你一声妹子？"

梓儿点点头，道："你比我大，我叫你一声姐姐，也是应当的。"

"妹子，你真是个好人。"楚云儿搂着她的肩膀，轻轻说道。

梓儿咬着嘴唇，直是摇头，黯然道："我也不知道我是不是好人，我不过是想，你若在他身边，或者他烦恼的时候，可以有人让他开心一点。"她的眼泪，几次涌到眶中，几次生生地抑住。

"傻妹子，他娶了你，最能让他开心的人，是你呀。"楚云儿柔声道，"我不会答应你的。"

梓儿未料到她会拒绝，愕然道："为什么？你不喜欢他？"

楚云儿摇了摇头，默不作声。

"我是真心的。"梓儿又说道。

"我知道。"

"那为什么？"

"因为我不想成为任何人的工具，包括成为你讨好你丈夫的工具！"楚云儿在心里说道，"若是他喜欢我，他会自己和我说。我不愿意看到他眼中，有一丝一毫对我的嫌恶！"但这些话，她是不愿说出来的，只是淡淡道："我在这里住惯了，已经不想嫁人，去奉迎别人。"

"可是，这样子你太苦了……"

楚云儿淡淡一笑："妹子，什么是苦，什么是乐，很难说的。这件事情，就不要再提。这些天不断有人来找我，妹子，你可不可以告诉我究竟发生了什么事？"

梓儿迟疑一会儿，终于没有隐瞒，道："大哥在京师遇上了一些风波，我们怀疑彭简想要陷害大哥，但究竟是为什么，一直没有弄明白。因为他来过你这儿，所以我们怀疑，与你有关……"

"与我有关？"楚云儿冷笑道。

"你别误会，我相信你……"

楚云儿摇摇头，似笑非笑地问道："妹子你来，也有一半是为了这件事吧？"

"嗯……"

"那你放心，便是让我死了，我也不会做半分害他的事情的。"楚云儿淡定地说道。

钱塘市舶司。

蔡京的书房，正墙上挂着一幅并不精确的海图，桌子上放着几本崭新的线装书，书名是《动物志》。西湖学院首批翻译的两套书，分别是《几何原理》与《动物志》，第一批印出来的书，除了卖给太学、白水潭学院、嵩阳书院、横渠书院、应天书院等书院以及赠送给皇家藏书外，只有少量流传到市面。蔡京因为是市舶司的重要官员，与译书关系密切，所以才得赠送一套。只不过蔡京拿到手后，那部《几何原理》他随手翻了几页便丢在书架上，永不再看了，倒是这部《动物志》，他还勉强有兴趣读读。

此时蔡京背着手，正在看从杭州通往南洋的航线。"若能将泉州、广州全部置于管辖之内，那么利润不知还可翻几番。"蔡京在心里感叹道。历史上从未有政府组织进行的大规模贸易活动，一旦得逞，不免让人食髓知味。当年石崇靠抢劫海商，富可敌国，蔡京在提举市舶司的职位上，又是大宋现在最有活力的市舶司，他都不用怎么伸手，一年下来，几十年的俸禄也早已经入了腰包。无论从公从私，蔡京都真心希望海外贸易能更加繁荣。半晌，蔡京才意识到蔡喜在他身后，便漫不经心地问道："有什么事吗？"

"今天早上，石夫人去看那个楚云儿。是侍剑陪着去的。"

"哦？"蔡京转过身来，问道，"知道她们说了什么吗？"

"不知道。"蔡喜答道，"不过石夫人出来的时候，是楚云儿亲自送到门口，二人神情，似乎颇为亲密。"

"颇为亲密？"蔡京冷笑道，"妇人之事，不必理会。只是暂时不要孟浪行事。"

"小的明白。"

"彭简那边可有动静？"

"彭简几次行文给我们，但他一个杭州通判，毕竟管不着我们，也拿我们无可奈何。不过他似乎已经生疑，从他家人那里，打听不到什么东西。"

蔡京笑道："石府抓了他的人，他不生疑才怪。晁美叔那里，彭简又岂能要到人？"

"提举料事如神。"蔡喜也笑道，"我看彭简的日子也不会好过了。明天晁美叔就正式审问那几个家伙，只要一用刑，彭简就等着挨参吧。陈先生也够狠的，听说他把杭州知州衙门，以及两浙路在杭州开府的大大小小的官员，包括彭简，都请去听堂了。"

"我也想去看看彭简的丑态。"蔡京嘲讽地笑道，"可惜市舶司的事务的确太多了。"

6

晁端彦的审判没有任何波澜。晁端彦才威胁要用大刑，堂上的犯人便全部招了，一齐指证是受彭简指使。彭简虽然想否认，可这些人都是他彭家的家人，实在不是可以脱赖得开的。晁端彦虽然没有权力立即剥夺彭简的官职，却可以将供状案卷随着一纸弹文，送往京师……不过彭简倒并没有惊慌失措，他一面写折子谢罪自辩，一面还在等待着朝廷对石越的处分——只要那份弹章能够扳倒石越，那他一定会是笑到最后的。

就在此数日之后，唐康与朝廷的使者，竟在同一天抵达杭州。差不多就在使者进入杭州北门，前往提点刑狱衙门宣旨的同时，唐康在石府门前翻身下马，和出门送侍剑返京的陈良、蔡京等人，撞个正着。

"二公子！"众人看见风尘仆仆的唐康，心中都是一惊。难道京师又出什么事了？

唐康让随行的两个伴当[83]牵了马，先进府中。一面对众人见礼，抬眼见侍剑一身行装，知道这是要返京了，又笑道："侍剑，你且慢行一步。"

侍剑见唐康突然出现在杭州，早已知道走不成了。众人簇着唐康又转回石府，唐康低声对侍剑道："只叫靠得住的人，去后厅相谈。"他一向在京师，并不知道杭州的人有谁是信得过的，因想去找楚云儿必然也是大费周章之事，又不能不劳师动众。他却不知道这边的人，早将楚云儿握在手了。向侍剑低声说罢，唐康便停步朝众人团团一揖，笑道："请恕在下失礼，我须得先去拜见嫂子。"说罢又是一揖，竟径往后面去了。

侍剑见唐康走远，方转过头来，对陈良道："陈先生，请随我去一下后厅，小的有点儿事情请教。"又环视众人一眼，目光停在蔡京脸上，又望了陈良一眼，见他微微点头，心中迟疑了一下，终于道："蔡提举，不知可否劳动尊驾，去一下后厅？"

蔡京早将二人这细微的表情收入眼底，他知侍剑这么一迟疑，便是已经认可他能算是石越的心腹之人了，心中不由暗喜。只是他城府颇深，脸上却不动声色，矜持

....

[83] 随从的差役或仆人。

地点点头，道："不敢。"

三人在后厅等了一盏茶的工夫，唐康才走了进来，抱拳说道："恕罪，久候了。"目光却停在蔡京身上。

陈良知道唐康不认得蔡京，忙道："这位是提举市舶司蔡元长蔡提举。"又对蔡京笑道："蔡提举，这位是石学士的义弟唐康时。"康时乃是唐康的表字。

唐康早听说过蔡京之名，知道是石越举荐之人，又见陈良与侍剑引为亲信，便抱了拳，笑道："久仰，蔡公提举杭州市舶司，早已名动京师，今日得见，果然风采过人。"蔡京连忙谦逊。二人客套了几句，唐康笑道："事情紧急，这里都是自己人，我便开门见山，诸位可知楚云儿姑娘隐居杭州？"

他张口说出"楚云儿"三字，三人不由相顾一笑。唐康心知有异，不待他们回答，便又问道："想必是知道了？莫非此间又有什么变故？"

侍剑忙从头到尾把事情的经过说了一遍，唐康这才知杭州之事，竟已不足为虑。待侍剑说完，他也将京师的情况拣着能说的，简略地说了一下，众人至此方知彭简竟然如此包藏祸心。但唐康生性谨慎，那首词究竟是不是石越所写，他却语焉不详，众人也不敢追问。

蔡京心里知道那首词多半就是石越所作，却也不敢说破，只皱眉道："眼下奇怪的，是彭简如何便攀上了楚姑娘？这件事情，只怕非问本人不能知端详。"

唐康望了蔡京一眼，笑道："我来杭州，便是为了此事。就怕彭简污蔑楚姑娘，打听清楚中间的隐情，日后也好为楚姑娘周旋，免得官府偏听一面之词。"他把话说得如此冠冕堂皇，顿时让蔡京刮目相看，随即笑道："如此，就由下官领路，带公子去见见楚姑娘。下官想，我衙门杨家宅的走私案，看来也是查无实据，现在可以销案了。"

唐康微微一笑，点头道："如此有劳了。"

自从那日梓儿来过之后，楚云儿府上便难得清静了数日。这日阿沅领着一个男仆到院子外面来打水浇花，竟发现那些将杨家院围得密不透风的官差全都不见了。"阿弥陀佛。"阿沅不由念了一声佛号，长出一口气，说道，"这些个瘟神，可都走了。"

男仆也笑道："这定是亏了石夫人。"

阿沅听到这话，脸顿时沉了下来，嘴角一撇，冷笑道："你就知道是亏了什么石夫人木夫人？我看她不是好人。"这些男仆素来不敢和她争辩，也不敢再接话，只默默去提水。阿沅心中兀自不快，愤愤道："也不知道石学士看上她哪一点？听说她也不过是个商人之女。"直到二人各挑了一担水往回走，阿沅还是心有余忿，但想着和一个男仆说这些又没什么意思，满腔的愤愤郁结于心不能发泄，当真是难受得要死。眼见着那男仆挑着满满两大桶水都健步如飞，她挑了两小桶水竟被远远抛在后面，心里更是莫名地感觉到不痛快。一不留神间，忽然脚底一滑，"哎哟"一声，她整个人竟摔在了路边水沟当中，两桶水全洒在了身上，一股泥臭更是扑鼻而来。

阿沅虽爱男子装束，可到底也是个容貌颇佳的女孩，眼见身上又脏又臭，心里又气又急，忍不住要哭了出来，再看那男仆，早已走出视线之外了。她生怕别人看见自己糗样，遭人取笑，只好硬着头皮爬起来，左顾右盼地往回走，好不容易到了家门口，见没人看见，方松了口气，伸手正欲去推侧门，忽听到一阵脚步声从背后传来。一个男子的声音说道："二公子，这里便是楚姑娘府上。"

阿沅暗暗叫苦，也不敢回头，却听另一个男子"哦"了一声，突然用惊讶无比的声音问道："这位是……"阿沅听他声音中有惊奇之意，好奇心起，一时不及多想，回头望去，却见数步之外，有一个十八九岁的男子，正朝自己抱拳相问。她顿时满脸通红，恨不能找个地缝钻了进去。

这两个男子，正是蔡京与唐康。唐康见到阿沅满身是泥，黑一块白一块的，几乎忍俊不禁，只是初次见面，对方又似是楚府的人，倒也不好嘲笑，只得生生忍住，勉强正色说道："敢问这位兄台……"

阿沅见唐康一脸正经，可是眼中却有掩饰不住的笑意，不知为何，她心里"呯"地一跳，竟莫名地便恼羞成怒。她也不管是否冒昧，怒道："我知道我的样子很好笑，你要笑便笑，何苦想笑又不敢笑，没半分男子气概，哼！"说完使劲一推门，便跑了进去。

唐康一时竟是目瞪口呆。他听她声音柔软，骂人亦似唱歌一般，明明便是江南少女。女孩子穿着男装在唐康看来倒不稀奇，有几次他便看到他表姐穿过，但这么弄得浑身是泥的，他却是头回见着。他平生所见女子，多半是大家闺秀，行止节制，讲的是淑女风范；便是丫鬟使唤，也是自有家法戒律；只有歌妓妓女，才有故作放肆之态，以示与众不同的，可那种女子，再也不能和刚才那个女孩那种天真烂漫相提并论。半晌，唐康这才回过神来，向蔡京摇头苦笑。

便是蔡京也不禁失笑道："好个野丫头。我若没记错的话，方才那位是楚姑娘的贴身侍女阿沅。"

"阿沅？"唐康轻轻念道，又问道，"她没有姓的吗？"

蔡京一愣，摇摇头，笑道："是人都有姓，只是下官却不知道她姓什么。"

唐康也不觉一笑，道："咱们还是办正事要紧，有劳蔡提举相送。"

"一家人不说两家话。下官在竹林之外等候二公子，一同返城。若是晁美叔的人来了，自会有人来通知二公子。"蔡京微笑答道，告辞而去。

唐康待蔡京走远，方走到大门之前轻叩门环。不多时，便有一个丫头把门打开一条缝，探出头来，见叩门的竟是个风度翩翩的青年男子，脸不由自主地便红了，低声问道："请问公子找谁？"

唐康从怀中取出一个木匣，递给那个丫头，笑道："烦劳姐姐将这个送给你家主人楚姑娘，就说京师故人托人来访，还盼赐见。"

那个丫鬟红着脸伸出手来接过匣子，道："请公子稍候。"说完又把门关上了。

唐康背着手，一面打量周边景色，一面等候。他生于四川，其后随父亲又到杭州待了两年，熙宁五年到汴京，屈指一算，如今也已有两年多了。这次回杭州，虽然明知道父亲在杭州，却也没空相见，更不用说细细品味这杭州的风景了。这时候见此处环境幽雅，让人心旷神怡，不由得竟生出几分喜爱。他正想走远几步，门"吱"的又开了，先前那个丫鬟走了出来，敛身说道："公子，我家姑娘有请。"

唐康微微颔首，笑道："有劳姐姐带路。"便跟着那个丫鬟，进了楚府。那个丫鬟带他逶迤而行，过了几道门，尚不见客厅。唐康心里暗暗纳闷，不知道这个楚府竟有多大。正在揣测，便听那个丫鬟笑道："公子，这便到了。我家姑娘在厅内相候。"

唐康抬头打量，这才明白，原来那个丫鬟竟是带自己直往内厅相见。他知道这是楚云儿另眼相待，连忙整了整衣冠，走进厅中。

"不知公子如何称呼？"

唐康循声望去，一个肤如凝脂的女子站在主位前，正向自己敛身行礼。他知此人便是楚云儿，连忙还礼道："在下唐康，是石大哥的义弟。"眼角却瞥见楚云儿葱指上，正挑着一小串念珠。他带来的盒子，打开放在桌子上面。想来里面装的，竟是一小串的念珠。唐康自是不知道这串念珠是楚云儿从大相国寺求给石越的，上面更有楚云儿亲手所刻"寿考维祺，君子万年"八字。因此楚云儿一见便知是石越遣他来的，自然要另眼相待。

"他还好吗？"楚云儿一面请唐康坐了，抿着嘴唇，轻声问道。她心里怦怦跳得厉害，前几天桑梓儿刚走，石越便遣他义弟千里迢迢而来，却不知所为何事。

唐康坐下来，轻叹了口气，苦笑道："只怕称不得一个好字。"

"怎么？"楚云儿的语气虽然淡淡的，可是紧紧抓住念珠的手指却出卖了她的感情。

这些细小的动作怎么能逃过唐康的眼睛，他低下头，沉声道："前一阵子，皇上召大哥回去，本是预备大用。我甚至在大哥的书房里，还看到过一篇关于本朝役法的文章——大哥显是想有一番作为的；不料一夜之间，京师间谣言四起，说大哥是石敬瑭之后，有不臣之心，如今皇上虽不至于要杀大哥，却也明显心存疑虑。雪上加霜的是……"

楚云儿听到"不臣之心"四个字，心立时就紧紧揪起来了，这时见唐康欲言又止，忙追问道："是什么？"

"是有人上了一封弹章给皇上，里面附了一首据说是大哥写的词，说这首词不仅能证明大哥是石敬瑭之后，更能证明大哥心存不测之志！"

"啊？"楚云儿脸色惨白，急问道，"那皇上……"

"楚姑娘不用担心，皇上现在还不确定这首词究竟是不是大哥所写。"

楚云儿脸色稍霁："这就好，这就好……"

唐康一直留神观察楚云儿神色，见她关心石越，不似作伪，心中不由有几分不忍。只是事关重大，他却断不敢轻信任何人，便又问道："楚姑娘不想问我的来意吗？"

楚云儿听唐康问得奇怪突兀，不由怔道："公子的来意是？"

"有一桩祸事，便要临门。我大哥特意让我来知会楚姑娘，早做准备。"

"祸事？"楚云儿淡淡一笑，神情中似有点儿失望，"生死贵贱，平常之事。我与世无争，又能有什么祸事？"

唐康苦笑道："姑娘可知树欲静而风不止？"

楚云儿微微摇头，不欲争辩，道："那公子说的祸事，又是什么事？"

"楚姑娘，你可知那个小人给皇上的词是哪一首？"唐康喟然长叹，不待楚云儿相问，便自己回道："梦绕神州路。怅秋风、连营画角，故宫离黍……"

楚云儿听到此处，身子不禁摇了一下，苍白的脸上没有一丝血色，她低下头，看了手中的佛珠一眼，挤出一丝笑容来，问道："那个小人，便是彭简？"唐康轻轻点了点头，抿着嘴，听楚云儿继续说道，"我已经知道公子的来意了。可是想问我为何这首词会流传出去？"

唐康摇了摇头，苦笑道："姑娘不要误会，这首词会被彭简所知，我大哥深知绝非姑娘本意，而且这件事情，倒也不必深究。只是我们听到消息说皇上亲自下诏，要求晁提刑晁公将姑娘带回汴京作证。我大哥担心姑娘的安危，但是他此时的立场，出来说话，只能更加坏事，所以……"

楚云儿突然微微一笑，平静地说道："看来事情还有转机，皇上宁可千里迢迢提我这个民女入京，也不肯去问石大哥……唐公子，若我一口咬定那首词并非石大哥所写……"

"只不知道那首词有多少人见过？若是见的人多了，迟早会泄露。"

楚云儿蹙眉道："我一向少见外客，大哥手稿珍不视人，也是因为一时不察才让彭某见着一幅字帖，那是醉后草书，我身边的女孩子，便是识得几个字，也断不认得草书的。"

唐康这才略略明白端详，他见楚云儿主动愿意合作，心中不由一宽，道："主审此案的是开封府韩维韩大尹，还有两个御史陪审。韩大尹倒也罢了，断不会为难姑娘，只怕那两个御史……若是作证，倒也罢了，若是否认有这件事情，只怕彭简那厮反咬一口，到时候姑娘就会受苦了。"

楚云儿倦倦地一笑："唐公子不必担心。"

唐康迟疑了一会儿，担心地望了楚云儿一眼，心里不住地权衡风险，这么娇柔的一个女子，真不知……楚云儿抿着嘴，并不说话。唐康又看了她一眼，似乎是下定了决心，道："楚姑娘，既然如此，就请将原稿和字帖等一干字迹毁去，再找一幅别的字帖来顶替。官府来人的时候，自然会将物证一块要走的，府中人多，难保没有人卖主，这可抵赖不得。"

楚云儿心中突然似刀绞一般剧烈地疼痛，脸上却笑道："如此，请公子随我来。"

望着楚云儿打开那幅字帖，痴痴地看着，目光中似有千种柔情、万般相思，唐康心中忽然非常惭愧，在眼前这个女子面前，自己似乎是一个无耻的小人了。

自两年前跟随石越之后，唐康忽然发现，自己似乎来到了一个完全不同的世界。在白水潭学院目睹过各种不同思想的交锋碰撞，他还很清楚地记得第一次在辩论堂听人辩论的震撼，在技艺馆第一次参加比赛时的兴奋与激情；跟随在石越这个义兄、表姐夫的身边，感染着他不经意间流露出来的理想与抱负，听他讲一些新鲜的思想与故事，想象着自己所经历的一切，竟是他一手创造出来的。唐康早就不知不觉地成为石越的信徒，他很愿意跟随着石越，去一起创建《三代之治》所描述的理想世界。

而从现实的一面来说，自己曾经因为石越的缘故，几乎要推恩受封勋号，因为石越坚持拒绝，才最终作罢，但是便连皇上也知道石越有自己这么一个义弟。唐康明白，自己的前途，自己家族的前途，与石越是紧紧地绑在一起了。

因此唐康在为石越谋划之时，从未有半分的犹豫与迟疑。他看过石越书房中的《役法剳子》，那是比王安石免役法、助役法的用心远要纯正的役法改革方案，若他的改革能够实现，那么千万百姓都要从中受益。自己站在义兄一边，于公于私，都是正确的。

但这一次，望着楚云儿的神态，唐康感觉到自己是在亲手剥夺一个人的幸福。望着楚云儿的手一松，那幅字帖滑落到火盆之中，唐康竟不由自主地打了一个冷战。

楚云儿低不可闻地叹了一口气，目光落到石越亲自赠给她的手稿上。

五年前，五年前……那座酒楼上，那个手足无措的男子……她的眼睛已经泛起晶莹。楚云儿轻轻地抚摸着那本手稿，目光近似哀求地望了唐康一眼，可不待他回答，眼睛一闭，手一松，那本手稿便向火盆中滑去……两行清泪，再也无法抑制，从紧闭的双眼中夺眶而出。

"楚姑娘。"唐康抱愧地唤道。

"公子，请回吧。我会另找一幅字出来代替的。"楚云儿闭着眼睛，不敢睁开。

"这本手稿……"

"手稿已经烧掉了，就不要再提了。"

"手稿没有烧掉。"唐康望着自己一时冲动伸手夺回的手稿，心里也不知道自己这样做是对还是错。

"什么？"楚云儿霍地睁开双眼，见唐康手中果然拿着那本手稿，她一把抓过，紧紧地抱在怀里，低声哭了起来。

唐康叹了口气："姑娘情深义重，让在下汗颜。我把手稿中有那首词的那一页撕了，别的就请姑娘好好保存吧。"

汴京大内，天章阁之东，群玉、蕊珠殿之北。宝文阁。

宝文阁内供奉了宋仁宗、宋英宗两代皇帝的御书、御集，赵顼此时坐在阁中，面前放着一堆的御书，所有的御书，全部与一个人有关——武襄公狄青。

"国难思良将。"赵顼推开桌上的书卷，喟然长叹，"有狄武襄的画像吗？"

"有。"李向安小心地应道，将一幅狄青的画像打开。赵顼端详良久，目光凝视在狄青额上的刺字之上，叹道："真英雄也！"

"小人听说外头传说，都讲狄武襄公是真武神转世。"李向安顺着皇帝的语气笑道。

"是啊。可惜当年狄青麾下能用之人，只剩下一个张玉张铁简了。"张玉军中外号"张铁简"，勇力过人，当年是狄青帐下猛将，现为宣州观察使，副都总管，亦在熙河地区。

随同的知制诰苏颂笑道："陛下，臣听说狄青有六个儿子，次子狄谘与三郎狄咏，武艺颇佳，有乃父之风。自古以来，天下未尝无人，但观人主能否简拨于草野之中罢了。"

李向安也赔着笑，小心地说道："官家常说仁宗朝人才鼎盛，可是老奴也听说，本朝的人才，竟一点也不逊于仁宗朝呢。"

"哦？"

苏颂笑道："最近汴京的书坊，报童，都在卖两种画，一种是仁庙名臣像，一种便是本朝名臣像。也不知道是哪个画工，妙手画得，竟是唯妙唯肖，亏他认得这么多大臣。"

赵顼不由来了兴趣,笑道:"卿说说看,都有谁?朕也想知道,百姓心中的名臣都是什么人?"

"官家,那画前天老奴便让人买了回来,是否就取出来御览?"李向安感觉自己得了个好彩头。

"快呈上来。"赵顼一面吩咐,一面对苏颂道,"卿说狄青有六子,都在做什么?"

"回陛下,狄青长子狄谅袭爵,现在汾州西河老家耕读。次子狄谘与三郎狄咏,均为阁门使,狄谘在禁军当中任职,狄咏在王韶军中,此次颇有军功。四郎狄惠与五郎狄说弃武从文,幼子狄谏,现在白水潭学院格物院读书。"

赵顼沉吟道:"将狄咏调入禁军,赐带御器械[84]。"

"遵旨。"

苏颂话音方落,李向安就捧着两幅卷轴走了进来。四个内侍不待吩咐,连忙上前,一人拉着一边,将画卷展开,供皇帝观赏。赵顼走近观看,却见两幅画上,各画了一二十人,每个人像的左上角,皆用小楷注明人物的官职名讳。他顺着看去,见仁宗朝的,无非是范仲淹、韩琦、富弼、包拯、狄青等人。

苏颂在旁笑道:"世传仁宗朝有'四真'——富弼为真宰相、包拯为真御史、欧阳修为真学士、胡暖为真先生。陛下你看,这个就是胡暖……"

赵顼把目光移过去,点点头,笑道:"听说当年礼部取士,十之四五,皆是这个'真先生'的门生,他旁边的徂徕先生石介,可是那个写《太历圣德诗》的石介?"

"正是此人。"

"听说仁宗不敢让他做谏官,怕他玉碎石阶,可见定是个性子孤介的人。"赵顼与石介虽然是两个时代的人,倒也听说过一些仁宗朝的掌故[85],他一面说一面心里暗暗奇怪:"这个石介眉目之间,似乎隐隐有点儿熟悉。"赵顼慢慢看完仁宗朝的名臣像,这才走到《熙宁名臣像》之前,第一个便是王安石,第二是司马光,第三个是石越。赵顼站在石越像前,突然停住了,仔细端详画像一会儿,忽然向苏颂道:"苏卿,卿来看石越的画像。"

苏颂连忙过来细看,但细细看了半晌,却不知道皇帝的用意,只得笑道:"这画工画得很像。"

"的确很像。"赵顼点点头,又走到石介的画像前,看了一会儿,指着画像,问道:"卿看看,这两人眉角之间,是否有点儿相似?"

----

[84] 即通常所说的"御前带刀侍卫",身佩弓箭袋、御剑,为皇帝扈从侍卫,以防不测。

[85] 原指旧制、旧例,后来指关于历史人物、典章制度等的逸闻轶事。

苏颂看看石介的像，又看看石越的像，果然竟觉有几分相似，他不由点点头，道："倒的确有几分像。不过石介看起来，就显得孤傲；而石越，则温和许多，二人不可同日而语。"

"这倒是。"赵顼莞尔一笑，不自觉地摇摇头，继续去欣赏其他的画像。

银白的月光洒在地上，满地树影重重，杳无人声，石府的花园中甚是寂静。石越挂了一件披风，从纱窗望了出去，天空如洗，没有一丝云雾，只见到满天的星斗密密麻麻。

"公子还没有睡？"

"潜光兄？你怎么这么晚来花园？"石越转过头，见是潘照临，不觉有点儿奇怪。

"刚刚整理了一下本朝官制，到这里来看看。"潘照临脸上似乎也有一丝的倦容，"公子在担心什么？"

"侍剑刚刚回来，说楚姑娘大约明天到京。"

"公子不必担心，晁美叔弹劾彭简私自派人监视公子官邸，皇上勃然大怒。两府、翰院、霜台都指责彭简胆大妄为，本朝头一次有这样的丑闻。皇上既然驳回了彭简自辩的折子，那么这件事应当告一段落了。"潘照临的语气，让人觉得似乎一切都在掌握之中。

"我担心的是吕惠卿。他一有机会，就一定不会善罢甘休。现在彭简已经被提回京师，若能在开封府证实那首词是我定的，他未必赢不得同情。本朝自太祖立国以来，就恪守'道理最大'的祖训，便是皇上，也不能因为讨厌彭简而拿他怎么样。杭州事务由晁美叔代理，也不知道会怎么样。"

"公子何必杞人忧天？"潘照临笑道，"康时信中说楚姑娘外柔内刚，坚韧节烈，他年纪虽轻，但是看人向来很准。"

"过刚则易折。"石越喟然长叹，"我却是怕她太过刚烈。开封府的衙役，已经托人打点妥当了吗？"

"已经妥当。是以秦观的名义出面，不会授人以柄。田烈武也去和他的弟兄们说了，万一要用刑，他们自有分寸。"

石越这才稍稍放心，但是心中的愧疚之意，却不曾减得分毫。

"公子，若皇上果然要大用，改革之事，你以为当从哪里开始？"潘照临不经意地把话题岔开。

果然，说到此事，石越精神便为之一振。"我这些天反复考虑，以为本朝之事，千头万绪，而改革须以三事为根本。一则改革官制，使名实相符；一则创立学校，以培养人才；一则完善选举，可使朝廷得人。"

潘照临击掌笑道："这三件事，头两件在朝中断无阻力，本朝官制名实不符，早已被众人所深恶痛疾，新党旧党，尽皆盼着厘清。若能趁着改革官制的机会，为以后的改革埋好伏笔，那定能事半功倍。创立学校，自白水潭以来，有近五年之功，并非难事。只是选举之法，关系朝野利益甚巨，须当慎重。"

石越点点头，道："我若要改革，既不能使旧党认为我要步王安石后尘，而只能举庆历新政之旗号，循序渐进；又不能使皇上等不及，心里不耐烦……"说到此处，石越忽然自失地一笑，自嘲道："现在麻烦不断，居然奢谈这些。"

"大丈夫便在最困难的时候，亦不可忘其志。皇上已经看到了名臣画像。富弼前天上书，请求皇上录忠良之后。皇上下诏录赵普、狄青、包拯三人之后各一人为官，几天之后，富弼会再次上书，请求录石介、欧阳修之后。计划到现在，进行得非常顺利，公子的志向，必有一日能够大展。"

石越忽地想起一事："我怎么可能和石介长得像？"

"嘿嘿。"潘照临悠悠笑道，"不是公子长得和石介像，而是石介长得和公子像。"

"啊？"

"石介死去二十余年，他死的时候，正好得罪夏竦，很多文稿都被烧毁，他的画像更是一幅也没有留传。事隔二十余年，我听富弼介绍石介的模样，在画石介像的时候，略略在眉目上改了几笔，也不过举手之劳。这画像连富弼都觉得甚像，别人又如何去分辨真假？"潘照临似笑非笑地低声说道，显是极为得意。

石越不由暗呼侥幸："幸好中国画不同于油画。"

潘照临抬眼仰望着夜空中的繁星，道："这些事情迟早会过去。真正让我担心的，是皇上最终顶不住压力，向契丹人示弱。司马梦求怎的还不回来？"

翌日，崇政殿。

"昨晚刘忱与萧禧争论到深夜，萧禧始终不肯让步……"韩绛小心翼翼地说道，他低着头，不敢看皇帝的眼色。

"今日两府三司学士院御史台都在这里，一定要有最后的结论。"赵顼冷冷地说道。"辽人既不肯让步，朝廷是准备边防，还是要忍气吞声？诸公都是朝廷大臣，事到临头，岂可噤若寒蝉？"

皇帝的话，却是说得很重了。韩绛连忙出列，首先说道："与辽国轻启边衅，臣以为是下下之策。"他话未说完，吕惠卿已然厉声反对："臣以为要断然拒绝辽人无理之求。"冯京、王珪对望一眼，齐声说道："臣以为不可轻启战事。"吴充迟疑了一会儿，也道："臣亦以为不可轻开边衅。"

他三人一表态，枢密副使蔡挺、王韶不由相顾色变，二人上前一步，厉声道：

"臣等以为辽人索求无厌,不可遂其愿!"

赵顼不置可否地点点头,把目光投向曾布。曾布连忙出列,道:"臣还是以为要持重。"

蔡确略一踌躇,也出列道:"臣请陛下下旨备战。"

殿中的大臣们一一表态,吵成一团,但主张议和的力量,终是远远超过主张出战的大臣。赵顼紧紧咬着自己的嘴唇,半晌,终于无力地说道:"姑从其所欲。"

"陛下圣明!"歌功颂德的声音立时在崇政殿中响起,赵顼听到耳中,却有种说不出来的刺耳。

王珪又禀道:"刘忱、吕大忠持议甚坚,朝廷若主和议,只恐不能夺其志。"

"那就换人吧,让刘忱归本职,让吕大忠回家终制[86]。"赵顼无可无不可地说道。

"臣以为可遣天章阁待制韩缜为使者……"王珪又继续说道,吕惠卿、蔡确默不作声地冷笑着。

"准奏。"赵顼挥挥手,便欲退朝,忽然一个大臣"嘭"的一声,倒在殿中。"蔡枢副,蔡枢副!"崇政殿中,顿时乱成一团。赵顼走下御座,才看清原来是枢密副使蔡挺当殿晕倒!他心里一惊,连忙高声呼道:"御医,快传御医!"

站在崇政殿内的史官,注视着殿中略显混乱的情景,默默地观察着每个人的动作。回到史馆之后,他在一张纸上写道:"熙宁八年二月某日……帝使韩缜如河北议界……枢密副使蔡挺议事崇政殿,疾作而仆……"

数日之后,史官又提笔写道:"……枢密副使蔡挺以疾罢为资政殿学士,判南京留司御史台……"

史官所不知道的是,蔡挺在病中,曾经大呼:"奇耻大辱!奇耻大辱!"而就在蔡挺罢枢密副使的当天,富弼的表章抵达京师;石越词案,在开封府秘密开审……

吕惠卿的目光停在政事堂北面墙角的一台座钟之上,钟的式样是青铜制的孔子雕像站在一条蜿蜒九曲的河边,河旁有一棵铜树,从树枝上伸出一根纤细的钟摆,钟摆上是一只黄铜打制的小鸟,小鸟就在这河边的树下,来回不停地摆动着。钟面是瓷质的,嵌在树枝中间,标明了十二个时辰。在树干上,刻着"逝者如斯夫"五字篆文。

"咯当咯当"的响声,是安静的政事堂里唯一的声音。

这架座钟,是作为贡品进贡给朝廷的。它在东京的售价,是五百贯;在辽国与大理的售价,是三千贯;在高丽与日本国的售价,是五千贯。

....

[86] 指父母去世服满三年之丧。

"当"——金钟铜磬一般的一声巨响，几乎将吕惠卿吓了一跳。他不易觉察地皱了皱眉，到现在为止，他还是不太习惯座钟每个时辰一次的报时。他又瞅了一眼王珪，后者果然在每到整点报时后，必然起身往院子中走一圈。

"禹玉兄，听说富公又请皇上录石介、欧阳修之后了。"吕惠卿在王珪散完步，回到政事堂后，笑着问道。

"这是等闲事。"王珪微微一笑，漠不关心。

"果然是个'三旨相公'！"吕惠卿心里鄙夷，不再相问，埋头继续批阅公文。王珪在相位，被朝中喜欢开玩笑的大臣们讥刺为"三旨相公"，讲他上殿进呈，说一声"取圣旨"；皇上决定后，说一声"领圣旨"；退殿后吩咐禀事之人，说一句"已得圣旨"。他凡事皆以皇帝之是为是非，既无创见，也无主见，徒然文章写得好而已。在中书诸相之中，王珪也是最没有威胁的人。

"三旨相公"见吕惠卿不再相问，正待回位去整理公务，却见一个中使急匆匆走来。"王参政，吕参政，有旨意——"

"臣——"王珪与吕惠卿连忙拜倒接旨。

"圣谕，召王珪、吕惠卿迩英殿见驾。"

"遵旨。"

当王珪与吕惠卿赶到迩英殿偏殿的时候，发现殿中还有几位知制诰和翰林学士元绛等人。甚至连崇政殿说书吕升卿、沈季长也在场。待二人参拜完毕，皇帝将目光投向元绛，道："元卿，你继续说吧。"

"是。"元绛欠了欠身，继续说道，"……石介本是兖州奉符人，进士及第……入为国子监直讲，学者从之甚众，太学因此益盛……因杜衍、韩琦推荐，为太子中允、直集贤院。曾著《唐鉴》以戒奸臣、宦官、宫女，指切当时，无所讳忌。庆历年间，章得象、晏殊、贾昌朝、范仲淹、富弼及韩琦同时执政，欧阳修、余靖、王素、蔡襄并为谏官，石介喜朝廷得人，作《庆历圣德诗》，诗中暗斥夏竦为奸臣。"

王珪与吕惠卿这才知道原来皇帝在听元绛讲本朝典故，却不知把他们二人召来又是什么意思，心下纳闷，然而皇帝不问，也只好叉手侍立。吕惠卿偷眼瞧见吕升卿满脸通红，心里早料到必是皇帝有问，他回答不出，才劳动翰林学士元绛亲自讲故事，心里亦不免有几分羞恼。

"……不久石介病死，正逢狂人孔直温谋反，官府搜其家，得石介书信。夏竦怀疑石介诈死，北走契丹，请发棺以验……"

赵顼皱眉道："这未免有点儿过分，想是夏竦挟怨报复？"当时的人们，对入土为安是非常重视的。

王珪与吕惠卿等人自是知道这件事的，夏竦非但是因为石介称颂庆历诸君子，骂自己是奸人而怀恨在心，而且更是想借机中伤杜衍、富弼等人——当时杜衍便在兖州，所以才冒天下之大不韪，如此行事。但是他们哪里肯说破这些事情。便是元绛，也只是淡淡应道："陛下圣明。"又继续说道："于是朝廷下诏，要求地方查清石介之存亡真相，兖州掌书记龚鼎臣愿以阖族性命保介必死，杜衍与提点刑狱吕居简，以及地方民众数百人，也保其必死。由是方免于斫棺之辱。石介死后，族中子弟羁管他州，其家本来贫苦，妻儿几乎饿死，是富弼、韩琦一起买田赡养。"

虽然元绛故意用平淡的语气，尽量简略地介绍石介的生平，但便是赵顼也知道，这后面实有一段惊心动魄的政治斗争，实际上也是庆历新政中"君子"与"小人"斗法的一部分。而石介便是庆历新政诸君子中，最有名的激进分子，他的遭遇曾经得到诸君子的广泛同情，他当年讲学时的学生，此时也有不少人在朝中为臣。

"难怪富弼特意上书，想为石介之子石起谋个封赏。"赵顼暗暗想道。富弼在表中说到石介的事迹，与元绛所说，大体相合。且说石介之妻已经亡故，仅有一子名石起，在家耕读。

"众卿，还有一件事，不知众卿可有耳闻？富弼说石介病故之年，有一侍婢有三月之孕，因有破家之祸，害怕株连，逃亡他处，不知所踪。"赵顼迟疑了一下，终于问出口来。

元绛想了一会儿，目光望向王珪，王珪摇了摇头，道："陛下，这等近三十年前的石家私事，臣等不甚了了。石介妻儿向来由富弼照顾，富弼如此说，想来不假。"

"朕颇怜其身世。"赵顼叹道，"富弼说石介之妻为防夏竦报复，想为石家留一脉骨肉，才遣其逃亡。仅有半片和田绿玉独角兽，与石起所有半片，合为一对，以为他日信物。此事便是富弼先前亦不知情，其妻死前，方托富弼查访。"

"既是富弼先前亦不知情，臣等更无由得知。"吕惠卿笑道，"只是如今要查访此人，只怕也是海底捞针一般。"

赵顼点点头："朕找王卿、吕卿来，便是想问此事，可否由朝廷下榜寻访？若能找到这个遗孤，亦是一桩美事。"

吕惠卿笑道："陛下仁德，只是石介病故于庆历五年，至今日已近三十年。其子便是庆历六年出生，现在也有二十八九岁了，其母更不知是否还在人世。若由朝廷下榜，只恐寻不来真人，反倒引出不少妄人来冒充。"

元绛也知道这终究是一件难事，道："朝廷顾念忠臣，本是一桩美事。陛下何不从富弼之议，召欧阳发、石起一见，若其才华可用，则授以官职，也好报效朝廷；若资质平庸，则赠以金帛。如此也足以鼓励天下世道人心了。至于石介的遗孤，上天眷顾，必能找到，臣之愚见，以为不必大费周章。"

赵顼想了一会儿，点头充道："如此，便遣使者诏欧阳发、石起来集英殿，朕要亲自见上一见。听说那个欧阳发，也是个出了名的才子。"

午时过后。

开封府。

韩维望了一眼外面的天空，浮云满布，淡一块、浓一块，坐在开封府衙之内，也能感觉空气的潮热湿闷。韩维不自觉地摇了摇头，心道："真不是一个好天气。"他侧身望见前来听审的御史蔡承禧与监察御史里行安惇，二人正在窃窃私语。蔡承禧倒也罢了，安惇却不过是太学上舍及第，上书言学校之事，得皇帝赏识，又为吕惠卿所荐，遂居美职，也是个平步青云的小人。韩维在心里叹了口气，抓起惊堂木，重重一拍，喝道："开堂！"

衙役立时拖长声音喊道："威——武——"

蔡承禧与安惇也连忙整整衣冠，正襟危坐。

"带人证楚氏上堂——"韩维高声喝道，故意加强了"人证"二字的语调。蔡承禧不置可否地眯着眼，安惇脸上却不免微微变色。

不多时，楚云儿便由衙役领上堂来。

"堂下可就是楚氏？"

"民女楚氏，拜见大尹。"

"民女？你不是歌妓吗？楚氏。"安惇语带讥刺地问道。

楚云儿低着头，冷若冰霜地答道："回这位官人，民女早已脱籍。"

安惇讨了个没趣，讪讪不言。韩维接过话来，例行公事地核实了楚云儿的身份。这才问道："楚氏，本府奉旨将你从杭州召来，你可知为了何事？"

"民女不知。"

韩维"啪"的一声，拍了一下惊堂木，厉声喝道："你真的不知？"

"回大尹，民女的确不知犯了什么罪？还请大尹明示。"楚云儿的话柔中带刺。

韩维放缓语气，道："若是犯了罪，岂无枷锁？是让你来做人证。此事干系重大，你须得从实说出。若说实话，是有功无过；若有虚言，这个罪责你担当不起！你可知道？"

"回大尹话，民女不敢欺瞒。"楚云儿心中冷笑不已。当真官命似泰山，民命如鸿毛，不过是做个证，又没有犯事，便不由分说，让她千里迢迢入京。

"知道就好。"韩维使了个眼色，班头立时跑了过来，拿过一张写满字的白纸，递给楚云儿。"楚氏，你可见过这首词？"

楚云儿接过纸来，见上面写的便是"梦绕神州路。怅秋风、连营画角，故宫离黍……"，她虽然早有心理准备，亦不由一震，当下伪装不识，细细读完，将纸还给班头，迷惘地摇了摇头，道："民女从未见过这首词。"

她这句话说出来，韩维心中一喜，暗暗松了口气，又肃然问道："你再细细想一下，果真没有见过？"

楚云儿假意思索了一阵，依然摇摇头，道："民女的确没有见过。"

安惇忽然冷冷地说道："楚氏，你可知道欺瞒官府，是什么罪过吗？"

"民女不敢欺瞒。"

"既是不敢欺瞒，为何有人在你家厅中见过这首词的字帖，你却说不曾见过？"安惇沉着脸，厉声喝问。

"回官人话，既是在民女家中见过，想必有物证。两浙路提点刑狱衙门，将民女家中翻箱倒柜地抄查，想来官人已有证据，何不取来与民女一观，也好让人心服。若是无凭无据，民女却也不敢担这罪责。"

两浙路呈上来的物证，倒有几十幅字画，可其中并无一幅有那首《贺新郎》。安惇被楚云儿反驳，脸面羞得通红，怒道："好你个泼妇，长舌倒是厉害。你将物证毁去，谁能查出？"

楚云儿反问道："既无物证，官人说有人亲见，想来必有人证，何不让他来对质？"

安惇望了韩维与蔡承禧一眼，韩维不置可否，心中己是怒他多事；蔡承禧却假装没有看见，让他平时附风弹劾石越倒有可能，遇上这种大事，蔡承禧早已打定主意，绝不做出头鸟。邓绾前车之鉴，明明皇帝有维护石越之心，他身为御史，怎敢逆圣意行事？御史御史，便是皇帝制衡百官的工具，对于这一点，蔡承禧比谁都清楚。"你安惇恃着有吕惠卿这座靠山，你就去闹吧。"蔡承禧暗道。

安惇见二人都不表态，心中不免也有几分犹豫。脑海中一瞬间又想起吕和卿的暗示，一瞬间又是石越的权势……他权衡一阵，终于咬咬牙，狞笑道："楚氏，你可是以为本官没有人证和你对质吗？"

楚云儿微微抬起头，轻蔑地看了他一眼，道："民女既无欺瞒，亦不怕对质。官人若有人证，便带他上堂当面对质；若无人证，亦不必虚言恐吓。民女也想知道是谁在污蔑我！"

韩维见楚云儿神色坚毅，眼中颇有决绝之色，心中一动。他又看安惇，眼中已有狂怒之态，他担心楚云儿不知轻重，越发激怒安惇，忙接过话来，道："既是如此——"他顿了顿，提高了声音，"请彭通州上堂。"

楚云儿不料彭简竟然与自己差不多同时到京，心中真是吃惊不浅。她转过头去，见彭简一步三摇走进大堂，望见她跪在堂中，"哼"了一声，抬着头从她身边走过，向韩维等人揖礼参拜："下官见过韩大尹、蔡察院、安御史。"他接到降罪责问、召他入京的圣旨后，一路昼夜兼行，赶到汴京，一方面是为了提前打点，一方面便是等待今日能翻盘。

韩维与蔡、安二人抱拳还礼，道："给彭通州看座。"待彭简在堂中坐了，韩维方转过头来，向楚云儿问道："楚氏，你可识得彭通州？"

"民女认得。"

"如何认得？"

"数月之前，彭通州来过民女府上，说是与民女商议一件事情。"楚云儿语带讽刺地说道。

彭简见韩维问到此事，脸上早就一阵红一阵白，尴尬万分。韩维却装作没看见，继续问道："商议的是什么事情？"

楚云儿冷笑道："彭通州是来为民女作伐[87]，想将民女嫁给石子明学士为妾。"

韩维脸上不由泛出一丝蔑笑，瞥了彭简一眼，彭简早已忸怩不安了。蔡承禧淡淡地问道："彭公，她说的可是真的？"

"这……"

"彭通州，你回去等着弹劾吧。"替一个歌妓出身的人做伐，本来就很失大臣体面了；而且还是为了讨好上官，那就更加不堪。蔡承禧若是知道了还不弹劾，只怕用不了多久，就有人因此来弹劾他了。

安惇也有几分不屑地望了彭简一眼，轻轻咳了一声，道："还请韩大尹继续问案。"

韩维点点头，转向楚云儿，问道："那么，彭通州是来过你的府上了？"

"是。"

"彭通州说，那天在你府上，便曾见过这一首《贺新郎》。"韩维厉声质问道。又转头问彭简道："彭公，是这样吧？"

彭简连忙应道："正是如此。"

楚云儿讥道："回大尹，只怕是彭通州记错了，民女府上那天挂的，的确有一首词，不过民女记得清楚，是一首《菩萨蛮》。民女从来没有见过这首《贺新郎》，我一个女子，亦不能挂这种怀故国之思的词于厅中。"

"胡说八道。明明便是《贺新郎》，当时我看得一眼，你便让你的丫鬟收起。"彭简高声斥道，"韩大尹，可宣她的丫头来对质便知。"

韩维点点头，拍了一下惊堂木，发下一支签来，喝道："宣楚氏府上丫鬟下人十名上堂。"

早有衙役将阿沅等十名丫鬟下人引入堂中，一齐跪下。韩维又向楚云儿问道：

---

[87] 古语，指做媒。

"那天有哪个丫鬟在场？"

"是阿沅。"楚云儿答道。

"哪个是阿沅，可上前来听问。"

阿沅应了一声，走上前来，韩维打量她一眼，问彭简道："彭公，可是此女？"

彭简对她印象本深，点头道："正是她。"

"阿沅，你可曾认得这位彭通州？"

"认得。他那日来过我们府上。"阿沅却不那么通礼数，径直回道。

"嗯，那日你主母可曾让你收过一幅字？"

"让收过。"

"你可识得那上面写的是什么？"

"我不认得草书。"

韩维点点头，问彭简道："那字可是草书？"

"正是。"

韩维沉下脸来，"啪"的一声，喝道："楚氏，你又怎么说？"

"回大尹，民女并未说谎，民女当日让阿沅收起的，正是一首《菩萨蛮》。"楚云儿从容答道。

安惇在旁边冷笑道："是什么《菩萨蛮》，这般见不得人？"

楚云儿淡淡答道："回官人，是陇西公的'花明月暗飞轻雾'，似乎不太方便让男子看。"

韩维等人都是饱学之士，自然知道李煜的那首词，是描写一个女孩与情人幽会的情事，若说不便让彭简看到，倒也讲得通。而且楚云儿本是著名的歌妓，她府上有这样的艳词，倒似乎不足为怪。在韩维等人心中，这种词只怕更符合楚云儿"应有的"品位。

安惇一时语塞，他屡屡被楚云儿言辞所攻，又一心想迎合吕惠卿，不由恼羞成怒，道："我看你分明是设辞狡辩，若不用刑，量你不会说真话！来人啊——"

韩维与蔡承禧不由一惊，阻止道："安御史，岂能对证人用刑？"

"若以彭通州为原告，那么楚氏非止是人证，也是被告。"安惇冷冷地答道，继续喝道，"给我杖责二十，看她说是不说！"

楚云儿早将一切看淡，见安惇如此，只是淡淡一笑，神色中尽是蔑视。

安惇更是暴怒，红着眼睛喝道："给我重重地打。"

阿沅跪在旁边，听明白竟是要对楚云儿用刑，心中大急，站起身来，指着安惇质问道："你这个官人，好不讲道理。我家姑娘犯了什么事？凭什么用刑？"吓得众人目瞪口呆。

"好大的胆子！果然主仆皆是刁民！竟敢扰乱公堂，指责官府，给我掌嘴，撵了出去。"

那些衙役多数受过打点，这时迟疑了一下，见韩维没有发话，连忙拥上，抓住阿沅，狠狠地抽了四个嘴巴，将她撵出大堂。一干衙役将楚云儿按倒在地，只见手起板落，楚云儿背上已被打得血肉模糊，昏死过去。虽然有过打点，没有伤及筋肉，但是皮肉之苦，她那么娇弱的人，又如何受得了？

安惇早已豁出去，又让人将楚云儿用冷水弄醒，狞声问道："你到底说不说实话？"

"我……说……的……就……是……实……话……"

"你若要倔强，本官自然奉陪到底？"安惇重重地"哼"了一声。

楚云儿勉强睁开双眼，轻蔑地望着安惇，却没有力气说话。

韩维与蔡承禧对望一眼，二人不易觉察地点了点头。韩维向安惇意味深长地说道："安御史，适可而止吧。"

蔡承禧也沉了脸，道："便是她在大刑之下又翻供了，又要如何服石越之心？何况似她这样的柔弱女子，若是再用大刑，只怕抵不过先死了，反而生出事来。"

安惇见二人都反对再用刑讯逼供，知道强拗不过，只得心有不甘地点点头。他冷冷地扫视了楚府丫鬟一眼，喝道："你们谁敢不说实话，小心有大刑伺候。"然而那些丫鬟，又能知道些什么？总之关键之处，终是不得要领。韩维待他全部问完，便让这些丫鬟退出大堂，盯着彭简，冷冷地问道："彭公，你可还有别的证据？"

彭简见韩维与蔡承禧都似已经信了楚云儿的话，想起这个后果，额上不由冷汗直冒，他站起身来，高声说道："我身为朝廷命官，岂会骗人？韩大尹，切不可被歌女所骗，她们是串供的！"

韩维把脸一沉，喝道："彭公，话不可乱说！"

连蔡承禧与安惇，也不由变色，道："此事朝中上下知道详情的人屈指可数，谅她楚氏一个歌妓，焉能事先知晓而串供？"承认楚云儿串供，岂不是自承有人泄露机密？到时候谁也脱不了干系，韩维等人，岂能不知道这中间的轻重？

韩维又逼问道："彭公，那首词，到底是怎么来的？"

彭简指着楚云儿，嘶声道："便是她那里来的。"

"可你也再无证据，是不是？"韩维的脸，越来越阴沉。

"这……"

"焉知不是你伪造的，彭公！"韩维加重语气，冷冷地问道，"若果真如此，你可知道国法无情？"

彭简脸色越来越惨白，几乎是歇斯底里地喊道："韩大尹、蔡察院、安御史，你们要给我一个公道！这个贱婢算计我！"

韩维冷冷地问道："本官要如何给你一个公道？"

"她们是串供，用刑，用刑，她不能不招！"彭简指着楚云儿，恶狠狠地吼道。

"还要用刑？屈打成招？"韩维冷笑道。

安惇脸上的肌肉却不禁一跳，他望了韩维与蔡承禧一眼，突然朗声说道："依下官看，今日审案，可以告一段落了。至于彭通州那首词是如何来的，想来皇上必会下令御史台穷治其罪，到时候，彭通州必能告诉我们真相吧？"

韩维与蔡承禧都不料安惇的立场变得如此之快，二人点点头，韩维将惊堂木一拍，喝道："退堂！"

一场审讯，竟是如此草草收场。只有彭简似丧魂落魄一般，呆立堂中。

<h2 style="text-align:center">7</h2>

二月十五日。

这一天的汴京，与往常一模一样。络绎不绝的行人从各个城门进进出出。

在汴京南薰门前，唐康骑着一匹白马，一身窄袖素袍，乌黑的长发披散肩头，头上发束用一块白色丝绸包着，俨然便似个浊世佳公子。他的身后，跟着几辆马车，却是他的表姐、义嫂梓儿的车驾。一行人从杭州缓缓而行，终于回到了汴京。

"二公子，你看那个人是谁？"家人指着一个身着黑色布袍，脸容憔悴消瘦，一副失魂落魄神情的中年人惊道。

"是彭简！"另一个家人诧异地喊道。

唐康定睛望去，嘴角泛起一丝轻蔑的笑容："彭简？"他的身后，还有大大小小一行，似乎在哭泣送别。四个官差不耐烦地等在一边。

"真是彭简，怎么沦落到这个地步？"说话的家人在杭州已久，看惯了彭简的风光得意，哪里能料到世间沉浮，竟如此之快。

"不自量力，便是如此结果。"唐康冷笑一声。

他此时尚不知道，自那一日的审讯之后，韩维等人又连续经过三场审讯，楚云儿始终不改一词，三人终于结案上报。赵顼认定彭简诬陷石越，竟下诏狱，令蔡确查明真相。蔡确"轻易"地就让彭简服罪，认定那首词是自己所写，动机是因为他在杭州与石越不和，贿赂不成，怕石越报复，所以怀恨陷害。赵顼拿到供词，勃然大怒，下诏夺彭简官命告身，贬为庶民，发往琼州编管。这场从头到尾都是静悄悄的"石词案"，就这样结束了。而他所看到的，正是这个案子最后的尾声。

唐康又冷冷地遥望了彭简一眼，夹了一马腹，跑到梓儿车前，低声说道："姐姐，汴京到了。"

梓儿伸出纤手，掀开帘子，望了一眼南薰门外熟悉的风光，一路旅途劳累的脸上，也露出一丝浅笑。"终于到了。"

梓儿的车队与彭简在南薰门前擦肩而过。唐康甚至没有用正眼去瞧彭简一下，在他看来，彭简从头到尾，都称不上是石越真正的敌人。

沿着东京整齐的街道前行，梓儿的马车不久便停在了石府大门之前。

阿旺扶着梓儿走下马车，石安早已下令家里的男丁回避，一众丫鬟婆子，簇着梓儿，走入内堂。阿旺跟随梓儿已久，见她的脸色，由下马车的期盼、兴奋，渐渐变成失望，心知这是因为石越没有在家的缘故。当下一面问石安家的："安大娘，学士呢？上朝去了吗？"

石安家的迟疑了一下，笑道："是吧，老奴也不知道。"

她这细微的迟疑，早已落在梓儿眼中。梓儿心里一震，竟是平添了几分郁郁。待到了内堂，众人见礼请安完毕，一一散去，梓儿叫住一个丫头："明眸，我有话问你。"

明眸连忙停住脚步，转过来敛身道："夫人？"

梓儿端起茶，轻轻啜了一口，突然问道："学士到底去哪里了？你是我桑家陪嫁过来的丫头，须得和我说实话。"

明眸迟疑了一下，低着头不肯作声。

梓儿心中更是怀疑，柔声问道："是学士不让你们说吗？若是，你就不要说了。"

"没有，没有。"明眸慌得连连摆手否认。

"既然没有，为何又不肯说？"

"婢子怕惹夫人不高兴，学士他……学士他……"明眸显是犹豫不决。

梓儿柔声道："不要紧的。你但说便是。"

明眸垂着头，低声说道："婢子听说，学士是去看一个叫楚云儿的姑娘去了。"

时间似乎停止了流动，梓儿呆呆地坐在那里，心仿佛被针刺中。

楚云儿在京师临时住的院子，在白水潭学院以南的郊外，叫作"沈家园"。院子不大，很清雅，篱笆上挂满了绿油油的叶子，沐浴在温煦的阳光下，给人一种幽美、恬静的感觉。一缕炊烟，从屋顶轻袅地飘起，更让这处小院多出一种温馨的感觉。东京的住宅很贵，楚云儿既不愿意接受石越的资助，一行人将近二十余口，每日的花销也不在少数。而她自从受刑之后，又感染风寒。虽然每日有医生开方精心调理，却不免于沉苛日积，缠绵于病榻之上，竟是起身不得。但对于楚云儿来说，这几日，却是平生最幸福的日子。

石越轻轻从阿沅手里端过熬好的草药，轻轻吹了吹，亲口尝过，才用勺子喂给楚云儿。阿沅斜着身子，靠着门槛上，痴痴地望着这一幕，楚云儿就似个小孩子一样，被石越照顾着，眼中尽是幸福的光芒。

只是她的脸色，却是越来越苍白了。

石越在阿沅的心中，曾经有无数种形象，民间的传说，楚云儿的回忆，自己的想象，每种形象，都不一样——到这几日，她才亲眼看到，原来竟是这样一个温柔敦厚的男子。已经快三十岁的石越，并没有和当时的人一样留着胡子，他的衣服裁式，以紧身为主，与那个叫唐康的小子有点儿像，显得非常精神。他不说话的时候，沉默得如一座石雕，让人不敢打搅；他开口的时候，威严中带着温和亲切。

不知道为什么，阿沅很喜欢看着石越给楚云儿喂药的样子。她在熬药的时候，想到这副情景，也会不自觉地微笑。自己是在为姑娘高兴吧？阿沅痴痴地想着，一滴眼泪从眼角滴落，她连忙悄悄地抹掉，不让别人看见。

"石大哥。"楚云儿轻轻咳了几声，不再喝药。

"怎么啦？云儿。"石越停下勺子。

"我有事情想对你说。"楚云儿挣扎着想坐起来。

石越连忙把碗放下，轻轻扶她起来，笑道："有什么事等病好了再说。"

楚云儿摇了摇头，对阿沅说道："阿沅，你先出去一会儿。"

阿沅点点头，走到院子中间，望着篱笆发呆，一面胡思乱想地猜测楚云儿与石越要说什么。

"石大哥，我想问你一件事？"楚云儿温柔地望着石越。

"你问吧。"

"如果我好了，你会娶我吗？"楚云儿大着胆子说出这句话来，苍白的脸上，也增添了几分红晕。她低着头，不敢再看石越。

石越没有回答，他不知道要怎么样回答。

等了很久，楚云儿微微叹了口气，柔声说道："石大哥，你连骗我都不会吗？我是好不了了。"

"你别乱说。"石越温柔地训斥道。

"我的身体，我心里很清楚。"楚云儿突然笑了笑，伸手想拂开额前的一缕头发，稍稍一动，就是剧烈的疼痛。

石越连忙按住她的手，帮她把头发拂开，勉强笑道："病都是慢慢好的，不要心急。安心静养，哪有不好的病呀？"

楚云儿也不分辩，望着石越，又问道："石大哥，你很喜欢桑家妹子吧？"

石越点了点头，笑道："她是我在这个世界上，真正的亲人。"

"我也知道，她是个好女孩。"楚云儿真诚地笑道，"可惜，我的命没有她好。"

"你不要胡思乱想。"石越又似有点儿手足无措了。

"我没有胡思乱想。"楚云儿轻轻抓住石越的手，柔声道，"我很知道知命惜福的道理，能够让你为了我担心，我已经心满意足了。"

这种情意深重的话语，实在是石越不能承受之重。他心中感动，却又说不出话来。

"石大哥，我只想求你一件事。"楚云儿幽幽地望着石越，眼中晶莹闪烁。

"你说，不管你有什么事，我一定帮你做到。"石越毫不犹豫地答应。

"你见着阿沅了？"

"嗯。"

"她是我收养的一个小女孩，孤苦伶仃，和我小时候一样，也是灾荒，我没有她命好……每次我看到她，就想起自己小时候……"楚云儿眼光有点儿迷离，陷入了回忆之中。好一阵子，才回过神来，继续说道："我若死了，就把阿沅托付给大哥了。她还有个表姐，叫王朝云，现在已经不知所踪。若有可能，也请大哥替她访到，免得她像我一样，想找个亲人也找不到，没个依靠。"

"傻妹子。"石越强抑住泪水，伸手抹去楚云儿眼角的泪珠，强笑道："你不会有事的。你也不是没有亲人，我就是你的大哥。"

"我可不想你是我大哥。"楚云儿望着石越，心里说道。

"我是说我万一死了……"楚云儿一句话没有说完，石越已经轻轻捂住她的嘴，忙不迭地说道："我答应你，我收她做我的干妹妹，当她亲妹妹一样对待。你再不要胡思乱想……"

当天，集英殿。

欧阳发与石起站在赵顼面前，形成鲜明的对比。欧阳发风度翩翩，谈吐优雅，条理清晰，每每让赵顼称赞不已。石起却显得有几分紧张、拘束不安。他的皮肤被太阳晒得黝黑，虽然不到四十岁，却已颇显老态，显是寄人篱下的生活，过得并不十分如意。赵顼每每问话，石起回答起来总不免结结巴巴，完全没有"三先生"之一石介之后的风范。赵顼抱着一种怜惜的态度，问了问他一些学问上的事情，见答对并不如意，便转过话题，问道："朕听说你尚有一个同父异母的弟弟，不知所踪？"

石起紧张地回道："草民先前也不知情。不过先母去世之先，的确曾拜托韩国公一事，后来韩国公与草民说过，说寻访良久，一直没有消息。草民才知道还有骨肉兄弟。"他是老实之人，想起失散的兄弟，不免便有几分戚容。

赵顼微微点头，道："这便是了。朕听说有半边绿玉独角兽为信物？"

"这半边绿玉独角兽，本是家父遗物。"

"卿可曾带来？"赵顼饶有兴趣地问道。

"回陛下，草民随身携带。"

"可呈上来，给朕看看。"

"遵旨。"石起连忙从佩带中解出一片三个手指并拢大小的绿玉独角兽，恭恭敬敬递给来取的李向安。

殿中众人，都将目光聚在这半片玉上，想要看个稀奇。便听到有两人，同时"啊"了一声。

赵顼诧异地望着失声的三司使曾布与不久前刚调入秘书省的著作佐郎叶祖洽，皱了皱眉头。曾布与叶祖洽这才注意到自己失态，连忙拜倒谢罪："臣死罪。"

若只是叶祖洽失态，倒也罢了，三司使曾布也如此失态，却未免让赵顼颇有点儿不以为然，他又看了曾布一眼，问道："曾卿，何事惊讶？"

曾布伏着身子，与叶祖洽对望了一眼，又见到几个大臣眼中，似有嘲笑之色，便不觉红了脸，回道："陛下，臣见到那个绿玉独角兽，非常眼熟，故此失态，请陛下恕罪。"

"哦？"赵顼不置可否地应了一声，转过头，望着叶祖洽，说道："叶卿，你又是因何惊讶？"

叶祖洽红着脸回道："微臣也是看到那个绿玉独角兽，竟似……竟似……"

赵顼见他这副窘样，又是好气又是好笑，道："竟似什么？卿是朕的状元，如何这般拘谨？"

"是，陛下死罪……不不……臣死罪，臣死罪……"叶祖洽被皇帝说了两句，不由得更加紧张起来，语无伦次地说道："臣是见那个绿玉独角兽，似乎石子明学士家里也有同样的半片……"

赵顼见叶祖洽这副样子，本来心头颇有不快，待听到他最后一句话，却是什么都忘了，探起身来，问道："卿说什么？"

"回禀陛下，微臣说那个绿玉独角兽，似乎石子明学士也有。"

曾布也趴低了身子，道："陛下，臣也在石越书房里见过，石越喜好玉石，颇集精品，这个玉独角兽因为是半只，故此臣印象十分深刻。"

这二人说出此事来，殿中赵顼以下，众君臣都面面相觑，石起也似惊呆了一般，张大了嘴合不拢来。他自是无论如何也料不到有这种变故的。富弼将这个石介的"遗物"交给他的时候，只告诉他这是他父亲不多的遗物之一，他母亲珍重保存，死前交给富弼，让他替石家寻访石起同父异母的弟弟，此时转交给他，要他一定随身携带，好好保存。他对富弼一向敬服，自是谨遵，哪里便知道一日入京，皇帝亲口问起，又有大臣说名动天下的石越石子明也有此物。

赵顼从李向安手中接过半片绿玉独角兽，仔细端详了一会儿，突然死死地望着曾布与叶祖洽，指着手中的独角兽，问道："二卿可曾看得真切，果真是此物？"

曾布与叶祖洽又悄悄对望一眼，却绝不敢接口。万一说错，便是欺君之罪，这么远远地看一眼，又岂敢保证？曾布迟疑道："这个……这个……"眼睛不断望着赵顼手中的玉独角兽上瞟，几乎要急出冷汗来。

赵顼立时明白曾布的意思了，将手中的玉独角兽递给李向安，道："且拿去看详细了。"

"遵旨。"二人连连顿首，接过李向安送来的玉独角兽，仔细端详起来了。

众人紧张地望着二人的表情，曾布看完之后，不置一词，递给叶祖洽，叶祖洽拿在手中看了半晌，脸上惊异之色却是越发明显。

"如何？"赵顼忍不住又问道。

曾布连忙小心翼翼地说道："臣……臣以为，这片玉与石越所有的半片玉，很可能是一对。"

叶祖洽也答道："微臣也以为，的确很像是一对。"

二人话一出口，殿中众人，无不瞠目结舌。赵顼不由站起身来，追问道："二卿可看仔细了？难道？难道？"赵顼不可思议地摇了摇头。

殿中诸大臣，以王安礼最是心思缜密，他立时出列，欠身道："陛下，微臣以为，陛下可遣一中使，往石越家取来此物，看是否相合，并问石越家中玉片的由来。如此，事情便可知其大概。"

赵顼点点头，道："卿说得不错。李向安，你立即快马去石府。"

"遵旨。"

赵顼又是猜疑又是兴奋。石越若真是石介之后……赵顼突然又想起那日在宝文阁看名臣像的事情，难道真是如此？

石府。

梓儿自那日回府之后，因旅途劳顿，又听到石越去见楚云儿，气郁于胸，加上杭州、汴京气候不同，一时不慎，便感染了风寒，竟然也一病不起。御医沈厚给梓儿诊过脉之后，在丫头的指引下，轻轻退出梓儿的闺房。石越连忙走过去，低声问道："沈太医[88]，拙荆的病情要不要紧？"

---

[88] 宋代对翰林医官院医官、医职、医工等的泛称。

沈厚蹙眉摇头，叹道："学士，夫人本只是劳累之下，偶感风寒，兼气郁不散，因此得病，本来也无大碍，用几味药，调理调理，也就好了。只是，只是……"

"只是什么？"石越紧张地问道。

"只是据脉象来看，夫人已有数月的身孕……"他一句话没说完，石越听到"身孕"二字，已是喜上眉梢，可转念想到沈厚的"只是"，心里又是惊怕，堂堂的龙图阁直学士，竟是有点儿手足无措了。却听沈厚继续说道："……这本是喜脉，只是此时得病，若稍有不慎，后果不堪设想。"

"啊？"石越听到此语，不由从喜到惊，从惊到怕，急道："沈太医，你一定要想办法，保她们母子平安！"

"下官自当尽力。"沈厚欠身答道。

"康儿，你去陪沈太医开方抓药，封五两白金[89]给沈太医吃茶。"石越叫过唐康，低声吩咐道，一面朝沈厚说道："沈太医，在下就先失陪，一切全拜托太医多多用心。"说完，便转身往桑梓儿房中走去。

梓儿的卧室，是三间屋子打通而成，东侧放着一张大理石案子，案上堆着各种名人字帖、墨砚、笔筒；西面则放着堆成山似的画卷；正里间，用珠帘隔开，放着一张古琴，琴边设着大鼎，时时都焚着几枝檀香。在琴之西，有屏风隔开的里间，才是梓儿真正的卧室所在。

石越轻轻走进去时，阿旺正在给梓儿盖被子，她见石越进来，连忙起身行礼，柔声道："奴婢给学士请安。"

石越朝她微微一笑，轻轻摆了摆手，走到梓儿床前，替她把被子轻轻盖好，坐在床边，望着自己的妻子。

梓儿睁着大眼睛，从被子中伸出手来，握住石越的大手，轻声唤道："大哥。"

"妹子，你有了身孕，怎么不告诉我？"石越轻轻握住梓儿的手，微微笑着嗔怪。梓儿小脸羞红，闭上眼睛，不敢作声。半晌，才偷偷睁开一只眼睛，见石越还在温柔地看着她，连忙又把眼睛闭上。"是多久的事了？"石越温柔地问道。

"三个多月了，我也是回京之前，才确认的。"梓儿紧闭双眼，低不可闻地答道。她毕竟也是没什么经验的女孩子，到石越离开杭州后，虽然隐隐猜到自己是怀孕了，却到第三个月上，才敢确认。

"真是个傻孩子。"石越笑着轻轻骂道，俯下身去，轻轻吻了梓儿的脸一下。

梓儿的脸立时变得滚烫滚烫的，轻声说道："阿旺她们还在这里。"

石越一时忘情，根本没在意还有下人在场，这时不由尴尬地打量房中，见阿旺

---

[89]　指白银。

与两个丫头明眸、珠辉，正在捂着嘴偷笑。见石越看她们，阿旺连忙笑着对明眸与珠辉轻声喝道："待在这里做什么，快出去做事。"

"是。阿旺姐姐，你可不也要出去？"珠辉捂着嘴取笑道。

"叫你多嘴。"阿旺装作张牙舞爪扑过去。

三人一面走一面笑，往外面走去，不时还回过头来，悄悄看石越与梓儿一眼。石越倒还无事，梓儿却是羞得满脸通红。夫妻亲热自是平常事，但在古代却也不便当着别人的面做。

阿旺三人刚刚走到门口，便见一个人急匆匆走了进来，差点与阿旺撞个满怀。阿旺正要啐骂，定睛一看，却是唐康，连忙改口道："二公子。"

唐康朝她微微点头答礼，急步走到石越跟前，唤道："大哥、嫂子。"

石越见他跑到后室来，心中奇怪，道："康儿，沈太医走了吗？"

"走了。我已经吩咐下人去买药了，有几味药只有大内有，已让侍剑随沈太医去取了。"唐康欠身道。

"嗯。"石越点了点头，道，"那还有什么事吗？"

"有……"唐康望了床上的梓儿一眼，欲言又止。

石越虽然知道唐康要说的话，可能不方便梓儿听到，但是此时却是不愿意离开梓儿，见他这个神态，不由笑道："是国事还是家事？若是家事，你便在这里说吧。"

"是家事。"唐康不好意思地笑笑，道，"方才送沈太医出门，见到石安家的领着两个女孩子进来，却说是舅舅家送来的，为侍候大哥用的。石安家的也不知道能不能收，又不敢擅自进来打扰，所以让我来问一声……"唐康说起这件事来，神态中总有几分勉强。

"荒唐……"石越皱了眉毛，正要斥骂，却突然想起是自己岳家送来的，又不好开口了，只得硬生生忍住，心里却奇怪桑楚俞送两个女孩子给自己做什么？不料梓儿突然低声说道："大哥，康儿，那两个女孩子是我让买来的，你让石安家的收进来便是。"

石越与唐康都吃了一惊，石越转过身，望着梓儿，温声说道："妹子，既然是你买的，便收了留在你房中侍候吧。"

梓儿睁开眼睛，长长的睫毛不停地颤动，她望着石越，挤出一丝笑容，似乎是带着几分歉意地低声说道："大哥，我这是给你买的。我房中的女孩子够用了。"

"你知道我不习惯别人伺候的。"石越微笑着摸了摸梓儿的脸蛋，低声说道。他也没有多想太多。

"不是这样，朝中的大臣们哪个家里没有几房姬妾的，大哥没有，没得惹人笑话，我……"

石越笑着摇了摇头："傻瓜，没的做什么胡思乱想。王安石、司马光都没有姬妾，谁又敢笑他们？我有你也就够了。"他这么旁若无人地说情话，倒惹得唐康尴尬万分。

"可是，我又没有孩子……"

"你不是已经有了吗？"石越用半带取笑的语气说道，转过头，吩咐唐康道："康儿，既然是自己家买的，也不好退，便给潘先生与司马先生房中各置一个吧。"

唐康迟疑道："陈先生那里，似乎不好厚此薄彼。"

石越沉吟了一会儿，笑道："说得也是，便再去买一个，到时候再一起各送一个。"

"是。"唐康答应着，迫不及待地退了出去。

石越见唐康走了，方又转过身来，却见梓儿眼角挂着几滴泪珠。他伸手轻轻抹掉，低声哄道："傻妹子，你哭什么？"

"我没哭。"

"还说没哭？"石越伸出手指，想轻轻刮一下梓儿的鼻子，却忽然发现梓儿的神态与往常全不相同，手指伸到半空便怔住了。半晌，才轻轻地放下，爱怜地抚摸着梓儿的脸，柔声道："妹子，你是不是有心事？"

梓儿痴痴地望着石越，摇摇头，低声说道："大哥，我什么也帮不了你，我明明知道你喜欢楚姑娘……"

石越料不到梓儿会说出这话来，怔道："你一定是误会了，你怎么知道楚姑娘？"

"我有什么不知道的呢？"梓儿心中，肝肠寸断。"我还听说当年，你并不是因为喜欢我才娶我的。"只是心里的这句话，梓儿却不敢说出来，只是在心中不住地徘徊，不住地折磨自己；她很怕一旦说出来，什么都似梦幻一样的，立时什么都没有了。"便是你不是真的喜欢我，可是如果能天天看着你，我也是愿意的。"她心中转过这样的念头。

石越哪里知道梓儿心中的想法，他一转念，便猜到是自己去看楚云儿的事情让梓儿知道，这才引得她胡思乱想，便笑着解释道："妹子，你一定是误会我了。我去看她，是因为这次我欠她的实在太多。"

梓儿点点头，石越心中一宽，却听梓儿低声说道："我去找楚姑娘，让她来服侍你，可是她却不肯。我想我从来不会为大哥宽解心事，才托人去寻了两个善解人意的女孩子回来，大哥你又不喜欢……我知道，我总是这么笨，一点也帮不了大哥。"

石越望着自己的妻子，听她说着这些事情，又是显得情深义重，又是让自己头痛不堪，真的是又气又爱，又怜又恨，作声不得，半晌，方柔声说道："你再不要胡思乱想了，我真的不要别人来宽解什么，我只要你就够了……"

石越正待继续开解，忽听门外唐康高声唤道："大哥，有旨意。"

石越苦笑着摇摇头，轻轻握了一下梓儿的小手，把它放进被中，柔声说道："你好好将养，不要胡思乱想，我去去就来。"说罢，连忙起身出去迎接圣旨。

二人一路紧走，方到中门，潘照临手里捧着一卷书，站在那儿，见石越与唐康过来，他走近几步，到石越跟前，低声说道："公子，成败在此一举。"

石越心中一凛，知道那件事已经进行到关键时刻了，他朝潘照临微微点头，收敛心神，快步走进客厅。

李向安见石越出来，咳了一声，往北面站了，尖声道："有口谕，石越接旨。"

"臣石越恭聆圣谕。"石越见李向安表情又是严肃，又是兴奋，已知潘照临猜得不错了，连忙拜倒。

"卿家是否有半片绿玉独角兽？"李向安尖着嗓子问道。

石越装作一怔，诧异地回道："臣家确有此物。"

"此玉是如何得来？卿可如实回奏。"

"此玉是臣熙宁二年遇变之时，随身所带之物，臣实不知来历。"

"啊！"李向安忍不住低声呼了一句，见石越诧异地望着他，连忙用严肃的表情继续说道，"卿可将此玉交给李向安带予朕一观。"

石越假装诧异地望着李向安，半晌，方恢复恭谨之态，道："请圣使稍候，臣马上去取。"

不多时，石越便去书房中取出半片绿玉独角兽，用绸布小心包好，交给李向安。又佯装不知，低声问道："李供奉，皇上要这个东西做什么？"

李向安故作神秘地摇摇头，笑道："许是石学士大喜，说不定咱家还要来跑一次的。"

石越知道戏已经演得差不多了，便不再多问，恭恭敬敬地将李向安送出大门之外，望着他骑上马飞驰而去，不由长长地叹了口气。

"公子不用担心，在家静候佳音便是。"潘照临不知什么时候出现在石越身后，悠悠说道。

石越点点头，回到客厅，突然对潘照临笑道："潜光兄，我们来手谈一局如何？"

潘照临点点头，笑道："公子是想学谢东山吗？"

"哪里又比得上先贤，谢东山是期待淝水之前破敌的消息，我等的又是什么呢？"石越自嘲地笑了笑，在棋盘之前坐下，拈起一粒白子，轻轻地放在天元之上。

集英殿上。

赵顼静静地听李向安把到石府的经过叙述了一遍，当听到石越的玉是熙宁二年遭遇变故时随身携带之物时，眉头不由跳了一下。他打开绸布，将石越的半片玉独角兽放在手中，细细端详一会儿，又向曾布、叶祖洽问道："二卿所见，可是此物？"说完将玉独角兽递给李向安。

李向安捧着玉独角兽，走到二人面前。曾布拿起玉来，不过看了一眼，便斩钉截铁地答道："陛下，正是此玉。"叶祖洽却拿在手中，仔细地看了一会儿，才回道："回禀陛下，便是此玉。"

赵顼点点头，又吩咐李向安把玉呈上来，把玩了一会儿，怎么也看不出这块玉独角兽与平常所见的有什么区别，便又问道："二卿何以能确知便是此玉？它有何奇特之处？"

曾布欠身道："陛下可以看那半边独角兽的角上，刻有极细的一个'安'字。听说石府的管家叫石安，便是从这个字而来。"

叶祖洽也道："臣能识得此玉，亦是同样的缘故。"

赵顼闻言，将玉捧起，向玉独角兽的角上仔细望去，果然有一个极小的"安"字，他这才全无怀疑，又拿起石起的半片玉独角兽，"啪"的一声，合在一起。

殿中顿时鸦雀无声，所有的目光，都集中在皇帝的手上——赵顼的手上捧着一只完整的绿玉独角兽。

赵顼细细观察，竟是丝丝契合，他又往石起那半片独角兽的角上看去，竟发现一个相同字体的"平"字，合起来，便是"平安"二字。

"竟然真是一对。"赵顼脱口说道。

石起被这不可思议的事情给惊呆了，他再迟钝也意识到了——突然之间，名动天下的石越，竟然成了自己的亲生弟弟，"那，那石学士……石学士……"

赵顼点点头，微笑道："石越很可能就是你失散的弟弟。"

曾布与叶祖洽见皇帝亲口说出众人都在心中猜测的事情，慌忙一齐拜倒，贺道："这是陛下洪福齐天，恩德所致，才使石家骨肉重逢！皇上万岁！万万岁！"

二人一旦开头，在场众大臣，便是号称忠直之辈，亦不免要拍几句赵顼的马屁，将石家"骨肉重逢"这一佳事，归功于赵顼的圣德与英明，而石起突然之间有了石越这样的一个弟弟，早已高兴得手足无措，亦不免要笨拙地感激着皇帝的恩德。只有欧阳发冷冷地望着这一切，他虽然不知道这件事只不过是一个阴谋的产物，却是十分讨厌那种无耻的谀辞。突然之间，他十分想念白水潭学院与《汴京新闻》报馆，在那里，人与人的关系要纯洁许多，至少，他欧阳发可以不用拍任何人的马屁。

石府。

石越在中腹落下一子，笑道："潜光兄，中原这块，我赢了。"

潘照临似笑非笑地在西北角上落下一子，淡淡地说道："中原虽然是公子暂时得了先手，东北角上这一块，却终是丢了。"

石越闻言一怔，细看棋局，果然如潘照临所言，他纠缠于中腹的缠斗，却无暇顾及全局，东北角一块，白棋能不能活，都已成了大问题。石越长长地叹了口气，摇摇头，道："顾头不顾尾，可笑，可笑。"

潘照临微微笑道："不过也要恭喜公子，终于暂时可以摆脱了中原的纠缠，这个先手，难得之极。"

石越自嘲地冷笑道："金角银边草肚皮，中腹的暂时先手，又有什么用处？"

"公子之言差矣，自古以来，对弈之胜负，十之八九都取决于中原的胜负。更何况，先手始终是先手，总比后手要好。"

"也只能做如是想了。"石越微微摇头，在中原西北方向，落下一颗白子。

代州。

杨遵勖洋洋得意，前来谈判的宋使韩缜毫无辩才，他逼一步，韩缜便退一步，不过几天的谈判，宋朝丧地七百里，最关键的是，虽然黄嵬山留在宋朝的版图之内，但沿界之山，尽都以分水岭为界，雁门天险，实际上已归辽宋共同所有。

杨遵勖望着韩缜在边界文书中签字盖印，忍不住心情大佳，借空便问起宋朝的人物故事，笑道："韩天制[90]，我在北朝，听说南朝有王马石苏四杰，其中以石越石子明年纪最轻，却不知是何等人物？"

韩缜虽然受了"从其所欲"的圣旨来谈判，却也知道清议可惧，自己亲手割让七百里之地，回京之后是怎么样的情况，真是不可预料，因此心情不免有几分低落，忍不住出言反讽道："不是说北朝看不上石子明，他才来大宋的吗？"

杨遵勖与萧佑丹本就没什么交情，也不是太子一党的人物，更不曾知道大宋汴京还有闹得沸沸扬扬的谣言，不由一怔，笑道："石子明何曾来过我们大辽？若是来过，我大辽皇帝陛下又岂能舍得这种人才归你大宋所有。"

韩缜心中顿时一个激灵，试探着问道："杨枢副，若有才华绝世之人，欲借大辽之力灭宋，事后再取大辽而代之，我可不信辽国皇帝便敢用这样的人物。"

"哈哈……"杨遵勖不由哈哈大笑，傲然道，"以我北朝主上的才华，又岂会害怕一二野心之辈利用？若有这样的人物，我主上必然乐于借其才华混一宇内，至于取大辽而代之，却绝无可能。"

"世间尽有才智之士……"韩缜一副不以为然的神色。

....
[90]　天章阁待制简称天制。

杨遵勖笑道：“我北朝与南朝不同，宗室后族，或手握兵权，或各有私兵，出则将，入则相，纵有才智之士，阴谋亦不可得逞。若是以堂堂之师对阵，最多便是其人得到南朝之后，做一个南朝皇帝，又能奈我大辽何？”

“那，石敬瑭……”

杨遵勖击掌笑道：“韩天制说得不错，石敬瑭便是例子。石敬瑭非英雄乎？亦不过我大辽一走狗尔。我跟随主上数十年，可从来没有遇到过韩天制所说的狂悖之辈。”

韩缜心中暗暗松了口气，他自以为自己终于找到了一件事，可以来转移皇帝对于丧地七百里的羞辱感了。

三春时节，杂花生树，飞鸟穿林。

“贼子作案十分隐秘，到现在为止，只找到九个人证看到了当晚散布揭帖的人，可是都只是看到背影。”韩维一边拨开御苑中横生的树枝，紧紧跟着皇帝的步伐，一边报告着“揭帖案”的进展。

赵顼“嗯”了一声，在一株桃树前停下脚步，冷冷地说道：“现在已经可以证明石越应当就是石介当年的遗腹子，那必然有人恶意陷害朕的大臣，离间朕与石越的关系，是谁干的，一定给朕查出来！”

“臣定当竭力而为。从臣的私下揣测来看，臣以为是辽人所用的离间计。”韩维从容答道。

“若是辽人所为，那么杨遵勖就不应当在韩缜面前说那些话。”赵顼质疑道。

韩维思忖一会儿，说道：“辽人国内有分歧，也是可能的。或者辽国朝廷并不知情，不过是一些见识长远之人，设下此计……”

赵顼点点头，说道：“卿说也不无道理，不过终是查无实据吧？”

“的确没什么证据。揭帖的纸张，是河北所产，但是这种纸张大宋有，与辽国互市时也有流传，极其普遍。想从雕版上查更不可能，唯一可以肯定的是，这些物什不是在汴京印刷的。而若从动机上查……”

“如何？”赵顼转过身来，望着韩维，追问道。

韩维又岂是会胡乱说话的人？他不紧不慢地说道：“若是从动机上查，臣以为只有辽人有可能了。”

赵顼摆摆手：“这件事情，卿不要放松就是了。”

“臣不敢。”

“嗯。”赵顼随口应了一声，换过话题，说道，“欧阳发是个人才，朕欲赐他进士出身，不料他却拒绝了。卿说他果真无意功名吗？”

韩维笑道：“欧阳发若要考进士，不过是探囊取物。臣看他是不愿意为五斗米折腰，在白水潭学院为陛下培育人才，在《汴京新闻》做陛下的布衣御史，也是报效之意，臣以为陛下不如就全其之志。"

"也罢。"赵顼点点头，又笑道，"龙生九子，九子不同。石起与石越一父所生，何至于竟有天壤之别？"

韩维望了赵顼一眼，欲言又止。

赵顼早已看在眼中，笑道："卿有什么要说的，但说无妨。"

韩维肃容说道："臣要说的话，原是不知轻重，不该臣说的，所以臣不敢说。"

"朕与卿君臣之知已非一日，卿当知无不言，言无不尽方是。"

"那就恕臣放肆。"韩维欠身说道，"臣以为石越之才，是天授，非人所能及。故此石起不能与石越相比，并非是因为石起太差，而是因为石越太好。此子前事尽忘，而少年能著《论语正义》，又蒙太祖、太宗皇帝见爱，或者他是太祖、太宗皇帝替陛下选中的臣子，亦未可知。自古以来，有贤主生，必有良臣生。故汤有伊尹，文王有太公，汉高祖有三杰，唐太宗有魏征……"

赵顼不置可否地望了韩维一眼，说道："卿不必多说，朕知道了。"

"陛下圣明。"

"朕会下旨给石越认祖归宗，赐石起勋云骑尉，给田十顷，让他好生耕读传家。至于石越要如何用，还要容朕三思。"

辽国马邑。

耶律濬刚刚抄完一部《金刚经》，见四下无人，偷偷伸了伸懒腰，忽然听到房外隐隐约约有读书之声，不由循声走出房外，四下张望，原来却是萧佑丹在院中读书。

萧佑丹见耶律濬走近，连忙放下书卷，欠身行礼道："殿下。"

"佑丹好雅兴。"耶律濬盯着萧佑丹手中的书，笑道。

萧佑丹把书合上，递给耶律濬，却是一本《老子》。萧佑丹悠悠说道："《老子》一书，全篇讲的都是权谋机变之术，眼下殿下正用得着。"

"我？如何说我用得着？"

萧佑丹见四下无人，压低声音道："如今皇上四处巡游，朝政越发紊乱了。前一段到大鱼泺，鹰坊使耶律阳陆不过博得头鹅，竟然加工部尚书，又崇信佛事，因殿下在军中，竟让殿下抄写佛经。殿下可知，如今我大辽也是处处灾荒！偏偏我还听说，知三司使事韩操说今岁的钱谷还会增加，看来韩操授三司使指日可待，可是这些钱谷又从何而来？只是让百姓更加离心离德而已。"

耶律濬摇摇头，说道："这种事情，非止一日，又何足怪？"

"可是南朝石越，听说竟是石介之后，眼见便有大用。彼长此消，如何受得？皇上既然四处巡游，而朝中又是奸臣当道，殿下内忧外患，臣恐怕殿下即使他日顺利登基，亦不过一亡国之君！"萧佑丹面有忧色，正容说道。

"那佑丹以为我当如何处置？"

"殿下，眼下还须先求自全之策，臣这里有上中下三策。任殿下选取。"

耶律濬道："请说。"

"上策，此间事情既然了结，就跟随皇上左右，以为固宠之道，同时阴蓄死士，万一有变，挟天子以令诸侯；中策，太子妃已有九月之孕，皇太孙即将出生，殿下以此为借口，速回中京，陛下自会让殿下总领朝政，如此慢慢谋划，若时间足够，自能培植自己的势力，其弊是会打草惊蛇，只恐耶律乙辛那老家伙不能相容；下策，学重耳之策，在边郡领兵自安。"萧佑丹显然思虑已久。

耶律濬思忖一会儿，断然说道："我当取中策。"

萧佑丹脸色凝重地点点头，道："既是如此，殿下就可写表请求回京了。"

熙宁八年四月一日。大宋汴京大内。

赵顼涨红了脸，愤怒地将一份表章撕得粉碎，碎纸片片飘落，洒得御书房中满地都是。"无耻！无耻！"

石越平静地望着突然发怒的皇帝，一言不发。

赵顼指着满地的碎纸，冷笑着问道："石卿，卿可知道这说的是什么？"

"臣不知。"石越欠身答道。

"是韩绛率领众大臣，请求给朕加尊号的表章，绍天宪古文武仁孝皇帝。嘿嘿……"赵顼不住地冷笑，讽刺地说道，"而加尊号的理由，竟然是因为朕终于与辽人达成了和议，外抚四夷！"

"陛下，韩丞相此举，倒并不是因为不知道大宋的羞辱，反倒是因为知道这种羞辱，所以想用这种办法来遮掩。"

"是啊，遮掩。"赵顼狠狠地踩过地上的碎纸，冷笑道，"石卿的看法呢？"

"臣以为，知耻近乎勇。自欺欺人，似无必要。"

赵顼似乎没有料到石越会当着他的面说这样的话，望了石越半晌，突然笑道："好，好，卿没有让朕失望。知耻近乎勇，说得好，朕当记住这句话。"赵顼高声说道，似乎要宣泄自己压抑的情绪，"朕若加尊号，是欺人乎？是欺天乎？石卿，卿在这里，可记住朕今天说的话，宰臣们给朕上过四次尊号了，都被朕所拒绝。朕一生中，绝不会给自己加任何尊号！"

"陛下圣明。"

赵顼似乎怒气稍遏，定下心神，对石越笑道："卿可知道朕今天召卿来，是为了何事？"

"臣不知。"

"朕以为，改革还要继续，国家不变，则无以富强，不富强，则屈辱还要继续！因此，国事虽艰，却非变不可！"石越静静地听赵顼继续说道，"朕让你来，是让你给朕推荐一个杭州知州与杭州通判的人选。"

"这……"须知此时，石越依然还是"权知杭州军州事"，皇帝却让他推荐杭州知州人选，言外之意，不道自明。

赵顼无比果断地说道："卿不必犹疑，朕已决定留卿在身边。杭州的事业，朕知道有卿的心血，所以特许让卿来推荐继任人选。"

石越顿首道："陛下，臣以为杭州知州或可以由张商英担任，通判一职却不应当由臣来推荐，否则有失朝廷设官之本意。"赵顼赞许地点点头，却听石越继续说道："陛下，臣只恐暂时不能报陛下之恩，臣既知生父、大母都已逝世，而生母却不知所踪，不孝之人，当先为父母守孝三年，以尽人伦。"

赵顼不料石越竟然提出来要丁忧，不由怔道："卿父去世已有近三十年，大母去逝也已经超过三年，礼制亦不至于要求卿为此丁忧。卿孝心可嘉，只是朕却不能允许的。"

"陛下！"石越哽咽道，他的演技，已是越来越逼真了。

"除卿翰林学士的制文，就在朕的袖中。朕不会许你回家的。"赵顼断然说道。

（第二卷完）

华 文 经 典

出 品 方　华文经典

出 品 人　张进步

策划监制　程　碧

执行编辑　史凡桂

封面设计　林　丽

内文设计　李　松

运　　营　蒋红艳

印　　制　刘洪珍

发　　行　肖　遥

营　　销　何雨淳　孙　星

新 浪 微 博

微信公众号